Barbara Wood
Das Paradies

Barbara Wood

Das Paradies
Roman

Aus dem Amerikanischen
von Manfred Ohl
und Hans Sartorius

KRÜGER■■VERLAG

Einmalige Sonderausgabe

Die amerikanische Originalausgabe erschien unter dem Titel
›Virgins of Paradise‹
im Verlag Random House, Inc., New York
© by Barbara Wood 1993
Deutschsprachige Erstpublikation 1993 im
Wolfgang Krüger Verlag GmbH, Frankfurt am Main
Für die deutsche Ausgabe:
© S. Fischer Verlag GmbH, Frankfurt am Main 1993
Druck und Bindung: Clausen & Bosse, Leck
Printed in Germany
ISBN 3-8105-2358-5

Dieses Buch ist
Achmed Abbas Ragab gewidmet.
Er hat zwei gestrandete Amerikaner gerettet
und in seinem Haus aufgenommen.
Schokan, Achmed!

Prolog

Al Tafla, ein Dorf am Nil
(Gegenwart)

»Doktor! Doktor!«
Amira blickte zur Tür und sah draußen auf dem schmalen Weg Achmed; der junge Fellache kam in letzter Zeit öfter zur Krankenstation und bot stumm seine Dienste an. Achmed war intelligent und versuchte auf seine Weise, etwas von dem zu begreifen, was die Ärztin hier tat. Er saß auf einem Esel und deutete außer Atem zur Dorfstraße. »Ein Auto aus Kairo ist gekommen, Doktor! Das Auto steht mitten im Dorf! Eine vornehme Frau sitzt darin!«
»Danke, Achmed«, sagte Amira und dachte: *Sie ist also gekommen. Ich bleibe hier und werde sie nicht begrüßen. Sie muß zu mir kommen...*
Achmed wendete den Esel, trieb ihn mit leichten Stockschlägen an und ritt schnell zur Hauptstraße zurück. Amira unterdrückte ihre plötzliche Angst und richtete ihre Aufmerksamkeit wieder auf den kleinen Patienten, einen Säugling. Seine Fontanelle war so eingesunken, daß er ein Loch im Kopf zu haben schien. Während sie behutsam das Baby untersuchte, wehte vom Fluß ein sanfter Wind durch die offene Tür der Ambulanz. Er trug aus der Ferne Musik und Lachen in das Untersuchungszimmer und verbreitete auch den Bratenduft eines Lamms am Spieß. Dr. van Kerk erinnerte sich auf diese Weise daran, daß in einem Haus am Dorfrand eine Hochzeit gefeiert wurde. Der junge Hussein heiratete die hübsche, aber arme Sandra, die durch diese Ehe ihrer Familie zu mehr Ansehen im Dorf verhalf. Der aufreizende Klang der Trommeln verkündete den Dorfbewohnern, daß die Frauen den Bauchtanz begonnen hatten, um damit die Fruchtbarkeit des Brautpaars zu beschwören. So wie die Sitte es verlangte, würde später Blut fließen, um die Jungfräulichkeit der Braut unter Beweis zu stellen. Amira fragte sich, ob zu der Entjungferungszeremonie ihre Hilfe notwendig sein würde. Man rief sie manchmal, wenn es einem Bräutigam nicht gelang, die Jungfernhaut der Braut zu durchstoßen, und nur ein Skalpell diese Aufgabe erfüllen konnte. Obwohl Dr. Amira van Kerk keine Fellachin, keine Nilbäuerin, war, gehörte sie mittlerweile in allen Bereichen des Lebens zum Dorf und stand in dem ewigen Kreislauf von Geburt und

Tod für alle hier an einem wichtigen Platz. Zu ihren Pflichten gehörte sogar manchmal, bei der Empfängnis eines Kindes zu helfen.
Aber was sollte sie tun, wenn die Brauteltern sie rufen ließen, während ihre Besucherin bei ihr war? Würde Amira den Mut aufbringen, den Gast aus Kairo einfach sitzen und warten zu lassen?
Habe ich überhaupt den Mut, sie zu begrüßen?
Amira konzentrierte sich auf den Säugling mit der eingefallenen Fontanelle, dem Zeichen für einen lebensgefährlichen Flüssigkeitsmangel. Diese Diagnose mußte die Ärztin in Al Tafla oft stellen. »Hör mir gut zu, Fatima«, sagte sie auf arabisch zu der noch sehr jungen Mutter, »ich habe dir das schon einmal gesagt. Dein Kind hat schweren Durchfall und bekommt nicht genug Flüssigkeit. Das Loch im Kopf bedeutet, daß du dafür sorgen mußt, daß dein Baby genug trinkt.«
»Oh nein, Doktorin, es ist der böse Blick, der meinen Abdu bedroht! Jemand beneidet mich um meinen Sohn und hat ihn verflucht!« Die junge Fellachin flüsterte eindringlich und bebend: »Ja Allah.« Bei Gott!
»Nein, es ist nicht der böse Blick, Fatima«, widersprach Amira energisch, »in seinem Bauch sind Bakterien. Sie sind der Grund für den schweren Durchfall, und das führt zu der Austrocknung.« Sie hob mahnend den Finger und sagte nochmals streng: »Du mußt ihm mehr zu trinken geben.« Amira versuchte, nicht an die Frau zu denken, die jeden Augenblick in der Krankenstation erscheinen würde. »Fatima, dein Baby ist in großer Gefahr.«
Tränen stiegen der jungen Mutter in die Augen. Sie war vierzehn Jahre alt, und es war ihr erstes Kind.
Amira holte aus dem kleinen Kühlschrank hinter ihrem Schreibtisch eine Babyflasche mit einer klaren Flüssigkeit. Sie entfernte den Verschluß und schob dem Baby den Sauger zwischen die Lippen. Der Kleine begann sofort zu trinken. »So«, sagte sie und legte Fatima die Saugflasche in die Hand, »achte darauf, daß er alles trinkt.« Dann ging Amira zu einem Schrank und nahm einige Packungen mit dem Aufdruck der Weltgesundheitsorganisation heraus. Auf den Etiketten stand: *Orales Rehydrationsmittel*. Sie gab die Packungen der jungen Mutter und sagte: »Löse den Inhalt einer Packung in einem Krug Wasser von dieser Größe auf«, sie zeigte es ihr, »aber du mußt das Wasser zuerst kochen. Wenn es abgekühlt ist, füllst du damit die Flasche«,

Amira deutete auf die Babyflasche, »laß ihn so viel und so oft trinken, wie er kann. Fatima, versprich mir, du mußt das auch wirklich tun, denn es ist Gottes Wille. Hast du verstanden? Komm morgen wieder, damit ich deinen Sohn noch einmal untersuchen kann.«
Amira sah der Fellachin nach, die auf dem staubigen, heißen Weg barfuß hinunter zum Nil ging, während die späte Nachmittagssonne bereits ihre schrägen, noch immer sengenden Strahlen über das Land warf. Amira nahm langsam das Stethoskop ab und schob es in die Seitentasche ihres weißen Arztkittels. Sie bezweifelte, daß die junge Mutter ihre Anweisungen wirklich befolgen würde. Der Aberglaube beherrschte das Leben der Fellachen so sehr, daß Mütter aus Angst vor dem bösen Blick einer neidischen unfruchtbaren Frau ihre Säuglinge nicht zu waschen wagten. Fatima hatte ihren Sohn seit der Geburt nicht ein einziges Mal gewaschen. Das hatten sie erst hier in der Ambulanz und fast gegen den Willen der Mutter getan. Kein Wunder, daß er bald nach der Geburt eine Infektion und Durchfall bekommen hatte.
Dr. van Kerk trat vor einen Spiegel an der weiß getünchten Wand. Er hing zwischen einem Bild von Ägyptens Präsident Mubarak und einem Kalender mit einem Photo des Assuanstaudamms. Auf dem Kalender war ein Datum eingekreist – ihr Geburtstag. Amira würde bald achtundvierzig werden.
Unter eine Ecke des Spiegels hatte sie ein Photo geklemmt: Sie und Greg standen selbstbewußt lächelnd auf dem Pier in Santa Monica und hielten Zuckerwatte in den Händen. Damals feierten sie den Jahrestag ihrer Hochzeit – zwei Fremde, die trotz allem die Hoffnung nicht aufgeben wollten und auf die Liebe wie auf ein Wunder warteten.
So viele Jahre sind inzwischen vergangen, dachte Amira, und Santa Monica ist auf der anderen Seite der Welt. Es gab keinen Greg mehr, so wie es auch die anderen nicht mehr gab, die ihr einmal begegnet waren und in ihrem Leben eine Rolle gespielt hatten.
Amira betrachtete sich im Spiegel und schob ein paar blonde Strähnen unter ihren Turban. Diese Kopfbedeckung gehörte zu ihrem »islamischen Gewand«. Sie trug einen hellen pfirsichfarbenen Kaftan mit kunstvoller schwarzer Seidenstickerei auf Ärmeln und Kragen. Der veilchenblaue Turban paßte gut zu ihren hellblauen Augen – »Sie sind so blau wie der Nil bei Sonnenaufgang«, hatte Declan einmal gesagt. Dr. Declan Connor war so ganz anders als Greg. Wo mochte Declan in

diesem Augenblick wohl sein? Wie weit war er von ihr entfernt? Wie viele Meilen war er vor ihr geflohen?

»Doktor!« hörte sie draußen Achmed wieder rufen. Die Fellachen hatten schon lange aufgehört, sie van Kerk zu nennen, denn im Arabischen gab es kein »V«. »Der Wagen kommt hierher. Sie haben eine sehr vornehme Besucherin«, rief der junge Mann, »eine *Lady*! Eine sehr reiche Lady!«

Amiras Herz begann heftig zu schlagen. Wie hatte Khadija sie nur ausfindig gemacht? Al Tafla war ein winziger Fleck auf der Landkarte. Amira hatte vor sechsundzwanzig Jahren Ägypten verlassen und geschworen, das Land nie wieder zu betreten. Woher wußte Khadija, daß sie zurückgekommen war? Warum hatte Khadija beschlossen, sie nach all den vielen Jahren aufzusuchen?

Amira blickte sich in der kleinen Ambulanz um, als könnte sie die Antworten auf ihre Fragen dort finden. Aber sie sah nur weiß getünchte Wände, den geputzten Fußboden und die Plakate, auf denen in arabisch stand, wie Krankheiten übertragen wurden. Auf einem sehr alten, vergilbten Plakat versicherte Gamal Abd el Nasser den Ägypterinnen, daß der Koran die Geburtenkontrolle billige. Das Plakat hing neben Amiras Universitätsdiplom aus dem Jahre 1977, auf dem das Castillo Medical College in Kalifornien ihr den erfolgreichen Abschluß des Medizinstudiums bescheinigte.

Als sie auf dem Weg Motorengeräusch und Stimmen hörte, holte sie tief Luft und stellte zu ihrer Überraschung fest, daß sie nicht nur aufgeregt war, sondern auch Angst hatte.

Die große schwarze Limousine rollte im Schrittempo auf die Krankenstation zu. Dahinter folgten in gebührendem Abstand viele Dorfbewohner von Al Tafla. Die Nachricht von der Ankunft der reichen Lady hatte sich in Windeseile verbreitet, und immer mehr schlossen sich neugierig und aufgeregt den anderen an.

Als der Wagen vor dem kleinen Steingebäude hielt, stieg der Chauffeur aus und öffnete mit einer leichten Verbeugung den hinteren Wagenschlag. Khadija verließ würdevoll den Wagen, und alle verstummten bei ihrem Anblick. Auf einen Stock gestützt, ging sie die wenigen Schritte bis zur geöffneten Tür der Ambulanz. Sie war ganz in Weiß gekleidet, das Zeichen ihrer Pilgerreise nach Mekka. Kopf, Schultern und die untere Gesichtshälfte verhüllte ein weißer Seidenschleier. Sie trug einen blendend weißen Kaftan mit weiten Ärmeln, die bis zu den Handgelenken reichten. Der Saum des Kaftans schleifte über den Boden. Als sie in der Tür stand, wirkte sie im Gegenlicht der untergehenden Sonne wie ein geheimnisvoller weißer Schatten. Amira sah nur die dunklen Augen, die sich klar und forschend auf sie richteten. Die zwei Frauen betrachteten sich stumm, während hinter Khadija der aufgewirbelte Staub in den Sonnenstrahlen tanzte und die Dorfbewohner sich in einem dichten Halbkreis vor der Tür drängten und aufgeregt miteinander flüsterten. Wer war diese reiche, bedeutende Frau, die ihre Doktorin besuchte?

Khadija brach schließlich das Schweigen und sagte auf arabisch: »Gott schenke dir Frieden und SEINE Gnade.«

Amira starrte sie an. Diese Frau besaß noch immer die Macht, in ihr Angst, Ehrfurcht und auch Zorn auszulösen. Amira hatte sie einst aus ganzem Herzen geliebt und verehrt, aber dann geschah das Schreckliche, sie war bis ins Innerste verwundet und konnte diese Frau nur noch verachten.

Erinnerungen stellten sich bei ihrem Anblick blitzartig ein: die fünfjährige Amira sucht weinend mit einem aufgeschlagenen Knie bei Khadija Schutz und Trost – Amira hört staunend, wie Khadija wundersame Geschichten von Heiligen und Dschinns erzählt – Khadija erklärt Amira vor ihrer Hochzeitsnacht die ehelichen Pflichten einer Frau ...

Oh ja, das war Khadija für sie gewesen, eine Frau, die alles zu wissen schien, die jede menschliche Schwäche, Tugend und alle Anfechtungen verstand und akzeptierte.

Aber Khadija hatte tatenlos zugesehen, wie Amira praktisch zum Tode verurteilt wurde.

Und jetzt stand diese Frau in dem ehrenvollen Gewand einer Pilgerin vor ihr und stützte sich mit der einen Hand nachdenklich auf den Stock. Amira fand, sie sei kleiner als in ihrer Erinnerung, aber ihr angeborener Adel und der förmliche Stolz, den alle an ihr kannten, waren noch immer unverändert spürbar. Amira lächelte unbewußt, denn sie erinnerte sich an Sandelholz und Veilchen, an das erfrischende Plätschern des alten Brunnens im Innenhof des herrschaftlichen Hauses in der Paradies-Straße und vor allem an den köstlichen Geschmack der reifen, zuckersüßen Aprikosen, die Khadija ihnen an heißen Nachmittagen in den Garten brachte. Und sie erinnerte sich an ihren letzten Tag in

Ägypten, als sie enterbt, verflucht und verstoßen aus dem Land geflohen war.
»Auch dir schenke Gott Frieden, seine Gnade und seinen Segen. Mein Haus sei auch dein Haus.«
Aber das waren nur leere und bedeutungslose Worte, ein Ritual der Höflichkeit, weiter nichts.
Nach einer leichten Verbeugung und einer höflichen Geste verließ Amira mit ihrem Gast die Ambulanz. Wie immer, wenn Fremde nach Al Tafla kamen, begleiteten die Dorfbewohner die Besucherin. Während die Dunkelheit herabsank, gingen sie wie bei einer Prozession den Fußpfad am Nil entlang. Es roch nach gebratenem Fisch und kochenden Bohnen. Die Frauen standen vor ihren Hütten. Halbnackte Kinder drängten sich um sie und starrten mit großen Augen auf die weiß gekleidete vornehme Frau. Amira und Khadija schwiegen, aber die wachsende Spannung war nur allzu deutlich. Khadija blickte unverwandt geradeaus und hielt den weißen Schleier fest über die untere Gesichtshälfte. In ganz Ägypten trugen die Frauen wieder den traditionellen Schleier. Khadija Raschid hatte ihn nie abgelegt.
Als sie den Dorfrand erreichten, war die Sonne bereits dunkelrot hinter den Bergen im Westen versunken. Orangefarbene und rosarote Strahlen glühten wie ein heißes Feuer über dem blauen Nil und den grünen Feldern, die von der Dunkelheit bereits in tiefes Schwarz getaucht waren. Um Al Tafla wuchsen Orangen- und uralte Feigenbäume. Auch Wein wurde hier angebaut. Es war ein typisches Dorf am Nil. Die Frauen trugen riesige Wasserkrüge auf den Köpfen, die sie im Fluß gefüllt hatten. Kinder trieben Wasserbüffel mit Stöcken vor sich her, und die Männer kehrten müde von den Feldern zurück – so wie ihre Ahnen schon zur Zeit der Pharaonen.
Amira bewohnte allein ein kleines, frisch gestrichenes Haus direkt am Nil. Es stand inmitten schattenspendender Maulbeerbäume. Sie führte Khadija zur Veranda hinauf, wo ein junges Dienstmädchen den vornehmen Gast scheu begrüßte. Auf eine Geste von Khadija reichte der Chauffeur dem Dienstmädchen die braune Ledertasche, die sie neben einen Stuhl stellte, und dann eilte sie ins Haus, um Tee und Gebäck zu bringen. Die Dorfbewohner blieben zurück, denn das Haus war der persönliche Bereich von Dr. van Kerk. Nur in Notfällen erschienen sie hier. Als sie sahen, daß sich die Ärztin mit ihrer Besucherin in die

Rattansessel der Veranda setzte, nickten sie zufrieden, und die Menge zerstreute sich. Das aufregende Ereignis war für sie vorüber.

Unausgesprochene Worte lagen in der Luft, während Amira und Khadija schweigend beobachteten, wie der Feuerzauber im Westen langsam verblaßte und der Himmel schließlich so violett wie aufblühender Lavendel wurde. Der zärtliche Wind, der über den Nil wehte, strich sanft über die weißen Falten und spielte mit dem fleckenlosen Seidenschleier der alten Frau. Amira staunte, daß Khadija die lange Fahrt allein gemacht hatte, denn sie verließ so gut wie nie das Haus. Erst als Neunundvierzigjährige hatte sie sich zum ersten Mal allein auf die Straße hinaus gewagt. Jetzt war Khadija bestimmt bald neunzig, aber noch immer bei Kräften, denn nur auf ihren Stock gestützt, hatte sie den Weg von der Klinik zu dem Haus zu Fuß zurückgelegt. So würdevoll war sie gegangen, daß niemand ihr Alter und ihre Gebrechlichkeit ahnte.

Weiter reichte Amiras Bewunderung nicht, denn Khadija war ihre Feindin, und nur zögernd und widerwillig hatte sie die Wiederbegegnung über sich ergehen lassen – die erste nach so vielen Jahren. Amira biß die Zähne zusammen. Sie würde nicht zuerst sprechen. Khadija hatte in einem Telegramm ihren Besuch in Al Tafla angekündigt, also sollte sie das Schweigen brechen.

Das Dienstmädchen servierte auf dem besten Messingtablett und in Porzellantassen den heißen Minztee. Auf zwei Tellern brachte sie Aprikosenplätzchen und Mandarinen. Sie stellte die gefüllte Teekanne auf den Tisch und verschwand wieder im Haus.

Als sie gegangen war, richtete Khadija ihre dunklen mandelförmigen Augen auf Amira. Die großen Schwäne am Fluß verließen das sumpfige Ufer und glitten ins Wasser zurück. Amira konnte das Schweigen nicht länger ertragen und fragte:

»Wie geht es dir?«

»Mir geht es gut, und dafür bin ich Gott dankbar.«

»Wie hast du erfahren, daß ich hier bin?«

»Ich habe Itzak Misrachi nach Kalifornien geschrieben. Er kannte deine Adresse. Du siehst gut aus, Amira«, fügte sie mit leichtem Beben in der Stimme hinzu. »Du bist jetzt Ärztin, das ist gut so. Du hast einen sehr verantwortungsvollen Beruf.« Sie breitete die Arme aus. »Willst du mich nicht umarmen?«

Amira zuckte wie unter einem Peitschenhieb zusammen. Diese Frau

war bei ihrer Geburt die Hebamme gewesen. Ihre nach Mandeln duftenden Hände hatten Amira berührt, als sie auf die Welt kam. Sie wußte, Khadija hatte sie geküßt, wie sie alle Neugeborenen mit einem Kuß auf dieser Welt begrüßte. Aber als sie das unergründliche Glühen in den schwarzen Augen sah, konnte sie diese Frau nicht umarmen. Khadija hatte das kantige Gesicht der Beduinen aus der Wüste und hielt das schmale Kinn so stolz wie eine Königin – alle ihre Kinder und Enkel besaßen diese Züge, auch Amira van Kerk, denn sie war eine geborene Raschid, und diese Frau war ihre Großmutter.
Khadija suchte ihren Blick. Der Schleier vor dem Gesicht bewegte sich kaum, als sie sagte: »Du gehörst nicht mehr zu uns, Amira. Du bist Amerikanerin. Und doch trägst du ein islamisches Gewand. Bist du noch eine Gläubige?«
Amira stockte der Atem. Welch eine Kraft lag in dieser Stimme, die sie in ihren Träumen verfolgt hatte – auch noch während des Exils in den USA, und sie dachte bitter: *Also hat sich im Grunde nichts geändert?* Sie antwortete: »Sechsundzwanzig Jahre war ich für euch tot. Ihr habt mir meinen Namen und meine Identität genommen und mich zu einem Geist unter den Lebenden gemacht. Warum kommst du jetzt zu mir?«
»Amira, ich bin gekommen, weil mir im Traum ein Engel erschienen ist, und ich weiß, daß ich bald sterben werde. Der Engel hat gesagt, daß mir Gott in SEINER großen Gnade eine letzte Möglichkeit schenkt, um vor meinem Tod die Familie von dem Fluch zu befreien, der auf ihr liegt. Wenn mir das nicht gelingt, dann werden die Raschids in alle Ewigkeit verdammt sein ... verdammt bis zum Jüngsten Gericht.«
Khadija hob die Hand mit der zarten Haut, unter der sich die dunkelblauen Adern deutlich von dem weißen Gewand abhoben, und nahm den Schleier vom Gesicht. Als die weiße Seide zur Seite fiel, sah Amira ihre gealterten Züge, aber noch immer war die Schönheit von einst unverkennbar, als Khadija mit überraschend sanfter und jugendlicher Stimme sagte: »Nur du, Amira, kannst Gottes Fluch von unserer Familie nehmen. Es ist in deine Hände gegeben.«
Amira starrte sie voll Entsetzen an. Sie hörte wieder Khadijas Worte an jenem Abend in Kairo, als sie erklärt hatte: »In der Stunde deiner Geburt fiel ein Fluch auf unsere Familie.« Seit sechsundzwanzig Jahren lebte Amira in dem schrecklichen Bewußtsein: Ich habe meiner Familie Unheil gebracht ...

Khadija schien ihre Gedanken zu lesen und sagte: »Du bist nicht schuld an diesem Fluch, obwohl er in der Nacht deiner Geburt uns alle aufs neue traf. Ein anderer hat diesen Fluch über uns gebracht.« Und sie dachte: Jetzt weiß ich, wer es war. Aber dieses Geheimnis wollte sie mit ins Grab nehmen, wenn der Fluch von ihnen allen genommen sein würde.

Amira blickte auf den Nil, der in dem letzten Licht des Tages noch einmal blaßblau schimmerte, ehe er völlig schwarz wurde. Feluken – schmale Boote mit dreieckigen Segeln – zogen geometrische Wellen über das Wasser; die hohen Dattelpalmen wurden vor dem Nachthimmel zu zottigen Silhouetten.

Geliebte und vertraute Namen fielen Amira ein – Jasmina, Tahia und Mohammed. Diese Namen waren ihr in all den Jahren nie über die Lippen gekommen. Jetzt sehnte sie sich danach, sie auszusprechen. Amira wollte wissen: Leben sie noch? Fragen sie nach mir? Aber diese Genugtuung würde sie Khadija nicht gewähren. »Du hast mich sechsundzwanzig Jahre in dem Glauben gelassen, ich hätte meine Familie ins Unglück gestürzt und sei von Gott verflucht worden. Du hast mir all mein Glück, meine Liebe und eine Familie geraubt. Warum sollte ich dir helfen? Und warum gerade ich?«

»Weil mir nur noch wenig Zeit bleibt, Amira«, erwiderte Khadija ruhig. »Komm mit mir nach Kairo zurück. Du bist Ärztin, du mußt deine Familie heilen.«

Als Amira verbittert den Kopf schüttelte und stumm auf den Fluß starrte, fügte Khadija leise hinzu: »Wir dürfen keine Feindinnen sein, Amira. Du bist meine Enkeltochter, und ich liebe dich aus ganzem Herzen.«

»In aller Achtung vor dir, Großmutter, ich kann nicht vergessen, was damals geschehen ist ...«

»Es war für uns alle traurig, mein armes Kind. Aber laß dir sagen, ich habe als kleines Mädchen etwas so Schreckliches erlebt, daß ich nur noch weinen konnte. Ich habe geweint, bis keine Tränen mehr kamen und ich zu sterben glaubte. Ich bin nicht gestorben, aber in meinem tiefsten Innern blieb eine grauenhafte Angst zurück. Damals habe ich geschworen, daß ich meine Kinder vor solchen Qualen schützen würde. Ibrahim war mein Sohn und ist dein Vater. Amira, ich konnte mich damals nicht gegen ihn stellen. Nach dem Gesetz kann ein Mann mit seinen Kindern tun, was ihm beliebt. Er ist Herr über seine Familie. Aber ich habe um dich getrauert, Amira.«

Amira erstarrte. Hatte Khadija deshalb das Telegramm geschickt? Mit zitternder Stimme fragte sie: »Ist mein Vater ... ist er tot?«

»Nein, Amira, dein Vater lebt noch. Aber um sein Leben zu retten, bitte ich dich, nach Hause zu kommen. Er ist sehr krank, Amira. Er liegt im Sterben. Er braucht dich.«

»Hat er dich darum gebeten, mich zurückzuholen?«

Khadija schüttelte den Kopf. »Dein Vater weiß nicht, daß du hier bist. Ich habe gefürchtet, wenn er erfährt, daß ich bei dir bin und du vielleicht nicht mit mir kommst, dann würde ihn das völlig vernichten.«

Amira mußte mit den Tränen kämpfen. »Warum stirbt er? Was für eine Krankheit ist es?«

»Nicht sein Körper ist krank, Amira, sondern seine Seele. Seine Seele stirbt. Er hat den Willen verloren zu leben.«

»Wie kann *ich* ihn dann noch retten?«

»Er stirbt auch deinetwegen. An dem Tag, an dem du Ägypten verlassen hast, verlor er seinen Glauben. Er war überzeugt davon, daß Gott ihn verlassen hatte. Das glaubt er noch immer. Amira, du darfst deinen Vater nicht so sterben lassen, denn dann wird Gott ihn wirklich verlassen, und er kommt nicht in das Paradies.«

»Es ist seine Schuld ...«, aber Amira versagte die Stimme.

»Amira! Glaubst du wirklich, daß du alles weißt? Glaubst du zu wissen, warum dein Vater das tat, was er getan hat? Kennst du alle Geschichten unserer Familie? Bei dem Propheten – Friede sei mit ihm –, du kennst die Geheimnisse unserer Familie nicht, die Geheimnisse, die auch dein Leben bestimmen. Aber jetzt ist die Zeit gekommen, daß du sie kennenlernst.« Khadija nahm die Ledertasche auf den Schoß und holte eine alte geschnitzte, mit Elfenbein eingelegte Schatulle heraus. Auf dem Deckel stand auf arabisch: *Gott der Barmherzige*. »Du erinnerst dich an die Misrachis. Sie waren unsere Nachbarn in der Paradies-Straße. Sie mußten Ägypten verlassen, weil sie Juden sind. Marijam Misrachi war meine beste Freundin. Wir haben unsere Geheimnisse gegenseitig gehütet. Ich will dir alle unsere Geheimnisse anvertrauen, denn du stehst meinem Herzen am nächsten, und ich möchte dich mit deinem Vater aussöhnen. Ich werde dir sogar Marijams größtes Geheimnis erzählen. Sie ist gestorben, deshalb darf ich mit dir darüber sprechen. Und dann

werde ich dir von meinem eigenen schrecklichen Geheimnis berichten, das nicht einmal dein Vater kennt. Aber zuerst mußt du dir alles andere anhören.«
»Ich kann nicht mit dir nach Kairo zurückfahren. Vergiß nicht, ich bin für euch alle tot«, sagte Amira und verschluckte das gewohnte »Umma«, Mutter, mit dem sie Khadija immer angesprochen hatte.
»Dein Vater und ich haben dich für tot erklärt, mein Kind, weil...«
Amira hob die Hand. »Sajjida«, unterbrach sie Khadija und wählte bewußt die förmliche Anrede, »was geschehen ist, ist geschehen. Und alles stand von Anbeginn der Zeit so bei Gott geschrieben. Ich werde nicht mit dir nach Kairo zurückfahren!«
Aber Khadija achtete nicht auf ihren Einwurf, sondern öffnete den Deckel der Schatulle. Amira erschauerte. Sie hatte Angst vor dem, was dort zum Vorschein kommen mochte, aber sie wollte es auch wissen. Es klang kläglich, als sie flüsterte: »Ich möchte deine Geheimnisse nicht hören...«, denn sie begriff, daß Khadija sie auf eine Reise in die Vergangenheit mitnehmen wollte.
»Du wirst mir deine Geheimnisse anvertrauen«, sagte Khadija. »Ja, denn auch du hast Geheimnisse.« Sie seufzte. »Wir wollen uns vertrauen, und wenn Gott aus unserem Mund die ganze Geschichte hört, dann flehe ich IHN an, uns in SEINER großen Güte erkennen zu lassen, was wir tun müssen.« Sie holte tief Luft und begann langsam zu erzählen: »Das erste Geheimnis, Amira, reicht in das Jahr vor deiner Geburt zurück. Damals war der Zweite Weltkrieg gerade vorüber, und die Welt feierte den Frieden. Es geschah in einer warmen Sommernacht, einer Nacht voller Hoffnungen und Versprechungen. In dieser Nacht versank unsere Familie noch tiefer in den Abgrund...«

Erster Teil

(1945)

1. Kapitel

»Prinzessin, sieh nur, dort oben am Himmel! Siehst du das geflügelte Pferd über den Himmel galoppieren?«
Das kleine Mädchen blickte zum nächtlichen Himmel hinauf, sah aber nur das endlose Sternenmeer. Als die Kleine den Kopf schüttelte, wurde sie liebevoll umarmt. Noch während sie unter den vielen Sternen das fliegende Pferd suchte, hörte sie in der Ferne ein dumpfes Donnern wie bei einem Gewitter.
Plötzlich umgab sie ohrenbetäubender Lärm und Geschrei. Die Frau, die sie an sich drückte, rief: »Gott helfe und beschütze uns!« Im nächsten Augenblick tauchten kriegerische schwarze Gestalten aus der Dunkelheit auf. Sie ritten auf riesigen Pferden und trugen schwarze wehende Gewänder. Das Mädchen glaubte, sie seien vom Himmel auf die Erde gekommen, und hoffte, die großen gefiederten Flügel zu sehen.
Aber dann flohen sie vor den unheimlichen Reitern und rannten durch die Nacht – Frauen und Kinder. Sie wollten sich verstecken, während Schwerter im Licht der Lagerfeuer blitzten und laute Schreie zu den kalten, unbeteiligten Sternen hinaufstiegen.
Das Mädchen klammerte sich an die Frau. Sie kauerten hinter einer großen Truhe. »Still, Prinzessin«, flüsterte die Frau, »sie dürfen uns nicht hören.«
Angst, Entsetzen und dann – dann wurde die Kleine brutal aus den schützenden Armen der Frau gerissen. Sie schrie ...
Khadija erwachte. Es war dunkel im Zimmer, aber sie sah, daß die silbernen Strahlen des Frühlingsmondes wie ein Mantel über ihr Bett fielen. Sie richtete sich auf und schaltete die Nachttischlampe ein. Es wurde sofort angenehm hell, und sie legte die Hand auf die Brust, als

könnte sie damit das rasend schlagende Herz beruhigen. Khadija dachte: Die Träume fangen wieder an.
Deshalb erwachte sie nicht ausgeruht, denn die Träume quälten sie mit beängstigenden Bildern im Schlaf – waren es Erinnerungen? Sie wußte nicht, ob die Dinge, die sie in den Träumen erlebte, auf tatsächlichen Ereignissen beruhten oder nicht. Aber wann immer die Träume sich einstellten, warfen sie ihren Schatten auf den Tag, und Khadija mußte die Vergangenheit in der Gegenwart durchleben, wenn es tatsächlich Erinnerungen aus einer vergangenen Zeit waren. Zwei Leben schienen sich gleichzeitig vor ihren Augen zu entfalten. In dem einen war das kleine Mädchen dem Terror hilflos ausgeliefert, und im anderen versuchte die erwachsene Frau in einer unberechenbaren Welt Ordnung zu schaffen und ihr einen Sinn zu geben.
»Das Kind . . .«, murmelte Khadija, und ihr fiel wieder ein, daß ihre Schwiegertochter in den Wehen lag. Wie lange hatte sie wohl geschlafen? Im Haus schien es eigenartig still zu sein.
Bei jeder Geburt im Raschid-Haus in der Paradies-Straße stellten sich die Traumbilder ein und störten ihren Schlaf. Waren es vielleicht Vorboten der Zukunft? Um sich zu beruhigen, ging Khadija in das angenehm nach Mandeln duftende Marmorbad und ließ aus dem goldenen Hahn kaltes Wasser über die Hände laufen, ohne das Licht einzuschalten. Sie betrachtete sich im Spiegel und sah, wie der Mond ihr Gesicht erschreckend weiß erscheinen ließ. Unwillkürlich mußte sie an ihren Mann denken, der bereits fünf Jahre im Grab lag.
Sie wusch sich das Gesicht mit dem kalten Wasser und trocknete es sorgfältig mit einem Leinenhandtuch. Dann kämmte sie sich die Haare und strich über den langen Rock. Khadija hatte sich angekleidet auf das Bett gelegt, weil sie damit rechnete, zu ihrer Schwiegertochter gerufen zu werden, wenn es soweit war. Nachdenklich ging sie in das Schlafzimmer zurück. Im Mondlicht sah sie das Photo auf dem Nachttisch. Es schimmerte eigenartig, und der Mann in dem silbernen Rahmen schien sie stumm anzulächeln.
Sie nahm Alis Bild in die Hände. Wie immer, wenn sie etwas bedrückte, suchte sie Trost bei ihm. »Was bedeuten die Träume, geliebter Mann?« fragte sie.
Es war eine ruhige Nacht bei den Raschids. Alle nahmen Rücksicht auf Khadijas Schwiegertochter, denn die junge Frau stand vor der großen

Aufgabe, ihr erstes Kind gesund auf die Welt zu bringen. »Sag mir«, bat Khadija leise den Mann mit dem eindrucksvollen Schnurrbart unter der Hakennase, »warum kommen diese Träume immer dann, wenn ein Kind geboren wird? Ist es ein Omen, das ich nicht verstehe, oder sind es die Bilder meiner Angst?« Sie seufzte. »Ali, was ist in meiner Kindheit geschehen, daß ich jedesmal von Grauen und Entsetzen gepeinigt werde, wenn ein neues Leben in diese Familie kommt?« Khadija träumte manchmal auch von einem kleinen Mädchen, das verzweifelt schluchzte. Aber sie wußte nicht, wer das Kind war. »Bin ich das?« fragte sie ihren Mann auf dem Photo. »Nur du kanntest das Geheimnis meiner Herkunft, geliebter Mann. Vielleicht hast du noch mehr gewußt, es mir aber nie gesagt. Du warst ein erwachsener Mann und ich noch ein Kind, als du mich in dein Haus geholt hast. Warum kann ich mich nicht an mein Leben davor erinnern?«
Als sie auf ihre Frage nur das Rascheln der Blätter im Garten hörte, stellte sie das Photo wieder auf den Nachttisch zurück. Was Ali auch gewußt haben mochte, er hatte sein Wissen mit ins Grab genommen. Deshalb gab es für Khadija Raschid keine Antworten auf die Fragen nach ihrer Familie, nach ihrer Herkunft, nach ihrem Geburtsnamen. Niemand in der Familie kannte ihr Geheimnis. Als ihre Kinder noch klein gewesen waren und sich nach den Verwandten ihrer Mutter erkundigten, antwortete sie immer ausweichend: »Mein Leben begann an dem Tag, an dem ich euren Vater geheiratet habe. Seine Familie wurde auch meine Familie«, denn Khadija hatte keine Erinnerungen an ihre Kindheit, nur die geheimnisvollen Träume ...
»Herrin?« hörte sie eine Stimme an der Tür.
Khadija drehte sich um. Die alte Magd, die schon vor Khadijas Geburt bei den Raschids gedient hatte, stand im Zimmer. Khadija fragte: »Ist es soweit?«
»Ja, Herrin, es ist bald soweit.«
Khadija schob den Traum und ihre Fragen beiseite und eilte durch den langen Gang zur Treppe. Ihre Schritte waren auf den kostbaren Teppichen fast unhörbar. In den Kristallvasen und goldenen Kandelabern spiegelte sich ihr Bild.
Neben der Treppe stand ein kleiner Junge und fragte sie ängstlich: »Stirbt die Tante?« Der Wind wehte inzwischen stürmisch und übertönte das Stöhnen aus dem Zimmer, wo ihre Schwiegertochter lag.

»Tante Fatheja ist in Gottes Händen«, antwortete Khadija freundlich und lauschte auf ein Zeichen, das der Wind ihr geben mochte, der die Fensterläden klappern ließ. Es war der alljährliche Chamsîn. Er kam aus der Wüste und erfüllte die Nacht mit gespenstischen Geräuschen, während er durch Kairos breite Alleen und enge Gassen fegte und das herrschaftliche Haus in der Paradies-Straße in einen feinen Sandschleier hüllte.
»Aber was hat die Tante?« fragte der Junge seine Großmutter. »Ist sie krank?« Der Dreijährige fürchtete sich, denn er erinnerte sich daran, wie Tante Zou Zou ihm erzählt hatte, daß mit dem Wüstenwind die umherirrenden Seelen der Menschen kamen, die in der Wüste gestorben waren und denen der Weg zum Paradies auf ewig versperrt war. Omar fürchtete, der Wind sei heute nacht gekommen, um seine Tante Fatheja in das Reich der Toten zu holen.
»Sie bekommt ein Baby. Geh wieder in dein Zimmer und schlaf, mein Junge.«
Aber Omar wollte nicht schlafen. Er fürchtete sich. Auch wenn seine Großmutter ihn beruhigen wollte, so wußte er doch, daß etwas nicht stimmte. Sonst waren alle fröhlich, lachten und unterhielten sich laut, und er fand überall offene Arme und einen Schoß, wo er verwöhnt wurde. An diesem Abend schien alles wie in einem Alptraum zu sein. Schatten huschten über die Wände, die Messinglampen schaukelten und zuckten, während seine Tanten und die anderen mit Handtüchern und heißem Wasser in das Schlafzimmer eilten und es kurz darauf seufzend wieder verließen. Es roch überall nach Weihrauch. Die Frauen flüsterten nur miteinander, und niemand kümmerte sich um den verängstigten Omar, der unbemerkt seiner Großmutter folgte, als sie das Zimmer betrat, in dem alle Raschids ihre Kinder bekamen. Er sah in einer Ecke die unheimliche alte Quettah, die Astrologin, über ihre Karten und Instrumente gebeugt. Sie bereitete sich darauf vor, im Augenblick der Geburt den Stern des Neugeborenen zu bestimmen. Omar rannte schutzsuchend zu seiner alten Tante Zou Zou, die mit dem aufgeschlagenen Koran in der Hand leise murmelnd betete.
Zu Khadijas Erleichterung war ihre Schwiegertochter umringt von den Tanten und Frauen, die im Haus lebten. Sie trösteten die erschöpfte Fatheja, betupften ihr die Stirn, gaben ihr zu trinken, beruhigten die werdende Mutter nach besonders heftigen Wehen, und sie beteten. Die

eleganten Frauen hatten die seidenen Schleier hochgeschlagen und dufteten nach teuren Parfüms.

Die Raschids waren eine reiche und vornehme Familie. Zur Zeit waren es dreiundzwanzig Frauen und Kinder im Alter von einem Monat bis zur sechsundachtzigjährigen Zou Zou. Als Schwestern, Töchter und Enkelinnen der ersten Frauen von Ali Raschid waren sie alle miteinander verwandt. Und zu ihnen gehörten auch die Witwen seiner gestorbenen Söhne und Neffen. Nur die Jungen unter zehn Jahren durften nach islamischer Sitte bei den Frauen sein. Nach ihrem zehnten Geburtstag verließen sie die Mutter und lebten im Männerteil auf der anderen Seite. Zur Zeit wohnten dort sieben Männer. Dr. Ibrahim Raschid, Khadijas Sohn, war mit achtundzwanzig das Oberhaupt der Sippe. Die inzwischen zweiundvierzigjährige Khadija herrschte im Frauenteil, dem früheren Harem. Ali Raschids wurde hier noch immer in dem großen Porträt gedacht, das über dem Bett hing: ein großer, untersetzter Mann, der auf einem kostbar geschnitzten Stuhl thronte. Niemand hatte seine große Macht zu seinen Lebzeiten jemals angezweifelt.

Als Khadija an das Bett trat, spürte sie noch immer die Wirkung ihres Traums. Noch vor wenigen Augenblicken hatte sie in einem Lager in der Wüste gesessen und zu den Sternen aufgeblickt. Wer war die Frau, die sie bei dem Überfall hatte verstecken wollen? Ihre Mutter? Aber warum hatte die Frau sie mit gewisser Ehrerbietung in der Stimme »Prinzessin« genannt? Khadija konnte sich an ihre Mutter nicht erinnern. Sie träumte immer wieder von dem Sternenhimmel dieser Nacht, so daß sie manchmal glaubte, nicht von einer Frau geboren, sondern von einem dieser fernen funkelnden Sterne gekommen zu sein.

Während sie ihrer Schwiegertochter ein kaltes Tuch auf die Stirn legte, fragte sie sich stumm: Was ist aus der Frau geworden, die das Mädchen so liebevoll an sich drückte? Hat man sie umgebracht? Habe ich sie sterben sehen? War es ein grauenhaftes Blutbad in der Wüste, bei dem alle von den umheimlichen schwarzen Gestalten getötet wurden? Kann ich mich deshalb nur in Träumen an meine Vergangenheit erinnern?

Nachdenklich verrührte Khadija einen Löffel Honig in dem Fencheltee für ihre Schwiegertochter. Während sie Fatheja beim Trinken half, betrachtete sie aufmerksam den gewölbten Leib unter dem Satinlaken.

Fatheja öffnete den Mund zu einem stummen Schrei. Sie versuchte, nicht laut zu schreien, denn eine Frau, die bei der Geburt schwach wurde, entehrte die Familie. Khadija ersetzte das naßgeschwitzte Kissen durch ein trockenes und betupfte Fathejas Stirn.
»*Bismillah!*« In Namen Gottes! flüsterte eine der jungen Frauen, die ebenfalls am Bett stand. »Was ist denn eigentlich mit ihr los?«
Khadija schlug das Laken zurück und stellte zu ihrer Überraschung fest, daß das Baby sich unerklärlicherweise gedreht hatte und sich nicht länger in der normalen Geburtslage befand, sondern quer lag. Khadija mußte an eine andere Nacht vor beinahe dreißig Jahren denken. Sie war damals dreizehn gewesen und erst vor kurzem als Braut in das Raschid-Haus gekommen. Eine Frau lag in den Wehen, und das Kind hatte sich ebenfalls seitlich gedreht. Khadija wußte, daß damals Mutter und Kind gestorben waren.
Um ihre Besorgnis zu verbergen, redete sie beruhigend auf Fatheja ein und winkte Doreja, ihre geschiedene Stieftochter, die Weihrauch brannte, um damit Dschinns, Dämonen und andere böse Geister vom Kindbett zu vertreiben, mit einer Geste zu sich. Sie bat Doreja leise, ihre Nachbarin Marijam Misrachi zu holen. Marijam war ihre beste Freundin, und sie brauchte jetzt ihre Hilfe, denn sie mußten das Kind so schnell wie möglich in die normale Stellung mit dem Kopf nach unten drehen. Fatheja würde bald gebären, und wenn das Kind im Geburtskanal steckenblieb, dann waren sie verloren.

Nefissa bemerkte von dem Drama, das sich in dem großen Himmelbett vollzog, nur wenig. Ihr Rücken und ihre Schultern schmerzten, denn sie saß kerzengerade und blickte unverwandt auf die Straßenlaterne vor dem Haus. Sie mußte in dieser unbequemen Stellung sitzen, um die Straße hinter der hohen Mauer überhaupt sehen zu können. Sie starrte durch eine der vielen Öffnungen der Maschrabija, einem kunstvollen Flechtgitter, das noch aus den Zeiten des Harems stammte. Damals hatte es den Frauen ermöglicht, unbemerkt die Straße zu beobachten.
Nefissa saß nicht zum ersten Mal am Fenster. Khadija und die anderen Frauen wußten nicht, daß sie in den vergangenen zwei Wochen jeden Mittag und jeden Abend am Fenster gesessen und gewartet hatte.
Vom Dach konnte man normalerweise Kairos tausend Kuppeln und

Minarette und an klaren Mondnächten die Pyramiden sehen, die auf der anderen Nilseite wie gespenstische Dreiecke in die Luft ragten. Aber weil der Chamsîn – auf arabisch »fünfzig«, weil der Wind fünfzig Tage wehte – einen Sandschleier über die Stadt legte, sah man an diesem Abend weder den Nil noch den Mond. Auch die Straßenlampen warfen nur einen gelblichbraunen Schein. Wenn hin und wieder ein Wagen vorbeifuhr, wirkten die Scheinwerfer wie trübe Augen.
Nefissa dachte enttäuscht: Heute wird er bestimmt nicht kommen! Ihre Spannung stieg, als sie das Klappern von Hufen auf dem Pflaster hörte und eine Kutsche vorbeirollte. War die Zeit schon vorüber? Hat er mich möglicherweise nicht gesehen? Nefissa saß nicht am üblichen Fenster. Hatte er zu ihrem Schlafzimmer hochgeblickt, sie nicht gesehen, war enttäuscht weitergegangen und würde vielleicht nie mehr kommen?
Sie zog den seidenen Schleier fester vor das Gesicht; die anderen Frauen sollten ihre Enttäuschung nicht sehen, denn keine kannte ihr Geheimnis. Sie wären alle über ihr Verhalten entsetzt gewesen. Nefissa war erst seit kurzem Witwe, und man erwartete von ihr ein vorbildliches tugendhaftes Leben. Aber wie konnte man das von ihr, die gerade erst zwanzig geworden war, verlangen? Ihr Mann war ein Playboy gewesen, den sie kaum kannte. Er hatte sein Leben in Nightclubs verbracht, und Autorennen waren seine Leidenschaft gewesen. Ein paar Wochen vor der Geburt seiner Tochter Tahia war er in seinem Rennwagen tödlich verunglückt. Nefissa war drei Jahre mit einem Fremden verheiratet gewesen. Und jetzt sollte sie den Rest ihres Lebens um diesen Mann trauern?
Das konnte und wollte sie nicht.
Ein Stöhnen vom Bett riß sie aus ihren Gedanken. Die arme Fatheja. Sie empfand für ihre Schwägerin großes Mitgefühl, denn vor drei Jahren hatte sie in diesem Bett Omar zur Welt gebracht und erst vor einem Monat die kleine Tahia. Khadija, ihre Tanten und Cousinen hatten ihr ebenso Beistand geleistet wie diesmal Fatheja. Aber Nefissas Wehen waren nicht so schlimm gewesen. Fatheja mußte sehr leiden, und Nefissa wünschte von ganzem Herzen, daß ihre Schwägerin mit einem Sohn belohnt werden würde.
Der Wind fegte durch den Innenhof, und Nefissa richtete ihre Aufmerksamkeit wieder nach draußen. Der menschenleere Garten wirkte

unheimlich, Sand und Blätter wirbelten um den Brunnen. Sie blickte sehnsüchtig auf die Straße, auf die nur verschwommen erkennbare Straßenlaterne, und ihre Angst wuchs.
Als Nefissa in ihrem Rücken die besorgten Stimmen der Frauen hörte, fuhr sie zusammen und wollte ihren Platz am Fenster verlassen. Aber in diesem Augenblick näherte sich die schattenhafte Gestalt eines Mannes dem Tor in der Mauer. Der Mann kämpfte gegen den Wind und hatte den Kragen hochgeschlagen, der fast sein Gesicht verdeckte. Nefissa starrte in die Dunkelheit. Ist er es?
Sie hielt den Atem an.
Er blieb unter der Laterne stehen, und dann sah sie im Lichtschein undeutlich eine Uniform, die Uniform eines Offiziers, und ihr Herz begann heftig zu schlagen. Er war gekommen! Der Mann richtete seinen Blick auf das dreistöckige Haus, und Nefissa mußte sich zusammennehmen, um nicht laut zu rufen: »Hier bin ich! Hier, hinter diesem Fenster!«
Geh nicht! Bleib stehen. Vielleicht kommst du nicht noch einmal ...
Plötzlich hob er die Hand über die Augen und blickte auf das Gitter, hinter dem sie saß. Sie zog den Schleier fester, öffnete die kleine Klappe in der Maschrabija und wartete auf das Zeichen, daß er sie entdeckt hatte.
Vor zwei Wochen saß Nefissa am Fenster ihres Schlafzimmers und blickte gelangweilt auf die Straße. Plötzlich sah sie einen englischen Offizier auf dem Gehweg. Er blieb unter der Straßenlaterne stehen, um sich eine Zigarette anzuzünden, und hob dabei den Kopf. Ihre Blicke trafen sich zufällig, und Nefissas Herz schien stillzustehen. Sie wagte nicht zu atmen, hielt den Schleier regungslos vor das Gesicht, und er sah nur ihre Augen. Der Mann blieb länger als notwendig unter der Laterne stehen und sah sie bewundernd an.
Danach erschien er jeden Tag gegen ein Uhr mittags und kurz vor Mitternacht. Der britische Offizier blieb unter der Straßenlaterne stehen, blickte zu Nefissas Fenster hinauf, und wenn er sie sah, zündete er sich mit einem Streichholz eine Zigarette an. Er betrachtete sie durch den Rauch, und sie sah seine leuchtend blauen Augen voll Verlangen auf sich gerichtet – dann ging er weiter.
Obwohl der Wind den großen, schlanken Mann umwehte, gelang es ihm, im Schutz der Hände das Streichholz zu entflammen und die

Zigarette anzuzünden. Das war das Zeichen! Er hatte sie gesehen! Ihre Geduld war wieder einmal mit einem kurzen Blick auf sein Gesicht belohnt worden – er war blond, hatte eine helle Haut, und Nefissa fand, er sah besser aus als jeder andere Mann, den sie kannte.
Wenn sie doch nur den Mut hätte, den Schleier sinken zu lassen. Wenn sie ihn doch nur kennenlernen könnte. Aber das war unmöglich, und es durfte nicht sein! Das Gesetz verlangte von den Frauen zwar nicht mehr, sich in der Öffentlichkeit zu verschleiern, aber Nefissa war Khadijas Tochter, und alle Frauen der Raschids schützten ihre Ehre mit dem Schleier. Nefissa durfte das Haus nur an den Festtagen der Heiligen verlassen oder wenn sie ihre Freundin, Prinzessin Faiza, im Palast besuchte.
Welche Möglichkeit gab es für sie, ihren Offizier kennenzulernen, in den sie sich Hals über Kopf verliebt hatte?
Während sie ihn dort draußen beobachtete und er seine blauen Augen auf sie gerichtet hatte, fragte sich Nefissa, was er wohl denken mochte. Staunte er wie die Ägypter, daß der Zweite Weltkrieg endlich vorbei war? Hatte er wie seine britischen Offizierskameraden und alle in Ägypten geglaubt, der Kampf werde noch zwanzig Jahre dauern? Nefissa fand es schön, daß es keine Verdunklung, keine Angst vor Bombenangriffen mehr gab. Sie mußten nicht mehr mitten in der Nacht das Haus verlassen und in dem Luftschutzbunker warten, den ihr Bruder auf dem Gelände hatte errichten lassen, weil es undenkbar war, daß die Raschids in einem der öffentlichen Bunker Schutz suchten. Mußte ihr Verehrer mit den wunderbaren blauen Augen wie alle Briten befürchten, daß nach dem Ende des Kriegs in Kairo die engländerfeindliche Haltung wachsen werde? Die Ägypter würden möglicherweise jetzt den Abzug der Engländer fordern, die schon so lange in Ägypten herrschten ...
Nefissa wollte nicht an Krieg oder Politik denken. Sie konnte den Gedanken nicht ertragen, daß man »ihren« Offizier aus Ägypten vertrieb. Sie wollte wissen, wer er war. Sie wollte mit ihm reden und ... mit ihm schlafen. Aber sie wußte, das war nur ein Traum. Falls jemand ihre heimliche Liebe entdeckte, dann würde Khadija sie streng bestrafen. War nicht Nefissas ältere Schwester Fatima verstoßen worden, weil sie eine schreckliche Sünde begangen hatte? Nefissa wußte nicht, was Fatima getan hatte, aber Khadija hatte ihre Bilder aus dem Photoalbum

entfernt, und niemand durfte mehr von ihr sprechen. Wenn Khadija ihrer geliebten ältesten Tochter nicht verzeihen konnte, dann gab es für Nefissa erst recht kein Erbarmen.

Das verstohlene Treffen ging zu Ende. Er drehte sich – zögernd? – um und verschwand in der Nacht. Nefissas Hände zitterten. Wie sollte sie die Stunden bis zum nächsten Mittag überstehen, bis sich das Ritual hoffentlich wiederholte? Sie war in diesen Mann verliebt und kannte nicht einmal seinen Namen.

Jemand zog an ihrem Rock. Omar machte sich bemerkbar. »Warte...«, murmelte sie, denn sie wollte die Erregung noch genießen, die der Offizier in ihr ausgelöst hatte, aber ihr kleiner Sohn forderte energisch seine Rechte. Seufzend setzte sie ihn auf den Schoß. Er knöpfte ihr das Mieder auf und begann zufrieden, an der Brust zu trinken.

»Wie geht es ihr?« fragte Marijam und trat an das Bett.

»Das Kind kann jeden Augenblick geboren werden, wenn Gott es so will, aber es liegt falsch.«

Khadija griff nach einem Amulett, das sie bereits beim Einsetzen der Wehen neben das Bett gelegt hatte, denn es besaß die besondere Kraft der Sterne. Sie hatte es an sieben aufeinanderfolgenden Nächten vor dem Vollmond auf das Dach gelegt, damit es das Licht der Sterne in sich aufnehmen konnte. Bevor sie Fatheja berührte, nahm Khadija das Amulett in die Hände, um seinen Zauber wirken zu lassen.

Der Sturm heulte, die Messinglampen schaukelten, und Zou Zou las mit leiser Stimme aus dem Koran: »Es steht geschrieben, daß uns nichts widerfährt, was Gott nicht gewollt hat. ER ist unser Hüter. Nur auf Gott sollt ihr vertrauen.«

Als Khadija sanft die Hände auf Fathejas Leib legte und dabei Marijam stumm anwies, es ihr gleichzutun, flüsterte die junge Frau: »Mutter...«, ihre fiebrigen Augen glänzten wie zwei schimmernde schwarze Perlen, »wo ist Ibrahim? Wo ist mein Mann?«

»Ibrahim ist beim König und kann nicht nach Hause kommen.« Es gelang den beiden Frauen, mit sanftem Druck das Kind in die richtige Lage zu drehen, aber sobald sie die Hände zurückzogen, sahen sie, wie sich der Unterleib langsam bewegte und das Baby wieder die Querlage einnahm.

Als Khadija den angstvollen Blick ihrer Schwiegertochter sah, sagte sie

ruhig: »Gott wird uns führen. Wir müssen das Baby so lange in der richtigen Lage halten, bis es geboren ist.«
Khadija und Marijam brachten das Kind zum zweiten Mal in die richtige Lage. Aber bei der nächsten Wehe drehte es sich hartnäckig wieder quer.
Da wußte Khadija, was sie jetzt tun mußte. »Bereite Haschisch vor«, sagte sie zu Doreja.
Marijam legte Fatheja die Hand auf die glühende Stirn und murmelte ein Gebet. Marijam hieß mit Nachnamen Misrachi, das bedeutete auf arabisch »Ägypter«. Die Misrachis lebten schon seit vielen Generationen in Kairo, aber Marijam betete hebräisch, denn sie war Jüdin. Als die Nazis fast bis Alexandria vorgerückt waren, hatten Christen und Muslime die Juden in ihren Häusern versteckt. Marijam und ihr Mann hatten in dem großen Haus neben den Raschids jüdische Familien aufgenommen.
Sie sah Khadija stumm an. Die beiden Frauen mußten sich nicht mit Worten verständigen. Sie waren Freundinnen und kannten sich so gut, daß sie gegenseitig ihre Gedanken lesen konnten.
Bald erfüllte der würzige Geruch der Haschischpfeife den Raum. Khadija sprach eine Stelle aus dem Koran, wusch sich dabei Hände und Arme und trocknete sie mit einem frischen Handtuch ab. Das Wissen, auf das sie sich jetzt verließ, stammte von ihrer Schwiegermutter, denn Ali Raschids Mutter war eine Heilerin gewesen. Viele Bräute litten oft in der neuen Umgebung einer anderen Familie, denn sie befanden sich meist in Gesellschaft ihrer Schwiegermutter und bekamen ihren Mann nur selten zu sehen. So geschah es nicht selten, daß die jungen Frauen eher wie Dienstboten und weniger als Familienmitglieder behandelt wurden. Marijam wußte, daß Khadija Glück gehabt hatte. Ali Raschids Mutter besaß das unerschöpfliche Wissen alter medizinischer Geheimnisse, die über viele Generationen hinweg weitergegeben wurden. Die alte Frau war schon lange tot, aber sie hatte mit viel Geduld der verängstigten dreizehnjährigen Khadija die Kunst des Heilens beigebracht. Auch ihr Sohn Ali war Arzt gewesen. Khadija und Ibrahim setzten diese Tradition fort, für die die Raschids bekannt waren. Khadijas Können reichte noch weiter zurück und stammte aus einem anderen Harem, aber das wußte sie nur aus den Träumen.
Fatheja zog langsam an der Haschischpfeife, bis ihre Augen starr wur-

den. Khadija legte ihr eine Hand auf den Leib, führte das Baby von oben und griff dann mit der anderen von unten nach dem Kind.

»Sie soll weiterrauchen«, sagte sie ruhig zu Marijam und versuchte, sich das Kind vorzustellen – zwei winzige Beine, die sich in der fetalen Lage an den kleinen Körper drückten. Khadija mußte sie fassen und langsam nach unten ziehen. Das Problem bestand darin, daß die Fruchtblase schon lange geplatzt und das Fruchtwasser ausgelaufen war. Deshalb umschloß der Uterus fest das Kind, und es konnte leicht zu einer Verletzung kommen.

Fatheja sog krampfhaft an der Pfeife, aber der Schmerz wurde unerträglich. Sie warf den Kopf zur Seite, konnte sich nicht länger beherrschen und schrie laut auf.

Khadija sagte zu Doreja ruhig und bestimmt: »Ruf im Palast an. Laß Ibrahim ausrichten, daß er sofort nach Hause kommen soll.«

»Bravo!« rief König Farouk. Da er gerade ein »Cheval« gewonnen hatte, versiebzehnfachte sich sein Einsatz. Deshalb brach sein Gefolge am Roulette-Tisch in lauten Jubel aus.

Zwei Männer beklatschten den König besonders begeistert – Ibrahim Raschid und Hassan al-Sabir, der neben Ibrahim stand und in der einen Hand ein Glas Champagner hielt, während die andere auf dem Po einer auffallend hübschen französischen Blondine lag. Hassan sprach zwar angeregt über den nächsten möglichen Gewinn des Königs, aber in Wirklichkeit richtete sich seine Aufmerksamkeit auf den tiefen Ausschnitt des raffinierten Abendkleids der Blondine. »Riskieren Sie alles, Eure Majestät. Das Glück steht heute auf Ihrer Seite!«

Hassan hatte die geschliffene Aussprache eines geborenen Engländers, denn er hatte in Oxford studiert. Dort hatte er auch Ibrahim kennengelernt. Wie die meisten Söhne der Aristokratie Kairos erhielten sie ihre Ausbildung im Ausland, um dort unter anderem zu lernen, sich wie richtige englische Gentlemen zu benehmen. Wie Ibrahim hatte auch Hassan olivbraune Haut, große braune Augen und gelockte schwarze Haare. Die beiden jungen Männer hatten erst vor kurzem ihren achtundzwanzigsten Geburtstag gefeiert. Sie standen sich so nahe wie Brüder, denn sie hatten zusammen ihre Unschuld verloren, als sie sich zu diesem Zweck in London gemeinsam eine Prostituierte nahmen.

»Ja, tun Sie das, Majestät«, stimmte Ibrahim seinem Freund zu. »Möge Gott Ihren Reichtum vergrößern.«

Hassan war ein reicher Playboy-Anwalt und hatte nur den Ehrgeiz, das Leben zu genießen. Ibrahim war sogar noch reicher. Er hatte von seinem Vater im ertragreichen Nildelta einen riesigen Grundbesitz geerbt und besaß große Anteile in der Baumwollindustrie und an Reedereien. Vor allem war er ein Pascha, ein Herr. Auch er wollte nichts anderes als ein schönes Leben haben. Seine Wünsche sollten jederzeit in Erfüllung gehen; dazu gehörten natürlich auch alle erdenklichen Vergnügungen. Aber an das Vergnügen dachte er jetzt nicht, während die Herren im Frack und die Damen in Abendkleidern über den nächsten Gewinn des Königs staunten.

Als der König es nicht bemerkte, blickte Ibrahim verstohlen auf seine Uhr. Es wurde spät, und er wollte unbedingt zu Hause anrufen und sich nach seiner Frau erkundigen. Aber Ibrahim durfte den Roulette-Tisch nicht verlassen, um mit seiner Frau zu telefonieren. Er gehörte zum königlichen Gefolge, und als Leibarzt des Königs mußte er an Farouks Seite bleiben.

Ibrahim hatte den ganzen Abend Champagner getrunken. Sonst trank er nicht soviel, aber er wollte sich auf diese Weise beruhigen. Seine junge Frau würde vielleicht noch heute ihr erstes Kind bekommen. Ibrahim war in seinem ganzen Leben noch nie so nervös gewesen. Erstaunlicherweise munterte ihn der Champagner nicht auf. Im Gegenteil, mit jedem Glas, mit jedem neuen Beifallssturm am Roulette-Tisch wuchs seine Niedergeschlagenheit. Er fragte sich, was das alles für einen Sinn haben sollte. Diese albernen Vergnügen fand er keineswegs unterhaltsam. Er warf einen prüfenden Blick auf die Herren, die sich um den König drängten – eine Schar junger Männer, die alle aussahen wie er selbst. Wir sind eigentlich Arbeitsbienen oder besser gesagt Drohnen, dachte er bitter und nahm das nächste Glas Champagner vom Tablett eines Kellners. Jedermann wußte, daß Farouk sein Gefolge mit einem besonderen Blick für Attraktivität und Geschliffenheit auswählte – junge Männer mit olivbrauner Haut, mit schönen braunen Augen und schwarzen Haaren. Sie waren alle um dreißig oder Ende zwanzig, reich und ohne sonstige Verpflichtungen, trugen Fräcke, die sie in der Savile Row in London bestellten, und sprachen ein maniertes Englisch, das sie in England gelernt hatten. Aber auf dem Kopf tragen sie alle, stellte Ibrahim mit ungewohntem Zynismus fest, den roten Fez, das eifersüchtig gehütete Symbol der ägyptischen Oberklasse. Einige hatten ihren so weit in die Stirn geschoben, daß er fast auf den Augenbrauen saß. Araber, die keine Araber sein wollen, dachte Ibrahim geringschätzig, Ägypter, die sich als englische Gentlemen fühlen.

Ibrahim hatte zwar eine beneidenswerte Stellung, trotzdem überkam ihn hin und wieder diese Art Niedergeschlagenheit. Gewiß, er war der königliche Leibarzt, aber das konnte er sich nicht als eigenes Verdienst anrechnen, denn er hatte diese Stellung seinem einflußreichen Vater zu verdanken.

»Bei Gott«, murmelte Ibrahim seinem Freund Hassan zu und blickte wieder verstohlen auf die Uhr, »es ödet mich an. Ich möchte nach Hause zu meiner Frau. Ich liebe meine Frau. Sie braucht mich.« Ibrahim sprach so leise, daß niemand ihn hören konnte. Er durfte mit seinen Worten nicht das königliche Vergnügen beeinträchtigen. An diesem Abend besuchte der König das elegante Casino am Nil, den Club Cage d'Or. Die teuersten Wagen fuhren dort vor, und der ägyptische König verspielte im Kreis seiner britischen und ägyptischen Freunde unglaubliche Summen. Die Nightclub-Runde hatte bereits vor eineinhalb Tagen begonnen, als es Farouk in den Sinn kam, mit seinem Gefolge von einem Club zum anderen, von einem Hotel zum nächsten zu ziehen. Und noch war ein Ende nicht abzusehen.

Es hatte viele Nachteile, Farouks Leibarzt zu sein, und dazu gehörte auch, Abende wie diese an seiner Seite zu verbringen. Im Grunde, so dachte Ibrahim, ist das reine Zeitverschwendung. Ich stehe unter diesen hellen Kronleuchtern und habe Kopfschmerzen, weil ich die albernen Rumbaklänge des Orchesters nicht mehr hören kann, während diese Frauen in hautengen Kleidern mit den befrackten Herren tanzen, als würden sie es in aller Öffentlichkeit miteinander treiben.

Als Leibarzt kannte Ibrahim den König inzwischen besser als jeder andere. Er kannte ihn sogar besser als Königin Farida. Den Gerüchten nach hatte Farouk einen sehr kleinen Penis und eine sehr große Pornographiesammlung. Ibrahim wußte, nur das eine stimmte, aber er wußte auch, daß der fünfundzwanzigjährige Farouk im Grunde noch ein Kind war. Der König aß leidenschaftlich gerne Eis, freute sich über dumme Witze und verschlang *Dagobert Duck*-Comics, die er regelmäßig aus Amerika bezog. Zu seinen Leidenschaften gehörten Katherine

Hepburn-Filme und das Roulette, aber auch Jungfrauen wie die Siebzehnjährige mit der milchweißen Haut, der er an diesem Abend den königlichen Arm gereicht hatte.
Die Menge um den Roulette-Tisch wuchs, denn jeder wollte sich im königlichen Licht sonnen, das besonders hell strahlte, denn Farouk hatte eine Glückssträhne. Ägyptische Bankiers, türkische Geschäftsleute und europäische Adlige, die Hitlers Truppen entkommen waren, drängten sich um ihn und gratulierten ihm zu seinem Gewinn. Nachdem Rommels Einmarsch überstanden war, feierte die Stadt ausgelassen die deutsche Kapitulation. In den lauten Nightclubs konnten keine unguten Gefühle aufkommen, noch nicht einmal gegen die Engländer.
Hassan amüsierte sich über die schlechte Laune seines Freundes. »Du bist doch ein richtiger Exzentriker!« spottete er, klatschte und jubelte wie die anderen, als der König wieder gewann, und strich dabei der Blondine genießerisch über den Po. Hassan wußte nicht einmal, wie sie hieß. Er hatte die bezaubernde junge Dame hier im Casino kennengelernt, aber er wollte sie erobern und heute noch mit ihr schlafen. »Vergiß nicht, mein Lieber«, sagte er zu Ibrahim, »Ehefrauen sind dazu da, das Haus sauber zu halten, Kinder zu bekommen, und sie müssen mit dir schlafen, wenn du willst. Aber es ist absurd, sie so zu lieben, wie du andere Frauen liebst.«
Ibrahim lachte. Wie die meisten jungen Männer führte Hassan eine typische ägyptische Ehe. Er hatte die Frau geheiratet, die seine Eltern ihm ausgesucht hatten. Sie war still und gefügig. Er liebte sie weder noch verabscheute er sie. Sie brachte ihm Kinder zur Welt und erhob keine Einwände gegen seine nächtlichen Ausflüge. Ibrahims Beziehung zu Fatheja war ganz anders. Ibrahim liebte sie so sehr, wie es nach Hassans Meinung kein ägyptischer Mann, der etwas auf sich hielt, einem anderen gestehen würde.
Ibrahim blickte noch einmal auf die Uhr. Er vermutete, daß die Wehen bei seiner Frau begonnen hatten, und er wollte in ihrer Nähe sein. Aber es gab noch einen Grund für seine Unruhe, ein Grund, der in Ibrahims Augen beschämend war. Er wollte wissen, ob er seinem Vater gegenüber die Pflicht erfüllt hatte, einen Sohn zu zeugen. »Das bist du mir und unseren Ahnen schuldig«, hatte Ali Raschid ihm noch kurz vor seinem Tod gesagt. »Du bist mein einziger lebender Sohn. Du trägst die Verantwortung dafür, daß unsere Sippe weiterbesteht. Ein Mann, der

keine Söhne zeugt, ist kein richtiger Mann«, hatte Ali gesagt. »Töchter zählen nicht, denn wie schon das alte Sprichwort sagt: ›Alles unter einem Schleier bringt nur Kummer und Sorgen.‹«

Ibrahim konnte sich noch gut an Farouks verzweifelten Wunsch erinnern, von Königin Farida einen Sohn zu bekommen. Der König hatte von Ibrahim sogar Potenzmittel und ein Aphrodisiakum haben wollen. Und dann kam der Salut, als Farouks Kind geboren war. Ganz Kairo lauschte mit angehaltenem Atem, und alle waren enttäuscht, als die Kanonen nur einundvierzig Schüsse feuerten und nicht einhundertundeinen wie bei einem Sohn.

Sohn oder Tochter, Ibrahims Unruhe wuchs, und er wollte unbedingt zu seiner mädchenhaften Frau. Für ihn war sie ein kleiner Schmetterling.

Er stieß Hassan an und sagte leise: »Na los, und laß dir etwas einfallen, damit ich hier wegkomme.« Aber als Hassan nur eine Grimasse schnitt, mußte er doch lachen. Trotz Müdigkeit und Kopfweh, bei allem Lärm, Zigarettenrauch und Alkohol konnte sich Ibrahim glücklich preisen. Noch heute würde sein erstes Kind geboren werden, und vielleicht war es nach Gottes Willen sogar ein Sohn. Dann konnte er auch bald wieder mit Fatheja schlafen. Wir machen eine Reise nach Europa, schwor er sich. Der schreckliche Krieg ist vorüber, und wir können uns die zweiten Flitterwochen gönnen ...

Der König hatte noch einmal Glück, und während alle Farouk zu seinem unglaublichen Erfolg gratulierten, blickte Ibrahim versonnen in sein Champagnerglas und erinnerte sich an den Tag, als er sie zum ersten Mal gesehen hatte. Auf einem Gartenfest in einem der königlichen Paläste gehörte sie zu den hübschen jungen Frauen im Gefolge der Königin. Ihre Zartheit und Schönheit hatten ihn bezaubert, und er verliebte sich in sie, als sich ein Schmetterling auf ihre Stirn setzte und sie aufschrie. Die anderen umringten Fatheja besorgt, und Ibrahim eilte mit Riechsalz zu ihr. Aber als der Kreis der Frauen sich öffnete, saß sie nicht weinend in der Mitte, sondern lachte. In diesem Augenblick wußte er: Dieser kleine Schmetterling wird meine Frau sein.

Die aufgeregte Menge am Roulette-Tisch drückte die Blondine gegen Hassan, und sein Verlangen nach ihr stieg.

Im Gegensatz zu seinem Freund wollte er keine Liebe, sondern nur eine Eroberung machen. Nach einer heißen Liebesnacht würde er die Blondine nicht wiedersehen wollen; am nächsten Tag fand sich bestimmt

eine andere Partnerin für seine Liebesspiele. Die Auswahl war unerschöpflich, denn für Hassan al-Sabir gehörten die meisten hübschen Frauen in seinen persönlichen Harem, wenn er das wollte.
Nur an einer durfte er sich nicht vergreifen. Das war Nefissa, Ibrahims schöne Schwester. Sie hatte vor kurzem ihren tollkühnen Mann verloren, und jedesmal, wenn Hassan sie bei den Raschids sah oder im Palast bei ihrer Freundin, Prinzessin Faiza, bemerkte er den wohlbekannten Hunger in ihren Augen. Sie war jung und sehnte sich nach einem Mann. Aber Hassan wußte, daß Khadija, Ibrahims Mutter, ihre Tochter streng bewachte, denn die Ehre der Familie stand auf dem Spiel. Schade, die begehrenswerte Nefissa hätte viel bei ihm lernen können, doch auf sie wartete ein anderes Schicksal. Khadija würde nach der angemessenen Zeit dafür sorgen, daß sie einen reichen alten Kaufmann heiratete, und dann war sie für die Welt verloren.
Achselzuckend erinnerte sich Hassan daran, daß Ägypterinnen ihn eigentlich nicht interessierten, und er griff nach einem Hummercocktail, den ein Kellner ihm anbot. Hassan wollte ein guter Muslim sein, und mit muslimischen Frauen schlief er so, wie Gläubige es tun sollten – abgewendet von Mekka, der Mann auf der Frau, und beim Orgasmus richtet er seine Gedanken auf Gott. So schlief er mit seiner ihm ergebenen Frau. Bei Ausländerinnen fühlte er sich an solche Pflichten nicht gebunden. Mit ihnen erlaubte er sich alle Freiheiten und experimentierte sogar mit Potenzmitteln – er ließ sich von dem Mann beliefern, der auch den König mit allem Erwünschten versorgte. Hassan besaß sogar eine bibliophile Rarität, den PARADIESGARTEN, ein mittelalterliches Liebeshandbuch mit ausführlichen Anweisungen, Ratschlägen und Illustrationen, die an Deutlichkeit nichts zu wünschen übrigließen. Sein Lieblingskapitel war »Den Spund ins Faß schlagen«. Er würde es mit größter Freude auch seiner ausländischen Eroberung, der Blondine an seinem Arm zeigen, die alles besaß, was die meisten Ägypter an einer Frau begehrenswert fanden: weiße Haut, blonde Haare, einen prallen Hintern und lange Beine. Sie löste sich nicht von ihm, sondern lächelte ihn mit feuchten Lippen an, und Hassan sah in seiner Vorstellung die Ekstasen, die auf ihn warteten. Unwillkürlich dachte er: Es ist kein Zufall, daß Fitna auf arabisch »schöne Frau« und auch »Chaos« bedeutet. Plötzlich wollte er wie Ibrahim so schnell wie möglich das Casino verlassen.

Er legte Ibrahim die Hand auf die Schulter und flüsterte ihm ins Ohr: »Paß auf, mein Lieber. Mir ist gerade eingefallen, wie wir beide hier wegkommen.«

Hassan hatte sehr wohl bemerkt, daß der König im Laufe des Abends auch sein Interesse an der französischen Blondine nicht verhehlte. Farouk bevorzugte zwar Jungfrauen, und das war diese Dame bestimmt nicht mehr, aber sie war sehr jung, höchstens neunzehn. Und wenn junge Frauen so hübsch waren wie die Blondine, dann war der König nicht abgeneigt. Deshalb sagte Hassan jetzt betont laut auf französisch: »Was? Sie haben die Pyramiden noch nie im Mondschein gesehen! Aber, ma chérie, wie kann ich mir das verzeihen?«

Das Roulette kreiste, und diesmal fiel die Kugel auf die Null. Alle verstummten und fragten sich, was der König jetzt wohl tun werde. Als er seinen Einsatz »im Gefängnis« ließ, bewunderte man den König, der soviel wagte. Hassan sagte: »Ma chérie, es liegt nicht an mir, wann Sie die Pyramiden sehen werden.«

Wieder kam die Null, und Farouk war nun im »doppelten Gefängnis«. Die Spannung stieg, denn die gewonnenen fünfzigtausend Pfund standen plötzlich auf dem Spiel. Hassan sagte zu seiner Blondine: »Seien Sie nicht traurig. Sie können die Pyramiden bestimmt das nächste Mal sehen, wenn Sie in Ägypten sind.«

Das Rad drehte sich, und zum dritten Mal fiel die Kugel auf Null. Der Croupier strich ungerührt alle Chips des Königs ein.

In die bedrückte Stille sagte Farouk lächelnd: »Ich habe eine Idee! Mein hübsches Kind, Sie werden die Pyramiden auf der Stelle sehen!« Und sofort verließ das königliche Gefolge den Spieltisch. Lachend liefen sie mit Champagnerflaschen und Kaviar zum Ausgang des Cage d'Or. In diesem Augenblick trat ein Kellner zu Ibrahim und verneigte sich höflich. »Verzeihen Sie, Dr. Raschid«, sagte der Mann und überreichte ihm auf einem goldenen Tablett eine Nachricht, »das ist gerade für Sie aus dem Palast abgegeben worden.«

Ibrahim überflog die wenigen Zeilen, verständigte schnell den König, der in solchen Dingen sehr großzügig war, und eilte aus dem Club. Beinahe hätte er seinen Mantel vergessen. Hastig schlang er sich den seidenen Schal um den Hals, und als er endlich am Steuer seines Mercedes saß, wünschte Ibrahim, er hätte nicht so viel Champagner getrunken.

Ibrahim fuhr in die Auffahrt des Hauses in der Paradies-Straße, stellte den Motor ab und blickte auf das dreistöckige Haus aus dem neunzehnten Jahrhundert. Verwirrt lauschte er einen Augenblick und begriff dann: Der eigenartige Laut kam aus dem Haus. Er rannte durch den Garten, lief die große Treppe hinauf, durchquerte einen langen Gang und erreichte außer Atem den Frauenteil, wo ihn der laute Klageruf empfing.

Wie angewurzelt blieb er in der Tür stehen und starrte auf das große Himmelbett, an dem eine blaue Perlenkette hing, um den bösen Blick abzuwehren. Seine Schwester warf sich ihm schluchzend in die Arme und rief: »Sie ist tot! Unsere Schwester ist tot!« Vorsichtig löste er sich von Nefissa und näherte sich langsam dem Bett, wo seine Mutter mit einem Neugeborenen im Arm saß. Tränen standen in ihren dunklen Augen.

»Was ist geschehen?« fragte er tonlos und wünschte sich einen klaren Kopf.

»Gott hat deine Frau von ihren Qualen befreit«, antwortete Khadija und zog die weiche Decke vom Gesicht des Babys. »Aber ER hat dir dieses hübsche Kind geschenkt. Ibrahim, mein geliebter Sohn . . .«

»Wie lange . . .?« fragte er und konnte vor Kopfschmerzen keinen Gedanken fassen.

»Sie ist vor wenigen Augenblicken gestorben«, sagte Khadija. »Ich habe im Palast angerufen, aber man konnte dich nicht erreichen.«

Er zwang sich, auf das Bett zu blicken. Die Augen seiner jungen Frau waren geschlossen. Ihr blasses Elfenbeingesicht wirkte so friedlich, als schlafe sie. Das Satinlaken reichte bis zum Kinn und verhüllte alles, was auf den Kampf um Leben und Tod, den sie verloren hatte, hindeuten konnte. Ibrahim sank auf die Knie und vergrub das Gesicht im Satin. Dann sagte er leise: »Im Namen Gottes, des Allmächtigen und Gnädigen. Es gibt keinen Gott außer Gott, und Mohammed ist SEIN Prophet.«

Khadija legte ihrem Sohn die Hand auf den Kopf. »Es war Gottes Wille. Sie ist jetzt im Paradies«, sagte sie auf arabisch, der Sprache, die man im Raschid-Haus sprach.

»Wie soll ich das ertragen, Mutter?« flüsterte er. »Sie hat mich verlassen, und ich wußte es nicht einmal.« Tränen liefen ihm über die Wangen. »Ich hätte hier sein sollen. Vielleicht hätte ich sie retten können.«

»Das kann nur Gott, und ER sei gepriesen. Und das soll dir ein Trost sein, mein Sohn: Deine Frau war eine Gläubige, und im Koran steht, daß die wahrhaft Frommen, wenn sie sterben, der Gnade teilhaftig werden, das Antlitz Gottes zu schauen. Komm, sieh dir deine Tochter an. Ihr Geburtsstern ist Vega, im achten Haus. Das ist ein guter Stern, wie die Astrologin mir versichert hat.«

»Eine *Tochter*?« flüsterte Ibrahim. »Hat mich Gott doppelt bestraft?«

»Gott hat dich nicht bestraft«, sagte Khadija und fuhr ihm mit der Hand über die schweißnassen Haare. »Gott, der Allmächtige, hat deine Frau erschaffen. ER hat das Recht, sie zu sich zu rufen, wenn ER das will. Gott ist weise, mein Sohn. Du mußt Gott preisen.«

Er senkte den Kopf und sagte mit erstickter Stimme: »Es gibt keinen Gott außer Gott.« Kaum hörbar fügte er hinzu: »*Aminti billah.*« Ich vertraue auf Gott.

Er stand auf, sah sich verwirrt um und, ohne noch einen Blick auf das Bett zu werfen, lief er aus dem Zimmer.

Wenige Minuten später raste er in seinem Mercedes am Nil entlang, fuhr über die Brücke und ließ Kairo hinter sich. Er sah nicht die endlosen Felder mit dem Zuckerrohr, bemerkte nicht den heißen Wüstenwind, der den Sand gegen den Wagen peitschte, sondern fuhr blindlings weiter und überließ sich seinem Zorn und seiner Trauer.

Wie lange er gefahren war, wußte er nicht, aber plötzlich verlor er die Kontrolle über den Wagen, der sich um sich selbst drehte und in einem Zuckerrohrfeld landete.

Mühsam stieg er aus dem Wagen. Alles drehte sich in seinem Kopf. Er ging ein paar Schritte, ohne etwas von seiner Umgebung wahrzunehmen, richtete sich auf und starrte zum Himmel. Schluchzend hob Ibrahim die Faust und verfluchte mit lauter Stimme Gott.

2. Kapitel

Die dreizehnjährige Sarah beobachtete neugierig, wie man ihre Schwester für die Überprüfung ihrer Jungfräulichkeit vorbereitete. »Es ist der wichtigste Augenblick im Leben eines Mädchens«, hatte ihre Mutter gesagt.
Er war so wichtig, daß dazu eine große Feier stattfand – die Männer saßen bereits im Hof, tranken Kaffee und lachten, während ein fettes Lamm am Spieß gebraten wurde. Sarah, ihre Mutter und die anderen Frauen trugen ihre besten Gewänder; ein paar der Gäste hatten sogar Schuhe an, und Sarahs Schwester bestrich man Hände und Füße mit Henna. Das ganze Dorf hatte sich zu diesem großen Ereignis versammelt. Sogar der geachtete alte Scheich Hamid war gekommen und ehrte mit seinem Erscheinen die bescheidene Lehmhütte von Sarahs Vater. Fröhlichkeit und auch Spannung lagen in der Luft, als die Frauen Nazirah, die Braut, in die Schlafkammer führten, während die Männer draußen blieben.
Aber als die Frauen ihre Schwester auf das Bett legten, ihr das Kleid hochschoben und die Beine spreizten, war Sarah verwirrt. Sie erinnerte sich plötzlich an die Nacht, als die Frauen etwas Ähnliches mit ihr gemacht hatten. Damals war Sarah sechs gewesen. Sie schlief auf ihrer Matte in der Ecke, als zwei Tanten sie ohne Vorwarnung weckten, ihre Galabija bis zur Brust hochschoben und ihr die Beine spreizten, während ihre Mutter sie von hinten hielt. Noch ehe Sarah einen Laut ausstoßen konnte, erschien die Hebamme mit einer Rasierklinge in der Hand. Eine schnelle Bewegung der Klinge, und Sarah durchzuckte ein heftiger Schmerz, schoß ihr wie ein greller Blitz durch den Kopf und bis hinauf zu den Sternen. Danach legte man sie mit zusammengebundenen Beinen wieder auf die Matte. Sie durfte sich nicht bewegen, nicht

einmal die Blase entleeren, und ihre Mutter erklärte, das sei ihre Beschneidung gewesen.
Als Sarah wissen wollte, warum man sie beschnitten hatte, erwiderte ihre Mutter nur: »Das ist eine islamische Sitte.«
Sarah sah, wie ihre Mutter die Braut von hinten umfaßte, und ihre Verwirrung wuchs. Auch Nazirah war vor Jahren beschnitten worden. Sie war nicht mehr sechs, sondern vierzehn und hatte gerade Aziz al Bakr, den Bauern, geheiratet. Was hatten die Frauen mit ihr vor?
Zu Sarahs größtem Staunen betrat nun Aziz den Raum. Er trug eine neue Galabija. Die Männer drängten sich hinter ihm in der Tür, lachten, machten Gesten männlicher Potenz und riefen Worte wie »Stier« und »Bock«.
Die Beschneidung, so hatte Sarah erfahren, mußten alle Mädchen über sich ergehen lassen, so auch ihre Mutter, ihre Großmutter und Urgroßmutter. Schon zu Zeiten des Propheten Moses war das so gewesen und schon zu Zeiten von Eva, der ersten Frau. Sarahs Mutter hatte liebevoll gesagt, ein unreiner Teil ihres Körpers sei herausgeschnitten worden, um ihre sexuelle Leidenschaft zu dämpfen, damit sie ihrem Mann die Treue halte. Ohne diese Operation konnte kein Mädchen hoffen, einen Mann zu finden, der sie heiraten würde. »Der Wert eines Mädchens ist ihr Geschlecht«, hatte die Mutter ihr eingeprägt. Später hörte Sarah oft im Dorf das alte Sprichwort: »Die Ehre eines Mädchens ist ihre Keuschheit, aber ein Mann mit einem leeren Geldbeutel ist nichts wert.« Nazirah sollte nun ihre Keuschheit und Ehre unter Beweis stellen. Bedeutete das, sie wurde ein zweites Mal beschnitten?
Als Aziz seinen Platz zwischen den Beinen der Braut einnahm, drehten die Frauen sich um, denn die Eheleute sollten jetzt sich selbst überlassen sein. Aber Sarah sah nicht weg, denn sie durfte zum ersten Mal bei einer Entjungferung dabeisein und wartete gebannt darauf, was nun geschehen würde.
Aziz kniete zwischen Nazirahs Beinen. Er hatte ein weißes Taschentuch um den Mittelfinger seiner rechten Hand gewickelt und stieß mehrmals zu. Nazirah zuckte zusammen. Die versammelte Familie und die Gäste rührten sich nicht. Das ganze Dorf schien den Atem anzuhalten, als der junge Aziz, inzwischen schon etwas nervös und mit Schweißperlen auf der Stirn, noch einmal versuchte, seine Aufgabe zu erfüllen. Sarah sah ihren Vater in der Tür. Er runzelte die Stirn, und sie erinnerte sich an

eine Hochzeit vor einem Jahr in einem Nachbardorf. Irgendwie gelang die Entjungferung nicht, und man mußte die Hebamme holen. Sie tat mit der Braut etwas Geheimnisvolles, und wenige Minuten später erschien der triumphierende Bräutigam mit dem blutbefleckten Taschentuch.

Sarah glaubte schon, ihre Schwester werde ebenfalls die Hebamme brauchen, aber Aziz versuchte es noch einmal und stieß heftig zu. Nazirah schrie laut, und der junge Mann sprang mit dem blutigen Taschentuch in der Hand auf. Alle brachen in Jubelrufe aus, und die Frauen begannen mit dem durchdringenden Zagharit, einem schrillen Zungentrillern der Freude und der Fröhlichkeit. Die Männer umringten Aziz, schlugen ihm auf den Rücken und feierten ihn wie einen Helden. Die Frauen beglückwünschten Nazirah und bemühten sich um sie, wie Sarah das noch nie gesehen hatte. Die Braut war eine Jungfrau. Die Ehre der Familie blieb unangetastet.

Im Gedränge der aufgeregten Verwandten gelang es Sarah nur mühsam, einen sicheren Platz zu finden. Sie fragte sich, was wohl geschehen wäre, wenn Aziz ihre Schwester nicht zum Bluten gebracht hätte. Und dann dachte sie an Abdu.

Sie suchte ihn bei den Männern, die sich in dem einzigen anderen Raum versammelten. Sie saßen mit gekreuzten Beinen auf dem gestampften Lehmboden und hatten ihre Galabijas untergeschlagen. Die von Scheich Hamid entliehenen Wasserpfeifen wurden angezündet, und sie rauchten Haschisch. Sarah wußte, ihr Vater konnte sich so ein Fest eigentlich nicht leisten, denn er war ein armer Bauer, der kaum genug verdiente, um seine Familie zu ernähren. Aber er war stolz und mußte bei der Hochzeit seiner ältesten Tochter seine Großzügigkeit und Gastfreundlichkeit unter Beweis stellen.

Die Frauen kümmerten sich im Hof um das Essen und freuten sich über die seltene Gelegenheit, in ihrem harten Leben eine Stunde unbeschwerter Fröhlichkeit zu genießen. Bänke – ebenfalls von Scheich Hamid – waren für die alten Frauen da, während die anderen sich überall, wo sie in dem kleinen Innenhof einen freien Platz fanden, auf den Boden setzten. Sarah hatte vor dem Fest sorgsam gefegt, damit niemand sich auf den Kot von Hühnern und Ziegen setzen mußte. Der Chamsîn, der heiße Wüstenwind, hatte sich endlich gelegt, und die klare Frühlingssonne stand am Himmel.

Nazirah mußte an diesem einen Tag in ihrem Leben nicht arbeiten. Sarah und ihre Mutter bedienten die Gäste. Sie brachten Teller mit scharf gewürztem Gemüse, Käse und gebratener Hühnerleber. Sarah verteilte bei den Männern im Haus in Schüsseln *hummus*, Erbsenbrei.
Wie würde es wohl an ihrer Hochzeit sein, wenn Abdu mit einem Taschentuch um den Finger zwischen ihren Beinen kniete? Tat es sehr weh? Nazirah hatte laut aufgeschrien. War es so schmerzhaft wie die Beschneidung? Sarah sah ein, daß der Beweis der Keuschheit erbracht werden mußte. Wie sollte eine Familie sonst ihre Ehre verteidigen, die auf der Jungfräulichkeit der Töchter beruhte? Sie dachte an das arme Mädchen aus dem Nachbardorf. Man hatte sie tot in einem Feld gefunden. Ein Junge aus dem Dorf hatte sie vergewaltigt und damit ihre Familie entehrt. Der Vater und die Onkel hatten das Mädchen umgebracht. Das war ihr gutes Recht, denn ein Sprichwort sagte: »Nur Blut kann Schande reinwaschen.«
Sarah richtete ihren Blick auf Aziz, den Bräutigam. Sie hielt ihn für einen sehr herrischen, übertrieben selbstbewußten jungen Mann, der überaus stolz auf seine Errungenschaften war, weil er nicht nur einen, sondern zwei Büffel besaß, drei Schafe und eine große Schar Hühner. Noch wichtiger war jedoch, daß er eigenes Land – fünf Morgen Land – bewirtschaftete, und das gab ihm in dem Dorf in der Tat eine besondere Stellung, wo die meisten Bauern, darunter auch Sarahs Vater, auf dem Grundbesitz der reichen Aristokraten arbeiteten, die weit weg in Kairo lebten. Alle Gäste waren sich darin einig, daß Nazirahs Eltern keinen besseren Mann für ihre Tochter hätten finden können. Doch Sarah stellte fest, daß Nazirah eher niedergeschlagen wirkte und nicht wie eine Frau, die sich glücklich preisen konnte.
Aber die meisten Bräute waren bei der Hochzeit ängstlich, weil sie nicht wußten, was für einen Mann sie geheiratet hatten, und auf viele wartete ein unglückliches Leben. Sie ertrugen es stumm, denn eine Frau, die sich über ihren Mann beklagte, machte ihrer Familie Schande. Sarah jedoch wußte, sie würde an ihrer Hochzeit nicht ängstlich oder unglücklich sein, sie heiratete schließlich Abdu. Sie stand vor dem großen Kessel und rührte die Bohnen um, die dort schon seit vielen Stunden kochten. Jetzt rührte sie noch gehackten Knoblauch und Olivenöl darunter und fand, sie habe wirklich großes Glück, denn sie liebte schon jetzt den Mann, den sie heiraten würde. Ihr wunderbarer Abdu lachte immer so

ansteckend und verbreitete überall gute Laune. Er machte Gedichte, und jedesmal, wenn er sie mit seinen großen Augen ansah, die so grün wie der Nil waren, wurde ihr ganz warm ums Herz. Sie kannten sich schon von klein auf, aber Abdu war vier Jahre älter als sie. Erst nach der letzten Ernte hatte Sarah begonnen, ihn mit anderen Augen zu sehen, und Abdu schenkte ihr eine andere Art Aufmerksamkeit. Im Dorf war man allgemein der Ansicht, daß Sarah und Abdu heiraten würden, schließlich waren sie Vetter und Cousine ersten Grades.
Noch mehr Speisen wurden aufgetragen und gegessen – Linsensalat, Schafskäse auf Fladenbrot und mit Reis und Rosinen gefüllte Weinblätter –, und die Ausgelassenheit und der Lärm nahmen zu. Man brachte Musikinstrumente, und die Frauen begannen zu singen. Jussufs Schwester sprang auf, schlang sich ein Tuch um die Hüften und tanzte, während die Frauen im Rhythmus klatschten. Beifall wurde laut, als das Mädchen zu der Musik verführerisch Hüften und Brüste bewegte. Sie tanzte den Beledi, das arabische Wort für »Volk«. Der Beledi war seit alten Zeiten Ausdruck der Sexualität und weiblicher Macht und veranschaulichte im Kreisen des Unterleibs und der zuckenden Schultern den Beischlaf und die Geburt. Das tanzende Mädchen war so alt wie Sarah. Jussufs Schwester war nicht verheiratet und deshalb noch Jungfrau. Aber ihr Tanz war erotisch und aufreizend, denn damit erwies sie der sinnlichen, natürlichen Seite des Lebens die gebührende Ehre. Die Männer durften nicht zusehen. Die Frauen tanzten für die Frauen. Bei solchen Anlässen tanzten nacheinander alle Mädchen, und die anwesenden Mütter konnten sich Frauen für ihre Söhne auswählen, da in den meisten Fällen Frauen die Ehen stifteten. Eine gute Tänzerin konnte leicht Kinder gebären; ein attraktives Mädchen würde ihrem Mann gefallen und deshalb viele Kinder bekommen. Die mögliche Braut mußte also ihre Kraft und Ausdauer beim Beledi unter Beweis stellen. Eine schlechte Tänzerin taugte auch nicht zur Arbeit auf den Feldern.
Sarah sah den Tanzenden zu, während sie vor der Lehmmauer das Lamm über dem Feuer drehte. Das Fleisch mußte ständig mit Öl bestrichen werden. Ihr Gesicht wurde heiß, und der Arm schmerzte, aber sie tat diese Arbeit gern. Nur an besonderen Festen, wie zum Beispiel dem Eid el Kibr, das zur Erinnerung an den Propheten Abraham gefeiert wurde, der seinen Sohn Isaak opfern wollte, gab es Fleisch zu essen. Sarah hörte aufmerksam den Gesprächen der Frauen zu. Sie redeten

über Mustafas Frau, die Frau des Fischers, die nicht zum Fest gekommen war. Nach vier Jahren Ehe hatte sie noch immer keine Kinder. Deshalb nahm sich Mustafa eine zweite Frau, die ihm bald einen Sohn schenkte. Das Leben der ersten Frau wurde unerträglich, denn sie mußte die zweite Frau und deren Sohn bedienen und hatte Mustafas Liebe verloren. Eines Tages fand man das Kind tot im Bewässerungskanal. Es war ertrunken. Die Mutter verlor vor Kummer beinahe den Verstand, und alle sagten, die erste Frau sei plötzlich verdächtig zufrieden. Die Polizei wurde gerufen, aber die Familie der zweiten Frau beschuldigte nicht die andere Frau, sondern Mustafa. Die Polizei erklärte, das sei unmöglich, denn kein Vater würde seinen eigenen Sohn ermorden. Auf diese Reaktion hatte die Familie gehofft, denn die Polizei stellte daraufhin die Untersuchungen ein, und die Familie der zweiten Frau würde auf ihre Weise Rache nehmen.

Die Frauen vertraten die Ansicht, es werde nicht lange dauern, bis es zu einem schlimmen Kampf zwischen den beiden Familien kam, und aus diesem Grund hatte man sie nicht zu Nazirahs Hochzeit eingeladen. Es geschah immer wieder, daß ein Fest zum Schauplatz blutiger Rache wurde.

Sarah vergewisserte sich, daß die großen Platten, von denen die Frauen gemeinsam aßen, nicht leer wurden. Sie wußte, es war eine Mißachtung, wenn ein Gast nichts mehr zu essen hatte. Es mußte soviel vorhanden sein, daß man zum Abschluß die Gäste mit den Resten nach Hause schickte. Da sich die Feuerstelle mit dem Spieß an der Mauer gegenüber der Haustür befand, konnte Sarah auch die Männer in der Hütte beobachten und nach Abdu Ausschau halten.

Das Gespräch der Männer klang erstaunlich ernst, während sie die Wasserpfeifen rauchten. Sarah hörte, daß Unzufriedenheit laut wurde. Scheich Hamid sprach über den Krieg und darüber, wie die Reichen in Kairo den Frieden feierten. Aber das Los der Bauern war unverändert hart, schimpfte der alte Scheich, für sie gab es nichts zu feiern. Dann sprachen sie leise über die Muslim-Bruderschaft. Es war eine geheime Vereinigung mit über einer Million Mitgliedern. Sie wollten die herrschende Pascha-Klasse stürzen, die nur aus fünfhundert Familien bestand, wie der Scheich erklärte. »Wir sind das reichste Land im Nahen Osten«, sagte der Scheich. Da er lesen und schreiben konnte und im Dorf als einziger ein Radio besaß, brachte man ihm große Achtung entgegen, und er informierte das Dorf über Neuigkeiten. »Aber wie wird der Reichtum verteilt?« fragte er zornig und zog eine Zeitung aus seiner Galabija, die er den Männern in der Runde zeigte, von denen noch keiner eine Zeitung in der Hand gehalten hatte und die deshalb sehr beeindruckt waren. »Hier steht geschrieben«, sagte der Scheich, »daß die Paschas weniger als ein halbes Prozent der Grundbesitzer ausmachen, und doch gehört ihnen ein Drittel des Landes!«

Sarah mochte Scheich Hamid nicht. Er war nicht nur sehr alt, sondern auch abstoßend und ungepflegt. Seiner Bildung verdankte er den Titel Scheich, aber seine Galabija war dreckig, der lange weiße Bart zottig und fleckig von Kaffee und Tabak. Seine Lebensweise war anstößig. Er hatte viermal geheiratet, und jedesmal war die Frau gestorben. Im Dorf tuschelte man, er schinde seine Frauen buchstäblich zu Tode. Sarah mißfielen die lüsternen Blicke, mit denen er auf ihre Brüste starrte, wann immer sie in seinem Laden etwas einkaufen mußte.

Ihre Schwester saß auf dem einzigen Stuhl, den die Familie besaß. Sie wirkte abgespannt und erschöpft. Als Braut durfte Nazirah während des Fests nichts tun. Sie mußte auf dem Stuhl sitzen, lächeln und sollte nur wenig essen, während die Frauen ihr Gesellschaft leisteten. Um Aziz, die Mutter des Bräutigams, erzählte eine Geschichte über ihren Schwager Labib, der »so dumm wie Bohnenstroh ist«, wie sie sagte. »Ich habe ihm einmal einen Witz erzählt: Ein Mann hatte fünf Eier in der Tasche und sagte zu einem Fremden auf der Straße: ›Wenn du rätst, was ich in der Tasche habe, dann gebe ich dir die Eier, und wenn du rätst, wie viele es sind, dann geb ich dir alle fünf.‹ Der Fremde sagte: ›Gib mir einen Anhaltspunkt.‹ Der Mann sagte: ›Außen weiß und innen gelb.‹ ›Ich weiß‹, rief der Fremde, ›weißer Rettich, der mit Safran gefüllt ist!‹ Diesen Witz habe ich meinem dummen Schwager erzählt, und wißt ihr, was der dumme Labib gesagt hat? Er lachte höflich und dann fragte er: ›Ja, und was hatte der Mann in seiner Tasche?‹«

Als die Frauen lachten, gab Sarah ihrer Mutter ein Zeichen, denn das Lamm war fertig. Sie trat beiseite, damit ihre Tanten das Fleisch vom Spieß ziehen und zum Zerteilen auf ein Holzbrett legen konnten. Alle freuten sich auf den knusprigen Braten und damit auf den Höhepunkt des Mahls. Sarah schlich sich unbemerkt davon und lief zu dem Stall hinter der Hütte. Die vier Wände waren aus Schilf und Maisrohr gemacht und mit Lehm verschmiert. Das Dach bestand aus Palmblättern.

An sehr heißen Tagen lag hier der Büffel der Familie zum Wiederkäuen. Sarah setzte sich oft zu ihm, denn es war ihr Lieblingsplatz.
Sie legte sich auf das Stroh und sah, daß die Sonne bald untergehen würde. Ihre roten Strahlen ließen den Bewässerungskanal in der Nähe orange aufleuchten. Sie hoffte, daß Abdu gesehen hatte, wie sie sich davonstahl. Er arbeitete inzwischen mit seinem Vater auf den Feldern, und Sarah hatte immer mehr Pflichten im Haus. Ihre Kindheit war vorüber, und sie durften nicht länger zusammen spielen. Sarah mußte bei den Frauen bleiben und Abdu bei den Männern, deshalb konnten sie nicht mehr viel Zeit miteinander verbringen. Als Kinder waren sie ständig zusammen gewesen. Sie hatten am Ufer gespielt und waren auf dem Esel geritten, wobei Sarah sich mit ihren kleinen Armen an Abdu festhielt. Aber nachdem die monatlichen Blutungen einsetzten, war das freie Leben zu Ende, Sarah mußte ein langes Gewand tragen und ihre Haare mit einem Tuch verhüllen. Man erwartete von ihr ein sittsames Verhalten. Sie durfte nicht mehr herumrennen, johlen und schreien und mußte darauf achten, daß niemand ihre Beine, noch nicht einmal die Fußknöchel sah. Nach den Jahren der Freiheit waren diese Einschränkungen beinahe unerträglich, besonders dann, wenn sie und Abdu an Festen wie heute teilnahmen, aber nicht zusammenkommen durften, weil Männer und Frauen unter sich blieben.
Warum haben die Eltern solche Angst um ihre Töchter, fragte sich Sarah. Warum ließ ihre Mutter sie nicht mehr aus den Augen, und warum mußte Sarah plötzlich über jede Minute Rechenschaft ablegen? Warum durfte sie nicht länger allein zum Bäcker oder Fischverkäufer gehen? Warum musterte sie ihr Vater abends mit finsteren Blicken, wenn sie Brot und Bohnen aßen? Er wirkte dann so grimmig, daß sie manchmal Angst vor ihm hatte. Was war schon dabei, wenn sie mit Abdu sprach oder mit ihm am Kanal saß, wie sie es als Kinder immer getan hatten?
Hatte es etwas mit diesen seltsamen neuen Gefühlen zu tun, die sie in letzter Zeit beschäftigten? Manchmal überkam sie eine Art hungriges Sehnen; sie wurde unruhig und träumte in den Tag hinein. Wenn sie zum Beispiel die Wäsche im Kanal wusch oder die Kochtöpfe reinigte, wenn sie auf dem Dach die Kuhfladen für die Feuerstelle zum Trocknen ausbreitete, vergaß sie plötzlich, was sie tat, und ihre Gedanken kreisten um Abdu. Meist wurde sie dann von ihrer Mutter zurechtgewiesen,

aber nicht immer. Umma seufzte auch manchmal, schüttelte den Kopf und lächelte ihre Tochter seltsam traurig an.
Die Sonne war untergegangen. Sarah hatte es nicht bemerkt. Die Nacht brach an, und sie wußte, Abdu würde nicht zum Stall kommen. Er feierte mit den anderen. Sarah streckte sich wehmütig auf dem Stroh aus, hörte das Lachen der ausgelassenen Gäste und schlief ein.

Ibrahim schlug im fahlen Morgenlicht langsam die Augen auf. Die Sonne hatte sich wie eine Frau verschleiert. Er blieb bewegungslos sitzen und versuchte, sich daran zu erinnern, wo er war. Sein Körper schmerzte, und bei jedem Herzschlag fuhr ein heftiger Stich durch seinen Kopf. Die Zunge war geschwollen und der Mund trocken. Er hatte schrecklichen Durst. Als er sich bewegte, wurde ihm übel. Er stellte fest, daß er im Auto saß, das von der Straße abgekommen war. Um ihn herum stand hohes grünes Zuckerrohr.
Was war geschehen? Wieso befand er sich hier? Und wo genau war er? Langsam stellte sich die Erinnerung wieder ein: die Nachricht im Spielcasino ... zu Hause seine Frau tot im Bett ... die verzweifelte lange Fahrt durch die Nacht ... der Wagen, der ins Schleudern geraten war und ...
Ibrahim stöhnte und dachte erschrocken, ich habe Gott verflucht!
Mühsam drückte er die Fahrertür auf und wäre beinahe auf die feuchte Erde gefallen. Schwankend blieb er stehen. Er konnte sich an nichts mehr erinnern. Nach dem Fluch mußte er sich wieder hinter das Steuer gesetzt haben und eingeschlafen sein ... der Champagner! Oh ja, er hatte viel zuviel Champagner getrunken ... Es wurde ihm wieder übel. Er glaubte zu verdursten.
Er hielt sich mit einer Hand am Wagen fest und übergab sich. Seine Frau war tot. Zu seiner Beschämung sah er, daß er noch immer den Frack trug und den weißen Seidenschal um den Hals geschlungen hatte, als sei er gerade auf die Terrasse des Casinos an die frische Luft gegangen. Ibrahim hatte sich in seinem ganzen Leben noch nicht so elend gefühlt. Er hatte Schande über seine verstorbene Frau gebracht, Schande über seine Mutter, Schande über seinen Vater.
Die Sonnenstrahlen lösten langsam den morgendlichen Dunst auf. Ibrahim glaubte zu spüren, wie sich über ihm der endlose blaue Himmel auftat, und er fühlte den Blick seines Vaters auf sich gerichtet. Der

strenge Ali Raschid sah mißbilligend vom Himmel auf seinen Sohn herab. Ibrahim wußte, daß sein Vater gelegentlich Alkohol getrunken hatte. Aber Ali wäre nie ein solcher Schwächling gewesen, sich anschließend zu übergeben. Sein ganzes Leben lang hatte Ibrahim versucht, den großen Erwartungen seines Vaters gerecht zu werden und seine Anerkennung zu finden. »Du wirst in England studieren«, hatte Ali zu seinem Sohn gesagt, und Ibrahim war nach Oxford gegangen. »Du wirst Arzt werden«, hatte der Vater ihm befohlen, und der Sohn hatte sich gefügt. »Du wirst im Gefolge des Königs eine Stellung bekommen«, hatte ihm Ali, der Gesundheitsminister, mitgeteilt, und Ibrahim hatte sich bei ihm für diese Ehre und Auszeichnung bedankt. Und schließlich hatte der Vater ihm gesagt: »Du wirst die alte Tradition unserer Familie fortsetzen und mir viele Enkelsöhne schenken.« Aber in diesem demütigenden Augenblick schienen alle seine Bemühungen, es dem Vater recht zu machen, vergeblich gewesen zu sein.

Ibrahim ließ sich auf die fruchtbare Erde sinken und bat Gott aus ganzem Herzen um Vergebung, weil er seine Mutter im Stich gelassen hatte und nicht mit ihr die Totenwache hielt und für das Seelenheil seiner Frau betete, und weil er blindlings an diesen trostlosen Ort gefahren war und den Allmächtigen in unverzeihlicher Anmaßung verflucht hatte. Aber Ibrahim mußte sich eingestehen, daß er in seinem Innersten nicht demütig war. Und als er zu beten versuchte, stieg das strenge Gesicht seines Vaters vor ihm auf und verwirrte ihn. Glauben alle Söhne, fragte er sich beklommen, das Gesicht ihrer Väter sei das Gesicht Gottes?

Er sah sich um. Wo war der Nil? Er mußte sich unbedingt das Gesicht waschen und etwas trinken. Über dem hohen Zuckerrohr, das sich im Wind wiegte, hörte er die Stimme seines Vaters: »Eine Tochter! Du bist nicht einmal in der Lage, das zu vollbringen, was jeder einfache Bauer kann!« Ibrahim wollte sich im Angesicht des Himmels verteidigen und erwiderte: »Habe ich es nicht versucht, einen Sohn zu zeugen? War ich nicht begeistert, als mein zarter kleiner Schmetterling mir sagte, sie sei schwanger? Und war nicht mein erster Gedanke gewesen: Jetzt kann ich endlich etwas vorweisen, was mir mein Vater nicht gegeben hat, sondern was ich selbst geschaffen habe?«

Ihm wurde wieder übel. Er umklammerte die Kühlerhaube und würgte, bis sein Magen völlig leer war und er nur noch Galle spuckte.

Als Ibrahim sich schließlich aufrichtete und nach Luft rang, wurde sein Kopf klar. Blitzartig, wie in einer Eingebung, erkannte er die Wurzel seiner Qualen. Und was er begriff, entsetzte ihn zutiefst: *Nicht der Tod meiner Frau treibt mich zum Wahnsinn, sondern mein Versagen gegenüber meinem Vater!*
Ibrahim wünschte sich, er hätte weinen können, aber so wie seine Bitte um Vergebung nicht erhört worden war, wurden ihm auch keine Tränen gewährt.
Er lehnte sich an den Wagen und versuchte festzustellen, wie weit die Räder in der schlammigen Erde standen. Konnte er den Wagen auf die Straße zurückfahren? Gab es in der Nähe ein Dorf und einen Brunnen?
Plötzlich sah er nur wenige Schritte entfernt eine Gestalt. Er hätte schwören können, daß das Mädchen einen Augenblick zuvor noch nicht dagewesen war. Die Kleine war barfuß, hatte eine dunkle Haut, die beinahe so schwarz war wie die Erde, und trug ein langes schmutziges Gewand. Auf dem Kopf hielt sie einen großen irdenen Krug. Es hatte den Anschein, als sei sie in diesem Moment aus der schwarzen, feuchten Erde geschaffen worden.
Ibrahim starrte sie verblüfft an. Er sah, daß es eine Fellachin, ein Bauernmädchen, war. Sie konnte nicht viel älter als zwölf oder dreizehn Jahre alt sein. Sie musterte ihn mit großen Augen, aber eher in unschuldiger Neugier und weniger ängstlich oder vorsichtig. Ibrahim blickte auf den Krug.
»Gottes Friede und Gnade seien mit dir«, sagte er heiser mit trockenem Mund. »Gibst du einem Fremden Wasser, der am Verdursten ist?«
Zu seiner Überraschung trat sie auf ihn zu, hob den Krug vom Kopf und neigte ihn soweit, daß Wasser herausfloß. Ibrahim streckte sofort die Hände aus, um das frische Flußwasser aufzufangen. Er erinnerte sich, daß bei den wenigen Besuchen auf seinen Baumwollplantagen im Nildelta die Bauern, die für ihn arbeiteten, immer sehr ängstlich gewesen waren und Frauen und Mädchen bei seinem Anblick davonliefen.
Das Wasser war einfach himmlisch! Er trank aus den gewölbten Händen, ließ es sich dann über den Kopf, das Gesicht und in den Mund laufen. »Ich habe den teuersten Wein getrunken, den es auf der Welt gibt«, sagte er und fuhr sich mit den nassen Händen durch die Haare, »aber dieses Wasser schmeckt besser. Mein Kind, du hast mir das Leben gerettet.«

Als er ihren verwirrten Ausdruck sah, wurde ihm bewußt, daß er englisch gesprochen hatte. Er mußte lächeln – seltsam bei seinem Kummer –, und er sprach wie unter einem Zwang weiter. »Meine Freunde sagen, ich sei vom Glück begünstigt.« Er trank noch mehr Wasser, kühlte sich das Gesicht und atmete erleichtert auf. Er sprach wieder englisch, als er sagte: »Jawohl, vom Glück begünstigt, weil ich keine lebenden Brüder habe und mein Vater mir alles vererbt hat. Deshalb bin ich ein sehr reicher Mann ... ich hatte Brüder, denn mein Vater hatte mehrere Frauen, bevor er meine Mutter heiratete. Von diesen Frauen hatte er drei Söhne und vier Töchter. Aber bei einer Grippeepidemie starben zwei Söhne und eine Tochter. Damals war ich noch nicht geboren. Mein jüngster Bruder ist im Krieg gefallen und eine meiner Schwestern an Krebs gestorben. Die noch lebenden Schwestern haben nicht geheiratet und wohnen jetzt bei mir im Haus in der Paradies-Straße. Ja, ich bin der einzig lebende Sohn meines Vaters, und das ist eine große Verantwortung.«

Ibrahim blickte zum Himmel hinauf, als erwarte er, im unendlichen Blau das Gesicht von Ali Raschid zu sehen. Er atmete tief die klare Morgenluft ein und spürte, wie sein Herz sich zusammenkrampfte. Tränen stiegen ihm in die Augen. Fatheja war tot. Sein kleiner Schmetterling war gestorben. Schluchzend streckte er die Hände aus, und das Mädchen füllte sie ihm mit Wasser. Er benetzte damit seine Augen und drückte die nassen Finger gegen den schmerzenden Kopf.

Sein Blick fiel auf das Mädchen, und er dachte, sie ist sogar hübsch. Aber er wußte, das schwere Leben der Fellachen würde sie altern lassen, noch ehe sie dreißig war. »Ich habe eine Tochter«, redete er weiter und kämpfte mit seiner Trauer, die ihn wie eine hohe, vom Sturm gepeitschte Welle unter sich zu begraben drohte. »In den Augen meines Vaters bin ich deshalb ein Versager. Er fand, Töchter seien eine Schande für einen richtigen Mann. Er übersah meine Schwestern und nahm sie nicht zur Kenntnis, als sie in seinem Haus heranwuchsen – besonders hart war er zu den beiden Töchtern, die ihm Khadija, meine Mutter, gebar. Die eine lebt bei mir. Sie ist eine junge Witwe und hat zwei kleine Kinder. Ich glaube, mein Vater hat sie nie in die Arme genommen. Aber ich finde, Töchter sind etwas Schönes ... kleine Mädchen, die ihren Müttern gleichen ...« Ihm versagte die Stimme, und er mußte husten.

»Du verstehst meine Worte nicht«, sagte er zu dem Bauernmädchen, »selbst wenn ich arabisch sprechen würde, könntest du mich nicht verstehen. Dein Leben ist einfach, und deine Zukunft steht bereits fest. Du wirst einen Mann heiraten, den deine Eltern für dich aussuchen. Du wirst Kinder bekommen, du wirst alt werden und vielleicht lange genug leben, um in deinem Dorf verehrt zu werden.« Ibrahim schlug die Hände vor das Gesicht und weinte. Das Mädchen wartete geduldig. Der Krug war leer. Sie hielt ihn in den Armen und sah zu, wie dem Fremde die Tränen über die Wangen liefen.

Als Ibrahim schließlich seine Fassung wiedergewann, dachte er über seine Lage nach. Vielleicht gelang es ihm mit der Hilfe des Mädchens, den Wagen auf die Straße zu fahren. Jetzt sprach er arabisch und erklärte ihr, daß sie mit ganzer Kraft gegen die Kühlerhaube drücken sollte, wenn er ihr ein Zeichen gab.

Als der Wagen wieder auf der befestigten Straße stand und der brummende Motor ihn aufzufordern schien, nach Hause zurückzufahren, lächelte Ibrahim traurig: »Gott wird dich für deine Güte belohnen. Ich möchte dir auch etwas geben.« Er griff in die Taschen, stellte aber fest, daß er kein Geld hatte. Da sah er, wie sie auf seinen seidenen Schal blickte. Er nahm ihn ab und reichte ihn ihr.

»Gott schenke dir ein langes Leben«, sagte er, »einen liebevollen Mann und viele Kinder.«

Nachdem der Wagen auf der Straße verschwunden war, drehte sich Sarah um und rannte zum Dorf zurück. Sie vergaß, daß der Krug leer war, sie dachte nur an das kostbare Geschenk in ihren braunen Händen – ein so reiner und zarter weißer Stoff wie die Daunen einer Gans. Der Schal war so weich und fühlte sich wie Wasser zwischen den Fingern an. Sie mußte unbedingt Abdu finden und ihm von der Begegnung mit dem Fremden erzählen. Sie mußte ihm den Schal zeigen. Erst danach wollte sie ihrer Mutter von dem Abenteuer erzählen und dann dem ganzen Dorf. Aber zuerst sollte Abdu ihre Geschichte hören, denn Sarah konnte immer noch nicht glauben, was sie erlebt hatte. Das Erstaunlichste war, daß der Fremde ihrem Abdu so ähnlich sah.

Als sie den kleinen Dorfplatz erreichte, wo die Bauern ihre Erträge zum Verkauf anboten, suchte sie Abdu, der manchmal hierher kam und etwas von den Feldern brachte. Eine Gruppe Frauen kam lachend und schwatzend auf den Platz. Da sie alle verheiratet waren, trugen sie

schwarze Kaftane über ihren Kleidern. Zu Sarahs Überraschung sah sie unter ihnen ihre Schwester.
Sarah beobachtete, wie Nazirah dicke Zwiebeln begutachtete, und stellte fest, daß ihre Schwester sich irgendwie verändert hatte. Noch gestern war sie wie Sarah ein Mädchen gewesen, aber an diesem Morgen war sie eine Frau. Es muß daran liegen, daß sie geheiratet hat, fand Sarah und erinnerte sich daran, wie man ihre Unberührtheit überprüft hatte. War sie deshalb heute bereits auf wundersame Weise eine Frau geworden?« Sarah erinnerte sich plötzlich an den Schal des reichen Mannes und verbarg ihn schnell unter ihrem Kleid. Der Fremde war bestimmt ein Pascha gewesen, ein Herr, und gehörte zu denen, über die Scheich Hamid so erregt und zornig gesprochen hatte.
Sie hörte in ihrem Rücken Abdu lachen, drehte sich schnell um und gab ihm ein Zeichen, ihr zu folgen, bevor die anderen sie sahen. Dann lief sie zu dem Stall hinter der Hütte, in der sie jetzt allein mit den Eltern lebte. Die Sonne stand schon hoch am Himmel. Es wurde spät, und sie mußte noch einmal zum Fluß hinuntergehen, um den Krug zu füllen. Aber zuerst mußte sie sich beruhigen und das wunderbare Erlebnis mit Abdu teilen. Hoffentlich hatte er ihr Zeichen verstanden und würde ihr folgen. Als sie ihn in den Hof kommen sah, wäre sie ihm am liebsten um den Hals gefallen. Aber sie blieb schüchtern stehen, und auch er hielt sich zurück. Jungen und Mädchen durften sich nicht berühren. Es war ihnen noch nicht einmal erlaubt, miteinander zu sprechen, es sei denn im Kreis der Familie. Sittsamkeit war an die Stelle der spielerischen Freude getreten, Gehorsam an die Stelle von Freiheit. Aber das Verlangen war geblieben, was immer auch die Umgangsformen ihnen geboten. Sarah blickte in Abdus grüne Augen, aber er sah sie so höflich an wie ein Fremder.
»Ich habe ein Gedicht gemacht«, sagte er leise, »möchtest du es hören?« Da er wie alle im Dorf weder lesen noch schreiben konnte, vertraute er seine Gedichte der Erinnerung an. Im Laufe der Jahre waren es viele geworden, zu denen er sein neuestes hinzufügte:

Meine Seele dürstet und möchte aus deinem Becher trinken
Mein Herz sehnt sich danach, den Klee deiner Erde zu schmecken.
Von deiner nährenden Brust gerissen, kann ich nur sterben
Wie die Gazelle, die sich in der Wüste verirrt hat.

Sarah dachte, in dem Gedicht spreche Abdu von ihr, und war so gerührt, daß sie verstummte. Sie brachte es nicht einmal über sich zu sagen: »Abdu, du siehst so gut aus wie der Fremde, wie dieser reiche Mann, dem ich am Fluß begegnet bin!«
Aber als sie zusammen hinunter zum Nil gingen, wo sie den Wasserkrug noch einmal füllte, erzählte sie ihm von der Begegnung und zeigte ihm das kostbare Geschenk.
Abdu zeigte erstaunlicherweise nur wenig Interesse. Ihn bewegten ganz andere Gedanken, aber er konnte sie nicht mit Sarah teilen, denn er wußte, sie würde ihn nicht verstehen. Er hatte gehofft, das Gedicht werde helfen, ihr zu zeigen, was sein Herz bewegte, seine große Liebe zu dem Land, zu Ägypten, aber als er ihr Gesicht sah, wußte er, daß sie das Gedicht falsch verstanden hatte. Abdu hatte eine fieberhafte Unruhe erfaßt, seit ein Mann in das Dorf gekommen war und über die Muslim-Bruderschaft gesprochen hatte. Er hatte mit seinen Freunden der leidenschaftlichen Rede des Fremden zugehört, der ihnen erklärt hatte, es sei an der Zeit, Ägypten zum Islam zurückzubringen und zu dem reinen Leben, wie Gott es im Koran von den Gläubigen forderte. Alle jungen Männer waren begeistert gewesen, und ihre Seelen brannten in noch nie gekannter Leidenschaft. Seit dieser Zeit saßen sie Abend für Abend zusammen und empörten sich darüber, daß man von ihnen verlangte, in alle Ewigkeit wie Esel das Land der Reichen zu bearbeiten. Wie konnten sich ihre Väter und Vorväter vor den Engländern so demütigen? »Nur weil wir Fellachen sind? Sind wir nicht auch Menschen? Haben wir nicht auch eine Seele? Hat uns Gott nicht auch nach SEINEM Bildnis geschaffen?« Plötzlich hatten sie eine Vision, eine Idee, die über die Dorfgrenzen hinausreichte, und Abdu wußte, er war zu einer höheren Aufgabe berufen.
Diese Gedanken behielt er für sich. Er begleitete Sarah zum Haus ihrer Eltern zurück. Auf dem Weg vor dem Hof blieb er stehen und sprach stumm mit den Augen zu ihr. Die Liebe, die er für Sarah empfand, überwältigte ihn, und ein heftiger Zwiespalt ging ihm durch die Brust: Sollte er sie heiraten und an ihrer Seite alt werden oder dem Ruf der Muslim-Bruderschaft folgen und Gott und Ägypten dienen? Sarah war so bezaubernd, als sie ihn im hellen Sonnenlicht mit leuchtenden Augen strahlend ansah. Sie hatte ein vollkommenes, rundes Gesicht, ein hübsches spitzes Kinn. Er wollte sie in die Arme nehmen und küs-

sen, denn sie reifte schnell zur Frau heran, und unter der Galabija rundeten sich bereits ihre Hüften.
Abdu nahm sie nicht in die Arme, sondern murmelte nur verlegen: »*Allah ma'aki*«, Gott sei mit dir, und ließ sie unter der goldenen Sonne zurück.
Sarah eilte in die Hütte. Jetzt wollte sie der Mutter von ihrem Abenteuer erzählen und ihr den Schal zeigen. Sarah hatte bereits beschlossen, ihn ihrer Mutter zu schenken, denn so etwas Schönes hatte sie noch nie besessen. Sarah hatte sehr wohl bemerkt, daß ihre Mutter Stoffe bewunderte, die manchmal auf dem Marktplatz zum Verkauf angeboten wurden. Aber dann fiel ihr ein, daß sie vielleicht ausgeschimpft werden würde, weil sie so spät mit dem Wasser vom Fluß kam, und dachte sich schnell als Entschuldigung aus, sie habe eine entlaufene Ziege gesucht. Zu ihrer Überraschung empfing die Mutter sie glücklich und strahlend.
»Ich habe eine wunderbare Nachricht für dich!« rief sie. »Gott sei gedankt. Du wirst noch in diesem Monat heiraten! Und dein Bräutigam wird den deiner Schwester noch übertreffen, obwohl alle sagen, Aziz sei die beste Partie im Dorf seit vielen Jahren!«
Sarah holte tief Luft und stellte den Wasserkrug auf den Boden. Ihre Mutter hatte also mit Abdus Eltern gesprochen! Sie waren mit der Heirat einverstanden!
»Gelobt sei Gott, Sarah! Scheich Hamid hat um deine Hand angehalten«, sagte die Mutter, »du bist wirklich ein glückliches Kind!«
Sarah fiel der seidene Schal aus der Hand.

3. Kapitel

Nefissa sah durch das Fenster. Der Nil funkelte und leuchtete im Sonnenlicht. Es war ein selten schöner Tag, und sie freute sich am Leben, denn es gab nichts Aufregenderes, als verliebt zu sein!
Sie konnte ihrer Erregung kaum Herr werden. Als in der Nacht zuvor der gutaussehende Offizier unter der Straßenlaterne stand und sich eine Zigarette anzündete, während er sie mit hochgezogenen Augenbrauen anblickte, schien er ihr eine stumme Frage zu stellen. Nefissa hatte einen kühnen Entschluß gefaßt: Heute würde sie nicht nur verschleiert am Fenster sitzen ...
Ein Blick auf die Uhr zeigte ihr, daß sie sich beeilen mußte. Er war Tag für Tag genau um ein Uhr mittags erschienen. Jetzt war es bereits zwölf Uhr vorbei und das Mittagsgebet vorüber. Nefissa saß am Toilettentisch, auf dem teure Parfüms und Kosmetika standen, und hätte in ihrer Vorfreude am liebsten getanzt. Endlich hatte sie etwas über ihren Offizier erfahren.
Gestern Nachmittag war sie mit ihrer Freundin, Prinzessin Faiza, einkaufen gewesen. Nachdem sie in Kairos führenden Geschäften – Cicurel und Madame Badias – ein paar besonders hübsche Sachen entdeckt hatten, fuhren sie zum Tee mit Faizas üblichem Gefolge und den Leibwächtern zu Groppis. Da Faiza die Schwester des Königs war, mußten alle anderen Gäste den Salon verlassen, damit die königliche Gesellschaft ungestört plaudern und Tee trinken konnte. Während sie sich bei Gebäck und Eis amüsierten, sah Nefissa zufällig auf der Straße zwei britische Offiziere vorbeigehen. Sie trugen die gleiche Uniform wie ihr Offizier. Ganz nebenbei fragte sie in die Runde: »Was sind das für Soldaten?« und erfuhr auf diese Weise seinen Rang. Viel war es nicht, sie kannte noch nicht einmal seinen Namen, aber etwas mehr als am Tag zuvor wußte sie doch.

Er war Leutnant. Er war ein Leutnant soundso, und seine Soldaten mußten ihn mit »Sir« anreden.

Nefissa hatte sich den ganzen Vormittag über hübsch gemacht, wie das die meisten Frauen ihrer Klasse taten, die viele Stunden damit zubrachten, ihr Aussehen zu vervollkommnen. Nefissa hatte alle Körperhaare entfernt, an den Armen und den Beinen, sogar die Augenbrauen und die Schamhaare. Sie wählte mit großem Bedacht das richtige Parfüm und nahm sich eine ganze Stunde nur für ihre Augen, denn viel mehr sah ihr Leutnant nicht von ihr. Schließlich musterte sie ihre zahllosen Kleider. Nefissa besaß ganze Schränke voll der elegantesten Kreationen führender europäischer Couturiers. Einige stammten auch von Nefissas Schneiderinnen in Kairo, die sehr geschickt darin waren, Entwürfe aus Modezeitschriften zu kopieren. Seit dem Tod ihres Mannes hatte Nefissa nicht mehr eine ganz so große Auswahl, denn sie mußte sich auf Schwarz beschränken. Wenn sie doch nur in ihrem veilchenblauen Satinkleid am Fenster sitzen könnte oder in dem flammendroten Seidenkleid. Der Leutnant hatte sie immer nur in Schwarz gesehen.

Nefissa entschied sich gegen ihr Lieblingskleid, das die Taille extrem betonte, denn nach Tahias Geburt hatte sie noch nicht wieder ihre alte Figur zurückgewonnen. Plötzlich hörte sie ein Gurgeln und Keuchen im Rücken. Am Fuß ihres Bettes stand eine Zwillingswiege mit den schlafenden Babys, die Nefissa vor kurzem gestillt hatte. Die sechs Wochen alte Tahia schlief ruhig und fest, aber die kleine Jasmina strampelte hektisch im Schlaf. Nefissa nahm sie auf den Arm und wiegte die Kleine. Hoffentlich litt das Kind nicht unter Alpträumen nach der traumatischen Geburt, bei der Fatheja gestorben war. Das arme mutterlose Kind, dachte Nefissa, und im Grunde hat Jasmina auch keinen Vater. In seiner Trauer verbrachte Ibrahim nur wenige Stunden zu Hause. Er hatte gesagt, es sei ihm noch zu schmerzlich, sein Töchterchen in den Armen zu halten. Er wollte sie noch nicht einmal sehen. Deshalb überschütteten Nefissa und die anderen Frauen die kleine Jasmina mit der ganzen Liebe und Fürsorge, die sie brauchte, um ein gesundes und kräftiges Kind zu werden.

Als sich das Baby beruhigt hatte, legte Nefissa es wieder in sein Bettchen und zog sich schnell an.

Wo wohnt mein Leutnant eigentlich, dachte sie, während sie den Reiß-

verschluß zuzog und nach einem schwarzen Tüllschleier griff. Wohin geht er Tag für Tag? Woher kommt er? Was ist seine Aufgabe in der Armee? Wie heißt er, und was denkt er, wenn er unter meinem Fenster steht und nur meine vom Schleier umrahmten Augen sieht? Diese Fragen stellte sich Nefissa Tag für Tag. Würde sie je Antworten darauf bekommen?
Aber heute wird er mich nicht nur am Fenster sehen, dachte sie aufgeregt. Heute wartet auf ihn eine Überraschung.
Ein Kindermädchen kam mit dem kleinen Omar an der Hand in Nefissas Schlafzimmer. Er war wütend, obwohl Mund und Kinn mit Eis verschmiert waren. Nefissa nahm ihn in die Arme und drückte ihn liebevoll an sich. Omar hatte einen Wutanfall bekommen, als sie Tahia und Jasmina stillte und ihrem Sohn sagte, er sei jetzt zu groß, um noch an ihrer Brust zu trinken. Der Dreijährige war außer Rand und Band geraten und hatte sich nicht beruhigt, bis Tante Zou Zou und Tante Doreja das Geschrei hörten, ins Zimmer kamen, Omar Eis und Süßigkeiten versprachen und ihn beschwörend daran erinnerten, daß er doch ein braver Junge sei.
Nachdem Omar etwas gnädiger gestimmt mit dem Kindermädchen ihr Zimmer wieder verlassen hatte, hörte Nefissa die Glocke am Tor läuten. Als sie neugierig aus dem Fenster sah, trat Marijam Misrachi in den Garten. Nefissa wußte, sie kam zu Khadijas Teerunde.
Khadija hatte den täglichen Tee schon vor langer Zeit eingeführt. Auf diese Weise konnte sie mit Freundinnen zusammensein, denn ihr Mann hatte ihr früher nicht erlaubt, das Haus zu verlassen. Marijam wohnte im Haus nebenan. Durch Marijam lernte Khadija viele Leute kennen. Jetzt hatte sie zahllose Freundinnen, die keinen Anstoß daran nahmen, daß Khadija nie einen Gegenbesuch machte. Sie hatten sich damit abgefunden, daß sie immer in das Raschid-Haus kommen mußten.
Viele Frauen aus Khadijas Generation hielten an solchen altmodischen Sitten fest. Sie vertraten die Ansicht, der Platz einer Frau sei im Haus. Wenn eine Frau aus einem wichtigen Grund in die Öffentlichkeit mußte, dann ging sie nie ohne Begleitung und immer verschleiert. In den neunundzwanzig Jahren – mit Ausnahme eines Sommeraufenthalts in Alexandria, wohin die ganze Familie im Wagen fuhr – hatte Khadija nie einen Fuß vor das große Tor in der Gartenmauer gesetzt. Sie war nie durch eine der Straßen von Kairo gegangen.

Zur täglichen Teerunde kamen ihre Freundinnen, aber auch Fremde waren willkommen. Frauen, die gehört hatten, daß Khadija heilen konnte und ein großes medizinisches Wissen besaß, suchten bei ihr ebenso Rat wie alle Tanten, Cousinen und Kinder der Raschids. Es kamen aber nur Frauen, Männer waren zum Tee nicht oder nur ausnahmsweise zugelassen.
Heute wollte Nefissa am Tee ihrer Mutter nicht teilnehmen. Sobald sie sicher sein konnte, daß Khadija mit ihren Gästen beschäftigt war, würde sie auf das Dach gehen und dort auf ihren Leutnant warten.

»Was bekümmert dich, Khadija?« fragte Marijam, während sie ihrer Freundin zusah, die Rosmarinblätter pflückte und in ihren Korb legte.
Khadija richtete sich auf und schob den Schleier vom Kopf. Ihr tiefschwarzes Haar glänzte in der Sonne. Sie war zwar in ihrem Garten und sammelte Kräuter, aber sie trug eine kostbare Seidenbluse und einen eleganten Rock, denn sie erwartete Gäste. Aus Achtung vor ihrem verstorbenen Mann und der erst vor kurzem begrabenen Schwiegertochter ging sie ganz in Schwarz.
»Ich mache mir Sorgen um meinen Sohn«, sagte sie schließlich und schnitt ein paar Blüten von einem Strauch, »seit dem Begräbnis ist er so verändert und benimmt sich seltsam.«
»Ibrahim trauert um seine Frau«, erwiderte Marijam, »sie war so jung und so bezaubernd. Er hat sie geliebt. Seit ihrem Tod sind doch erst zwei Wochen vergangen. Ich glaube, er braucht Zeit.«
»Ja«, stimmte ihr Khadija zu, »vermutlich hast du recht.«
Sie befanden sich in Khadijas persönlichem Garten, wo sie Heilkräuter anpflanzte, aus denen sie viele ihrer Heilmittel herstellte, mit denen sie alle möglichen Krankheiten behandelte. Ali Raschids Mutter hatte diesen Garten angelegt, und sie hatte sich dabei an die Angaben in der Bibel über König Salomons Garten gehalten. Es gab Beete mit Kampfer, Aralien und Safran. Hier wuchsen Kalmus und Zimtbäume, Myrrhe und Aloen. Khadija hatte aus eigenem Antrieb auch importierte Kräuter angebaut wie Kassia, Schwarzwurz und Kamille. Sie stellte nach alten Rezepten aus den Kräutern Tinkturen, Elixiere und Salben her.
Die sehr viel größere Marijam trug keinen Schleier über ihren dichten roten Haaren. Ihr hellgelbes Sommerkleid zog die Aufmerksamkeit eines Schmetterlings auf sich, der sie anmutig umkreiste.

»Mit Gottes Gnade wird Ibrahim seinen Kummer überwinden«, sagte sie auf hebräisch mehr zu sich selbst und fügte dann wieder auf arabisch hinzu, »aber noch etwas liegt dir auf der Seele, Khadija. Ich kenne dich inzwischen gut genug, um zu wissen, wenn du Kummer hast.«
Khadija verscheuchte eine Biene, die sich ihr auf den Kopf setzen wollte, und sagte: »Ich möchte dich nicht damit belasten, Marijam.«
»Seit wie vielen Jahren teilen wir alles, sei es nun Freude oder auch Leid? Wir helfen uns gegenseitig bei der Geburt der Kinder in unseren Familien, und ich glaube, du wirst mir zustimmen, wenn ich sage, daß wir wie zwei Schwestern sind.«
Khadija sah sie an und lächelte. »Du hast recht, ich kann ohnehin kein Geheimnis vor dir haben.« Sie bückte sich schnell wieder, denn dies Geheimnis kannte noch nicht einmal Marijam. Khadija hatte es nie über sich gebracht, ihr von dem Harem in der Perlenbaum-Straße zu erzählen. »Ich kann nicht schlafen, weil mich verwirrende Träume nicht mehr zur Ruhe kommen lassen.«
»Deine Träume vom Lager in der Wüste und dem Überfall?«
Khadija schüttelte den Kopf. »Nein, es sind neue Träume, Marijam, die ich noch nie gehabt habe.« Sie sah ihre Freundin verlegen an. »Ich träume von einem jungen Mann. Er erscheint mir wie ein Freund und erinnert mich an ein Versprechen. Er ist sehr unglücklich, und ich scheine schuld daran zu sein. Aber wenn ich ihn frage, was ich getan habe, dann scheint er zu sterben, und ich wache voll Entsetzen auf.« Sie schwieg und fügte dann kaum hörbar hinzu: »Marijam, ich weiß, daß ich ihn einmal geliebt habe, aber ich weiß nicht, wer es ist...«
Marijam sah sie verblüfft an, dann lachte sie und hakte sich bei Khadija ein. Im Schatten der alten Bäume verließen sie den Kräutergarten und gingen auf dem mit Steinplatten belegten Weg in den anderen Teil des Gartens.
Als Khadija ihrer Freundin dieses Geständnis machte, fing ihr Herz wieder heftig an zu schlagen. Ja, sie liebte diesen Mann im Traum, aber alles schien wie in einem anderen Leben zu sein. Er war schon erwachsen und sie noch ein Mädchen. Sie war sehr glücklich und sehnte sich nach ihm. Sie hatte gelobt, ihn zu heiraten. Aber mit dem Erwachen stellten sich auch große Schuldgefühle ein. Khadija schämte sich, nach dem tragischen Tod ihrer Schwiegertochter an Liebe zu denken. Sie mußte erreichen, daß diese verwirrenden Träume aufhörten.

Auf dem Dach flatterte plötzlich eine Schar Tauben, als habe sie jemand aufgescheucht. Sie kreisten einmal über dem Haus und ließen sich dann auf den Maulbeerbäumen nieder. Khadija hob den Kopf und legte zum Schutz vor der grellen Sonne eine Hand über die Augen. Dort oben stand jemand.
»Es ist Nefissa«, sagte Marijam, die ebenfalls nach oben blickte.
»Warum ist deine Tochter auf dem Dach?«
Als Khadija mit den Schultern zuckte und sagte: »Ich weiß es nicht«, lächelte Marijam. »Vielleicht steht die Tochter unter demselben Zauber wie die Mutter.« Sie lachte, als Khadija verlegen den Kopf sinken ließ.
»Ich finde, Nefissa benimmt sich in letzter Zeit wie ein verliebtes junges Mädchen. Ach, wie romantisch die Raschids doch sind!« Sie seufzte.
»Nun ja, junge Liebe, wie gut kann ich mich noch daran erinnern.«
Möglicherweise hatte sich ihre Tochter verliebt. Aber in wen? Als Witwe lebte Nefissa fast völlig abgeschieden von der Außenwelt. Wen konnte sie kennengelernt haben? Welche Möglichkeiten hatte sie, einem Mann zu begegnen? Vielleicht war es ein Freund der Prinzessin, und man hatte ihn Nefissa am Hof vorgestellt. Mit diesem Gedanken beruhigte sich Khadija. Wenn der Betreffende am Hof verkehrte, dann war es ein Mann von Adel, und er gehörte einer alten und geachteten Familie an.
»Weißt du, was du brauchst, um deine Träume zu vergessen?« sagte Marijam, als sie sich dem Pavillon näherten, wo Khadija bei schönem Wetter ihre Gäste empfing. »Du brauchst Luftveränderung. Du mußt dieses Haus einmal für einige Zeit verlassen. Als wir uns kennenlernten, waren Suleiman und ich erst einen Monat verheiratet. Dein Ibrahim war fünf und mein Itzak noch nicht geboren. Du hast mich zum Tee eingeladen, und wie entsetzt war ich damals, als ich erfuhr, daß du nie das Haus verläßt. Natürlich wohnten auch damals viele andere Frauen mit dir zusammen. Aber Khadija, das ist über zwanzig Jahre her. Die Zeiten haben sich geändert! Der Harem ist abgeschafft. Die Frauen gehen heutzutage völlig ungezwungen in die Stadt. Hör zu, komm mit mir und Suleiman im Sommer nach Alexandria. Die Seeluft wird dir guttun.«
Khadija war einmal in Alexandria gewesen, weil Ali Raschid mit der ganzen Familie einen Sommer in seiner Villa am Mittelmeer verbringen wollte. Der Umzug aus dem heißen Kairo an die kühlere Nordküste war

ein großer Aufwand gewesen. Tage vergingen mit den Reisevorbereitungen. Die Dienstboten packten Truhen und Kisten. Alle waren aufgeregt. Bei der Abfahrt aus der Paradies-Straße setzten sich die Frauen tief verschleiert in die Wagen und stiegen am Ziel ebenso verschleiert aus, um geradewegs in die Villa zu gehen. Khadija mochte Alexandria nicht. Vom Balkon ihres Sommerhauses konnte sie den Hafen sehen, die britischen Kriegsschiffe und die amerikanischen Überseedampfer. Sie war der Meinung, daß die Ausländer gefährliche und demoralisierende Lebensweisen nach Ägypten brachten.
»Hier im Haus werden alle ohne dich eine Zeitlang zurechtkommen«, fuhr Marijam fort, als Khadija schwieg.
Khadija lächelte und bedankte sich für die Einladung. Aber bei diesem alten Thema konnten sie nie eine Einigung finden. Jahr für Jahr hatte Marijam neue Argumente, um ihre Freundin dazu zu bewegen, sich von der alten Sitte loszusagen, die sie an das Haus fesselte. Marijam machte verlockende Vorschläge, aber Khadija sagte darauf stets: »Eine Frau muß nur zweimal im Leben aus dem Haus. Das erste Mal, wenn sie ihr Vaterhaus verläßt, um zu ihrem Mann zu ziehen. Das zweite Mal trägt man sie im Sarg aus dem Haus ihres Mannes.«
»Was soll das Gerede von Särgen!« rief Marijam. »Du bist eine junge Frau, Khadija, und jenseits dieser Mauern liegt eine wunderbare Welt. Du bist nicht mehr die Gefangene deines Mannes, du bist eine freie Frau.«
Aber nicht Ali Raschid hatte sie zu einer Gefangenen gemacht, das wußte Khadija. Sie erinnerte sich noch gut an den Tag, als Ali zu ihr gesagt hatte: »Khadija, meine Frau, die Zeiten ändern sich, und ich bin ein fortschrittlicher Mann. Frauen in ganz Ägypten legen den Schleier ab und gehen auf die Straße, wann immer sie wollen. Du hast meine Erlaubnis, jederzeit in die Stadt zu gehen, auch unverschleiert, wenn du das möchtest. Zu deiner Sicherheit soll dich nur stets jemand begleiten.«
Khadija hatte sich bei ihm bedankt, es aber abgelehnt, sich zu emanzipieren. Ali verstand das damals ebensowenig wie heute Marijam.
Khadija jedoch wußte, der eigentliche Grund für ihre starre Haltung lag in der Vergangenheit, in ihrer Kindheit, an die sie keine Erinnerung mehr hatte. Eine unbestimme Angst quälte sie, die sie nicht benennen konnte. Über ihrem Leben lag ein dunkles Geheimnis, und solange es

ihr nicht gelang, dieses Geheimnis zu lösen, und sie den Grund ihrer Angst nicht kannte, würde sie hinter den sicheren Mauern des Hauses bleiben.
»Die ersten Gäste sind da«, sagte Marijam, als die Glocke am Tor läutete. Khadija erschrak, denn in Gedanken war sie bereits wieder auf dem Weg in das andere, verborgene Leben gewesen.

Vom Dach, wo Bienen die Weinranken umsummten und Tauben gurrten, hatte Nefissa einen weiten Blick über Kairos goldene Kuppeln und Minarette. Man sah von hier aus die ganze Stadt vom Nil bis zur Zitadelle und an klaren Mondnächten in der fernen Wüste die unwirklichen Dreiecke der Pyramiden. An diesem heißen Mittag ruhte die Stadt während der Siesta. Nefissa hatte nur Augen für die Straße vor dem Haus. Jedesmal, wenn eine Kutsche vorbeirollte und die Hufe der Pferde über das Pflaster klapperten, beugte sie sich aufgeregt über das Geländer und dachte: Ist er das? Kommt er diesmal mit dem Pferd? Auch Militärfahrzeuge rollten durch die Paradies-Straße, und dann stockte Nefissa der Atem vor Aufregung. Sie wußte nicht, ob er zu Fuß oder mit dem Wagen kommen würde. Würde er überhaupt kommen? Vieleicht langweilte ihn inzwischen der tägliche stumme Blickwechsel. Bei diesem Gedanken wurde ihr schwer ums Herz. Sie konnte nicht länger warten, und ihr Plan stand fest. Wenn er kommt, dachte sie, werde ich hinuntergehen und mit ihm sprechen.
Als sie ihre Mutter und Marijam Misrachi im Garten sah, trat sie schnell zurück. Die beiden Frauen sollten sie möglichst nicht hier oben entdecken, denn sie würden ihr Tun mit Sicherheit mißbilligen. Nefissa ließ aber die Straße nicht aus den Augen und betete, daß er kommen möge. An einem solchen schönen Tag würde er bestimmt einen Spaziergang machen! Die großen herrschaftlichen Häuser in der Nachbarschaft standen, ebenfalls vor der Außenwelt geschützt, hinter Tamarinden und Maulbeerbäumen und hohen Mauern. Der Duft von Orangenblüten lag in der Luft, nur das Zwitschern der Vögel und das Plätschern der Brunnen war in der mittäglichen Stille zu hören. Nefissa, die sich nach Liebe sehnte, dachte, es sei durchaus angemessen, daß die Straße, in der sie lebte, nach der Legende mit Sex zu tun hatte.
Es wurde erzählt, daß über mehrere Jahrhunderte hinweg eine Sekte frommer Männer aus Arabien durch die Wüste und das Land zog. Die

Männer waren völlig nackt, und überall, wohin sie kamen, wurden sie von den Frauen umworben, denn es hieß, wer mit ihnen sexuell verkehrte oder sie auch nur berühren durfte, der werde von Unfruchtbarkeit geheilt, und Jungfrauen fänden potente Männer. Der Legende nach kam im fünfzehnten Jahrhundert einer dieser Heiligen in einen Palmenhain am Stadtrand von Kairo. Dort machte er in drei Tagen hundert Frauen glücklich, und danach starb er. Augenzeugen berichteten, Allahs Jungfrauen, die der Koran jedem Gläubigen als himmlischen Lohn verhieß, seien vom Himmel herabgekommen und hätten den Heiligen leibhaftig ins Paradies gebracht. Der Palmenhain galt seit dieser Zeit als der Ort der Jungfrauen aus dem Paradies. Als die Briten vierhundert Jahre später Ägypten zu ihrem Protektorat machten, erbauten sie ihr herrschaftliches Wohnviertel in der sogenannten Garden City, wo sich auch der Palmenhain befand. Man wollte die Geschichte nicht in Vergessenheit geraten lassen und nannte deshalb diese Straße die Paradies-Straße. Hier baute Ali Raschid sein rosenfarbenes Herrenhaus inmitten eines üppigen Gartens und hinter einer hohen Mauer zum Schutz seiner Frauen, die hinter den Maschrabijen vom Harem auf die Straße blicken konnten, ohne selbst gesehen zu werden. Ali richtete das Haus mit eleganten Möbeln und kostbaren Dingen ein. In das polierte Holz über der Eingangstür ließ er den Spruch schnitzen: »O du, der du dieses Haus betrittst, lobe den erwählten Propheten.«
Eine Besucherin kam durch das Tor in den Garten. Jetzt war Khadija mit ihren Gästen beschäftigt, und wenn Nefissas kühner Plan gelingen sollte, mußte ihr Offizier bald kommen.

Khadija empfing ihre Besucherinnen im Pavillon, einem Meisterwerk schmiedeeiserner Handwerkskunst. Der Pavillon wirkte wie ein prächtiger Vogelkäfig mit filigranen ornamentalen Motiven, die das Gitter schmückten, über dem sich eine Kuppel wölbte, die der Kuppel der Mohammed Ali-Moschee glich. In jedem Frühjahr wurde der Pavillon weiß gestrichen, so daß er einladend in der Sonne glänzte. Aber der Pavillon hatte einen bewußten Fehler: Das Muster um den Eingang war asymmetrisch. Muslimische Künstler legten auf solche Unvollkommenheiten großen Wert als Ausdruck ihrer Achtung vor Gott: Nur Gott kann etwas Vollkommenes schaffen.
Einige ihrer Gäste redeten Khadija mit »Sajjida« an, andere nannten sie

»Um Ibrahim«, die Mutter von Ibrahim, oder sie gaben ihr den Titel »Scheika«, weise Frau. Heute sprachen viele der Gäste Khadija ihr Beileid zum Verlust der Schwiegertochter aus. Aber wie immer gab es zu essen, viel zu erzählen, und es wurde gelacht. Nicht selten wollten Frauen von Khadija einen Liebestrank oder ein Aphrodisiakum; andere besprachen Möglichkeiten der Empfängnisverhütung oder ließen sich ein Mittel für ihre Tage geben. Manche der Frauen suchten Hilfe gegen Unfruchtbarkeit oder die Impotenz ihres Mannes. Sie kamen zu Khadija mit ihren Problemen, weil es als unsittlich galt, wenn sich eine Muslimfrau vor einem Arzt auszog. Khadija stand aber auch deshalb in hohem Ansehen, weil sie zu einer Scharifen-Familie gehörte, den direkten Nachkommen des Propheten. Aus diesem Grund kamen manchmal Frauen, um sich von ihr segnen zu lassen, denn sie glaubten an die wundertätige Kraft der Nachkommen Mohammeds.

Ali hatte ihr bei der Hochzeit soviel über ihre Herkunft sagen können, aber mehr nicht. Nach Fathejas Tod stieß ein neuer Traum eine Tür in ihrem Bewußtsein auf. Er entführte sie in eine andere Welt, in ein anderes Leben, vielleicht aber auch in die Vergangenheit. Denn wenn Khadija von dem jungen Mann träumte, der um sie warb und dem sie ihre Liebe schenkte, befand sie sich in einem wunderschönen Garten und saß an einem Springbrunnen mit klarem türkisfarbenem Wasser. Mädchen spielten auf einfachen Musikinstrumenten. Sie sah große dunkelhäutige Männer in Turbanen und eine Frau in blauer Seide – war das vielleicht ihre Mutter? Die Frau trat zu dem kleinen Mädchen, das ganz erfüllt war von ihrer Liebe zu dem jungen Mann, und sagte ernst: »Prinzessin, mein Herzenskind, vergiß nicht, du gehörst zu den Nachkommen des Propheten. Dich erwartet eine verantwortungsvolle Aufgabe.«

Um Mohammed, die Frau des Landwirtschaftsministers, kam die Stufen herauf und ergriff Khadijas Hand. »Unsere Herzen sind schwer, wenn wir an den Verlust der Frau deines Sohnes denken. Gott wird sie bestimmt zu sich ins Paradies genommen haben. Fatheja war wie ein Sonnenstrahl und klares Wasser.«

Khadijas Besucherinnen sprachen in ihrem Haus immer arabisch, obwohl Englisch und Französisch sehr in Mode waren. In manchen ägyptischen Familien lernten die Kinder kein Arabisch. Khadija bestand jedoch darauf, arabisch zu sprechen.

»Gott ist weise und gut, Um Mohammed. SEIN Segen möge über dich kommen für dein Mitgefühl. Geht es dir gut? Was macht dein Blutdruck?«

»Er ist viel zu niedrig. Aber ich will mich nicht beklagen.«

»Ich werde dir Rosmarintropfen schicken. Trinke dreimal täglich zwanzig Tropfen mit einem Glas Wasser und spreche danach die Sonnensure.«

Eine achtzehnjährige Frau, die aus Achtung vor der Gastgeberin einen Schal über dem Kopf trug, setzte sich neben Khadija und fragte: »Ich habe von Äpfeln geträumt, Scheika. Was bedeutet das?«

»Eine Hochzeit, Bin Fouad«, erwiderte Khadija lächelnd. Bin Fouad, die Tochter von Fouad, war ein nicht sehr attraktives Mädchen und sehnte sich nach einem Mann. »Und wenn die Äpfel in deinem Traum sehr süß waren, dann wirst du einen reichen Mann finden.«

Dienstboten brachten würzige Fleischklößchen, frisches Obst, Gebäck und als Besonderheit eine Marmelade, die Khadija aus Rosenblättern machte, die in Zitrone und mit Zucker gekocht wurden. Khadijas Küche hatte noch eine Spezialität, die sich bei den Besucherinnen großer Beliebtheit erfreute: hartgekochte Eier, die in Lammgulasch gekocht wurden. Der Geschmack drang durch die Eierschale und machte die Eier besonders schmackhaft. Zu den Speisen tranken sie gezuckerten Minztee.

Einer Frau, deren Blutungen unregelmäßig kamen, gab Khadija ein Amulett, das sie mit der Kraft der Sterne aufgeladen hatte. Sie riet der Frau, das Amulett zu tragen und sieben Tage jeden Morgen vor Sonnenaufgang die erste Sure im Koran nach Osten gerichtet zu sprechen.

Einige der Besucherinnen verabschiedeten sich, nachdem sie mit Khadija gesprochen hatten, andere blieben und machten noch der alten Zou Zou ihre Aufwartung. Die jüngeren Frauen unterhielten sich mit Doreja und sahen den Kindern beim Spielen zu. Ihre Gespräche drehten sich meist um die Ehe – wie findet man einen Mann, wie gelingt es, ihn nicht zu verlieren? »Eine Muslimfrau muß schwer arbeiten, um ihren Mann an sich zu binden«, sagte die alte Zou Zou und erzählte von ihrer Scheidung. »Bei den Christen ist eine Scheidung so gut wie unmöglich. Deshalb geben sich die verheirateten Frauen mit ihren Männern keine Mühe. Sie vernachlässigen ihr Äußeres und gewähren ihrem Mann nicht die sexuelle Befriedigung, die er braucht. Ihr könnt es mir glauben, eine Muslimfrau kann nur mit ihren zwei besten Waffen eine gute Ehe haben, mit Schönheit und Sex. Es muß ihr gelingen, daß der Mann sie nie verlassen will.«

Sie lächelten über die feine Ironie, denn sie wußten alle, Zou Zou hatte sich von ihrem Mann getrennt, und nicht er hatte sie verlassen.

Die Frauen tauschten Rezepte aus und sprachen über eine richtige Ernährung. »Barsch muß *immer* mit Erdnüssen gebacken werden«, sagte Um Walid und erklärte dann ebenso nachdrücklich, »dunkelbraun geröstete Zwiebeln schmecken nicht und sind schwer verdaulich.«

Sie musterten sich auch gegenseitig kritisch und machten sich ein Bild davon, in welcher Familie der Reichtum zunahm und wo er abnahm. Sie äußerten ihre Ansichten darüber, welche Frau eine Tochter hatte, die eine gute Ehefrau sein würde, und welche nicht, und welche Mutter einen heiratsfähigen Sohn hatte, der eine gute Partie war. Nach den komplizierten Regeln der Etikette beachteten sie dabei die Feinheiten der Klasse und der Hierachie.

Der Status einer Frau zeigte sich an ihren teuren Kleidern, an dem kultivierten Arabisch, das sie beherrschte, an der Zahl der Dienstboten und an der Bedeutung der beruflichen Stellung ihres Mannes. Aber noch wichtiger war die Form der Anrede. »Sajjida« entsprach der Achtung, die eine verheiratete Frau genoß, »Um«, Mutter, stand höher im Ansehen, und die höchste Achtung zollte man der Mutter eines Sohnes. »Um Ibrahim« war deshalb höflicher als »Um Nefissa«. Eine kinderlose Frau nannte man manchmal »Um el-Ghajib«, die Mutter der Ungeborenen, um sie nicht nur mit ihrem Vornamen anzusprechen, denn das wäre eine Herabsetzung gewesen.

Während jenseits der hohen Gartenmauern das Volk unzufrieden und rebellisch wurde, die Herrschenden sich im Labyrinth der korrupten Politik und internationaler Bankmanipulation verstrickten, kreisten Khadijas Gedanken und die ihrer Besucherinnen im wesentlichen um Ehe- und Kinderprobleme. Khadija hörte immer öfter die Klage, daß ein Mann seine Frau nicht mehr liebe, und sie dachte an ihren eigenen Mann, an Ali Raschid Pascha. Als ihren uneingeschränkten Herrn und Meister – er war ein großer stattlicher Mann gewesen, trug immer einen makellosen Kaftan und den hohen roten Fez, hatte einen Diamantring am linken Ringfinger und in der rechten die Fliegenklatsche aus Elfenbein – hatte sie ihn in den vierundzwanzig Jahren ihrer Ehe

immer mit »Pascha« angeredet. In Zusammenhang mit Liebe hatte sie nie an ihn gedacht. Nur Achtung und Bewunderung zählten für Khadija. Liebe war etwas so Unbestimmtes und Flüchtiges wie Rauch.
Eine ärmlich gekleidete Frau näherte sich Khadija. »Verzeih mir meine Kühnheit, verehrte Verwandte«, sagte sie bescheiden, »ich bin nur wie der Teppich unter deinen Füßen.« Sie unterhielten sich eine Weile, bis die Frau schließlich den Mut aufbrachte und leise sagte: »Mein Mann und meine Kinder haben eine schwere Zeit. Aber Gott ist denen wohl gesonnen, die den Armen geben. Ich bin mit dir verwandt, Sajjida.«
»Gott gebe dir Frieden. Wie sind wir verwandt?«
»Ali Pascha, möge Gott ihm die ewige Ruhe schenken, war der Vetter des Onkels meiner Mutter, Saad Raschid.«
»Ein guter Mann«, sagte Khadija.
»Aber mein Mann hat keine Arbeit und sucht eine Stellung. Er war der Leiter einer Parfümfabrik. Er kann lesen und schreiben, Sajjida.«
»Komm in drei Tagen wieder, dann wird mein Sohn eine Stelle für ihn haben.«
Als nächstes erschien eine Frau, die Khadija ebenfalls nicht kannte. Sie war vornehm gekleidet, hatte zu ihren Lederschuhen die passende Handtasche und trug einen europäischen Hut mit einem Schleier vor den Augen.
»Möge Ihr Tag gesegnet sein, Sajjida«, sagte sie, »ich bin Safeja Rageeb.«
»Möge Gott Sie beschützen. Bitte nehmen Sie Platz.«
Khadija reichte der Fremden eine Tasse Tee, die sie dankend annahm. Sie sprachen über das Wetter, über die gute Orangenernte in diesem Jahr, und Khadija bot Safeja Rageeb eine Zigarette an. Die Formen der Höflichkeit mußten gewahrt werden. Eine Besucherin, die gleich zur Sache kam, beleidigte die Gastgeberin. Und Khadija wäre sehr unhöflich gewesen, wenn sie sich sofort nach dem Grund des Besuchs erkundigt hätte.
»Verzeihen Sie, Sajjida«, sagte Safeja Rageeb schließlich sichtlich nervös, »ich bin zu Ihnen gekommen, weil ich gehört habe, daß Sie eine Scheika sind, besonderes Wissen und große Weisheit besitzen. Man sagt auch, daß Sie eine Heilerin sind und alle Krankheiten behandeln.«
»Alle Krankheiten sind heilbar«, erwiderte Khadija freundlich, »nur nicht die eine Krankheit, an der ein Mensch sterben soll.«

»Aber mir war nicht bekannt, daß Sie einen Trauerfall in der Familie haben. Wie ich sehe, komme ich in einem ungünstigen Augenblick.«
»Das Schicksal und die Not haben eigene Gesetze. Wie kann ich Ihnen helfen?«
Safeja Rageeb blickte sich zögernd nach den anderen Frauen um. Sie hatte offenbar große Sorgen und schien in Gegenwart so vieler Menschen nicht sprechen zu wollen. Deshalb erhob sich Khadija und sagte: »Gehen wir ein paar Schritte durch den Garten.«

Nefissa ging an der Mauer entlang, blickte vorsichtig nach dem Pavillon und achtete darauf, daß niemand sie sah. In der Mauer gab es zwei Tore. Das Tor für die Fußgänger stand offen, das andere mit den doppelten Flügeln war die Zufahrt für die Wagen. Dorthin eilte Nefissa. Durch einen Spalt im Holz blickte sie nach draußen und hielt den Atem an.
Er war da!
Er war gekommen und blickte zu ihrem Fenster hinauf. Nefissas Herz schlug wie rasend. Jetzt war die Gelegenheit gekommen, denn er würde bald weitergehen. Sie mußte nur aufpassen, daß sie niemand sah.
Zuerst hatte sie ihm eine Nachricht zuwerfen wollen, mit der sie ihm ihren Namen mitteilte und sich danach erkundigte, wer er war. Aber es bestand die Möglichkeit, daß er die Nachricht übersah und ein anderer Fußgänger, vielleicht sogar ein Nachbar, sie fand. Dann wollte sie etwas Persönliches, einen Handschuh oder einen Schal, vom Dach fallen lassen. Aber auch das war ihr zu ungewiß gewesen. Deshalb war sie schließlich heruntergeeilt und jetzt ...
Sie erstarrte.
Sie hörte die Stimme ihrer Mutter! Irgendwo in der Nähe war Khadija, und sie kam näher. Nefissa versteckte sich schnell hinter einem Busch. Und wenn ihr Leutnant jetzt weiterging? Er konnte glauben, sie habe das Interesse an ihm verloren ... Oh, Mutter, was willst du denn plötzlich hier? Geh schneller, Mutter! Schneller!
Nefissa sah ihre Mutter zusammen mit einer fremden Frau. Sie gingen langsam und unterhielten sich leise. Khadija schien ihre Tochter hinter dem Busch nicht bemerkt zu haben.
Als die beiden Frauen schließlich vorüber waren und hinter den Mandarinenbäumen verschwanden, kehrte Nefissa zu dem Spalt im Tor zurück und blickte hinaus. Er war noch da!

Schnell pflückte sie eine Hibiskusblüte, warf sie über die Mauer und hielt den Atem an.
Er sah die Blüte nicht.
Ein Militärwagen fuhr vorbei, und die großen staubigen Gummiräder hätten die Blüte beinahe überrollt. Als der Wagen vorüber war, sah sie, wie er auf die Straße eilte und die Blüte aufhob. Er blickte auf die Mauer und schließlich auf das Tor, hinter dem sie stand. Sie hatte ihn noch nie aus der Nähe gesehen. Er hatte dunkelblaue Augen und sandfarbene Wimpern, ein Grübchen in der linken Wange – sie fand ihn unbeschreiblich attraktiv. Dann geschah etwa Erstaunliches. Mit den Augen auf das Tor gerichtet, hob er die Hibiskusblüte an die Lippen und küßte sie.
Nefissa glaubte, ohnmächtig zu werden.
Seine Lippen zu spüren, seine Arme, die sie umfingen ... Das Schicksal mußte ihnen mehr zugedacht haben als nur verstohlene Blicke! Nefissa wußte in diesem Augenblick, es war ihnen bestimmt, sich kennenzulernen – eines Tages ...
Mit leichter Sorge dachte sie: wie wird er darauf reagieren, wenn er erfährt, daß ich verheiratet war und zwei Kinder habe? Witwen und geschiedene Frauen waren bestimmt auch bei den Engländern nicht als Bräute begehrt. Frauen mit sexueller Erfahrung galten als schwierig, denn sie hatten die Liebe eines anderen kennengelernt und würden bei jedem Mann Vergleiche anstellen. Nefissa wußte sehr wenig über die hellhäutigen Briten, die seit beinahe hundert Jahren in Ägypten herrschten, angeblich als »Schutzmacht«, aber in Wirklichkeit als Imperialisten, wie immer mehr Ägypter erklärten. War einem Engländer die Jungfräulichkeit seiner Geliebten wichtig? Würde ihr Leutnant sie weniger begehrenswert finden, wenn er die Wahrheit über sie erfuhr? Nein, dachte sie, nein, so ein Mann ist er nicht! Es würde für sie und für ihn echte Liebe sein. Und sie würden sich begegnen, daran zweifelte Nefissa nicht mehr.

»Niemand weiß etwas davon, Sajjida«, sagte Safeja Rageeb, »ich trage diese Last allein.« Sie sprach von dem Grund ihres Besuchs: Ihre vierzehnjährige Tochter war unverheiratet und schwanger. Safeja hatte erfahren, daß Khadija Raschid geheime Rezepte und Methoden kannte. Khadija sah sich plötzlich wieder als Mädchen im Harem. Sie beobachtete öfter, daß Frauen, die eine Zeitlang mit Übelkeit und Unwohlsein zu kämpfen hatten, einen bestimmten Trank erhielten. Sie hörte, daß die älteren Konkubinen sagten, das sei Poleiminze, und später erfuhr sie dann, das sei ein Abtreibungsmittel.

»Safeja Rageeb«, sagte Khadija und bot ihrem Gast an, auf einer Marmorbank unter einem schattigen Olivenbaum Platz zu nehmen, »ich weiß, was Sie von mir haben möchten. Glauben Sie nicht, ich hätte nicht das größte Mitgefühl für Sie, aber das, worum Sie bitten, darf ich Ihnen nicht geben.«

Die Frau begann zu weinen.

Khadija wartete teilnahmsvoll, bis sich Safeja Rageeb wieder etwas beruhigt hatte, und fragte dann:

»Und was ist mit dem Vater Ihrer Tochter. Weiß er etwas?«

»Mein Mann und ich sind Sai'idi, Mrs. Khadija. Wir stammen aus einem Dorf in Oberägypten. Wir haben geheiratet, als ich sechzehn und er siebzehn war. Ein Jahr später bekam ich unser erstes Kind. Wir würden vielleicht noch in dem Dorf leben, wenn nicht mein Mann eines Tages gehört hätte, daß die Militärakademie auch Bauernsöhne aufnimmt. Er hat fleißig gelernt, sich gut vorbereitet, und man hat ihn aufgenommen. Jetzt ist er bereits Hauptmann. Mein Mann ist sehr stolz, Mrs. Khadija, und Ehre geht ihm über alles.« Sie seufzte. »Nein, er weiß nichts von der Schande unserer Tochter. Vor drei Monaten hat man ihn in den Sudan versetzt. Eine Woche später hat der Sohn eines Nachbarn meine Tochter auf dem Weg in die Schule verführt.«

Was sind das für gefährliche Zeiten, dachte Khadija. Wie ist es möglich, daß junge Mädchen ohne Begleitung auf die Straße gehen? Sie wußte, daß ein neues Gesetz vorbereitet wurde, nach dem ein Mädchen erst heiraten durfte, wenn es älter als sechzehn war. Khadija fand das nicht richtig. Eine Mutter konnte ihre Tochter nur auf eine Weise schützen, wenn die monatlichen Blutungen eingesetzt hatten: Sie übergab ihr Kind einem Mann, der dann die Verantwortung trug, daß sie ihm die Treue hielt und er der Vater aller ihrer Kinder war. Aber heutzutage ahmte man die Europäer nach, und junge Frauen heirateten erst mit achtzehn oder neunzehn. Damit blieben sie sechs oder sieben Jahre ungeschützt, und in dieser Zeit stand die Ehre der Familie auf dem Spiel.

Aber Khadija ließ sich von ihren Gedanken nichts anmerken, als sie

erwiderte: »Das Urteil der Gesellschaft ist manchmal sehr hart, und es ist die Aufgabe einer Mutter, die Tragödie für die ganze Familie zu mildern.« Khadija dachte an ihre verlorene Tochter, die aus der Familie ausgestoßen worden war, ohne daß Khadija daran etwas hätte ändern können. »Wann wird Ihr Mann aus dem Sudan zurückkehren?«
»Er ist für ein Jahr versetzt worden. Sajjida Khadija, mein Mann und ich, wir lieben uns sehr. In dieser Hinsicht habe ich großes Glück. Er fragt mich in vielen Dingen um Rat und er hört auf mich. Aber in diesem Fall weiß ich, daß er unsere Tochter umbringen wird. Können Sie mir helfen?«
Khadija dachte nach. »Wie alt sind Sie, Mrs. Rageeb?«
»Einunddreißig.«
»Hatten Sie mit Ihrem Mann Geschlechtsverkehr?«
»In der Nacht vor seiner Abreise ...«
»Gibt es einen Platz, an den Sie Ihre Tochter schicken können? Ich meine, vielleicht eine Verwandte, der Sie vertrauen können?«
»Meine Schwester in Assiut.«
»Dann weiß ich, was Sie tun müssen. Schicken Sie Ihre Tochter dorthin. Sagen Sie Ihren Nachbarn, Ihre Tochter müsse eine kranke Verwandte pflegen. Dann tragen Sie unter dem Pullover ein Kissen. Vergrößern Sie es von Monat zu Monat. Sagen Sie allen, Sie seien schwanger. Wenn Ihre Tochter das Kind zur Welt gebracht hat, holen Sie Mutter und Kind zurück, nehmen Sie das Kissen weg und sagen Sie allen, das Baby sei Ihr Kind.«
Safeja sah Khadija mit großen Augen an. »Ist das durchführbar?«
»*Al hamdu lillah*. Mit der Gnade Gottes, ja«, erwiderte Khadija.

»Nefissa?«
Sie zuckte zusammen und drehte sich erschrocken um. »Tante Marijam!«
»Habe ich richtig gesehen? Du hast eine Blume über die Mauer geworfen«, sagte Marijam Misrachi lächelnd. »Vermutlich hat sich jemand auf der anderen Seite sehr darüber gefreut ...«
Als Nefissa rot wurde und verlegen den Kopf sinken ließ, lachte Marijam und legte ihr den Arm um die Schulter. »Ich wette, es war ein junger Mann.«
Nefissa wurde schwer ums Herz. Sie wollte allein sein, sie wollte ihn

nicht aus den Augen verlieren, sie wollte ihm wenigstens noch einen Augenblick lang nahe sein, vielleicht sogar seine Stimme hören ... Aber dann hörte sie auf der anderen Seite der Mauer Schritte, die sich langsam entfernten.
Marijam duftete schwach nach Ingwer. Ihre roten Haare schimmerten in der Sonne wie Kastanien. Sie hatte bei der Geburt von Nefissa geholfen und fühlte sich schon immer für Nefissa besonders verantwortlich. »Wer ist es?« fragte sie lächelnd. »Kenne ich ihn?«
Die junge Frau wagte nicht zu antworten. Alle wußten, daß Marijam die Briten haßte, denn sie hatten ihren Vater beim Aufstand von 1919 getötet. Marijams Vater hatte zu der Gruppe der Intellektuellen und politisch Aktiven gehört, die man wegen der »Ermordung« von Engländern hinrichtete. Damals war Marijam sechzehn gewesen. »Es ist ein britischer Offizier«, antwortete Nefissa schließlich kaum hörbar.
Als sie sah, wie Marijam die Stirn runzelte, fügte sie schnell hinzu: »Aber er sieht so gut aus, Tante. Er ist so vornehm und gepflegt. Er muß mindestens einen Meter achtzig groß sein, und er hat strohblonde Haare! Ich weiß, du kannst den Engländern nicht verzeihen. Aber sie können doch nicht *alle* Unmenschen sein! Ich *muß* ihn kennenlernen. Wie es heißt, werden die Briten Ägypten bald verlassen müssen. Ich möchte das nicht, denn dann wird er auch gehen!«
Marijam sah sie nachdenklich an. Sie erinnerte sich noch gut an die Zeit vor zweiundzwanzig Jahren. Damals war sie zwanzig gewesen und ebenfalls hoffnungslos verliebt. »Soweit mir bekannt ist, liebes Kind, werden die Briten nicht so schnell abziehen.«
»Dann wird es einen Aufstand geben«, sagte Nefissa traurig. »Alle sagen, wenn die Engländer nicht freiwillig gehen, dann kommt es zum Kampf, vielleicht sogar zu einer Revolution.«
Marijam gab keine Antwort. Sie hatte diese Gerüchte auch gehört. »Mach dir keine Sorgen«, sagte sie und ging mit Nefissa zum Pavillon, »ich bin sicher, deinem Offizier wird nichts geschehen.«
Nefissa strahlte. »Ich weiß einfach, daß wir uns begegnen werden. Es ist unsere Bestimmung, Tante. Hast du so etwas je erlebt? Ich meine, das Gefühl, daß man einfach für jemanden bestimmt ist? Ist es dir so bei Onkel Suleiman ergangen?«
»Ja«, antwortete Marijam leise, »als Suleiman und ich uns kennenlernten, wußten wir sofort, daß wir füreinander bestimmt waren.«

»Wirst du mich nicht verraten, Tante? Bitte, sag Mutter nichts davon.«
»Ich werde deiner Mutter nichts sagen. Wir haben alle unsere Geheimnisse.« Marijam dachte an ihren geliebten Mann und an das Geheimnis, das sie vor ihm seit vielen, vielen Jahre hatte.
»Mutter hat keine Geheimnisse«, sagte Nefissa, »sie ist zu ehrlich, um etwas zu verbergen.«
Marijam blickte zur Seite. Khadija hatte die größten Geheimnisse von allen.
»Ich muß ihn kennenlernen, und ich weiß nicht, wie ...«, sagte Nefissa, als sie den Pavillon fast erreicht hatten, wo die Frauen noch immer saßen, Tee tranken und sich unterhielten, während die Kinder mit einem Ball spielten. »Mutter würde es natürlich nie erlauben. Aber ich bin erwachsen, Tante. Ich sollte selbst entscheiden dürfen, ob ich einen Schleier trage oder nicht. Heutzutage verschleiert sich kaum noch eine junge Frau. Mutter ist so altmodisch. Sie hält hartnäckig an den alten Sitten fest. Begreift sie denn nicht, daß die Zeiten sich ändern? Ägypten ist inzwischen ein modernes Land!«
»Deine Mutter sieht sehr wohl, wie die Zeiten sich ändern, Nefissa. Vielleicht hält sie deshalb an den alten Sitten fest.«
»Wer ist die Frau, mit der sie gerade im Garten war? Sie haben lange miteinander gesprochen.«
»Ach ja, diese Frau«, Marijam lächelte. »Ich glaube, auch das ist ein Geheimnis ...«

Nefissa blieb nicht im Pavillon. Sie wollte allein sein und über die aufregenden Ereignisse nachdenken, die diesmal sein Kommen begleitet hatten. Als sie das Haus betrat, berichtete ihr der Diener ihres Bruders, Dr. Raschid sei in seinen Räumen und habe nach ihr gefragt. Nefissa wußte, was Ibrahim wollte. Seit Fathejas Tod war es Nefissas Pflicht geworden, ihren Bruder zu umsorgen. Deshalb ging sie in die Küche und richtete ein Tablett mit Kaffee und Gebäck.
Ibrahim zog sich in seinem Salon Jacke und Schuhe aus. Er hatte das Gefühl, hundert Jahre alt zu sein und so leblos wie Staub.
»Also wirklich!« stöhnte Hassan al-Sabir und sank auf den weich gepolsterten Diwan. Er streckte die Beine aus und legte die Füße auf ein rundes Lederkissen. »Es muß sich etwas ändern. So kann es nicht weitergehen ...«

Die beiden jungen Männer hatten rotgeränderte Augen und waren unrasiert. Seit Fathejas Tod versuchten sie, Ibrahims Trauer an Farouks Hof mit allen zweifelhaften Vergnügungen zu vertreiben, die der König sich einfallen ließ. Hassan hatte gehofft, der Jagdausflug nach Fayûm werde die Schmerzen seines Freundes lindern, aber Ibrahim wurde nur noch depressiver. Der König hatte seine vielen Gäste mit den neuesten Katherine Hepburn-Filmen unterhalten, seinen Witzen und einem Wachtel-Wettessen, bei dem er es auf fünfzig Wachteln brachte und damit Sieger wurde. In dem luxuriösen königlichen Zelt wurde in diesem Stil bis zum Morgengrauen gefeiert. Hassan hatte sogar zwei wenig zimperliche Blondinen mitgenommen, um Ibrahim damit wieder zum Leben zu erwecken. Aber es half alles nichts.

»Ich finde...«, sagte er gähnend, »trauern ist ja gut und schön, aber vierundzwanzig Stunden am Tag Trübsal blasen, das ist nichts für mich. Wir müssen uns etwas anderes einfallen lassen.« Hassan beglückwünschte sich dafür, daß ihm das Wohlergehen seines Freundes so am Herzen lag, aber er wußte sehr wohl, im Grunde dachte er dabei mehr an sich selbst. Schließlich konnte die Depression seines Freundes ihm auch alle Lust am Leben verderben.

»Weißt du, was du brauchst?« sagte er, aber er sprach nicht weiter, da Nefissa mit einem Tablett hereinkam. Er beobachtete, wie Nefissa schweigend die Tassen, die Kaffeekanne und eine Schale Gebäck auf den Tisch stellte. Als sie das Tablett auf den Boden legte und sich dabei bückte, begutachtete er genüßlich ihren Hintern.

Ibrahim gab keine Antwort auf Hassans Frage. Er fühlte sich völlig erschlagen, ihm taten alle Knochen im Leib weh, und er war unglücklich – einen solchen Zustand kannte er nicht. Bei Gott, dachte er, während ihm seine Schwester die Wasserpfeife anzündete: Werde ich denn nie wieder das Leben genießen können?

Wie eine surrende Stechmücke quälte ihn ein unangenehmer Gedanke – die Erinnerung an die Nacht, in der Fatheja gestorben war und er Gott verflucht hatte. Aber er war vom Kummer überwältigt gewesen. Das würde ihm Gott bestimmt nicht nachtragen. Der Allmächtige würde ihm doch sein Wohlbefinden und seine innere Ruhe wieder schenken. Ibrahim konnte sich an keinen Tag in seinem Leben erinnern, an dem er nicht bekommen hatte, was er sich wünschte. War es denn zuviel verlangt, wenn er sich jetzt Ruhe und Frieden wünschte?

Hassan mit seinen Prostituierten konnte ihm nicht helfen. Ibrahim hatte seinem Freund klar und deutlich gesagt, daß solche Frauen ihn nicht interessierten. Er wollte eine Frau lieben und geliebt werden. Er wollte Fatheja.
»Wenn du wieder mit deinen Weibern anfängst«, sagte er, aber Hassan unterbrach ihn. Nefissa reichte ihm eine Tasse Kaffee, und er trank mit großem Genuß, denn Nefissa wußte inzwischen, wie ihm der Kaffee am besten schmeckte. »Ich weiß, das ist für dich keine Lösung, mein gläubiger Muslim. Meinetwegen warte auf die nächste Frau, wenn du solange warten kannst. Ich habe nichts dagegen. Aber ich meine, wir sollten Kairo verlassen und alles, was dich an Fatheja erinnert. Du brauchst neue Bilder, mein Freund! Du mußt jetzt an dich selbst denken. Hast du verstanden?«
Als er plötzlich einen Funken Hoffnung in Ibrahims Augen aufleuchten sah, sagte Hassan: »Wir sind Brüder! Also ist es meine Pflicht, dafür zu sorgen, daß du die ewig alten Gesichter nicht mehr sehen, immer dasselbe dumme Gerede hören mußt, und vor allem, das ewige Geschwätz und Jammern über die Engländer. Mir steht die Politik bis hier«, er machte eine entsprechende Geste, »das kannst du mir glauben.«
Ibrahim rauchte seine Wasserpfeife und dachte über Hassans Vorschlag nach. Fathejas Gesicht verblaßte beim Gedanken an eine Schiffsreise, an andere Gerichte, an europäische Musik und neue Menschen. Er fand, Hassan habe recht. Er sollte an sich denken, denn was hatte seine Familie von einem depressiven Mann? Wie konnte er sich um ihr Glück kümmern, wenn er nicht selbst glücklich war?
»Bei Gott«, sagte er, »mir scheint, du hast im Grunde recht.« Er winkte dem Diener und sagte: »Mahmoud, sag meiner Mutter, ich möchte sie sprechen.«

Als Khadija erfuhr, ihr Sohn sei zu Hause, war sie überrascht. Ibrahim war mit dem König auf die Jagd gegangen und hatte gesagt, er werde mindestens zwei Wochen nicht da sein. Die plötzliche Rückkehr kam unerwartet. Aber sie dachte auch an Nefissa. Sie hatte gesehen, wie ihre Tochter sich bei ihrem Anblick im Garten hinter Büschen versteckte. Khadija hatte Nefissa deshalb noch nicht zur Rede stellen können. Wie auch immer, Nefissa verhielt sich seit einem Monat seltsam.
Nachdenklich ging sie zur anderen Seite des Hauses. Die dunklen, ge-

täfelten Räume hatte früher ihr Mann bewohnt. Als sie jung war, hatte Ali sie rufen lassen. Sie bediente ihn, half ihm beim Baden, massierte ihn, unterhielt ihn, und er schlief mit ihr. Sie kehrte in ihre Räume zurück, bis er sie wieder kommen ließ. In wenigen Jahren würde Nefissas Sohn, Omar, in diesem Teil des Hauses seine Zimmer beziehen, und dann würden ihn seine Freunde besuchen, wie Ibrahim jetzt seinen Freundeskreis hatte und davor Ali. Die Männer führten ein völlig anderes Leben als die Frauen – und so sollte es auch sein.
Als Khadija sah, daß die Dienstboten Schiffskoffer und Gepäck aus Ibrahims Ankleidezimmer trugen, dachte sie alarmiert: Wir fahren nach Alexandria!
Sie hatte Ali Raschid davon überzeugen können, daß es ein zu großer Aufwand war, jeden Sommer mit den Frauen nach Alexandria zu ziehen, um der Hitze in Kairo zu entfliehen. Würde Ibrahim jetzt andere Wünsche haben, und würde sie sich ihm fügen müssen?
Khadija erschrak beim Anblick ihres Sohns. Er hatte sich in den vergangenen zwei Wochen erstaunlich verändert, war erschreckend abgemagert und hatte eingefallene Wangen. Sie nahm sich vor, ihm zum Abendessen hartgekochte Eier und gefüllte Fleischbällchen zu machen, die er besonders mochte.
Er kam ihr entgegen und begrüßte sie auf arabisch mit den Worten: »Ich habe beschlossen, eine Weile zu verreisen, Mutter.«
»Zu verreisen? Aber wohin? Und warum?«
»Ich kann in diesem Haus nicht mehr leben, das voller Erinnerungen an Fatheja ist. Ich bin so unglücklich.«
»Wird dir eine Reise helfen?« fragte sie. »Verzweiflung läßt uns an Freude denken, mein Sohn. Die Zeit kann Berge versetzen. Glaubst du nicht, daß sie auch deine Trauer überwinden wird?«
»Aber ich träume von Fatheja, als sei sie noch am Leben!«
»Hör mir gut zu, mein geliebter Sohn. Denk an die Worte von Abu Bakr nach Mohammeds Tod, Friede sei mit ihm, als die Menschen verzweifelten. Abu Bakr sagte: ›Für jene von euch, die Mohammed verehrt haben, ist er tot. Für jene von euch, die Gott verehren, lebt der Prophet und wird niemals sterben.‹ Vertraue auf Gott, mein Sohn. ER ist klug und hat Erbarmen mit uns.«
»Ich muß eine Zeitlang von hier weg«, erwiderte Ibrahim, »der König hat mich beurlaubt.«

»Aber wohin willst du reisen?«
»An die französische Riviera. Hassan hat Freunde in Monaco. Wir werden bei ihnen wohnen.«
Khadija glaubte, ihr werde ein Messer ins Herz gestoßen. Hassan! Ibrahim ahnte nicht, wie sehr sie seinen Freund ablehnte. Sie mußte sich auf die Lippen beißen, um nicht zu sagen: »Mach diese Reise nicht mit Hassan.« Sie wollte ihren über alles geliebten Sohn in die Arme nehmen, ihn an sich drücken und ihm seinen Kummer nehmen. Sie wollte ihn überreden, zu bleiben und nicht vor seinen inneren Qualen davonzulaufen, denn das würde ihm nicht helfen, sondern ihn noch mehr von sich selbst entfernen. Statt dessen fragte sie: »Wie lange wirst du weg sein?«
»Ich weiß es nicht. Ich muß Ruhe haben und mein Leben wieder in Ordnung bringen. Ich habe das Gefühl, alles steht auf dem Kopf.«
»Also gut. *Inschallah*. Es ist Gottes Wille. Aber wenn sich der Körper auch nur einen Zentimeter entfernt, scheint es für das Herz ein Kilometer zu sein. Gottes Friede und SEINE Liebe mögen dich begleiten.« Sie küßte ihn auf die Stirn – das war der Segen der Mutter.

Khadija ging verunsichert und von bösen Vorahnungen erfüllt zur anderen Seite zurück. Verlor sie die Fähigkeit, für ihre Kinder zu sorgen? Nefissa benahm sich seltsam und jetzt Ibrahim – ihr Sohn lief einfach auf und davon. Sie mußte auch an ihre verlorene Tochter denken, an Fatima. Sollte sie ihre beiden anderen Kinder auch noch verlieren? Ibrahim war ihr Sohn und ihr ganzer Stolz. Er war Arzt, gehörte zum Hof des Königs und war ein einflußreicher Mann geworden, aber in seinem Kummer so hilflos. Nefissa, die Jüngste und im Grunde ihr Liebling, sehnte sich nach dem europäischen Leben, sehnte sich nach allem, was ihr verboten war. Khadija hatte die Aufgabe, ihre Kinder zu schützen und die Familie zusammenzuhalten. Aber wie? Wie?
Die Dienstboten hatten das Tor geschlossen, denn es war inzwischen vier Uhr nachmittags. Um diese Zeit war Khadijas Teestunde immer zu Ende, denn sie wollte das *'asr salah*, das Nachmittagsgebet, nicht auslassen. Als sie ihre Gemächer betrat, ging sie sofort ins Bad und verrichtete die rituellen Waschungen vor dem Gebet. Dann begab sie sich in das Schlafzimmer, in dem Fatheja bei der Geburt von Jasmina gestorben war, breitete ihren Gebetsteppich aus, stellte die Schuhe bei-

seite und richtete das Gesicht nach Mekka. Als sie den Ruf der Muezzin von den vielen Minaretten Kairos hörte, schob Khadija alle irdischen und materiellen Gedanken beiseite und konzentrierte sich auf Gott. Sie legte die Hände rechts und links neben das Gesicht und sprach: »*Allahu akbar*«, Gott ist groß.

Dann rezitierte sie die Fatiha, die erste Sure im Koran: »Im Namen Gottes, des Barmherzigen und Gnädigen ...« Danach verneigte sich Khadija, richtete sich auf, kniete nieder und berührte mit der Stirn dreimal den Boden bei den Worten: »Lob sei Gott, dem Herrn der Welten, dem Erbarmer, dem Barmherzigen, der richten wird am Tag des Gerichtes. DIR dienen wir, und DICH bitten wir um Hilfe. Führe uns den geraden Weg, den Weg derer, denen DU DEINE Gnade geschenkt hast, die nicht dem Zorn verfallen und nicht irregehen.« Ihre Bewegungen waren anmutig und fließend. Zum Abschluß erhob sie sich und betete: »*La illaha ila allah*«, es gibt keinen Gott außer Gott, und Mohammend ist SEIN Prophet.

Das Gebet tröstete Khadija, denn sie hatte ihre Familie im Glauben an die Macht des Gebets erzogen. Alle Raschid-Frauen mußten fünfmal täglich beten, wenn der Muezzin rief. Und das geschah vor Sonnenaufgang, kurz nach Mittag, nachmittags, kurz nach Sonnenuntergang und mitten in der Nacht. Sie beteten nie genau um zwölf Uhr mittags oder bei Sonnenaufgang oder Sonnenuntergang, denn die Ungläubigen hatten früher zu diesen Zeiten die Sonne angebetet.

Nach dem Gebet fühlte sich Khadija geistig erneuert und spürte wieder ihre Kraft. Die Zweifel waren gewichen, und sie fürchtete sich nicht mehr vor der Zukunft. Gott wird uns nicht verlassen, sagte sie sich. Sie ging in die Küche und wollte die Köchin anweisen, Ibrahims Lieblingsessen zu kochen.

Plötzlich fühlte sie sich von Gott erleuchtet, und sie sah den Ausweg aus dieser schwierigen Lage:

Ich muß für Ibrahim eine Frau finden und für Nefissa einen Mann.

Die dreizehnjährige Sarah hockte sich neben die Kuh, um sie zu melken. Sie lehnte sich an den großen warmen Leib und drückte das Gesicht gegen das rauhe Fell. Sie fand einen Augenblick lang Frieden. Wie durch ein Wunder vergaß sie in diesem Moment ihre Schmerzen und blauen Flecken. Ihr Vater hatte sie mehrmals verprügelt. Sie vergaß

auch ihren Kummer und die schreckliche Heirat, zu der man sie zwang.
Morgen sollte sie Scheich Hamid heiraten.
»Alte Kuh«, flüsterte sie weinend, »was soll ich nur tun?«
Sarah hatte Abdu in den zwei Wochen seit Nazirahs Hochzeit nur einmal gesehen. Als sie ihm von ihrer Verlobung mit Hamid berichtete, war er entsetzt, und dann rief er zornig: »Wir sind miteinander verwandt! Wir sollten heiraten, weil es so richtig ist.« Dann erinnerte er sich an das alte Fellachen-Sprichwort: »Besser die Hölle mit einem Mann aus der Verwandtschaft als das Paradies mit einem Fremden.« Die Ehe mit Abdu würde keine Hölle sein, das wußte Sarah. Es wäre das Paradies. Sie könnte dann der Trostlosigkeit und der schweren Arbeit im Haus ihres Vaters entfliehen und zu Abdu ziehen. Er wohnte mit seiner Großmutter zusammen, einer freundlichen Frau. Sarah wäre eine pflichtbewußte Ehefrau und würde ihren Mann und die Großmutter gut versorgen, so wie sie es gelernt hatte. Als jüngste Tochter war es Sarahs Pflicht, schon vor dem Morgengrauen aufzustehen, während der Rest der Familie noch schlief. Sie mußte die Kuh melken, den Stall ausmisten und frisches Stroh aufschütten, auf das Dach gehen und Dungfladen für das Kochfeuer machen, dann hinunter zum Fluß laufen und die Wasserkrüge füllen. Zum Schluß fegte sie noch die Hütte und bereitete ein Frühstück aus Milch, Käse und Brot. Zuerst bediente sie ihren Vater und die Brüder, dann frühstückte die Mutter mit ihren Töchtern. Vormittags stand Sarah am Ofen, mahlte Mais und Weizen, knetete den Teig und buk das Fladenbrot. Anschließend ging sie mit der schmutzigen Wäsche hinunter zum Fluß. Sarah hatte auch dafür zu sorgen, daß das Abendessen rechtzeitig fertig war, wenn ihre Brüder und der Vater von den Feldern zurückkamen. Die Mutter und ihre Töchter aßen dann das, was die Männer übrigließen. Sarah konnte also einen Haushalt führen und eine Familie versorgen. Sie würde Abdu eine gute Frau sein. Aber den Gedanken, dem alten Scheich Hamid auf dieselbe Weise zu dienen, konnte sie nicht ertragen.
»Du wirst in seinem Laden arbeiten«, hatte ihr Umma mit leuchtenden Augen gesagt, »du wirst mit den Kunden sprechen, Geld entgegennehmen und das Wechselgeld zurückgeben. Du wirst eine sehr große Bedeutung haben, Sarah!« Aber Sarah begriff sehr wohl, daß die Mutter versuchte, ihr nur die guten Seiten dieser Ehe vor Augen zu führen. Sie

wußte, daß Umma den Scheich auch nicht mochte. Gewiß, es brachte großes Ansehen ein, in dem Laden zu stehen, und Sarah hätte das auch gefallen. Aber der Scheich hatte keinen einzigen Dienstboten. Sarah würde deshalb nicht nur von morgens bis abends seine Kunden bedienen, während ihr Mann in Hadschi Farids Kaffeehaus saß und Backgammon spielte, Sarah würde auch seinen Haushalt versorgen müssen, für ihn kochen und seine Wäsche waschen.

Sie wußte auch, warum ihr Vater dieser Heirat zugestimmt hatte. Er hatte wegen Nazirahs Hochzeit große Schulden gemacht. Sarahs Eltern gehörten jetzt zu den ärmsten Familien im Dorf. Und deshalb würde es am Geburtstag des Propheten für sie kein neues Kleid geben.

Sie streckte sich müde und rieb sich die kalten Finger. Es wurde langsam hell, und die Luft war noch sehr kalt. Sarah dachte an ihre Schwester, der sie öfter auf dem Marktplatz begegnete. Zu Sarahs Überraschung schien Nazirah glücklich, ja sogar außer sich vor Freude, als sie den Frauen den Hochzeitsschmuck zeigte, den sie von ihrem Mann bekommen hatte. Das ganze Dorf war der Ansicht, daß Nazirah eine gute Partie gemacht hatte, besonders als sie die Hochzeitsgeschenke der Brauteltern bestaunten – richtige Möbel. In Nazirahs Haus standen jetzt ein Doppelbett und eine Truhe, und auf dem Lehmboden lag ein Teppich. Er war natürlich nicht neu, sondern gekauft worden, als die verwitwete Naeema starb. Aber da nur wenige Familien Möbel besaßen, wurde Nazirah von ihren Freundinnen beneidet.

Nicht nur die neuen Sachen und der neue Reichtum schienen Nazirah froh zu machen. Ihre Schwester schien jetzt stolz und zuversichtlich zu sein. Die Frauen im Dorf behandelten sie anders. Sarah begriff, es lag daran, daß Nazirah eine verheiratete Frau war. Das verlieh ihr eine besondere Stellung. Bald würden ihre Kinder diese noch untermauern, und wenn sie einen Sohn bekam, dann war ihre Achtbarkeit im Dorf unantastbar. Aber Sarah hätte Nazirah gern gefragt: Liebst du Aziz?

Als sie den kleinen Stall verließ, blickte sie auf die grünen Felder, die der morgendliche Dunst verschleierte. Die Sonne ging über den flachen Dächern der Lehmhütten auf, und das Wasser im Kanal schimmerte so, als leuchte es aus der Tiefe. Im Dorf wurde es lebendig. Der Rauch der Kochfeuer stieg auf, und es roch nach heißem Brot und gekochten Bohnen. Dann rief der Muezzin durch den Lautsprecher der Moschee zum Gebet: »Beten ist besser als schlafen!«

Aber Sarah hielt nach Abdu Ausschau. Sie mußte ihn heute unbedingt noch einmal sehen. Wo mochte er nur sein?
Sie sah eine Gestalt am Kanal. Es war ein Mann. Er war groß und hatte breite Schultern. Um seine Füße lag träge der Nebel. Abdu! Sie rannte ihm entgegen, aber als sie sah, daß er seine gute Galabija anhatte und ein Bündel trug, geriet sie in Panik.
Er betrachtete sie stumm mit seinen nilgrünen Augen und sagte dann: »Ich verlasse das Dorf, Sarah. Ich habe mich entschlossen, der Bruderschaft beizutreten. Da ich dich nicht haben kann, will ich keine andere Frau. Aber ich weihe mein Leben der Aufgabe, unser Land Gott und dem Islam zurückzubringen. Heirate Scheich Hamid, Sarah. Er ist alt und wird bald sterben. Dann erbst du den Laden und das Radio. Alle im Dorf werden dich achten und dich Scheika nennen.«
Ihr Kinn zitterte. »Wohin willst du gehen?«
»Nach Kairo. Dort ist ein Mann, der mir helfen wird. Ich habe kein Geld, deshalb werde ich zu Fuß gehen. Aber ich habe etwas zu essen ... genug Käse, Brot und gesalzenen Fisch.«
»Ich gebe dir den Schal«, sagte sie mit erstickter Stimme. Das Geschenk des Fremden würde ihm viel Geld einbringen, wenn er den Schal verkaufte. Sarah trug ihn unter ihrem Kleid. Sie hatte ihn versteckt, aus Angst, daß ihr Vater ihn verkaufen würde. »Dafür wirst du Geld bekommen.«
Aber Abdu sagte: »Behalte ihn, Sarah. Trage ihn auf deiner Hochzeit.«
Sie begann zu weinen, und er nahm sie in die Arme.
»Verlaß mich nicht, Abdu! Ohne dich werde ich sterben ...«
Er löste sich von ihr, als sie zu zittern begann, und sah sie ernst an.
»Denk an unsere Liebe, Sarah, und sei dem Scheich eine gute Frau. Du mußt uns beiden Ehre machen.« Dann drehte er sich um und ging nach Norden.
Er war erst wenige Schritte gegangen, als Sarah ihm nachrief: »Abdu, meine Seele begleitet dich. Du nimmst meinen Geist, meinen Atem und meine Tränen mit dir. Scheich Hamid wird nichts als einen leblosen Körper haben.«
Er drehte sich um. Er rannte auf sie zu, und Sarah sank in seine Arme. Ein Regenpfeiferpaar, das im Schilf nistete, flog auf.
Abdu nahm Sarah das Kopftuch ab, und als ihre Haare herabfielen, verschlug es ihnen beiden den Atem. Er zog sie an sich. Plötzlich durch-

strömte ihn eine solche gewaltige Kraft, daß Abdu wußte, er hatte nur für diesen einen Augenblick gelebt. Sein Körper war dazu geschaffen worden, Sarah glücklich zu machen. Er suchte mit seinen Lippen ihren Mund, seine Finger verschwanden in ihren dichten Haaren. Er drückte sein Gesicht auf ihren Hals und glaubte sich in den Armen von Ägypten – der fruchtbare Nil, das warme Brot, der nach Moschus riechende Büffel und der zarte Duft der jungfräulichen Sarah.
Sie sanken auf die feuchte Erde. Das lange grüne Gras bot ihnen ein weiches Lager, während die dichten Nebelschleier sie zärtlich einhüllten. Abdu legte sich auf Sarah, umarmte sie zart und doch leidenschaftlich. Er schob ihre Galabija hoch, und als er ihre festen nackten Schenkel berührte, flüsterte er: »Sarah, du bist meine Frau! Du bist meine Seele!«

Bei Sonnenuntergang gingen Sarah und ihre Mutter hinunter zum Nil. Die anderen Frauen aus dem Dorf holten ebenfalls Wasser, bearbeiteten die Wäsche mit Holzstöcken oder seiften sich Arme und Beine ein, wuschen sich lachend und achteten wachsam darauf, daß kein Mann sich ungesehen in ihre Nähe wagte. Kinder spielten am Ufer in gebührendem Abstand von den Büffeln, die ebenfalls im Wasser standen. Wenn die Frauen ihre großen Tonkrüge mit Wasser gefüllt hatten, setzten sie ihre schwere Last auf den Kopf und gingen ins Dorf zurück.
»Morgen ist der große Tag, Um Hussein!« riefen die Frauen Sarahs Mutter zu. Ihr ältestes Kind war eine Tochter, aber alle redeten sie nur mit dem Namen ihres erstgeborenen Sohns an. »Schon wieder eine Hochzeit! Wir haben die ganze Woche gehungert, um viel essen zu können!«
Sarahs Mutter lachte. Für diese Hochzeit mußte ihr Mann nicht zahlen. Scheich Hamid hatte angeboten, alle Kosten für das Fest zu übernehmen. Das war für sie eine große Ehre und ein Geschenk Gottes, denn nach Nazirahs Hochzeit besaßen sie keinen Piaster mehr.
Sarahs Freundinnen, Mädchen wie sie selbst, die sich ebenfalls gerade der beängstigenden Welt einer Frau näherten, kicherten und wurden rot. Sie tuschelten miteinander und machten anzügliche Bemerkungen darüber, wie gut sie in der Hochzeitsnacht schlafen werde. »Scheich Hamid ist unersättlich«, sagte das Mädchen, das auf Nazirahs Hochzeit getanzt hatte. Aber die Kleine verstand nicht so recht, was sie sagte,

sondern wiederholte nur, was sie von den Frauen gehört hatte. »Auf dich wartet kein schlechtes Leben.«
Die Frauen lachten und packten ihre Sachen zusammen, um sich wieder auf den Heimweg zu machen. »Du mußt Hamids Hunger nie ganz stillen, Sarah. Dann wird er jede Nacht zu dir kommen!«
»Ich weiß, was ich machen muß, damit *mein* Mann jede Nacht zu mir kommt«, sagte Um Hakim stolz. »Er kam lange Zeit immer erst nach Mitternacht ins Haus. Das paßte mir nicht. Deshalb begann ich jedesmal, wenn er spät kam, zu rufen: »Bist du es, Achmed?«
»Und das hat geholfen?« fragten die anderen.
»Oh ja! Mein Mann heißt Gamal!«
Unter schrillem Gelächter liefen sie den Fußweg zum Dorf entlang. Die Kinder rannten hinterher. Einige der Alten führten die Büffel am Halfter zu ihren Hütten zurück. Als die untergegangene Sonne den Fluß zuerst orange und dann rot färbte, stand Sarah mit ihrer Mutter noch allein am Wasser. Schließlich fragte Umma: »Du bist so still, mein Herzenskind. Was fehlt dir?«
»Ich möchte Scheich Hamid nicht heiraten.«
»Wie kannst du nur so etwas Törichtes sagen. Kein Mädchen entscheidet darüber, wen sie heiratet. Ich habe deinen Vater am Tag meiner Hochzeit zum ersten Mal gesehen. Ich hatte entsetzliche Angst vor ihm, aber ich habe mich schließlich an ihn gewöhnt. Du kennst den Scheich wenigstens.«
»Ich liebe ihn nicht.«
»Liebe! Was sind das für dumme Gedanken, Sarah! Das muß dir ein böser Dschinn in den Kopf gesetzt haben, das mit der Liebe! Auf Gehorsam und Achtung kommt es in einer Ehe an. Liebe ist etwas für Dichter.«
»Warum kann ich nicht Abdu heiraten?«
»Weil er arm ist – so arm wie wir. Scheich Hamid ist der reichste Mann im Dorf. Du wirst Schuhe von ihm bekommen, Sarah! Vielleicht schenkt er dir sogar einen goldenen Armreif! Vergiß nicht, er bezahlt die Hochzeit. Er ist ein großzügiger Mann, und er wird gut zu dir sein, wenn du seine Frau bist. Vergiß nicht, in erster Linie mußt du an deine Familie denken.«
Sarah stellte den Wasserkrug ab und begann zu weinen. »Oh, Umma! Es ist etwas Schreckliches geschehen...«

Ihre Mutter erstarrte. Dann stellte sie ebenfalls ihren Krug auf den Boden und packte Sarah bei den Schultern. »Was redest du da? Sarah, was hast du getan?«
Aber sie wußte es bereits. Das hatte sie gefürchtet, seit die monatlichen Blutungen bei ihrer Tochter einsetzten. Umma hatte beobachtet, wie Sarah und Abdu sich mit großen Augen wie zwei Kälber ansahen. Sie konnte nachts nicht mehr schlafen aus Angst, ihre jüngste Tochter bis zur Hochzeit nicht beschützen zu können. Jetzt hatte sich der entsetzliche Alptraum verwirklicht.
»War es Abdu?« fragte sie ruhig. »Hast du mit ihm geschlafen? Hat er dich entjungfert?«
Sarah nickte stumm.
Umma schloß die Augen und murmelte: »*Inschallah*«, es ist Gottes Wille. Sie nahm ihre Tochter in die Arme und sprach aus dem Koran: »Der Herr erschafft, läßt gedeihen und ER führt. Alles Kleine und Große ist bereits in Gottes Büchern aufgezeichnet. Es ist SEIN Wille.« Mit Überwindung fügte sie hinzu: »ER bestimmt, wer sich verirren soll, und ER bewahrt den vor Unheil, den ER dazu ausersehen hat.«
Sie trocknete Sarahs Tränen und sagte: »Du kannst hier nicht länger bleiben, mein Herzenskind. Du mußt das Dorf verlassen. Dein Vater und deine Onkel werden dich umbringen, wenn sie erfahren, was du getan hast. Scheich Hamid wird morgen bei der Prüfung deiner Jungfernschaft kein Blut am Taschentuch haben. Dann werden alle wissen, daß du uns entehrt hast. Sarah, du mußt dein Leben retten. Gott ist gnädig. ER wird für dich sorgen.«
Sarah unterdrückte die Tränen und sah ihre Mutter mit großen, rotgeweinten Augen an. Von dieser Frau hatte sie alles gelernt, was sie wußte, in ihrem Schutz war sie herangewachsen, und nun sollte sie ihre Mutter nie wiedersehen.
»Warte hier«, sagte Umma, »geh nicht mit nach Hause. Ich werde zurückkommen, wenn dein Vater gegessen hat. Ich habe einen Armreif und einen Ring, die Hochzeitsgeschenke deines Vaters. Tante Alija hat mir einen seidenen Schleier vererbt. Das kannst du alles verkaufen, Sarah. Ich werde dir auch etwas zu essen bringen. Keiner darf dich sehen. Sag niemandem, wohin du gehst.« Sie seufzte und sagte dann sehr ernst: »Hör mir gut zu, du darfst nie, nie ins Dorf zurückkommen. Du darfst nie wieder nach Al Tafla kommen.«

Sarah drehte sich um und blickte auf das langsam fließende Wasser. Ein paar Meilen flußabwärts führte eine Brücke über den Nil, und dann mußte sie einfach der großen Straße folgen, bis sie Kairo erreichte. Abdu war diesen Weg gegangen. Sie würde ihm folgen.

Nefissa stieg aus dem Wagen und zog schnell den Schleier fest über die untere Gesichtshälfte. Dann mischte sie sich unter die anderen Fußgänger, die durch Bâb Zuwêla, eines der alten Stadttore, drängten. Da sie von Kopf bis Fuß in eine schwarze Melaja gehüllt war, ein großes rechteckiges glattes Tuch, das die Frauen so geschickt um sich legten, daß man noch nicht einmal ihre Hände sah, fiel sie unter den Fellachen nicht auf, die den alten Teil von Kairo bevölkerten. Und als sie an den Läden der Zeltmacher vorbeieilte und durch das Tor ging, wo Jahrhunderte lang blutige Hinrichtungen stattfanden, kam sie wahrhaft in eine andere, eine ältere Zeit.
In diesem mittelalterlichen Viertel führten Männer in Galabijas Kamele und Esel an den Halftern, sah man nur verschleierte Frauen. In den engen Gassen des alten Kairo, wo es keine modischen und teuren Geschäfte gab und die Frauen keine eleganten europäischen Kleider trugen, war die Melaja ein sittsamer Mantel. Sie sollte die weiblichen Formen verhüllen und auf diese Weise der Moral dienen, aber die jüngeren Frauen nutzten sie oft ganz anders. Das Tuch lag über dem Kopf, den Schultern und reichte bis zu den Fußknöcheln. Aber wenn sie die Melaja straff über Hüften und Gesäß zogen, war das eher aufreizend und enthüllend. Der Stoff war im allgemeinen leicht und glatt – Nylon oder hauchdünne Baumwolle – und mußte ständig neu drapiert und zurechtgezogen werden. Was Wunder, wenn nicht wenige Frauen diese Kunst perfekt beherrschten und raffiniert die Aufmerksamkeit der Männer auf sich zogen.
Nefissa blieb bei den Marktständen nicht stehen, wo es vom Gemüse bis zu Gebetsteppichen alles gab. Sie warf auch keinen Blick in die dunklen Hauseingänge, wo in kleinen Werkstätten die Männer saßen und ihren jahrhundertealten Handwerken nachgingen. Nefissa ging geradewegs zu einer einfachen Tür in einer unauffälligen Mauer. Sie klopfte, die Tür ging auf, und sie trat ein.
Sie gab einer Frau in einem langen Gewand einen Geldschein. Man führte sie durch einen schwach beleuchteten Gang mit feuchten Wän-

den. Es roch stark nach Parfüm, Dampf, Schweiß und Chlor. Sie kam in einen Raum, wo sie ihre Kleider ablegen konnte, die eine andere Frau entgegennahm. Dann gab man ihr ein großes, dickes Handtuch und ein Paar Gummisandalen. Nefissa betrat schließlich einen riesigen Raum mit Marmorsäulen und einem Oberlicht, durch das gedämpft Sonnenstrahlen auf badende Frauen, Masseusen und Dienerinnen fielen, die den Badenden Gläser mit kaltem Minztee reichten und frisches Obst. Die Mitte des Raums beherrschte ein großer Springbrunnen. In dem breiten Becken wateten und schwammen viele Frauen. Sie lachten und unterhielten sich, wuschen die Haare. Einige trugen sittsam Handtücher, andere waren splitternackt. Nefissa kannte mittlerweile einige Gesichter. Diese Frauen schienen regelmäßig hierher zu kommen, andere dagegen kamen offenbar zu den rituellen Waschungen nach der Menstruation. Die meisten erfreuten sich jedoch nur an den gesunden Kräuterdämpfen, den Packungen und Massagen. Nefissa sah auch eine Hochzeitsgesellschaft. In einem Bad war das nichts Seltenes. Die weiblichen Verwandten bereiteten die Braut auf die Hochzeit vor, indem sie ihr wie üblich alle Körperhaare entfernten.
Aber Nefissa war aus keinem dieser Gründe hier. Ihr Besuch in dem Bad war verboten und geheim. Seit sie die Hibiskusblüte über die Mauer geworfen hatte, kam ihr Offizier nur noch sporadisch und nicht mehr zu den gewohnten Zeiten. Manchmal erschien er zwei oder drei Tage hintereinander nicht, aber dann war er plötzlich wieder da und kam die Paradies-Straße entlang. Als eines Nachts der zunehmende gelbe Mond über Kairo leuchtete, blickte Nefissa aus dem Fenster und sah ihn unter der Straßenlaterne. Sie dachte schon, er werde wie üblich weitergehen, nachdem er die Zigarette angezündet hatte, aber er tat etwas Unerwartetes. Er hatte etwas in der Hand und hob es hoch, wie um es ihr zu zeigen. Dann blickte er sich um und winkte ein Bettlermädchen herbei, sagte etwas zu ihr, deutete auf das Tor in der Gartenmauer, gab ihr das, was er in der Hand hielt, und offenbar auch ein paar Münzen, denn das Mädchen bedankte sich bei ihm. Der Leutnant blickte zu Nefissa hinauf und deutete auf seine Uhr – er mußte gehen. Zum Abschied warf er ihr eine Kußhand zu.
Nefissa rannte in den Garten hinunter, und als sie das Tor öffnete, stand das Bettlermädchen mit einem Briefumschlag davor. Beim Anblick der Kleinen erschrak Nefissa; man sah die Ärmsten der Armen von Kairo

selten in diesem reichen Wohnviertel und noch seltener eine Fellachin, die fast noch ein Mädchen, aber schon schwanger war. Nefissa nahm den Briefumschlag, den ihr das Mädchen entgegenhielt, und sagte: »Warte!« Sie lief ins Haus zurück, in die Küche, wo die Köchin bei ihrem Erscheinen erschrak, nahm Brot, kaltes Lammfleisch, Äpfel und Käse und wickelte alles in ein sauberes Tuch. Auf dem Weg nach draußen blieb sie vor einem Wäscheschrank stehen und holte eine dicke Wolldecke heraus. Diese Dinge gab sie zusammen mit ein paar Münzen dem überraschten Mädchen und sagte freundlich: »Gott sei mit dir.« Dann schloß sie das Tor.

Nefissa wollte so schnell wie möglich den Umschlag öffnen, aber sie mußte ungestört sein. Deshalb lief sie den Gartenweg entlang zu dem Pavillon, der im Mond wie ein silberner Käfig schimmerte. Sie riß den Umschlag auf, und dort stand ein Satz: »Wann können wir uns sehen?«

Mehr nicht. Ein weißes Blatt Papier ohne Name, ohne Adresse. Er wollte sie natürlich nicht in Schwierigkeiten bringen, falls die Nachricht in die falschen Hände geraten wäre. Aber dieser eine Satz verzückte sie wie ein langer Liebesbrief.

Von da an dachte Nefissa fieberhaft darüber nach, wie sie ein Treffen arrangieren konnte. Aber sie durfte nur selten aus dem Haus, und wenn sie einkaufen oder ins Kino ging, dann nur in Begleitung ihrer vielen Tanten und Cousinen.

Schließlich war ihr die Erleuchtung gekommen. Sie hörte, wie eine der Hofdamen der Prinzessin die besonderen Vorzüge eines öffentlichen Bades beschrieb, um Kopfschmerzen und Migräne zu heilen. Seitdem hatte Nefissa ständig »Kopfschmerzen«. Zuerst ließ sie sich von ihrer Mutter etwas dagegen geben, dann erzählte sie von dem Bad, das ihr vielleicht helfen werde. Bei den ersten Besuchen begleitete sie eine Cousine. Aber ihre Begleiterin fand den täglichen Gang bald langweilig und lästig, und danach ging Nefissa allein in das Bad.

Sie schrieb eine Nachricht. »Meine liebe Faiza. Ich habe quälende Kopfschmerzen und mache eine Behandlung in dem Bad am Bâb Zuwêla-Tor. Ich gehe jeden Tag kurz nach dem Mittagsgebet dorthin und bleibe etwa eine Stunde. Ich glaube, Dir würde eine solche Behandlung auch gefallen, und ich würde mich sehr über Deine Gesellschaft freuen.« Sie unterschrieb »Nefissa« und richtete den Brief an »Ihre Königliche Hoheit, Prinzessin Faiza.« Den Brief übergab sie unbemerkt dem Bettlermädchen, das inzwischen regelmäßig am Tor erschien und von Nefissa mit Resten aus der Küche versorgt wurde. Sie schärfte dem Mädchen ein, diesen Brief dem Offizier zu geben, wenn er wieder unter der Straßenlaterne stand. So weit, so gut. Aber was geschehen sollte, wenn er ihr folgte, und es vor dem Bad zu einer Begegnung kam, das wagte sich Nefissa nicht vorzustellen. Sie durften auf keinen Fall zusammen gesehen werden. Sie wußte, überall auf der Straße gab es genug Leute, die aufpaßten. Wenn ein englischer Offizier eine ehrbare Muslimfrau ansprach, dann würde er das Viertel nicht lebend verlassen. Jede Begegnung, die sie riskierten, ganz gleich wie sorgfältig sie geplant sein mochte, würde sehr gefährlich sein.

Aber die Gefahr machte ihre Liebesgeschichte noch romantischer. Nefissa war jung und abgöttisch in ihren Leutnant verliebt.

Das Hamman war eines von Hunderten in Kairo und hatte eine tausendjährige, bewegte Geschichte. Man erzählte zum Beispiel, daß vor hundert Jahren ein amerikanischer Journalist unbedingt wissen wollte, was in dem Frauen-Bad geschah. Er verkleidete sich als Frau, und man ließ ihn ein. Aber als der Betrug ans Licht kam, packten ihn die Frauen und kastrierten ihn. Er überlebte und wurde alt. In seinen Reiseberichten erwähnte er das Abenteuer in dem Bad in Kairo nur mit wenigen Sätzen. Er schrieb: »Die Frauen waren alle nackt. Als sie feststellten, daß ich ein Mann war, verhüllten sie sofort ihre Gesichter, aber nicht ihre anderen Reize.«

Man führte Nefissa in einen Raum mit Massagetischen, wo Masseusen eifrig dabei waren, Muskeln zu kneten und verspannte Sehnen zu lockern. Nefissa nahm das Handtuch ab und legte sich auf den Bauch. Dann überließ sie sich den geschickten Fingern der Masseuse. Aber sie brauchte keine Massage, keine Waschungen und keine der vielen Behandlungen, die man den Besucherinnen anbot. Nefissa hoffte, endlich ihrem englischen Leutnant zu begegnen. Sie schloß geduldig die Augen und betete, daß dieser Tag bald kommen werde.

Nach der Massage mit Rosenöl, Mandelkleie und Veilchencreme unterzog sich Nefissa der Behandlung, der sich beinahe alle Ägypterinnen regelmäßig unterzogen, um schön und begehrenswert zu sein. Eine Helferin erschien mit rotem Puder in einer Schale und bedeckte damit Nefissas Stirn. Dann entfernte sie mit einer Pinzette sorgfältig alle

Augenbrauenhaare, die später mit Khol nachgezogen wurden. Anschließend rieb sie den Körper mit Halawa ein, das war in Zucker gekochter Zitronensaft. Wenn er erstarrte, und man diese zuckrige Schicht entfernte, wurden alle Härchen ausgerissen. Die Behandlung war schmerzhaft, aber wirkungsvoll. Zum Abschluß reinigte sich Nefissa in einem duftenden Bad, und dann war ihr Körper so glatt und haarlos wie Marmor.
Als sie sich gereinigt und erfrischt wieder ankleidete und hinaus in den Sonnenschein trat, blickte sie mit klopfendem Herzen die Straße auf und ab. Dann ging sie zu ihrem Wagen zurück. Sie erstarrte.
Er war da! Er lehnte an einem Landrover, der vor dem Bâb Zuwêla-Tor parkte.
Nefissa hätte ihn fast nicht erkannt, denn er trug keine Uniform. Die Beine schienen ihr plötzlich den Dienst zu versagen, aber sie ging weiter. Ihre Blicke trafen sich, und Nefissa eilte zu dem Wagen. Als sie eingestiegen war, forderte sie den Chauffeur auf, zu Fuß in die Altstadt zu gehen und sich geröstete Kürbiskerne zu kaufen. Er fand das zwar merkwürdig, aber Nefissa dachte: Bestimmt braucht er dazu etwa zehn Minuten. Kaum war der Chauffeur ausgestiegen und in der Menge verschwunden, stand der Leutnant am Wagen. Er sah Nefissa durch das Fenster fragend an. Sie rutschte auf den anderen Sitz, und er stieg ein. Während das Leben um sie herum pulsierte, der Lärm auf der Straße momentan abebbte, im nächsten Augenblick im Geschrei von Menschen und Tieren, dem Hupen von Autos wieder aufbrandete, saßen die beiden wie in einem Mikrokosmos, einer kleinen Welt, in der es niemanden außer ihnen gab. Nefissa nahm alle Einzelheiten von ihm in sich auf. Das war ihr unwirklicher Liebhaber unter der Straßenlaterne, der sie Nacht für Nacht in ihren Träumen besucht hatte. Sie blickten sich an, ihr Duft mischte sich, sein Aftershave mit ihren Rosen und Veilchen. In einem seiner blauen Augen sah sie einen dunklen Fleck. So viele Fragen brannten ihr auf der Seele.
Schließlich sagte er mit einer sehr viel angenehmeren Stimme, als sie sich das hätte vorstellen können: »Ich kann es nicht glauben, daß ich wirklich hier bin, hier bei dir. Ich dachte immer, daß du meiner Phantasie entsprungen bist.« Er schwieg. »Ich kann leider kein Arabisch. Sprichst du Englisch?«
»Ja«, antwortete Nefissa.

Ihr Herz schien zu zerspringen, als er nach ihrem Schleier griff. Er zögerte, und als sie ihn nicht daran hinderte, nahm er den Schleier weg und sagte: »Mein Gott, wie schön du bist!«
Nefissa fühlte sich nackt, als habe er sie völlig entkleidet. Aber sie schämte sich nicht, sie war auch nicht verlegen. In ihr brannte nur ein ungestilltes Verlangen. Sie wollte ihm soviel sagen, und dann hörte sie zu ihrem Entsetzen, wie sie atemlos hervorstieß: »Ich war verheiratet. Ich bin Witwe. Ich habe zwei Kinder.« Vielleicht war es das beste, es ihm gleich zu sagen, dachte sie dann. Soll er mich hier auf der Stelle zurückweisen, bevor alles noch weitergeht.
Er lächelte und erwiderte: »Ich weiß. Man hat mir gesagt, daß die Kinder so hübsch sind wie die Mutter.«
Sie brachte vor Aufregung kein Wort mehr über die Lippen.
»Ich wohne nicht weit von dir entfernt«, sagte er, und seine Stimme verzauberte sie. Er sprach ein gepflegtes Englisch, »in der übernächsten Straße in der britischen Residenz. Ich bin auf der Zitadelle stationiert. Aber man hat mich in der letzten Zeit an den unterschiedlichsten Stellen eingesetzt. Ich habe schon befürchtet, daß du genug von mir hast und mich vergessen würdest.«
Nefissa wurde ganz benommen, sie glaubte zu träumen, alles war so unwirklich. Dann hörte sie sich sagen: »Und ich dachte, du würdest das Land für immer verlassen.« Sie staunte, wie ungezwungen sie mit ihm reden konnte. »Dieser schreckliche Zwischenfall mit den Studenten, die vor den britischen Kasernen demonstriert haben. So viele wurden getötet und verletzt. Ich hatte Angst um dich, und ich habe für dich gebetet.«
»Leider wird die Lage sich nicht verbessern. Deshalb bin ich heute nicht in Uniform. Aber ich mußte dich sehen, denn ich soll für eine besondere Ausbildung ein halbes Jahr nach England zurück.« Als sie erschrocken zusammenzuckte, sagte er beruhigend: »Ich verspreche dir, ich komme zurück. Ich muß immer an dich denken. Und jetzt bist du so dicht bei mir..«
»Der Chauffeur wird gleich wieder da sein.«
»Ich möchte dich nicht in Schwierigkeiten bringen. Aber vielleicht kannst du bis zu meiner Rückkehr arrangieren, daß wir uns irgendwo ungestört treffen können ... damit wir uns einmal aussprechen können«, fügte er schnell hinzu, »zum Tee oder Kaffee ...«

»Ich werde es versuchen...«, murmelte sie, »Prinzessin Faiza ist meine Freundin. Sie wird uns helfen.«

»Darf ich dir etwas schenken? Ich bin jetzt schon eine Weile in Kairo stationiert, aber ich kenne eure Sitten kaum. Ich wage nicht, dir etwas so Persönliches wie Schmuck oder Parfüm zu geben. Ich möchte dich nicht beleidigen. Aber du sollst mich auch nicht vergessen, wenn ich in London bin. Deshalb hoffe ich, daß dir das gefällt. Es hat meiner Mutter gehört...«

Er gab ihr ein Taschentuch aus feinem Leinen mit Spitze und blau bestickt. Nefissa drückte es an die Lippen. Es war noch warm von seiner Tasche.

»Es ist schwer für mich«, sagte er leise, »jetzt bin ich dir so nahe und doch... Ich weiß nicht, was ich sagen soll, was ich sagen darf. Du sitzt immer hinter dem vergitterten Fenster, und der Schleier verhüllt dein Gesicht. Ich möchte dich berühren... ich möchte dich küssen...«

»Ja...«, hauchte sie, »vielleicht wird uns die Prinzessin helfen. Vielleicht werde ich in der Zwischenzeit einen Platz finden, wo wir allein sein können. Wenn du wieder da bist, lasse ich dir eine Nachricht zukommen... durch die Bettlerin, die regelmäßig zum Tor kommt.«

Sie sahen sich lange in die Augen. Er berührte ihre Wange und sagte: »Bis auf ein Wiedersehen, meine Nefissa«, und stieg aus. Er verschwand in der Menge, und erst dann fiel ihr ein, daß er ihr nicht einmal seinen Namen genannt hatte.

4. Kapitel

Marijam Misrachi erzählte eine Geschichte: »Farid ging mit seinem Sohn eines Tages auf den Markt, um ein Schaf zu kaufen. Wie jeder weiß, richtet sich der Preis für Schafe nach dem Fett, das im Schwanz gespeichert ist. Deshalb betastete Farid die Schwänze vieler Schafe, wog sie in der Hand und drückte sie. Schließlich fragte sein Sohn: ›Vater, warum machst du das?‹ Farid antwortete: ›Dann kann ich besser entscheiden, welches Schaf ich kaufe.‹ Ein paar Tage später lief sein Sohn zu Farid, als er von der Arbeit nach Hause kam, und rief: ›Vater! Scheich Gamal war heute hier! Ich glaube, er will Mama kaufen!‹«
Die Frauen lachten und auch die Musiker, die hinter dem Paravent saßen, weil es Männer waren. Dann spielten sie weiter.
Das Fest wurde in Khadijas großem Salon gefeiert. Die alten Messinglampen warfen verspielte Lichtmuster auf die elegant gekleideten Gäste – es waren nur Frauen. Sie saßen auf den niederen Diwanen und großen Seidenkissen und aßen von den köstlichen Gerichten, die auf dem Buffet mit den schimmernden Einlegearbeiten aus Perlmutt standen. Die türkischen Teppiche auf dem Boden und die Wandbehänge sorgten dafür, daß es trotz der kalten Dezembernacht angenehm warm war. Im festlich erleuchteten Salon wurde gelacht, getrunken und ausgelassen zu den Klängen der orientalischen Musik gefeiert. Khadijas Dienstboten brachten immer mehr Platten mit pikant gewürzten Fleischgerichten, aber auch frisches Obst und Gebäck. Zu allen Gerichten gab es so stark gezuckerten Minztee, daß auf dem Boden der Gläser unaufgelöster Zucker zurückblieb.
Das Fest hatte offiziell keinen besonderen Anlaß. Khadijas Gäste – es waren über sechzig – stammten alle aus der Aristokratie, wie man dem Schmuck und den ausgefallenen Abendkleidern der vornehmen Damen ansehen konnte. Auf Grund der plötzlich gestiegenen Nachfrage nach

Baumwolle im Fernen Osten, nach Weizen und Mais im ausgehungerten Europa erlebte Ägypten ein wirtschaftliches Nachkriegshoch. Khadijas Gäste, deren Ehemänner auf dem Weltmarkt noch nie dagewesene Gewinne erzielten, zeigten ihren Reichtum in der gesellschaftlich sanktionierten Weise – sie traten allesamt wie Königinnen auf.

Auch Khadija trug die Diamanten und den Goldschmuck, den ihr Ali geschenkt hatte. Sie freute sich besonders über dieses gelungene Fest, weil es noch weitere Überraschungen geben sollte. Khadija war überglücklich gewesen, als der lang ersehnte Anruf ihres Sohns endlich gekommen war. Ibrahim hielt sich nun schon beinahe sieben Monate im Ausland auf, und sie hatte nur selten etwas von ihm gehört. Er schrieb nichtssagende Ansichtskarten und belanglose Briefe. Sie hatte jeden Abend für ihn gebetet und Gott angefleht, ihren Sohn von den seelischen Schmerzen zu befreien, damit er wieder nach Hause zurückkehrte, nach Ägypten, wohin er gehörte. Sie konnte seine Rückkehr kaum erwarten, denn sie hatte die perfekte Braut für ihn gefunden – eine achtzehnjährige Raschid. Ein stilles und gehorsames Mädchen, gut erzogen und anständig. Sie war eine Enkeltochter von Ali Raschids Cousine. Die Mutter war mit der Tochter ebenfalls eingeladen, und das würde Khadijas große Überraschung sein. Sie hatte alle Vorgespräche bereits geführt, und heute wollte sie die Verlobung besiegeln. In diesem festlichen Rahmen, in Anwesenheit der gesellschaftlich führenden Frauen des Landes und im Kreis der Familie würden sie den Hochzeitstermin festsetzen, denn Ibrahim hatte seine Rückkehr für diesen Abend angekündigt. Zum Willkommen sollte ihn als besondere Überraschung seine Braut im Raschid-Haus begrüßen. Alle würden ihn beglückwünschen und sich über seine Ankunft freuen. Ihr Sohn sollte spüren, wie sehr sie ihn brauchten und verehrten. Heute sollte ein neuer Abschnitt in der Geschichte der Raschids beginnen.

»Ja Khadija!« rief eine Frau durch den Raum. Sie nahm sich gerade von den mit Leber gefüllten Hühnerbrüsten. Sie waren in Teigtaschen in Olivenöl und mit scharfen Gewürzen, Minze und Pistazienkernen gebraten worden. »Wo kauft deine Köchin die Hühner?«

Noch ehe Khadija antworten konnte, rief Marijam: »Nicht bei dem Betrüger Abu Achmed in der Kasr El-Aini-Straße. Man weiß doch, daß er seine Hühner mit Mais stopft, bevor er sie schlachtet, damit sie mehr wiegen!«

»Um Ibrahim, ich muß mit dir reden«, sagte eine Frau in mittleren Jahren, deren schwere Goldreifen an beiden Handgelenken klimperten. Ihrem Mann gehörten tausend Hektar fruchtbares Farmland im Nildelta, und er war sehr reich. »Ich kenne da einen wirklich tadellosen Mann. Er ist in allem ein Vorbild. Er ist klug, reich, ein Witwer, und er ist sehr fromm. Er hat mit mir gesprochen, weil er dich gerne heiraten möchte.«

Khadija lachte und schüttelte den Kopf. Ihre Freundinnen versuchten immer wieder, sie unter die Haube zu bringen. Aber Khadija wollte nicht noch einmal heiraten. Sie widmete ihr Leben dem Wohlergehen der Raschids, vor allem ihrem Sohn und ihrer Tochter. Sie sah es als ihre Pflicht an, die Raschids durch die gefährliche Zeit der Umbruchs, der Verwirrung und der dramatischen Veränderungen zu führen. Einige Frauen aus Khadijas Kreis gehörten der Ägyptischen Frauenliga an. Es waren aktive Feministinnen, die sie unbedingt überzeugen wollten, an ihrem Kampf für die Rechte der Frauen mitzuwirken. »Du mußt dein Haus verlassen, Um Ibrahim!« beschworen sie Khadija. »Leg den Schleier ab und kämpfe in der Öffentlichkeit um deine Rechte. Für die Frauen beginnt endlich ein neues Zeitalter.« Aber Khadija lächelte nur und erwiderte: »Wie sollen mich diese sogenannten Rechte auf der Straße schützen? Nein, alle meine Rechte sind hier, im Haus meines Mannes.« Aber mit großem Kummer hatte Khadija feststellen müssen, daß ihre Tochter für solche Ideen sehr aufgeschlossen war. Seit Ibrahims Abreise war Nefissa sehr schwierig gewesen. Alle Bemühungen, ihr einen Mann als möglichen Ehekandidaten einzureden, waren gescheitert. Und dabei war die Auswahl nicht allzu groß. Nefissa war keine Jungfrau mehr, und junge Männer ihres Alters wollten keine Frau mit sexuellen Erfahrungen. Aber ein alter Witwer, wie zum Beispiel der, der sein Interesse an Khadija bekundet hatte, kam für Nefissa nicht in Frage. Sie bot ihrer Mutter in diesem Punkt energisch die Stirn und berief sich auf die »neuen Rechte«, die eine Frau dazu ermutigten, selbst zu entscheiden, welchen Mann sie heiraten würde. Khadija seufzte. Sie wollte ihre Tochter nicht zwingen, aber sie wußte, im Gegensatz zu ihr brauchte Nefissa einen Mann.

Nefissa saß am anderen Ende des Raums auf einem Diwan und stillte ihren Sohn, der mit dreieinhalb Jahren bereits ein sehr großer Junge war und nicht allzu sanft an ihrer Brust trank. Sie hatte versucht, Omar

zu entwöhnen, aber bislang ohne Erfolg. Jedesmal, wenn sie seine Schwester Tahia oder die mutterlose Jasmina stillte, stellte er energisch und trotzig seine Forderungen. Mädchen konnte man leichter entwöhnen. Man mußte sich nur mit Nachdruck behaupten. Jungen waren viel verwöhnter und lernten schnell, daß sie allem Weiblichen überlegen waren – angefangen bei ihrer Mutter.
Nefissa fuhr Omar sanft durch die Haare und dachte: Es wird langsam spät. Sie mußte die Kinder zu Bett bringen, und dann kam ihre geheime Stunde, in der sie am Fenster saß und von ihrem Leutnant träumte. Die Zeit war schnell vergangen, denn bald nach der Begegnung im Auto und seiner Abreise hatte die alte Zou Zou einen Schlaganfall gehabt und war seitdem ans Bett gefesselt. Nefissa hatte es sich zur Gewohnheit gemacht, ihr jeden Abend vorzulesen – manchmal eine Geschichte aus *Tausendundeiner Nacht*, manchmal aus dem Alten Testament. Zou Zou konnte nicht genug aus dem Leben der großen Propheten hören, von Jussuf, Abraham, Moses und Jesus. Und so waren die Abende für Nefissa nicht ganz so einsam gewesen. Trotzdem sehnte sie sich nach ihrem englischen Offizier und hoffte inständig auf seine Rückkehr, auf das versprochene Wiedersehen. Aber würde er wirklich nach Kairo zurückkommen?
Sie wollte die Hoffnung nicht aufgeben. Nefissa wußte, es war ihnen beiden bestimmt, sich zu finden. Eines Abends war eine Wahrsagerin in Prinzessin Faizas Palast gewesen, und Nefissa hatte sich von ihr die Zukunft voraussagen lassen. Die alte Frau hatte den Kaffeesatz lange betrachtet und Nefissa dann gesagt, sie werde in den Armen eines »blonden Mannes« die große Liebe finden.
Omar schlief schließlich an ihrer Brust trotz Musik, Lärm und Lachen ein. Sie legte ihn auf den Diwan, knöpfte sich das Kleid zu und rief unauffällig das Kindermädchen. Dann bedeutete sie ihrer Mutter, daß sie zu Zou Zou gehen würde.
Eine der Frauen stand plötzlich auf, streifte die Schuhe ab, trat mitten in den Raum und begann zu tanzen. Die anderen fingen sofort an, im Rhythmus zu klatschen und zu singen. Es waren Liebeslieder, und wie die meiste ägyptische Musik waren sie erotisch und aufreizend. Sie erzählten von leidenschaftlichen Küssen und verbotenen Zärtlichkeiten. Die Frauen hatten diese Lieder schon als unschuldige Mädchen gelernt und in den Gärten, auf den Schaukeln und beim Spielen gesungen, ohne

die Bedeutung der Worte zu verstehen: »Küß mich, küß mich, o mein Geliebter. Bleib bei mir, bleib bis zum Morgengrauen. Du sollst mein Lager wärmen, mit meinen Brüsten spielen, und mein Herz soll für dich glühen. Ich will dir auf Ewigkeit meine ganze Liebe schenken ...«
Die erste Tänzerin setzte sich nach wenigen Minuten, aber eine andere sprang auf und tanzte weiter. Sie trug Schuhe mit hohen Absätzen und ein neue Kreation von Dior, von dem alle Welt sprach. Die Frau schloß die Augen und hob die Arme, während die anderen begeistert von verwegenen Männern und langen Liebesnächten sangen. Bei einer besonders anmutigen Drehung trällerten einige den Zagharit als Zeichen ihrer Anerkennung. Als sie sich setzte, übernahm die nächste ihren Platz. Der Beledi, der Bauchtanz, gehörte zu den Festen der Frauen. Er war ein Ventil für die aufgestauten Gefühle und Ausdruck der geheimen, nicht erlaubten Sehnsüchte. Der Beledi war für jede Frau Ausdruck ihrer ureigensten Persönlichkeit, und deshalb wurden die Tänzerinnen nie kritisiert oder miteinander verglichen. Es gab keine Konkurrenz. Keine galt als besser oder anmutiger, ohne Rücksicht darauf, wie geschickt oder mitreißend sie tanzte. Jede Frau wurde von allen ermutigt und für ihren Beitrag zum Fest gefeiert.
Als Khadija schließlich spontan in die Mitte trat, ihre Schuhe von sich warf und sich auf die Fußspitzen stellte, jubelten die Frauen und feuerten sie mit lauten Rufen an. Sie trug einen engen langen Rock und eine raffiniert geschnürte seidene Bluse, aber die Faszination ging nicht von der Kleidung aus. Sie war eine königliche Erscheinung. Mit fließenden Bewegungen ließ sie die Hüften kreisen und den Körper in schnellen Wellenbewegungen tanzen, ohne sich von der Stelle zu rühren. Das Furioso steigerte sich noch weiter, bis die Frauen vor Begeisterung aufsprangen. Khadija bedeutete Marijam, sich ihr anzuschließen. Sie taten das schon seit vielen Jahren. Schon als junge Bräute hatten sie gemeinsam getanzt, sich als Duo ergänzt, und ihre Bewegungen und Schritte waren von einer Harmonie und Perfektion, die alle zu ohrenbetäubenden Zagharits hinrissen.
Marijam fühlte sich von allen Fesseln befreit. Der Beledi verband den Körper mit der Seele und führte zu einer Art Euphorie, in die sich die Männer durch Haschischrauchen versetzten. Marijam war vor kurzem dreiundvierzig geworden, eine Woche nach dem Geburtstag ihres ältesten Sohnes, der das große Geheimnis ihres Lebens war, von dem

Suleiman nichts ahnte. Nur Khadija wußte um Marijams Geheimnis.

Beim Tanz, dem Klatschen und Zungentrillern des Zagharits verschwanden Marijams Schuldgefühle und ihre Ängste. Sie konnte sich wieder einmal mit gutem Gewissen sagen, daß sie alles für ihren geliebten Suleiman getan hatte.

Marijam war mit achtzehn schon einmal verheiratet gewesen. Aber ihr junger Mann und ihr Kind starben während einer Epidemie, die Kairo heimsuchte. Sie war allein und in tiefer Trauer gewesen, als sie den gutaussehenden Suleiman Misrachi kennen- und lieben lernte. Er war ein reicher Importkaufmann, und die Misrachis gehörten zu den ältesten jüdischen Familien in Ägypten. Als Suleiman seine Braut in das Haus in der Paradies-Straße führte, betete er zu Gott um viele Kinder.

Ein Jahr verstrich und ein zweites und schließlich ein drittes, ohne daß Marijam schwanger wurde. Verstört ging sie zu Ärzten, aber man sagte ihr, es bestehe kein Grund, daß sie keine Kinder haben könnte. Da wußte sie, das Problem lag bei Suleiman. Aber wenn ihm das vor Augen geführt würde, dann wäre er ein gebrochener Mann. Sie hatte mit ihrer Freundin Khadija über ihren Kummer gesprochen, und Khadija hatte sie mit den Worten beruhigt: »Gott wird alles richten.«

Und dann hatte Marijam einen Traum, durch den sie die Lösung fand. Im Traum sah sie das Gesicht von Mussa, Suleimans Bruder, und sie stellte fest, daß die beiden sich so ähnlich sahen wie Zwillinge. Es dauerte einige Wochen, bis sie den Mut aufbrachte, zu ihm zu gehen. Als sie es schließlich tat, hörte er ihre Geschichte mit überraschender Anteilnahme an. Auch er war der Meinung, Suleiman werde es nie überwinden, ein impotenter Mann zu sein. Und so einigten sie sich auf einen Plan.

Marijam besuchte insgeheim Mussa, bis sie schwanger war. Als das Kind geboren wurde, glaubte Suleiman, es sei sein Sohn. Zwei Jahre später ging sie wieder zu Mussa, und die Tochter, die sie danach gebar, war Suleimans Ebenbild. Fünf Kinder wurden auf diese Weise im Haus in der Paradies-Straße geboren, und Suleiman galt als ihr glücklicher und von Gott gesegneter Vater. Als Mussa schließlich nach Paris zog, sagte Marijam ihrem Mann, der Arzt habe ihr geraten, keine Kinder mehr zu bekommen. Bis zu diesem Tag kannten nur Mussa, sie und Khadija das große Geheimnis.

Nefissa warf nur einen kurzen Blick in Zou Zous Schlafzimmer, dann eilte sie den Gang entlang und ging in ihr Zimmer. Schnell öffnete sie die kleine Klappe in dem Gitter. Die Öffnung war gerade groß genug für ihr Gesicht. Die kalte Luft kühlte ihr die heißen Wangen. Der Mond und die Sterne standen wie vor Kälte erstarrt am Nachthimmel.
So lange hatte sie ihn nicht mehr gesehen, aber ihre Liebe wuchs mit jedem Tag. In Gedanken sah sie ihn vor sich, sah seine strahlend blauen Augen, spürte seine weißen Finger auf ihrer Wange. Ja, sie wollte keinen anderen Mann heiraten, sie wollte nur den englischen Offizier. Und bei den täglichen fünf Gebeten betete sie nur für ihn und seine Rückkehr.
Plötzlich fuhr ein Wagen vor und hielt mit quietschenden Bremsen. Der Chauffeur stieg aus und läutete am Tor. Nefissa glaubte, hinter dem Wagenfenster einen Mann mit hochgeschlagenem Mantelkragen zu sehen. War er das? Hatte er den Mut, offen hier vorzufahren und in aller Förmlichkeit um ihre Hand anzuhalten?
Nefissa lief zum Kleiderschrank, nahm einen langen Pelzmantel heraus, legte ihn sich atemlos über die Schulter und rannte zur Treppe. Ich muß ihn begrüßen. Er darf nicht meiner Mutter zuerst begegnen, dachte sie fieberhaft, ich muß ihn warnen ...

Khadija brach den Tanz abrupt ab. Sie hatte die Glocke läuten hören. Das Klatschen und Trillern verstummte. Die Musiker hinter dem Paravent hörten auf zu spielen. Ein Mann rief draußen im Gang: »Ja Allah! Ja Allah!« Das war die traditionelle Warnung, daß ein Mann die Gemächer der Frauen betreten wollte.
Als Khadija die Stimme hörte, eilte sie zur Tür und rief: »Ibrahim?« Und wirklich, im nächsten Augenblick erschien er in der Tür. Mit einem Freudenruf breitete sie die Arme aus und drückte ihn an sich. Die Tränen liefen ihr über die Wangen.
»Du hast mir so gefehlt, Umma!« flüsterte er. »Du weißt nicht, wie sehr du mir gefehlt hast.«
Die Tanten, Cousinen, alle Raschids drängten sich freudestrahlend um Ibrahim, während die Gäste aufgeregt miteinander sprachen. Dr. Raschid war nach Hause zurückgekehrt! Er war gesund und sah blendend aus. Was für ein glücklicher Abend, was für ein gelungenes Fest! Gott ist gut! Gott ist groß!

Als Marijam Misrachi zu Ibrahim trat, umarmte er auch sie. Es war zwar nicht schicklich, eine Frau zu berühren, die nicht mit ihm verwandt war, aber Tante Marijam war wie eine zweite Mutter für ihn. Sie hatte ihn zu sich genommen, als seine Schwestern Fatima und Nefissa auf die Welt gekommen waren; er war mit ihren Kindern großgeworden, hatte die Bar-Mizwas ihrer Söhne besucht und regelmäßig als Kind am Sabbat bei den Misrachis gegessen.
»Mutter«, sagte er strahlend, »ich möchte dir jemanden vorstellen.« Er trat zur Seite, und es wurde still im Salon, als eine junge Frau eintrat. Sie war groß und schlank, sie lächelte bezaubernd und trug ein elegantes Reisekostüm. Über der Schulter hing eine Ledertasche. Am auffallendsten war ein breitkrempiger Hut, eine gewagte Kreation aus Europa. Aber am meisten staunten die Frauen über die schulterlangen Haare, die wie bei einem Pagen geschnitten waren – die Frau hatte *platinblonde* Haare wie Jean Harlow!
»Ich stelle dich hiermit meiner Familie vor«, sagte Ibrahim auf englisch zu ihr. Zu Khadija sagte er auf arabisch: »Mutter, das ist Alice, meine Frau.«
Das betretene Schweigen hielt an.
Erst als Alice die Hand ausstreckte und auf englisch sagte: »Guten Tag, Mrs. Raschid. Ich freue mich, Sie kennenzulernen«, hörte man einige Seufzer und ein geflüstertes: »Eine Engländerin!«
Khadija starrte auf die Hand, dann breitete sie die Arme aus und sagte auf englisch: »Willkommen in unserem Haus, meine neue Tochter. Gott sei gepriesen, denn ER hat uns gesegnet, indem ER dich zu uns gebracht hat.«
Nach der Umarmung bemerkte Khadija, was die anderen Frauen bereits gesehen hatten: Alice war eindeutig schwanger.
»Alice ist zwanzig wie du«, sagte Ibrahim zu seiner Schwester, die nach ihnen durch die Tür kam, »ich wußte sofort, daß ihr beide gute Freundinnen sein werdet.«
Nefissa umarmte ihre Schwägerin, bewunderte ihre weiße Haut und ihre Haare und dachte an ihren Leutnant. Er war nicht gekommen, aber jetzt hatte sie wenigstens eine englische Verwandte.
Khadija trat zu ihrem Sohn und fragte: »Bist du glücklich, mein Kind?« Und als er antwortete: »Ich bin nie im Leben glücklicher gewesen, Mutter«, sprach Khadija ein stummes Dankgebet.

»Du hättest uns wenigstens eine Nachricht zukommen lassen müssen, Ibrahim!« sagte Nefissa. »Dann hätten wir die Räume für deine Frau vorbereiten können...«
Ibrahim legte seiner Frau liebevoll den Arm um die Hüfte und sagte schnell: »Alice wird bei mir wohnen, auf der anderen Seite des Hauses.«
Khadijas Lächeln erstarb kurz, dann faßte sie sich und sagte: »Natürlich, natürlich. Komm, meine Tochter, ich möchte dich mit unseren Gästen bekanntmachen...«

Sarah verließ das Tor. Diesmal hatte sie hier nichts zu essen bekommen. Aber sie war dankbar für die dicke warme Wolldecke. Sie mußte wenigstens nicht frieren. Ihre Enttäuschung war zuerst groß gewesen. Sie hatte geduldig gewartet, und dann erschien die Frau wie jeden Abend am Fenster. Wenn sie Sarah unten auf der Straße sah, kam sie meist und gab ihr etwas zu essen. Es war viel und schmeckte immer so köstlich, als würde ihr Gott durch SEINEN Engel Speisen aus dem Paradies bringen lassen. Sarah hatte Abdu noch immer nicht gefunden. Aber sie hatte keine Angst mehr, denn sie wußte, Gott führte und beschützte sie. Plötzlich fuhr ein Taxi vor und hielt mit quietschenden Bremsen in der Auffahrt. Sarah glaubte, ihren Augen nicht zu trauen. Hinter dem Wagenfenster saß derselbe Mann, den sie vor vielen Monaten in der Nacht nach Nazirahs Hochzeit neben der Straße im Zuckerrohrfeld gesehen hatte. Es war der Fremde, der ihr den seidenen Schal geschenkt hatte. Und wieder staunte sie darüber, daß er ihrem geliebten Abdu so ähnlich sah.

Sarahs Wehen setzten ein, als sie einen dressierten Pavian beobachtete, der in einem Schlafanzug mit abgeschnittenen Ärmeln und Hosenbeinen Purzelbäume auf dem Rücken eines Esels machte. Die komische Nummer hatte viele Menschen vor dem eleganten Continental-Savoy Hotel angelockt, wo Sarah manchmal bei den reichen Touristen bettelte. Sie lachte über die Kapriolen des Affen und vergaß völlig, daß sie die Tagesquote noch nicht erreicht hatte. Die mächtige Najiba würde wieder wütend werden. Die erste Wehe durchzuckte ihren Leib, und Sarah erstarrte. Es war ein greller Schmerz, als würde ein schneidendes Band fest um ihre Hüfte gezogen.
Im ersten Augenblick dachte sie, es sei die Falafel, die sie sich am Mor-

gen bei einem Straßenverkäufer geleistet und für die sie Geld ausgeben hatte, das eigentlich nicht ihr, sondern Najiba gehörte. Die Falafel war ihr offenbar nicht bekommen. Aber Sarah war so hungrig gewesen, und die Mahlzeit lag bereits viele Stunden zurück. Konnte sie jetzt noch davon Bauchschmerzen bekommen?

Als sich der stechende Schmerz wiederholte, noch heftiger als beim ersten Mal, und ihr bis in die Beine fuhr, begriff Sarah erschrocken, daß ihr Kind unterwegs war. Aber das wäre doch viel zu früh!

»Wann ist dein Kind gezeugt worden?« hatte Najiba gefragt, als sie bei den Bettlern aufgenommen wurde. Sarah wußte keine Antwort auf diese Frage, denn bei der Suche nach Abdu hatte sie vergessen, wie viele Tage und Monate vergingen. Aber sie erinnerte sich, daß die Baumwollfelder übersät mit gelben Blüten waren und gerade der Mais geerntet wurde, als sie und Abdu sich liebten. Najiba hatte die Monate an den schmutzigen Fingern abgezählt und schließlich gesagt: »Es wird Ende Februar, vielleicht auch Anfang März geboren werden, wenn der Chamsîn weht. Also gut, du kannst bei uns bleiben. Vielleicht glaubst du, einer schwangeren Frau wird man mehr Almosen geben. Das ist nicht so. Die Leute glauben, es sei ein Trick, und du hättest nur eine Melone unter dem Kleid. Aber ein so junges Mädchen mit einem Baby, das bringt viel Geld, besonders da du so klein und ausgehungert bist.«

Sarah nahm es Najiba nicht übel, daß sie so wenig zu essen bekam, um weiterhin halb verhungert auszusehen. Wenigstens hatte sie von da an eine Bleibe gehabt, eine Schlafmatte und sie befand sich in Gesellschaft von Menschen, die ihre Freunde waren. Einigen der Bettler war es viel schlechter ergangen als ihr, denn sie waren als völlig gesunde Männer zu der mächtigen Najiba gekommen. Sie mußten erst zu »Bettlern« gemacht werden und ließen sich bereitwillig verstümmeln und ihre Körper entstellen, da sie nur so viel Geld erbetteln konnten. Die Frauen mußten sich Männern zum Sex anbieten. Prostitution war zwar nicht verboten, aber es war ein entehrendes Gewerbe. Nach den ersten schrecklichen Wochen in der Stadt befürchtete Sarah, sie werde auf der Straße verhungern und die Menschen würden teilnahmslos einfach um sie herum gehen. So war der Schutz selbst einer so geldgierigen und eiskalten Frau wie Najiba für sie eine Rettung in größter Not gewesen.

Nach der dritten Wehe entfernte sich Sarah von der Menschenmenge und blickte nach dem Stand der Sonne. Im Dorf war es immer so einfach

gewesen, die Tageszeit zu bestimmen, aber hier in der Stadt, wo überall hohe Gebäude, Kuppeln und Minarette hoch in den Himmel ragten, sah man die Sonne nicht so ohne weiteres. Hinter dem Dach des Turf Clubs färbte sich der Himmel rot. Der Tag ging zur Neige. Sarah wußte mit großer innerer Sicherheit, ihr Kind würde in der kalten Januarnacht auf die Welt kommen.
Plötzlich empfand Sarah eine große Freude. Endlich war es soweit! Sie schien bereits eine Ewigkeit auf Abdus Kind gewartet zu haben. Sarah bog schnell in eine Seitenstraße, um keine Aufmerksamkeit zu erregen, und lief dann in Richtung Nil. Die Straße, wo Najiba mit ihren Bettlern lebte, befand sich zwar in der anderen Richtung, in der Altstadt von Kairo, aber Sarah wollte nicht dorthin. Zuerst mußte sie etwas anderes tun, und das bedeutete, den neuesten Stadtteil Kairos zu durchqueren, wo glänzende Autos durch breite Alleen fuhren und Frauen in kurzen Röcken und hohen Absätzen mit ihren Einkäufen auf den gepflegten Gehwegen liefen. In diesem Viertel sah man schmutzige Fellachen-Mädchen nur ungern.
Als Sarah sich endlich dem Fluß näherte, verschwand die Sonne bereits hinter dem Horizont, und die kurze Dämmerung brach an. Sarah spürte, daß sie sich beeilen mußte. Die stechenden Schmerzen folgten immer dichter aufeinander. Aber sie war entschlossen, das zu tun, was sie tun mußte, und sie würde erst danach zu Madame Najiba gehen.
Größte Vorsicht war geboten, denn die englische Kaserne befand sich ganz in der Nähe, und dahinter stand das große Museum, das gerade schloß und aus dem die Besucher strömten. Sarah zitterte. Es wurde sehr schnell kalt. Zu Hause im Dorf würde sie jetzt den alten Büffel in den kleinen Stall bringen und dann in die Lehmhütte ihres Vaters eilen, wo das Feuer wohlige Wärme verbreitete.
Was war nach ihrem Verschwinden im Dorf geschehen? War Scheich Hamid sehr zornig über den Verlust seiner Braut gewesen? Hatte ihr Vater sie mit seinen Brüdern gesucht, um sie zu töten? Hatten sie ihre Mutter geschlagen, um die Wahrheit von ihr zu erfahren? Oder war das Leben einfach weitergegangen und das Verschwinden von Sarah Bint Tewfik mittlerweile nur eine der vielen Geschichten, die man im Dorf erzählte?
Sarah erinnerte sich nur ungern an die ersten Tage in Kairo. Damals hatte sie nicht daran gezweifelt, Abdu finden zu können. Aber sie hatte

sich die Stadt nicht so groß vorgestellt und mit so vielen Menschen, so vielen Fremden, die sie einfach übersahen oder ärgerlich auf die Hupen drückten, damit sie ihnen aus dem Weg ging. Die Türsteher hatten sie ausgeschimpft, wenn sie nachts in den Auffahrten lag, um zu schlafen. Die Straßenhändler vertrieben Sarah, weil sie dachten, das Mädchen würde ihnen etwas stehlen. Dann war ein Polizist gekommen und hatte erklärt, er werde sie verhaften. Statt dessen brachte er sie in seine Wohnung, wo sie ihm drei Tage und Nächte zu Willen sein mußte, ehe ihr die Flucht gelang. Schließlich entdeckte sie die seltsame Brücke, unter der Krüppel und Bettler lebten. Sarah hatte versucht, von den Passanten ein Almosen zu erbetteln. Aber eine am Kinn tätowierte Frau hatte sie angeschrien und fortgejagt. Die Frau erklärte, das sei ihre Brücke, und wenn Sarah hier betteln wolle, dann müßte Najiba damit einverstanden sein, und Sarah müßte ein Abkommen mit ihr treffen. Seitdem bettelte Sarah für die bemerkenswerte Najiba – ihr Name bedeutete »die Kluge«. Sarah lieferte ihr die Hälfte der Tageseinnahmen ab. Ihr blieb oft noch nicht einmal genug, um eine Zwiebel für das Abendessen zu kaufen. Sarah war keine gute Bettlerin. Einmal wollten die Bettler sie beinahe fortjagen. Aber dann hatte ihr eine schöne Frau aus einem großen rosenfarbenen Haus eine Wolldecke geschenkt, viele gute Sachen zum Essen und sogar Geld. Von da an war Najiba mit ihr zufrieden und meinte, da das Baby bald kommen werde, würde sie noch mehr Almosen bekommen. Sarah durfte bleiben. Die schöne Frau gab ihr regelmäßig etwas. Und eines Abends sah sie dann zu ihrem größten Erstaunen, wie der Fremde, von dem sie den seidenen Schal hatte, in das Haus gefahren war. Seit dieser Zeit fühlte sich Sarah von Gott geleitet und hatte wieder Hoffnung, auch Abdu in der großen Stadt zu finden.

Bei der nächsten Wehe gaben die Beine unter ihr nach. Sie kauerte sich in eine Toreinfahrt und beobachtete, wie Autos und Busse auf dem großen Verkehrskreisel vor der britischen Kaserne in alle Richtungen fuhren. Sarah wollte hinunter zum Nil. Sie durfte nicht länger warten!

Bei Einbruch der Dunkelheit gingen die Straßenlaternen an. Sarah wich den Autos aus und eilte im Schatten hoher Gebäude mit großen Schaufenstern eine Straße entlang, bis sie schließlich eine Brücke erreichte, die über den Fluß führte. Es war die Ausfallstraße zu den Pyramiden. Auf dieser Straße, die irgendwann auch durch Al Tafla verlief, war

Sarah in die Stadt gekommen. Aber sie würde nie wieder in das Dorf zurückkehren. Sarah schleppte sich schwer atmend zum Ufer hinunter. Sie blieb öfter stehen, weil die Schmerzen immer heftiger wurden und kaum noch zu ertragen waren. Als ihre Füße in feuchter Erde versanken, kroch sie auf allen vieren hinunter zum Wasser. Schließlich blieb sie keuchend inmitten von Schilf, Abfällen und verwesenden Fischen liegen. Zu ihrer Linken sah sie an kleinen Landestegen verankerte Feluken. Hier lebten die armen Fischer und kochten bei ihren Booten über offenen Feuern eine kärgliche Mahlzeit. Zu ihrer Rechten ankerten hinter dem Museum die großen Hausboote der Reichen und wiegten sich auf den sanften Wellen. An den Decks brannten viele Lampen, und man hörte Musik und Lachen durch die offenen Luken. Auf der anderen Flußseite befand sich die große Insel mit Sportclubs, Nightclubs und herrschaftlichen Villen. Auch dort brannten bereits hell und festlich die Lichter.

Sarah hatte keine Angst, als sie ans Wasser kroch. Gott würde sie beschützen, und bald durfte sie Abdus Kind in den Armen halten, so wie sie vor vielen Monaten Abdu hatte umarmen dürfen. Wenn sie nach der Geburt wieder bei Kräften war, wollte sie die Suche nach Abdu fortsetzen, denn sie hatte nie die Hoffnung aufgegeben, ihren Geliebten wiederzufinden.

Jetzt hielt sie sich an die alte Sitte der Fellachen. Eine Frau ging bei einer Geburt hinunter zum Fluß und aß etwas Uferschlamm, denn der Nil besaß starke Kräfte, um die Gesundheit und das Wohlergehen zu bewahren. Er schützte auch das ungeborene Kind vor dem bösen Blick. Sarahs Schmerzen wurden noch heftiger, und die Wehen folgten immer dichter aufeinander. Zu spät erkannte sie, daß keine Zeit mehr blieb. Das Baby bahnte sich bereits seinen Weg in die Welt.

Sie lag auf dem Rücken, blickte zum Himmel hinauf und staunte, daß es bereits Nacht geworden war. So viele Sterne leuchteten dort oben. Abdu hatte ihr einmal gesagt, es seien die Augen der Engel Gottes. Sie versuchte, nicht laut aufzuschreien und sich damit zu entehren. Sie dachte an Hagar in der Wildnis, die für ihr Kind Wasser in der Wüste gesucht hatte. Ich werde ihn Ismail nennen, dachte Sarah, wenn es ein Junge ist.

Sie blickte auf die Lichter am anderen Ufer, die golden leuchteten und hell glänzten. Sarah sah dort weiß gekleidete Frauen wie Engel, und als die Sterne über ihr plötzlich zu kreisen begannen und die Schmerzen sie übermannten, blickte sie auf diese Lichter und dachte: So muß das Paradies sein.

Das ist das Paradies, dachte Lady Alice, als sie im Club Cage d'Or auf die Terrasse trat. Kairo war strahlend erleuchtet, und die Sterne funkelten und spiegelten sich wie blitzende Diamanten auf den tanzenden Wellen des Nils – o ja, das war das Paradies! Sie war so glücklich, daß sie am liebsten unten am schimmernden Flußufer getanzt hätte. Ihr neues Leben übertraf bei weitem ihre Träume und alle Erwartungen. Sie hatte gehört, Kairo sei das Paris am Nil, aber sie hätte es nie für möglich gehalten, wie französisch alles aussah. Das Haus, in dem sie lebte, war ein kleiner Palast in einer Gegend mit Botschaften und den bezaubernden Residenzen der ausländischen Diplomaten. Sie konnte sich durchaus in dem Glauben wiegen, das Raschid-Haus befinde sich im eleganten Neuilly von Paris. Würden ihre Begeisterung und die Verzauberung nie enden?

Lady Alice dachte erleichtert: Wie schön, daß dieser schreckliche Krieg vorbei ist. Sie hatte eigentlich wenig vom Krieg gespürt, da sie mit ihrem Vater, dem Earl von Pemberton, im Schloß ihrer Vorfahren auf dem Land lebte. Ihr Vater hatte sich bereit erklärt, Kinder aus den bombardierten Städten aufzunehmen. Aber soweit war es Gott sei Dank nie gekommen. Alice hätte nicht gewußt, was sie mit den Kindern tun sollte.

Sie dachte nur ungern an häßliche oder unerfreuliche Dinge wie Krieg und Waisenkinder. Sie wollte noch nicht einmal an die Gerüchte denken, daß die Engländer aus Ägypten abziehen würden. Eine unvorstellbare Sache. Was sollte geschehen, wenn es wirklich dazu kommen würde? Hatten nicht die Engländer Ägypten zu diesem märchenhaften Land gemacht? Zu den ersten Dingen, über die sie mit Ibrahim sprach, als sie sich im vergangenen Jahr in Monte Carlo kennengelernt hatten, gehörte die gemeinsame Haltung, sich nicht mit unangenehmen Dingen zu belasten. Wenn alle anderen hitzige politische Debatten führten, blieb er völlig unbeteiligt.

Es gab so vieles, was sie an ihrem Mann liebte. Er war freundlich und großzügig, hatte tadellose Manieren, war überhaupt nicht ehrgeizig und prahlte nicht wie alle anderen. Sie hatte gedacht, Leibarzt eines

Königs zu sein, sei schrecklich aufregend. Aber Ibrahim gestand ihr, es sei eine einfache Aufgabe und erfordere wenig ärztliche Kunst. Er erzählte sogar, er sei nur Arzt geworden, weil sein Vater Arzt und Gesundheitsminister gewesen war. Er hatte sein Studium erfolgreich, wenn auch ohne hervorragende Leistungen abgeschlossen, und nach einem durchschnittlichen Praktikum fand er es sehr angenehm, sich nicht die Mühe machen zu müssen, eine eigene Praxis aufzubauen. Sein Vater hatte ihn Farouk vorgestellt, und der König mochte ihn auf der Stelle. Ibrahim betonte immer, das Beste an seiner Berufung zum königlichen Leibarzt sei, daß er so wenig tun müsse. Er überprüfte zweimal täglich Farouks Blutdruck und verschrieb ihm gelegentlich etwas gegen Magenbeschwerden.

Alice hatte nichts daran auszusetzen, daß Ibrahim kein »tiefschürfender« Mensch war, wie er selbst einmal lachend gesagt hatte. Er war zufrieden, von sich sagen zu können, er sei ausgeglichen und von angenehmem Äußeren. Er hatte weder besondere Abneigungen noch Leidenschaften. Er war kein Verfechter von fanatischen Überzeugungen und hatte nicht den Ehrgeiz, etwas Herausragendes zu erreichen. Wichtig war ihm nur, stolz von sich behaupten zu können, daß es ihm bis jetzt gelungen sei, seiner Familie und sich ein angenehmes Leben zu ermöglichen. Und deshalb liebte ihn Alice. Er verstand es, das Leben zu genießen. Er wußte, daß Vergnügungen und Spaß einfach notwendig und wichtig waren. Sie fand, er sei auch ein guter Liebhaber, obwohl sie keine anderen Männer mit ihm vergleichen konnte, denn als sie sich kennenlernten, war sie noch Jungfrau gewesen.

Alice wünschte, daß ihre Mutter noch am Leben wäre. Lady Frances hätte sich über den exotischen Ehemann ihrer Tochter bestimmt gefreut, denn sie hatte eine besondere Vorliebe für alles Orientalische gehabt. Aber ihre Mutter litt unter einer unergründlichen Depression – »Schwermut«, hatte Dr. Rivers als Todesursache auf den Totenschein geschrieben. Lady Frances hatte an einem Wintermorgen ihren Kopf in den Gasofen gehalten. Weder der Earl, seine Tochter Alice noch sein Sohn Edward hatten je über den Selbstmord gesprochen.

Als Lady Alice Gelächter aus dem Club hörte, drehte sie sich um und blickte durch die Glastür. Farouk stand wie üblich am Roulette-Tisch. Sein Gefolge jubelte ihm zu. Er mußte gerade gewonnen haben. Alice mochte den ägyptischen König. Sie fand, er sei ein großer Junge, der gern komische Geschichten erzählte und über alle möglichen Witze lachte. Königin Farida, die ihm bislang keinen Sohn geschenkt hatte, war nicht zu beneiden. Man flüsterte, er werde sie deshalb vermutlich bald verstoßen. Das durfte ein Mann in Ägypten. Er mußte nur dreimal in Gegenwart von Zeugen sagen »Ich verstoße dich« und war von seiner Frau geschieden.

Alice verschränkte die Arme. Es bestand keine Gefahr, daß Ibrahim *sie* verstoßen würde. Sie wußte, daß sie ihm einen Sohn schenken würde. Trotzdem fand sie die allgemeine Besessenheit, was Söhne betraf, etwas eigenartig. Natürlich wünschten sich alle Männer Söhne. Auch ihr Vater, der Earl, war enttäuscht darüber gewesen, daß sein erstes Kind ein Mädchen war. Aber für die Ägypter war dieses Thema das Wichtigste in ihrem Leben. Alice hatte sogar festgestellt, daß es auf arabisch kein Wort für »Kinder« gab. Wenn man einen Mann fragte, wie viele Kinder er habe, dann benutzte er das Wort Awalad, das bedeutete Söhne. Töchter zählten nicht. Der bedauernswerte Mann, der nur Töchter zeugte, erhielt das demütigende Attribut *abu banat*, Vater von Töchtern.

Alice erinnerte sich daran, wie in Monte Carlo Ibrahims Interesse an ihr deutlich wuchs, als sie ihm von ihrer Familie erzählte und ihren Bruder, ihre Onkel und männlichen Verwandten erwähnte und lachend hinzufügte, die Besonderheit der Westfalls sei es offenbar, viele Söhne in die Welt zu setzen. Natürlich wußte sie, daß Ibrahim sie nicht nur deshalb liebte. Er hätte nicht mit ihr geschlafen, sie geheiratet und zu seiner Familie gebracht, nur weil sie die Fähigkeit besaß, ihm einen oder mehrere Söhne zu gebären. Ibrahim beteuerte ihr immer wieder seine Liebe. Er betete sie an, war verzückt von ihrer Schönheit und segnete den Baum, aus dem ihre Wiege geschnitzt worden war. Er streichelte ihre Füße und küßte ihr die Zehen.

Wenn nur ihr Vater mehr Verständnis aufbringen könnte. Wenn es ihr doch nur gelingen würde, ihm klarzumachen, daß Ibrahim sie wirklich liebte und daß er ein guter Ehemann war. Sie verabscheute das Schimpfwort »Araber« und hätte sich gewünscht, ihr Vater hätte das nicht gesagt. Die Flitterwochen in England endeten nach zwei Wochen mit einer Katastrophe. Der Earl hatte sich geweigert, ihren Mann auch nur kennenzulernen. Er hatte sogar gedroht, er werde sie enterben, weil sie Ibrahim geheiratet hatte. Sie würde ihren Titel verlieren, hatte er

erklärt. Sie war Lady Alice Westfall, weil ihr Vater ein Earl war. Aber Alice hatte ihm erwidert, das sei ihr gleichgültig, denn sie habe einen Pascha geheiratet und trage deshalb ebenfalls den Titel einer Lady.
Die Drohung ihres Vaters ängstigte sie nicht allzusehr. Außerdem wußte sie, er würde einlenken, wenn das Kind geboren war. Der Earl würde bestimmt sein erstes Enkelkind sehen wollen!
Aber er fehlt mir, dachte sie. Es gab Augenblicke, in denen Alice Heimweh hatte. Besonders in den ersten Tagen bei den Raschids hatte sie festgestellt, daß sie sich in einer völlig anderen Welt befand. Die erste Mahlzeit, das Frühstück am Morgen nach ihrer Ankunft, hatte sie verblüfft. Sie kannte nur stille Mahlzeiten in Gesellschaft ihres Vaters und ihres Bruders. Bei den Raschids war das Frühstück eine laute, lärmende Angelegenheit. Die Frauen waren unter sich, saßen auf dem Fußboden und luden sich die Teller mit allen möglichen Gerichten voll. Es wurde geredet und so viel gegessen, als sei es die letzte Mahlzeit auf Erden. Alles wurde kommentiert, die Gewürze und die verschiedenen Geschmacksrichtungen waren ein großes Thema. Sie sprachen über die verschiedenen Öle, und ständig hieß es: »Versuch dies, versuch das!« Und das Essen war für Alice eine einzige Katastrophe! Zum Frühstück gab es gekochte Bohnen, Eier, warmes Fladenbrot, Käse, eingelegte Limonen und Paprika. Und als Alice sich etwas nehmen wollte, hatte ihr Nefissa diskret gesagt: »Wir essen mit der *rechten* Hand.« Alice erwiderte: »Ich bin Linkshänder«, und Nefissa hatte mitfühlend gelächelt, aber gesagt: »Mit der linken Hand zu essen, ist eine Beleidigung, denn wir benutzen diese Hand, um ...«, und sie flüsterte es Alice ins Ohr, die bei dem Gedanken jetzt noch rot wurde.
Sie mußte soviel lernen, es gab so viele Anstandsregeln, bei deren Nichtbeachtung man Anstoß erregte. Aber die Raschids waren liebenswürdig und geduldig. Es schien ihnen sogar Spaß zu machen, ihr etwas beizubringen. Sie lachten viel, und wie Alice feststellte, erzählten die Frauen oft komische Geschichten. Mit Nefissa hatte sie sich angefreundet. Schon am ersten Tag nach ihrer Ankunft stellte Nefissa ihre neue Schwägerin Prinzessin Faiza und ihren vornehmen Hofdamen vor – es waren alles Ägypterinnen, aber in ihrer Kleidung und ihrem Benehmen waren sie sehr europäisch. Damals bekam Alice aber auch ihren ersten Schock. Als sie sich zum Ausgehen angezogen hatten, hüllte sich Nefissa von Kopf bis Fuß in ein schwarzes Tuch, eine Melaja, und schließ-

lich sah man nur noch ihre Augen. »Umma verlangt das von uns!« erklärte sie Alice lachend. »Meine Mutter glaubt, auf den Straßen von Kairo lauern nur gefährliche Sünder und teuflische Versuchungen. Männer stehen an jeder Straßenecke und warten darauf, einer Frau die Ehre zu rauben! Keine Angst, Alice«, fügte sie beruhigend hinzu, als sie das entsetzte Gesicht ihrer Schwägerin sah, »du bist keine Muslimin, und diese Vorschriften gelten nicht für dich.«
Aber Alice mußte sich eine gewisse Anpassung auferlegen. Ihr fehlte der gebratene Speck zum Frühstück; es gab keine Koteletts mehr und keinen Schinken, denn Schweinefleisch und auch Alkohol waren nach islamischem Gesetz verboten. Also trank man auch zum Essen keinen Wein und anschließend gab es keinen Brandy. Ibrahims Verwandte sprachen nur arabisch, obwohl sie jederzeit bereit waren, Alice alles zu übersetzen, was sie wissen wollte. Am schwierigsten fand Alice die seltsame Trennung von Frauen und Männern im Haus. Ibrahim durfte jederzeit jedes Zimmer betreten, aber die Frauen, sogar seine Mutter, mußten ihn um Erlaubnis bitten, wenn sie ihn im anderen Teil des Hauses besuchen wollten. Wenn Ibrahim mit männlichen Gästen nach Hause kam, rief er: »Ja Allah!«, und dann zogen sich alle Frauen sofort zurück, um nicht gesehen zu werden.
Und dann war da noch die Sache mit der Religion. Khadija hatte Alice sehr freundlich darauf hingewiesen, daß es in Kairo viele christliche Kirchen gab und sie jederzeit in eine dieser Kirche gehen konnte. Aber Alice war nicht in einem strenggläubigen Haus aufgewachsen und nur zu besonderen Anlässen in der Kirche gewesen. Khadija hatte sie mit großem Interesse gefragt, warum es so viele unterschiedliche christliche Kirchen gab und Alice hatte erwidert: »Wir haben verschiedene Glaubensrichtungen. Gibt es nicht auch Muslimsekten?« »Oh ja«, hatte Khadija erwidert, »aber trotzdem sind wir alle Muslime und besuchen dieselbe Moschee, auch wenn jemand einer Sekte angehört.« Als Khadija mit ihr über die Bibel der Christen reden wollte und nicht verstand, weshalb es mehr als eine Fassung gab, denn es gab nur einen Koran, mußte Alice gestehen, daß sie es nicht wußte.
Aber man hatte sie sehr herzlich und liebevoll in der Familie aufgenommen. Alle nannten sie Schwester oder Cousine. Man behandelte sie so, als lebe sie schon immer bei den Raschids. Und alles würde ganz vollkommen sein, wenn das Baby geboren war ...

Ibrahim kam auf die Terrasse und rief: »Da bist du ja, mein Schatz!«
»Ich mußte an die frische Luft«, erwiderte sie und dachte: wie gut er doch in seinem Frack aussieht. »Mir ist der Champagner in den Kopf gestiegen!«
Er legte ihr fürsorglich eine Pelzstola um die Schultern. »Es ist kalt hier draußen, und ich muß mich jetzt um zwei kümmern.« Er hatte ihr eine Praline mit Trüffelfüllung mitgebracht und schob sie ihr zwischen die Lippen, küßte sie und biß sich dabei ein Stück ab.
Ibrahim zog sie eng an sich. »Bist du glücklich, Liebling?«
»So glücklich wie noch nie in meinem Leben.«
»Hast du Heimweh?«
»Nein ... nun ja, ein wenig. Mir fehlt meine Familie.«
»Es tut mir leid, daß du dich mit deinem Vater zerstritten hast und daß er mich ablehnt.«
»Das ist nicht deine Schuld. Ich kann nicht mein Leben nach seinen Wünschen führen, nur damit er zufrieden ist.«
»Weißt du, Alice, ich habe mein ganzes Leben nichts anderes getan. Ich habe versucht, die Wünsche meines Vater zu erfüllen, und es ist mir nicht immer ganz gelungen.« Er zögerte und fügte dann leise hinzu: »Ich habe das noch keinem Menschen gesagt, aber ich bin mir immer ein wenig als ein Versager vorgekommen.«
»Du bist kein Versager, Liebling!«
»Wenn du meinen Vater gekannt hättest, Gott gebe ihm Frieden, dann würdest du wissen, wovon ich rede. Er war überall bekannt, besaß große Macht und noch mehr Einfluß, und er war sehr reich. Ich wuchs in seinem Schatten auf, und ich kann mich an kein freundliches Wort von ihm erinnern, das mir gegolten hätte. Er war nicht böse, Alice, aber er gehörte zu einer anderen Generation. Er gehörte noch in eine Zeit, als man die Ansicht vertrat, Zuneigung für einen Sohn zu zeigen, schade seinem Charakter. Manchmal glaube ich, mein Vater hat von mir erwartet, am Tag meiner Geburt bereits erwachsen zu sein. Ich hatte keine Kindheit oder nur das, was meine Mutter mir gab. Und als ich erwachsen wurde, war er mit allem, was ich tat, unzufrieden. Das ist auch einer der Gründe, dafür ...«, er fuhr ihr sanft mit dem Zeigefinger über die Wange und sagte mit leuchtenden Augen, »... daß ich mir einen Sohn wünsche. Wenn ich meinem Vater einen Enkel vorweisen kann, dann wird das meine erste Leistung sein, auf die ich wirklich stolz

sein kann. Ein Sohn wird mir endlich die Liebe meines Vaters einbringen.«
Alice küßte ihn sanft. Als sie schließlich der kalte Wind zum Hineingehen zwang, bemerkten sie nichts von der Aufregung am anderen Ufer – die Fischer liefen laut rufend zusammen, weil sie am Wasser etwas gefunden hatten.

»Warum wollen die Engländer den Arabern Palästina wegnehmen und es den Juden geben?« fragte Fouad, ein verwöhnter junger Mann, der genußvoll Haschisch rauchte. »Die Araber haben dieses Land den Juden nicht weggenommen, sondern im vierzehnten Jahrhundert den Italienern. Könnt ihr mir sagen, welches europäische Land auf ein Gebiet verzichten würde, das ihm seit dem vierzehnten Jahrhundert gehört? Da könnten doch auch die Indianer Manhattan zurückfordern. Ich frage euch: Würden die Amerikaner es ihnen zurückgeben?«
Die drei Freunde befanden sich auf Hassan al-Sabirs Hausboot, das auf dem Nil nicht weit vom Ägyptischen Museum ankerte. Sie saßen bequem auf breiten, weichen Sofas und lehnten an seidenen Kissen, rauchten zusammen eine Wasserpfeife und nahmen sich, wenn ihnen danach zumute war, von einer großen Messingplatte Weintrauben, Oliven, Käse, Brot und in Öl eingelegte Artischocken. Der vierte in ihrer Runde stand an Deck.
»Nun ja, ich glaube, es geht nicht nur darum, wer zuerst da war«, erwiderte Hassan gelangweilt, »aber warum sollen wir uns darüber den Kopf zerbrechen? Wir haben damit nichts zu tun.«
Fouad ließ sich nicht von diesem Thema abbringen. »Wir haben die Juden während des Kriegs nicht verfolgt. Für uns sind die Juden Brüder, denn sie stammen wie wir alle vom Propheten Abraham ab. Wir leben seit vielen Jahrhunderten friedlich zusammen. Glaubt mir, das neue Israel soll keine Heimat für verfolgte Juden sein, sondern liefert den Europäern nur einen Vorwand, wieder einmal den Nahen Osten zu besetzen!«
Hassan stöhnte. »Mein Lieber, du wirst gefährlich politisch in deinen Äußerungen ...«
»Ich will euch sagen, was geschehen wird«, fuhr Fouad unbeirrt fort, »sie werden nicht als Semiten kommen und als Brüder unter Semiten leben, sondern als Europäer, die auf uns jämmerliche Araber herabblik-

ken. Das kennen wir doch! Wir dürfen nicht in den Turf Club oder den Sporting Club, weil sie Gyppos nicht als Mitglieder zulassen! Wir müssen dafür sorgen, daß Ägypten wieder den Ägyptern gehört. Oder es wird uns allen so wie den Palästinensern ergehen.«

Walid, ein blasierter junger Mann mit langen, schmalen Fingern, sagte: »Die Engländer werden Ägypten nie verlassen oder erst dann, wenn sie unsere Baumwolle und den Suezkanal nicht mehr brauchen.« Er lachte zynisch. »Und beides werden sie in alle Ewigkeit brauchen...«

»Bei Gott«, sagte Hassan gereizt, »warum beschäftigt ihr euch mit solchen Dingen?«

»Weil Ägypten die höchste Sterblichkeitsrate der Welt hat«, antwortete Walid trocken, »von zwei Kindern stirbt eins bereits im Alter von fünf Jahren. Wir haben mehr Blinde als jedes andere Land. Und was haben die Briten, unsere sogenannte Schutzmacht, dagegen unternommen? In den achtzig Jahren, die sie unser Land besetzt halten, haben sie keinen Versuch unternommen, unsere Dörfer mit sauberem Wasser zu versorgen, Schulen zu bauen oder für die Armen eine medizinische Versorgung zu schaffen. Vielleicht haben sie nicht bewußt etwas dazu getan, daß es mit unserem Volk auch kulturell bergab geht, aber sie haben bis auf den heutigen Tag eine kriminelle Gleichgültigkeit an den Tag gelegt. Und ich finde, das ist genauso schlimm!«

Hassan stand auf und ging zu Ibrahim an Deck. Er hatte zwar noch eine Wohnung in der Stadt, wo seine Frau, seine Mutter, eine unverheiratete Schwester und seine drei Kinder lebten, aber Hassan verbrachte die meiste Zeit auf dem Hausboot. Hier empfing er Freunde und hier verführte er seine jeweils letzten Eroberungen. Jetzt wünschte Hassan, er hätte zwei Prostituierte eingeladen und nicht die beiden Juniorpartner seiner Kanzlei. »Tut mir leid, mein Freund«, sagte er zu Ibrahim und zündete sich eine Dunhill an, »ich werde die beiden nicht wieder einladen. Ich hatte keine Ahnung von ihren Ansichten. Jedenfalls gehen sie mir mit ihrem politischen Gerede schrecklich auf die Nerven. He, du siehst ja ganz zufrieden aus.«

Ibrahim strahlte. Er blickte in Richtung Garden City und hatte gerade den schönen Gedanken, daß die langsame Strömung des Nils wie das Vergehen der Zeit ist. »Ich habe an Alice gedacht, Hassan«, erwiderte er glücklich, »und frage mich, wieso ich ihre Liebe eigentlich verdient habe.«

Hassan hatte zufälligerweise auch an Ibrahims Frau gedacht, die in diesen Tagen ihr Kind erwartete. Mehr als einmal spielte er mit dem Gedanken, Lady Alice in seinem Bett zu haben. Er träumte von ihren weißen Armen und Schenkeln, von den einzigartigen platinblonden Haaren, und er erinnerte sich, daß in Monte Carlo sein Blick auf sie gefallen war, als Ibrahim die aristokratische Blondine noch nicht bemerkt hatte. Aber irgendwie hatte Ibrahim sie dann später für sich gewonnen. Zu Hassans Lieblingsvorstellungen gehörte es inzwischen, sie auf sein Hausboot einzuladen und ihr dann seine pornographische Sammlung zu zeigen. Wäre sie schockiert oder würde sie Gefallen daran finden? Vielleicht sogar beides? Hassan zügelte sein Verlangen nur Ibrahim zuliebe, denn seinem Freund gegenüber wollte er loyal bleiben, sonst hätte er schon längst versucht, mit Lady Alice zu schlafen.

»Übrigens«, sagte Hassan und blickte auf sein Spiegelbild im Fenster und war mit dem gutaussehenden jungen Mann, der ihm entgegenlächelte, sehr zufrieden, »ein Vetter des Mannes meiner Schwester ist zu mir gekommen. Er bewirbt sich um eine Stelle im Gesundheitsministerium. Kannst du deinen Einfluß nutzen und mir damit eine Gefälligkeit erweisen?«

»Ich sehe den Minister am Samstag beim Golf. Sag deinem Verwandten, er soll mich übermorgen anrufen. Ich werde dafür sorgen, daß der Mann die Stelle bekommt.«

In diesem Augenblick kam Hassans Kammerdiener an Deck und sagte: »Dr. Raschid, man hat gerade angerufen. Bei Ihrer Frau haben die Wehen eingesetzt.«

»*Al hamdu lillah!* Gelobt sei Gott!« rief Ibrahim, »mein Sohn wird geboren!« und eilte an Land.

Nefissa war eine gute Freundin der Prinzessin und oft im Palast. Sie ging hinter einem großen, schweigenden Nubier her. Er trug eine weiße Galabija, rote Weste und einen roten Turban und war einer der zahllosen Diener in diesem Palast mit über zweihundert Räumen im Herzen von Kairo, deren einzige Aufgabe darin bestand, die Wünsche und Bedürfnisse der Prinzessin und ihres Mannes zu erfüllen. Der Palast war in osmanischer Zeit erbaut worden und eine exotische Mischung aus persischer und maurischer Architektur. Er war ein Labyrinth aus Gängen, Zimmerfluchten und Gärten. Während Nefissa dem stummen Nu-

bier durch den märchenhaften marmornen Bogengang zum Treffpunkt folgte, hörte sie leise Walzerklänge eines Orchesters – die Prinzessin hatte Gäste.
Schließlich erreichten sie einen Teil des Palastes, den Nefissa kaum kannte. Der Diener schlug einen Samtvorhang zur Seite, und Nefissa betrat einen großen Saal mit einem wunderschönen Springbrunnen in der Mitte. Sie wußte, es war der alte Harem, der nicht mehr benutzt wurde. Der Fußboden bestand aus glänzendem, dunkelblauem Marmor, der den Eindruck von tiefem Wasser erweckte. Nefissa wagte kaum, einen Fuß darauf zu setzen, und glaubte, in der Tiefe Fische zu sehen. Entlang der Wände standen mit Samt oder Satin bezogene Diwane. Zahllose Messinglampen hingen an langen Ketten von der hohen Decke. Sie brannten alle und warfen seltsame Spiegelungen auf die Marmorsäulen und Bogen. In der Mitte der Decke zog ein Blumen-Mosaik den Blick auf sich. Dicht unter der Decke befanden sich vergitterte Balkone, von denen man beobachten konnte, was im Saal geschah. Nefissa stellte sich vor, wie vor langer Zeit der Sultan dort saß und insgeheim seine Frauen beobachtet hatte.
Nefissa bestaunte die schönen Wandmalerein – Bilder nackter Frauen, die in einem Brunnen badeten. Einige umarmten sich sogar in eindeutig erotischer Weise. Es gab junge und alte Frauen und die unterschiedlichsten Typen, aber alle schienen an einer gewissen Melancholie zu leiden, denn sie waren die Gefangenen ihrer Schönheit und saßen wie Vögel in einem Käfig, nur weil ein Mann sich vielleicht mit ihnen vergnügen wollte.
Nefissa wandte den Blick von den seltsam beunruhigenden Bildern ab. Mit klopfendem Herzen dachte sie daran, wie lange sie schon auf diesen Abend gewartet hatte. Wie würde das erste ungestörte Zusammentreffen mit ihrem englischen Leutnant sein? Unruhig ging sie in dem Saal hin und her. Sie wünschte sich, daß er bald eintraf. In ihren Träumen war er ein sanfter und einfühlsamer Liebhaber. Aber sie hatte im Kreis der Freundinnen der Prinzessin auch ganz andere Geschichten gehört. Am Hof gab es Frauen, die ungezwungen mit Ausländern verkehrten, und sie behaupteten, die Engländer hätten kaltes Blut. Würde ihr Offizier wenig Geschmack an einer wirklich langen Liebesnacht haben? Vielleicht kam er herein, riß sie an sich, verschaffte sich Befriedigung und verschwand dann auf Nimmerwiedersehen ...

Als Nefissa irgendwo im Park den klagenden Ruf eines Pfaus hörte, wuchsen ihre Ängste. Es wurde spät. Schon zweimal war ein Treffen nicht zustande gekommen – einmal verhinderte ein Zornesausbruch von Omar, daß sie rechtzeitig zu dem Rendezvous erschien, und ein anderes Mal sagte er in letzter Minute ab, weil er für einen erkrankten Kameraden den Dienst übernehmen mußte. Ihre Angst verwandelte sich in Panik. Die Zeit ihrer Freiheit würde bald vorüber sein. Nefissa wollte heute nicht an die Männer denken, mit denen ihre Mutter Gespräche führte, um sie zu verheiraten. Es waren reiche, gebildetete und nicht unattraktive Männer. Wie lange noch würde sie Ausflüchte finden, um den und den abzulehnen? Wie lange würde ihre Mutter Geduld haben, bis sie schließlich sagte: »Soundso ist der Richtige für dich, Nefissa. Er ist ein Ehrenmann. Du mußt wieder heiraten, deine Kinder brauchen einen Vater.«

Aber ich möchte nicht heiraten, dachte sie, noch nicht, denn dann ist es mit meiner Freiheit vorbei, und ich werde nicht noch einmal die Gelegenheit zu einer Nacht voll wunderbarer verbotener Liebe haben.

Nefissa hörte Schritte.

Der Samtvorhang bewegte sich wie im Wind, und er war da. Er nahm seine Uniformmütze ab. Das Licht fiel auf die blonden Haare.

Nefissa stockte der Atem.

Er trat ein und sah sich in dem riesigen Saal um. Seine glänzenden Stiefel hallten auf dem Marmor. »Wo sind wir hier?«

»In einem Harem. Er wurde vor dreihundert Jahren gebaut . . .«

Er lachte. »Das ist wie im Märchen, wie aus ›Tausend Nächten‹!«

»Tausendundeine Nacht«, verbesserte ihn Nefissa. Sie konnte noch immer nicht glauben, daß er wirklich da war. Endlich waren sie zusammen und allein. »Gerade Zahlen bringen Unglück«, fügte sie hinzu und staunte, daß ihre Stimme nicht versagte und sie den Mut aufbrachte, so frei und ungezwungen mit ihm zu reden. »Deshalb erzählte Scheherazade nach der tausendsten Geschichte noch eine.«

Er sah sie an. »Mein Gott, wie schön du bist.«

»Ich hatte Angst, daß du nicht kommen würdest.«

Er trat zu ihr, berührte sie aber nicht. »Nichts hätte mich aufhalten können«, erklärte er ruhig, »selbst wenn ich hätte desertieren müssen.«

Nefissa sah, wie er seine Mütze nervös in den Händen drehte, und sie liebte ihn um so mehr.

»Offen gesagt, ich hätte nicht gedacht, daß ich einmal mit dir zusammensein würde«, sagte er.
»Warum nicht?«
»Du bist so ... behütet ... du bist wie eine dieser ...«, er deutete auf die Bilder an der Wand, »eine verschleierte Frau, die hinter Holzgittern eine Gefangene ist.«
»Meine Mutter beschützt mich. Sie glaubt, die alten Sitten seien besser als die neuen.«
»Was geschieht, wenn sie erfährt, was zwischen uns ist ...?«
»Ich darf nicht daran denken. Ich hatte eine Schwester. Sie hat irgend etwas getan. Was, das weiß ich nicht. Ich war damals erst vierzehn und habe nicht richtig verstanden, was geschah. Ich hörte nur, wie mein Vater sie anschrie. Er hat sie aus dem Haus gejagt – einfach so, ohne alles. Und wir durften nie wieder ihren Namen erwähnen. Selbst heute noch spricht niemand von Fatima.«
»Was ist aus ihr geworden?«
»Ich weiß es nicht.«
»Fürchtest du dich?«
»Ja.«
»Hab keine Angst.« Er streckte die Hand aus, und sie spürte seine Fingerspitzen wie einen Windhauch auf ihrem Arm.
»Ich reise morgen ab«, sagte er, »meine Einheit wird nach England verlegt.«
Nefissa kannte nur die dunklen, herausfordernden Augen arabischer Männer, die bewußt oder unbewußt vor sinnlichen Verheißungen brannten und vor männlichem Verlangen. Aber der Engländer hatte klare blaue Augen. Sie waren so rein wie das Meer im Sommer und besaßen eine Unschuld und Verletzlichkeit, die sie sehr viel erregender fand.
»Dann bleibt uns nur das ...«, flüsterte sie, »nur diese Stunde?«
»Wir haben die ganze Nacht. Ich muß mich erst morgen früh zurückmelden. Bleibst du solange bei mir?«
Sie trat an ein Fenster und blickte in die milde tiefschwarze Nacht hinaus. Weiße Rosen blühten im Garten, und eine Nachtigall sang ihr Lied.
»Kennst du die Geschichte von der Rose und der Nachtigall?« fragte sie und konnte ihm nicht in die Augen sehen.

Er trat hinter sie, so dicht, daß sie seinen Atem im Nacken spürte.
»Erzähl sie mir ...«
»Vor langer Zeit«, begann sie und spürte, wie langsam die Glut in ihr zu lodern begann, bis sie dachte, wenn er mich jetzt berührt, werde ich in Flammen stehen. »Vor langer Zeit waren alle Rosen weiß, denn sie waren unberührt. Aber eines Nachts verliebte sich eine Nachtigall in eine Rose. Und als sie für die Rose ein wehmutsvolles Liebeslied sang, regte sich etwas in ihrem Herzen. Die Nachtigall flog dicht zu der Rose und hauchte: ›Schöne Rose, ich liebe dich‹, und die Rose errötete und färbte sich rosa. Aber die Nachtigall kam noch näher, und die Rose öffnete die Blütenblätter, und die Nachtigall nahm ihr die Unschuld. Aber da nach Gottes Willen Rosen keusch bleiben sollten, wurde die Rose rot vor Scham. Und so gibt es rote und rosa Rosen. Und bis auf den heutigen Tag beginnen die Blütenblätter einer Rose zu zittern, wenn eine Nachtigall singt. Aber sie wird sich nicht öffnen, denn Gott will nicht, daß ein Vogel und eine Blume sich paaren.«
Er legte ihr die Hände auf die Schultern und drehte sie um, so daß er sie ansehen konnte. »Und ein Mann und eine Frau? Was hat Gott für sie bestimmt?«
Er nahm ihr Gesicht in beide Hände und führte ihre Lippen zu seinem Mund. Er roch nach Zigaretten und Whiskey – beides war ihr verboten. Und sie schmeckte das Verbotene jetzt auf seinen Lippen und seiner Zunge.
Dann trat er zurück, nahm den Revolvergürtel ab und wartete, während Nefissa mit zitternden Händen die Knöpfe seiner Uniform öffnete. Zu ihrer Überraschung trug er kein Hemd darunter. Seine blasse Haut lag straff über der muskulösen Brust und den kraftvollen Armen. Sie fuhr mit dem Finger über die Hebungen und Senkungen der einzelnen Muskeln und den flachen Bauch. Sie staunte über die Härte, als sei er aus Marmor. Ihr Mann war auch jung gewesen, aber er hatte einen weichen, beinahe weiblichen Körper gehabt.
Und dann war er an der Reihe. Er zog ihre Bluse aus dem Gürtel des Rocks. Er tat es langsam. Sie hatten beide viel Zeit.

Ibrahim schloß leise die Schlafzimmertür hinter sich. Alice sollte nach der Geburt in Ruhe schlafen. Dann ging er zu seiner Mutter, die mit Quettah, der Astrologin, im großen Salon die Sternenkarten betrach-

tete. Hier schlief auch das Neugeborene unter Khadijas wachsamen Blicken in seinem Bettchen. Ibrahim beugte sich über das Kind und empfand nichts als Liebe und Zärtlichkeit für seine Tochter. Sie sah aus wie ein Engel auf einem Gemälde. Und er dachte, sie ist einer von Gottes kleinen Engeln. Flachsblonde Löckchen, feiner als Seide, bedeckten ihr Köpfchen. Ich werde dich Amira nennen, dachte er, ja, Amira.
Mit schlechtem Gewissen fiel ihm ein, daß er Jasmina nicht mit derselben Liebe auf der Welt begrüßt hatte. Damals hatte ihn der Kummer über den Tod seiner jungen Frau so überwältigt, daß er kaum einen Blick auf das Kind werfen konnte. Selbst jetzt, ein Jahr später, liebte Ibrahim die kleine Jasmina nicht so sehr wie dieses Kind.
Aber seine Freude wurde getrübt, als er an seinen Vater dachte. Er glaubte Alis Stimme zu hören. »Du hast wieder einmal versagt. Sechs Jahre liege ich im Grab und noch habe ich keinen Enkel, der aller Welt beweist, daß ich jemals gelebt habe.«
Bitte, verwehre mir nicht, dieses Kind zu lieben, flehte Ibrahim stumm. Aber Ali erwiderte: »Du bist ein Vater von Töchtern, mehr nicht.«
Khadija legte ihrem Sohn die Hand auf die Schulter und sagte: »Deine Tochter wurde im Zeichen von Mirach geboren, dem hellen gelben Stern in Andromeda, im siebten Haus. Quettah sagt, das weist auf Schönheit und Reichtum hin.« Khadija schwieg. Sie ahnte den inneren Kampf ihres Sohnes. Leise sagte sie dann: »Du mußt nicht verzweifeln, Ibrahim, das nächste Mal wird es ein Sohn sein, *inschallah*.«
»Wirklich, Mutter?« Er senkte den Kopf, denn die Last der Schuld, die ihm sein Vater aufgebürdet hatte, drückte ihn nieder.
»Wir können das nie mit Sicherheit sagen, Ibrahim. Nur Gott in SEINER Weisheit schenkt den Menschen Söhne. Die Zukunft ist schon vor langer Zeit niedergeschrieben worden. Suche Zuflucht bei SEINER Barmherzigkeit und SEINEM unendlichen Verstehen.«
Ihre Worte bekümmerten ihn. Er hob die Hände und ließ sie resigniert wieder sinken. »Vielleicht werde ich keinen Sohn bekommen. Vielleicht habe ich das Unheil selbst beschworen.«
»Was willst du damit sagen?«
Ibrahim spürte die dunklen, wachsamen Augen der Quettah auf sich ruhen. Die alte Frau war schon oft im Haus der Raschids gewesen. Auch bei seiner Geburt hatte sie das Sternzeichen ermittelt, unter dem er geboren worden war. Aber Ibrahim fühlte sich in ihrer Gegenwart nie

wohl. Sie brachte ihn mit ihrem durchdringenden Blick aus dem Gleichgewicht. »Es geschah in der Nacht, als Jasmina geboren wurde und ihre Mutter starb. Ich war außer mir vor Schmerz und wußte nicht, was ich tat. In meiner Trauer habe ich Gott verflucht.« Er konnte seiner Mutter nicht in die Augen blicken. »Liegt deshalb jetzt auf mir ein Fluch? Werde ich nie einen Sohn bekommen?«
»Du hast Gott verflucht?« fragte Khadija und erinnerte sich plötzlich an den Traum in der Nacht vor Ibrahims Rückkehr aus Monte Carlo – sie sah Dschinns und Dämonen in einem dunklen und staubigen Schlafzimmer. War das ein Omen für die Zukunft gewesen? Wartete auf sie eine Zukunft, in der den Raschids keine Söhne mehr geboren werden würden und die Familie ausstarb?
Sie mußte sich auf der Stelle Gewißheit verschaffen.
Khadija sprach leise mit Quettah. Nach den Anweisungen der Astrologin kochte sie starken, gesüßten Kaffee, den Ibrahim trinken mußte. Danach stellte die Quettah die Tasse umgekehrt auf die Untertasse und wartete, bis der Kaffeesatz auf den Teller geflossen war, wo er ein Muster bildete. Sie schloß die Augen und blickte in Ibrahims Zukunft.
Sie sah nur Töchter. In der Zukunft warteten auf Ibrahim nur Töchter. Aber sie sah im Kaffeesatz noch eine Botschaft. »Sajjid«, erklärte sie ehrfurchtsvoll. Ihre junge Stimme überraschte Ibrahim, denn er glaubte, sie müsse bald neunzig Jahre alt sein. »In deinem Leid hast du Gott verflucht, aber Gott ist gnädig und straft diejenigen nicht, die leiden. Trotzdem liegt ein Fluch auf diesem Haus, Sajjid. Ich kann dir nicht sagen, was die Ursache dafür ist.«
Ibrahim schluckte mit trockener Kehle. Mein Vater, dachte er, mein Vater hat mich verflucht. »Was bedeutet das?«
»Die Sippe der Raschids wird von der Erde verschwinden.«
»Durch meine Schuld? Wird das mit Sicherheit geschehen?«
»Es ist nur eine mögliche Zukunft, Sajjid. Aber Gott ist gnädig und zeigt uns einen Weg, um den Segen deiner Familie zurückzubringen. Du mußt auf die Straße hinausgehen und eine Tat vollbringen, die ein großes Opfer ist und dein Mitgefühl bezeugt. Gott liebt alle, die Mitleid haben, mein Sohn, und durch deine Barmherzigkeit wird ER den Fluch von dir nehmen, denn ER ist barmherzig und gnädig. Geh, geh sofort.«
Ibrahim blickte fragend seine Mutter an, die stumm nickte, und eilte aus dem Haus. Ihn trieb der Zorn seines Vaters, die Erinnerung an

einen Mann, der seinen Sohn einen »elenden Hund« genannt hatte, weil er glaubte, auf diese Weise seinen Charakter zu stärken. Ibrahim stieg mit Tränen in den Augen in seinen Wagen. Er wußte nicht, wohin er sich wenden sollte oder was für eine Tat von ihm erwartet wurde. Er dachte nur an den bezaubernden kleinen Engel, er dachte an Amira in der Wiege. Er wollte seine Tochter lieben, aber es war ihm verwehrt, weil sein Vater ihn mißachtete. Ali sah geringschätzig auf seine beiden Töchter und auf alle Töchter, die er noch bekommen würde, denn kein Sohn sollte den Namen der Raschids tragen, damit sich das Gottesurteil erfüllte und die Familie ausstarb.

Als er den Wagen aus der Auffahrt fuhr und die Straße erreichte, trat er auf die Bremse und legte verzweifelt den Kopf auf das Steuer. »Was soll ich nur tun?«

Er hob den Kopf und starrte auf die Fellachin mit einem Säugling im Arm. Er hatte das Mädchen schon öfter hier vor dem Tor gesehen. Sie sah ihn an, als würde sie ihn kennen. Er hatte nie mit ihr gesprochen, sie auch nicht richtig angesehen, aber als sie jetzt im Mondlicht vor ihm stand, erinnerte er sich plötzlich an den Morgen vor etwa einem Jahr. Diese Frau sah dem Mädchen mit dem Wasserkrug ähnlich. Hatte sie ihm zu trinken gegeben, als er zu verdursten glaubte? »Wie heißt du?«

Sie blickte ihn mit übergroßen Augen an. Ihre Stimme klang leise und scheu, als sie erwiderte: »Sarah, Herr.«

»Deinem Kind geht es nicht gut«, sagte er.

»Er bekommt nicht genug zu essen, Herr.«

Ibrahim betrachtete das Mädchen, das bis auf die Knochen abgemagert war. Auch das Kind war unterernährt. Ein seltsames Gefühl erfaßte ihn, und er glaubte, Gottes Hand zu spüren, die ihn führte. Ihn durchzuckte ein Gedanke, der in seiner Einfachheit genial zu sein schien. »Wenn du mir deinen Sohn gibst«, sagte er freundlich, damit sie nicht davonlief, »kann ich ihm das Leben retten. Ich kann ihm ein Leben in Reichtum und Glück schenken.«

Sarah sah ihn verwirrt an, und dann dachte sie an Abdu. Hatte sie das Recht, seinen Sohn einem anderen zu geben? Aber dieser Mann sah Abdu so ähnlich... was sollte sie tun? Sarah hatte schon so lange nichts mehr gegessen, daß sie nur mit Mühe einen klaren Gedanken fassen konnte. Sie blickte zu dem großen Haus hinauf, wo Orangenbäume

blühten und goldenes Licht aus den vielen Fenstern drang. Sie dachte an Najiba, die sie zwang, jeden Tag mit dem Kind auf dem Arm um Almosen zu betteln. Dann blickte sie wieder auf den Mann, dem sie schon einmal in der Nähe ihres Dorfs begegnet war. In ihrer Verwirrung glaubte sie, er müsse in einer Beziehung zu Abdu stehen. »Ja, Herr«, sagte sie scheu und hielt ihm das Baby entgegen.
Ibrahim stieg aus, öffnete ihr die Wagentür und ließ sie einsteigen. Dann fuhren sie davon.

»Was willst du?« Hassan starrte ihn fassungslos an.
»Ich will dieses Mädchen heiraten«, wiederholte Ibrahim und ging an seinem Freund vorbei auf das Boot. »Du bist Anwalt. Setze den Heiratsvertrag auf. Du wirst ihre Familie vertreten.«
Hassan folgte ihm in den großen Salon des Hausboots. »Bist du von allen guten Geistern verlassen? Was soll das heißen: Du willst sie heiraten! Du hast doch Alice!«
»Hassan, denk doch einmal nach! Ich will nicht sie, sondern den Jungen. Alice hat mir heute nacht eine Tochter geboren. Die Astrologin hat mir gesagt, daß Gott von mir eine gute Tat verlangt. Ich werde dieses Kind als meinen Sohn anerkennen.«
Hassan schwieg und dachte nach. Schließlich verstand er, was Ibrahim vorhatte, und sagte: »Glaubst du wirklich, man wird dir glauben, daß dies dein Sohn ist? Du bist verrückt! Ibrahim, du warst beinahe sieben Monate in Monte Carlo. Niemand wird dir glauben, daß dies dein Kind ist.«
»Die Frau sagt, ihr Baby sei vor drei Monaten geboren. Das heißt, sie hat es vor einem Jahr empfangen. Damals war ich in Kairo. Wenn ich vor Zeugen erkläre, daß es mein Sohn ist, dann ist er es nach dem Gesetz.«
Hassan stimmte ihm zögernd zu, weil ihm einfiel, daß er in einer Stunde ein Rendezvous auf dem Hausboot hatte. Achselzuckend setzte er sich an den Schreibtisch und schrieb den Heiratsvertrag. Er rief seinen Kammerdiener als Zeugen und ließ Ibrahim unterschreiben. Daraufhin bekräftigten Hassan und Ibrahim die Heirat mit einem Händedruck. Da nach dem Gesetz die nächste Handlung vier Zeugen erforderte, ließ Hassan noch den Koch und den Hausmeister rufen. Die Anwesenden hörten schweigend zu, als Ibrahim feierlich sagte: »Ich

erkläre, daß dieses Kind mein Sohn und von meinem Blut ist. Es soll meinen Namen tragen. Ich bin sein Vater, und er ist mein Sohn.«
Hassan füllte rasch die Geburtsurkunde aus, und die Zeugen unterschrieben – der Hausmeister mit einem Fingerabdruck, da er nicht schreiben konnte.
Dann sah Ibrahim Sarah an und erklärte, wie es Sitte und Gesetz verlangten, dreimal: »Ich verstoße dich, ich verstoße dich, ich verstoße dich.«
Er nahm ihr das Baby aus den Armen und sagte: »Dieses Kind ist vor Gott und nach den ägyptischen Gesetzen mein Sohn. Du darfst nie wieder einen Anspruch auf ihn erheben oder ihm sagen, wer du bist. Hast du mich verstanden?«
Sarah sagte: »Ja«, und sank ohnmächtig zu Boden.

Khadija starrte auf das Baby in Ibrahims Armen und sah dann ihren Sohn ungläubig an. »Das ist *dein* Kind?«
»Es ist mein Sohn, und ich habe ihn Zacharias genannt.«
»Aber Ibrahim, du kannst nicht den Sohn eines anderen Mannes zu deinem Sohn machen! Im Koran steht geschrieben, daß Gott verbietet, den Sohn eines anderen Mannes anzunehmen!«
»Er ist mein Sohn. Ich habe seine Mutter geheiratet und den Jungen als mein Kind angenommen. Ich habe die notwendigen gesetzlichen Urkunden.«
»Urkunden!« rief sie. »Es ist gegen *Gottes* Gesetz, ein Kind zu adoptieren! Ibrahim, ich flehe dich an, das darfst du nicht tun ...« Khadija wurde von Panik erfaßt. Ibrahim hatte ein Kind seiner Mutter weggenommen ...
»Mit allem Respekt, Mutter, Quettah hat mir gesagt, ich soll auf die Straße gehen und eine barmherzige Tat vollbringen. Das habe ich getan. Ich habe das Kind vor dem Elend und vor dem Verhungern gerettet.«
»Gott läßt sich nicht täuschen, Ibrahim! Du kannst IHN nicht überlisten! Du hast es nicht aus Barmherzigkeit getan, sondern aus eigennützigen Gründen! Du willst nicht der Vater von Töchtern sein, du willst der Vater von Zacharias sein. Aber damit hast du noch mehr Unheil auf unser Haus gebracht. Bitte, mein Sohn, das darfst du nicht tun. Gib das Kind seiner Mutter zurück.«

Er erwiderte: »Jetzt ist es bereits geschehen. Er ist mein Sohn.« Als sie die Hilflosigkeit in seinen Augen, die Angst und die Verwirrung sah, sagte sie: »So sei es denn, *inschallah*. Wie Gott will. Hör zu, das muß unser Geheimnis bleiben. Niemand darf erfahren, woher dieses Kind kommt, Ibrahim. Du darfst es keinem Menschen, keinem deiner Freunde und niemandem aus der Familie sagen. Dieses Geheimnis werden wir beide hüten, um die Familienehre zu retten.« Mit zitternder Stimme fügte sie hinzu: »Morgen werden wir deinen Sohn der Welt zeigen. Du wirst ihn in die Moschee bringen, und dann soll er beschnitten werden.«

Khadija war erschüttert. Sie setzte sich und seufzte. Nach einem langen Schweigen hob sie den Kopf und fragte: »Und was ist mit der Mutter? Wo ist sie?«

»Ich werde mich darum kümmern, daß sie gut versorgt wird.«

Aber Khadija schüttelte energisch den Kopf. Die Angst, die tiefsitzende Angst ihrer Seele meldete sich wieder. Sie wußte aus eigener Erfahrung, was es für ein Kind bedeutet, von der Mutter gerissen zu werden. »Nein«, sagte sie, »der Junge muß bei seiner Mutter sein. Wir dürfen sie nicht voneinander trennen. Bring sie herein. Ich werde ihr eine Stelle in unserem Haus geben. Dann kann sie das Kind stillen, und Zacharias wird nicht von seiner Mutter getrennt.«

Khadija stand auf, nahm den ausgehungerten Säugling in ihre Arme und flüsterte: »Ich werde dich als meinen Enkel aufziehen. Wenn der Himmel dich geschaffen hat, dann wird die Erde einen Platz für dich finden.«

Als sie dem Kind in die grünen Augen blickte, dachte sie an die neuen eigenartigen Träume, die noch nicht einmal die Quettah hatte deuten können. Vielleicht hatten die Träume, in denen sie sah, wie zwei unheimliche Männer sich die Hand reichten, zufrieden lachten und dann einem Trupp schwarzer Reiter das Zeichen zum Aufbruch gaben, die Ereignisse dieser Nacht vorausgesagt? Oder hatte sie wieder einen Blick in die Vergangenheit, in ihre eigene Vergangenheit werfen können? Die Gesichter der beiden Männer im Traum waren nur schwarze Konturen gewesen. Aber sie waren ihr irgendwie bekannt vorgekommen.

Khadija dachte an Nefissa. Marijam hatte ihr berichtet, wie Nefissa das Haus verlassen hatte. Sie wollte zur Prinzessin. Traf sie sich im Palast mit ihrem Liebhaber? Es war inzwischen schon spät, und ihre Tochter war noch immer nicht nach Hause zurückgekommen. Schweigend betete sie für ihre Tochter und bat Gott, sie zu beschützen. Dann sagte sie zu Ibrahim: »Höre mir gut zu, mein Sohn. Morgen wirst du in der Moschee Almosen für die Armen stiften. Du wirst beten und Gott für deine Tat um Vergebung bitten. Gott ist gnädig.«

Und ich werde darum beten, daß ER sich unserer Familie erbarmt, dachte sie.

5. Kapitel

»Nanu, was ist denn los? Ist heute ein Feiertag, oder warum sind die Straßen so menschenleer?«
Der Taxifahrer warf durch den Rückspiegel einen Blick auf den Fahrgast, der am Hauptbahnhof in seinen Wagen gestiegen war. Der junge blonde Engländer reiste mit Tennis-, Golf- und Kricketschlägern. Der Fahrer wollte dem verrückten Engländer sagen, daß Kairo heute für seinesgleichen ein gefährlicher Ort war. Er wollte sagen: »Hast du nichts von dem Massaker gestern am Suezkanal gehört, bei dem eure Soldaten fünfzig Ägypter umgebracht haben? Weißt du nicht, daß für diese Greueltat überall in der Stadt Rache geschworen wird? Hast du nicht gehört, daß die Regierung alle Briten aufgefordert hat, die Häuser nicht zu verlassen?« Der Fahrer wollte hinzufügen: »Verstehst du jetzt, warum es für dich so schwierig war, ein Taxi zu finden, weil nur einer, der lebensmüde ist, heute einen Engländer fährt? Vergiß nicht, ich habe dich nur einsteigen lassen und versprochen, dich in die Paradies-Straße zu bringen, weil du mir ein großzügiges Trinkgeld geben willst und an einem Tag wie heute kaum etwas zu verdienen ist! Und deshalb bin ich vermutlich genauso verrückt wie du ...«
Aber der Fahrer zuckte nur mit den Schultern und schwieg. Der Engländer wußte offenbar sehr wenig, er kannte nicht einmal die Grundregeln des Anstands. Er wußte nicht, daß ein Mann den Taxifahrer beleidigte, wenn er sich nicht auf den Beifahrersitz setzte, sondern auf den Rücksitz. Der Fahrgast bezahlte nicht nur die Fahrt, sondern war Gast im Taxi. Zweifellos war das hier ein ausnehmend dummer Engländer.
Aber Edward Westfall, der sechsundzwanzigjährige Sohn des Earl von Pemberton, machte sich nur wenig Gedanken. Was kümmerte es ihn,

daß an diesem kühlen Samstagmorgen die Straßen von Kairo so seltsam ausgestorben waren? Warum sollte ihn die Schweigsamkeit des Taxifahrers beunruhigen? Er freute sich so maßlos über den »Studentenstreich«, wie sein Vater die Reise bezeichnet hatte, daß ihm nichts, absolut nichts die gute Laune verderben konnte.

»Ich will meine Schwester besuchen«, sagte er dem Fahrer, als sie auf einer breiten Allee durch das elegante Ezbekija-Viertel fuhren. Weder Edward noch der Taxifahrer ahnten, daß sich in diesem Augenblick junge Männer mit Äxten, Stangen und Stöcken zu einem heiligen Krieg versammelten. »Mein Besuch soll eine Überraschung sein«, erzählte Edward und beugte sich vor, als könnte er dadurch den Fahrer veranlassen, etwas schneller zu fahren. »Sie ahnt nicht, daß ich komme. Wissen Sie, meine Schwester ist mit dem Leibarzt von König Farouk verheiratet.« Er lächelte und fügte dann stolz hinzu: »Bestimmt werden wir heute abend im Palast speisen.«

Der Fahrer blickte ihn kurz an und wollte sagen: »Du Idiot, darauf brauchst du nicht stolz sein! Engländer und ein Freund des Königs, das spricht alles noch mehr gegen dich. Kehr um und fahr nach Hause zurück, solange du noch am Leben bist.« Aber er sagte nur: »Ja, Sajjid«, und versuchte sich auszurechnen, wie hoch das Trinkgeld sein werde.

»Ich kann es kaum erwarten, ihr verblüfftes Gesicht zu sehen!« Edward strahlte bei dem Gedanken an das fröhliche Wiedersehen. Sie hatten sich schon sehr lange nicht mehr gesehen. Alice hatte England sofort nach Kriegsende verlassen und Freunde an der französischen Riviera besucht. Danach war sie mit ihrem Mann Dr. Raschid vor sechseinhalb Jahren einmal ganz kurz zu Hause gewesen, aber bei dem Besuch war es zu dem schrecklichen Zerwürfnis zwischen ihr und dem Earl gekommen, und jetzt schrieb man bereits das Jahr 1952!

»Wissen Sie, ich bin zum ersten Mal in Ägypten«, sagte Edward und glaubte, in der Ferne eine Art Explosion zu hören. »Ich werde Alice einladen, mit mir auf einer Yacht den Nil hinunter bis nach Unterägypten zu segeln. Ich möchte mit ihr die Pyramiden sehen. Ich glaube, sie ist in all den Jahren ihrer Ehe noch nicht dort gewesen.«

Der Fahrer dachte verächtlich: Nicht einmal das weißt du! Du segelst den Nil *hinauf* nach Oberägypten, wenn du in den Süden willst. Unterägypten liegt im Norden, und der Nil fließt von Süden nach Norden. Aber er schwieg, denn auch er hörte eine gedämpfte Explosion in der

Nähe, möglicherweise aber auch weiter weg. Roch es nicht nach Rauch? Die menschenleere Straße wirkte friedlich.
»He!« rief Edward und starrte durch die Windschutzscheibe. »Was ist da los?« Aus einer Seitenstraße tauchte eine aufgebrachte Menschenmenge mit Knüppeln und Fackeln auf.
»Ja Allah!« rief der Fahrer und trat auf die Bremse. Er sah die zornigen Gesichter und die geballten Fäuste und bog mit Vollgas in eine andere Seitenstraße.
»Du meine Güte...«, murmelte Edward, als er heftig gegen die Rükkenlehne fiel, »ist das eine Prozession?«
Als sie das Ende der Straße erreichten, sahen sie ein brennendes Gebäude. Rauchwolken quollen aus den Fenstern, und auf den Gehwegen drängten sich viele Menschen. Seltsamerweise war keine Feuerwehr zu sehen, und keiner der Schaulustigen versuchte, das Feuer zu löschen. Edward runzelte die Stirn, als er sah, wie sich ein Firmenschild von der Fassade löste und auf die Straße fiel. *Smythe & Son, English Haberdashers, est. 1917* – er konnte die Schrift gerade noch erkennen, ehe die Tafel unter Asche und Schutt verschwand.
Der Taxifahrer legte den Rückwärtsgang ein, fuhr die Seitenstraße zurück bis zur nächsten Kreuzung und raste eine Allee entlang. Edward wurde unsanft auf dem Rücksitz hin und her geworfen. »Sagen Sie mir endlich, was das bedeuten soll! Warum löscht niemand das Feuer?« Aber der Fahrer gab ihm keine Antwort.
Und dann verschlug es Edward die Sprache. Er murmelte nur noch: »Oh, mein Gott! Das ist ja nicht zu fassen!«
Am Ende der Allee stand wieder ein Haus in Flammen. Junge Männer warfen durch die eingeschlagenen Fensterscheiben Fackeln auf englische Möbel, um das Feuer richtig in Gang zu bringen. »Mein Gott«, murmelte Edward, während der Taxifahrer vorsichtig an der Menge vorbeifuhr, »das sieht wirklich nicht gut aus.«

Als das Taxi die Straße entlangraste und um die nächste Ecke verschwand, hob der Anführer der Menge die Faust und rief: »Tod den Ungläubigen!« Die vielen hundert seiner Mitkämpfer wiederholten zornig den Ruf.
In der ersten Reihe stand ein junger Mann, dessen Augen vor Erregung funkelten. Er spürte die Macht Gottes in seinem Blut. Für diesen Tag

hatte Abdu beinahe sieben Jahre gearbeitet. Er hatte sein Dorf verlassen, um Ägypten Gottes Gerechtigkeit und die reine Lehre des Islam zu bringen. Er wünschte sich nur, Sarah könnte seinen Triumph miterleben – die fröhliche kleine Sarah mit dem runden Gesicht. Er liebte sie noch immer. Vermutlich war sie verheiratet, vielleicht sogar Witwe, denn Scheich Hamid war bei der Hochzeit schon alt gewesen. Abdu stellte sich vor, wie Sarah im Dorfladen von Hamids Kunden ehrerbietig begrüßt wurde. Wie viele Kinder mochte Sarah haben?

Seit dem Tag, als Abdu das Dorf verlassen und am graswachsenen Ufer des Kanals mit Sarah geschlafen hatte, quälten ihn Schuldgefühle. Er hatte sie entjungfert, und bei der Hochzeit konnte kein Blut als Beweis für ihre Unberührtheit fließen. Aber wenn Abdu an die Begierde in den Augen des alten Scheichs dachte und an den hohen Brautpreis, den er der Familie bezahlen wollte, dann gehörte Hamid zu den Männern, die zu einer List griffen, um die Frau zu bekommen, die sie haben wollten. Wenn er sich in den Finger stach, bevor er das Taschentuch darum wickelte, dann war alles in Ordnung. Dieser Trick war so alt wie der Nil.

Als Abdu in Kairo eintraf und die Adresse ausfindig machte, die man ihm gegeben hatte, fand er diese Stadt einfach überwältigend – Kairo galt als die Mutter aller Städte. Abdu ließ sich mitreißen von der Leidenschaft und Entschlossenheit der Bruderschaft und vergaß alles andere. Seine Reue verschwand, und Sarah wurde zu einer süßen Erinnerung.

Sein Dasein vor den sieben Jahren schien inzwischen nur noch ein blasser Traum. Manchmal dachte er an den jungen Mann, der auf den Feldern arbeitete oder in Hadschi Farids Café Backgammon spielte oder Gedichte für Sarah machte. Abdu wußte nicht mehr so recht, wer dieser junge Mann einmal gewesen war, denn der Abdu von heute war ein anderer. Sein Leben begann an dem Abend seiner Ankunft in Kairo, denn damals schien er Gottes Wort zum ersten Mal zu hören. Der gebrechliche Dorf-Imam hatte mit seinen wöchentlichen Predigten alle nur zum Einschlafen gebracht. Er besaß nichts von der göttlichen Inspiration der Führer der Bruderschaft. Auch sie predigten aus dem Koran, übermittelten den Gläubigen dieselbe heilige Botschaft, aber die Brüder sprachen die Verse so, daß Abdu nicht nur Worte zu hören glaubte. Er fühlte sie, schmeckte sie. Sie waren seiner hungrigen Seele

Nahrung wie Brot und Fleisch. Jetzt lag alles klar und leuchtend vor ihm wie eine schmale gerade Straße, die ihn ans Ziel führte: Sie würden Ägypten vor dem Abgrund bewahren und sich Gott und SEINER Barmherzigkeit anvertrauen.
Der Führer gebot der Menge Einhalt. Er kletterte auf den Pfahl einer Straßenlampe und begann eine leidenschaftliche Rede. »Wir werden der Welt zeigen, daß Ägypten nicht mehr bereit ist, unter einer imperialistischen Herrschaft zu leiden!« rief er. »Wir werden die Engländer aus dem Land treiben und in ihre Gräber!«
Die jungen Männer johlten und schwangen die selbstgemachten Waffen. »*La illaha illa allah*!« riefen sie, und Abdu stimmte ebenso laut wie alle anderen ein. »Es gibt keinen Gott außer Gott!« Und als der Führer rief: »Auf zum Turf Club!«, ergoß sich die Menge wie eine Flutwelle in die nächste Seitenstraße. Abdu marschierte stolz an der Spitze. Seine grünen Augen leuchteten im Überschwang des Siegs der Gerechtigkeit.

Der Oberbefehlshaber der britischen Armee, ein mit vielen Orden ausgezeichneter Offizier, stand auf, hob sein Glas und sagte: »Gentlemen, auf den Thronerben!«
Als die sechshundert Gäste an den langen Tafeln des Banketts auf das Wohl des Kronprinzen tranken, beugte sich Hassan vor und flüsterte: »In Wirklichkeit trinken wir auf den königlichen Strip-Poker«, und Ibrahim hätte sich vor Lachen beinahe verschluckt.
Sie nahmen an dem Bankett im Abdin Palast teil, mit dem die Geburt von Farouks Sohn gefeiert wurde. Als Ehrengäste waren in einer ausgewogenen Mischung ausländische Würdenträger, hohe Offiziere der ägyptischen und britischen Armee und Regierungsbeamte geladen. Sie saßen unter funkelnden Kronleuchtern und genossen das erlesene Menü mit zahllosen Haupt- und Zwischengängen. Nach den Fischgerichten würde Butterspargel folgen, kalte Gurkencremesuppe, Ente mit Orangenscheiben und dazu Himbeersorbet, gebratene Gazelle und flambierte Kirschen. Serviert wurden die Speisen in goldenem Geschirr. Man trank importierte Weine, erlesenen Cognac und zur Anregung sehr süßen türkischen Kaffee. Trotz der liebenswürdigen Gespräche und des höflichen Lachens ließ sich jedoch eine gewisse Beklemmung an den Tischen nicht verbergen. Manchmal klang das Lachen gezwungen, einige sprachen zu laut und waren alles andere als heiter

und gelöst. Araber und Engländer lächelten zuvorkommend, aber die Heiterkeit wirkte eher diplomatisch, und die Gefühle waren weniger aufrichtig freundschaftlich. Alle wußten, daß man Seiner Majestät geraten hatte, in Anbetracht der Unruhen in der Stadt nach dem Massaker in Ismailia die Feier heute zu verschieben. Aber Farouk wollte nichts davon wissen. Er versicherte seinen Ratgebern, daß nur die Briten etwas zu fürchten hätten, *er* nicht. Der König war noch nie so glücklich gewesen. Als Königin Farida keinen Sohn bekam, verstieß sie Farouk, indem er in Anwesenheit von Zeugen dreimal erklärte: »Ich verstoße dich.« Danach hatte er eine sechzehnjährige Jungfrau geheiratet und sie mit einem Luxus verwöhnt, der in allen Einzelheiten in den Klatschspalten der Zeitschriften auf der ganzen Welt beschrieben wurde. An jedem Tag seiner Brautwerbung und während der Flitterwochen überraschte er Narriman mit einem Geschenk – eine Halskette mit Rubinen an einem Tag, am nächsten Pralinen aus der Schweiz, ihre Lieblingsorchideen oder ein Kätzchen. Dafür hatte sie nun Farouk den ersten Sohn geschenkt, und weder ein Massaker noch Gerüchte eines Aufstands sollten die Feiern heute beeinträchtigen.
Ibrahim saß nur wenige Plätze von Farouk entfernt, um sofort zur Stelle zu sein, falls der königliche Magen mit Unpäßlichkeit auf das üppige Mahl reagieren sollte. Noch vor sechzehn Jahren war Farouk ein gutaussehender schlanker Mann gewesen, aber inzwischen brachte er es auf über neunzig Kilo. Er aß mit einer Gier, die seine Freunde verblüffte. Er ließ sich jedes Gericht dreimal servieren und hatte bereits zehn Gläser Champagner mit Orangensaft getrunken.
Hassan sah, wie der König gerade noch eine Portion gegrillten Schwertfisch mit Minzbutter verschlang, und beugte sich zu Ibrahim. »Ich frage mich allen Ernstes, wie er und Narriman es schaffen, ich meine im Bett. Sein Bauch ragt doch weiter vor als sein ...«
»He«, unterbrach ihn Ibrahim, »hast du das gehört?«
»Was?«
»Es klang wie eine Explosion ...«
Hassan blickte sich in dem riesigen Bankettsaal um, wo sich sechshundert Männer orientalischen Gaumengenüssen hingaben, die zu dem Luxus und dem prunkvollen Lebensstil gehörten, der in letzter Zeit immer lauter kritisiert wurde. Durch die hohen Fenster mit den schweren Brokatvorhängen fiel das sanfte Winterlicht auf die riesigen Mar-

morsäulen, die mit Samt bespannten Wände und auf die in Gold gerahmten Gemälde. Keiner der anderen Gäste schien etwas Ungewöhnliches gehört zu haben, und Hassan sagte: »Das ist wohl ein Feuerwerk zu Ehren des Prinzen.«
»Natürlich, ein Feuerwerk ...«
Hassan runzelte die Stirn und dachte nach. »Glaubst du, diese Ismailia-Sache wird Folgen haben?« Er konnte sich noch gut an die Kette der alarmierenden Ereignisse vor vier Jahren nach der demütigenden Niederlage Ägyptens im Palästinakrieg erinnern. Zuerst wurde ein Befehlshaber der Polizei ermordet, dann der Gouverneur der Provinz Kairo, und schließlich erschoß man den Premierminister auf dem Weg ins Innenministerium. Überall fanden Demonstrationen und gewalttätige Übergriffe statt. Es wurde gestreikt, um den Abzug der Engländer aus Ägypten zu erzwingen. Noch im vergangenen Jahr gab es Tote bei einer Demonstration vor der britischen Botschaft – und dann gestern das abscheuliche Massaker in Ismailia.
Ibrahim beruhigte seinen Freund mit einem Lächeln. »Wir Ägypter sind vielleicht sehr leidenschaftlich und manchmal auch unberechenbar, aber wir sind nicht so verrückt, britische Bürger anzugreifen und totzuschlagen. Außerdem ist das ganze Gerede von einer Revolution nichts als dummes Geschwätz. Unser Land ist seit mehr als zweitausend Jahren nicht mehr von Ägyptern beherrscht worden. Du glaubst doch nicht im Ernst, daß sich jetzt daran etwas ändern wird. Seine Majestät ist jedenfalls nicht im geringsten beunruhigt. Und nun haben wir sogar einen Thronerben. Ich wette, die Unruhen werden abflauen, und morgen hat die Menge ein anderes Opfer gefunden, an dem sie ihren Zorn auslassen kann.«
»Du hast recht!« Hassan war plötzlich bester Laune. Er leerte seinen Champagner. Als er das Glas abstellte, füllte es der Diener, der hinter seinem Stuhl stand, sofort wieder. Zahllose Diener sorgten dafür, daß allen der sechshundert Gäste jeder Wunsch von den Lippen abgelesen wurde. Schweigend standen sie in weißen Galabijas, mit einem Turban auf dem Kopf und mit weißen Handschuhen bereit und hatten nichts anderes als das leibliche Wohl der königlichen Gäste im Sinn. »Ich möchte wissen, ob die Ergebnisse der Vorrundenspiele bereits vorliegen«, sagte Hassan und nahm sich ein warmes knuspriges französisches Weißbrot mit butterweichem Brie, »Manchester gilt als Favorit ...«

Aber Ibrahim hörte ihm nicht zu, denn er dachte an die große Überraschung für Alice – eine Reise nach England.
Ibrahim wußte, daß Alice sich nach ihrer Familie sehnte, besonders nach Edward, der ihr früher sehr nahestand. Als das zweite Kind an Sommerfieber starb, versank Alice in eine so schwere Depression, daß Ibrahim zu allem bereit war, um sie aufzumuntern. Er hatte sie sogar mit auf Farouks Hochzeitsreise genommen, von der man sagte, es sei die prächtigste und längste Hochzeitsreise in der Geschichte gewesen. Die sechzig geladenen Gäste versammelten sich zu einem Fest ohne Ende auf der königlichen Yacht. Die Herren trugen alle die gleichen blauen Blazer, weiße Hosen und Marinemützen. Die Gesellschaft verließ die Yacht in den verschiedenen Häfen. Man fuhr in den privaten königlichen Rolls-Royce-Limousinen in die besten Hotels zu festlichen und einzigartigen Höhepunkten der Reise. Farouk überhäufte die neue Königin mit kostbarstem Schmuck, unbezahlbaren Kunstwerken, verwöhnte sie mit Haute Cuisine und Haute Couture. Der König frönte seiner Spielleidenschaft und verlor in der Spielbank von Cannes an Darryl F. Zanuck an einem Abend 150.000 Dollar. Es war eine Reise auf dem Zauberteppich gewesen. Die ganze Welt staunte, aber Lady Alice blieb unbeeindruckt und kühl. Auch die Schwangerschaft, auf die Ibrahim gehofft hatte, blieb aus.
Hassan beugte sich vor und flüsterte ihm zu: »Blick nicht so finster, Junge, das königliche Balg hat seinen Auftritt.«
Ein Kindermädchen erschien mit dem Baby. Es war in eine Chinchilladecke gehüllt, und als sich die sechshundert Offiziere und Würdenträger zu Ehren des ägyptischen Thronerben erhoben, mußte Ibrahim an seinen Sohn Zacharias denken.
Niemand hatte damals Einwände gegen den plötzlich aufgetauchten Säugling; es kam öfter vor, daß Männer mit Frauen verheiratet waren, ohne daß sie darüber sprachen. Sogar Hassan hatte die Waffen gestreckt und eine Blondine geheiratet, die er nur auf diese Weise haben konnte. Jetzt lebte die Frau auf seinem Hausboot, ohne daß seine ägyptische Frau etwas von Hassans Nebenfrau ahnte. Ibrahim hatte allen gegenüber erklärt, er habe die Mutter seines Sohns verstoßen. Khadija hatte Sarah diskret zu den Dienstboten gebracht, und sie gehörte von da an zum Personal. Der kleine Zakki war mittlerweile sechs Jahre alt und ein süßer kleiner Junge. Aber er war schmächtig und verträumt. Zu Ibra-

hims Staunen besaß der Junge sogar eine gewisse Ähnlichkeit mit ihm. Ibrahim sah ungeachtet von Khadijas Ängsten darin ein Zeichen, daß die Adoption in jener Nacht Gottes Fügung gewesen war. Er schob die Befürchtungen seiner Mutter beiseite. Nein, auf der Raschid-Familie lag kein Fluch, denn die ägyptische Baumwolle erzielte Rekordpreise, und Ibrahims Ländereien erwirtschafteten so hohe Gewinne, daß er kaum den Überblick behielt über sein sich schnell vervielfachendes Bankkonto. Kein Wunder, daß man inzwischen sagte, die Baumwolle sei »weißes Gold«. Seine Mutter irrte. Die Familie war glücklich und gesund. Ibrahim konnte in allen Ehren ein so herrschaftliches und sorgenfreies Leben führen, wie das noch nicht einmal seinem Vater möglich gewesen war.

Wenn nur Alice wieder ein Kind bekommen würde, dann wäre das Leben tatsächlich vollkommen. Aber aus einem unerklärlichen Grund schien sie das Interesse an Sex verloren zu haben. Ibrahim hatte inzwischen sogar den Eindruck, daß sie nur ungern in sein Bett kam. Aus eigenem Antrieb war sie nie gekommen, aber wenn er sie zu sich rief, dann kam sie nur zögernd. Er kannte nur allzugut Hassans Meinung, daß Frauen nur dazu geschaffen seien, Kinder zu bekommen, aber keine Freude an Sex hätten. Allmählich verstand er, warum sein Freund außereheliche Beziehungen hatte. Aber mit fünfunddreißig wollte Ibrahim nicht mit Ehebruch anfangen. Gewiß, er war kein vorbildlicher Muslim – hin und wieder vernachlässigte er die vorgeschriebenen Gebete, und er trank auch Wein. Aber Ibrahim zog eine Grenze bei den wichtigen göttlichen Gesetzen, die er auf keinen Fall brechen wollte. Geschlechtsverkehr durfte eindeutig nur im Rahmen einer Ehe stattfinden. In diesem Punkt waren die Aussagen des Koran sehr genau. Deshalb hatte Ibrahim begonnen, Alice zu verwöhnen. Er ging dabei ebenso vor wie der offensichtlich erfolgreiche Farouk. Ibrahim überraschte seine Frau mit teuren Geschenken, ging mit ihr in exklusive Restaurants und bestand darauf, daß sie sich in eleganten Geschäften ohne Rücksicht auf die astronomischen Rechnungen nach der neuesten Mode kleidete. Alice reagierte auf seine Bemühungen freundlich, aber die erhoffte Freude und Begeisterung stellte sich nicht ein. Wo lag das Problem? Ibrahim dachte darüber viel nach und war nahe daran, sie zu fragen. Natürlich würde er das niemals tun, denn ein Mann sprach mit seiner Frau nicht über Sex, auch nicht über das sexuelle Eheleben. Das gehörte sich nicht und war tabu. Er tröstete sich mit dem Gedanken, daß ihm bestimmt etwas einfallen würde. Wenn er mit der Englandreise keinen Erfolg hatte, dann mit etwas anderem.

Eine Ordonnanz erschien im Bankettsaal und flüsterte mit dem König und seinem Oberbefehlshaber der Streitkräfte. Ibrahim fragte sich, was wohl geschehen sei. Waren womöglich doch Unruhen in der Stadt ausgebrochen? Wenn die antibritischen Gefühle in Kairo zu Gewalt führten, dann war vielleicht auch Alice in Gefahr. Wäre es denkbar, daß einfache Bürger Opfer der Rache würden?

Ibrahim glaubte nicht daran und redete sich ein, daß so etwas niemals geschehen werde. Bald kreisten seine Gedanken wieder um die angenehme Vorstellung, wie entzückt Alice auf die Nachricht reagieren werde, mit ihm nach England zu reisen.

Edwards Taxi bog schnell in eine Seitenstraße, aber auch dort sahen sie noch mehr Flammen und noch mehr Rauch. Die Menge auf den Straßen wuchs; Männer schlugen Fenster ein und warfen Brandbomben. Ein Gebäude nach dem anderen wurde in Brand gesetzt. Der Fahrer versuchte, noch eine freie Straße nach Garden City zu finden, aber immer wieder wurde ihm der Weg versperrt. Schließlich sagte er: »Ich fahre Sie zu einem sicheren Ort, Sajjid«, bog in eine schmale Straße ein, und sie erreichten kurz darauf den Turf Club. »Dort sind nur Engländer«, sagte er, öffnete von innen Edward die Tür, »im Club sind Sie sicher.«
»Aber Sie sollen mich in die Paradies-Straße bringen. Was ist denn hier los? Ist das ein Aufstand?«
»Bitte gehen Sie jetzt in den Club! Kairo ist für Sie heute eine sehr gefährliche Stadt! Gehen Sie. Dort wird man Sie schützen, *inschallah*!«
Edward stieg zögernd aus und mußte wegen der Rauchwolken husten. Er musterte mißtrauisch den Eingang des Turf Clubs und fand, es sei doch besser, zu seiner Schwester zu fahren. Er wollte wieder einsteigen, aber das Taxi raste bereits davon und verschwand mit seinem Gepäck um die nächste Ecke.
Als eine Explosion in der Nähe die Straße erschütterte, rannte Edward die Stufen zum Club hinauf, aber dort war alles in Panik. Die Mitglieder drängten sich in der Empfangshalle. Stühle wurden von Männern in

weißen Krickethosen umgestoßen, Ladies in Badeanzügen und Sonnenhüten schrien vor Angst. Die ägyptischen Clubdiener in langen Galabijas und mit Turbanen wollten hinaus ins Freie.
Edward schob sich auf der Suche nach einem Verantwortlichen durch die aufgeregten Menschen. Man stieß ihm Ellbogen in die Rippen und trat ihm auf die Füße. Ein Jeep hielt mit quietschenden Bremsen vor dem Club. Junge Männer sprangen aus dem Wagen und stürmten mit Benzinkanistern und Brecheisen die Treppenstufen hinauf. Edward sah mit Entsetzen, wie Vorhänge, Sessel und Sofas vor ihnen angezündet wurden und sofort lichterloh brannten. Den Brandstiftern folgten noch mehr Ägypter, und als die fassungslosen Clubmitglieder fliehen wollten, schlugen die Aufrührer mit Eisenstangen auf sie ein. Schreie erfüllten die Luft, Blut begann zu fließen.
Edward versuchte, im dichten Rauch etwas zu sehen. Er wich Glasscherben aus, als hinter der Bar die Flaschen explodierten. Schließlich erreichte er die Rezeption, aber das Personal war verschwunden. Durch die offenen Türen sah er auf der Straße die Feuerwehr mit Schläuchen. Aber als sie das Wasser auf das brennende Haus richteten, stürzten sich die Ägypter mit Messern auf die Schläuche und schlitzten sie auf, bis kein Wasser mehr floß.
Während sich Edward verzweifelt durch den immer dichter werdenden Rauch kämpfte, sah er blutüberströmte Engländer auf dem Boden liegen. Er unterdrückte die aufsteigende Panik und wollte nur noch ins Freie. Den Haupteingang hatten die Angreifer besetzt. Mit einem Blick auf die Flammen dachte er: Der Swimming-pool! Als er durch die Empfangshalle zu den Terrassentüren stolperte, versperrte ihm plötzlich ein junger Ägypter in einer langen Galabija den Weg. Edward sah zwei funkelnde grüne Augen auf sich gerichtet. Er überlegte, ob mit dem Mann vernünftig zu reden sei. Schließlich gehörte er nicht zu den hier ansässigen Engländern, sondern war erst heute als harmloser Reisender in Kairo angekommen. Aber als die braunen Hände nach seinem Hals griffen, mußte Edward sich mit all seinen Kräften wehren. Während er mit dem Ägypter kämpfte und rang, kam ihm das alles völlig absurd vor.
Sein Gegner griff schließlich nach einer Vase, und als sie auf Edwards Kopf zerbrach, dachte er: Alice wird enttäuscht sein.

Alice traute ihren Augen nicht.
Sie kam mit einem Korb, Gartengeräten und einem breiten ägyptischen Strohhut als Schutz der hellen Haut vor der Sonne in den Garten. Als sie das Wunder an der Ostmauer sah, rief sie: »Oh, mein Gott!« und sank auf die Knie – vielleicht erlag sie nur einer optischen Täuschung. Aber das war es nicht. Am Ende der dunkelgrünen Stengel öffneten sich wirklich und wahrhaftig die winzigen Knospen, und drei hatten sich bereits zu großen, kräftigen roten Blüten entfaltet. Endlich! Nach vier Jahren vergeblicher Experimente, nach vier Jahren Pflege, regelmäßigem Gießen und der Sorge für ausreichenden Schatten, während sie beobachtete, wartete, die Mißerfolge stumm hinnahm und verbissen wieder von neuem begann – nach so viel Arbeit, nicht nachlassender Hoffnung und der Angst, es werde ihr nie gelingen, englische Blumen in diesem heißen Mittelmeergarten zu haben, blühten zum ersten Mal rote Alpenveilchen – ihre Lieblingsblumen. Khadija würde darin sicher ein gutes Omen sehen. Alice hoffte, jetzt auch mit anderen Blumen Erfolg zu haben – mit Gartennelken, Glockenblumen, all den geliebten Blumen, die zu Hause auf dem Familienanwesen der Pembertons in Hülle und Fülle wuchsen.
Alice sehnte sich nach ihrer Heimat, nach dem Tudorhaus ihrer Vorfahren und dem grünen, mit Nebel verhangenen Land. Sie stellte sich immer wieder vor, wie sie Edward mit einem plötzlichen Besuch überraschen würde. Dann konnten sie wieder von den Hunden begleitet ausreiten, wie sie es früher getan hatten. Sie wollte mit Amira zu Harrod's gehen und ihr den Wachwechsel vor dem Buckingham Palast zeigen. Alice sehnte sich nach Speck und Eiern, nach Bier und Pie, nach wochenlangem Regen und einer Fahrt im roten Doppeldeckerbus. Wie fehlten ihr die Freunde; Rupert und Mary hatten bei der Hochzeit damals versprochen, sie in Ägypten zu besuchen. Aber im Lauf der Zeit wurde das Versprechen immer unbestimmter, bis schließlich in den Briefen von einem Besuch keine Rede mehr war. Nur ihre Freundin Madeleine hatte offen und ehrlich geschrieben: »Zur Zeit ist es zu gefährlich, nach Ägypten zu reisen – besonders für Engländer.« Würde sie infolge der politischen Entwicklung ihre besten Freunde verlieren?
Als Alice im vergangenen Sommer die neuen Alpenveilchen gesät hatte, faßte sie den Vorsatz zu einer Reise in die Heimat. Aber dann stellte sie zu ihrer Verzweiflung fest, daß sie als ägyptische Staatsbürgerin, zu der

sie nach der Hochzeit geworden war, den ägyptischen Gesetzen unterlag. Dazu gehörte auch ein Gesetz, daß einer Frau verbot, ohne die Erlaubnis ihres Mannes das Land zu verlassen. Sie konnte ohne Ibrahims Unterschrift noch nicht einmal einen Reisepaß bekommen. Deshalb hatte sie Ibrahim gebeten, mit ihr England zu besuchen. Aber seine Pflichten am Hof zwangen ihn, in Kairo zu bleiben. Als sie daraufhin den Wunsch geäußert hatte, allein zu reisen, lehnte Ibrahim das ab. Aber Alice war zu der Reise entschlossen – auch wenn es eine kurze Reise sein würde. Und sie würde darauf bestehen, allein zu fahren.
Inzwischen war es notwendig, ohne ihn die Reise zu machen. Alice wußte, nichts wäre im Augenblick schlimmer als noch eine gemeinsame Reise. Sie mußte endlich einmal allein sein und in Ruhe ihre Gefühle ordnen. Es war ein Fehler gewesen, sich der Gesellschaft auf Farouks Hochzeitsreise anzuschließen. Ibrahim war so aufmerksam und zuvorkommend gewesen, daß sie ihn am Ende der Fahrt haßte.
Aber in Wirklichkeit haßte sie ihn nicht. Das war das eigentliche Problem. Sie liebte ihn noch immer, und deshalb konnte sie ihre widersprüchlichen Gefühle nicht verstehen. Es begann alles nach der Geburt von Amira, als man ihr am nächsten Morgen sagte, es sei noch ein Kind ins Haus gekommen – Ibrahims Sohn.
Alice blickte zu dem kleinen Zakki, der vor der Sonnenuhr saß und einen Schmetterling betrachtete, den er in den Händen hielt.
Alice empfand keine Abneigung gegen den sechsjährigen Zakki. Er war ebensosehr ein Opfer der Falschheit seines Vaters wie sie. Zacharias war in ihren Augen wirklich ein liebenswertes Kind; er war ruhig, gehorsam, und er liebte seine Halbschwester Amira. Alice machte auch der Mutter des Jungen, wer immer sie auch sein mochte, insgeheim keine Vorwürfe. Denn war die arme Frau nicht von ihr, der zweiten Frau »entthront« worden? Nein, Alice gab die Schuld allein Ibrahim.
Sie wußte, ihn verwirrte ihre veränderte Haltung. Er verstand nicht, weshalb sie in den Frauenteil gezogen war, weshalb sie nicht gern in sein Bett kam und kalt in seinen Armen lag. Alle diese Geschenke, die Dinner und Einkaufsfahrten zu den teuren Geschäften – glaubte er wirklich, so etwas würde bei ihr wirken? Dabei hätte er sie nur fragen müssen, um den Grund von ihr zu erfahren. Wenn er endlich den Mut zu der entscheidenden Frage aufbrachte, dann würde sie ihm sagen: Ich möchte keinen Schmuck von dir, ich möchte die Wahrheit wissen.

Warum hast du mir die andere Frau verschwiegen, die Frau, die du nach Fathejas Tod geheiratet und geschwängert hast, bevor du nach Monte Carlo gekommen bist? Warum hast du mir damals nicht gesagt, daß du bereits verheiratet bist? Und als dann dein Sohn auf die Welt kam, warum hast du keinem etwas gesagt? Warst du die vielen Abende, an denen du angeblich im Palast sein mußtest, in Wirklichkeit bei *ihr*? Weshalb hast du sie schließlich verstoßen? Weshalb hast du mich ihr vorgezogen? Hat sie vielleicht gedroht, deiner Familie etwas von dem Sohn zu sagen, den sie dir geschenkt hat? Er war drei Monate alt, als du ihn in die Paradies-Straße gebracht hast. Drei Monate lang hast du ein Geheimnis daraus gemacht, daß du einen Sohn hast.
Hast du ihn in die Familie gebracht, weil ich dir nur eine Tochter geschenkt habe?
Als sich Alice schließlich wieder den Alpenveilchen zuwandte, überlegte sie, ob das Donnern in der Ferne ein Gewitter über dem Nil sei. Dann faßte sie den Entschluß, von Ibrahim die Erlaubnis zur Reise nach England zu verlangen, sobald er nach Hause kam.

Die Küche war ein großer sonniger Raum. Wände und Boden hatte man mit Marmor gefliest. Die Sonne vertrieb die Januarkälte, während die libanesische Köchin mit roten Backen und zurückgekämmten Haaren ihre vier Helferinnen an den beiden Öfen und drei großen Herden überwachte. Die Anzahl der Bewohner des herrschaftlichen Hauses in der Paradies-Straße änderte sich von Jahr zu Jahr; die Töchter heirateten und zogen aus, einige der Alten starben, Ehefrauen erschienen, und Kinder wurden geboren. An diesem kalten Samstag im Januar wohnten neunundzwanzig Raschids im Haus, vom Säugling bis zu den Alten. Zwölf Dienstboten lebten auf dem Dach. Ständig wurden Speisen gekocht und zubereitet. In der Küche gab es Tag und Nacht Arbeit. Die Frauen unterhielten sich bei ihrem Tun. Aus dem Radio drang die berühmte Stimme von Farid Latrache, die zur Musikstunde Liebeslieder sang. Inmitten all dieser Geschäftigkeit stand Khadija und füllte Gläser mit selbstgemachter Limonade für die Kinder, die draußen im Garten im Sonnenschein spielten. Khadija vergewisserte sich, daß jedes Glas fleckenlos sauber war, und genoß dabei das Gefühl von echtem Wohlbefinden. Vor kurzem war sie wieder ein Jahr älter geworden, und noch nie hatte sie sich so gesund und stark gefühlt.

Als Khadija noch eine Schale mit gezuckerten Aprikosen auf das Tablett stellte, fiel ihr Blick auf Sarah, die beim Kneten des Teigs für die dünnen runden Brotfladen durch das Fenster sah. Khadija wußte, wohin die Frau blickte, denn in den vergangenen sechs Jahren ließ Sarah ihren Sohn wenn möglich nie aus den Augen. Die Fellachin hatte zwar versprochen, keinem Menschen zu sagen, daß sie Zacharias' Mutter war und Ibrahim nicht der Vater, aber die Gefahr, daß sie ihr Versprechen nicht hielt, bestand immer noch. Deshalb war Khadija auf der Hut und jederzeit auf alles gefaßt.

Als Khadija jetzt mit dem Tablett die Stufen zum Garten hinunterstieg, blickte sie zum Himmel hinauf. Hatte es gerade gedonnert? Aber sie sah keine Wolken. Vielleicht hatte sie den Kanonendonner gehört, den Salut für den neugeborenen Sohn des Königs.

Sie brachte die Erfrischungen zu Doreja, die im Pavillon saß und stickte, und dann zu Haneija, der jungen Frau eines Enkels von Zou Zou. Sie war bereits im fünften Monat. Danach ging Khadija mit der Limonade zur Ostmauer des Gartens, wo Alice neben ihren Blumenbeeten kniete. Da Gärtner das Anwesen um das Haus pflegten, und Khadija sich persönlich um ihren Kräutergarten kümmerte, hatte Alice sich einen kleinen Teil für ihre Zwecke ausbedungen. Sie versuchte, Pflanzen hier anzusiedeln, die in einem kühlen, feuchten Klima wuchsen. »Sieh nur, Mutter Khadija!« rief sie. »Meine Alpenveilchen blühen! Sind sie nicht wunderschön? Weißt du was? Als nächstes werde ich es mit Fuchsien versuchen! Aber ich weiß wirklich nicht, ob sie in dieser trockenen Hitze gedeihen. Ich würde auch gerne Rhododendren anpflanzen, aber sie brauchen viel Feuchtigkeit.«

»Bestimmt wird alles gedeihen, was du pflanzt, Alice. Du schenkst deinen Blumen soviel Liebe und Aufmerksamkeit, daß sie einfach wachsen müssen.«

Khadija nahm regen Anteil an dem Versuch ihrer Schwiegertochter, in diesem Kairo-Garten England entstehen zu lassen. Heimweh, dachte sie, kann so schmerzlich sein wie jede andere Krankheit. Aber wie alle jungverheirateten Frauen mußte sich auch die unglückliche Alice schließlich damit abfinden, daß jetzt hier ihr Zuhause war. Sie gehörte hierher, und ihr Herz mußte in Ägypten Wurzeln schlagen.

Als junge Frau mußte auch ich mich in diesem Haus einleben, dachte Khadija.

Sie stellte das Tablett ab und dachte an den Traum, den sie in letzter Zeit öfter hatte. Es war eine Vision aus ihrer Kindheit. Sie sah einen großen rechteckigen Turm. An den Turm konnte sie sich schon ihr ganzes Leben erinnern, aber seit dem letzten Geburtstag sah sie ihn deutlicher und öfter vor sich, als würde das Bild endlich den ganzen Zusammenhang entschlüsseln. Khadija konnte mit niemandem darüber sprechen, noch nicht einmal mit Quettah, der Astologin, die schon vor Ibrahims Geburt die Horoskope der Familienangehörigen erstellte, denn keiner wußte die Wahrheit über Khadijas Herkunft.

Ich kenne noch nicht einmal meinen Aszendenten, dachte sie, während Alice von ihren Plänen mit dem Garten erzählte. Wie kann ich ohne Aszendenten meine Zukunft bestimmen lassen? Welche Bedeutung hat der rechteckige Turm? Wo in der weiten Welt steht er?

Sie schob diese Fragen beiseite und begnügte sich mit dem Gedanken: Wenn Gott mir meine Herkunft zeigen will, wenn ich erfahren soll, wer meine Eltern sind und in welchem Mondhaus ich geboren bin, dann wird ER es mir enthüllen. Und so richtete sie ihre Aufmerksamkeit auf die spielenden Kinder.

Die sechseinhalbjährige Jasmina tanzte mit geschlossenen Augen zu einem Lied, das nur sie hörte. Das Mädchen hatte einmal zu Khadija gesagt: »Es ist wirklich lieb von Gott, daß er uns das Tanzen geschenkt hat, Umma!« Khadija fand, daß in diesem Mädchen mit der dunklen Haut und den bernsteinfarbenen Augen ein besonderer Geist lebte, der sich mit aller Schönheit entfalten wollte. Jasmina tanzte so anmutig wie ein fliegender Vogel oder so zart wie eine Knospe vor der Blüte. Khadija hatte sich bereits vorgenommen, daß Jasmina Tanzunterricht nehmen sollte, wenn sie etwas älter war.

Amira mit der hellen Haut und den dunkelblonden Haaren lag im Gras und betrachtete hingebungsvoll ein Bilderbuch. Bereits als Fünfeinhalbjährige besaß sie einen unersättlichen Wissensdurst. Sie hatte einmal gesagt, Bücher seien so schön, denn jedesmal, wenn sie eine Seite aufschlug, fand sie etwas Neues, etwas, das sie bis dahin nicht gewußt hatte. Amira war in ihren *alif-ba's* den anderen weit voraus, obwohl sie die Jüngste war.

Die gleichaltrige Tahia spielte mit ihren Puppen. »Ich möchte einmal viele Kinder haben«, erklärte sie öfter. Sie ist so anders als ihre Mutter, dachte Khadija und fragte sich, ob Nefissa noch einmal heiraten werde.

Dann war da noch Zacharias, ein hübsches Kind mit schönen grünen Augen, der sich verträumt mit einem Spielzeug beschäftigte. Khadija staunte oft darüber, daß durch ein geheimnisvolles Wirken Gottes der Junge seinem Adoptivvater ähnlich sah. Aber das war nur äußerlich. Zacharias teilte nicht Ibrahims Vorliebe für persönliche Bequemlichkeit und oberflächliche Gedanken. Der Kleine stellte immer wieder Fragen nach den Engeln. Er blickte zum Himmel auf und wollte wissen, wie Gott und der Himmel aussehen mochten. Der Junge ist ein besonderes und gesegnetes Kind, fand Khadija. Mit sechs konnte er bereits zwanzig Suren aus dem Koran auswendig. Wenn man zu ihm sagte: »Zakki, wie lautet Vers achtunddreißig der vierten Sure«, dann erwiderte er ohne Zögern: »Die Männer sind den Weibern überlegen...«

Omar kam in den Garten. Nefissas pausbäckiger Sohn war zehn und schien nur dumme Streiche im Kopf zu haben. Khadija gab sich alle Mühe, mit diesem schwierigen Kind Geduld zu haben. Es war nicht seine Schuld, daß seine Mutter ihn nie richtig erzogen hatte. Khadija seufzte. Auch deshalb sollte Nefissa wieder heiraten.

Ihre fünf Enkelkinder hatten alle einen Platz in ihrem Herzen. Am meisten freute sie sich, wenn sie ihnen die Geschichten aus der christlichen Bibel erzählte – von Daniel in der Löwengrube, von König Salomon und von Josef und seinen Brüdern. Sie erzählte auch die heldenhaften Geschichten der Heiligen des Islam. Zu ihnen gehörte Khadija, die erste Frau des Propheten, Sajjida Zeinab, die Beschützerin der Behinderten, und Aijescha, die letzte Frau des Propheten, an deren Brust Mohammed ruhte, als er starb.

Warum mußte sie ihre Vergangenheit kennen, wenn die Zukunft vor ihren Augen lag? Der geheimnisvolle Turm in ihren Träumen, welche Bedeutung er auch immer haben mochte, konnte nicht so wichtig sein wie diese Kinder.

»Mutter Khadija«, fragte Alice und aß eine süße Aprikose, »riechst du auch den Rauch?«

»Vielleicht brennen die Fellachen auf der anderen Seite des Nils ihre Felder ab.«

Omar gab dem kleinen Zacharias unvermittelt einen Stoß, so daß er auf den Kiesweg fiel. Jasmina und Amira liefen sofort zu ihm und halfen dem Kleinen beim Aufstehen. Es müßten noch viel mehr Kinder hier sein, dachte Khadija. In einem Haus von dieser Größe sollten viele, viele

Kinder im Garten spielen. Gewiß, es gab noch Dorejas drei Kinder, und Rajjas hatte zwei Säuglinge, aber Khadija wünschte sich noch mehr eigene Enkel. Nefissa wollte nicht mehr heiraten, auch wenn Khadija noch so viele geeignete Heiratskandidaten vorschlug, und Alice hatte Ibrahim bis jetzt nur ein lebendes Kind geschenkt. Natürlich stand es Khadija nicht zu, sich in die persönlichen Angelegenheiten zwischen Mann und Frau einzumischen, aber sie hatte mittlerweile den Verdacht, daß es im Bett der Eheleute Schwierigkeiten gab, die nichts mit Fruchtbarkeit zu tun hatten.

Ein Schauer lief ihr über den Rücken, als sich die alte Angst wieder einmal bemerkbar machte. Würde es keine Kinder mehr geben? War dies ein Zeichen für Gottes Fluch? Khadija vergaß nicht die unheilvolle Nacht, in der Jasmina geboren wurde und Ibrahim später gestand, daß er Gott verflucht hatte, und nicht nur das. Ibrahim hatte einen Säugling adoptiert, um die Welt zu täuschen und Gott ins Handwerk zu pfuschen. Nefissa hatte sich verändert. Sie legte trotzig den Schleier ab und ging jetzt unverhüllt aus dem Haus. Auch Alice hatte sich verändert. Als ihr zweites Kind, wieder ein Mädchen, nach wenigen Tagen starb, erfaßte Alice eine schwere Depression. Sie verließ Ibrahims Gemächer und bezog Zimmer im Frauenteil. Alice hatte zwar ihre Depression überwunden und fand Freude am Gärtnern, aber Khadija fürchtete, daß die Ehe einen nicht wiedergutzumachenden Schaden erlitten hatte.

»Kinder!« rief sie. »Es gibt Limonade ...«

Amira bekam große Augen, als sie die Aprikosen sah – es waren ihre Lieblingsfrüchte. Deshalb nannte man sie »Mischmisch«, das arabische Wort für Aprikose. Aber noch ehe sie die Schale erreicht hatte, schob sie Omar zur Seite und nahm sich eine Handvoll. Khadija ließ es geschehen, denn es waren genug für alle da. Bald hielten die Kinder zufrieden die Limonadengläser in den kleinen Händen und kauten glücklich auf den süßen Aprikosen. Khadija spürte die warme Sonne auf der Schulter, atmete den Blumenduft und empfand plötzlich eine unbeschreibbare, stille Freude. Sie sah die Zukunft: In zehn oder fünfzehn Jahren würden diese Kinder heiraten, und dann gab es wieder Säuglinge im Haus. Sie dachte: Ich werde eine Urgroßmutter sein, aber ich bin dann nicht einmal sechzig! Sie lachte und war so glücklich, daß sie glaubte, fliegen zu können. *Gelobt sei Gott, der Herr der Welt, für seine Gnade und Barmherzigkeit. Möge es immer so sein ...*

»Seht mich an!« rief Jasmina und zog getrockneten Papyrus wie eine Schleppe hinter sich her. »Ich bin ein Pfau!«
Khadija erstarrte, denn sie sah plötzlich einen Pfau und nicht ihre Enkelin. Ein blau schimmernder Pfau schlug vor ihr sein majestätisches Rad. Khadija mußte sich schnell setzen und schlug die Hände vor das Gesicht. Es war eine Erinnerung. Als Mädchen im Alter von Jasmina hatte sie oft mit einem Pfau gespielt. Und dann hörte sie die Stimme ihres Geliebten. Er saß neben ihr vor dem plätschernden Brunnen und schenkte ihr ein Liebesgedicht. Er sang zu den Klängen einer Laute die Verse, die in ihrer Weisheit und Schönheit die Liebe zwischen Mann und Frau auf eine überirdische Weise verklärten. Das kleine Mädchen hörte die Worte, verstand sie aber nur mit ihrer reinen Seele, und sie wußte, daß sie diesen Mann in alle Ewigkeit lieben würde...
Plötzlich schmerzte Khadija der Kopf. Heftige Stiche schienen ihren Schädel zu durchbohren. Sie wußte nie, wann die Erinnerungen sie überfielen, sei es als Träume oder auch am hellichten Tag. Wie eine hohe Flutwelle schlugen sie über ihr zusammen, zeigten ihr etwas aus der Vergangenheit. Wie eine faszinierende Momentaufnahme erlebte sie etwas, das wirklicher zu sein schien als die Welt, in der sie lebte. Und dann verschwanden die Bilder, und ihr klopfte wie rasend das Herz. Khadija stellte sich ihr Bewußtsein wie einen tiefen Brunnen vor. Luftblasen stiegen an die Oberfläche und platzten als Erinnerungen. Manchmal waren sie ihr bereits unbestimmt bekannt, wie zum Beispiel der Tag, an dem sie Ali Raschid im Harem in der Perlenbaum-Straße kennenlernte, aber meist waren es vergessene Fragmente, ein Gesicht, eine Stimme, plötzliche Angst oder Freude oder wie diesmal ein Pfau. Und sie wußte, das kleine Mädchen befand sich in einem Palast, aber mehr wußte sie nicht. Khadija zweifelte inzwischen nicht mehr daran, daß sie das kleine Mädchen war. Die Bilder, Träume und Gefühle waren Ereignisse aus ihrer Kindheit. Würde sie aus dem Mosaik vielleicht eines Tages den Schlüssel zu ihrer Vergangenheit finden?
Es roch immer stärker nach Rauch. Was konnte das nur sein? Langsam richtete sie sich auf, blickte sich verwirrt um und warf einen Blick auf die Uhr. Marijam und Suleiman würden bald aus der Synagoge kommen, dann konnte sie die beiden fragen, ob in der Stadt etwas vorgefallen war.
Aber dann wußte Khadija schlagartig, daß der Rauch von keinem nor-

malen Feuer stammte. Sie stand auf und sagte: »Kommt Kinder! Es ist Zeit für euren Unterricht.«

»Ach, Umma ...«, bettelte Zacharias, »müssen wir wirklich schon wieder ins Haus?«

»Du mußt lesen lernen«, sagte Khadija zu Zacharias und betrachtete seine Knie, die er sich bei dem Sturz aufgeschlagen hatte. »Dann kannst du den Koran lesen. Das Wort Gottes besitzt Kraft. Wenn du den Koran von Anfang bis Ende kennst, dann bist du für alles im Leben gewappnet. Niemand kann dir dann schaden oder dich verletzen, wenn du das Gesetz kennst.«

Alice lachte. Sie nahm die Gartengeräte unter den Arm und sagte: »Aber sie sind doch noch Kinder, Mutter Khadija.«

Khadija verbarg ihre wachsende Sorge hinter einem Lächeln – der Rauch wurde immer stärker. Sie hörte Lärm auf der Straße. »Kommt, schnell an die Arbeit. Wenn ihr heute eure Übungen macht, dann gibt es morgen an Großvaters Grab ein Picknick.«

Dieses Versprechen ließ sie jubelnd ins Haus eilen, denn ein Ausflug zu dem Grab war immer etwas Besonderes. Einmal im Jahr fuhr Ibrahim mit den Kindern in die Stadt der Toten. Dort stellten sie frische Blumen auf die Gräber von Ali Raschid, Jasminas Mutter und Alices Baby. Danach gab es ein Picknick. Zu Hause erklärte ihnen dann Khadija, wie der Geist ins Paradies kommt, wenn der Körper in der Erde begraben wird. Zacharias konnte nie genug Geschichten über das Paradies hören und wollte so schnell wie möglich dorthin. Aber die Mädchen wurden manchmal nachdenklich, wenn sie hörten, daß der Koran den Männern im Leben nach dem Tod so viele Belohnungen versprach – wunderschöne Gärten und Jungfrauen. Jasmina fragte einmal, welche Belohnung eine Frau erhielt. Khadija umarmte sie lachend und erwiderte: »Der Lohn einer Frau besteht darin, ihrem Mann in aller Ewigkeit zu dienen.«

Ein Küchenmädchen kam in den Garten gerannt und rief: »Herrin! Die Stadt brennt!«

Erschrocken liefen sie zu den anderen auf das Dach hinauf. Von dort sah man die Flammen und die Rauchwolken.

»Das Ende der Welt ist gekommen!« rief die Köchin.

Khadija konnte es nicht glauben – die Stadt stand in Flammen, sogar der Nil schien zu brennen, denn das Feuer spiegelte sich im Wasser. Eine

Explosion folgte auf die andere. Dann hörten sie Schnellfeuergewehre wie bei einer Schlacht.

»Gott ist allmächtig!« flüsterte die Köchin.

»Allah ist barmherzig!«

Zou Zou humpelte auf einen Stock gestützt herbei. Mit erschrockenen Augen rief sie: »Gott sei uns gnädig! Die Stadt brennt.« Die Dienstboten begannen zu klagen und zu beten. »Werden wir angegriffen? Brennt die ganze Stadt?«

Alice fragte tonlos: »Warum unternimmt die Regierung nichts? Wo ist die Polizei? Wo sind die Soldaten?«

Khadija starrte auf die schwarzen Rauchwolken in etwa zwei Kilometer Entfernung und versuchte festzustellen, was dort brannte. Vor vielen Jahren war Ali Raschid auf das Dach hinaufgekommen und hatte ihr Kairo erklärt, damit sie zumindest etwas von den Besonderheiten der Stadt wußte, in der sie lebte, die sie aber nicht kannte. Der Rauch stieg dort in den Himmel auf, wo nach Alis Worten die Engländer ihre Hotels und Kinos gebaut hatten. Khadija blickte besorgt in die Richtung des Abdin Palasts, wo Ibrahim an dem Bankett teilnahm. Sie konnte aber nicht sehen, ob auch der Palast brannte.

Es war bereits spät in der Nacht. Der rote Flammenschein erhellte gespenstisch den nächtlichen Himmel. Die Familie wartete besorgt auf ein Lebenszeichen von Ibrahim. Marijam und Suleiman Misrachi waren noch einmal gekommen, nachdem sie zum Kontor und Lagerhaus von Misrachis Importgesellschaft gefahren waren, denn sie fürchteten, man habe das Gebäude ebenfalls in Brand gesteckt. Sie berichteten, Suleimans Kontor und die Lagerhallen seien verschont worden, aber unterwegs sahen sie Dinge, die sie einfach nicht glauben konnten – ganze Straßenzüge standen in Flammen, wo die Briten ihre Niederlassungen hatten. Jetzt saßen sie in Khadijas Salon. Die Messinglampen flackerten, während der Zeiger der Uhr langsam auf Mitternacht zuwanderte. Im Radio verlas ein Sprecher die lange Liste der zerstörten Firmen: »Barclay's Bank, Shepheard's Hotel, das Metro Cinema, die Oper, Groppi's ...«

Als die Uhr Mitternacht schlug, fiel ein Schatten durch die offene Tür. Doreja bemerkte es als erste. »Gott ist barmherzig! Ibrahim!« Sie sprang auf und lief zu ihm. Die anderen folgten.

Sie umarmten, küßten und umringten ihn. Ibrahim beteuerte, daß ihm nichts geschehen sei. Man hatte ihn nicht angegriffen. Aber dann sagte er zu Suleiman: »Komm mit! Du kannst mir helfen ...«
Sie liefen hinaus und erschienen kurz darauf mit einem jungen Mann, den sie stützten. Sein Kopf war bandagiert. Als Alice ihn sah, stieß sie einen Schrei aus.
»Eddie! Mein Gott, Eddie!« rief sie und umarmte ihn. »Aber was machst du hier? Wann bist du angekommen? Mein Gott, du bist verletzt! Was ist denn geschehen?«
Er lächelte schwach. »Ich wollte dich überraschen. Ich glaube, das ist mir gelungen.«
»Oh, Eddie ... Eddie.« Alice schluchzte, als Ibrahim berichtete, was im Turf Club geschehen war. »Man brachte ihn in das El Aini-Krankenhaus. Von dort haben sie mich im Palast angerufen, nachdem er sie davon überzeugen konnte, daß er wirklich mit mir verwandt ist.« Ibrahim seufzte. »Also, das ist Edward, der Bruder von Alice.«
Khadija küßte ihn vorsichtig auf die Wange und hieß ihn willkommen. Dann sagte sie mit einem Blick auf den Verband: »Es tut mir leid, Edward, daß du an einem so traurigen Tag in Kairo eingetroffen bist. Komm, setz dich hierher. Hat man im Krankenhaus die Wunde gut versorgt? Ich bin vorsichtig und werde mir deshalb deine Verletzungen am besten noch einmal ansehen.«
Sie ließ sich eine Schüssel mit Wasser, Seife und ein Handtuch bringen. Khadija untersuchte die Wunde und sagte, es sei nichts Ernstes. Sie säuberte den Kopf, trug eine selbstgemachte Kampfersalbe auf und legte einen neuen Verband an. Dann bereitete sie einen Kräutertee mit Kamille zur Beruhigung und Ringelblumen zum schnelleren Heilen.
Suleiman fragte Ibrahim: »Wie ist die Lage? Ist das Feuer unter Kontrolle?«
»Die Stadt brennt noch immer«, erwiderte Ibrahim düster, »es ist ein nächtliches Ausgangsverbot verhängt worden. Die rebellische Menge ist bis auf einen Kilometer zum Palast vorgedrungen.«
»Aber wer steht dahinter?« fragte Khadija.
Als Ibrahim antwortete: »Die Muslim-Bruderschaft soll den Aufstand angezettelt haben«, erinnerten sich alle an den schrecklichen Tag vor fünf Jahren. Die Bruderschaft hatte als Protest gegen die Engländer, die den palästinensischen Arabern Land gestohlen hatten, Kinos in die Luft

gesprengt, wo »von Juden kontrollierte amerikanische Filme« gezeigt wurden, wie sie das nannten.
»Ist die Regierung gestürzt?« fragte Marijam. »Hat es einen Staatsstreich gegeben?«
Ibrahim schüttelte verblüfft den Kopf. Niemand hatte versucht, die Regierungsgewalt zu übernehmen oder Farouk zu stürzen. Trotzdem bestand kein Zweifel daran, es war ein gut vorbereiteter und organisierter Aufstand. Aber es mußte noch geklärt werden, aus welchem Grund und mit welcher Absicht.
»Was wird der König unternehmen?« fragte Suleiman.
Ibrahim schwieg. Er wußte, Farouk würde nichts tun. Der König hatte wiederholt erklärt, die Aufstände seien nicht gegen ihn, sondern gegen die Engländer gerichtet. Farouk wußte, im Gegensatz zu den verhaßten Engländern stand er gut da, und er zweifelte nicht daran, daß er schließlich als Ägyptens König der gefeierte Held sein werde.
Im Radio las man aus dem Koran. Das geschah im allgemeinen nur beim Tod eines hohen Politikers. Während sie in Khadijas Salon dem Sprecher zuhörten, beschäftigte sich jeder mit seinen eigenen Ängsten.
Edward beschloß, mit seiner Schwester nach England zurückzukehren.
Ibrahim dachte an die Reise, mit der er Alice hatte überraschen wollen. Aber angesichts der neuen Lage würde ihm Farouk niemals erlauben, das Land zu verlassen. Sie würden warten müssen, bis sich die Unruhen gelegt hatten, was ganz bestimmt geschehen würde.
Suleiman griff nach der Hand seiner Frau und dachte an die vielen jüdischen Geschäfte, die bei den Unruhen in Brand gesteckt worden waren.
Und Khadija fragte sich, was aus ihrem Sohn und der Familie werden sollte, wenn sich das Volk gegen den König erheben würde.

6. Kapitel

Der schwere Blütenduft der vielen Gärten und der Geruch des langsam dahinfließenden Nilwassers lagen an diesem heißen Juliabend in der Luft. Die Gehwege füllten sich mit den Menschen, die aus den Kinos oder Restaurants kamen. Eine junge Familie freute sich an diesem Abend besonders. Sie hatten gerade einen Film gesehen und aßen lachend noch ein Eis. Aber als sie ihre Wohnung betraten, wartete auf den Mann eine dringende Nachricht. Er überflog sie schnell und verbrannte sie. Dann zog er seine Uniform an, verabschiedete sich mit einem Kuß von Frau und Kindern. Er bat sie, für ihn zu beten, denn er wußte nicht, ob er seine Familie in diesem Leben wiedersehen werde. Stumm eilte er in die Nacht zu einem gefährlichen Treffen, das schon seit langem geplant war. Der Mann hieß Anwar as Sadat, und die Revolution hatte begonnen.

Nefissa suchte Kühlung in der im Boden eingelassenen Marmorwanne ihres persönlichen Bads. Sie überließ sich dem wundervoll nach Mandeln und Rosen duftenden Wasser. Nefissa mußte die heißen Sommernächte in Kairo ertragen, weil Ibrahim die Reise nach Alexandria abgesagt hatte. Seit den Unruhen im Januar, seit dem Schwarzen Samstag, wie man diesen Tag inzwischen nannte, waren die Spannungen in der Stadt gestiegen, und es kam immer wieder zu Ausbrüchen von Gewalt. Ibrahim fand, eine Fahrt an die Küste sei für die Familie zu gefährlich. Deshalb mußten sie alle zu Hause bleiben, als er Farouk nach Alexandria in den Sommerpalast begleitete. Aber Nefissa war nicht mehr wie früher die gehorsame kleine Schwester. Sie hatte trotzig den Schleier abgelegt und sich auf ihren eigenen Willen besonnen. Sie wollte nach Alexandria, und sie würde sich über die Entscheidung ihres Bruders hinwegsetzen, mochte Ibrahim damit einverstanden sein oder nicht. Und sie würde nicht allein fahren!

Nefissa legte den Kopf zurück, schloß die Augen, atmete tief die berauschenden ätherischen Öle ein und stellte sich Edward Westfall vor, der sie morgen an die Küste begleiten würde.

Sie dachte an seine gewellten blonden Haare, an die strahlenden blauen Augen, das geteilte Kinn und an die weiße, straffe Haut, hob die Knie und fühlte, wie das samtige Wasser über die Schenkel lief. Dann griff sie nach einem Kristallfläschchen mit Mandelöl, tropfte das Öl auf die Hand und begann, sich sanft einzureiben.

In der Badewanne gelang es Nefissa manchmal, ihren Körper zu der berauschenden Klippe zu führen, wo sich verheißungsvoll etwas Wunderbares und Einzigartiges lockend vor ihr auftat. Aber sie erreichte nie ganz den wahren Höhepunkt. Undeutlich hatte sie die Erinnerung, daß sie als kleines Mädchen bei ihren Spielen der erregenden Selbsterkundung eine atemberaubende Lust erlebt hatte. Nefissa glaubte, sich daran zu erinnern, wie sie sich mit dem berauschenden Gefühl selbst belohnte, wann immer sie das wollte. Aber dann kam die Nacht der Beschneidung – ihrer Beschneidung. Khadija erklärte der kleinen Nefissa, man habe ihr die Unreinheit abgeschnitten, und von nun an sei sie ein »gutes« Kind. Seit dieser Zeit war es Nefissa nicht mehr gelungen, das unbeschreibliche Gefühl zu erleben.

Auch jetzt entzog sich ihr diese sinnliche Lust, und sie hatte nur eine Ahnung dessen, was sein könnte. Nefissa griff nach dem Schwamm und rieb sich mit der cremigen Mandelseife ein.

Warum verstümmeln sie die Frauen? Wann hatte man zum ersten Mal damit begonnen, eine Frau zu beschneiden? Khadija hatte gesagt, Mutter Eva habe es bereits getan. Aber wenn das stimmte, wer hatte die Operation durchgeführt, denn Eva war die erste Frau. Konnte Adam es getan haben? Warum fand die Beschneidung der Jungen im hellen Tageslicht statt, im Rahmen einer großen Feier, aber die Beschneidung eines Mädchens im Dunkel der Nacht – und anschließend sprach niemand mehr darüber? Warum war etwas, worauf die Jungen stolz sein konnten, für Mädchen eine Schande?

Nefissa seufzte, denn wie immer fand sie keine Antworten auf diese Fragen. Sie zog den Stöpsel aus einer handgeblasenen blauen Glasflasche und ließ das Öl auf die Handflächen tropfen. Dann massierte sie

das Orangenöl in die Haut der Brüste und des Bauchs. Ihre Gedanken kehrten zu Edward Westfall zurück.
Nefissa liebte den Bruder von Alice nicht. Sie gestand sich ein, daß sie ihn noch nicht einmal besonders mochte. Aber er erinnerte sie so sehr an ihren Leutnant, den sie wirklich geliebt hatte. Wann immer sie Edward ansah oder er mit ihr sprach, geriet tief in ihrem Innern etwas in Bewegung.
Mit welcher Euphorie dachte sie noch jetzt an die Nacht in dem alten Harem im Palast der Prinzessin. Sie und ihr englischer Leutnant hatten sich bis zum Morgengrauen geliebt. Für Nefissa war es noch immer so, als sei es erst gestern gewesen. Sie erinnerte sich in allen Einzelheiten an die köstlichen Freuden, an die wunderbaren Entdeckungen – die kleine Narbe an seinem rechten Schenkel, der salzige Geschmack seiner Haut. Wie leidenschaftlich hatte er sie geliebt! Während die melancholischen Frauen der Wandgemälde zusahen und die Nachtigall im Garten gesungen hatte, erlebte Nefissa eine Ekstase, eine Verzückung, von der die meisten Frauen nur träumen konnten – daran zweifelte sie nicht.
Als sie sich voneinander verabschiedet hatten, als ihr Offizier sie zum letzten Mal im ersten Licht des Morgens küßte, versprach er, ihr zu schreiben und zu ihr zurückzukommen, aber Nefissa wußte in diesem Augenblick: Sie würden sich nie wiedersehen.
Er hatte ihr nicht seinen Namen verraten, nicht während der vielen Küsse, der Liebkosungen und zärtlichen Worte. Sie wollten beide, daß diese Nacht eine Phantasie blieb, etwas so Wunderbares und Unwirkliches wie die schönen Konkubinen des Sultans auf den Wänden. Und wirklich, in den vergangenen Jahren hatte Nefissa nichts mehr von ihrem Leutnant gehört. Ihr blieb nur das Spitzentaschentuch, das er ihr geschenkt hatte, und das einst seiner Mutter gehörte, wie er damals erklärte ...
Nefissa verließ langsam die Badewanne und trocknete sich mit einem dicken, weichen Handtuch aus feinster Baumwolle ab, wie sie auf den Feldern ihres Bruders wuchs. Als sie die Feuchtigkeitslotion aus Lanolin, Bienenwachs, Olibanum und Kräutern aus Khadijas Garten in die Haut rieb, fragte sie sich: Ist er noch in England? Ist er inzwischen verheiratet? Denkt er noch an mich?
Wieviel Zeit war inzwischen verstrichen. Ihre Jugend verging. Sie war

siebenundzwanzig, und die Zeit folgte ihr wie ein bedrohlicher Schatten. Khadija wollte sie verheiraten. Nefissa sollte noch mehr Kinder bekommen, und nicht wenige reiche Ägypter hatten um sie geworben, aber Nefissa zeigte kein Interesse. Sie sehnte sich nach einer Wiederholung dessen, was sie nicht haben konnte, aber doch einmal erlebt hatte. Deshalb hatte sie ihre Aufmerksamkeit auf Edward gerichtet.

Wenn sie ihrer Vorstellung freien Lauf ließ, dann sah sie Edward in der Leutnantsuniform unter einer Straßenlampe, und sie sah, wie er eine Zigarette anzündete. Nein, sie liebte ihn nicht. Sie würde keinen Mann so lieben wie ihren Leutnant. Aber wenn der Beste unerreichbar war, dann wollte sie sich mit dem Zweitbesten begnügen.

Nefissa legte sich unter das kühle, nach Lavendel duftende Laken und redete sich ein, sie freue sich auf die Fahrt morgen mit Edward nach Alexandria. Auch wenn sie ihn nicht leidenschaftlich begehrte, er war ein Engländer, blond und mit heller Haut. Vielleicht würde sie in einem dunklen Schlafzimmer glauben können, in den Armen ihres entschwundenen Leutnants zu liegen ...

Im Schein des heißen Julimonds eilten schattenhafte Gestalten lautlos durch die menschenleeren Straßen der schlafenden Stadt. Truppen verließen die Abbasseija-Kaserne und rollten mit schußbereiten Waffen in Panzern und in Jeeps durch die Nacht. Sie besetzten die Nilbrücken und alle Ausfallstraßen von Kairo. Sie brachten das Oberkommando in ihre Gewalt und unterbrachen eine nächtliche Lagebesprechung des Generalstabs, auf der man beschließen wollte, alle revolutionären Führer zu verhaften, die sich Freie Offiziere nannten. Die Funk- und Nachrichtenzentrale war schnell besetzt; von dort erhielten alle Stabsoffiziere und Truppenkommandanten den Befehl, sich sofort im Generalhauptquartier zu melden. Bei ihrem Eintreffen nahm man die Offiziere auf der Stelle fest und brachte sie hinter Gitter. Eine bewaffnete Brigade bezog Stellung an der Straße nach Suez, für den Fall, daß britische Truppen vom Kanal in die Stadt marschieren wollten. Überall, wo die revolutionären Soldaten erschienen, stießen sie auf wenig oder keinen Widerstand.

Um zwei Uhr morgens stand Kairo unter dem Kommando der Freien Offiziere. Jetzt mußten die Revolutionäre nur noch Alexandria erobern und den König in ihre Hand bekommen.

Edward Westfall blickte auf den Revolver in seiner Hand. Er hatte mit ihm im Krieg gekämpft. Er würde nicht zögern und bei Gefahr wieder schießen.

Der Morgen brach an. Durch die offenen Fensterläden seines Schlafzimmers wehte der warme Wind, und mit ihm drang der Gebetsruf von den vielen Minaretten Kairos. Edward hielt den 38er Smith & Wesson in der Hand und betete stumm: Hilf mir, Gott! Bitte laß mich nicht noch einmal meiner Schwäche nachgeben. Ich bin verführt worden, und ich kann mir nicht selbst helfen. Oh, mein Gott, bitte befreie mich von diesem Laster, das mich quält, mich zerstört und gegen das ich mich nicht wehren kann.

Edward hatte allen gesagt und auch sich selbst eingeredet, er sei sechs Monate nach seiner Ankunft in Ägypten immer noch hier, weil er um die Sicherheit seiner Schwester fürchte. Das hatte er auch seinem Vater im Januar geschrieben. Er bat den Earl, ihm einige seiner persönlichen Dinge schicken zu lassen, da ein gewissenloser Taxifahrer mit seinem Gepäck auf und davon gefahren sei. »Ich kann mit Alice Ägypten nicht verlassen«, hatte er geschrieben, »es gibt hier ein antiquiertes Gesetz, wonach eine Frau nur mit der schriftlichen Zustimmung ihres Mannes ins Ausland reisen darf. Und Ibrahim will die Gefahr, die Alice und allen Engländern hier droht, einfach nicht wahrhaben.« Edward hatte seinen Vater gebeten, ihm auch den Dienstrevolver aus dem Krieg zu schicken, den 38er Smith & Wesson, mit dem England die Truppen ausrüstete, als der Vorrat an Enfields zur Neige ging.

Edward hatte Alice und Amira wirklich aus der Gefahrenzone herausbringen wollen. Aber das war vor Monaten gewesen und schon lange nicht mehr der Grund für seinen Aufenthalt in Kairo. In Wirklichkeit hielt ihn ein Geheimnis hier fest, das er selbst mit seiner Schwester niemals teilen würde und das er auch sich selbst nur ungern eingestand, obwohl es ihn Tag und Nacht beschäftigte.

Erinnerungen an beunruhigende Träume erwachten wieder, Gedanken an dunkle, verführerische Augen, volle sinnliche Lippen und lange schlanke Finger, die ihn an erregenden Stellen liebkosten – bei Tag versagte er sich die schmutzigen und verbotenen Vorstellungen, aber der verräterische Kopf quälte ihn damit in der Nacht.

Was sollte er tun? Wie konnte ein Mann in diesem Land sauber bleiben, das von Sex besessen zu sein schien und ihn gleichzeitig verpönte?

Niemand konnte in Kairo eine Straße entlanggehen, ohne die Kinoplakate für Liebesfilme zu sehen oder aus den Radios der Kaffeehäuser Lieder von leidenschaftlichen Umarmungen und Küssen zu hören. Die meisten Gespräche kreisten um Männlichkeit und Fruchtbarkeit. Sex, Liebe und Leidenschaft, so fand der sehr keusche Edward, gehörten zum Alltag von Kairo wie Kaffee, Staub und die brennende Sonne. Alle irdischen Lüste, sogar unschuldiges Flirten oder verliebtes Händchenhalten, waren vor der Ehe streng verboten und selbst den Verheirateten nur in der Abgeschlossenheit der Schlafzimmer erlaubt. Für Edward war das schlimmer als der Puritanismus seiner viktorianischen Erziehung. Die Regeln sexuellen Verhaltens waren in England so eindeutig wie in Ägypten – Tugend und Keuschheit wurden gepriesen, Unzucht und Ehebruch verdammt. Aber die englische Gesellschaft führte einem Mann nicht ständig vor Augen, was man nicht haben konnte. In England gab es keine verschleierten Frauen, die einen möglichen Verehrer mit verführerischen Augen entkleideten. In England hatte man nicht den aufreizenden Bauchtanz oder Beledi erfunden. Keine englische Familie hätte nach der Hochzeitsnacht stolz das Blut zur Schau gestellt, das bei der Entjungferung der Braut floß. Es gab sogar andere Parfüms hier. Zu einer sittsamen Frau paßte Yardley's Lavendel, aber hier attackierten die Frauen die Nase mit aufreizenden weiblichen Düften wie Moschus und Sandelholz. Auch das Essen war schärfer gewürzt, die Musik prickelnder, das Lachen lauter, die Gefühle hitziger. Mein Gott, war auch der Sex in Ägypten wilder und leidenschaftlicher? Wie sollte ein junger Mann sein inneres Gleichgewicht wahren und die Kontrolle über seine Begierden nicht verlieren?

Edward hatte kaum geschlafen. Seine Sinne waren vom Jasminduft wie betäubt, und die heiße Nacht zwang ihn, die Laken von sich zu werfen und nackt zu schlafen. Die süßliche Luft liebkoste seinen Körper. Und mit dem Morgen wartete ein neuer Tag sinnlicher Verführung auf ihn. Edward roch bereits die appetitlichen Düfte des üppigen Frühstücks mit Eiern, süßsauren Bohnen, weichem Käse und bittersüßem Kaffee.
Er legte den Revolver auf den Tisch und läutete nach seinem Diener. Edward hatte Nefissa zugesagt, heute mit ihr nach Alexandria zu fahren. Und er fürchtete sich davor.

Sein Herz begann, heftig zu klopfen, und der Schweiß trat ihm auf die Stirn. Wie töricht von ihm, sich auf ein so wahnwitziges Abenteuer

einzulassen. Er war nicht nach Ägypten gekommen, um seinen Lastern zu verfallen! In Wahrheit war er nicht gekommen, um Alice zu besuchen und um die Pyramiden zu sehen, sondern um einer gefährlichen Liaison zu entfliehen, ehe sein Vater etwas davon bemerkte. Bereits die Andeutung eines Skandals hätte genügt, damit der Earl ihn verstieß und enterbte. Und jetzt taumelte er hier dem nächsten sexuellen Abgrund entgegen.
Der Wind wehte durch die Fensterläden, und das Zimmer schien in den Duft von Orangen- und Jasminblüten getaucht zu sein. Edward hörte den Chauffeur in der Auffahrt vor der Remise, die man zur Garage umgebaut hatte. Der Mann fuhr einen Wagen heraus und erinnerte Edward damit an die lange Fahrt mit Nefissa nach Alexandria. Unwillkürlich dachte er wieder an den verführerischen Abend vor ein paar Wochen, als bei einem Abendessen sein Ellbogen zufällig einen anderen gestreift hatte. Ihre Blicke trafen sich, und Edward wußte in diesem Augenblick, daß er verloren war.
Edward hörte die Dienstboten unten. Das bedeutete, jeden Augenblick würde sein Diener mit Tee, Brandy und heißem Wasser zum Rasieren hereinkommen.
Edward stand auf, zog seinen seidenen Morgenmantel an und ging ins Bad. Dort musterte er sein Gesicht im Spiegel. Die Kopfwunde war verheilt, ohne eine Narbe zu hinterlassen. Er sah gesund aus und war körperlich in bester Verfassung. Dank der Heilkünste und einiger Stärkungsmittel von Khadija in Verbindung mit seinen sportlichen Aktivitäten war er in Hochform. Zu Edwards Erleichterung hatten die Januarunruhen nicht auf die Gesîra-Insel übergegriffen. Dort genossen die Engländer im exklusiven Island Club weiterhin ihre Privilegien, wenn auch etwas unauffälliger als zuvor. Edward war in den Club eingetreten und spielte täglich Tennis, schwamm und hielt sich körperlich in Form. Er wußte, daß er attraktiv war, und er wußte, daß die Frauen ihn ansahen – nicht nur das ebenmäßige sensible Gesicht unter den blonden Haaren, sondern den makellosen Körper unter der gepflegten Kleidung eines vornehmen Gentleman.
Die dunklen, verführerischen Augen blitzten wieder durch seinen Kopf, und er fragte sich, was *sie* wohl sehen mochten, wenn sie ihn musterten?
Edward stöhnte, da er sofort körperlich erregt war. Der Schweiß lief

ihm über die Stirn, aber Schuld daran hatte nicht die Julihitze, sondern seine sexuelle Begierde. Er wollte dem Verlangen nachgeben, und doch fürchtete er sich davor, denn er wußte nicht, was daraus entstehen mochte. Edward erinnerte sich an die Worte seiner Schwester, die einmal gesagt hatte: »Ich weiß nicht, wer ich bin oder wohin ich gehöre.« Auch er sah sich in zwei Welten gefangen, aber er gehörte weder in die eine noch in die andere. Die arme Alice war von einem Mann verraten worden, den sie liebte. Sie konnte nicht länger bei ihm leben, aber auch nicht nach England zurückkehren. Saß Edward nicht in einer ähnlichen Falle? Er wollte lieben, aber er wehrte sich dagegen. Er wollte nach Hause zurück, aber er konnte nicht, weil seine sexuellen Träume ihn an diesen Ort fesselten.

Aber jetzt machte er sich heftige Vorwürfe. »Wie konnte ich nur Nefissa zusagen, mit ihr nach Alexandria zu fahren?«, murmelte er kopfschüttelnd. In Alexandria würde er der Verführung nicht mehr entgehen. Er sollte hier in der Paradies-Straße bleiben. In diesem Haus war er weniger in Gefahr, denn Khadijas strenge Moralregeln garantierten seine Sicherheit.

Als Edwards Diener den morgendlichen Brandy und Tee brachte, schob Edward den Revolver unbemerkt in seinen Koffer. Die Waffe sollte ihn auf der langen Fahrt nach Alexandria schützen. Während der Diener den Rasierschaum vorbereitete, trank Edward den Brandy, nicht den Tee, und ließ sich noch ein Glas eingießen. Er leerte es mit zitternder Hand.

Khadija hatte mit den Frauen, Kindern und weiblichen Dienstboten gerade das morgendliche Gebet beendet. Zum Abschluß der Gebete blickte jeder über die Schulter und sagte zu den Schutzengeln: »Friede sei mit dir und die Barmherzigkeit Gottes.« Dann gingen sie auseinander – die Dienstboten zu ihren Haushaltspflichten, die Frauen zum Frühstück, und Zacharias und Omar liefen ihnen hinterher. Khadija blieb mit den drei Mädchen in den Schlafzimmern. Amira, Jasmina und Tahia waren zwar erst sechs und sieben, aber sie lernten bereits, die Betten zu machen. Das war Teil der Erziehung, damit sie zu heiratsfähigen Frauen wurden. Sie machten zuerst die eigenen Betten und dann die ihrer Brüder. Danach räumten sie die verstreuten Kleider und Spielsachen von Zacharias und Omar auf und brachten Ordnung in das

Zimmer der beiden Jungen. Die Mädchen arbeiteten schnell, denn sie hatten Hunger. Im Haus roch es nach Frühstück, und ihnen lief das Wasser im Mund zusammen, aber sie durften erst essen, wenn die morgendlichen Pflichten erfüllt waren.

»Aber wir haben doch Dienstboten, Umma«, sagte Tahia, mit ihren sieben Jahren und zwei Monaten die Älteste der drei. »Sie können doch die Betten machen.«

»Und wenn ihr nach der Heirat keine Dienstboten habt?« erwiderte Khadija und strich Omars Bettlaken glatt. »Wie willst du dann deinen Mann versorgen?«

Jasmina fragte: »Sind Tante Alice und Onkel Edward schlechte Menschen, weil sie nicht mit uns beten?«

»Nein, sie sind Christen – sie haben wie wir ein heiliges Buch. Sie beten auf ihre Weise.« Khadija hörte, wie Edwards Diener mit Tee und Brandy die Treppe zur Männerseite hinaufging. Zum ersten Mal seit Bestehen des Hauses war hier Alkohol erlaubt. Khadija hatte Einspruch erhoben wie damals, als Alice Wein kommen lassen wollte und sie sich behauptet hatte. Aber in diesem Fall war es der Wunsch des englischen Schwagers, und sie mußte schließlich nachgeben.

Die alte Zou Zou humpelte mit ihrem Stock ins Zimmer. Sie hatte dunkle Ringe um die Augen. Sie erklärte, sie habe schlecht geschlafen. Ihre Träume verhießen nichts Gutes. Böse Vorahnungen und schlimme Zeichen hatten sie gequält. »Ich habe von einem blutroten Mond geträumt. Ich habe Dschinns in unserem Garten gesehen. Die Blumen waren alle verdorrt.«

Khadija schickte die Mädchen aus dem Zimmer, damit die alte Frau ihnen keine Angst einjagte, und sagte dann: »Es steht geschrieben, uns soll nichts geschehen, was Gott uns nicht bestimmt hat. ER ist unser Beschützer und unser Freund. Mach dir keine Gedanken, Tante. Der König und Ibrahim sind in Gottes Hand.«

Aber Zou Zou, die in ihrer Jugend die Tage des großen Khediven von Ägypten erlebt hatte, erwiderte: »Es steht auch geschrieben, daß Gott die Menschen nicht ändert, wenn sie sich nicht ändern. Glaube mir: Unheil droht uns. Wo ist Ibrahim? Es ist nicht richtig, daß dein Sohn nicht hier ist. Wozu ist ein Mann da? Er muß seine Familie schützen!«

Zou Zou hatte Ibrahim aufgefordert, diesmal nicht mit dem König nach Alexandria zu gehen, aber er hatte ihr sorglos versichert, es sei alles in bester Ordnung. Wie konnte er nur so blind sein? In den sechs Monaten seit dem Schwarzen Samstag hatte König Farouk dreimal seine Regierung umgebildet. Nach den neuesten Gerüchten beabsichtigte er, seinen Schwager an die Spitze des Kabinetts zu stellen. Aber das Militär verachtete diesen Mann. Deshalb war die Spannung in Kairo wieder gewachsen. »Khadija«, sagte Zou Zou, »ich habe Angst um deinen Sohn. Ich fürchte um seine Sicherheit und um die Sicherheit der Familie. Wer schützt uns, wenn er in Alexandria ist?« Sie drehte sich um und folgte kopfschüttelnd den Kindern zum Frühstück.

Im ersten Stock unterhielt sich die Familie lautstark beim Essen. Sie verzehrten Berge von Eiern und Bohnen. Nefissa stand am offenen Fenster und wartete darauf, daß der Wagen endlich vorfahren würde. Sie trug ein leichtes Reisekostüm aus Leinen und hielt ein Kosmetikköfferchen aus Krokodilleder in der Hand.

Alice ging zu ihr und sagte: »Ich habe etwas für dich.« Sie überreichte ihr ein hübsches Blumensträußchen aus dem Garten. Die roten Blüten paßten zu Nefissas roten Lippen und betonten ihre dunklen Augen. Nefissa blickte über die Schulter zu Khadija, die den Kleinsten beim Essen half, und flüsterte Alice aufgeregt ins Ohr: »Wenn sie es wüßte! Wenn sie es ahnte! Umma würde mich einsperren und den Schlüssel in den Nil werfen!« Nefissa hatte etwas Schockierendes vor. Sie wollte den Chauffeur zurücklassen, sich selbst ans Steuer setzen und nach Alexandria fahren. Sie hatte viele Wochen heimlich Fahrunterricht genommen, und endlich konnte sie sich mit der ersehnten Freiheit belohnen, am Steuer zu sitzen. Damit besaß sie eine bisher ungekannte Macht. »Für Umma ist es schlimm genug, daß ich den Schleier abgelegt habe und kein Schwarz mehr trage«, flüsterte sie und steckte die Blumen an die Kostümjacke. »Aber wenn sie wüßte, daß ich mich ans Steuer setze ... Weiß Edward eigentlich, daß ich den Wagen fahre?«

»Mein armer Bruder hat keine Ahnung! Er glaubt natürlich, daß der Chauffeur dabei ist. Willst du unterwegs übernachten?« Alice wünschte sich die Verführung ebenso wie Nefissa. Sie würde alles tun, damit Edward in Ägypten blieb.

Plötzlich läutete es stürmisch an der Haustür. Kurz darauf führte ein Hausmädchen Marijam Misrachi in den Frühstücksraum. »Hast du Radio gehört, Khadija? Schalte es ein! Es hat in der Nacht eine Revolution gegeben, während alle schliefen!«

»Was? Wie ist das möglich? Hat man den König gestürzt?«
»Ich weiß nicht! Panzer und Soldaten haben die Straßen der Stadt besetzt!«
Sie schalteten das Radio ein und hörten eine Stimme, die sie nicht kannten. Ein Mann names Anwar as Sadat, von dem noch nie jemand etwas gehört hatte, hielt eine Rede und sprach davon, daß die Ägypter sich endlich selbst regieren würden. Doreja und Rajja kamen mit ihren Kindern in den Raum. Haneija brachte ihr Baby, und Zou Zou humpelte herbei. Bald drängten sich alle Frauen und Dienstboten um das Radio.
»Er hat den König nicht erwähnt«, sagte Rajja, die aufmerksam die Rede verfolgt hatte. »Er hat auch nichts darüber gesagt, was sie mit Farouk getan haben.«
»Man wird den König umbringen!« rief Doreja. »Und Ibrahim auch!«
Es entstand eine Panik. Die Frauen fielen sich klagend und weinend in die Arme. Auch die kleine Tahia brach in Tränen aus. Khadija unterdrückte ihr Entsetzen und sagte ruhig: »Wir dürfen uns nicht von der Angst beherrschen lassen. Denkt daran, Gott schenkt die Einsicht, und wir stellen uns unter SEINEN Schutz.« Zu Rajja sagte sie: »Ruf alle Raschids an und fordere sie auf, hierher in die Paradies-Straße zu kommen. Wir werden die Nachrichten zusammen verfolgen, und wir werden beten. Doreja, kümmere du dich um die Kinder. Beschäftigte sie mit Spielen und beruhige sie.« Dann befahl sie der Köchin, Wasser für Tee zu kochen und genügend Speisen vorzubereiten, denn bald würden die Verwandten eintreffen, um auf Nachricht von Ibrahim zu warten. Schließlich sagte Khadija zu Nefissa: »Du kannst heute nicht nach Alexandria fahren.«

»Das ist ja lächerlich«, sagte König Farouk zu Anwar as Sadat und unterstrich seine Worte mit einer wegwerfenden Geste. »Wie könnt ihr Dummköpfe von einer Revolution sprechen, wenn nur ein paar Schüsse gefallen und einige Tropfen Blut geflossen sind?«
In der Tat war es zu einer fast unblutigen Revolution gekommen. Innerhalb von drei Tagen hatten die Freien Offiziere die Macht in Kairo übernommen und die ganze Welt in Erstaunen versetzt, indem sie alle Nachrichtenwege, Regierungsstellen und Transportwege ihrer Kontrolle unterstellten und damit das Leben in Ägypten praktisch zum Erliegen brachten. Farouk war in seinem Palast eingeschlossen; die Bri-

ten konnten keine Hilfe schicken, denn die Revolutionsarmee kontrollierte alle Züge, hatte die Flughäfen besetzt; und Häfen und Fernstraßen wurden streng überwacht. Der amerikanische Militärattaché in Kairo hatte zwar erklärt, Washington verlange eine Erklärung für die Ereignisse der letzten Tage, aber von dieser Seite wurde dem König kein militärischer Beistand angeboten. Farouk war hilflos. Die königliche Wache und die revolutionären Streitkräfte, die den Palast umzingelten, hatten aufeinander geschossen, aber Farouk hatte seine Garde zurückgerufen, die Tore schließen lassen und blieb im Palast. Schließlich erschien Anwar as Sadat, einer der Freien Offiziere, und überbrachte dem König ein Ultimatum. Er sollte das Land bis sechs Uhr abends verlassen oder die Folgen tragen.

Als der König protestierte, erinnerte ihn Sadat höflich an die Unruhen am Schwarzen Samstag, bei denen alle Kinos und Nightclubs, das Casino, jedes Restaurant und Kaufhaus in Kairos Europäerviertel bis auf die Grundmauern niedergebrannt waren – insgesamt vierhundert Gebäude. Man sagte später, wenn Farouk zwei Stunden früher eingegriffen und nicht nur an sein Vergnügen gedacht hätte, wäre das alles noch zu verhindern gewesen. Aber inzwischen, so fügte Sadat leise hinzu, war der König sehr unbeliebt.

Farouk mußte sich außerdem etwas eingestehen. Die Mehrheit der Freien Offiziere wollte ihn hinrichten. Nur ein einziger – Gamal Abd el Nasser – hatte sich gegen ein Blutvergießen ausgesprochen. »Die Geschichte wird ihn richten«, hatte Nasser erklärt. Aber Farouk wußte sehr wohl, je länger er in Ägypten blieb, desto kürzer würde sein Leben sein.

Nach kurzem Zögern teilte er Sadat auf der Stelle seine Entscheidung mit.

Ibrahim wurde plötzlich bewußt, daß er vielleicht zum letzten Mal in diesem Palast sein würde. Das war kaum vorstellbar nach so vielen Jahren, in denen er im Schatten des Königs gelebt hatte. War es wirklich möglich, daß es keine mitternächtlichen Anrufe mehr geben würde, die ihn in den Abdin-Palast befahlen? Würde er nie mehr den König im Bett antreffen, wo er mit einem der vielen Telefone in der Hand, die in seiner Reichweite standen, angeregt plauderte? Farouk hatte nie in seinem Leben ein Buch gelesen oder Musik gehört. Er hatte auch nie einen Brief geschrieben. Seine Unterhaltung waren Filme und Telefongespräche zu jeder Tages- und Nachtzeit. Als Leibarzt war Ibrahim einer der wenigen, die wußten, daß Farouk noch als Fünfzehnjähriger im Harem gelebt hatte und von seiner Mutter, die sich mit eisernem Willen in allen Dingen behauptete, verhätschelt worden war. Deshalb war er ein Kind geblieben. Er zog spielen der Politik vor und war nicht im geringsten für einen Überlebenskampf geeignet. Als man ihn Tage zuvor vor den Freien Offizieren gewarnt hatte, tat er sie als »Zuhälter« ab. In der Nacht der Staatsstreichs hatte man Farouk von ungewöhnlichen Truppenbewegungen in Kairo berichtet, und er hatte die Nachricht als unwichtig belächelt. Ibrahim erkannte jetzt, daß dieser Mann ein Land wie Ägypten nicht beherrschen konnte. Die revolutionären Offiziere hatten recht: Die Zeit war gekommen, Ägypten mußte einen wahren Führer haben.

Ibrahim beschäftigten noch seltsamere und verwirrendere Gedanken. War das wirklich das Ende der Monarchie? Wer würde an Farouks Stelle treten? Er fragte sich auch: Gab es in Zukunft überhaupt noch einen Platz für den königlichen Leibarzt? Ibrahim starrte auf einen schweren Türvorhang aus schwarzem Samt und dachte: So sieht meine Zukunft aus.

Schließlich brachte man die Abdankungsurkunde in den riesigen, sonnigen Marmorsaal, der mit seinen hohen Säulen und kunstvollen ausladenden Friesen an einen alten römischen Palast erinnerte. Farouk starrte mit unbewegtem Gesicht auf das Dokument, das nur aus zwei Sätzen bestand: »Wir, Farouk der Erste, obwohl wir immer nur das Glück und das Wohlergehen unseres Volkes wollten ...« Mit Tränen in den Augen nahm der König seinen goldenen Füllfederhalter, und während Ibrahim zusah, wie Farouk die Abdankungsurkunde unterschrieb, fiel ihm auf, daß die Hand des Monarchen so zitterte, daß die Unterschrift unleserlich war. Und als er zum zweiten Mal in arabischer Schrift unterzeichnete, schrieb Farouk seinen Namen falsch, denn er hatte nie gelernt, die Sprache seines Landes zu schreiben.

Ibrahim half dem König für die letzte Fahrt noch einmal im Bad und beim Anlegen der weißen Admiralsuniform seiner Flotte. Dann setzte sich Farouk zum letzten Mal auf den edelsteingeschmückten Thron des Ras-el-Tin-Palastes und verabschiedete sich von seinen besten Freunden und Ratgebern. Zu Ibrahim sagte er auf französisch: »Sie werden mir fehlen, mon ami. Wenn Ihnen oder Ihrer Familie aufgrund Ihrer Verbindung mit mir etwas zustößt, dann bitte ich Gott um Vergebung. Sie haben mir gut gedient, mein Freund.« Ibrahim begleitete ihn die große Marmortreppe hinunter und hinaus in den Palasthof. Die königliche Musikkapelle spielte die ägyptische Nationalhymne. Man holte Ägyptens grüne Fahne mit dem Halbmond ein, legte sie zusammen und überreichte sie dem König als Abschiedsgeschenk.

Aber Ibrahim blieb unten an der Gangway stehen, als Farouk an Deck der *Mahroussa* ging. Von nun an würde er nicht mehr in der Nähe des Königs sein. Ibrahim fühlte sich seltsam abgeschnitten und irgendwie nackt.

Farouks Abschied wirkte ruhig und würdevoll, als er mit seinen drei Schwestern, der siebzehnjährigen Königin und seinem sechs Monate alten Sohn an Deck stand. Die Taue wurden gelöst; als sich die Yacht in Bewegung setzte, feuerte eine Fregatte, die in der Nähe ankerte, einundzwanzig Schuß Salut.

Ibrahim blickte der sich langsam entfernenden *Mahroussa* nach und hatte nur gute Erinnerungen. Er dachte daran, wie er Jasmina, Amira, Tahia und Zacharias in den Palast gebracht hatte, um die Kinder dem König vorzustellen. Farouk hatte ihnen Bonbons geschenkt und sein Lieblingslied *The Eyes of Texas Are Upon You* gesungen. Ibrahim erinnerte sich auch an Farouks Hochzeitstag, als Millionen Bauern zu diesem Ereignis nach Kairo gekommen waren. Damals herrschte eine solche Begeisterung für den König, daß Kairos Taschendiebe in Zeitungsanzeigen versprachen, zu Ehren des königlichen Brautpaares einen Tag lang die Passanten nicht zu bestehlen. Ibrahim dachte auch an einen Abend, der noch weiter zurücklag. Man schrieb das Jahr 1936. Die Raschids verbrachten zum ersten Mal die Sommermonate in Alexandria, und Ibrahim sah den neuen Thronfolger. Farouk war damals ein schlanker, gutaussehender junger Mann. Er stand an Deck seines Schiffes, das inmitten zahlloser Boote und Feluken, auf denen Kerzen brannten, in den Hafen einfuhr. Am Tag der Thronbesteigung geriet ganz Ägypten in Jubel über Farouk, dessen Name auf arabisch bedeutet »er, der richtig von falsch unterscheidet«, außer Rand und Band.

Als die *Mahroussa* langsam den Hafen verließ, erinnerte sich Ibrahim auch an den Tag, als ihn Ali Raschid, sein Vater, dem jungen König vorgestellt hatte. Farouk schenkte ihm sofort sein Vertrauen und ernannte Ibrahim zum königlichen Leibarzt.

Ibrahim erfaßte eine tiefe Trauer. Tränen traten ihm in die Augen, denn ihm wurde bewußt, daß mit der *Mahroussa* nicht nur Ägyptens abgedankter Monarch verschwand. Das Schiff nahm seine Erinnerungen mit, seine Vergangenheit und seine Daseinsberechtigung. Und Ibrahim mußte wieder an den schweren schwarzen Samtvorhang denken, an seine Zukunft.

Zweiter Teil

(1952)

7. Kapitel

Alice stand vor der Gartenmauer und goß ihre Alpenveilchen. Mittlerweile waren so viele Blüten aufgegangen, daß sie in dem Beet schon von weitem leuchteten. Für Alice waren sie wie ein Gruß aus der Heimat. Ich muß sie Edward zeigen, dachte Alice, genauso haben sie in unserem Garten geblüht, als wir noch Kinder waren.
Aber als sie im Überschwang der Gefühle ins Haus laufen wollte, um ihren Bruder zu holen, fiel Alice ein, daß Ibrahim und Hassan mit Edward zu einem Tennisturnier gefahren waren. Sie würden erst spät am Nachmittag wiederkommen. Sie hatten Alice natürlich nicht aufgefordert mitzukommen, denn Frauen waren bei solchen Anlässen nicht erwünscht. Sie sagte sich, es mache ihr nichts aus. Es war eine der vielen Sitten, an die sie sich hatte gewöhnen müssen, seitdem sie in der Paradies-Straße lebte. Manchmal stand sie im Garten, betrachtete die hohe Mauer um das Anwesen und fragte sich, ob sie weniger dazu da sei, die Bewohner vor Eindringlingen zu schützen, als sie daran zu hindern, dieses hochherrschaftliche Gefängnis zu verlassen. Es gab auch Zeiten, in denen sie sich innerlich dagegen auflehnte, bei den Frauen zu sein, während Ibrahim und Eddie mit Freunden im anderen Teil des Hauses saßen. Aber Alice fand, alles in allem war die ägyptische Gesellschaft nicht so schwierig, wie sie das anfangs befürchtet hatte. Sie hatte ihren Freunden erst kürzlich nach England geschrieben: »Mir geht es wirklich gut. Ich habe einen sehr fürsorglichen Mann geheiratet und lebe in einem großen Haus mit mehr Dienstboten, als ich mir hätte träumen lassen.«
Als sie das Unkraut um die Alpenveilchen jätete, hörte Alice den Gesang eines Mädchens in der Nähe. Sie richtete sich auf, lauschte, und als sie Jasminas Stimme hörte, mußte sie lächeln. Das Kind ist mit Musik

im Blut geboren worden, dachte sie und versuchte, die arabischen Worte zu verstehen. Nach sieben Jahren war Alice stolz auf den Fortschritt ihrer Arabischkenntnisse. Sie verstand nicht alles, was Jasmina sang, aber dem Sinn konnte sie folgen. Wie immer bei ägyptischen Liedern ging es um die Liebe: »*Mein Herz steht in Flammen. Warum bleibst du so kalt? Ich werde dir die Rose bringen, wenn du mein Flehen erhörst.*«
Als Amira einstimmte, wunderte sich Alice nicht. Die beiden waren zwar ein Jahr auseinander, standen sich aber so nahe, als seien es Zwillinge. Sie waren unzertrennlich, und wenn Alice abends noch einmal zu den Mädchen ging, hatte sie beobachtet, daß sie manchmal sogar zusammen in einem Bett schliefen.
Zu ihrer Überraschung löste die Stimme ihrer Tochter bei Alice Heimweh nach England aus. Alice sehnte sich plötzlich danach, das alte Tudorschloß der Westfalls und das vom Regen grüne Land wiederzusehen. Aber ich bin hier glücklich, rief sie sich in Erinnerung. Ich habe bei Ibrahim ein gutes Leben und ich habe eine bezaubernde kleine Tochter.
Doch etwas quälte sie. Jasminas Stimme schien ihre Sicherheit zu untergraben. Alice blickte sich im Garten um, als würden die neuen Zweifel in den Blumen und Büschen sichtbar. Sie dachte über ihr Leben nach und fand, es sei aus ihrer Sicht nichts dagegen einzuwenden, daß sie und Ibrahim in den entgegengesetzten Teilen des Hauses schliefen. Auch ihre Eltern hatten immer getrennte Schlafzimmer gehabt. Alice beschwerte sich auch nicht darüber, daß Ibrahim an vielen gesellschaftlichen Ereignissen ohne sie teilnahm. Aber an diesem warmen Augustmorgen wurde ihr zum ersten Mal bewußt, daß etwas fehlte, etwas nicht richtig war. Doch sie wußte nicht, was.
Alice ging langsam zu einem Jasminstrauch, teilte die Zweige und sah Amira und Jasmina in der Sonne spielen. Ihr Lächeln erstarrte, als sie sah, was die Mädchen taten.
Sie hatten beide eine Melaja, die sie sich lachend um Kopf und Körper legten. Geschickt ließen sie die obere Gesichtshälfte unbedeckt, wie sie es bei den Frauen gesehen hatten, und Alice sah erstaunt, daß die beiden Mädchen sehr gekonnt die glatte Seide drapierten und beim Gehen über die Hüften schlangen.
»Na, Kinder«, sagte sie und ging zu ihnen.
»Tante Alice!« rief Jasmina und stolzierte mit ihrer Melaja kokett auf und ab. »Sind wir nicht hübsch? Tante Nefissa hat sie uns gegeben!«

Das sind Nefissas abgelegte Schleier, dachte Alice und erinnerte sich an die Veränderung ihrer Schwägerin nach der geheimen Liebesnacht mit dem britischen Offizier. Nefissa hatte damals erklärt: »Ich möchte nicht mehr so leben wie meine Mutter. Ich möchte eine emanzipierte Frau sein.« Nefissa hatte es von da an abgelehnt, sich zu verschleiern, und erstaunlicherweise hatte Khadija keinen Einspruch erhoben.
Und so spielten die Mädchen jetzt mit den Melajas wie Alice einst mit den abgelegten Kleidern ihrer Mutter. Aber da war doch ein Unterschied gewesen. Die veralteten Abendkleider von Lady Frances waren schlicht Kleider und nicht das Symbol der Unterdrückung und Sklaverei.
Beklommen dachte Alice daran, daß seit Farouks Abdankung und der Übernahme der Macht durch die neue revolutionäre Regierung die Forderung immer nachdrücklicher wurde, die Briten aus Ägypten zu vertreiben; und danach sollte das Land zu den alten Lebensweisen zurückkehren. Alice hatte sich nicht viele Gedanken darüber gemacht, aber jetzt wurde ihr plötzlich bewußt, was eine Rückkehr zu den alten Sitten hieß. Sie kannte die Bilder der Vorfahren der Raschids: Männer im Turban und Fez umgeben von vielen verschleierten Frauen. Diese Frauen besaßen keine Identität, waren ohne Gesicht und lebten nur im Schutz des Mannes, der sie in seinem Harem hielt.
Diese Frauen müssen schweigend mit ansehen, wie ihre Männer sich eine andere nehmen, wenn sie das wollen.
Immer, wenn Alice den kleinen Zacharias sah oder ihn lachen hörte, spürte sie den alten Schmerz wie von einer Wunde, die nicht verheilt, und dachte: Ibrahim hatte bereits eine Frau, als er mich geheiratet hat...
Alice träumte von einem richtigen englischen Tee in Gesellschaft von anderen Engländerinnen, von Bällen und Theateraufführungen an der Seite von Ibrahim. In der englischen Gesellschaft trafen Männer und Frauen ungezwungen zusammen. In England könnte sie mit Amira andere Mütter mit ihren Kindern treffen. Was soll nur geschehen, wenn die Briten Ägypten verlassen? Wird dann alles Europäische endgültig aus meinem Leben verschwinden? Eine erschreckende Zukunft schien sich vor ihr aufzutun – eine Zukunft, in der sich Frauen wieder verschleiern mußten, das Haus nicht verlassen durften und der Willkür ihrer Männer ausgeliefert waren, die über einen Harem herrschten.

Ihre Tochter spielte in aller Unschuld mit dem archaischen schwarzen Tuch, verhüllte ihren Körper und ihr Wesen. Aber wie sollte das Leben dieser Mädchen in einem Land sein, in dessen Sprache das Wort für »Chaos«, Fitna, auch »schöne Frau« bedeutete?
Die Mädchen sprachen arabisch, und Alice hatte ihnen auf arabisch geantwortet, aber als sie sich jetzt auf eine der Steinbänke setzte und Amira auf ihren Schoß nahm, sagte sie auf englisch: »Als ich gerade im Garten gearbeitet habe, ist mir eine lustige Geschichte eingefallen, als ich noch ein kleines Mädchen war. Wollt ihr sie hören?« Die beiden jubelten begeistert und hörten aufmerksam zu.
Ich werde Amira von England erzählen, dachte Alice. Ich werde in meiner Sprache zu ihr sprechen. Ich werde ihr meine Erinnerungen schenken, damit meine Tochter gewappnet ist für die Zukunft und ihre Herkunft nie vergißt ...
Alice erzählte die Geschichte von der Maus, die zufrieden bei der kurzsichtigen Großmutter Westfall in der Küche lebte, die große Angst vor Mäusen hatte. Die Mädchen kugelten sich vor Lachen, als Alice ihnen vormachte, wie die alte Großmutter jeden Morgen den Teewärmer hochnahm, in dem die Maus schlief, die Maus dann auf das Sofa sprang und die beiden nebeneinander saßen und Tee tranken.
»Hallo! Guten Morgen!« hörten sie plötzlich eine Stimme, und Alice sah hinter den Büschen die roten Haare von Marijam Misrachi.
»Tante Marijam!« riefen die beiden Mädchen, sprangen auf und führten stolz ihre Melajas vor.
Marijam bewunderte die weiblichen Künste der beiden und sagte dann zu Alice: »Wie geht es dir? Du siehst gut aus.«
Während Alice sich mit Marijam unterhielt, wurde ihr zum ersten Mal bewußt, wie sehr sich Khadija von ihrer besten Freundin unterschied. Die beiden Frauen, das wußte sie, sahen sich seit vielen Jahren beinahe täglich, aber Marijam war immer fröhlich und sehr temperamentvoll. Sie bevorzugte bunte Farben, während Ibrahims Mutter zurückhaltend und eher konservativ war. Alice verstand nicht, weshalb Khadija mit ihrem von der Außenwelt abgeschnittenen Leben zufrieden war, denn sie war eine attraktive Frau im besten Alter, die immer wieder Heiratsanträge bekam.
Marijam sagte: »Mein Sohn Itzak hat mir heute geschrieben.«
»Er lebt in Kalifornien, nicht wahr?«

»Ja, er hat mir Photos geschickt. Das ist seine Tochter Rachel. Ist sie nicht hübsch?« Alice betrachtete die Photos, auf denen die Familie an einem Strand mit Palmen stand.

»Rachel ist nur wenige Jahre älter als deine Amira«, Marijam seufzte, »mein Gott, wie die Zeit vergeht. Ich habe sie nie gesehen. Aber eines Tages werden Suleiman und ich unsere Kinder besuchen. Ach, das Bild hier wird dich bestimmt interessieren. Ich hatte Itzak gebeten, es mir zu schicken, denn es gibt nur noch dieses eine Photo. Es ist schon sehr alt und wurde an Itzaks Bar-Mizwah aufgenommen. Erkennst du jemanden wieder?«

Es war ein Gruppenbild unter einem alten Olivenbaum. Alice erkannte Marijam und Suleiman Misrachi mit ihrem Sohn Itzak. Sie sahen sehr viel jünger aus, und auch Ali Raschid, Khadijas breitschultriger Mann, dessen Bild fast in jedem Zimmer des Hauses hing, war abgebildet. In dieser Gruppe schien er wie immer die beherrschende Persönlichkeit zu sein. Schließlich entdeckte sie auch Ibrahim, damals noch ein junger Mann. Alice staunte über die Ähnlichkeit mit seiner Tochter Amira. Ibrahim blickte nicht in die Kamera, sondern auf seinen Vater.

»Wer ist das junge Mädchen?« fragte Alice.

»Das ist Fatima, Ibrahims Schwester.«

»Ich habe noch nie ein Bild von ihr gesehen. Weißt du, was aus ihr geworden ist? Ibrahim spricht nie von ihr.«

»Vielleicht wird er dir eines Tages die Geschichte erzählen«, erwiderte Marijam ausweichend, »ich werde versuchen, dir einen Abzug von dem Bild machen zu lassen. Itzak möchte es zurück haben. Khadija möchte es bestimmt auch für ihr Photoalbum.« Marijam lachte. »Ihre Besessenheit mit Photoalben! Also, ich hätte nicht die Geduld dazu. Bei mir liegen die Photos in Schachteln.«

»Marijam«, fragte Alice, als sie mit ihr zu den Alpenveilchen ging, »es gibt keine Photos von Khadijas Familie, von ihren Eltern, Brüdern und Schwestern. Wie kommt das?«

»Hast du sie danach gefragt?«

»Ja, aber sie sagt jedesmal, als Ali sie geheiratet hat, wurde seine Familie zu ihrer Familie. Aber sie müßte doch Bilder von ihrer Familie haben. Sie spricht nie von ihren Eltern.«

»Nun ja, du weißt, manchmal gibt es zwischen Eltern und Kindern Probleme, und die Dinge verlaufen nicht so reibungslos.«

Alice dachte an ihren Vater, der es nach wie vor ablehnte, mit seiner Tochter zu sprechen. Sie nickte und sagte: »Ja, das stimmt.« Alice hatte gehofft, der alte Earl werde sich nach der Geburt von Amira mit ihr aussöhnen. Aber er schickte an Weihnachten nur ihrer Tochter ein Geschenk – einen Scheck für das Sparkonto seines Enkelkinds. Ansonsten ließ der Earl von Pemberton nicht erkennen, daß er außer Edward noch eine Tochter hatte.
Alice nutzte die Möglichkeit, einmal mit Marijam allein zu sein, und fragte: »In den Alben gibt es auch kein Bild von Zacharias' Mutter. Hast du sie gekannt?«
»Nein, keiner von uns kennt sie. Aber das ist bei Muslims nicht ungewöhnlich.«
»Weißt du, wie sie heißt oder wo sie jetzt lebt?«
Marijam schüttelte den Kopf.
»Marijam«, fragte Alice in dem Bewußtsein, dieser Frau, die Raschids so gut kannte, vertrauen zu können, »glaubst du, ich werde hier akzeptiert?«
»Was willst du damit sagen? Bist du nicht glücklich?«
»Ich bin glücklich. Darum geht es nicht, ich meine ... es ist schwer zu erklären. Manchmal habe ich das Gefühl, meine innere Uhr schlägt in einem anderen Rhythmus ... oder ich finde nicht den richtigen Ton wie bei einem etwas verstimmten Klavier. Kannst du das verstehen? Wenn wir manchmal abends nach dem Essen im Salon sitzen, sehe ich die Familie meines Mannes, und sie scheinen mir alle etwas verzerrt zu sein. Das ist natürlich nur mein Eindruck. Ich weiß, im Grunde liegt es an mir. Ich habe die Vorstellung, ein quadratisches Holz zu sein, das in ein rundes Loch gepreßt werden soll. Ich bin hier glücklich, Marijam, und ich möchte wirklich hierher gehören. Aber manchmal ...«
Marijam lächelte mitfühlend und sagte: »Was möchtest du eigentlich, Alice? Du sagst, du bist glücklich, aber vielleicht möchtest du im Grunde noch etwas? Vergiß nie, das hier ist nicht England. Etwas muß dir auf der Seele liegen, auch wenn du es nicht aussprechen kannst.«
Alice blickte zu dem Haus, das in der Sonne rosa leuchtete, und stellte sich vor, durch die dicken Mauern in die vielen Zimmer sehen zu können. »Im Augenblick«, sagte sie so leise, als würde sie mit sich selbst sprechen, »geht Khadija durch das Haus und macht eine Bestandsaufnahme aller Gegenstände – der Wäsche, des Porzellans ...«

Marijam lachte. »Khadija ist peinlichst auf Ordnung bedacht. Sie weiß ganz genau, wo alles zu finden ist. Ich habe sie schon oft gebeten, einmal zu mir zu kommen und meine Wäsche zu zählen. Ich muß gestehen, ich weiß noch nicht einmal genau, was alles in meinen Schränken ist!«

»Ja, aber, Marijam, *ich* möchte es so wie Khadija tun«, erwiderte Alice und sah ihre Schwiegermutter, die mit einem Dienstmädchen von Zimmer zu Zimmer ging, alles auf das genaueste überprüfte, aussortierte, was repariert werden mußte, und die sauber zusammengelegten Wäschestapel zählte. »Ich beneide sie«, fügte Alice leise hinzu und begriff plötzlich, was ihr fehlte. Sie sehnte sich nach einem eigenen Zuhause. Deshalb konnte sie ihre Ängste nicht meistern. Deshalb fürchtete sie sich vor dem Abzug der Briten aus Ägypten und vor der Rückkehr zu den alten Lebensgewohnheiten. Sie würde für ihre Familie besser kämpfen, sie besser schützen können – sich und ihre Tochter vor der Sklaverei barbarischer Sitten –, wenn sie ein eigenes Haus hatte.

Als sie mit Marijam durch die Haustür trat, dachte Alice aufgeregt: Ich werde heute abend mit Ibrahim darüber reden. Wir müssen unser eigenes Zuhause haben! Ich werde mit ihm über alles sprechen. Wir werden uns aussöhnen, und ich kann ihn dann wieder so lieben, wie ich das eigentlich auch möchte. Er muß mir nur versprechen, daß es außer mir keine andere Frau gibt. Ich möchte nicht in einem Harem leben!

In Kairo kursierten die neuesten, sensationellen Nachrichten über den abgesetzten König. Mit dem Bekanntwerden der unglaublichen Verschwendung erhitzten sich die Gemüter. Ibrahims Familie, die nach dem Abendessen im Salon saß, war keine Ausnahme.

»Wer hätte gedacht, daß Ihre Majestäten so ein ausschweifendes Leben geführt haben!« rief Doreja kopfschüttelnd.

Da Farouk und seine Familie das Land Hals über Kopf hatten verlassen müssen, nahmen sie aus dem Palast in Alexandria nur soviel mit, wie sie tragen konnten. Die fünfhundert Räume im Abdin-Palast und die vierhundert in Qubbah zeigten der Welt, in welch unvorstellbarem Luxus Farouk gelebt hatte: Bäder mit in den Boden eingelassen Malachitbadewannen, Tausende von Anzügen in den riesigen Kleiderschränken, ganze Sammlungen kostbarster Edelsteine und Goldmünzen. In riesigen Safes lagerten Erotika, amerikanische Filme und Comics. Außerdem hatte man fünfzig Schlüssel für ebenso viele Wohnungen in Kairo entdeckt. Jeder Schlüssel hatte einen Anhänger mit dem Namen einer Frau und einer Beurteilung ihrer sexuellen Künste.

Auch die Königin hatte vieles zurückgelassen, unter anderem das Brautkleid mit zwanzigtausend Diamanten, aber auch über hundert Spitzennachthemden, fünf Nerzmäntel und Schuhe mit massiven hohen Goldabsätzen.

Der Revolutionsrat ließ Experten von Sotheby's aus London einfliegen, um alles zu schätzen. Dann sollte eine Auktion stattfinden, deren Erlös den Armen zufloß. Man rechnete damit, daß der beschlagnahmte Besitz der königlichen Familie über siebzig Millionen ägyptische Pfund erzielen werde.

»Ich finde dieses Gerede entsetzlich«, sagte Nefissa leise zu Ibrahim, der neben ihr saß und Kaffee trank. »Die Prinzessin war meine Freundin.«

Ibrahim gab keine Antwort, denn er war beunruhigt. Alice hatte ihm sehr ernst gesagt, sie wolle mit ihm reden. Bei dem Gedanken an eine Aussprache wurde ihm flau. Würde sie ihn verlassen wollen?

»Man stelle sich vor, aus dem Land gejagt zu werden«, redete Nefissa weiter und fuhr Omar, einem inzwischen kräftigen elfjährigen Jungen, mit den Fingern durch die dichten Haare. »Und dann werden alle privaten Dinge in der Öffentlichkeit breitgetreten. Ich möchte wissen, ob Faiza noch in Ägypten ist.« Sie seufzte. »Aber niemand kann mir das sagen.« Nefissa blickte zu Edward, dessen blonde Haare und blauen Augen sie an ihren Leutnant erinnerten.

Ist er ebenso enttäuscht wie ich, daß wir nicht nach Alexandria fahren konnten? Seit zwei Wochen dachte sie darüber nach, wie sich eine andere Gelegenheit zu einem Rendezvous ergeben mochte. Wenn sie nicht in den Norden fahren konnten, dann eben in den Süden. Nefissa wußte, daß sich Edward für die Pyramiden in Saqqara interessierte. Das war nur eine Fahrt von zweiunddreißig Kilometern. Sie würde Edward noch heute einen Tagesausflug vorschlagen mit Picknick – nur sie beide.

Plötzlich hörte man draußen im Flur einen Mann rufen: »Ja Allah! Wird hier ein Fest gefeiert?« Ibrahim freute sich, seinen Freund zu sehen, denn Hassan al-Sabir war für ihn wie ein Bruder. Als er im schwarzen Frack und mit dem Fez schief auf dem Kopf eintrat, begrüßten ihn die Kinder ausgelassen, allen voran Tahia, die er umarmte. Jasmina flog buchstäblich in seine Arme und rief glücklich: »Onkel

Hassan!« Ihre honigbraunen Augen leuchteten, denn sie liebte ihn abgöttisch. Aber sofort war Amira bei ihm, und er ließ Jasmina wieder los. Er hob die Sechsjährige hoch, strich ihr über die blonden Haare und sagte: »Wie geht es meiner kleinen Aprikose?«, worüber alle lachten.

Dann begrüßte er die Frauen – zuerst Zou Zou. »Wer ist diese Dame, die so schön ist, daß sie den Mond beschämt?« rief er auf arabisch, denn er wußte, Khadija wollte, daß in ihrem Haus arabisch gesprochen wurde.

»Wie bei allen Schmeichlern ist nur deine Zunge hier und dein Herz woanders.« Aber Zou Zous Augen leuchteten trotzdem.

»Ehre der Unveränderlichen. Ich sage die Wahrheit und begrüße die Anwesenden auf das herzlichste!«

Khadija sah, wie Hassan mit seinem Charme die Aufmerksamkeit aller auf sich zog. Das gelang ihm irgendwie immer. Als ihr Blick auf Edward fiel, staunte sie, mit welch glühendem Blick er Hassan anstarrte. Es sah aus, als wäre er bereit, ihn auf der Stelle zu erwürgen.

Nefissa entging die spürbare Zurückhaltung nicht, mit der ihre Mutter Hassan musterte. Nefissa wußte seit langem, daß Khadija den Freund ihres Sohnes insgeheim ablehnte. Aber wie konnte das sein, wo doch alle seinem Charme erlagen?

Trotz der Deckenventilatoren und der offenen Fenster war es sehr heiß. Ibrahim befahl einem Diener, Hassan Zigaretten und Kaffee zu bringen, und trat mit seinem Freund auf die Terrasse hinaus, denn der frische Wind vom Nil brachte etwas Kühlung.

»Was gibt es Neues?« fragte Ibrahim leise, als der Diener Hassan die Zigarette anzündete und sie dann diskret allein ließ. »Wie ich höre, will die neue Regierung Land beschlagnahmen. Meine Freunde an der Baumwollbörse sagen, alle reichen Grundbesitzer müssen ihre Ländereien abgeben. Man wird die großen Besitztümer aufteilen und das Land den Bauern geben. Glaubst, daß daran etwas Wahres ist?«

Hassans Reichtum stammte nicht von Grundbesitz, sondern aus seinem Erbe. Er mußte sich deshalb keine Sorgen machen. »Das sind nur Gerüchte, mein Freund.«

»Vermutlich ... aber die vielen Verhaftungen, über die man auch nur gerüchteweise hört. Man sagt, sie haben Farouks Barbier zu fünfzehn Jahren Zwangsarbeit verurteilt. Beunruhigt dich das nicht? Schließlich hast du auch zu Farouks Gefolge gehört.«

Hassan zuckte mit den Schultern. »Sein Barbier war ein Intrigant und hat so einiges auf dem Kerbholz. Ich war nur Farouks Freund, und du bist sein Arzt gewesen. Wir sind wohl kaum Verbrecher. Die Schuldigen werden bekommen, was sie verdienen, und die Unschuldigen läßt man laufen. Und du und ich, Ibrahim, wir sind ganz bestimmt schuldlos.«

Ibrahim lächelte. »Aber an deiner Stelle würde ich keinen Fez mehr tragen. Nur noch Dummköpfe laufen herum und prahlen mit ihrem Reichtum.« Bei diesen Worten fand Ibrahim, es sei wohl klüger, den russischen Zobelmantel nicht zu kaufen, mit dem er Alice an ihrem Geburtstag überraschen wollte. Vielleicht war im Augenblick etwas mehr Bescheidenheit angebracht.

»Ach«, sagte Hassan und schnippte die Zigarettenasche über die Terrassenbrüstung, »vor den sogenannten Freien Offizieren habe ich keine Angst. Ich kenne diese Art Leute – es sind alles Bauern. Der Vater von Nasser, ihrem Anführer, ist ein Briefträger, und sein Stellvertreter Sadat ist ein Fellache. Er stammt aus einem Dorf, das so arm ist, daß selbst die Fliegen dort nicht bleiben. Außerdem ist er schwarz wie die Nacht«, fügte Hassan abfällig hinzu. »Glaub mir, sie werden sich nicht lange halten. Der König kommt zurück. Du wirst es erleben.«

»Ich hoffe, du hast recht«, sagte Ibrahim.

Hassan zuckte die Schultern. Ihm war es gleich. Aus welcher Richtung der Wind auch blies, er würde sich davon treiben lassen. Außerdem profitierte er von der Revolution, denn als Anwalt hatte er viele Beziehungen zu den Gerichten. Noch nie hatte er so viele Fälle bekommen, und niemand beklagte sich über seine zu hohen Rechnungen. Solange diese lächerliche Revolution dauerte, würde Hassan al-Sabir Gewinn daraus schlagen. »Verzeih mir, mein Freund, wenn ich das sage, aber der Abend hier ist langweilig. Wollen wir nicht lieber in die Mohammed Ali-Straße gehen?« fragte er und meinte damit ein Vergnügungsviertel in der Altstadt mit Tänzerinnen, Musikanten und leichten Mädchen. »Ich kenne eine gewisse junge Dame, die im Bett eine wahre Künstlerin ist. Ich würde sie dir heute überlassen, alter Junge.«

Ibrahim lachte, aber nur, um seine Verzweiflung zu verbergen. Seit den Januarunruhen hatten er und Alice nicht mehr miteinander geschlafen. Aber das würde er selbst seinem besten Freund nicht gestehen. »Ich bin mit meiner Frau vollauf zufrieden«, erwiderte er und blickte durch die

offene Tür in den hell erleuchteten Salon, wo Alice in ein Gespräch mit Nefissa vertieft war.
»Na gut.« Hassan glaubte ihm nicht. Kein Mann starrte seine Frau nach siebenjähriger Ehe wie ein liebestoller Jüngling voll Sehnsucht und Verlangen an. »Wie kann Alice dir genügen? Wir sind doch heißblütige Männer! Warum nimmst du dir nicht wie ich eine zweite Frau? Sogar der Prophet – Gott segne ihn und schenke ihm den ewigen Frieden – hatte Verständnis für die Bedürfnisse der Männer.«
»Aber der Prophet hat auch erklärt, eine zweite, dritte und vierte Frau müssen gleich behandelt werden. Welcher Mann kann mehrere Frauen gleich behandeln?«
Ehe Hassan antworten konnte, hörten sie eine helle Mädchenstimme: »Papa!«
Ibrahim hob Amira hoch und setzte sie auf das schmiedeeiserne Gitter.
»Tante Nefissa hat uns ein Rätsel aufgegeben«, sagte sie, »kannst du es raten?«
Hassan sah, wie Ibrahim sich auf der Stelle von seiner Tochter umgarnen ließ. Er schenkte ihr seine ganze Aufmerksamkeit und strahlte sie an. Hassan erlebte immer wieder, daß Ibrahim von seiner Tochter erzählte, ihre Fortschritte bewunderte und so stolz auf sie war wie die meisten Männer auf ihre Söhne. Zu seiner Überraschung mußte Hassan sich eingestehen, daß er seinen Freund beneidete. Er hatte keine so enge Beziehung zu seinen Töchtern, die in einem Mädchenpensionat in Europa waren. Er erhielt von ihnen nur Postkarten und Briefe. Amira mit ihren blonden Haaren und blauen Augen würde eines Tages bestimmt eine Schönheit sein wie ihre Mutter. In zehn Jahren war sie eine verführerische Sechzehnjährige, für die man einen Mann suchen würde.
Als er die Hausglocke hörte, fragte sich Hassan, wer wohl an diesem Abend die Raschids noch besuchen wollte. Einer der Dienstboten erschien aufgeregt und eilte zu Khadija. Er flüsterte ihr etwas zu. Sie wurde blaß. Dann nickte sie und bedeutete Hassan und Ibrahim, in den Salon zu kommen. Der Diener lief hinaus und kehrte kurz darauf mit vier Männern in Uniform und mit Gewehren zurück.
Im Raum wurde es totenstill.
Sie waren gekommen, um Ibrahim Raschid wegen Verbrechen gegen das ägyptische Volk zu verhaften.

»Das ist absurd!« protestierte Ibrahim. »Wißt ihr nicht, wer ich bin? Wißt ihr nicht, wer mein Vater war?«
Sie entschuldigten sich, forderten Ibrahim aber trotzdem auf, ihnen zu folgen.
»Einen Moment ...« Hassan wollte ihnen den Weg versperren, aber Ibrahim sagte: »Da muß ein Irrtum vorliegen, und ich glaube, es gibt für mich nur einen Weg, ihn aufzuklären.« Alice, die an seine Seite geeilt war, beruhigte er mit den Worten: »Du mußt dir keine Sorgen machen.«
»Ich werde auf dich warten«, erwiderte sie angstvoll.
Er küßte seine Mutter. »Ich werde nicht lange weg sein.«
Stumm sahen alle zu, wie die Soldaten mit Ibrahim den Raum verließen. Nefissa legte ihrer Mutter die Hand auf den Arm und flüsterte: »Du mußt keine Angst haben, Umma, Gott schützt die, die an IHN glauben.«
Doch Khadija dachte zitternd: Wird Gott auch den schützen, der IHN verflucht hat?

8. Kapitel

Zu seiner Überraschung sah Ibrahim, wie Sarah, das Küchenmädchen, mit ihrem Sohn Zacharias an der Hand in den Männerflügel des Hauses trat. Sie war barfuß und trug das einfache Gewand einer Frau aus einem Dorf. Zum ersten Mal bemerkte er, wie hübsch sie war, kein Mädchen mehr, sondern eine begehrenswerte Frau.
»Was willst du hier?« fragte er.
Sie öffnete den Mund, aber zu seinem noch größeren Staunen hörte er die Stimme Gottes: »Du hast versucht, MICH zu überlisten, Ibrahim Raschid, und du hast MICH verflucht. Das ist nicht dein Sohn. Ein anderer ist der Vater. Du hattest nicht das Recht, dir diesen Jungen zu nehmen. Du hast MEIN heiliges Gesetz gebrochen.«
Als Ibrahim rief: »Ich verstehe nicht, warum ...«, erwachte er vom Klang seiner Stimme. Zuerst spürte er einen stechenden Schmerz am Hinterkopf, dann roch er den Gestank.
Beim Versuch, sich aufzusetzen, wurde ihm übel. Er nahm nur verschwommen Schatten und Gestalten wahr. Er konnte nicht richtig sehen und stöhnte: »Wo bin ich?« Seine Gedanken überschlugen sich, aber es gelang ihm nicht, klar zu denken. Es dauerte eine Weile, bis er feststellte, daß er auf nacktem Stein saß. Es war unerträglich heiß, und seltsame Geräusche umgaben ihn. Als er tief Luft holte, würgte es ihn wieder. Ein entsetzlicher Gestank verpestete die Luft – Schweiß, Urin, Kot und die erdrückende, alles noch verstärkende Hitze.
Wo bin ich, dachte er wieder.
Langsam erinnerte er sich. Soldaten hatten ihn zu Hause verhaftet und in das Generalhauptquartier gebracht. Ibrahim beteuerte immer wieder seine Unschuld. Einer der Männer brachte ihn schließlich brutal mit einem Schlag des Gewehrkolbens auf den Hinterkopf zum Schweigen.

Ibrahim rechnete damit, daß man ihn zu den Freien Offizieren bringen würde. Statt dessen schoben sie ihn in ein armseliges Büro, wo ihm ein kurz angebundener Wachtmeister nur zwei Fragen stellte: »Welche subversiven Aktivitäten fanden am Hof statt?« Und: »Nennen Sie die Namen der Leute, die daran beteiligt waren.«
Ibrahim hatte versucht, sich zu verteidigen, und beharrte darauf, daß es sich bei seiner Festnahme um einen Irrtum handeln müsse. Schließlich hatte er die Geduld verloren und verlangt, einen der Verantwortlichen zu sprechen. Daraufhin schlug ihm wieder jemand auf den Kopf, und er verlor das Bewußtsein.
Ibrahim betastete vorsichtig seinen Hinterkopf und spürte eine große, weiche Beule. Das Schwindelgefühl ließ etwas nach, und er konnte wieder sehen. »Oh, mein Gott«, murmelte er fassungslos.
Er saß in einer Gefängniszelle mit hohen Wänden und einem schmutzigen Steinboden. Er war nicht allein. In der Zelle waren mehr Gefangene als ursprünglich vorgesehen. Die meisten trugen zerlumpte Galabijas. Einige liefen hin und her und führten Selbstgespräche, andere saßen stumm an den Wänden. Es gab keine Stühle, keine Bänke, keine Pritschen, nur altes Stroh. Er sah auch keine Toiletten, sondern nur von Exkremeten überlaufende Eimer. Die Zelle glich einem Backofen.
Träume ich noch immer? Wenn ja, dann ist das ein Platz in der Hölle.
Ibrahim blickte an sich hinunter und stellte fest, daß er noch immer seinen dunkelblauen Anzug trug. Die Krokodillederschuhe, die goldene Uhr, zwei Diamantringe und die Perlmuttmanschettenknöpfe hatte man ihm allerdings abgenommen. Auch die Taschen waren leer. Sie hatten ihm nicht einmal ein Taschentuch gelassen.
In der Wand gegenüber entdeckte er ein Fenster. Er stand schwerfällig auf und ging schwankend durch den Raum. Aber das Fenster war zu hoch, um hinauszusehen. Die heißen Strahlen der Augustsonne fielen in die Zelle, aber Ibrahim hatte keine Ahnung, wo das Gefängnis sein mochte. Hatte man ihn zur Zitadelle am Stadtrand gebracht? Oder befand er sich womöglich nicht mehr in Kairo, sondern irgendwo in der Wüste? Die Paradies-Straße konnte weit weg sein.
Langsam wurde sein Kopf klarer, und er stand wieder sicherer auf den Beinen. Er ging durch den Raum und wich dabei seinen Zellengenossen, die ihn nicht weiter zu beachten schienen, so gut wie möglich aus.

Schließlich stand er vor der vergitterten Tür, hinter der sich ein dunkler Gang befand. »Hallo! Hallo!« rief er auf englisch. »Ist da jemand?« Er hörte das Klirren von Schlüsseln, und dann erschien ein junger Mann in einem verschwitzten Uniformhemd. An seinem Gürtel hingen ein Schlüsselbund und ein Dienstrevolver. Er starrte Ibrahim ausdruckslos an.
»Hör zu«, sagte Ibrahim, »da ist ein schrecklicher Irrtum geschehen. Man hat mich fälschlicherweise verhaftet. Du mußt mich sofort hier herauslassen.«
Der junge Mann starrte ihn nur an.
»Hast du nicht gehört, was ich sage? Bist du taub?«
Jemand klopfte ihm auf die Schulter, und Ibrahim zuckte zusammen. Ein dicker bärtiger Mann in einer schmutzigen blauen Galabija grinste ihn an und sagte auf arabisch: »Sie sprechen hier kein Englisch. Und selbst wenn sie Englisch können, dann sprechen sie es nicht. Seit der Revolution gibt es für sie kein Englisch mehr. Das ist die erste Lektion, die du lernen mußt.«
»Ach so, natürlich«, murmelte Ibrahim, »danke.« Dann sagte auf arabisch: »Da ist ein Irrtum geschehen. Meine Verhaftung war ein Irrtum. Ich bin Dr. Ibrahim Raschid, und du siehst doch, daß ich nicht hierher gehöre.«
Der Wärter blickte ihn gelangweilt an. »Das sagen alle.«
»Hör zu«, Ibrahim zwang sich, die Ruhe nicht zu verlieren, »ihr habt den Falschen verhaftet. Wen immer ihr sucht, ich bin es nicht. Ich habe nichts getan, und ich gehöre bestimmt nicht in diese Zelle.« Er deutete schwach auf die Gefangenen. »Bitte, sag deinem Vorgesetzten, daß ich ihn sprechen möchte.«
Der Wärter lachte höhnisch und ging langsam davon.
»Ein unverschämter Kerl ...«, murmelte Ibrahim.
Als er sich die Zelle etwas genauer ansah, stellte er zu seiner Verlegenheit fest, daß er urinierern mußte. Er konnte sich vorstellen, wie Hassan in dieser Situation sagen würde: »Sehr peinlich«, und Ibrahim mußte gegen seinen Willen lächeln. Er tröstete sich bei dem Gedanken, daß er und Hassan sich eines Tages an das hier erinnern und lachen würden, denn er zweifelte nicht daran, daß sein bester Freund in diesem Augenblick alles für seine Freilassung tat.
Aber so lange konnte er nicht warten, um seine Blase zu entleeren.

Der dicke bärtige Gefangene trat zu ihm. »Gottes Friede sei mit dir, mein Freund«, sagte er, »ich bin Mahzouz.«
Ibrahim blickte auf die armselige Galabija, sah die fehlenden Zähne und das narbige Gesicht. Der Mann wirkte nicht sehr vertrauenerweckend.
»Mahzouz« bedeutete auf arabisch »Glück«.
Der Mann lächelte. »Mein Name stammt aus besseren Zeiten.«
»Warum bist du hier?« fragte Ibrahim ohne wirkliches Interesse, aber der Mann wußte vielleicht, wie man mit dem Wärter reden konnte.
Mahzouz hob resigniert die Schultern. »Ich bin so unschuldig wie du.«
Ibrahim musterte ihn mißtrauisch. »Ach, dann sind wohl alle hier unschuldig?«
»Bei Gott, das sind sie.«
»Das glaube ich gern«, murmelte Ibrahim auf englisch, schob die Manschetten zurück und wischte den Staub von der Anzugjacke. Er stellte fest, daß auch seine Krawatte fehlte, und verstand nicht, daß jemand so etwas stehlen sollte.
»Weißt du vielleicht, wie man eine Nachricht an dem unverschämten Wärter vorbei nach draußen schickt? Ich kann unmöglich hier bleiben.«
Seine Blase ließ sich kaum noch unter Kontrolle halten.
Mahzouz hob wieder die Schulter. »Gott wird den Augenblick deiner Entlassung bestimmen, mein Freund. Dein Schicksal liegt allein in der Hand des Allmächtigen.«
Ibrahim hatte zwar noch Kopfschmerzen, aber er konnte wieder denken. Er versuchte, seine Lage in dieser mörderischen Zelle einzuschätzen, und wußte, der beste Platz war in der Nähe der Tür, denn bestimmt würde der Wärter bald mit einem Verantwortlichen zurückkommen. Leider schienen die meisten Männer die Tür für den besten Platz zu halten und hockten oder standen davor. Deshalb bahnte er sich resigniert einen Weg zur Rückwand und wich dabei, so gut es ging, den Händen und Füßen seiner Mitgefangenen aus. Dann lehnte er sich an die Mauer und behielt die Tür im Auge. Als er einen Blick auf die Uhr werfen wollte, fiel ihm ein, daß man ihm die Armbanduhr weggenommen hatte. Angeekelt sah er, daß seine manikürten Fingernägel schwarze Ränder hatten. Als er Ausschau nach etwas hielt, womit er sie reinigen konnte, hörte er an der Tür das Klirren von Schlüsseln. Endlich!
Aber noch ehe er einen Schritt in Richtung Zelleneingang machen

konnte, sprangen die Gefangenen zu seinem Entsetzen alle auf und
drängten sich wie Wilde um die Tür. Einer schrie schmerzerfüllt auf, als
man ihn gegen die Gitterstäbe drückte. Ältere und Schwächere wurden
rücksichtslos zur Seite geschoben. Ibrahim blieb wie erstarrt stehen und
sah fassungslos zu, wie die Männer nach Brot griffen, das man in die
Zelle brachte. Jeder erhielt einen Fladen, mit dem er gekochte Bohnen
aus einem großen Kessel schöpfte.
Das wilde Durcheinander dauerte nicht lange. Die Wärter verließen die
Zelle bald wieder, während die Männer gierig wie hungrige Tiere das
Brot und die Bohnen verschlangen. Mahzouz kam langsam durch den
Raum. Er aß seine Portion beinahe übertrieben genußvoll. Als er vor
Ibrahim stand, sah er Maden in den Bohnen, und er würgte wieder.
»Mein lieber Freund«, sagte Mahzouz mit vollem Mund, »du hättest dir
auch etwas nehmen sollen. Es dauert lange, bis wir die nächste Mahlzeit
bekommen.«
»Ich werde nicht mehr lange hier sein. Ich werde keine Stunde mehr
hier sein.«
»Wirklich? Beim Barte des Propheten, du bist wirklich ein Optimist.«
Er leckte sich die Finger ab und rülpste. Ibrahim drehte den Kopf zur
Seite. »Ich dachte auch, *ich* wäre in einer Stunde draußen«, fuhr Mahzouz fort und las aus seinem Bart die darin hängenden Bohnen. »Das
war, wenn ich mich recht erinnere, vor drei Monaten. Inzwischen weiß
ich nicht mehr, welchen Tag wir haben.«
»Warum hat man dich verhaftet?«
»Wie dich ... ohne jeden Grund. Ich möchte dir einen Rat geben, mein
Freund«, sagte Mahzouz und betrachtete neidisch Ibrahims eleganten
Anzug. »Paß auf deine Klamotten auf. Du trägst bessere Sachen als der
Gefängnisdirektor. Ihm wird das nicht gefallen.«
Ibrahim wandte sich ab. Dieser Mann war eindeutig nicht ganz bei
Verstand. Das sah doch jeder, daß er, Dr. Ibrahim Raschid, *nichts* mit
diesen armseligen Kerlen zu tun hatte und *nicht* in die Zelle gehörte.
Keiner dieser Männer besaß Geld oder Einfluß, und niemand würde es
wagen, Hand an seine Kleider zu legen. Sein Fall war ein bürokratischer
Irrtum, mehr nicht. So etwas geschah bedauerlicherweise immer wieder.
Der stechende Druck seiner Blase riß ihn aus seinen Gedanken. Nur
zögernd ging er in die dunkelste Ecke. Beschämt und verlegen hielt er

die Luft an, um den Gestank überhaupt ertragen zu können, und erleichterte sich. Dann suchte er sich einen Platz an der Wand. Er sah eine Stelle, wo jemand den Namen Gottes in den Stein geritzt hatte. Dort setzte er sich auf den schmutzigen Boden. Er ließ die vergitterte Tür nicht aus den Augen und lauschte auf das Schlüsselklirren, das die Rückkehr der Wärter ankündigen würde. Ibrahim tröstete sich bei dem Gedanken, daß er wieder frei sein würde, noch ehe die Sonne hinter dem hohen Fenster versank.

Jemand stieß ihn gegen die Schulter, und Ibrahim erwachte. Im ersten Augenblick wußte er nicht, wo er war, aber dann erinnerte er sich. Er blickte zu dem hohen Fenster hinauf und sah, daß die Sonnenstrahlen schräg durch das Gitter fielen und sich gelb färbten. Er staunte, daß er so lange hatte schlafen können. Dann bemerkte er Mahzouz, der sich neben ihn setzte. »Du scheinst dir keine großen Sorgen zu machen, mein Freund.«
Ibrahim wich etwas zur Seite und bewegte die steif gewordenen Schultern. »Ich mache mir keine Sorgen, denn ich weiß ganz genau, daß meine Familie alles tut, um meine Freilassung zu erreichen. Du wirst sehen, ich schlafe heute nacht wieder in meinem Bett.«
»Wenn es in Gottes Buch so geschrieben steht«, sagte Mahzouz, und Ibrahim wußte nicht, ob er sich über ihn lustig machte.
Ibrahim blieb, den Rücken an die Wand gelehnt, stoisch sitzen und wandte den Blick nicht von der Zellentür. Ihm fiel plötzlich auf, daß er noch keinen Gebetsruf gehört hatte. Das Gefängnis mußte demnach weit von der Stadt entfernt sein. Wollte die Gefängnisleitung, daß die Männer in den Zellen ihre Gebete vergaßen? Wie sollte hier jemand wissen, wie spät es war? Ibrahim distanzierte sich gedanklich von dem Alptraum, in dem er sich befand. Er sagte sich, er habe nichts mit diesem Dreck und den Ratten im Stroh zu tun, nichts mit dem Mann dort drüben, der sich unter seiner Galabija die Läuse von der nackten Haut las, oder einem anderen, der in einer Ecke stand und sich übergab.
Als es wieder Brot und Bohnen gab, blieb Ibrahim sitzen. Er stellte fest, daß die Hitze in der Zelle am Ende des Tages nicht nachließ, und registrierte die eigenen Körpergerüche. Im Sommer pflegte er zwei- oder dreimal täglich zu baden. Er sehnte sich danach, die Zähne zu putzen, sich zu rasieren, er sehnte sich nach heißem Wasser und Seife. Als das

letzte Sonnenlicht hinter dem hohen Fenster verschwand, verrichtete er die Übungen des Vierten Gebets und bat Gott um Nachsicht, weil er vor dem Gebet nicht die erforderliche rituelle Waschung durchführen konnte.

Endlich war es in der Zelle dunkel, und die Männer legten sich schlafen. Ibrahim rutschte auf dem harten Steinboden hin und her; er versuchte vergeblich, eine einigermaßen bequeme Lage zu finden, aber er tröstete sich mit dem Gedanken, daß Hassan am nächsten Morgen bestimmt kommen und ihm die Freiheit bringen werde. Er zog die Anzugjacke aus und benutzte sie zusammengelegt als Kopfkissen. Aber als er am Morgen erwachte, stellte er fest, daß seine Jacke verschwunden war und zwei Gefangene erstaunlicherweise Kaffee tranken und Zigaretten rauchten.

Ibrahim wußte nicht, wie spät es war. Hassan würde bestimmt bald da sein. Er strich sich nachdenklich über den Stoppelbart und sehnte sich nach dem morgendlichen heißen Bad, der erfrischenden Rasur und der anschließenden entspannenden Stunde im seidenen Morgenmantel und dem Genuß der Wasserpfeife. Das war der ruhige, angenehme Beginn eines Tages, bevor er zu Farouks Zeiten in den Palast fuhr.

Warum dauerte es nur so lange, bis man ihn hier heraushalte? Warum war Hassan noch nicht gekommen?

Aber bestimmt würde er ihn heute aus dieser Hölle erlösen.

Ibrahim mußte sich bald eingestehen, daß er schrecklichen Hunger hatte. Kein Wunder, er hatte vor mehr als vierundzwanzig Stunden beim Abendessen im Kreis der Familie zum letzen Mal etwas gegessen. Hätte er doch nicht auf die zweite Portion Lamm mit Reis verzichtet und auch das süße Baklava nicht verschmäht.

Er ging zur Tür, drückte das Gesicht gegen die Gitterstäbe und blickte auf den Gang hinaus. »He, ihr da!« rief er auf arabisch. »Ich weiß, daß ihr mich hören könnt. Ich habe eine Nachricht für euren Vorgesetzten. Sagt ihm, er wird es noch bedauern, daß er mich in diese Zelle gesperrt hat.«

Erstaunlicherweise erschien grinsend der unverschämte Wärter.

»Hör zu«, sagte Ibrahim, ohne seinen Ärger zu verbergen, »du weißt nicht, wen du vor dir hast. Ich habe mit denen da«, er wies auf die Zelle, »nichts zu tun. Sag deinem Vorgesetzten, er soll sich mit Hassan al-

Sabir in Verbindung setzen. Er ist mein Anwalt und wird ihm erklären, daß meine Verhaftung ein Irrtum war.«
Der Wärter verzog nur geringschätzig den Mund und ging wortlos davon.
Ibrahim rief ihm nach: »Weißt du, wer ich bin?« Er wollte hinzufügen: »Wenn das der König erfährt ...« Aber dann fiel ihm ein, daß es keinen König mehr gab ...
Er lehnte sich in ohnmächtiger Wut gegen das Gitter. Was sollte er tun? Er versuchte, sich vorzustellen, wie Hassan sich in dieser Lage verhalten hätte. Sein Freund besaß eine angeborene Arroganz, die bei jedem Ehrerbietung auslöste. Ihm hätte man sofort jede erdenkliche Aufmerksamkeit geschenkt. Aber Ibrahim wußte nicht, wie er seinen Status hier durchsetzen sollte. Er hatte sich in seinem Leben nie durchsetzen oder um etwas kämpfen müssen. Jeder, der ihm begegnete, war ihm gegenüber unterwürfig gewesen.
Trotzdem zweifelte Ibrahim nicht daran, daß er in wenigen Stunden die Zelle würde verlassen können. Seiner Familie war es vermutlich nicht so schnell gelungen, zu den richtigen Stellen vorzudringen. Sie wußten nicht auf Anhieb, in welches Gefängnis man ihn gebracht hatte, und dann gab es sicher eine Reihe bürokratischer Dinge, die erledigt werden mußten. Edward nannte das den »Papierkrieg«. Trotzdem hätte man ihn hier besser behandeln sollen. Selbst wenn die Zuständigen glaubten, ihn rechtmäßig verhaftet zu haben, so sperrte man Gefangene seiner Klasse doch nicht mit gewöhnlichen Dieben und Bettlern in eine Zelle. Wenn man ihm wenigstens eine Zahnbürste, Seife und heißes Wasser geben würde. Natürlich brauchte er auch menschenwürdiges Essen. Sein Magen knurrte, und er war bereits schwach vor Hunger.
Als Ibrahim zu seinem Platz an der Wand zurückging und dabei wieder darauf achtete, keinen seiner Mithäftlinge zu berühren, überlegte er, was Alice wohl in diesem Augenblick tat. Sie würde sich große Sorgen machen. Die vergangenen sechs Monate waren für sie schwer gewesen. Wenn doch im Januar nicht die Unruhen ausgebrochen wären, dann hätte er sie mit der Reise nach England überrascht, und sie wären jetzt wieder ein glückliches Paar. Alice könnte sogar schwanger sein. Vielleicht hätten sie sich sogar mit dem Earl ausgesöhnt und wären noch in England, weit weg von der Revolution, dem Terror, und es wäre nie zu der schreienden Ungerechtigkeit seiner Verhaftung gekommen. Aber

mittlerweile wurde Ibrahim klar, daß die Revolution mehr als eine vorübergehende unangenehme Episode sein würde.

Die Wärter brachten wieder Brot und Bohnen und lösten mit ihrem Erscheinen den tierischen Kampf um das Essen aus. Trotz seines Ekels drängte ihn der knurrende Magen, sich seinen Teil zu holen. Bestimmt bereitete seine Mutter in diesem Augenblick ein Willkommensfest für ihn vor, und er würde heute abend sein Lieblingsgericht essen – gefülltes Lamm mit Minze und Eiern. Vielleicht würde er sogar als eine Art Medizin einen Schluck von Edwards Cognac trinken.

Während die Häftlinge schmatzend und rülpsend ihr Frühstück verzehrten, ging Ibrahim zu der vergitterten Tür, um mit den Wärtern zu reden, bevor sie wieder verschwanden. Aber sie würdigten ihn keines Blickes.

»Deprimierend, nicht wahr?«

Ibrahim drehte sich um und sah Mahzouz, der sich mit dem letzten Bissen Brot die Lippen abwischte, bevor er es in den Mund schob. »Man kann ihnen sagen, was man will«, fügte er lächelnd hinzu, »sie tun so, als sei man Luft. Diese Hunde kennen nur eine Sprache.« Er machte eine schnelle Bewegung mit Daumen, Zeigefinger und Mittelfinger.

»Was für eine Sprache?«

»*Bakschisch* . . . Bestechung.«

»Aber ich habe kein Geld. Man hat es mir weggenommen.«

»Du hast ein schönes Hemd, mein Freund. Ich wette, selbst Nasser, unser neuer Führer, trägt kein so teures Hemd. Wieviel hast du dafür bezahlt?«

Das wußte Ibrahim nicht. Sein Buchhalter bezahlte die Schneiderrechnungen.

Wortlos ließ er Mahzouz stehen und ging zu seinem Platz an der Rückwand. Sein Ärger wuchs mit jeder Minute.

Als kurz darauf das Klirren von Schlüsseln den Wärter ankündigte, sprang er wie die anderen gespannt auf und schob sich aufgeregt durch die Menge. »Hier bin ich!« rief er dem Wärter zu. »Dr. Ibrahim Raschid ist hier hinten!«

Aber der Wärter war nicht seinetwegen gekommen. Ein anderer Häftling durfte die Zelle verlassen. Seinem Lächeln nach zu urteilen, wurde er entlassen oder in eine bessere Zelle gebracht. Mahzouz hatte Ibrahim erzählt, daß so etwas vorkam, wenn die Familie des Gefangenen die

Gefängnisbeamten bestach. Dann brachte man den Betreffenden in eine andere Zelle und behandelte ihn besser.

Ibrahim war wie vor den Kopf geschlagen. Wenn das so war, was tat dann *seine* Familie?

Panik erfaßte ihn plötzlich. Hatte man vielleicht alle Raschids verhaftet?

Aber das war nicht möglich. Es gab zu viele Raschids, und nur wenige hatten etwas mit dem König zu tun gehabt. Außerdem gab es noch die Frauen, allen voran seine Mutter.

Man hatte sie bestimmt nicht verhaftet, und sie würde mit allen Mitteln seine Freilassung betreiben.

Er zweifelte nach wie vor nicht daran, daß er noch vor Ende dieses Tages wieder zu Hause sein würde, aber seine Zuversicht geriet langsam ins Wanken.

Als Ibrahim am dritten Morgen im Gefängnis erwachte, war er mit seiner Geduld am Ende.

Ohne auf die wenig interessierten Zuschauer zu achten – viele der Männer saßen wie Mahzouz schon so lange in dieser Zelle, daß sie völlig abgestumpft waren –, ging Ibrahim zu der vergitterten Tür und rief nach den Wärtern. Er fühlte sich matt und schwach. Er hatte noch immer nichts gegessen. Krämpfe quälten ihn, denn er führte einen erbitterten Kampf gegen die natürlichen Funktionen seiner Eingeweide. Er stellte sich zum Wasserlassen in die Ecke, denn ihm blieb nichts anderes übrig, aber er würde sich nicht wie ein Tier hinhocken oder sich auf diese stinkenden Eimer setzen.

»Ihr müßt mich rauslassen!« schrie er durch das Gitter. »Bei Gott, ich bin ein Freund des Premierministers! Sagt dem Gesundheitsminister, daß ich hier bin! Wir spielen zusammen Polo.«

Ibrahim erfaßte die nackte Verzweiflung. Wo war seine Familie? Wo waren seine Freunde? Wo waren die Engländer? Wie konnten sie diese Farce einer Revolution dulden?

»Es wird ernste Folgen für euch haben, wenn ihr nicht auf mich hört! Ich werde dafür sorgen, daß ihr alle rausgeschmissen werdet! Ihr kommt in die Kupferminen! *Habt ihr verstanden?*«

Als er sich keuchend umdrehte, stand Mahzouz neben ihm. Er lächelte ihn mitleidig an. »Das nützt nichts, mein Freund. Den Wärtern sind

deine einflußreichen Freunde gleichgültig. Denk daran, was ich dir gesagt habe.« Er rieb Zeigefinger und Daumen. »*Bakschisch*. Außerdem würde ich dir raten, etwas zu essen. Jeder versucht am Anfang zu hungern. Aber was hilft es dir, wenn du verhungert bist?«
Als die Wärter mit den Essensrationen erschienen, hielt sich Ibrahim noch immer zurück, aber ganz zum Schluß nahm er sich auch ein Brot. Er sah, daß Stroh mit hineingebacken war.
»Das kann man doch nicht essen ...«
»Du kannst dir meinetwegen den Arsch damit abwischen«, erwiderte der Wärter und ging davon.
Ibrahim warf das Brot empört auf den Boden, wo die anderen sich darum rissen. Als er schwankend zu seinem Platz an der Wand zurückkehrte, dachte Ibrahim: Ich muß mich zusammennehmen. Es wird sich alles zum Guten wenden. Das hier kann nicht mehr lange dauern ...

Alpträume quälten ihn, und wenn er erwachte, stellte er fest, daß der Alptraum in dieser Zelle nicht vorüber war. Weder Schlaf noch Wachsein brachten ihm eine Erleichterung in dieser Lage. Als man das nächste Mal Essen brachte, nahm er sich Brot und Bohnen und aß heißhungrig. Und dann, weil er nicht anders konnte, hockte er sich über einen der stinkenden Eimer.

Am siebten Tag holten die Wärter einen Häftling aus der Zelle. Aber der Mann lächelte nicht. Als sie ihn nach einiger Zeit zurückbrachten, war er bewußtlos. Sie schleppten ihn in die Zelle und ließen ihn auf den Boden fallen. Mahzouz kam zu Ibrahim und sagte: »Du hast gesagt, du bist Arzt. Kannst du dem Mann helfen?«
Ibrahim ging zu dem Bewußtlosen und betrachtete ihn genau, ohne ihn zu berühren. Man hatte den Mann gefoltert.
»Kannst du ihm helfen?«
»Ich ... ich ... weiß nicht.« Ibrahim hatte noch nie solche Wunden gesehen. Jahre waren vergangen, seit er zum letzten Mal eine Verletzung oder eine Krankheit behandelt hatte.
Mahzouz sah ihn verächtlich an und murmelte: »Und so was will Arzt sein ...«
Als die Wärter in der Nacht die Leiche aus der Zelle holten, lief Ibrahim zu ihnen. »Bitte, hört mich an.«

Einer der Wärter starrte auf sein Seidenhemd. Es war inzwischen verschwitzt und fleckig. Ibrahim zog es aus und drückte es dem Mann in die Hand. »Hier, nimm es. Es ist soviel wert wie ein Monatslohn«, flüsterte er, ohne zu wissen, was der Mann verdiente. »Benachrichtige Hassan al-Sabir. Er ist mein Anwalt. Er hat seine Kanzlei am Ezbekija-Platz. Sag ihm, daß ich hier bin. Sag ihm, er soll herkommen und mit mir sprechen.«
Der Wärter ging wortlos mit dem Hemd davon, und als Hassan in den nächsten Tagen nicht im Gefängnis erschien, wußte Ibrahim, daß der Mann das Hemd genommen, seinen Auftrag aber nicht ausgeführt hatte.
Ibrahim begann, inbrünstig zu beten. Er bereute die Nacht, in der er Gott verflucht hatte, als Jasminas Mutter gestorben war. Er bereute, Zacharias adoptiert und damit Gottes Gebot übertreten zu haben. Kein Mann durfte den Sohn eines anderen für sich beanspruchen. Er bereute, bereute, bereute und flehte: »Bitte laß mich aus dieser Zelle heraus.«
Und dann hatte er den schlimmsten Aptraum. Sein Vater, Ali Raschid, sah ihn finster an und schüttelte den Kopf, als wolle er sagen: Du hast mich wieder enttäuscht.
Er beschwor auch die Wärter: »Glaubt mir, ich bin sehr reich. Ihr könnt alles von mir haben, wenn ihr mich nur freilaßt.« Aber sie wollten nur das, was er ihnen auf der Stelle geben konnte, und Ibrahim besaß nichts mehr außer seiner Unterwäsche und der Anzughose.

Er träumte, er halte Alice in den Armen. Die Kinder spielten zu ihren Füßen. Seltsamerweise waren sie für ihn Süßigkeiten. Alice war Vanilleeis, Amira schmeckte nach Zitronen, in Jasmina floß dunkelbrauner Honig und Zacharias war aus Schokolade. Träumte er davon, seine Familie zu essen?
Beim Aufwachen stellte er erschrocken fest, daß er die genaue Zahl der Sonnenaufgänge vergessen hatte. War dies sein dreißigster Tag in der Gefangenschaft oder war das gestern gewesen? Es mußte bereits September, vielleicht sogar schon Oktober sein. Wenigstens ließ die mörderische Sommerhitze langsam nach.
Ibrahim kratzte sich am Bart und versuchte, die Läuse zu fangen, die sich dort einquartiert hatten. Obwohl er inzwischen die Bohnen und das Brot aß, sich auf den widerlichen Eimer setzte, versuchte er noch im-

mer, seine Würde zu wahren. Er sagte sich ständig vor, daß er nicht mit den anderen in der Zelle zu vergleichen war. Ein heißes Bad, eine Rasur und saubere Kleider würden ihn wieder zu dem Pascha machen, der er einmal gewesen war. Die abgerissenen Kerle hier mochten noch soviel baden oder anziehen, was gut und teuer war, sie würden bleiben, was sie waren – verlaustes Gesindel!
Dann kam der Morgen, an dem Mahzouz nicht mehr da war. Hatten sie ihn während der Nacht abgeholt? Hatte man ihn freigelassen, während die anderen schliefen? Hatte man ihn vielleicht gefoltert? War er tot?
Viele der Häftlinge waren inzwischen verhört worden. Ibrahim verstand nicht, weshalb man ihn nicht zum Verhör abholte. Das hätte ihm die Möglichkeit geboten, mit Leuten zu sprechen, die mehr Verantwortung und Einfluß besaßen als diese unverschämten Wärter. Er stellte fest, daß die Häftlinge ohne erkennbare Ordnung verhört wurden, denn einige, die man abführte, waren Neuankömmlinge. An manchen Tagen wurde niemand verhört, an anderen drei oder vier Männer. Wenn man sie zurückbrachte, versuchte er, ihnen zu helfen, aber ohne Erfolg. Selbst wenn er das nötige Material zur Verfügung gehabt hätte, so fehlte ihm doch die Erinnerung an sein Medizinstudium, um die Gefolterten medizinisch richtig zu versorgen.
Ihn beschäftigten so viele Fragen, auf die niemand ihm eine Antwort gab. War Farouk wieder in Ägypten? War die Revolution noch immer erfolgreich? Glaubte seine Familie, er sei tot? Glaubte Alice, sie sei eine Witwe? War sie mit Edward nach England zurückgekehrt? Das Gespräch mit ihr hatte nie stattgefunden. Er hatte ohnehin befürchtet, daß sie sich von ihm trennen wollte ...
Ibrahim begann zu weinen. Keiner der Männer beachtete ihn. Sie alle brachen früher oder später zusammen.
Er hätte es nie für möglich gehalten, daß ihm der zerlumpte Mahzouz fehlen würde.

Der letzte Häftling, der in die Zelle gebracht wurde, sagte, man habe vor wenigen Tagen den Geburtstag des Propheten gefeiert. Das bedeutete, Ibrahim saß seit genau vier Monaten im Gefängnis. In dieser Zeit hatte ihn niemand besucht; niemand hatte sich nach ihm erkundigt, niemand hatte ihm etwas zu essen, Kleidung oder Zigaretten gebracht. Er hatte

kein einziges Mal die Zelle verlassen. Man hatte ihn noch nicht einmal verhört.
Er war wie gelähmt. Sein Leben beschränkte sich auf den Platz an der Mauer, wo »Allah« in den Stein geritzt worden war. Er wich nicht von dieser Stelle und beanspruchte darüber hinaus nur etwas Stroh zum Schlafen. Das war seine Welt, das Territorium eines Vergessenen. Er achtete nicht länger darauf, wie er abmagerte oder daß ihm der Bart bis auf die Brust reichte. Auch die Träume in den langen Nächten, die ebenso absurd waren wie seine noch längeren Tage, ängstigten ihn nicht mehr. Er sehnte sich auch nicht mehr nach seinem seidenen Morgenmantel oder nach der Wasserpfeife. Er wollte nicht auf Hassans Hausboot sein und in netter und amüsanter Gesellschaft Karten spielen. Er hatte sich damit abgefunden, daß es weder Zigaretten noch Kaffee gab. Ibrahim wollte nur noch den Himmel sehen, das Gras am Nilufer unter den Füßen spüren. Er wollte Amira, Jasmina und Zacharias lachen hören. Sein Leben bestand nur noch aus dem eintönigen Kreislauf von Aufwachen, der Frage, würde ihm dieser Tag die Freiheit bringen, dem Kampf um Brot und Bohnen, der demütigenden Verrichtung der körperlichen Bedürfnisse, dem Warten auf das Klirren der Schlüssel im Gang und dem Warten auf den Einbruch der Nacht, bis die Müdigkeit ihn übermannte und er irgendwann einschlief. Er betete schon lange nicht mehr fünfmal am Tag.
Eines Tages brachten die Wärter einen jungen Gefangenen in die Zelle. Ibrahim kämpfte mit einem Gedanken. Beim Erwachen hatte er die Vorstellung, eine wichtige Erkenntnis werde ihm zuteil. Aber sie entzog sich ihm. Den ganzen Tag über versuchte er, sie in sein Bewußtsein zu holen. Er wußte, das unzureichende Essen aus sauren Bohnen und Brot hatte ihn ausgezehrt. Die Unterernährung und der Wasserentzug raubten ihm den klaren Verstand, den er zu dieser Erkenntnis dringend brauchte. Als man den jungen Mann in die Zelle trug, der krank und gefoltert worden war, ahnte Ibrahim nicht, daß ihm eine Offenbarung bevorstand.
Der junge Mann blieb so auf dem Boden liegen, wie die Wärter ihn hatten fallen lassen. Die anderen Häftlinge kümmerten sich nicht um ihn. Ibrahim ging hinüber und kniete an seiner Seite nieder. Ihn trieb das Verlangen nach einer Nachricht über die Welt da draußen und weniger die Sorge um den jungen Mann.

Sie redeten miteinander. Der junge Mann war zu schwach, um sich zu setzen. Ibrahim erfuhr, daß er nicht erst heute verhaftet worden war, sondern vor beinahe einem Jahr während der Übergriffe am Schwarzen Samstag. Seit dieser Zeit, so berichtete der junge Mann stockend und mit schwacher Stimme, habe man ihn von einer Zelle in die andere gebracht und mitunter auch gefoltert. Er war Mitglied der Muslim-Bruderschaft und wußte, daß er bald sterben würde. Aber er sagte: »Mach dir um mich keine Sorgen, mein Freund. Ich gehe zu Gott.« Ibrahim überlegte, wie es wohl sein mochte, für etwas zu sterben, woran man glaubte.
Die grünen Augen des jungen Mannes richteten sich auf Ibrahim. »Hast du einen Sohn?«
»Ja«, flüsterte Ibrahim und dachte an Zacharias, »er ist ein guter Junge.«
Der Mann schloß die Augen. »Wie schön. Es ist gut, einen Sohn zu haben. Gott möge mir verzeihen, aber ich bedaure nur, daß ich diese Erde verlasse, ohne einen Sohn zu haben, der meinen Platz übernehmen kann.« Als Abdu starb, sah er vor seinem inneren Auge das Dorf seiner Kindheit und Sarah, die er geliebt hatte. Er fragte sich, ob sie ihm eines Tages ins Paradies folgen werde.
Ibrahim legte dem Toten die Hand auf die Schulter und murmelte: »Es gibt keinen Gott außer Gott, und Mohammed ist SEIN Prophet.«
Dann erinnerte er sich an den Traum vor vielen Wochen, bevor er in der Zelle aufgewacht war. Er hatte von Sarah und Zacharias geträumt, und plötzlich konnte er den Gedanken klar und deutlich fassen, der sich ihm den ganzen Tag über entzogen hatte. Plötzlich verstand er alles. Das Gefängnis hier war die Strafe Gottes, weil er Zacharias als seinen Sohn ausgegeben hatte. Seine Verhaftung war kein Irrtum. Er *sollte* hier sein. Er *mußte* hier sein. Mit dieser Einsicht überkam ihn ein seltsamer Friede.
Am nächsten Morgen holten ihn die Wärter. Ibrahims Verhör konnte beginnen.

Der Gebetsruf ertönte. Zuerst begann der Muezzin vom Minarett der Al Azhar Moschee zu singen, dann übernahm ein anderer von der nächsten Moschee das Gebet, dann noch einer und noch einer. Ihre Stimmen verschmolzen über den Kuppeln und Dächern der Stadt. Der

Ruf zum Gebet wurde am winterlichen Morgenhimmel wie Perlen zu einer Kette aufgezogen.

Alle, die sich im Haus der Raschids versammelt hatten, besonders die Männer, fanden es nicht befremdlich, daß eine Frau ihre Vorbeterin gewesen war. Sie war nicht nur eine Frau, sondern Khadija, Alis Witwe, und seit vier Monaten, seit der mysteriösen Verhaftung ihres Sohnes, die Führerin der Sippe. Khadija hatte sie in das Haus in der Paradies-Straße gerufen und hielt sie dort in dieser Familienkrise zusammen. Der große Salon war in eine Befehlszentrale verwandelt worden. Hier erhielt jedes Familienmitglied seine Aufgabe zugeteilt – Telefonanrufe entgegennehmen, Anrufe erledigen, Bittgesuche drucken, die verteilt wurden, Artikel und Meldungen für die Zeitungen vorbereiten, Briefe an jemanden schreiben, der in der Sache Ibrahim Raschid helfen konnte. Khadija stand bei all dem im Mittelpunkt. Sie organisierte und gab Anweisungen.

»Ich habe gerade erfahren, daß der Vater des Herausgebers von *Al Ahram* ein guter Freund von Großvater Ali war. Khalil, geh in die Redaktion und berichte von unserem Unglück. Wenn sein Vater noch am Leben ist, wird er vielleicht helfen.«

Die männlichen Familienmitglieder verließen das Haus, um ihre Aufgaben zu erledigen, und erstatteten ihr anschließend Bericht, während die Frauen kochten und die vielen Bewohner des Hauses versorgten. Alle Schlafzimmer waren belegt, denn sogar aus dem fernen Luxor und Aswan waren Raschids gekommen, um an Ibrahims Entlassung aus dem Gefängnis mitzuwirken.

Als die ersten Strahlen des Sonnenlichts auf die Berge im Osten fielen, läutete bereits das Telefon, und das schnelle Klappern einer Schreibmaschine war zu hören. Zou Zous Enkel, ein gutaussehender Mann, der im Handelshaus arbeitete, kam herein und trank eine Tasse Tee. Er setzte sich zu Khadija.

»Die Zeiten haben sich geändert, Um Ibrahim«, sagte er betrübt, »der Name eines Mannes bedeutet nichts mehr. Sein Ansehen und das Ansehen seines Vaters sind wertlos. Die Beamten interessiert nur noch Bakschisch. Kleine Angestellte, die früher nicht an unserem Tisch gesessen hätten, tragen jetzt Uniformen und stolzieren wie Pfauen herum. Sie fordern riesige Summen für ihre Hilfe.«

Khadija hörte geduldig zu und sah in seinen Augen Verwirrung, Enttäuschung und Verlorenheit, wie sie sich auch in den Augen der anderen Onkel und Neffen spiegelten. Die sozialen Klassen zerfielen; Aristokraten wie die Raschids trugen nicht mehr den Fez, früher das stolze Symbol ihrer privilegierten Stellung. Niemand kannte mehr seinen Platz. Man hatte der Herrenschicht den Titel »Pascha« genommen. Zeitungsverkäufer und Taxifahrer waren jetzt unverschämt zu Männern, vor denen sie sich einst verneigt hatten. Die riesigen Plantagen, die seit vielen Generationen den reichen Grundbesitzern gehörten, wurden beschlagnahmt und unter den Bauern aufgeteilt; große Institutionen und sogar die Banken wurden verstaatlicht. Das Militär beherrschte das Land, und niemand konnte ihm Einhalt gebieten, auch die Engländer nicht, die erkannten, daß sie ihre Präsenz in Ägypten nicht mehr lange aufrechterhalten konnten. In jedem Kaffeehaus von Kairo sprach man über den Sozialismus, und eine fanatische Welle der Idee von der Gleichheit aller hatte Ägypten erfaßt.

Khadija verstand das alles nicht und machte auch keinen Hehl daraus. Wenn diese Veränderungen Gottes Wille waren, dann sollte es so sein. Aber wo war Ibrahim? Warum war er ein unschuldiges Opfer dieser Revolution geworden? Und warum gelang es ihr nicht, ihn ausfindig zu machen?

Sorgen und Schlaflosigkeit hatten bei Khadija deutliche Spuren hinterlassen. Sie hatte Gewicht verloren, und auf ihrer Stirn sah man neue Falten. Sie hatte einen Teil ihres Schmucks verkaufen müssen und auch ihre persönlichen Ersparnisse nicht geschont, um die hohen Bestechungsgelder zu zahlen, die von den kleinen Beamten verlangt wurden. Außerdem betete sie öfter als je zuvor, und sie wendete den besonderen Zauber an, den Alis Mutter ihr vor langer Zeit beigebracht hatte, um das Unheil, das Ägypten heimsuchte, von dem Haus in der Paradies-Straße fernzuhalten.

Khadija hatte sogar die Quetta, die Astrologin, rufen lassen, um in Ibrahims Zukunft zu blicken. Aber die alte Frau hatte nur den Kopf geschüttelt und gesagt: »Sajjida, sein Geburtsstern ist Aldebaran, der Stern von Mut und Ehre. Aber ich kann dir nicht sagen, ob dein Sohn mit Mut leben wird oder in Ehren stirbt.«

Andere Besucher kamen mit Nachrichten, Gerüchten und Ideen, aber dann erschien der Neffe von Alis älterem Bruder und rief außer Atem: »Ibrahim lebt! Er wird in der Zitadelle gefangengehalten!«

»*Al hamdu lillah*«, sagte Khadija. Gelobt sei der Herr.
Alle drängten sich um Mohssein Raschid. Er studierte an der Universität, hatte sein Studium jedoch unterbrochen, um bei der Suche nach seinem Cousin zu helfen. Alle redeten auf einmal, aber Khadija verschaffte sich schließlich Gehör. »Mohssein, warum hält man ihn gefangen? Was war der Grund für seine Verhaftung?«
»Sie sagen, sie haben Beweise für Hochverrat, Tante!«
»Hochverrat!« Sie schloß die Augen. Darauf stand die Todesstrafe.
»Sie sagen, es gibt Zeugen, die ihre Aussage unter Eid beschwören.«
»Das sind alles Lügner!« riefen die anderen. »Man hat sie bestochen!«
Khadija hob die Hand und sagte ruhig: »Gelobt sei der Ewige, daß wir Ibrahim gefunden haben. Mohssein, geh zur Zitadelle und bring alles in Erfahrung, was du erfahren kannst. Salah, begleite ihn. Tewfik, geh sofort zu Hassan al-Sabirs Kanzlei am Ezbekija-Platz. Er muß diese Neuigkeit unbedingt erfahren.«
Als Nefissa eine Nachricht in den Salon brachte, die gerade jemand abgegeben hatte, der einen Mann kannte, der jemanden kannte, der für eine bestimmte Summe den Kontakt zu Ibrahim aufnehmen konnte, erschien Suleiman Misrachi. Er sah alt aus; seine Haare waren schütter, und die Augen lagen tief in den Höhlen. Die Revolutionäre hatten sein florierendes Importgeschäft bisher nicht angetastet, aber ihn bedrückte die Verstaatlichung der großen Firmen und Baumwollplantagen. Er hatte auch gehört, daß die neue ägyptische Revolutionsregierung eine nationale Industrie zur Produktion von Automobilen und landwirtschaftlichen Geräten aufbauen werde. Diese Produkte wurden bislang importiert. Suleiman beschränkte sich auf den Import von Luxusartikeln wie Schokolade, Pralinen und Spitze. Aber würden diese Dinge ebenfalls bald unter staatlicher Kontrolle im Land produziert werden?
»Danke, daß du gekommen bist, Suleiman«, sagte Khadija, als sie mit ihm in dem kleinen Zimmer hinter dem Salon saß, in das sie sich zurückzog, wenn sie sich ungestört mit Gästen unterhalten wollte.
Khadija hatte ein herzliches und freundschaftliches Verhältnis zu Suleiman, denn er war ein guter und sensibler Mann. Sie erinnerte sich daran, wie verzweifelt Marijam vor vielen Jahren gewesen war, nachdem sie erfahren hatte, daß nicht sie an der Kinderlosigkeit schuld war, sondern er. Es war Marijam damals unmöglich gewesen, mit ihrem

Mann über die Wahrheit zu sprechen. Khadija fragte sich oft, ob Suleiman wirklich zornig sein würde, wenn er erfuhr, daß nicht er, sondern sein Bruder Mussa seine Kinder gezeugt hatte.

»Es sieht nicht gut aus, Khadija«, sagte Suleiman und fuhr sich mit der Hand durch die schütteren Haare, »ich war bei einigen dieser Prozesse. *Prozesse!* Zirkusveranstaltungen sind das! Jeder beschuldigt jeden. Wenn man behauptet, ein anderer habe ein größeres Verbrechen begangen als man selbst, dann lassen sie einen laufen. Die Revolution ist nur noch eine Farce, und ich schäme mich, ein Ägypter zu sein.«

Suleiman schüttelte verzweifelt den Kopf. Es war eine verrückte Zeit. Farouk hatte zu seiner Zeit den amerikanischen Film *Quo Vadis* verboten, weil Nero ihm zu ähnlich war. Jetzt zeigte man ihn in den Kinos, und er war in Kairo der größte Erfolg aller Zeiten. Tausende standen Schlange, um den Film zu sehen. Jedesmal, wenn Peter Ustinov als Kaiser Nero auf der Leinwand erschien, riefen die Zuschauer: »Nach Capri! Nach Capri!«, denn dort lebte Farouk im Exil.

Er griff in die Brusttasche und holte ein Blatt Papier heraus. »Das hat viel Zeit und noch mehr Bakschisch gekostet. Aber es ist mir schließlich doch gelungen, dir zu beschaffen, worum du mich gebeten hast, Khadija. Hier steht die Adresse von einem der Männer des Revolutionsrats.«

Da sich nach Ibrahims Verhaftung im vergangenen August alle normalen juristischen und bürokratischen Kanäle als wirkungslos erwiesen, hatte Khadija um eine Liste mit den Namen der Mitglieder des Revolutionsrates gebeten. Sie nannten sich die Freien Offiziere. Man berichtete Khadija, sie seien alle unter vierzig, also noch sehr jung. Suleiman hatte ihr die Namen vorgelesen, und sie hatte ihn gebeten, ihr die Adresse eines der Männer zu beschaffen.

»Es war nicht leicht, seine Adresse zu bekommen«, erklärte er und reichte ihr das Blatt Papier, »die Offiziere wissen, daß sie jetzt die Zielscheibe für Konterrevolutionäre sind. Aber ich bin zum Schluß zu einem Freund gegangen, der mir einen Gefallen schuldet, und er ist mit dem Bruder dieses Mannes befreundet. Aber was hast du mit der Information vor? Was ist das für ein Mann, Khadija? Glaubst du, er kann dir helfen?«

»Vielleicht ist er Gottes Zeichen, daß noch Hoffnung besteht.«

»Khadija«, sagte Marijam, »du *mußt* dich von mir begleiten lassen. Du hast dieses Haus sechsunddreißig Jahre nicht verlassen. Du wirst dich verirren!«

»Ich werde mein Ziel finden«, erwiderte Khadija ruhig, legte die schwarze Melaja über den Kopf und drapierte sie um den Körper. »Gott wird meine Schritte leiten.«

»Aber warum läßt du dich nicht fahren?«

»Weil ich auf dieser Mission allein sein muß. Ich darf die Sicherheit der anderen Person nicht aufs Spiel setzen.«

»Wohin gehst du? Kannst du mir wenigstens das sagen? Ist dein Ziel die Adresse, die Suleiman dir gegeben hat?«

Khadija hatte sich inzwischen in die seidene Melaja gehüllt, und man sah nur noch ihre Augen. »Es ist besser, wenn du es nicht weißt.«

»Weißt du wenigstens, wie du dorthin kommst, wohin du willst?«

»Suleiman hat es mir erklärt.«

»Ich habe Angst, Khadija«, sagte Marijam leise, »wir leben in einer Zeit, die mir angst macht. Meine Freunde fragen, wann Suleiman und ich nach Israel gehen. Wir hätten nie an so etwas gedacht!« Sie schüttelte traurig den Kopf. Als drei Jahre früher bekannt geworden war, daß 45 000 Juden den Jemen verlassen hatten und nach Israel einwanderten – der Exodus erhielt den Namen »Operation Fliegender Teppich« –, hatten Marijams Freunde gefragt, weshalb *sie* nicht ebenfalls auswanderten. Aber weshalb sollten sie das? Ägypten war ihre Heimat, und ihr Name Al Misrachi bedeutete »Ägypter«. Inzwischen verließen andere Juden Kairo, und die Zahl der Gläubigen in der Synagoge nahm ab.

»Marijam«, sagte Khadija, »du brauchst keine Angst um mich zu haben. Meine Kraft beruht auf Gott.«

Bevor sie sich auf den Weg machte, blieb Khadija einen Augenblick vor Alis Bild neben ihrem Bett stehen. »Ich gehe jetzt in die Stadt«, sagte sie. »Wenn es eine Möglichkeit gibt, unseren Sohn zu retten, dann ist es diese. Gott hat mich erleuchtet. Er wird meine Schritte lenken. Aber ich fürchte mich. Dieses Haus ist mein Zufluchtsort. Hier bin ich sicher.«

Khadija erreichte schließlich das Gartentor. Die Wintersonne wärmte ihr die Schultern. Vor vielen Jahren hatte man sie durch dieses Tor gebracht, und seitdem hatte sich vieles ereignet, was inzwischen nur noch Erinnerung war. Hinter den Orangenbäumen arbeitete Alice bei ihren Blumenbeeten. Sie versuchte, englische Nelken in ägyptischer

Erde zum Blühen zu bringen. Die Kinder spielten in ihrer Nähe, aber sie wirkten gedrückt. Wegen Ibrahims Verhaftung war der Geburtstag des Propheten für die Kinder ein trauriges Fest gewesen. Und es sah ganz so aus, als würde auch der Geburtstag des Propheten Jesus, den Alice in zwei Wochen beging, nicht sehr fröhlich gefeiert werden.
Sie vergewisserte sich noch einmal, daß die schwarze Melaja sie völlig einhüllte, auch die Hände und die Fußknöchel. Dann holte sie tief Luft, öffnete das Tor und trat auf die Straße hinaus.

Bitte, Gott, flehte Alice stumm, während sie die harte Erde mit der Hacke lockerte, gib mir Ibrahim zurück, und ich werde ihm eine gute Frau sein. Ich werde ihn lieben, ihm dienen und ihm viele Kinder schenken. Ich werde vergessen, daß er mich mit Zacharias' Mutter getäuscht hat. Bitte, laß ihn nur gesund nach Hause zurückkehren.
Nicht einmal Edward konnte ihr jetzt noch Trost schenken. Je länger ihr Bruder in Ägypten blieb, desto unleidlicher wurde er. Edward wirkte sehr still. Er schien ständig mit sich beschäftigt zu sein, als sei er von etwas besessen. Alice hatte zuerst gedacht, er sei verliebt und verzehre sich nach Nefissa. Aber inzwischen konnte sie sich den Grund für seine Stimmung nicht mehr vorstellen. Er trug ständig seinen Revolver bei sich und erklärte, es sei zu ihrer Sicherheit, da die Engländer zur Zielscheibe für die Radikalen geworden waren. Aber war das wirklich der wahre Grund?
Sie hob den Kopf und sah Amira vor sich stehen. Ihre Augen waren so blau wie der Lavendel vor den Rosen. »Mama«, fragte sie, »wann kommt Papa nach Hause? Er fehlt mir.«
»Er fehlt mir auch, mein Schatz.« Alice nahm ihre Tochter in die Arme. Dann fiel ihr Blick auf Jasmina und Zacharias, die ebenso traurig und niedergeschlagen wirkten. Alice breitete die Arme aus, und die Kinder liefen zu ihr, um sich trösten zu lassen.
Sie wollte gerade mit ihnen in die Küche gehen, um sie mit Mango-Eis fröhlicher zu stimmen, als sie sah, daß Hassan al-Sabir in den Garten kam. Ibrahims Freund schienen die Revolution und die turbulenten Ereignisse am wenigsten von ihnen allen zu berühren. Es hatte den Anschein, als werde er eher noch reicher. Alice lief ihm entgegen.
»Hast du eine Nachricht von Ibrahim?«
Er kniff die dunklen Augen zusammen und dachte daran, daß sie ihn in

den vergangenen vier Monaten jedesmal mit dieser Frage begrüßte.
»Ich habe den alten Drachen auf der Straße gesehen. Wohin will sie?«
Alice zog die Gartenhandschuhe aus. »Drachen?«
Hassan ahnte, daß Khadija ihn nicht mochte, aber er wußte nicht weshalb. »Ibrahims Mutter. Ich wußte nicht, daß sie überhaupt jemals das Haus verläßt.«
»Ich auch nicht! Ach du meine Güte, wohin mag Mutter Khadija gehen? Kinder, lauft in die Küche. Ich möchte mit Onkel Hassan sprechen.«
Er blickte sich um. »Ich sehe weder Nefissa noch Edward.«
»Nefissa versucht herauszufinden, ob Prinzessin Faiza noch in Ägypten ist oder das Land mit der königlichen Familie verlassen hat. Wenn Faiza hier wäre, könnte sie uns helfen, Ibrahim zu finden. Und Edward ...«, sie seufzte, »er ist vermutlich in seinem Zimmer.« Ihr Bruder trank in letzter Zeit immer mehr, und sie fürchtete, er werde bald nach England zurückkehren. Sie konnte den Gedanken nicht ertragen, Edward zu verlieren. »Du hast also keine Neuigkeiten?«
Er schob ihr eine blonde Strähne aus dem Gesicht. »Um ehrlich zu sein, ich glaube, du solltest dich auf das Schlimmste gefaßt machen. Meiner Meinung nach kommt Ibrahim nicht nach Hause zurück.«
»Das darfst du nicht sagen.«
Er zuckte die Schultern. »In solchen Zeiten ist alles möglich. Männer, die gestern noch Freunde waren, sind heute Feinde. Du weißt, wie sehr ich mich um seine Freilassung bemüht habe. Ich tue alles, um wenigstens herauszufinden, wann sein Prozeß sein wird. Aber selbst ich bin machtlos, und dabei gehöre ich mittlerweile zu den wenigen Leuten in dieser Stadt, die noch Beziehungen haben. Leider wird niemand, der dem König treu ist, ungeschoren davonkommen.«
Als sie zu weinen begann, legte er die Arme um sie und sagte: »Keine Tränen ... ich wollte dir keine Angst machen.«
»Ich möchte, daß Ibrahim nach Hause zurückkommt!«
»Das wollen wir alle«, sagte er, strich ihr über die Haare und drückte sie fester an sich. »Aber mehr als wir getan haben, können wir nicht tun. Der Rest liegt in Gottes Hand.« Er hob ihr mit einem Finger das Kinn. »Du mußt sehr einsam sein«, sagte er. Als Hassan sie küssen wollte, wich sie zurück. »Laß das bitte ...«
»Schöne Alice ... du weißt, daß ich dich wollte, seit wir uns in Monte

Carlo kennengelernt haben. Das Schicksal hatte dich und mich füreinander bestimmt. Aber aus irgendeinem Grund hast du Ibrahim geheiratet.«

»Ich liebe Ibrahim«, sagte sie und wich noch einen Schritt zurück. Aber er hielt sie am Arm fest. »Ibrahim ist tot, liebste Alice. Du mußt dich damit abfinden. Du bist eine junge und schöne Witwe, die einen Mann braucht.«

Er zog sie an sich und drückte seinen Mund auf ihre Lippen.

»Laß mich!« Sie stieß ihn weg und stolperte rückwärts gegen den Stamm eines Granatapfelbaums.

Er drückte sie gegen den Stamm und küßte sie noch einmal. Sie wehrte sich und versuchte zu schreien. »Du weißt, daß du mich ebenso sehr willst wie ich dich«, flüsterte er und versuchte, die Hand in ihre Bluse zu schieben.

»Ich will dich nicht ...«, schluchzte sie, »geh jetzt oder ich rufe um Hilfe!«

Er lachte. »Du wirst nicht um Hilfe rufen. Du möchtest, daß ich das tue. Ich habe seit mehr als acht Jahren auf diese Gelegenheit gewartet.«

Es gelang ihr, sich von ihm loszureißen. Sie stolperte über ihre Gartengeräte. Als Hassan nach ihr greifen wollte, drehte sie sich um und hielt ihm einen Rechen vor das Gesicht. »Ich werde mich damit wehren, das schwöre ich.«

Er sah die spitzen Zinken dicht vor seiner Wange, und sein Lächeln verschwand. »Das ist nicht dein Ernst.«

»Oh doch«, sagte sie. »Du widerst mich an. Du bist ein Ungeheuer. Wenn du mich berührst, werde ich dafür sorgen, daß alle Welt sehen kann, was für ein Ungeheuer du bist.«

Er blickte auf den Rechen und dann auf Alice. Plötzlich lächelte er, hob die Hände und trat ein paar Schritte zurück. »Du verlangst einen hohen Preis, wenn du glaubst, du bist es wert, deinetwegen eine Entstellung zu riskieren. Leider hast du keine Ahnung, was dir entgangen ist. Ich hätte mit dir auf eine Weise geschlafen, daß du deinen Mann vergessen hättest. Nach einer Stunde mit mir hättest du keinen anderen Mann mehr haben wollen.« Er lachte. »Arme Alice. Du weißt nicht, daß du eines Tages zu mir kommen und mich anflehen wirst, mit dir zu schlafen. Aber noch eine Gelegenheit wirst du nicht bekommen. Du wirst dich an diesen Nachmittag erinnern und deine Haltung bedauern.«

Khadija wußte nicht mehr, wo sie war.

Ihr Ziel war eine Adresse in der Schari El Azhar. Suleiman hatte ihr den Weg so einfach wie möglich erklärt. »Du gehst auf der Kasr El Aini nach Norden bis zu der großen Verkehrsinsel vor der englischen Kaserne. Das war früher der Ismail-Platz, jetzt heißt er Platz der Befreiung. Du wirst zwei Läden sehen. In einem wird Gebäck verkauft. Im Schaufenster des anderen liegen Koffer. Von dort geht die Straße ab, die zur Hauptpost führt. Auf dieser Straße gehst du nach Osten bis zu einer anderen großen Verkehrsinsel, und dann bist du am Postamt. Von diesem Platz geht die Schari El Azhar nach Osten, und du erreichst die Große Moschee. Das Haus steht in einer kleinen Straße gegenüber der Moschee. Du siehst eine blaue Tür und auf den Stufen einen Blumentopf mit roten Geranien.« Khadija hatte das Blatt Papier mit der Adresse vorsichtshalber verbrannt, damit es nicht in die falschen Hände geraten konnte, und sich Suleimans Beschreibung genau eingeprägt.

Aber sie hatte mit zwei Dingen nicht gerechnet. Sie konnte sich in der Richtung irren, und der wolkenverhangene Himmel machte es unmöglich, als Orientierungshilfe den Stand der Sonne zu bestimmen. Zwei Stunden, nachdem sie durch das Gartentor auf die Straße getreten war, mußte Khadija sich eingestehen, daß sie in die falsche Richtung ging und nicht mehr wußte, wo Osten und Westen war.

Sie bemühte sich, nicht an den grauen Himmel zu denken. Khadija hatte viele Nachmittage und Abende auf dem weitläufigen Dach ihres Hauses verbracht. Dort zog sie Weintrauben und hatte einen Taubenschlag, denn Tauben gehörten zu den Lieblingsgerichten der Familie. Doch der Himmel in der Paradies-Straße unterschied sich von diesem Himmel. Auf dem Dach empfand sie ihn als Schutz, aber hier war alles anders. Zum ersten Mal, seit man sie von der Karawane entführt hatte, stand sie wieder schutzlos unter dem großen weiten Himmel.

Khadija befand sich an einer geschäftigen Straßenkreuzung. Menschen eilten an ihr vorbei, und Autos fuhren mit hoher Geschwindigkeit vorüber. Verloren blickte sie auf die riesigen Gebäude. Sie kannte die Stadt von ihrem Dachgarten und hatte sich jede Kuppel, jedes Minarett und Dach genau eingeprägt. Aber jetzt stand sie unten auf der Straße, und alles war fremd, erschreckend laut, staubig, hektisch und gefährlich. In welche Richtung sollte sie gehen? Wo war die Schari El Azhar? Wo war die Paradies-Straße?

Es war schwierig gewesen, bis zu diesem Punkt zu kommen. In Kairo gab es so viele Menschen! Auf den Straßen sah sie Panzer und überall Soldaten. Khadija eilte weiter und zog die Melaja enger um sich, denn sie hatte das Gefühl, als würden alle Fußgänger sie ansehen und denken: Das ist Khadija Raschid!
Und sie machte sich Vorwürfe. Bestimmt blickte Ali, ihr Mann, stirnrunzelnd aus dem Paradies auf sie herab. Khadija war mehrmals in Panik geraten, wenn sie Kreuzungen erreicht hatte, wo die roten und grünen Lichter der Ampeln aufleuchteten, wo Polizisten standen und die Wagen in eine Richtung leiteten oder sie anhalten ließen. Sie hatte zitternd den Gehweg verlassen und wäre beinahe überfahren worden. Händler priesen laut und lärmend Gemüse, Hühner und Gewürze an. Sie hielten ihr die Waren dicht vor das Gesicht. Khadija kam an Männern vorüber, die an den Straßenecken standen und stritten oder aufgeregt miteinander feilschten oder über einen Witz lachten. Sie hatte auch Frauen gesehen, die Arm in Arm an den Geschäften vorbeischlenderten und lachend auf die Auslagen in den Schaufenstern deuteten. Khadija war fassungslos. Ihr Sohn saß im Gefängnis, war vielleicht sogar tot, und die Stadt lebte weiter, als sei nichts geschehen.
Und jetzt hatte sie sich verirrt.
Sie glaubte, durch ihre Hilflosigkeit an der Straßenecke aufzufallen. Alle Augen schienen sich auf sie zu richten. Deshalb lief sie, ohne nachzudenken, weiter. Aber bald stellte sie fest, daß sie schon einmal in dieser Straße gewesen war. Ihr Herz klopfte schnell und immer schneller.
Sie lief im Kreis!
Plötzlich entdeckte sie zwischen zwei Gebäuden etwas, das ihr Hoffnung machte. Sie sah den stumpf metallisch glänzenden Nil.
Khadija blieb auf dem Gehweg. Sie vermied es, noch einmal eine dieser gefährlichen Straßenkreuzungen zu überqueren, und erreichte schließlich eine Brücke. Sie folgte dem Strom der Fußgänger – Männer aus den Dörfern in Galabijas zogen hoch beladene Gemüsekarren, Frauen in langen schwarzen Gewändern hatten ihre Bündel auf dem Kopf, modern gekleidete Studenten trugen Bücher unter den Armen. Aber Khadijas Aufmerksamkeit galt nicht den Menschen; sie blickte wie gebannt auf den Fluß.
Sie hatte den Nil bisher nur vom Dach gesehen – ein seidenes Band

wechselnder Farben. Der Fluß schien weit weg zu sein und wirkte irgendwie künstlich. Aber jetzt, als sie auf dem Brückenbogen stehenblieb und auf das Wasser hinunterblickte, überwältigten sie Gefühle und Empfindungen. Eine Erinnerung stellte sich klar und deutlich ein: Sie hatte den Fluß schon einmal gesehen! Aber wo? Als kleines Mädchen – als das Mädchen, das in der Wüste geraubt worden war...
Der Fluß hypnotisierte sie. Die fruchtbaren Gerüche erinnerten sie an den endlosen Strom von Geburten. An der Oberfläche schien das Wasser langsam und gemächlich zu fließen. Aber Khadija hatte das Gefühl, die schnellere und gefährlichere Strömung in der Tiefe wahrzunehmen. Noch eine Erinnerung stellte sich ein. Sie war vierzehn und schwanger. Ihr erstes Kind würde ein Sohn sein und sie würde ihm den Namen Ibrahim geben. Ihr Mann in seiner klugen Art sagte zu ihr: »Der Nil ist einzigartig, und er ist ein weiblicher Fluß. Er fließt von Süden nach Norden.«
Khadija hatte gefragt: »Ist der Fluß eine Frau?«
»Der Nil ist die Mutter Ägyptens, die Mutter aller Flüsse. Ohne unsere Mutter würde es hier kein Leben geben.«
»Aber Gott schenkt uns das Leben.«
»Gott gibt uns den Nil, und sie ernährt uns.«
Khadija blickte auf den breiten, mächtigen Fluß, in dem sich der bleigraue Himmel ebenso spiegelte wie die dreieckigen weißen Segel der Feluken, die langsam vorüberglitten. Sie hörte Ali sagen: »Der Nil fließt von Süden nach Norden.«
Khadija blickte auf die Strömung, hob den Kopf und blickte geradeaus, bis der Fluß um eine Biegung verschwand. Sie dachte: Dort ist Norden! Dann wurde ihr klar, daß zu ihrer Linken Westen und zu ihrer Rechten Osten sein mußte. Gott hatte ihr ein Zeichen gegeben!
Khadija fürchtete sich nicht mehr. Sie ging zurück und bog an der ersten Hauptstraße links ab. Ohne den Nil aus den Augen zu lassen, ging sie weiter. Als sie den Platz vor der englischen Kaserne erreichte, wußte sie wieder, wo sie sich befand. Sie dachte an den Nil und ging nach Osten. Energisch suchte sie sich ihren Weg inmitten der vielen Menschen, ohne auf die eleganten Schaufenster zu achten. Mit ihrer schwarzen Melaja mischte sie sich unter Frauen in kurzen Kleidern und hohen Absätzen. Schließlich erreichte sie die andere Verkehrsinsel. Zwischen den hohen Gebäuden entdeckte sie ein Minarett der Al Azhar

Moschee, die ihr Ali vor vielen Jahren vom Dach ihres Hauses gezeigt hatte.
Endlich stand sie vor der blauen Tür und den roten Geranien auf den Stufen.
Sie läutete, und ein Dienstmädchen öffnete. Khadija nannte ihren Namen und erklärte, sie wolle Hauptmann Rageebs Frau sprechen. Das Mädchen führte sie in ein kleines Zimmer und ließ sie allein. Während Khadija wartete, betete sie, den richtigen Menschen gefunden und keinen Fehler gemacht zu haben.
Das Dienstmädchen kam kurz darauf zurück und führte Khadija in einen eleganten Salon, der ihrem Salon glich, obwohl er kleiner war. Die Dame des Hauses begrüßte sie, und bei ihrem Anblick sprach Khadija ein stummes Dankgebet. Sie ließ den Schleier sinken, und nach der förmlichen Begrüßung fragte sie: »Safeja, erinnern Sie sich an mich?«
»Oh ja, Sajjida«, erwiderte die Frau, »bitte, nehmen Sie Platz.«
Man servierte Tee und Gebäck, und Safeja Rageeb bot Khadija eine Zigarette an, die sie dankbar annahm. »Ich freue mich, Sie wiederzusehen, Sajjida.«
»Ich freue mich auch. Wie geht es Ihrer Familie?«
Safeja deutete auf eine Reihe Photos junger Mädchen an der Wand. »Meine beiden Töchter«, sagte sie stolz, »die älteste ist jetzt einundzwanzig und verheiratet. Meine jüngste wird demnächst sieben.« Sie blickte ihrem Gast offen ins Gesicht. »Ich habe sie Khadija genannt. Sie wurde geboren, als mein Mann, der Hauptmann, im Sudan stationiert war. Aber das wissen Sie ja.«
»Sagen Sie mir bitte, erinnern Sie sich an unser Gespräch vor sieben Jahren im Garten?«
»Ich werde es nie vergessen. Ich habe an diesem Tag gesagt, daß ich für immer in Ihrer Schuld stehe. Wenn Sie eine Bitte haben, Sajjida, dann gehört mein Haus und alles, was ich besitze, Ihnen.«
»Safeja, ist Ihr Mann Hauptmann Jussuf Rageeb und gehört er dem Revolutionsrat an?«
»Ja.«
»Sie haben mir damals gesagt, daß Ihr Mann Sie liebt, Sie als Partnerin behandelt und auf Ihren Rat hört. Ist das noch immer so?«
»Mehr denn je«, erwiderte Safeja leise.
»Dann habe ich wirklich eine Bitte«, sagte Khadija.

Amira träumte von Schüsseln mit goldgelben Aprikosen, die sie alle essen durfte. Sie lag im Bett und hatte die Arme um den englischen Teddybär geschlungen, den Onkel Edward für sie aus England hatte schicken lassen. Der schöne Traum tröstete sie auch damit, daß Papa nach einem langen Urlaub zurückkehrte und alle im Haus wieder glücklich waren.
Es gab ein Fest. Mama trug ein weißes glänzendes Abendkleid und Diamantohrringe. Umma brachte in einer großen Schüssel Sahne aus der Küche und braunen Zucker für die Aprikosen.
Dann sah sie Jasmina tanzen. Sie lachte und rief: »Mischmisch! *Mischmisch*!«
Amira schlug die Augen auf. Im Zimmer war es dunkel. Das Mondlicht fiel wie schmale silberne Bänder durch die Fensterläden. Sie lauschte. Hatte sie geträumt, daß ihre Schwester sie rief? Oder hatte sie wirklich ...
Ein Schrei zerriß die Stille.
Amira sprang aus dem Bett und lief zum Bett ihrer Schwester. Es war leer, und das Laken war zurückgeschlagen. »Lili?« rief sie. »Wo bist du?«
Dann sah sie Licht unter der Badezimmertür.
Sie lief dorthin. In diesem Augenblick ging die Tür auf, und Umma kam mit der schluchzenden Jasmina auf dem Arm heraus. »Was ist geschehen?« fragte Amira.
»Es ist alles in Ordnung«, sagte Khadija und legte die Siebenjährige ins Bett, deckte sie mit dem Laken zu und trocknete ihr die Tränen. »Jasmina wird es bald wieder gutgehen.«
»Aber was ...«
»Komm, Amira. Du bist jetzt an der Reihe«, rief Tante Doreja aus dem Bad. Die Sechsjährige spürte zwei starke Hände auf der Schulter. Man schob sie in das große Marmorbad, das sie mit ihrer Schwester und Tahia benutzte. Amira sah die alte Zou Zou. Sie saß auf einem Stuhl und las leise aus dem Koran. Eine Decke lag auf dem Boden, und es roch durchdringend medizinisch. Als Tante Doreja sie aufforderte, sich auf die Decke zu setzen, bemerkte Amira frische Blutflecken. Sie bekam plötzlich Angst.
Aber Nefissa und Doreja ließen Amira keine Zeit, sich zu wehren. Sie hielten sie fest, schoben das Nachthemd hoch und spreizten ihre Beine.

Amira sah ihre Großmutter mit einem Rasiermesser in der Hand. »Umma?« rief sie erschrocken.
Dann durchzuckte sie ein brennender Schmerz zwischen den Beinen, und sie glaubte, man habe sie in zwei Teile geschnitten.
Sie schrie laut auf, als die Frauen die Wunde bereits mit einer Salbe bestrichen und dann ein dicken Verband darauf legten, den sie mit Heftpflaster verklebten. Währenddessen redeten ihre Tanten und Khadija beruhigend auf sie ein, strichen ihr über die Haare und küßten sie. Umma sagte, sie sei ein tapferes kleines Mädchen, und alles werde bald vorbei sein.
Die Tür ging plötzlich auf, und Alice stand im Nachthemd im Zimmer. Ihre blonden Haare waren zerzaust, und die Augen wirkten verschlafen.
»Was ist los? Ich habe einen Schrei gehört. Es klang, als habe Amira geschrien.«
»Es ist nichts«, sagte Khadija begütigend, aber als Alice ihre Tochter schluchzend auf der Decke liegen sah mit einem Verband zwischen den Beinen, kniete sie nieder und nahm ihr Kind in die Arme. »Was ist geschehen? Bist du gefallen? Mein armes Kleines! Was ist denn los?«
»Es wird ihr bald wieder gutgehen«, sagte Khadija begütigend, nahm ihr Amira aus den Armen und trug sie in das Schlafzimmer.
»Aber was ist geschehen?« Alice sah, daß Jasmina ebenfalls weinend im Bett lag, und sie sah verwirrt die anderen Frauen an – Doreja, Nefissa und die alte Zou Zou. Sie waren angezogen, obwohl es Mitternacht sein mußte.
»Mutter Khadija, was ist los?« fragte Alice.
»Mach dir keine Sorgen. Amiras Wunde wird in ein paar Tagen verheilt sein.«
Alice sah ihre Verwandten an, die lächelten und ihr versicherten, es sei alles in bester Ordnung. Aber dann fiel ihr Blick auf die blutige Rasierklinge auf dem Waschtisch, und sie fragte: »Aber was habt ihr mit den Mädchen gemacht?«
»Es war ihre Beschneidung«, erwiderte Nefissa, »mehr nicht. In ein oder zwei Tagen werden sie alles vergessen haben. Komm, wir trinken jetzt einen Tee.«
»Was hast du gesagt?« fragte Alice. »Ihre was? Ich verstehe das nicht.«
Dann hörte sie, wie Doreja leise zu Tante Zou Zou sagte: »Die Engländer machen das nicht.«

Alice deckte Amira besorgt zu, strich ihr über das Gesicht und die Haare, bis ihre Tochter sich etwas beruhigt hatte, dann sagte sie: »Es ist alles gut, mein Schatz. Mammi ist ja da. Alles ist gut. Wo ist denn dein Teddybär? Ah, da ist er ja. Er darf nicht sehen, daß du weinst, sonst weint er auch. So ist es lieb. Du bist Mammis kleiner Engel.«
Khadija legte Alice die Hand auf den Arm und sagte: »Komm mit, und ich werde dir alles erklären.«
Aber Alice schüttelte den Kopf und blieb bei Amira, bis sie aufgehört hatte zu weinen und schließlich einschlief.

Als Alice in das Schlafzimmer von Khadija kam, stand dort der Tee bereit. Khadija schenkte ihr eine Tasse Minztee ein und fragte: »Hat Doreja recht, wenn sie sagt, die Engländer kennen eine Beschneidung nicht?«
Alice sah sie verwirrt an. »Jungen manchmal ... glaube ich. Aber ... Mutter Khadija, wie kann ein Mädchen beschnitten werden? Was hast du mit ihnen gemacht?«
Als es Khadija ihr erklärte, erstarrte Alice vor Entsetzen. »Aber das ist nicht dasselbe wie die Beschneidung eines Jungen! Das ist eine Verstümmelung. Das ist unnatürlich!«
»Es ist keine Verstümmelung, liebe Alice. Wenn Amira heranwächst, wird sie nicht verändert sein. Sie wird nur eine kleine Narbe zurückbehalten. Ich habe nur den winzigsten Teil entfernt. Wir sagen, es ist die Maulbeere. Ansonsten ist sie dieselbe wie zuvor.«
»Aber warum? Warum macht ihr das?«
»Es geschieht, um die Ehre eines Mädchens zu schützen, wenn es heranwächst. Die Unreinheit wurde entfernt, damit sie eine keusche und gehorsame Frau wird.«
Alice runzelte die Stirn. »Das verstehe ich nicht, Mutter Khadija. Ich meine, nach dieser Beschneidung ... kann eine Frau dann noch Freude am Sex haben?«
Khadija erwiderte: »Eine Frau empfindet Freude am Sex, wenn sie weiß, daß sie ihren Mann befriedigt hat. Aber ihre wahre Freude stammt aus der Würde der Geburt und der Mutterschaft.«
Alice starrte sie an, und allmählich verstand sie. »Wie kannst du es wagen, etwas so Ungeheuerliches meiner Tochter anzutun!«
Khadija erwiderte: »Ich verstehe deine Empörung nicht. Jedes muslimi-

sche Mädchen wird diesem Ritual unterzogen. Ich habe meine Pflicht getan und damit die Voraussetzung dafür geschaffen, daß meine Enkeltochter einen guten Ehemann finden wird, denn er weiß, daß sie nicht schnell stimuliert werden kann, und deshalb wird er ihr trauen. Aus diesem Grund heiratet kein ehrenwerter Mann eine unbeschnittene Frau.«

Alice wurde rot. »Dein Sohn hat mich geheiratet, oder nicht?«
Khadija beugte sich vor und ergriff ihre Hand. »Ja, das hat er. Und da du meinen geliebten Sohn geheiratet hast, liebe ich dich ebensosehr wie ihn. Es tut mir aufrichtig leid, daß du so schockiert bist. Ich hätte dich darauf vorbereiten, es dir erklären und dich an diesem Ritual teilnehmen lassen sollen. Aber Doreja sagte, es sei bei euch nicht üblich, und wir haben im Augenblick so viele Sorgen ...«
»Ich habe versucht, eure Sitten zu verstehen, Mutter Khadija. Ich habe versucht, Teil dieser Familie zu werden! Aber ihr führt ein unnatürliches Leben! Sieh dich an! Du bist in diesem Haus wie in einem Gefängnis eingeschlossen! Das ist nicht natürlich!«
Khadija sah sie erschrocken an. »Und was ist natürlich? Eure Sitten?«
»Die Europäer verstümmeln ihre Töchter nicht«, sagte sie und stand zitternd auf, »du hättest das nicht tun dürfen, wenn Ibrahim hier wäre!«
»Natürlich hätte ich das getan. Sie sind jetzt in dem Alter. Ich konnte nicht warten, bis mein Sohn aus dem Gefängnis zurück ist. Man führt diesen Eingriff am besten bei kaltem Wetter durch, denn dann heilt die Wunde schneller, *inschallah*.«
»Warum tut ihr das mitten in der Nacht, als sei es ein Verbrechen?« rief Alice. »Wenn ein Junge beschnitten wird, wird das groß gefeiert!«
»Ja, die Beschneidung eines Jungen wird gefeiert. Aber die Beschneidung eines Mädchens dreht sich um den sündhaften Aspekt ihres Wesens. Deshalb muß es in aller Verschwiegenheit geschehen, und es wird nie darüber gesprochen. Ibrahim hätte an diesem Ritual nicht teilgenommen, denn es ist die Aufgabe der Frauen, aber er hätte von mir erwartet, daß ich die Beschneidung durchführe.«
»Das glaube ich nicht. Vielleicht ist es bei Jasmina etwas anderes. Sie ist die Tochter einer Ägypterin, aber Amira ist Engländerin.«
»Und eine Muslimin«, erklärte Khadija ruhig, »damit warst du bei der Heirat einverstanden.«

»Und wo ist mein Mann? Vor einem Monat haben wir den Brief bekommen, in dem man uns seine Entlassung angekündigt hat. Wo ist er? Warum tust du nichts, um ihm zu helfen?«
»Gott wählt den Zeitpunkt seiner Entlassung«, erwiderte Khadija.
»Ich glaube, Ibrahim wird nicht nach Hause zurückkehren. Ich glaube, dieser Brief war auch nur eine Lüge, wie alle hier lügen.«
»Das darfst du nicht sagen...« Khadija hätte ihr nur allzugern von Safeja Rageeb erzählt.
Alice rannte aus dem Schlafzimmer und schlug die Tür hinter sich zu. In ihrem Zimmer fiel sie weinend auf ihr Bett. Ibrahim war tot. Sie wußte es. Hassan hatte recht. Sie würde keinen Tag länger in Ägypten bleiben. Sie würde mit ihrer Tochter nach England zurückkehren – in ihre Heimat. Sie hätte schon längst mit Edward das Land verlassen sollen.
Mit Tränen in den Augen holte sie ihre Koffer aus der Kleiderkammer und packte ihre Sachen hinein. Dann dachte sie an Eddie. Ich muß Eddie sagen, daß er auch packen soll. Wir werden noch heute nacht das Haus verlassen!
Wenn man uns nicht ausreisen läßt, wird Eddie mir helfen, eine Wohnung zu finden. Ich werde Amira zu mir nehmen... wir drei werden dort zusammen wohnen, bis ich alle erforderlichen Papiere habe...
Als sie seine Tür erreichte, wollte sie zuerst klopfen, aber dann fiel ihr ein, daß er meist tief und fest schlief und ihr Klopfen nicht hören würde. Sie betrat das Zimmer, um ihn aufzuwecken.
Aber in seinem Wohnzimmer brannten alle Lampen. Zwei Männer waren dort, und Alice begriff nicht sofort, was sie taten. Edward hatte sich vorgebeugt, Hassan al-Sabir stand hinter ihm. Ihre Hosen lagen am Boden.
Überrascht starrten sie Alice an.
Alice stieß einen Schrei aus und rannte davon.
Hassan holte sie im großen Salon ein. Er packte ihren Arm und drehte sie heftig herum. Das Mondlicht fiel auf ihr bleiches Gesicht. »Hast du es nicht gewußt?« fragte er lächelnd. »Deinem Blick nach nein. Ich würde sagen, du hattest nicht die leiseste Ahnung.«
»Du bist ein Ungeheuer«, keuchte sie.
»Ich? Wieso ich? Deinen Bruder kannst du beschimpfen, denn er übernimmt die Rolle der Frau. Er muß sich schämen.«
»Du hast ihn verführt!«

»Ich habe *ihn* verführt?« Hassan lachte. »Meine liebe Alice. Denk nach! Wer ist wohl auf diese Idee gekommen? Edward wollte mich seit seiner Ankunft. Du dachtest, er sei in Nefissa verliebt, nicht wahr? Oh nein, er hatte es auf mich abgesehen!«
Sie wollte sich von ihm losreißen, aber er zog sie an sich und sagte bitter lächelnd: »Warum bist du so schockiert? Schließlich habe ich mit Edward nur das gemacht, was ihr Engländer seit achtzig Jahren mit Ägypten getan habt.«
»Du ekelst mich an!« Alice schluchzte heftig.
»Das hast du mir schon einmal gesagt. Und da ich die Schwester nicht bekommen kann, habe ich mich mit dem Bruder begnügt. Von hinten gesehen, besteht zwischen euch beiden kein allzu großer Unterschied.«
Sie riß sich los und rannte mit seinem höhnischen Lachen im Ohr durch das dunkle Treppenhaus.

An diesem stürmischen Januartag des Jahres 1953 herrschte ein solches quirliges Durcheinander in der Küche, daß die Köchin und ihre Helferinnen immer wieder zusammenstießen. Viele Gäste und Familienmitglieder hatten sich im Haus in der Paradies-Straße eingefunden, um Ibrahim bei seiner Rückkehr willkommen zu heißen. Das Feuer in den Küchenherden brannte Tag und Nacht, und immer mehr Braten, Brote und Aufläufe standen für das große Festessen bereit.
Sarahs Aufgabe war es, Lammfleisch für die Fleischbällchen durch den Wolf zu drehen. Diese Arbeit hatte sie bereits im Dorf gelernt, und sie war mit großer Freude bei der Sache. Ihr Herr und Meister kehrte nach Hause zurück. Dieser Mann hatte sie und ihren Sohn gerettet, sie erlöst von dem Hungerleben als Bettler. Er hatte Zacharias als seinen eigenen Sohn angenommen und ermöglichte ihm das Leben eines Prinzen. Sarah war sogar für eine Minute die Frau eines Arztes gewesen, und das war sehr viel besser, als ein ganzes Leben lang die Frau eines Ladenbesitzers zu sein. Sie hatte ihren Sohn drei Jahre stillen dürfen. Sie konnte ihn in den Armen halten und in den Schlaf wiegen, auch wenn sie niemandem sagen durfte, daß sie seine Mutter war. Und vor kurzem hatten sie beide wieder einmal in diesem schönen Haus Geburtstag gehabt – Sarah war jetzt einundzwanzig und Zakki sieben.
Sarah wußte, das alles war Gottes Plan gewesen. Sie hatte Abdus Sohn

am Flußufer empfangen, das Dorf verlassen und war schließlich in dieses schöne Haus gekommen, das wie ein Palast war. Ihre Mutter hatte ihr an jenem Abend, als sie vor dem Zorn ihres Vaters und ihrer Onkel geflohen war, gesagt, sie sei jetzt in Gottes Hand. Wo immer Abdu jetzt auch sein mochte, er würde mit dem Lauf der Dinge zufrieden sein, wenn er etwas davon wüßte. Und heute kam der Hausherr wieder zurück, und alle hier würden wieder glücklich sein!
Die Gäste drängten sich in dem großen Salon – die Raschids, Ibrahims Freunde aus den Nightclubs und Casinos. Sie waren festlich gekleidet und wollten ihn feierlich und mit Freuden wieder in ihre Reihen aufnehmen. Schließlich war er ein halbes Jahr weg gewesen.
Als sie knatterndes Motorengeräusch hörten, liefen die Kinder zum Fenster und jubelten laut, als sie Onkel Mohsseins Wagen in der Auffahrt sahen.
»Papa ist da!« riefen sie und sprangen aufgeregt am Fenster hin und her. »Papa ist da!«
Der Lärm im Salon schwoll an, als man die beiden Männer auf der Treppe hörte. Keiner hatte Ibrahim seit dem letzten August gesehen. Niemand hatte ihn besuchen dürfen, auch dann nicht, als ihnen in einem Brief mitgeteilt wurde, er werde in den nächsten Wochen entlassen. Deshalb erwarteten sie einen anderen Mann als den, der nun neben Mohssein in der Tür erschien. Der Lärm erstarb. Es wurde still.
Sie starrten erschrocken auf den Fremden mit grauen Haaren und einem langen grauen Bart. Ibrahim Raschid sah wie ein Skelett aus. Seine Augen lagen in dunklen Höhlen, und sein Anzug wirkte viel zu groß für die ausgemergelte Gestalt.
Khadija trat vor und umarmte ihn. »Gesegnet sei der Ewige, der meinen Sohn nach Hause zurückgebracht hat«, sagte sie schluchzend.
Die anderen folgten ihr mit Tränen in den Augen. Sie versuchten zu lächeln, begrüßten und berührten ihn. Nefissa weinte, während Alice langsam auf ihn zutrat. Aber ihr Gesicht war so weiß wie das Seidenkleid, das sie für ihn trug. Als sie ihn umarmte, brach Ibrahim in lautes Schluchzen aus.
Die Kinder näherten sich ihm scheu, denn sie wußten nicht recht, wer dieser Mann war. Aber als er die Arme ausbreitete und sie bei ihren Kosenamen nannte – Mischmisch, Lili, Zakki –, erkannten sie seine Stimme. Ibrahim umarmte seine beiden Töchter, Amira und Jasmina,

und seine Tränen fielen auf ihre duftenden Haare. Aber als Zacharias vor ihm stand, richtete Ibrahim sich auf, ehe der Junge ihn berühren konnte, und stützte sich auf den Arm seiner Mutter. »Ich weiß nicht, wieso ich heute hier bin, Mutter«, sagte er leise, »gestern dachte ich noch, ich würde auf ewig im Gefängnis sitzen. Als ich heute morgen aufwachte, sagten sie mir, daß ich nach Hause gehen kann. Ich weiß nicht, warum ich im Gefängnis war und warum sie mich entlassen haben.«
»Es ist Gottes Wille, daß du wieder frei bist«, erwiderte sie mit Tränen in den Augen. Auch Ibrahim sollte nie etwas von der geheimen Absprache mit der Frau des Freien Offiziers erfahren. »Jetzt bist du zu Hause, und nur darauf kommt es an.«
»Mutter«, flüsterte er, »König Farouk kommt nie wieder zurück. Ägypten ist jetzt ein anderes Land. Wo werde ich hier meinen Platz finden? Was soll aus mir werden?«
»Auch das liegt in Gottes Hand. Dein Schicksal ist bereits bestimmt. Komm jetzt, setz dich und iß.« Sie führte ihn zu dem Ehrenplatz, der mit goldenem Brokat und rotem Samt bezogen war. Khadija mußte ihre Panik unterdrücken, als sie unter dem Stoff seines Anzugs den dünnen Arm spürte und an den gequälten und gepeinigten Ausdruck seiner Augen dachte. Sie wußte, man hatte ihn in diesem schrecklichen Gefängnis gefoltert; das hatte ihr Safeja Rageeb sagen können, aber mehr nicht. Khadija würde ihn natürlich nie danach fragen, und sie wußte, ihr Sohn würde nie darüber sprechen.
Ihre Aufgabe mußte es jetzt sein, seine Gesundheit und sein Glück wiederherzustellen. Sie mußte ihm helfen, seinen Platz in dem neuen Ägypten zu finden.
Alice blickte sich plötzlich um und fragte: »Wo ist Eddie?« Die Kinder sprangen auf und riefen: »Wir holen ihn. Er hat sicher verschlafen!« Die fünf rannten fröhlich aus dem Zimmer.
Sichtlich enttäuscht kamen sie kurz darauf zurück.
»Wir können Onkel Eddie nicht aufwecken«, sagte Zacharias. »Wir haben ihn geschüttelt und geschüttelt, aber er ist einfach nicht wachzukriegen!«
»Er hat sich an der Stirn verletzt«, sagte Jasmina, »hier«, sie deutete zwischen die Augen.
Khadija verließ den Salon, Alice und Nefissa folgten ihr.

Sie fanden Edward in einem Sessel. Er trug seinen blauen Blazer und eine weiße Hose; er war frisch rasiert, das Haar glatt zurückgekämmt und mit Pomade frisiert. Als sie zwischen den Augen das kleine runde Loch der Kugel sahen und den 38er Revolver in seiner Hand, wußten sie, daß nicht der Auspuff des Wagens geknallt hatte, der Ibrahim nach Hause gebracht hatte. Der eine war in das Haus an der Paradies-Straße zurückgekehrt, und ein anderer war gegangen.

Alice entdeckte als erste das Blatt Papier mit Edwards letzten Worten. Sie las, als lese sie die Morgenzeitung, ohne Gefühle und ohne Realitätsbezug. Dort standen Sätze, die sie bis zum Ende ihres Lebens verfolgen würden.

»Hassan trifft keine Schuld. Ich habe ihn geliebt und geglaubt, daß er mich liebt. Jetzt weiß ich, daß ich das Werkzeug seiner Rache an dir war, liebe Schwester. Um dich zu verletzen, Alice, hat er mich vernichtet. Aber du mußt nicht um mich trauern. Mein Schicksal stand bereits am Tag meiner Ankunft hier fest. Ich habe England wegen meines Lasters verlassen. Ich wußte, wenn Vater etwas davon erfahren würde, dann wäre die Familie ruiniert. Ich kann nicht länger mit dieser Schande leben.«

Zum Schluß hatte er noch einen Satz für Nefissa geschrieben:

»Verzeih mir, wenn ich dich getäuscht habe.«

Alice war nicht bewußt, daß sie laut gelesen hatte. Als sie schwieg, registrierte sie die plötzliche Stille im Raum. Khadija nahm Alice den Brief aus der Hand und zündete ihn mit Edwards Feuerzeug an. Die schwarze Asche warf sie in den Papierkorb. Danach ließ sie sich von Nefissa die Revolverkugeln geben und verteilte sie auf dem Schreibtisch. Dazu stellte sie alles, was Edward zum Reinigen des Revolvers benutzt hätte.

Dann sagte sie zu Alice: »Hör zu, niemand weiß etwas davon. Ihr dürft keinem Menschen etwas sagen – nicht Ibrahim, nicht Hassan, niemandem. Habt ihr verstanden?«

Alice blickte auf ihren Bruder. »Aber was soll mit ihm...?«

»Wir werden sagen, es sei ein Unfall gewesen«, erwiderte Khadija und wies auf das Ledertuch und das Öl, das Nefissa gebracht hatte. »Er hat seinen Revolver gereinigt, und ein Schuß hat sich versehentlich gelöst. Das werden wir allen sagen. Nefissa, Alice, ihr müßt mir beide versprechen, daß wir das erzählen.«

Nefissa nickte wie betäubt, und Alice flüsterte: »Ja, Mutter Khadija.«
»So, jetzt können wir die Polizei holen.« Aber bevor sie das Zimmer verließen, blieb Khadija stehen und legte Edward sanft die Hand auf den Kopf. Sie schloß ihm die Augen und murmelte: »Es gibt keinen Gott außer Gott, und Mohammed ist SEIN Prophet.«
Und SEIN Fluch liegt auf diesem Haus.

9. Kapitel

Während Omar Raschid die verführerische Tänzerin auf der Leinwand sah, dachte er nur das eine: Wie bekomme ich meine Cousine ins Bett. Die Tänzerin hieß Dahiba, und ihr Anblick, als sie in glitzernden Schuhen und einem Rita-Hayworth-Abendkleid mit tiefem Ausschnitt über die Leinwand schwebte und dabei unnachahmlich Hüften, Brüste und die langen Beine bewegte, ließ sein Blut zu glühendem Feuer werden. Der einundzwanzigjährige Omar glaubte zu explodieren. Aber nicht Dahiba war das Ziel seiner jugendlichen Leidenschaft, sondern die siebzehnjährige Jasmina, die in dem dunklen Kino neben ihm saß. Ihr Arm streifte seinen Arm, und der schwere Duft ihres Moschusparfüms machte ihn benommen. Omar verzehrte sich nach seiner Cousine; sein Verlangen nach ihr war an dem Abend entflammt, als er mit der Familie eine Aufführung ihrer Ballettschule besucht hatte. Jasmina tanzte in einem Trikot, Tutu und weißen Strumpfhosen. Damals war sie noch fünfzehn gewesen, und Omar hatte zum ersten Mal festgestellt, daß sie kein Mädchen mehr war.
»Ist Dahiba nicht *wundervoll?*« flüsterte Jasmina verzückt, ohne den Blick von der Leinwand zu wenden.
Omar konnte nicht antworten. Er stand in Flammen. Er wußte nicht, wie es war, mit einer Frau zu schlafen, denn der Islam verbot den außerehelichen Geschlechtsverkehr. Ein junger Mann mußte damit warten, bis er eine Frau hatte. Erst dann war ihm Sex erlaubt. Im allgemeinen durfte ein Mann wie Omar dann an Sex denken, wenn er sein Studium absolviert und eine Stellung hatte, denn dann konnte er die Verantwortung für eine Familie übernehmen. Wie so viele seiner Freunde wußte auch Omar, daß er frühestens mit fünfundzwanzig heiraten würde. Da die Gesellschaft jungen Unverheirateten nicht einmal

erlaubte, Händchen zu halten, sah Omar hin und wieder den einzigen Ausweg, sich in den öffentlichen Bädern Befriedigung mit ebenfalls sexuell frustrierten Altersgenossen zu verschaffen. Aber die Befriedigung in den heißen Dampfbädern hielt nicht lange vor. Außerdem wollte er eine Frau.
»Bismillah! Dahiba ist eine Göttin!« Jasmina seufzte. Es war ein typisch ägyptischer Film: eine musikalische Komödie über Verwechslungen und unglückliche Liebe; ein Mädchen vom Land erobert einen Millionär, und nachdem die dunklen Machenschaften der reichen Nebenbuhlerin enttarnt sind, heiratet er das Mädchen. Das Kino war voll besetzt und laut. Die Zuschauer sangen die Lieder mit und klatschten zu Dahibas Tanz den Rhythmus. In den Gängen verkaufte man belegte Brote, gebratene Fleischbällchen, Mineralwasser und Limonade. Wenn der gekaufte Bösewicht auf der Leinwand erschien – erkennbar am schmalen Lippenbart und am Fez –, beschimpften ihn die Zuschauer lautstark und warfen zerknülltes, fettiges Papier auf die Bühne. Und als Dahiba in der Rolle der jungfräulichen Fatima seine Annäherungsversuche entschieden abwies, jubelten alle so laut, daß man befürchten mußte, die Decke des Kairo-Roxy werde einstürzen.
Es war Donnerstag und der richtige Abend zum Ausgehen, denn am Freitag mußte man nicht arbeiten oder studieren. Ägypten produzierte inzwischen fast ebensoviele Filme wie Hollywood. Man konnte deshalb an jedem Tag im Jahr ins Kino gehen, ohne einen Film zweimal zu sehen. Aber die meisten gingen donnerstags ins Kino, die jungen Raschids natürlich auch: Omar und seine Schwester Tahia, Jasmina und ihr Bruder Zacharias. Amira war an diesem Abend ausnahmsweise nicht dabei.
Sie trugen ihre besten Sachen – Omar und Zacharias maßgeschneiderte Hemden und Hosen. Tahia und Jasmina hatten Parfüm angelegt, Omar und Zacharias teures Eau de Cologne. Die Mädchen trugen Blusen mit langen Ärmeln und Röcke, die bis über die Knie reichten. Der Rocksaum wurde in Europa zwar immer kürzer, aber die jungen Raschids durften das Haus erst verlassen, nachdem Umma ihren Aufzug begutachtet hatte, und Khadijas strenge Moralvorstellungen ließen ein entblößtes Knie nicht zu. »Eine herausfordernd gekleidete Frau«, sagte sie, »weist jeden auf schamlose Sittenlosigkeit hin. Ein Mann wird diese Frau nicht achten, und deshalb provoziert sie sexuelle Belästigungen.

Zu meiner Zeit schützte der Schleier eine Frau auf der Straße vor Zudringlichkeiten. Die Melaja sollte noch immer gesetzlich vorgeschrieben sein.«

Der Film endete unter ohrenbetäubendem Beifall. Dann erhoben sich die zweitausend Zuschauer im Kino, weil die ägyptische Nationalhymne gespielt wurde, während das Porträt von Präsident Nasser von der Leinwand auf sie herablächelte. Als die vier jungen Raschids das Kairo-Roxy verließen und sich lachend und ausgelassen über den Film unterhielten, beschäftigten jeden von ihnen geheime Gedanken. Der sechzehnjährige Zacharias versuchte, sich an die wunderbaren Liedertexte zu erinnern, die er gerade gehört hatte; die siebzehnjährige Tahia fand, eine romantische Liebe sei ohne Zweifel das Schönste auf der Welt; Jasmina sah sich in ihrem Beschluß bestärkt, eines Tages eine ebenso berühmte Tänzerin wie Dahiba zu werden; Omar überlegte, wie er eine Frau finden würde, mit der er schlafen konnte.

Als Omar im Vorbeigehen in einem Schaufenster sein Spiegelbild sah, wuchs sein Selbstbewußtsein. Omar wußte sehr wohl, daß er gut aussah. Der Kinderspeck war verschwunden, und er hatte inzwischen einen schlanken, sehnigen Körper; er besaß dunkle bohrende Augen und fein geschwungene Augenbrauen, die über der Nase zusammenwuchsen. Zur Zeit studierte er Maschinenbau an der Universität. Wenn er sein Examen bestanden und als Beamter eine Stellung hatte, und wenn man ihm das Erbe seines Vaters ausbezahlte, der bei einem Autorennen tödlich verunglückte, als Omar gerade drei Jahre alt war, dann, das wußte er, würde ihm in ganz Ägypten keine Frau widerstehen können.

Aber das lag alles in der Zukunft. Im Augenblick war er noch ein Student, wohnte mit seiner Mutter in der Paradies-Straße und brauchte das Geld seines Onkels Ibrahim. Welche Frau würde ihn auch nur eines Blickes würdigen?

Andererseits hatte seine muntere und attraktive Cousine Jasmina ihren Arm in seinen geschoben. Ihr Parfüm stieg ihm in die Nase, sie schüttelte übermütig die schwarzen Haare und sah ihn mit blitzenden honigbraunen Augen an. Im Gegensatz zu jeder anderen unverheirateten Ägypterin bestand bei Jasmina die Möglichkeit, daß sie nicht völlig unerreichbar für ihn war.

»Ich habe Hunger!« rief Jasmina, als sie die Kreuzung erreichten. »Kaufen wir uns doch etwas zum essen, bevor wir nach Hause gehen.«

Die vier jungen Leute hakten sich unter – die zwei jungen Männer nahmen die Mädchen schützend in die Mitte – und liefen lachend über die Straße, denn dort verkauften Straßenhändler in Galabijas den hungrigen Kinobesuchern Kebabs, Eis und Früchte. Omar, seine Schwester und Jasmina entschieden sich für *Schwarma*-Brote – gebratenes, in hauchdünne Scheiben geschnittenes Lamm und Tomatenstücke in Fladenbrot. Zacharias wollte eine gefüllte Süßkartoffel und ein Glas Tamarindensaft. Er aß kein Fleisch, denn als Siebenjähriger hatte er ein erschreckendes Erlebnis. Am *Aid el-Adha*-Fest zum Gedenken an Abrahams Bereitschaft, seinen Sohn Isaak zu opfern, sah er, wie ein Metzger ein Lamm für das Fest schlachtete. Der Mann schlitzte dem Tier den Hals auf und ließ es ausbluten. Dann rief der Metzger: »Im Namen Gottes!« und blies Luft in den Tierleib, um das Fell vom Fleisch zu lösen. Zacharias sah mit wachsendem Entsetzen, wie das Lamm dikker und dicker wurde, während der Metzger es mit einem Stock bearbeitete, um die Luft gleichmäßig unter dem Fell zu verteilen. Der siebenjährige Junge fing an zu schreien, und seit dieser Zeit rührte er kein Fleisch mehr an.

Während sie aßen und versuchten, im Gedränge nicht vom Gehweg gestoßen zu werden, beunruhigte Zacharias etwas, das sie im Film gesehen hatten. Die »böse Nebenbuhlerin« war eine sittenlose geschiedene Frau gewesen – ein fester Bestandteil der meisten ägyptischen Filme. Zacharias mußte an seine Mutter denken, von der er noch immer nichts wußte, weil sein Vater es ablehnte, über sie zu sprechen. Zacharias wollte nicht glauben, daß seine Mutter der geschiedenen Frau in den Filmen glich. Schließlich war die alte Tante Zou Zou, die im vergangenen Jahr gestorben war, auch geschieden und für den Rest ihres Lebens eine fromme Frau gewesen.

Zacharias hatte eine genaue Vorstellung davon, welche Art Frau seine Mutter sein mußte, obwohl man über sie ebensowenig sprach wie über die verstoßene Tante, deren Photos aus den Familienalben entfernt worden waren. Seine Mutter war schön, fromm und sittsam wie die heilige Zeinab, deren Moschee die Familie einmal im Jahr an ihrem Gedenktag besuchte. Zacharias träumte oft davon, seine Mutter zu suchen, und malte sich die glückliche Wiederbegegnung aus. Omar hatte einmal boshaft zu ihm gesagt: »Wenn deine Mutter eine so fromme Frau ist, warum besucht sie dich dann nie?« Zacharias wußte darauf keine andere

Antwort, als daß sie tot sein mußte. Sie war nicht nur eine Heilige, sondern auch eine Märtyrerin.

Als sie vom Gehweg auf die Straße traten, faßte Zacharias fürsorglich Tahia am Ellbogen. Er war ihr Cousin, und deshalb durfte er sich diese Freiheit herausnehmen, aber die Gefühle, die ihn bei der Berührung der warmen Haut unter dem Ärmel durchfluteten, waren alles andere als fürsorglich und verwandtschaftlich. Im Gegensatz zu Omar, der seine Cousine Jasmina erst seit zwei Jahren beachtete, liebte Zacharias Omars Schwester schon, solange er denken konnte. Er hatte sie bereits geliebt, als sie noch Kinder waren und im Garten spielten. Tahia erinnerte ihn an seine imaginäre Mutter. Sie war ein Vorbild muslimischer Tugend und Reinheit. Daß die inzwischen Siebzehnjährige ein Jahr älter als er war, störte ihn nicht. Sie war klein und zierlich, und trotz der achtjährigen Schulbildung in privaten Mädchenschulen war sie noch beglückend unschuldig und ahnungslos. Die große Welt bedeutete ihr nichts. Omar hatte nur eine schnelle und leidenschaftliche sexuelle Befriedigung im Sinn, während Zacharias' Gedanken um Ehe und die reineren, eher geistigen Aspekte der Liebe kreisten. In seinen Absichten sah er sich vom Schicksal bestätigt, denn als Tahias Vetter war er nach islamischen Vorstellungen dazu auserkoren, sie zu heiraten. Während sie im glücklichen Übermut der Jugend durch die Menschenmenge schlenderten, dichtete Zacharias Verse, in denen er seine Geliebte verklärte:

»Tahia, wärst du doch schon meine Frau! Ströme des Glücks, die ich zu dir lenke, würden dich auf ihren zärtlichen Wellen tragen! Den Mond würde ich bitten, dir silberne Ketten zu schenken! Der Sonne würde ich sagen, dir einen goldenen Ring zu geben! Das grüne Gras unter deinen Sohlen wären Smaragde. Regentropfen, die dich berühren, würden sich in Perlen verwandeln. Geliebte, für dich würde ich Wunder wirken. Ja, Wunder, und noch mehr, viel mehr ...«

Tahia hörte das Gedicht natürlich nicht. Sie lachte über eine komische Bemerkung Omars über die griesgrämigen Russen auf der Straße. Russen gehörten inzwischen zum Straßenbild, seit die Sowjets gekommen waren, um den Assuanstaudamm zu bauen. In den Geschäften von Kairo konnte man russische Waren kaufen, und nicht wenige Firmenschilder hatten zusätzlich kyrillische Aufschriften. Aber die Ägypter konnten sich mit diesen Menschen nicht anfreunden und fanden sie kalt und abweisend.

Zacharias begann, das Liebeslied *Ja lili ja aini* zu singen – »Du bist meine Augen« –, und die anderen stimmten ein. Sie berauschten sich an ihrer jugendlichen Kraft, während sie singend die Straße entlangliefen, andere Fußgänger zwangen, ihnen auszuweichen, schließlich atemlos stehenblieben, Schaufenster betrachteten und mit den Verkäufern von Jasmingirlanden um den Preis handelten. Die Straßen waren hell erleuchtet, und Musik drang aus den offenen Türen. Fellachinnen saßen in ihre schwarzen Melajas gehüllt auf dem Gehweg und rösteten Maiskolben über offenen Feuern, ein Zeichen, daß der Sommer bald beginnen würde. In die warme Luft mischte sich der Rauch der Kochfeuer, der Duft von Fleich und Fisch, die im Freien gegrillt wurden, und unvermutet die betäubenden Duftwolken blühender Bäume. Es war eine herrliche Zeit, um jung, lebensfroh und in Kairo zu sein.

Die vier erreichten den Platz der Befreiung. Auf der anderen Seite war früher die britische Kaserne gewesen, inzwischen stand dort das neue pharaonische Nil-Hilton. Jasmina bemerkte nicht, wie Omar besitzergreifend die Hand um ihren Ellbogen legte, denn sie dachte an die große Dahiba, die sie gerade im Film gesehen hatten. Ganz Ägypten verehrte Dahiba. Wie wundervoll mußte das Leben sein, wenn man so begabt und berühmt war!

Jasmina wußte, daß sie zum Tanzen geboren war. Sie konnte sich noch gut daran erinnern, wie Tanzen bereits als kleines Mädchen einfach selbstverständlich für sie gewesen war. Sie hatte die Bewegungen der Frauen mühelos nachgeahmt, die auf Ummas Festen den Beledi tanzten. Weil Umma und Ibrahim darin übereinstimmten, daß seine älteste Tochter besonders talentiert war, schickten sie Jasmina in den Ballettunterricht. Damals war sie acht Jahre alt. Heute, fast zehn Jahre später, war Jasmina Raschid die beste Schülerin der Akademie, und man sprach von einem möglichen Engagement am National-Ballett. Aber Jasmina wollte keine Ballettänzerin werden. Sie hatte andere Pläne, wundervolle, *geheime* Pläne, und sie konnte es kaum erwarten, sie zu Hause ihrer Schwester Amira anzuvertrauen.

Omar entging nicht, welche Blicke die jungen Männer verstohlen Jasmina zuwarfen und wie sie schnell den Kopf zur Seite drehten, wenn sie die männlichen Verwandten in ihrer Begleitung sahen. Ein herausfordernder Blick, vielleicht eine kühne Anrede, und Omar und Zacharias hätten den Zudringlichen mit Beschimpfungen und Fäusten davonjagen müssen. Im vergangenen Monat waren die fünf jungen Raschids zusammen einkaufen gewesen. Sie hatten ein Geburtstagsgeschenk für Umma gesucht. Jasmina betrachtete sich die Angebote in einem anderen Teil des Geschäfts, als ein junger Mann sie anstieß und ihr die Hand auf die Brust legte. Sie hatte ihn scharf zurechtgewiesen; Omar und Zacharias hatten den Kerl auf der Stelle aus dem Laden geworfen und ihn solange beschimpft und laut beschuldigt, bis andere Passanten ebenfalls ihre Partei ergriffen, und der junge Mann mit hochrotem Kopf schnell davonlief.

In einer Menschenmenge, etwa auf einem Markt oder in einem überfüllten Bus, boten sich einem jungen Mann die einzigen Gelegenheiten, eine Frau zu berühren. Omar hoffte immer auf diese »zufälligen« Berührungen und Zusammenstöße; manchmal folgte er sogar einer Frau in der Hoffnung auf eine günstige Gelegenheit zu einem »unbeabsichtigten« Körperkontakt. Aber bislang war er noch nicht unangenehm aufgefallen, und keine Brüder oder männlichen Verwandten hatten sich auf ihn gestürzt, um die bedrohte Familienehre zu verteidigen. Während sie jetzt über den Platz der Befreiung liefen, Taxis und Bussen auswichen, sagte sich Omar, daß Jasmina ein ideales Opfer für seine Wünsche war. Schließlich war *er* in diesem Fall der männliche Verwandte. Bei wem sollte sie sich über ihn beschweren? Bestimmt nicht bei ihrem Vater, denn Omar kannte das schmutzige Geheimnis seines Onkels. Bei diesem Gedanken mußte er laut lachen.

»Wie bist du zu diesen Narben gekommen?«
Ibrahim löste sich von der Frau und griff nach den Zigaretten neben dem Bett. Sie erkundigten sich immer nach den Narben, wenn er mit ihnen geschlafen hatte und sie seinen Körper genauer betrachteten. Anfangs hatte es ihn verlegen gemacht, aber inzwischen antwortete er automatisch. »Das war während der Revolution«, sagte er in einem Ton, der sie üblicherweise zum Schweigen brachte.
Aber diese Frau ließ nicht locker. »Ich wollte nicht wissen wann, sondern wie?«
»Mit einem Messer.«
»Ja, aber ...«
Er setzte sich auf und zog das Laken über die Schenkel und um den Unterleib, um die bleibenden Erinnerungen an die Folter zu verhüllen,

die er im Gefängnis hatte über sich ergehen lassen müssen. Seine Peiniger fanden es komisch, als sie ihm die Schnittwunden beibrachten und taten, als wollten sie ihn kastrieren, und erst im allerletzten Moment innehielten, als er schrie und sie anflehte, es nicht zu tun. Niemand, nicht einmal seine Mutter oder Alice, nicht einmal sein bester Freund Hassan wußten etwas über Ibrahims Verhöre im Gefängnis.

Die Frau legte ihm den Arm um die Hüfte und küßte seine Schulter. Aber er stand auf, schlang das Laken wie eine Toga um sich und ging zum Fenster. Kairos helle Lichter und die Autoscheinwerfer strahlten ihn an. Er hatte das Fenster geschlossen, aber er hörte den Lärm der drei Stockwerke tiefer gelegenen Straße – die Kakophonie der Hupen, das Geplärr der Radios in den Cafés, die Musik der Straßenmusikanten, Lachen, Rufen und Geschrei.

Ibrahim staunte, wie Ägypten sich in den zehn Jahren seit der Revolution verändert hatte. Er dachte daran, wie sich nach dem Suezkrieg, in dem Ägypten von Israel mit Unterstützung von Frankreich und England vernichtend geschlagen worden war, der nationale Stolz explosionsartig entfaltet hatte. Die Parole »Ägypten den Ägyptern« verbreitete sich vom Sudan bis zum Nildelta, überschwemmte das Land wie eine Springflut und führte zu einem Massenexodus der Ausländer aus Ägypten. Jetzt hatte sich das Gesicht von Kairo verändert. Alle Restaurants, Geschäfte und Fabriken befanden sich in ägyptischem Besitz; Angestellte, Kellner und Beamte waren Ägypter. Es gab noch andere, weniger auffälligere Zeichen dafür, daß die Verantwortung in neue Hände übergegangen war: Gehwege verfielen und wurden nicht instandgesetzt, von den Fassaden blätterte die Farbe ab, Geschäfte besaßen nicht mehr das elegante europäische Aussehen. Aber darum kümmerten sich die Ägypter nicht. Sie liebten ihre neue Einheit und Freiheit. Sie berauschten sich am nationalen Stolz. Der Held dieser seltsamen vielschichtigen Revolution war Nasser, und die Ägypter liebten ihren Helden. Nassers Bild stand in den Schaufenstern, klebte auf den neuen Kiosken, an Plakatwänden, sogar auf der Markise des Kairo-Roxy gegenüber von Ibrahims Praxis. Nassers lächelndes Gesicht befand sich neben dem Filmtitel. Auf der anderen Seite strahlte das Gesicht eines anderen Helden: John F. Kennedy, der amerikanische Präsident. Die Menschen im Mittleren Osten liebten ihn, weil er die Welt auf die von den Franzosen gefangengehaltenen und gefolterten

Algerier aufmerksam gemacht hatte, die heroisch um ihre Freiheit kämpften.

Ibrahim blickte auf die Passanten, die sich auf der Straße drängten und den Verkehr behinderten. Es waren viele Angehörige der »neuen« Aristokratie darunter: Offiziere mit ihren Frauen. Die Paschas mit dem Fez waren aus dem Stadtbild verschwunden. Die neuen Herren Ägyptens trugen Uniformen und waren in Begleitung von Frauen, die sich wie amerikanische Filmstars kleideten. Diese neue Klasse war überheblich und selbstbewußt. Man sprach geringschätzig von dem alten, abgelösten Adel, strömte jedoch zu den Auktionen, wenn der Besitz der aus dem Land Vertriebenen zum Verkauf stand. Die Frauen der neureichen Offiziere kauften Porzellan und Kristall, Möbel und Kleidung der ehemals mächtigen Familien. Je berühmter und »älter« der Name, desto begehrter waren die Gegenstände. Ibrahim fragte sich manchmal, was aus dem Besitz der Raschids geworden wäre, wenn er im Gefängnis hätte bleiben müssen, oder wenn man ihn hingerichtet hätte, oder wenn sie Ägypten verlassen hätten, wie Freunde es ihm rieten. Würde der Schmuck seiner Mutter, der sich seit mehr als zweihundert Jahren in Familienbesitz befand, jetzt eine dieser Frauen mit hohen Absätzen schmücken? Würden Nefissas Pelzmäntel von einer Frau getragen werden, deren Vater Schafskäse herstellte?

Ibrahim dankte Gott, daß er wegen seiner Mutter und seiner Schwester das Land nicht verlassen hatte, nachdem die Unsicherheit und Angst der ersten revolutionären Jahre überstanden waren, denn inzwischen lebten die Raschids in neuem Wohlstand. Trotz der Beschlagnahmung der großen Ländereien und der Verordnung, daß jemand nicht mehr als 200 Morgen Land als Grundbesitz haben durfte, war es Ibrahim und anderen seiner Klasse gelungen, das Gesetz durch eine technische Formalität zu umgehen, denn es hieß, jedes Familienmitglied darf 200 Morgen besitzen. Da die Raschids eine große Sippe waren, hatten sie kaum etwas von den Baumwollplantagen verloren. Und so lebten Khadija und die anderen Frauen immer noch mit ihren Dienstboten, dem Schmuck und den Autos in seinem großen Haus. Das erfüllte Ibrahim mit Dankbarkeit.

»Dr. Raschid?«

Er sah im Fensterglas das Spiegelbild der Frau. Sie lag wartend und auffordernd im Bett und lächelte ihn an. Aber er wollte nichts mehr von ihr. Sie sollte ihr Geld nehmen, und dann würde er sie nie wiedersehen. In der nächsten Woche nahm er sich eine neue Prostituierte. Hassan schüttelte oft den Kopf über seine Huren. »Warum bezahlst du, wenn du eine Frau haben willst?« sagte er. »Nicht wenige deiner Patientinnen würden gerne mit dir schlafen, auch wenn sie verheiratet sind. Mein Freund, du bist verrückt, alle Angebote auszuschlagen. Du sitzt an der Quelle und darfst trinken, aber du ziehst abgestandenes, schales Wasser vor, das dich vergiftet.«

»Du mußt jetzt gehen«, sagte er, »ich erwarte eine Patientin.«
Er beobachtete im Fenster, wie sie sich anzog, den ausladenden Körper in einen engen Rock und den roten Pullover zwängte, die hochgesteckten Haare frisierte und vor dem Ankleidespiegel den Lidstrich der grell geschminkten Augen nachzog. Ibrahim hatte nicht gelogen. Er erwartete tatsächlich eine Patientin. Aber er hatte sie bewußt um diese Zeit bestellt, um die Prostituierte wegschicken zu können, ohne daß er lügen mußte. Außerdem war es nicht ungewöhnlich, daß so spät am Abend noch Patienten kamen. Dr. Raschids Praxis ging so gut, daß er zu jeder Tageszeit Termine machte.

Nach der Entlassung aus dem Gefängnis hatte Ibrahim zwei Jahre ein ruhiges, beinahe zurückgezogenes Leben geführt. Er war nicht ausgegangen, hatte auch seine alten Freunde nicht besucht, sondern sich mit seinen medizinischen Büchern beschäftigt, bis er das Wissen seiner Studienzeit wieder aufgefrischt hatte und den Beruf erneut ausüben konnte, den er während seiner Zeit am Hof vernachlässigt hatte. Als er soweit war, nahm er sich diese kleine Wohnung. Sie bestand aus einem winzigen Wartezimmer, einem Untersuchungsraum, seinem Sprechzimmer und angrenzenden Privaträumen, wo er sich entspannen und zurückziehen konnte.

Zunächst war Ibrahims Praxis unbekannt, und er hatte nur wenige Patienten. Aber dann nahm sein Leben ironischerweise eine unerwartete Wendung: Er wurde ein Modearzt.

Ibrahim blickte auf die Scheinwerfer des Kairo-Roxy gegenüber und sah im Fensterglas die Frau, die hinter ihm das Geld vom Nachttisch nahm, das er dorthin gelegt hatte. Sie zählte es und schob die Scheine in den Pullover. Mit einem letzten Blick auf Ibrahim verschwand sie, und er war wieder allein.

Als Ibrahim sich verängstigt wieder in die Welt gewagt und unauffällig seine Praxis nicht weit vom Platz der Befreiung eröffnet hatte, hütete er seine Vergangenheit als ein Geheimnis. Niemand sollte etwas von seiner früheren Stellung am Hof erfahren. Aber irgendwie hatte es sich nach einer Weile doch herumgesprochen, und bald wußte man in Kairo, daß sich König Farouks Leibarzt als Privatarzt niedergelassen hatte. Aber das schadete seinem Ruf nicht, wie er zunächst geglaubt hatte; im Gegenteil, seine Vergangenheit machte ihn zu einer Berühmtheit. Die Offiziersfrauen, die die Wertgegenstände der alten Aristokratie kauften, kamen mit ihren Leiden zu dem ehemaligen königlichen Leibarzt. Dr. Ibrahim Raschid war ein sehr gefragter Mann.

Ibrahim war kein besonders guter oder geschickter Arzt, und er liebte auch die Medizin nicht. Er engagierte sich bei seinen ärztlichen Pflichten ebensowenig wie früher beim Medizinstudium. Damals hatte er sich auf diesen Beruf vorbereitet, weil auch sein Vater Arzt gewesen war. Nach dem Gefängnisaufenthalt hatte er sich wieder der Medizin zugewandt, weil sie seinem Leben eine Richtung gab.

Aus dem Kino strömten plötzlich die Menschen. Als Ibrahim die vier jungen Raschids in der Menge entdeckte, fiel ihm ein, daß Donnerstagabend ihr Kinotag war. Er beobachtete, wie sie sich lachend und redend untergehakt einen Weg durch die Menge bahnten, und er erinnerte sich an seine Jugend – das war lange her, lange vor dem Gefängnis, vor König Farouk. Damals war auch er so jung, glücklich und optimistisch gewesen wie diese vier jungen Leute: Nefissas hübsche Kinder, der eitle Omar und die zierliche Tahia, und seine bezaubernde Tochter Jasmina, die geborene Tänzerin. Selbst beim Gehen bewegte sie sich anmutiger und graziöser als die anderen. Er hielt Ausschau nach seinem Liebling Amira, aber dann erinnerte er sich, daß sie donnerstags gelegentlich freiwillig beim Roten Halbmond arbeitete.

Ibrahim sah natürlich auch Zacharias. Aber seine Augen verweilten nicht auf dem Jungen, der ihm so viel Unglück gebracht hatte. Zacharias, der uneheliche Sohn eines Fellachen, den Ibrahim in seinem maßlosen Stolz sein eigen nannte. Khadija hatte recht, Gott ließ sich nicht verspotten. Kein Tag verging, an dem Ibrahim nicht an das Unheil dachte, das er in der Nacht heraufbeschworen hatte, als er Zacharias adoptierte. Die schreckliche Wahrheit hatte er im Gefängnis in aller Klarheit erkannt, kurz bevor ihn die Wärter zu dem ersten Verhör holten. In dem blendenden Augenblick der Erkenntnis, in dem er sich

selbst verabscheute, hatte Ibrahim seinen Irrtum erkannt. Aber in diesem Augenblick hatte er sich auch von Gott abgewandt.
Als die jungen Raschids in der Menge verschwunden waren, verließ er das Fenster und drückte die Zigarette aus. Er mußte sich auf Safeja Rageeb und ihre Gallensteine vorbereiten.

Amira kam atemlos in den großen Salon, wo sich die Familie zu Um Khalsoums monatlichem Konzert vor dem Radio versammelt hatte. »Ich bin leider spät dran!« rief sie, nahm den Schal ab und schüttelte die blonden Haare. Sie küßte zuerst Khadija und dann ihre Mutter, die fragte: »Bist du hungrig, Liebes? Du hast das Abendessen versäumt.«
»Wir haben uns Kebab gekauft, Mami«, erwiderte Amira und setzte sich zwischen Jasmina und Tahia auf das Sofa.
An jedem Donnerstagabend versammelten sich beide Geschlechter im Salon. Die Männer und Jungen saßen auf der einen Seite und die Frauen und Mädchen auf der anderen. Die neunzehn Mitglieder der Familie Raschid setzten sich mit Knabberzeug und Tee oder Kaffee vor das Radio. Khadijas Stieftochter Doreja wohnte nicht mehr im Haus. Sie hatte einen reichen Witwer geheiratet und war ausgezogen. Aber dafür lebte der alte Onkel Saleem hier. Er saß ganz dicht vor dem Radio, denn er hörte kaum noch etwas. Eine andere neue Mitbewohnerin war Nihad, die Witwe von Mohssein Raschid. Ibrahims Vetter war im Suezkrieg gefallen. Nihad verdiente ihren Lebensunterhalt, indem sie an der Abendschule für Ägypter der älteren Generation, die nur Englisch und Französisch sprachen, Arabischunterricht gab. Die Regierung verlangte, daß alle Geschäfte und kommerziellen Verhandlungen auf arabisch abgewickelt wurden. Deshalb hatte Nihad volle Klassen, und sie unterrichtete Männer, die zwanzig und dreißig Jahre älter waren als sie selbst.
Während sie auf den Anfang des Konzerts warteten, ergänzte Khadija das Familienalbum. Es gab inzwischen keine leeren Stellen mehr, wo die Bilder der verstoßenen Tochter Fatima entfernt worden waren. Khadija hatte sie nach und nach durch Bilder anderer Familienmitglieder ersetzt. Jetzt klebte sie auf die letzte leere Seite ein Photo und dachte: Fatima wäre jetzt achtunddreißig. Wenn sie noch am Leben ist...
»Mischmisch«, rief Zacharias quer durch den Raum, »wir haben heute nachmittag den neuen Film mit Dahiba gesehen!«

Omar sah Amira vorwurfsvoll an. »Wo bist du gewesen?«
»Beim Roten Halbmond. Das weißt du doch.«
»Wer hat dich nach Hause begleitet?«
Amira hatte nichts dagegen einzuwenden, daß Omar sie auf diese Weise ausfragte. Als männlicher Verwandter hatte er das Recht dazu, und sie mußte ihm Rede und Antwort stehen. »Mona und Aziza. Sie sind bis zum Tor mitgekommen.« Omar brauchte sich keine Sorgen zu machen; Amira hätte sich nie allein auf die Straße gewagt, aus Angst, daß die jungen Männer sich die Gelegenheit nicht entgehen lassen würden, ein schutzloses junges Mädchen anzupöbeln und mit Steinen zu bewerfen. Hatte Umma recht, wenn sie sagte, so etwas sei nie vorgekommen, solange die Frauen noch den Schleier trugen?
»Oh, Mischmisch...«, sagte Jasmina und seufzte, »du hättest Dahiba tanzen sehen sollen!« Sie stand auf, verschränkte die Hände hinter dem Kopf und ließ langsam die Hüften kreisen. Omar fielen fast die Augen aus dem Kopf.
»Aber warum kommst du so spät, Liebes?« fragte Alice. Sie saß auf einem Sofa und blätterte in einem Katalog mit Sämereien. Sie wollte noch einmal versuchen, Knollenbegonien im Garten zu ziehen, obwohl es ihr in den vergangenen neun Jahren nicht gelungen war. »Du bist doch sonst immer rechtzeitig zum Abendessen zurück.«
Amira war so aufgeregt, daß sie kaum stillsitzen konnte. »Wir sind in ein Krankenhaus gegangen!«
Khadija sah sie erschrocken an. Beim Roten Halbmond Binden wickeln, dagegen war nichts einzuwenden, aber persönlicher Umgang mit Patienten, das konnte nicht angehen.
Als Amira den Blick ihrer Großmutter sah, sagte sie lachend: »Keine Sorge, Umma! Wir durften nur in die Kinderklinik!« Amira freute sich sehr. Sie würde im Juni die Schule verlassen und im September ihr Universitätsstudium beginnen. Natürlich durfte sie nicht auf die Kairo-Universität, wo Omar studierte und auch Zacharias bald studieren würde, obwohl die Universität inzwischen auch Frauen aufnahm. Khadija hatte mit Nachdruck erklärt, ihre Enkeltöchter würden sich nicht auf einem großen Campus unter die Scharen von Studenten mischen, die aus dem gesamten Mittleren Osten kamen, und sie würden auch nicht in überfüllten Hörsälen mit ihren Kommilitonen zusammensitzen. Amira würde sich wie Jasmina an der angesehenen Amerikani-

schen Universität einschreiben. Es war eine kleine Privat-Universität. Und obwohl auch dort junge Männer studierten, konnte man die Sicherheit eines Mädchens eher garantieren. Umma wollte, daß Amira Musik, Kunst und Literatur studierte, aber Amira hatte ganz andere Pläne. Sie wußte genau, was sie studieren würde – Naturwissenschaften.
Als Ibrahim den Salon betrat, begrüßte ihn die Familie respektvoll. Er küßte zuerst seine Mutter, drückte dann die Lippen auf die kühle Wange von Alice und umarmte seine Töchter. Als Zacharias ihn erwartungsvoll anlächelte, wandte sich Ibrahim ab und setzte sich auf den Ehrenplatz. Jasmina fragte: »Wo ist Onkel Hassan?« Seit sich Hassans beide Frauen von ihm hatten scheiden lassen, war es seine Gewohnheit, im Haus der Raschids Khalsoums monatliches Konzert zu hören. Aber Hassan bekleidete inzwischen ein wichtiges Regierungsamt und hatte viele politische Verpflichtungen. »Er muß heute abend arbeiten«, erwiderte Ibrahim, und Jasmina konnte ihre Enttäuschung kaum unterdrücken. Sie war schon als kleines Mädchen in den Freund ihres Vaters vernarrt gewesen, aber jetzt war daraus eine jugendliche Liebe geworden.
»Wir waren heute im Krankenhaus«, sagte Amira zu ihrem Vater und setzte sich neben ihn.
»Ach wirklich?« Er lächelte sie liebevoll an. »Und was habt ihr dort gemacht?«
»Wir waren in der Kinderklinik, und als man zu einer Demonstration eine Freiwillige brauchte, habe ich mich gemeldet.«
»Du bist ein kluges Kind und wirst mich bestimmt nicht enttäuschen. Wenn man etwas lernen möchte, darf man nicht schüchtern sein. Vielleicht kommst du eines Tages in meine Praxis und kannst mir helfen. Würde dir das gefallen?«
»Aber ja! Wann kann ich bei dir anfangen? Morgen?«
Er lachte und legte ihr die Hand auf den Kopf. »Wenn du mit der Schule fertig bist. Ich werde eine gute Krankenschwester aus dir machen.« Sie lächelte ihn glücklich an, und für Ibrahim war das Einverständnis mit seiner Tochter ein Trost, der ihm half, vieles zu vergessen, was sein Leben vergiftete. »So, ich glaube, die Sendung beginnt«, sagte er zufrieden.
Um Khalsoum war eine so berühmte Sängerin, daß die gesamte arabi-

sche Welt an jedem vierten Donnerstag im Monat buchstäblich zum Stillstand kam, denn für ihr Konzert wurden alle Fernsehgeräte und Radios eingeschaltet. Präsident Nasser machte sich diese Popularität zunutze und hielt seine Reden wenige Minuten vor Konzertbeginn. Als er zu sprechen begann, legte Khadija das Photoalbum beiseite. Sie mochte den charismatischen ägyptischen Präsidenten. Sie hatte ihn vor sechs Jahren gewählt, aber nicht deshalb, weil sie etwas über ihn wußte, sondern weil er zum ersten Mal in der ägyptischen Geschichte den Frauen das Wahlrecht zuerkannt hatte. Und so war auch Khadija stolz zu den Urnen gegangen. Sie mochte Nasser weniger wegen seiner Politik, für die sie sich kaum interessierte, sondern weil er Ägypter und ein bescheidener Mann war. Als Sohn eines Postbeamten aß Nasser wie alle anderen zum Frühstück Bohnen, und er betete jeden Freitag in der Moschee.

An diesem Abend überraschte der Präsident die Welt mit einer historischen Rede. Bei den Raschids hielten ein paar der Zuhörer erstaunt die Luft an, als er über das umstrittene Thema »Familienplanung« sprach. Dank der verbesserten staatlichen Gesundheitsfürsorge, so erklärte er seinen gebannt lauschenden Zuhörern, sei die Kindersterblichkeit gesunken; weniger Menschen starben an Cholera und Windpocken. Insgesamt war die Lebenserwartung gestiegen. Diese Erfolge hätten jedoch zu einer alarmierenden Bevölkerungsexplosion geführt. Nasser berichtete mit ernster Stimme, die Bevölkerung sei von 21 Millionen im Jahr 1956 auf 26 Millionen im Jahr 1962 gewachsen. Wenn es so weitergehe, sagte er, werde Ägypten unter der Last seiner Menschen unweigerlich in Armut versinken. Deshalb sei die Zeit für eine verantwortungsvolle Geburtenregelung gekommen. Diese Maßnahme, so versicherte er seinen Millionen Zuhörern, werde letztlich die Lage der Familie verbessern, und die Familie sei die wichtigste Institution im Mittleren Osten.

Während Ibrahim der Rede des Präsidenten lauschte, dachte er an seinen »Sohn«, der auf dem Sofa saß, und schämte sich seiner Gedanken. Zacharias war ein netter Junge. Alle mochten ihn, aber Ibrahim empfand bei seinem Anblick nur Widerwillen, als sei der Sechzehnjährige eine Art Irrtum der Natur. Am beunruhigendsten war es, daß Zacharias eine gewisse Ähnlichkeit mit Ibrahim besaß, als wolle Gott ihn verspotten.

Je länger Nasser von Empfängnisverhütung sprach, desto mehr wuchs

Ibrahims Widerwillen. Was sollte das Gerede darüber, die Geburt ungeborener Säuglinge zu verhüten? Wo war die Klinik für Geburtenkontrolle gewesen, als das Dorfmädchen mit ihrem Liebhaber geschlafen hatte und Zacharias gezeugt wurde? Warum war nichts geschehen, um die Geburt des unehelichen Kindes zu verhindern? Nasser erklärte, zum Schutz der Mutter, und sei es nur, um ihr die Angst vor einer neuen Schwangerschaft zu ersparen, erlaube der Islam die Geburtenkontrolle. Als er sogar soweit ging, den Koran zu zitieren: »Es steht geschrieben: ›Gott will dein Glück. ER will nicht dein Leid und hat dir in der Religion keine besondere Härte auferlegt‹«, dachte Ibrahim bitter: Aber was soll ein Mann tun, der keinen Sohn bekommt?
Er warf einen Blick auf Alice, die nicht zuhörte, denn sie interessierte sich nicht für Politik. Er sah ihre schlanken weißen Hände und staunte, wie wunderbar weich und gepflegt sie waren, obwohl es in den vergangenen neuneinhalb Jahren keinen Tag gegeben hatte, an dem sie nicht ihre Beete in dem verwunschenen Garten bearbeitet hatte. Er sah, wie sie anmutig die Seiten ihres Katalogs umblätterte, und stellte sich vor, von ihr liebkost zu werden. Zu seiner Überraschung spürte er zum ersten Mal wieder Verlangen nach ihr, denn seit seiner Entlassung aus dem Gefängnis hatte er kein Interesse an seiner Frau gezeigt.
Und plötzlich kam ihm die Erleuchtung. Ihm wurde bewußt, daß er mit fünfundvierzig in der Blüte seines Lebens stand. Alice war erst siebenunddreißig. Sie konnte noch einige Jahre lang Kinder bekommen. Er richtete seine Aufmerksamkeit wieder auf das Radio und staunte darüber, daß er bisher nicht daran gedacht hatte. Noch bestand die Möglichkeit, den Fehler der Adoption von Zacharias wiedergutzumachen. Er konnte noch immer einen Sohn zeugen. Je länger er darüber nachdachte, desto mehr besserte sich seine Laune. Ibrahim lächelte über die Ironie, daß Nassers Plädoyer für eine Geburtenkontrolle bei ihm gerade die Vorstellung ausgelöst hatte, endlich für mehr Nachwuchs zu sorgen.
Von den anderen im Salon, die die Rede des Präsidenten hörten, lauschte auch Tahia wie gebannt auf jedes Wort. Tahia fand, Gamal Nasser sah sehr gut aus, und ihr gefiel es, daß seine Frau ebenfalls Tahia hieß. Khadija neben ihr dachte: Die Geburtenkontrolle sollte allen Frauen freigestellt sein, und alle Frauen sollten sie nach eigenem Willen praktizieren dürfen. Aber andere im Raum hörten dem Präsidenten

überhaupt nicht zu. Zacharias verfaßte in Gedanken wieder ein Gedicht für Tahia, und Jasmina hatte gerade den Entschluß gefaßt, eine Möglichkeit zu finden, um die große Dahiba kennenzulernen.
Während Omar Nassers Rede über die Bevölkerungsexplosion hörte, wuchs seine Frustration. So viele Babys wurden geboren, und für keines war Omar Raschid verantwortlich! Er blickte zu Jasmina hinüber. Sie hatte die Schuhe abgestreift, und er sah die rot lackierten Fußnägel unter den Strümpfen. Die Flammen in ihm schlugen wieder hoch auf. Kein Zweifel, so oder so, er würde mit ihr schlafen.

10. Kapitel

Nefissa schätzte den jungen gutaussehenden Kellner auf ungefähr zwanzig, also so alt wie ihren Sohn. Er *konnte* demnach nicht mit ihr flirten. Das bildete sie sich bestimmt nur ein. Aber als er ihr den Tee servierte, fand sie, er tat es etwas hingebungsvoller als nötig. Sie sah wieder das Blitzen in seinen dunklen Augen, mit dem er sie bereits bedacht hatte, als sie am Tisch Platz nahm. Und nun war sie verwirrt.
Sie folgte ihm mit den Blicken, als er zum nächsten Tisch ging. Er kehrt etwas zu sehr den schönen Mann heraus, dachte Nefissa, während sie gedankenverloren den Tee umrührte und die Boote auf dem jadegrünen Nil betrachtete. Es war ein richtiger Junitag, noch nicht so heiß wie im Sommer, aber erfüllt von angenehmer Samtigkeit und deshalb ideal, um auf der Terrasse des Cage d'Or zu sitzen und sich wohlig den Minuten zu überlassen, die langsam wie das Wasser im Fluß vorüberzogen.
Nefissa war an diesem Tag in den wenigen eleganten Modegeschäften gewesen, die es in Kairo noch gab. Durch die neue patriotische Parole, nur noch in Ägypten produzierte Waren zu kaufen, gab es leider immer weniger Dinge von hoher Qualität. Aber es war ihr gelungen, ein hübsches Dior-Abendkleid zu finden und eine Simonetta-Fabiani-Hose mit der passenden Jacke – wirklich der letzte Schrei. Aber der Einkaufsbummel hatte Stunden gedauert, und zu allem Überfluß mußte sie sich mit einem Taxi begnügen; die Raschids hatten ihren Chauffeur entlassen, denn in der neuen sozialistischen Gesellschaft durfte man solche Zeichen des Reichtums nicht mehr so sichtbar zur Schau stellen.
Auch das Café, in dem sie saß und Tee trank, war nicht mehr dasselbe wie früher. Das Cage d'Or war als sehr exklusiver Club früher ausschließlich der Aristokratie und natürlich der königlichen Familie vorbehalten gewesen. Während Nefissa die Frauen der Fischer am anderen

Ufer beobachtete, die vor ihren Holzkohlefeuern saßen und Fische ausnahmen, dachte sie an die Zeit, als sie im Gefolge von Prinzessin Faiza hierher gekommen war. Damals hatte ihr Mann, der Rennfahrer, noch gelebt, und Omar war ein Säugling gewesen. Sie waren jung, reich und schön, und sie verbrachten die Nächte an den Roulette-Tischen des Cage d'Or. Jetzt war der Club tagsüber ein Café und nachts ein Revuetheater. Er stand jedem offen, wenn er das nötige Kleingeld hatte. Nach dem zu urteilen, was Nefissa als Gäste sah, waren es Offiziere und ihre vulgären Ehefrauen. Aus ihrer Schicht, der Aristokratie, kam niemand mehr in das Cage d'Or.

Nefissa trank den Tee und seufzte. Die herrlichen Tage, in denen Klassenzugehörigkeit und Privilegien aufeinander abgestimmt waren, gehörten der Vergangenheit an. Nasser hatte alles der Öffentlichkeit zugänglich gemacht – die königlichen Gärten waren inzwischen öffentliche Parks und Farouks Paläste Museen. Die einfachen Leute konnten die Privatgemächer bestaunen, in denen Nefissa einst Prinzessin Faiza Gesellschaft geleistet hatte. Auch die Prinzessin lebte nicht mehr hier. Die meisten Mitglieder der alten Aristokratie, die das neue Regime fürchteten, waren in der Hoffnung auf ein besseres Leben nach Europa oder Amerika emigriert. Die Zahl von Nefissas Freundinnen nahm ab. Selbst Alice gehörte nicht mehr zu ihren Freundinnen. Am Abend von Edwards Selbstmord war das Vertrauen der ersten Jahre zu ihrer Schwägerin zerbrochen.

»Wünschen Madame vielleicht noch etwas?«

Der Kellner ließ sie zusammenzucken. Sie hatte sein Kommen nicht bemerkt. Sie hob den Kopf und blinzelte. Er hatte die Sonne im Rücken und war von einem Leuchten umgeben. Er schien etwas zu nahe am Tisch zu stehen und sie etwas zu vertraut anzulächeln. Sie hatte ihn beobachtet, wie er die anderen Gäste bediente. Bei ihnen war er nur höflich und geschäftig gewesen. Welches Interesse mochte er an ihr haben?

»Nein, danke«, erwiderte sie und mußte sich eingestehen, daß sie mit ihrer Antwort etwas zu lange gezögert hatte. Sie griff in die Handtasche und holte ein goldenes Zigarettenetui heraus. In der Ecke waren ihre Initialen eingraviert, und unter dem »R« funkelte ein winziger Diamant. Aber noch ehe sie das Feuerzeug fand, hielt der Kellner ein brennendes Streichholz an die Zigarette. Sie legte die Hand schützend um

die Flamme und berührte dabei seine Finger. Unwillkürlich versuchte sie sich vorzustellen, wie es sein mochte, mit einem so hübschen jungen Mann zu schlafen.
Und das brachte ihr wieder einmal ihre Einsamkeit in Erinnerung. Omar und Tahia waren inzwischen beinahe erwachsen und brauchten sie kaum noch. Sie hatten eigene Freunde, eigene Interessen und dachten nur an ihre Zukunft. Nefissa verbrachte die Tage mit Einkaufen, beim Friseur und mit Klatsch am Telefon. Sie saß stundenlang am Toilettentisch, probierte neue Kosmetika aus, experimentierte mit Parfüm, manikürte ihre Nägel, pflegte die Haut und strebte nach einem imaginären Schönheitsideal, als führe sie einen heiligen Krieg. Sie redete sich ein, sie verwende nur deshalb so große Sorgfalt auf das Make-up, achte auf ihr Gewicht und stelle mit viel Geschmack ihre Garderobe zusammen, weil sie stolz auf ihr Aussehen sei. Aber tief im Inneren wußte sie sehr wohl, was sie dazu trieb: Sie wollte wieder lieben und geliebt werden.
Sie hatte die vielen, von ihrer Mutter angebahnten Eheangebote abgelehnt, obwohl sich unter den Bewerbern einige reiche und attraktive Männer befanden. Aber Nefissa erwartete von ihrem Leben etwas, das sie vor langer Zeit mit dem englischen Leutnant erlebt hatte – wahre Liebe. Aber eine neue Liebe hatte es nicht gegeben, und die Jahre waren beinahe unbemerkt vergangen, bis sie eines Tages als Siebenunddreißigjährige und Mutter zweier Teenager erwachte. Welcher Mann würde sie jetzt noch wollen?
»Dahiba wird hier tanzen«, sagte der junge Kellner mit einem wissenden Lächeln, »morgen abend zum ersten Mal.«
Nefissa wünschte, er würde gehen. Seine Gegenwart, sein vielsagendes Lächeln schienen sie zu verspotten. »Wer ist Dahiba?«
Er verdrehte die Augen. »*Bismillah*! Unsere gefeiertste Tänzerin! Madame, Sie gehen offenbar abends nicht oft aus. Das überrascht mich.« Etwas leiser fügte er hinzu: »Bei einer so reichen Dame.«
Aha, er war nicht an ihr interessiert, sondern an ihrem Geld. In plötzlichem Zorn dachte Nefissa: Dann ist er ebenso eine Hure wie Ibrahims käufliche Frauen. Der Kellner stieß sie ab, aber zu ihrer Schande mußte sie sich insgeheim eingestehen, daß sie ihn auch attraktiv fand. Es erbitterte Nefissa, daß sie überlegte, ob dieser junge Mann sie schön fand, und sogar *hoffte*, daß es so war.

»Ich arbeitete auch abends hier«, fuhr er fort, »heute abend zum Beispiel. Ich arbeite bis drei Uhr morgens und gehe dann zu Fuß zu meiner Wohnung, die ganz in der Nähe ist.«
Sie sah ihn an und wußte nicht, weshalb sie seine Unverschämtheit duldete. Natürlich war es eine Frechheit, daß er sich ihr so unverfroren für Geld anbot. Als ihre Blicke sich drei Herzschläge lang trafen, wandte Nefissa den Kopf ab und griff nach der Handtasche. Sie durfte nicht vergessen, wer sie war: Nefissa Raschid, eine Freundin der Prinzessin Faiza und früher ein gern gesehener Gast am Hof des Königs. Die Frauen der Raschids zahlten nicht für Liebe.

Omar wartete seit dem Abend vor vier Wochen, als Präsident Nasser seine Rede gehalten und er beschlossen hatte, irgendwie mit Jasmina zu schlafen, auf den geeigneten Moment. Das war nicht einfach, denn entweder war sie nicht allein oder er nicht. Im Haus lebten so viele Menschen, daß es unmöglich schien, ein »zufälliges« Alleinsein zu arrangieren. Omar würde nicht viel Zeit brauchen. Er wußte, es wäre schnell vorbei. Er mußte sie nur auf der Treppe oder hinter Büschen im Garten erwischen und hätte seinen Spaß, ehe jemand etwas merkte. Er machte sich keine Gedanken darüber, daß sie sich wehren würde. Zehn Jahre Ballettunterricht hatten sie stark gemacht – Jasmina war schlank und muskulös –, aber Omar war stärker. Außerdem, wenn er sie soweit hatte, dann gefiel es ihr vielleicht, und sie würde sich ihm fügen.
Als er sah, daß Großmutter Khadija in eine schwarze Melaja gehüllt auf die Paradies-Straße trat, wußte er, diese Gelegenheit durfte er sich nicht entgehen lassen. Auch wenn Umma inzwischen ausging, was sie gelegentlich tat, seit Onkel Ibrahim im Gefängnis gewesen war, so geschah es doch sehr selten. Sie ging nie einkaufen, in Restaurants oder ins Kino, wie seine Tanten und Cousinen. Umma betete an den Festtagen in den Moscheen des heiligen Hussein und der heiligen Zeinab und einmal im Jahr auf dem Friedhof am Grab von Großvater Ali. Heute war der Tag ihres alljährlichen Gangs zu der Brücke, die von der Stadt zur Insel Gesîra führte. Niemand wußte, weshalb Umma diesem kurzen Pilgergang ganz allein unternahm, bei dem sie zum Fluß ging und Blumen ins Wasser warf. Aber Omar konnte damit rechnen, mindestens eine halbe Stunde ihrem wachsamen Auge zu entgehen. Er brauchte nur fünfzehn Minuten.

Jetzt mußte Jasmina nur noch pünktlich aus der Ballettschule zurückkommen und nicht unterwegs mit Freundinnen plaudern.
Er hörte sie! Jasmina verabschiedete sich lachend von ihren Freundinnen und kam durch das Gartentor!
Omar hatte alles gut geplant. Er würde sie hinter den Pavillon locken, auf den Rücken legen und ihr den Mund zuhalten. Wenn sie ihn später beschuldigte, dann würde er alles leugnen. Ihm würde man glauben und nicht ihr, denn die Aussage einer Frau galt halb soviel wie die eines Mannes – so stand es im Koran.
»Ja Allah! Jasmina!« rief er, als sie den Weg entlangging. »Komm schnell her! Ich möchte dir etwas zeigen!«
»Was denn?«
»Komm und sieh es dir an!«
Sie runzelte skeptisch die Stirn, legte die Bücher auf die Bank und folgte ihm neugierig zur Rückseite des Pavillons, wo der Hibiskus blühte.
»Was ist es denn?« fragte sie noch einmal.
Er packte sie, warf sie auf die Erde und legte sich auf sie. »Ja Allah!« schrie sie. »Laß mich los, du Idiot!«
Er wollte ihr die Hand auf den Mund legen, aber sie biß ihn. Als er seine Hose herunterziehen wollte, gab sie ihm einen so festen Tritt, daß er auf den Rücken fiel. Jasmina stand auf und sah ärgerlich die Grasflecken auf ihrer Bluse. Omar stürzte sich noch einmal auf sie und zog sie auf den Boden. Als er versuchte, ihr den Rock hochzuschieben, versetzte sie ihm einen so festen Faustschlag gegen die Brust, daß ihm die Luft wegblieb. Er wich zurück und saß keuchend im Gras. Jasmina sprang auf und schrie ihn wütend an. »Bist du verrückt geworden, Omar Raschid? Bist du von allen guten Geistern verlassen?«
»Bei Allah, was geht hier vor?«
Als sie sich umdrehten, kam Khadija um den Pavillon. Die Melaja blähte sich um ihre Schulter. Wütend fragte sie Omar: »Was hast du tun wollen?«
Er kroch rückwärts und wich ihr aus. »Umma ... ich ... hm ...«
»Ach, steh auf, du Idiot«, sagte Jasmina und strich sich den Rock glatt. Sie deutete auf seinen Kopf und rief höhnisch: »*Mahalabeja*, Stroh, nichts als Stroh! Vergiß nicht, wir sind nicht verlobt, und wir werden niemals heiraten. Also versuch das nicht noch einmal. Hast du mich verstanden?« Dann lief sie zu ihren Büchern und ins Haus.

Omar stand auf und senkte verlegen den Kopf. »Umma, ich ... ich dachte, du würdest zum Fluß gehen«, stotterte er.
»Das wollte ich auch. Aber an der Kreuzung fiel mir ein, daß ich die Blumen vergessen hatte.«
Mehr sagte sie nicht, und Omar stand stumm vor ihr und starrte auf den Boden.
Als er das Schweigen nicht länger ertragen konnte, hob er den Kopf. Er sah ihre dunklen, intelligenten Augen auf sich gerichtet, und plötzlich erinnerte er sich daran, wie er als kleiner Junge im Garten saß und einem Schmetterling die Flügel ausriß und Umma ihn dabei erwischte. Er hatte ihr Kommen nicht bemerkt. Sie hatte ihm so fest und unvermutet eine Ohrfeige gegeben, daß er auf dem Rücken ins Gras fiel. In seinem ganzen Leben hatte ihn vorher und nachher niemand geschlagen.
Sie funkelte ihn an. Der sanfte Juniwind spielte in den Strähnen ihrer schwarzen Haare, die sich aus dem Knoten im Nacken gelöst hatten. Sie war seine Großmutter, aber Omar sah sie so, wie alle sie sahen: eine schöne Frau mit einem starken Willen, der sich in den durchdringenden Augen und dem energischen Kinn zeigte. Er hatte erlebt, daß seine Mutter in Tränen ausbrach, wenn Khadija sie nur vorwurfsvoll ansah, ohne etwas zu sagen.
Er schluckte trocken und murmelte: »Verzeih mir, Umma.«
»Nur Gott kann verzeihen.« Etwas sanfter fügte sie hinzu: »Omar, was du getan hast, war falsch.«
»Aber ich glühe, Umma, ich verbrenne«, erwiderte er leise.
»Alle Männer glühen, mein geliebter Enkel. Du mußt lernen, die Glut zu besiegen. Du darfst Jasmina nie wieder berühren.«
»Dann will ich sie heiraten!«
»Nein.«
»Warum nicht? Ich bin ihr Vetter. Wer sonst soll sie heiraten?«
»Du weißt nicht alles. Als die erste Frau deines Onkels starb, hat deine Mutter Jasmina gestillt. Damals hat sie auch dich noch gestillt. Der Koran verbietet eine Ehe, wenn Mann und Frau als Säuglinge an derselben Brust gestillt wurden. Das ist Inzest, Omar.«
Er sah sie verzweifelt an. »Das habe ich nicht gewußt! Jasmina ist also meine Schwester!«
»Und du kannst sie nicht heiraten.«

Tränen stiegen ihm in die Augen. »*Bismillah*! Was soll ich denn tun, Umma?«
Sie legte ihm die Hand auf die Schulter und sagte lächelnd: »Das kannst du nicht entscheiden, Omar. Dein Schicksal steht in Gottes Buch geschrieben. Bete zu dem Allmächtigen. Vertraue auf IHN.«
Omar sprach ein Gebet. Aber als Khadija den Garten verlassen hatte, trat er wütend gegen einen Busch Lilien, und als er sie zertrampelt hatte, riß er sie aus dem Boden. Dann lief er ins Haus, rannte zu den Räumen seiner Mutter und stürzte, ohne anzuklopfen, ins Zimmer.
»Ich möchte heiraten«, erklärte er, »auf der Stelle.«
Nefissa blickte überrascht von ihrem Schminktisch auf. »Wer ist die Frau, mein Schatz?«
»Weiß ich nicht. Ich nehme jede. Such mir eine Frau!«
»Und was ist mit deinem Studium? Du gehst doch auf die Universität!«
»Ich habe gesagt, ich will heiraten. Ich habe nicht gesagt, daß ich mein Studium aufgeben will. Ich werde studieren und verheiratet sein.«
»Kannst du nicht warten, bis du dein Examen gemacht hast?«
»Das dauert noch drei Jahre, Mutter! Das Warten bringt mich um!«
Sie seufzte. Die Ungeduld eines Zwanzigjährigen! War sie auch so gewesen?
»Also gut, mein Schatz«, sagte sie, ging zu ihrem Sohn und fuhr ihm mit der Hand durch die dichten schwarzen Haare. Sie mußte an den Kellner im Cage d'Or denken, an den jungen Mann in Omars Alter. Plötzlich hatte sie die Vorstellung, ihr Sohn werde sich aus Verzweiflung vielleicht eine alte, reiche Frau suchen, die seine Bedürfnisse befriedigte. Innerlich entsetzt sagte sie: »Ich werde mit Ibrahim darüber sprechen.«

Hassan folgte dem Diener die Treppe nach oben und pfiff dabei gutgelaunt. Er hatte diesen Besuch bei Ibrahim schon sehr lange geplant; manchmal hatte er geglaubt, nicht länger warten zu können, sich dann aber jedesmal ins Gedächtnis gerufen, daß er sich seinem Ziel nur mit größter Vorsicht nähern durfte, wenn er es erreichen wollte. Ibrahim war nicht mehr derselbe gute Freund wie früher. Die sechs Monate im Gefängnis hatten ihn verändert. Hassan konnte deshalb Ibrahims Reaktionen nicht mehr vorhersehen. Früher hatte er in Ibrahim lesen können wie in einem Bilderbuch. Aber jetzt überkamen seinen Freund Anfälle von Depression und Zeiten der Melancholie, in denen er keinen Menschen sehen wollte. Den veränderten, eigenartig stillen Ibrahim mußte man behutsam angehen. Und Hassans Absichten erforderten größte Behutsamkeit.

Was um alles in der Welt war mit seinem Freund im Gefängnis geschehen, fragte sich Hassan auf dem Weg nach oben. In den neuneinhalb Jahren seit seiner Entlassung war er mit keinem einzigen Wort darauf zu sprechen gekommen. Hassan rätselte auch darüber, wie es Ibrahim gelungen war, aus dem Gefängnis herauszukommen, nachdem die Bemühungen der Raschids erfolglos geblieben waren. Alle Wege waren lückenlos versperrt gewesen, aber plötzlich hatte man Ibrahim ohne sein Wissen freigelassen, und Ibrahim behauptete bis heute, er wisse selbst nicht warum.

Der Diener klopfte und öffnete die Tür. Er ließ Hassan in die ihm vertrauten, bequemen Räume eintreten, die Ibrahim bewohnte. Die beiden begrüßten sich herzlich, und Hassan nahm den angebotenen Kaffee gerne an. Er hätte lieber Whiskey getrunken, aber nach Edwards Tod gab es in diesem Haus keinen Alkohol mehr.

Armer Eddie, dachte Hassan und setzte sich auf das Sofa. War sein Tod wirklich ein Unglück gewesen? Wie konnte sich ein Mann genau zwischen die Augen schießen, während er seinen Revolver reinigte? Aber der Polizeibericht bestätigte den Tod als Unglücksfall, und Khadija, die Edward gefunden hatte, behauptete es auch. Trotzdem mißtraute ihr Hassan. Er hielt es für denkbar, daß diese Frau alles vertuschen würde, nur um die Ehre der Familie zu retten. Edward war für ihn ein Spielzeug gewesen, und er hatte ihm geholfen, sich an Alice zu rächen. Aber mehr hatte er nicht gewollt. Sex war ein Spiel, mehr nicht ...

»Ich freue mich, daß du gekommen bist«, sagte Ibrahim, und es klang beinahe fröhlich. Hassan schloß daraus, daß das Glück auf seiner Seite stand. Bestimmt würde Ibrahim seinen Heiratsantrag befürworten.

Sie rauchten eine Zigarette, eine englische Zigarette, wie Hassan zufrieden feststellte, und er erwiderte: »Auch ich freue mich, dich zu sehen, mein Bruder. Möge Gott dir Gesundheit und ein langes Leben schenken.« Hassan war nicht mehr der Gentleman mit den konventionellen Floskeln der Engländer. Er sprach jetzt nur noch arabisch und ließ in seine Rede die traditionellen Sätze der Araber einfließen. Sie sprachen ein paar Minuten über die Baumwollpreise und die Fortschritte beim Bau des Assuanstaudamms, dann sagte Hassan: »Mein Freund, darf ich jetzt zum eigentlichen Grund meines Besuches kommen? Ich bin aus einem ganz besonderen Anlaß hier, der unser beider Glück besiegelt. Ibrahim, mein Bruder, heute ist unser Tag, denn ich möchte um die Hand deiner Tochter anhalten.«

Ibrahim sah ihn verblüfft an. »Das kommt für mich völlig unvorbereitet. Ich hatte keine Ahnung, daß du wieder an eine Heirat denkst.«

»Ich bin jetzt fast drei Jahre geschieden. Ein Mann braucht eine Frau, wie du mir selbst gesagt hast. Mein hohes Amt in der Regierung verlangt bei vielen offiziellen Anlässen meine Anwesenheit, und manchmal muß ich auch Gastgeber sein. Für solche Fälle brauche ich unbedingt eine Frau.«

»Gewiß«, sagte Ibrahim nachdenklich und dachte an die Zeit, als Alice bei allen wichtigen gesellschaftlichen Ereignissen an seiner Seite gewesen war. Jeder hatte ihn um die bezaubernde englische Blondine an seinem Arm beneidet, denn sie war die Tochter eines Earl und mit ihrem Charme, ihrer Eleganz und ihrer natürlichen Schönheit allen Frauen weit überlegen. Jetzt verbrachte Lady Alice ihre Tage damit, die Erde umzugraben, weil sie einen ägyptischen Garten in etwas verwandeln wollte, was sie an Suffolk erinnerte. Ein tiefer Seufzer entrang sich seiner Brust. Wie konnte er den Weg zu seiner Frau zurückfinden? Was konnte er tun, damit sich die Kälte der Gleichgültigkeit wieder in Liebe verwandelte?

»Ich habe natürlich bis zu ihrem Geburtstag gewartet. Aber der liegt schon ein paar Wochen zurück, und jetzt ist sie nicht mehr zu jung.«

Ibrahim hob den Kopf. »Hm? Nicht mehr zu jung? Ich weiß nicht so recht. Du bist fünfundvierzig, Hassan.«

»Du auch, mein Freund!« Dem Jahrgang nach stimmte das. Hassan hatte sich sein jugendliches Temperament bewahrt, und man hielt ihn für sehr viel jünger, aber Ibrahim war gealtert. Seine Haare waren im Gefängnis grau geworden, und der einst so sportlich trainierte Körper hatte nie wieder die alte Kondition zurückgewonnen.

»Es war davon die Rede, daß Jasmina Ballettänzerin wird, aber ich habe nie ...«

»Jasmina! Beim Haupt des Sajjid Hussein! Ich rede von Amira!«

Ibrahim starrte ihn an. »Amira? Aber sie ist doch erst sechzehn!«

»Natürlich werden wir mit der Hochzeit warten, bis sie achtzehn ist. Aber ich sehe keinen Grund, weshalb du und ich uns nicht schon heute auf die Verlobung einigen sollten.«
Ibrahim runzelte die Stirn. »Amira? Darüber muß ich nachdenken.«
Hassan nahm sich zusammen. Seine Ungeduld durfte nicht alles zerstören. Er mußte die schöne Amira unter allen Umständen haben.
»Sie will studieren«, sagte Ibrahim.
»Das wollen heutzutage alle jungen Frauen«, erwiderte Hassan. »Die moderne Zeit läßt sie vergessen, wozu ihr Schöpfer sie geschaffen hat. Aber wenn sie erst einmal schwanger sind, dann verzichten sie gerne auf ihre Ausbildung.«
»Aber weshalb Amira?«
Hassan schwieg. Er konnte schlecht sagen: »Ich nehme die Tochter, weil ich schon immer Alice haben wollte.« Achselzuckend erwiderte er: »Warum nicht Amira? Sie ist jung, hübsch und anmutig. Sie hat Haltung und ein gutes Auftreten. Außerdem ist sie fügsam. Das sind alles Vorzüge, die ein Mann bei einer Frau sucht.« Stumm fügte er hinzu: Ich heirate sie nicht, um Söhne von ihr zu bekommen, denn ich habe bereits vier. Diesmal heirate ich, weil ich im Bett mein Vergnügen haben möchte. Und die sexuelle Erziehung der hübschen kleinen Amira wird bestimmt ein Vergnügen sein.
Während Ibrahim nachdachte, fand er, daß ihm Hassans unerwarteter Heiratsantrag beinahe gelegen kam. Amira würde irgendwann heiraten müssen, daran bestand kein Zweifel, auch wenn Ibrahim sie so lange als möglich im Haus behalten wollte. Und es gab wenige Heiratskandidaten, die seine Billigung fanden. Welcher Mann war gut genug, um die Hand seiner Tochter, seines Lieblings, zu verdienen? Und Hassan war seit der Studienzeit, seit seiner Jugend Ibrahims bester Freund . . .
»Das ist nicht nur eine Laune von mir«, erklärte Hassan mit Nachdruck, »sie bedeutet mir schon lange sehr viel.«
Ibrahim nickte.
»Du und ich, wir sind wie zwei Brüder. Wie viele Jahre kennen wir uns schon? Ich fühle mich in diesem Haus ohnehin bereits wie ein Mitglied der Familie. Weißt du noch, wie du, Nefissa und ich mit der Feluke gekentert sind?«
Ibrahim lachte – eine Seltenheit.
Hassan ließ nicht locker. »Warum soll ich nicht offiziell ein Mitglied

dieser Familie werden? Es müßte tröstlich für dich sein, daß sie keinen Fremden heiratet. Ich glaube, wir kennen uns sehr gut. Ich meine, sie mag mich auch. Und ich werde ihr das Leben bieten können, das sie immer gehabt hat. Ich bin reich, Ibrahim. Ich habe Macht und großen Einfluß.«
»Das stimmt.«
»Du weißt, ein Mann in meiner Stellung muß seine Frau mit größter Sorgfalt wählen. Sie muß repräsentieren können und mir auch bei höchsten offiziellen Anlässen Ehre machen. Sie muß – ich benutze bewußt das verbotene Wort – eine Aristokratin sein. Und wie du weißt, ist die Auswahl nicht sehr groß.«
»Also gut«, sagte Ibrahim, »warum auch nicht? Du bist mein Bruder, und dein Glück ist auch mein Glück.« Er reichte Hassan die Hand und sagte ernst: »Ich bin einverstanden. Laß uns die Verlobungsurkunde aufsetzen...«
»Ich habe sie mitgebracht.« Als Ibrahim seinen Füllfederhalter aufschraubte, fügte er lachend hinzu: »He du, ich werde dein Schwiegersohn! Ist das nicht komisch?«

Nefissa wollte gerade an die Tür ihres Bruders klopfen, als sie ihren Namen hörte. Sie erkannte Hassans Stimme. Er sprach davon, wie sie einmal mit einer Feluke auf dem Nil gekentert waren. Damals war Nefissa erst ein Jahr verheiratet gewesen. Es lag schon sehr lange zurück, und sie staunte, daß Hassan sich überhaupt daran erinnerte. Als sie hörte, worüber die beiden Männer sprachen, fing ihr Herz wie rasend an zu klopfen. Sie konnte es nicht glauben: Hassan bat ihren Bruder, sie heiraten zu dürfen!
Wen sonst? Er sagte: »Wir kennen uns sehr gut... sie mag mich... sie muß eine Aristokratin sein... sie muß repräsentieren können.« Die Zeiten von Klassenzugehörigkeit und Privilegien waren also nicht vorüber, stellte Nefissa plötzlich glücklich fest. Es gab die Klassen noch immer, nur die Titel hatten sich geändert. Wer wußte nicht, daß Hassan nach der Revolution eine beispiellose politische Karriere gemacht hatte und in hohem Ansehen stand? Es hieß sogar, er würde als Richter an den Obersten Gerichtshof berufen werden. Er brauchte eine Frau, die seinem Rang angemessen war, eine Aristokratin, die einmal gute Freunde am Hof gehabt hatte.

Sie lief in ihr Zimmer, kämmte sich schnell die Haare, zog die Lippen mit Lippenstift nach und betupfte sich die Ohrläppchen mit Jasminparfüm. Lachend und aufgeregt kam sie sich wieder wie ein junges Mädchen vor. Sie eilte in den Garten hinunter, und als Hassan aus dem Haus trat, ging sie ihm entgegen.
»Ich habe es zufällig gehört«, sagte sie. »Ich hoffe, du hast nichts dagegen, daß ich an der Tür gelauscht habe?«
Er sah sie verwirrt an.
»Deinen Heiratsantrag!« sagte sie kokett. »Du hättest nicht zu Ibrahim gehen müssen. Ich treffe inzwischen meine Entscheidungen selbst.« Sie legte ihm die Arme um den Hals. »Oh, Hassan, ich liebe dich schon lange. Ich verspreche dir, eine gute Frau zu sein.«
»Du?« erwiderte er und lachte laut. »Wir haben nicht über dich gesprochen, sondern über Amira!« Er löste sich aus ihren Armen und sagte: »Es gab einmal eine Zeit, da hätte ich dich in Betracht gezogen, Nefissa. Damals warst du noch jung und attraktiv. Aber warum sollte ich mir eine verbrauchte Frau nehmen, wenn ich die begehrenswerteste Jungfrau in ganz Kairo haben kann?«
Sie starrte ihn fassungslos an. »Das ist doch nicht dein Ernst!«
Hassan genoß seine Überlegenheit. Er erinnerte sich daran, wie er Nefissa in dem Jahr nach dem Tod ihres Mannes deutlich signalisiert hatte, daß er sie sehr attraktiv fand. Aber sie hatte ihn überheblich überhaupt nicht zur Kenntnis genommen. Er war für sie wie Luft gewesen. Nun hatte sich das Blatt gewendet. »Du lebst immer noch in der Vergangenheit«, sagte er und lächelte boshaft, »kein Mann in ganz Kairo, der weiß, worauf es ankommt, möchte dich zur Frau.«
Nefissa sah ihm nach, als er noch immer lachend zum Tor ging, und sie dachte an die einzige schöne Nacht in ihrem Leben, als sie wirklich von einem Mann geliebt worden war. Ihr gutaussehender Leutnant war verschwunden. Sie sehnte sich nach ihm. Er sollte sie wieder so lieben wie damals ...

Die Träume stellten sich wieder ein, aber mit mehr Einzelheiten und sehr viel drängender als je zuvor. Die alten beunruhigenden Bilder quälten sie im Schlaf – das Lager in der Wüste, der rechteckige Turm. Aber sie sah auch neue, verwirrende Dinge, zum Beispiel einen großen Mann mit schwarzer Haut, der einen roten Turban trug. Dieser Mann

war stark. Er hatte Macht, und er war sehr streng. War es ihr Vater? Wer mag das nur sein, und weshalb erschien er ihr jetzt im Traum? Gehörte er zu dem Haus in der Perlenbaum-Straße oder dorthin, wo sie vor ihrer Entführung gelebt hatte, wo auch der Springbrunnen stand und der Pfau sein Rad schlug?
Khadija grübelte vergeblich über das Rätsel der Träume und fand auch keinen Anhaltspunkt, weshalb sie sich zu diesem Zeitpunkt wieder eingestellt hatten. In der Familie kamen keine Kinder zur Welt, keine Schwangerschaften kündigten eine Geburt an. Aber ihre alten Ängste beunruhigten sie mehr denn je, denn sie wurde das Gefühl nicht los, daß ein schreckliches Unrecht auf ihr lastete – auf ihr oder auf den Raschids? Khadija fragte sich, was die Träume ihr wohl diesmal zu sagen versuchten.

»Was ist Impotenz, Umma?« fragte Amira.
Sie waren in der Küche und stellten Tassen und Untertassen in das Spülbecken. Khadijas Nachmittagstee war gerade zu Ende. Sie hielt ihn jetzt nur noch jeden Freitag, während die Männer in der Moschee waren. Wenn sie für die weiblichen Familienmitglieder das Mittagsgebet vorgebetet hatte, ließ sie das Gartentor öffnen, und wie früher kamen Freundinnen und Besucher. Jetzt wusch sie mit ihren Enkeltöchtern das Geschirr ab. Die Dienstmädchen hätten das auch tun können, aber Khadija wollte ihre Enkeltöchter mit den häuslichen Pflichten vertraut machen, denn früher oder später würden sie heiraten.
Khadija hatte Amiras Frage nicht gehört. Sie trocknete die silberne Teekanne ab und beschäftigte sich in Gedanken mit der Lösung eines dringenden Problems.
Am Morgen hatte ihr Ibrahim vor dem Gang in die Moschee von seiner Vereinbarung mit Hassan berichtet. Hassan al-Sabir war bereits rechtmäßig mit Amira verlobt und sollte sie heiraten. Khadija hatte zu den Worten ihres Sohnes geschwiegen. Aber als sie ihm nachsah, während er in der Morgensonne davonfuhr, überkam sie eine schreckliche Vorahnung.
»Umma«, sagte Amira, »hast du gehört, was ich gefragt habe?«
Khadija sah ihre hübsche, hellhäutige Enkelin an. Sie hatte die blonden Locken mit zwei Spangen aus der Stirn gesteckt. Khadija dachte: Auch wenn ich bis zu meinem letzten Atemzug nichts anderes mehr tun soll,

so werde ich dieses Kind vor Hassan al-Sabir retten. »Was möchtest du wissen, Mischmisch?«

»Ich habe gehört, wie dich Um Hussein nach einem Mittel gegen Impotenz gefragt hat. Was ist das?«

»Es ist ein Zustand, der es einem Mann unmöglich macht, seine ehelichen Pflichten zu erfüllen.«

Amira runzelte die Stirn, denn sie wußte nicht, was für Pflichten das waren. Sie tuschelte mit ihren Schulkameradinnen oft über Jungen und Heirat. Aber da die meisten Informationen auf Mutmaßungen beruhten, hatte Amira nur eine sehr vage Vorstellung davon, was eheliche Pflichten sein mochten. »Wie heilt man das?« fragte sie.

Noch bevor Khadija eine Antwort geben konnte, sagte Badawija, die alte libanesische Köchin, die gerade Fleisch zerteilte: »Durch eine jüngere Frau!« Und alle in der Küche lachten.

Khadija legte Amira den Arm um die Schulter. »Wenn Gott es so will, Mischmisch, dann wirst du dir darum nie Sorgen machen müssen.«

»Ich werde jedenfalls noch lange nicht heiraten!« erklärte die Sechzehnjährige. »Ich gehe auf die Universität und studiere Naturwissenschaften. Ich weiß genau, wie meine Zukunft sein wird.«

Khadija warf Marijam Misrachi einen Blick zu. Ihre Freundin brachte gerade das übriggebliebene Gebäck in die Küche. Marijam erwiderte den Blick und schien zu sagen: Diese Mädchen heutzutage! Khadija lächelte, um ihren Kummer zu verbergen. Sie hatte Marijam von der schrecklichen Verlobung, der Ibrahim zugestimmt hatte noch nichts gesagt.

Jasmina stand an der Küchentür und hielt Ausschau nach Zacharias. Sie sagte ungeduldig: »Ich wünschte, ich würde *meine* Zukunft kennen!«

Marijam ging zu ihr und blickte in den blühenden Garten. »Weißt du, wie wir die Zukunft befragt haben, als ich noch jung war?« sagte sie. »Man nimmt ein Ei und hält es sieben Minuten in der Hand. Dann zerschlägt man es über einem Glas Wasser. Wenn das Ei auf dem Wasser schwimmt, bedeutet das, dein Zukünftiger wird ein reicher Mann sein, aber wenn es auf den Boden sinkt, wird er arm sein. Wenn das Eigelb zerläuft, dann ...«

»Ich spreche nicht von Ehemännern, Tante Marijam! Ich möchte wissen, ob ich ...« Sie brach schnell ab, denn Umma sollte nichts von ihren Plänen erfahren. Jasmina wartete ungeduldig auf Zacharias, denn er

hatte ihr am Morgen zugeflüstert, er habe eine wichtige Nachricht für sie.
»Umma«, sagte Amira und nahm den Himbeerkuchen vom Blech, den Badawija gerade aus dem Ofen geholt hatte. Sie schnitt sich ein Stück ab und biß hinein. Er war himmlisch warm und süß. »Warum kommen die Frauen zu dir, wenn sie krank sind, und gehen nicht zu einem richtigen Arzt wie Papa?«
Khadija stellte die abgetrockneten Porzellantassen behutsam in den Geschirrschrank. »Sie tun es aus Sittsamkeit.«
»Zu Papa kommen auch Frauen.«
»Ich kenne diese Frauen nicht, Mischmisch. Aber zu mir kommen die gläubigen Frauen, die fromm sind und sich niemals von einem fremden Mann untersuchen lassen würden.«
»Warum gibt es dann nicht mehr Ärztinnen? Das wäre doch nur vernünftig.«
»So viele Fragen ...«, Khadija seufzte und blickte lächelnd ihre Freundin Marijam an.
Marijam beneidete Khadija um die vielen jungen Menschen in ihrem Haus und um die Aussicht auf weitere Babys in den nächsten Jahren. Marijams Kinder hatten ihr Zuhause bereits seit langer Zeit verlassen und lebten in verschiedenen Teilen der Welt, einige sogar im fernen Kalifornien. Marijam hatte ihre Enkel nur einmal gesehen, und inzwischen war ihr erstes Urenkelkind unterwegs. Vielleicht war es Zeit für sie, Urlaub zu machen und die Kinder zu besuchen. Schließlich waren sie und Suleiman bereits über sechzig. Wie lange sollten sie noch warten, nur weil Misrachis Importgeschäft Gewinneinbußen hatte und Suleiman Tag und Nacht arbeitete? War die Familie nicht wichtiger als das Geschäft? Ich werde heute abend mit ihm darüber sprechen, dachte sie, wenn er zum Sabbat nach Hause kommt. Unser großes Haus ist inzwischen menschenleer, denn viele Juden, auch aus den beiden Familien, hatten das Land aus Vorsicht verlassen ...

Sarah war auch in der Küche. Sie hörte den Gesprächen zu, während sie ein Blech mit heißen Sesambrötchen aus dem Ofen holte. Sie war jetzt dreißig und wurde rundlich. Sie war kein Küchenmädchen mehr. Da Badawija, die schon vor Ibrahims Geburt bei der Familie gearbeitet hatte, älter wurde und ihre Kräfte nachließen, übernahm Sarah einen

immer größeren Teil ihrer Aufgaben. Es galt als sicher, daß Sarah eines Tages, wenn Badawija nicht mehr arbeitete, die Köchin der Familie Raschid werden würde.
Sie lächelte, als sie Jasminas Seufzer hörte, die noch immer an der Tür stand und murmelte: »Wo bleibt er nur?« Sarah liebte die Kinder ihres Herren, denn sie war ihm treu ergeben. Im Laufe der Jahre war es ihr gelungen, sich eine Geschichte zusammenzureimen. Die Familie ging alljährlich vierzehn Tage nach Sarahs Geburtstag auf den Friedhof. Daraus schloß Sarah, daß Jasminas Mutter, für die Jasmina auf dem Friedhof betete, in der Nacht vor der Hochzeit ihrer Schwester Nazirah gestorben war. Damals hatte Sarah den Herrn am Kanal weinen sehen. Also mußte Jasmina in dieser Nacht geboren worden sein. Sarah empfand großes Mitgefühl für das arme mutterlose Mädchen und auch für Amira, ihre Schwester, denn schließlich hatte der Herr aus Enttäuschung über die zweite Tochter Sarahs Sohn Zacharias adoptiert. In gewisser Weise fühlte sich Sarah als Mutter für alle drei Kinder.
»Tante Marijam«, sagte Jasmina, die aus dem Fenster blickte und sich gedankenverloren die Schulter rieb, die einen Tag nach Omars Überfall im Garten immer noch schmerzte. »Hast du schon den neuen Film mit Dahiba gesehen?«
»Dein Onkel Suleiman hat in seinem Geschäft soviel Arbeit, daß er nicht mit mir ins Kino gehen kann.«
»Aber den Film mußt du sehen! Niemand tanzt so wie Dahiba! Vielleicht könntest du ihn dir mit Großmutter ansehen.«
Khadija, die das gehört hatte, lachte und erwiderte: »Wann habe ich jemals Zeit, ins Kino zu gehen!« Dann sagte sie zu Amira: »Mischmisch, die Frau von Abd el Rahman hat heute morgen angerufen und mich gebeten, ihrer Schwester in der Fachmij-Pascha-Straße etwas von meinem Ysoptee zu bringen. Ihre Kinder haben alle Sommerfieber. Kannst du mich begleiten?«
»Gern, Umma! Ich rufe uns ein Taxi!«
In diesem Augenblick kam Zacharias in die Küche. Als er Khadija einen Kuß gab, fragte sie: »Ist dein Vater von der Moschee zurück?«
Er antwortete: »Er biegt gerade in die Auffahrt«, und nahm sich aus einem Glas eine eingelegte Paprikaschote und aß sie mit großem Genuß.
Eines der Küchenmädchen bereitete Assafeer, kleine Vögel, zum Braten

vor. Sie rupfte die Tierchen, schnitt die Schnäbel und Beine ab und drückte die kleinen Köpfe in die Bauchhöhle. Als sie die ausgenommenen Tiere mit Salz und Gewürzen einrieb und sie dann auf die Spieße schob, wandte sich Zacharias mit sichtlichem Ekel ab. Sein Gesichtsausdruck erinnerte Sarah daran, wie er als kleiner Junge einmal angefangen hatte zu schreien, als der Metzger vor dem Fest von Abraham und Isaak ein Lamm im Haus schlachtete. Zacharias aß seit dieser Zeit weder Fisch noch Fleisch. Sie dachte: Darin gleicht er sehr seinem Vater Abdu, der für alle Lebewesen größtes Mitgefühl gehabt hatte.
Auch in anderer Hinsicht war Zacharias wie sein Vater, fand Sarah. Er verfaßte gerne Gedichte und verehrte Gott und den Koran. Außerdem sah er seinem Vater ähnlich. Zacharias hatte seine breiten Schultern, die grünen Augen und sein ansteckendes Lachen. Deshalb hatte Sarah oft das Gefühl, ihren geliebten Abdu vor sich zu sehen. Sarah fragte sich oft, ob Zacharias Erinnerungen an die ersten drei Lebensjahre hatte, in denen sie ihn stillte. Ahnte er, daß sie seine Mutter war?
Als Khadija die Küche verließ, eilte Jasmina zu ihrem Bruder. »Hast du sie, Zakki? Hast du sie bekommen?«
Am Tag nach dem Kinobesuch vor einem Monat hatte Jasmina ihren Bruder in ihr Geheimnis eingeweiht. Sie hatte ihn angefleht und gesagt: »O Zakki, ich *muß* einfach herausfinden, wo Dahiba wohnt! Ich *muß* sie kennenlernen. Ich möchte bei ihr lernen. Ich habe ihren Tanz aus dem Film gelernt. Ich weiß ganz bestimmt, sie wird mich als Schülerin annehmen, wenn sie mich tanzen sieht. Aber ich muß ihre Adresse herausfinden! Kannst du das bitte für mich tun?«
Er lachte und zog ein Blatt Papier aus der Tasche. »*Bismillah*! Das hat mich fünfzig Piaster gekostet«, sagte er, »ich mußte jemanden im Cage d'Or, wo sie tanzt, bestechen.«
»Ihre Adresse!« rief Jasmina aufgeregt.
»Ich bin dort gewesen«, erzählte er, »sie wohnt in einem Penthaus. Sie hat einen Leibwächter und fährt einen Chevrolet! Ich habe gesehen, wie sie aus dem Haus gekommen ist. Bei Gott, Ägypten hat noch immer eine Königin!«
»Ich werde bei ihrem Anblick ohnmächtig werden!« murmelte Jasmina. Dann gab sie ihm einen Kuß und flüsterte: »Zakki, ich werde dich für den Rest meines Lebens lieben! Danke, vielen Dank!«
»Was hast du jetzt vor?« fragte er, aber sie rannte bereits aus der Küche.

»Warum sind wir hier, Großmutter?« fragte Amira und blickte aus dem Fenster des Taxis. Sie befanden sich in der Perlenbaum-Straße, in einem Viertel von Kairo, in dem Amira noch nie gewesen war.
Khadija gab nicht sofort eine Antwort. Auch sie blickte aus dem Fenster.
Sie waren zuerst bei Abd el Rahmans Schwester und ihren kranken Kindern gewesen. Aber anschließend ließ Khadija das Taxi nicht in die Paradies-Straße zurückkehren, sondern hierher fahren. Jetzt standen sie am Straßenrand vor dem Haus, in dem Khadija vor sechsundvierzig Jahren Ali Raschid kennengelernt hatte.
Khadija hatte erfahren, daß das Haus abgerissen worden war, aber das stimmte nicht ganz. Das Hauptgebäude stand noch – eine große Residenz im Stil des Hauses in der Paradies-Straße. Aber auf dem Gelände und in den alten Gärten hatte man moderne Häuser mit Mietwohnungen und Geschäften errichtet, die dicht um das herrschaftliche Haus aus dem neunzehnten Jahrhundert standen. Aus dem Gebäude kamen Mädchen in Schuluniformen mit Büchern und Taschen. Das Haus war jetzt eine Schule.
Khadija betrachtete die prächtige Fassade und erwartete, daß sich wichtige Erinnerungen einstellen würden, denn hier hatte sie einmal in einem Harem gelebt. Jetzt gingen an diesem Ort Mädchen zur Schule und waren frei.
Sie schloß die Augen und versuchte, die Jahre zurückzuverfolgen. Khadija schickte ihre Gedanken durch die Marmorflure, damit sie sich vielleicht dort begegnete – dem verängstigten siebenjährigen Mädchen. Würde sie in diesem Harem auch ihre Mutter finden, oder war ihre Mutter in der Wüste gestorben?
Warum kann ich mich nicht daran erinnern, wie ich hierher gebracht worden bin? Warum lebt in meiner Erinnerung nur der Tag, an dem ich dieses Haus verlassen habe?
So sehr sich Khadija auch bemühte, die Erinnerungen wollten sich nicht einstellen. Aber auch wenn sich die Vergangenheit ihr entzog, so wurde ihr doch etwas klar. Plötzlich wußte sie: Man hat mich meiner Mutter weggenommen und hierher gebracht. Man hat mich aus ihren Armen gerissen, als sie mich schützen wollte. Unter der Aufsicht des großen Mannes mit dem roten Turban bin ich dann hierher gebracht worden – der Schwarze war der Haremswächter, ein Eunuch.

Khadija blickte auf Amira und dachte: Das wollen mir meine Träume sagen, und deshalb bin ich heute hierher gekommen. Meine Träume warnen mich davor, daß ich mein Enkelkind verlieren werde. Amira soll mir genommen werden und einen Mann heiraten, der nicht zu unserer Familie gehört. Sie wird mich verlassen und mir nicht länger gehören.
»Was ist, Großmutter?« fragte Amira. »Warum sind wir hier?«
Khadija wollte sagen: Hab keine Angst, meine geliebte Enkeltochter. Ich werde verhindern, daß dir ein Leid geschieht. Ich werde dich nicht verlieren. Statt dessen sagte sie beruhigend: »Vielleicht werde ich es dir eines Tages erzählen, wenn ich selbst alles verstehe. Aber jetzt wollen wir nach Hause fahren. Ich muß mit deinem Vater reden.«

Ibrahim stand am Fenster seines Wohnzimmers und beobachtete Alice unten im Garten. Ein Strohhut schützte sie vor den Sonnenstrahlen. Als er sah, wie die schlanken Hände liebevoll Knollen und Wurzeln teilten, Samen ausstreuten und die feuchte Erde um die Pflanzen andrückten, empfand er ein Sehnen wie einen körperlichen Schmerz. Der Garten war zum Mittelpunkt ihres Lebens geworden. Angefangen hatte sie vor zehn Jahren mit einem kleinen Beet, in dem ein paar kümmerliche Blumen wuchsen. Jetzt blühte fast an der gesamten Ostseite des Hauses eine leuchtende Pracht aus blauen Prunkwinden, rosaroten Fuchsien, flammendroten Rosen und ihre geliebten Alpenveilchen. Diese Blumen gediehen normalerweise alle nicht in der trockenen Hitze Ägyptens. Alice hatte mit ihrer ausdauernden Fürsorge, Hingabe und Liebe ein Wunder vollbracht.
Ihn durchlief ein Schauer. Er wünschte sich so sehr, sie würde ihm soviel Hingabe und Liebe widmen.
Was war aus ihrer Ehe geworden? Wann hatten sie zum letzten Mal miteinander geschlafen? Es war auch sehr lange her, seit sie zum letzten Mal richtig miteinander gesprochen hatten. Sie redeten nur über Alltäglichkeiten und Banalitäten. Wie konnte er alles wiedergutmachen, damit sie vielleicht doch zueinanderfanden, bevor ihr Leben trostlos und steril auseinanderzufallen begann?
Nach seiner Entlassung aus dem Gefängnis hatte Ibrahim lange Zeit kein Interesse an Sex gehabt – weder mit Alice noch mit einer anderen Frau. Aber als die Monate vergingen und die körperlichen Wunden heilten, hatte er gehofft, Alice würde als seine liebevolle Frau zu ihm

zurückkehren. Doch sie war nicht freiwillig in sein Bett gekommen. Sie hatte nicht vermocht, ihn von der Kälte seiner erstarrten Gefühle zu befreien. Er war abweisend gewesen, verschlossen und auch abgestumpft. Vermutlich hatte sie vor seiner höflichen Maske, seinem verwundeten Stolz und der unmenschlichen Demütigung, die er hatte erdulden müssen, kapituliert. Damals hatte Ibrahim begonnen, sich bei anonymen Prostituierten Befriedigung zu verschaffen. Aber das gelang nur vorübergehend. Er sehnte sich nach seiner Frau, und er wollte einen Sohn haben.
Ibrahim hörte das Klopfen an der Tür und sah überrascht, daß seine Mutter eintrat, die nur sehr selten in diesem Flügel des Hauses erschien. »Können wir miteinander sprechen, mein Sohn? Es geht um eine wichtige Familienangelegenheit. Omar ist zu einem Problem geworden. Er kann seinen Trieb nicht länger unter Kontrolle halten. Ich habe ihn gestern dabei überrascht, daß er Jasmina belästigt hat.«
»Jasmina belästigt? Wo ist er! Ich werde ihn eigenhändig verprügeln!«
»Es ist nichts geschehen. Aber man kann ihm nicht länger trauen. Er muß heiraten, und ich habe eine Idee.« Sie setzte sich auf den weichen Diwan, aber bewußt unter das strenge Bild von Ibrahims Vater Ali. »Wir sollten Omar mit Amira verloben. Die Hochzeit müßte bald sein, sobald sie mit der Schule fertig ist.«
»Ich habe dir doch heute morgen gesagt, daß Amira mit Hassan verlobt ist, Umma.«
»Das Mädchen ist zu jung für Hassan. Würde er ihr erlauben zu studieren? Aber Omar hat noch drei Jahre bis zum Examen. Er und Amira können zusammen studieren. Das ist für Amira sehr viel besser, als einen Mann zu heiraten, der dreißig Jahre älter ist als sie.«
»Bei allem Respekt, Mutter, du hast einen Mann geheiratet, der vierzig Jahre älter war als du.«
»Ibrahim, die Hochzeit von Hassan und Amira darf nicht stattfinden.«
»Bei Gott, Umma, ich weiß nicht, was du gegen Hassan einzuwenden hast. Er ist mein bester Freund. Er ist für mich wie ein Bruder. Und er ist eine ausgezeichnete Partie. Man spricht davon, daß er an den Obersten Gerichtshof berufen wird. Außerdem gibt es darüber nichts mehr zu diskutierern, denn Hassan und ich haben bereits den Ehevertrag unterzeichnet. Ich habe ihm mein Wort gegeben.«
»Du hättest dich zuerst mit mir beraten müssen. Und was ist mit Alice?

Hat eine Mutter bei der Wahl des Mannes ihrer Tochter nicht auch ein Wort mitzureden? Es ist Aufgabe von uns Frauen, für Amira einen Mann zu finden. Du mußt nur den Ehevertrag unterschreiben.«
»Aber was hast du gegen Hassan einzuwenden? Ich habe deine Ablehnung nie verstanden.«
Und ich kann dir nie den Grund sagen, Sohn meines Herzens. »Die Hochzeit darf einfach nicht stattfinden.«
»Ich werde bei einem Freund wie Hassan mein Wort halten.« Er trat wieder ans Fenster, teilte den Vorhang und blickte zu Alice hinunter. Khadija stand auf und ging zu ihm. Nach eine Weile sagte sie: »Es gibt Probleme zwischen dir und deiner Frau.«
»Darüber sollte ein Sohn nicht mit seiner Mutter sprechen.«
»Aber vielleicht kann ich helfen.«
Er sah sie gequält an, und sie dachte an Zacharias' Worte: »Vater wacht nachts auf und schreit. Ich kann ihn hören, so laut schreit er.« Ibrahim schwieg und starrte auf seine Hände. »Ich weiß nicht, was zwischen mir und Alice steht, Umma. Aber ich möchte einen Sohn.«
»Dann hör mir zu. Ich kann dir etwas geben, das du Alice zu trinken gibst.«
Er sah sie mißtrauisch an. »Zu trinken? Hilft das?«
Ich habe es vor langer Zeit selbst benutzt. »Du kannst mir glauben, daß es hilft. Alice wird sich fügen, und wenn Gott will, schenkt sie dir einen Sohn.«
Er ließ den Vorhang los und drehte dem Fenster den Rücken zu. »Es geht nicht darum, daß sie etwas trinkt, Mutter«, sagte er. »Das ist nicht die Lösung, die ich suche. Ich bin jetzt müde. Ich möchte eine Weile ruhen.«
»Wir müssen die Sache mit Amiras Verlobung klären.«
»Beim Propheten, möge Gottes Segen auf ihm ruhen, die Sache ist bereits geklärt.«
Khadija erwiderte ruhig: »Das ist sie nicht. Ich muß dir etwas sagen, mein Sohn, das mir großen Kummer bereitet. Ich habe es all die Jahre als ein Geheimnis bewahrt, um dir noch mehr Leid zu ersparen. Aber mein Gewissen, das nur auf Gott hört, zwingt mich nun zu sprechen.« Sie holte tief Luft. »Sohn meines Herzens, ich liebe dich mehr als mein Leben, und ich sage dir, du hast keine Verpflichtung gegenüber Hassan al-Sabir. Er ist nicht dein Freund und nicht dein Bruder.«

»Was sagst du da?«
Khadijas Herz schlug heftig. Wenn die Worte einmal ausgesprochen waren, konnte sie nichts mehr rückgängig machen. »Hassan hat deine Verhaftung in die Wege geleitet und dafür gesorgt, daß du ins Gefängnis gekommen bist.«
Er starrte sie an. »Das glaube ich nicht.«
»Bei Gottes Barmherzigkeit, es ist die Wahrheit.«
»Das kann nicht sein.«
»Ich schwöre es bei dem allmächtigen und einzigen Gott, Ibrahim.«
»Woher weißt du das mit Hassan? Jemand hat dich belogen!«
Khadija dachte an das Versprechen, das sie Safeja Rageeb gegeben hatte. »Ich weiß es. Das genügt. Es steht in deiner Akte. Hassan al-Sabir hat dich als einen Verräter am ägyptischen Volk bezeichnet. Er hat sich freigekauft, und darauf beruht sein hohes Ansehen heute. Er hat sich skrupellos auf die Seite der Revolutionäre geschlagen. Wenn du willst, kannst du dir ja Einblick in deine Akte verschaffen.«
»Ich werde Hassan fragen.«
»Frag ihn, und wenn er Gott fürchtet, dann wird er dir die Wahrheit sagen.«

Amira und Tahia versuchten, nicht zu kichern, während sie sich mit Jasmina hinter leeren Kisten mit dem Aufdruck *Chivas Regal* oder *Johnny Walker* versteckten. Sie warteten am Lieferanteneingang des Cage d'Or auf das mit Zacharias verabredete Zeichen. Er war im Club, um alles vorzubereiten. Jasmina zitterte trotz der Juniwärme unter ihrem Mantel, denn es dauerte zu lange. Etwas mußte schiefgegangen sein.
Sie hatte versucht, Dahiba in ihrer Wohnung aufzusuchen, aber es war ihr nicht gelungen. Als der Portier sie nicht in das Haus lassen wollte, mußte Jasmina ihn bestechen. Dann wollte der Liftboy sie nicht zum Penthaus bringen, also bedeutete das noch mehr Bakschisch. Die zwei Leibwächter, die vor der Wohnungstür Karten spielten, wollten ebenfalls Geld. Als Jasmina schließlich an die Tür klopfte und vor einem Butler stand, hatte sie keinen Piaster mehr. Das hätte auch nichts genützt. Der Butler holte Dahibas Sekretärin, die Jasmina mitteilte, Madame empfange keine Besucher. Am Tanz von Amateuren habe sie kein Interesse, und sie nehme unter keinen Umständen Schülerinnen an.

Deshalb hatte Zacharias sich einen Plan ausgedacht. Er sagte Khadija, er werde mit seinen Geschwistern ins Varieté gehen, um ihnen Dahibas Tanzshow zu zeigen, von der man in ganz Kairo sprach. Während Umma und die anderen im Salon saßen und Radio hörten, verließen die drei das Haus und fuhren zu dem Nightclub, in dem Dahiba auftrat.
»Armer Zakki«, sagte Tahia und ließ die Tür zur Küche des Clubs nicht aus den Augen, »er belügt Umma sonst nie.«
»Er hat nicht gelogen«, erinnerte sie Amira, »Zakki hat nur gesagt, daß er mit uns zu dieser Show geht. Und das hat er getan. He, Jasmina, er kommt!«
Zacharias erschien neben den Holzkisten und flüsterte: »Es ist alles klar! Hinter der Tür wartet eine Frau. Es ist die Toilettenfrau. Sie wird dich durch die Küche führen und dann hinter die Bühne zu einer Stelle, wo dich niemand sieht. Weiß Gott, das hat mich eine Menge gekostet.«
Die beiden umarmten und küßten Jasmina und wünschten ihr Glück. Dann eilte sie hinein; sie achtete sorgsam darauf, daß ihr Kostüm unter dem Mantel nicht zu sehen war.
Die Toilettenfrau brachte Jasmina hinter den Vorhang und ermahnte sie eindringlich, sich während der Show nicht von der Stelle zu rühren. Zacharias hatte ihr gesagt, seine Schwester wollte unbedingt Dahiba tanzen sehen. Als Jasmina verstohlen einen Blick auf die Zuschauer warf, schlug ihr das Herz bis zum Hals. Der Nightclub war bis zum letzten Platz mit Frauen in eleganten Abendkleidern und Männern besetzt, an deren Uniformen Orden funkelten. Sie erstarrte beim Anblick eines kleinen, gedrungenen Mannes, der an einem der Tische direkt an der Bühne saß. Das war Hakim Raouf, der berühmte Filmregisseur und Dahibas Ehemann.
Die Mitglieder der Band nahmen ihre Plätze ein, das Licht im Club wurde abgedunkelt, und die Scheinwerfer strahlten die leere Bühne an. Die Musik setzte ein und spielte ein paar Minuten, bis die Zuschauer in der richtigen Stimmung waren. Dann trat unter dem Jubel und Beifall der Anwesenden Dahiba auf. Jasmina stockte der Atem. Dahiba war aus der Nähe noch viel faszinierender als auf der Leinwand. Sie begann ihre Show sehr dramatisch und wirbelte in einen straßbesetzten blauen Chiffonschleier gehüllt über die Bühne. Ihre Choreographie war eine Mischung aus Ballett und modernem Tanz. Nach wenigen Minuten ließ sie den Schleier fallen und stand in einem glitzernden Kostüm aus

türkisfarbenem Satin und Silberlamé vor ihren Zuschauern. An dem breiten Gürtel um die Hüften hingen lange silberne Fransen. Sie hob langsam die Hand und ließ die Hüften kreisen. Die Zuschauer jubelten vor Begeisterung, denn für diesen Bauchtanz war Dahiba berühmt.
Als Jasmina sie nun leibhaftig und in unmittelbarer Nähe vor sich sah, stellte sie fest, daß Dahiba eigentlich nicht schön, nicht einmal hübsch war. Aber sie besaß eine starke Ausstrahlung. Dahiba gewann die Zuschauer für sich, beeinflußte sie, ließ sie klatschen, lachen, ernst werden, und Jasmina begriff, daß Dahiba ihr Publikum nicht nur unterhielt, sondern daß die Menschen bei ihrem Tanz etwas *empfanden*.
Jasmina wartete mit angehaltenem Atem auf ihre Gelegenheit. Schließlich trat Dahiba an den Rand der Bühne. Das tat sie immer, um den Dialog mit den Zuschauern aufzunehmen. Als die Musik den Rhythmus des Beledi wieder aufnahm, ließ Jasmina den Mantel von den Schultern gleiten, überprüfte schnell den Sitz ihres rotgoldenen Kostüms und trat auf die Bühne. Die Zuschauer waren zunächst verwirrt, aber dann begannen sie zu rasen. Dahiba drehte sich um und sah das tanzende Mädchen. Sie bemerkte die fragenden Blicke der Musiker und bedeutete ihnen weiterzuspielen.
Die Bühne war groß, aber Jasmina beschränkte sich auf einen kleinen Teil. Sie tanzte nicht mit herausfordernden, ausladenden Bewegungen, sondern bewegte Unterleib und Hüften langsam und mit kontrollierter Kraft, während sie anmutig die Arme hob. Sie blickte Dahiba nicht an, sondern richtete die Augen und ihr Lächeln auf die Zuschauer, die klatschten und riefen: »Ja Allah!«
Dahiba gab der Band ein Zeichen, und sie spielte eine andere Musik. Der Rhythmus wurde langsamer, bis nur noch eine Flöte mit einer Schlangenbeschwörer-Melodie die rauchige Luft erfüllte. Jasmina meisterte den Übergang, ohne aus dem Rhythmus zu kommen. In Übereinstimmung mit der veränderten Atmosphäre begann sie, aus konzentrierter Ruhe heraus, ihren Körper vom Bauch bis zur Brust in kleinen, auf- und absteigenden Wellen in Schwingungen zu versetzen.
Die Zuschauer waren hingerissen. Als sie erkannten, daß dieser Auftritt nicht geplant, sondern daß das Mädchen mit den honigbraunen Augen eine Anfängerin war, stiegen ein paar Männer auf die Stühle und riefen: »Ein Engel, den uns der Himmel geschickt hat!« Sie pfiffen und klatschten und warfen dem bezaubernden Mädchen Kußhände zu.

Dahiba beobachtete von ihrem Platz am Rand der Bühne die Zuschauer, bis sie ihren Mann in der ersten Reihe entdeckte. Auch Hakim war begeistert.
Als die Musik aufhörte, verabschiedete sich Jasmina mit einer Kußhand und lief hinter den Vorhang. Dort packte der Direktor des Clubs sie sofort am Arm und drohte, die Polizei zu rufen. Als er sie mit sich ziehen wollte, stand plötzlich Dahiba neben ihr. »Was wolltest du auf der Bühne?« fragte sie. Ihre Worte gingen im tosenden Applaus fast unter. »Hattest du vor, mich lächerlich zu machen?«
Jasmina war außer Atem und konnte kaum sprechen. Sie sah Dahibas stark geschminkte Augen, die schwarzen Linien um die Lider und den Mund. Noch verblüffender war die Härte ihrer Gesichtszüge, die in ihren Bewegungen nie zu ahnen war. »Oh, ich wollte Ihnen nur vortanzen! Ich habe versucht, Sie zu treffen, aber ...«
In diesem Augenblick erschien Hakim Raouf. Er lachte und wischte sich den Schweiß von der roten Stirn. »Beim Kopf des Sajjid Hussein, Gott segne ihn, das war eine Show! Komm, komm, kleines Mädchen. Wir trinken zusammen einen Tee!« Er bedeutete dem verwirrten Direktor, Jasmina loszulassen. Sie gingen in den kleinen Raum, der als Dahibas Garderobe diente. Nachdem sie und ihr Mann sich eine Zigarette angezündet hatten, fragte Dahiba: »Wie heißt du?«
»Jasmina Raschid.«
Dahibas Augen zuckten. »Bist du mit Dr. Ibrahim Raschid verwandt?«
»Er ist mein Vater. Kennen Sie ihn?«
»Wie alt bist du?«
»Siebzehn!«
»Du hast eine Tanzausbildung?«
»Ballett.«
»Du möchtest bei mir lernen?«
»Oh ja, das ist mein Traum.«
Dahiba sah Jasmina lange und nachdenklich an. »Ich tanze nicht mit anderen auf der Bühne. Das tut keine Tänzerin. Man hätte dich für deine Kühnheit festnehmen können. Aber die Zuschauer lieben dich.«
»Das ist ein guter Trick«, sagte Hakim und knöpfte den Kragen seines Hemds auf, »vielleicht sollten wir die Nummer in deine Show einbauen, mein Augapfel.«
Dahiba versetzte ihm spielerisch einen Schlag. »Vielleicht können wir ja

auch einen dressierten Affen auftreten lassen. Das wäre dann deine Rolle!«
Zu Jasmina sagte sie: »Du bist zu muskulös. Du hast Schultern wie ein Mann und schmale Hüften. Du mußt zunehmen. Eine magere Tänzerin ist nicht sinnlich. Dein Tanz ist altmodisch und amateurhaft. Wir tanzen nicht mehr nur den Beledi. Der orientalische Tanz nimmt seine Elemente aus allen Disziplinen. Aber du bist begabt. Mit einer richtigen Ausbildung kannst du eine große Tänzerin werden.« Sie lächelte. »Möglicherweise so groß wie ich.«
»Oh, danke...«
Dahiba hob die Hand. »Aber bevor ich dich als Schülerin annehme, muß ich dich warnen. Deine Familie wird es nicht billigen. Orientalische Tänzerinnen gelten als sittenlose Frauen. Wir werden verachtet, weil wir die Männer auf die weibliche Sexualität lenken und sie dabei Gott und die Gebote des Islam vergessen. Die Männer begehren uns, und deshalb werden wir verachtet, weil wir das Verlangen der Männer nach uns wecken. Verstehst du das? Viele Männer werden um dich werben, Jasmina, und wenige werden dich achten, noch weniger werden dich heiraten wollen. Kannst du damit leben?«
Jasmina blickte auf Hakim Raouf und sagte: »Sie haben keine schlechte Wahl getroffen.«
Hakim nahm Dahibas Hand, küßte sie und rief: »Gesegnet sei der Baum, aus dem deine Wiege geschnitzt wurde. Bei Gott, ich bin noch immer in dich verliebt!«
Dahiba lachte, und Jasmina fügte hinzu: »Ich möchte tanzen, mehr gibt es für mich nicht.«
»Dann werde ich dir sagen, warum ich dich als Schülerin annehme, Jasmina Raschid, als meine erste Schülerin. Eine Darbietung ist nichts, wenn sie nur auf Technik beruht. Bei Gott, wir Ägypter lieben Gefühle und Dramatik. Eine gute Tänzerin kann das durch ihre Persönlichkeit vermitteln. Du besitzt diese Ausstrahlung, Jasmina. Dein Tanz war kaum mehr als mittelmäßig, aber du hast die Zuschauer durch deinen Mut erobert. Du besitzt die Fähigkeit, die Zuschauer zu fesseln, und das ist die Hälfte der Wirkung. Weiß deine Familie, daß du hier bist?«
Jasmina zögerte. Dann sagte sie: »Nein. Sie würden es nicht erlauben. Aber das ist mir gleichgültig! Ich werde nicht verraten, daß ich bei Ihnen Unterricht nehme.«

»Du wirst mindestens dreimal in der Woche in meine Wohnung kommen müssen. Was willst du sagen, wohin du gehst?«
»Ich sage Umma, daß ich zusätzliche Tanzstunden nehme. Sie wird glauben, es sei Ballettunterricht. Ich werde also nicht richtig lügen.«
»Und wenn sie es erfahren sollte?«
Daran wollte Jasmina nicht denken. Für sie war im Augenblick nur wichtig, daß sie bei Dahiba lernen durfte und daß sie eines Tages eine berühmte Tänzerin wie Dahiba sein würde.

Ibrahim klopfte an die Tür von Hassans Hausboot. Als der Diener öffnete, schob Ibrahim ihn energisch beiseite und ging geradewegs zu Hassan, der auf dem Diwan lag und Haschisch rauchte.
»Mein Freund! Wie schön, daß du mir Gesellschaft leistest. Komm, setz dich und . . .«
»Ist es wahr, Hassan?« fragte Ibrahim und blieb stehen. »Hast du dem Revolutionsrat meinen Namen genannt und mich ins Gefängnis werfen lassen?«
Hassan lächelte. »Bei Gott, wie kommst du auf diese verrückte Idee? Natürlich ist es nicht wahr!«
»Meine Mutter hat es mir gesagt.«
Hassans Lächeln verschwand. Der gefährliche Drache – schon wieder!
»Dann hat sie gelogen. Deine Mutter mochte mich noch nie.«
»Meine Mutter lügt nicht.«
»Dann hat ihr jemand eine falsche Information gegeben.«
»Sie sagt, es steht in meiner Akte. Ich kann es herausfinden.«
Hassan legte die Pfeife zur Seite, setzte sich auf, fuhr sich mit den Händen durch die Haare und sagte: »Also gut . . . es waren gefährliche Zeiten damals, lieber Ibrahim. Niemand von uns wußte, ob er den nächsten Tag noch erleben würde. Man hat mich verhaftet. Um meinen Hals zu retten, nannte ich ihnen ein paar Namen . . . vermutlich auch deinen. Ich weiß es nicht mehr genau. Du hättest dasselbe getan, Ibrahim. Ich schwöre bei Gott, du hättest es auch getan.«
»Ich sollte ihnen auch Namen nennen, und ich habe es nicht getan. Ich habe die Hölle und die Folter ertragen und einen Bruder nie, niemals verraten. Du kannst dir nicht vorstellen, was sie mit mir angestellt haben, Hassan al-Sabir«, sagte Ibrahim ruhig, und die Tränen stiegen in seine Augen. »Diese sechs Monate im Gefängnis haben mein Leben

ruiniert.« Er schwieg. Dann sagte er leise: »Du und ich, wir sind nicht länger Brüder und nicht länger Freunde. Und du wirst meine Tochter nicht heiraten.«
Hassan sprang auf und hielt seinen Arm fest. »Bei Gott, du kannst unseren Vertrag nicht brechen!«
»Gott ist mein Zeuge, ich kann es und ich werde es tun.«
»Wenn du das tust, Ibrahim, dann wirst du es bereuen. Das kannst du mir glauben.«

Ibrahim fand seine Mutter im Salon. Sie hörte im Radio die abendliche Lesung aus dem Koran. »Hassan al-Sabir ist nicht mehr mein Bruder«, sagte er. »Bereite die Verlobung von Amira mit Omar vor. Die Hochzeit soll nach ihrem Schulabschluß stattfinden.«
Dann sagte er: »Gib mir das Mittel für Alice. Ich muß einen Sohn haben.«

11. Kapitel

»Warum ist es Sitte, alle Haare zu entfernen, Mutter Khadija?« fragte Alice, während sie zusah, wie die Frauen Amiras Haut mit einer Paste aus Zucker und Zitrone einrieben.
»Diese Tradition geht auf König Salomon zurück. Als die Königin von Saba zu Besuch kam, erfuhr Salomon vor ihrer Ankunft, daß die Königin trotz all ihrer Schönheit behaarte Beine hatte. Der König wollte die Wahrheit des Gerüchts überprüfen und ließ vor dem Palast einen gläsernen Steg bauen, unter dem Wasser hindurchfloß. Man erzählt, daß die Königin glaubte, sie müsse Wasser durchschreiten, und den Rock hob. Sie hatte behaarte Beine, und Salomon erfand ein Mittel, um die Haare zu entfernen, denn er wollte sie heiraten. Das Mittel ist Zucker und Zitrone. Wir benutzen es bis zum heutigen Tag. Und jede Braut entfernt damit am Vortag ihrer Hochzeit die Körperhaare, um ihrem Mann zu gefallen.«
»Aber selbst die Augenbrauen?« fragte Alice und staunte, mit welcher Geschicklichkeit Haneija die Paste über den Augen auftrug und die Härchen entfernte, so daß nur ein hauchdünner halbmondförmig geschwungener Bogen der Braue zurückblieb.
»Sie wird die Brauen nachziehen, wie es bei uns üblich ist. Das macht eine Frau schöner.«
Das Enthaarungsritual fand im Rahmen einer Feier statt, an der alle weiblichen Verwandten teilnahmen. Die Frauen erschienen in ihren kostbarsten Gewändern in der Paradies-Straße und überhäuften die junge Braut mit Bewunderung, Geschenken und Ratschlägen. Sie aßen, tanzten und unterhielten sich. Quettah, die Astrologin, war ebenfalls gekommen. Sie war noch immer dieselbe alterslose Frau wie bei Amiras Geburt. Ihr Alter zeigte sich vielleicht nur daran, daß sie die Augen

zusammenkniff, um die Tabellen und Sternkarten besser lesen zu können, während sie das Horoskop für Omar und Amira erstellte – der Stern Hamal im Sternbild Aries, ein grausamer und brutaler Stern, verband sich mit dem sanftgelben Mirach im Sternbild Andromeda.
Amira war aufgeregt. Morgen sollte sie heiraten und eine eigene Wohnung haben! Omar brach mit der Tradition, nach der ein Sohn seine Frau in das Haus seiner Mutter brachte, und hatte nahe am Fluß eine Wohnung gemietet. Er erhielt nun das beachtliche Erbe seines Vaters und bestand auf einem eigenen Heim und seiner uneingeschränkten Unabhängigkeit.
Als die Zuckerpaste entfernt war, badete Amira. Ihre Cousinen Haneija, Nihad und Raija rieben ihr Mandelöl und Rosenöl in die prickelnde Haut. Dann halfen sie ihr, das neue Kleid anzuziehen, frisierten ihre Haare und führten sie in den Salon, um mit den anderen zu feiern.
Alice umarmte ihre Tochter und sagte: »Ich freue mich so für dich, mein Schatz.«
»Ich bin auch froh, Mama«, erwiderte Amira.
Dann überraschte Alice ihre Tochter mit einer Nachricht. »Jetzt, wo du heiratest, sollst du erfahren, daß du ein eigenes Einkommen hast, mein Liebling. Dein englischer Großvater, der Earl von Pemberton, hat es dir hinterlassen.«
»Aber du hast mir gesagt, daß er deine Heirat mit Papa nie gebilligt hat!«
»Mein Vater war ein Mensch mit starren Grundsätzen. Aber er besaß ein ausgeprägtes Pflichtbewußtsein. Als er vor zwei Jahren starb, hat er dir einen Teil seines Besitzes vererbt. Es ist viel Geld, das dir bei deiner Heirat ausgezahlt wird und dir von nun an zur Verfügung steht. Außerdem bekommst du eines der Häuser der Familie.« Seiner Tochter Alice hatte er nichts hinterlassen.

Das Fest dauerte bis tief in die Nacht, bis es schließlich Zeit war, daß Khadija der Braut erklärte, was ihr in der Hochzeitsnacht bevorstand, wenn sie mit Omar allein sein würde. Sie gingen in das Schlafzimmer und schlossen die Tür, um das Lachen und die Musik zu dämpfen. Als Khadija ihrer Enkeltochter beschrieb, was Omar tun würde, fragte Amira: »Hat dir deine Mutter das auch gesagt, bevor du Großvater Ali geheiratet hast?«

Khadija dachte: Als ich Ali heiratete, war ich dreizehn und hatte keine Mutter.
»Zu den Pflichten einer Frau gehört es auch«, fuhr sie fort, ohne Amiras Frage zu beantworten, denn die Familie wußte nichts von ihrer Entführung und ahnte nicht, daß Khadija ihre Familie nicht kannte,»daß du vor dem Schlafengehen immer für deinen Mann da bist. Vor dem Einschlafen mußt du ihn dreimal fragen: ›Hast du irgendwelche Wünsche?‹ Wenn er nichts von dir will, kannst du einschlafen. Aber vergiß nie, es steht dir nicht zu, ihm *deine* Wünsche zu sagen. Eine Frau, die ihren Mann zum Beischlaf auffordert, gerät in ein schiefes Licht.«
Als Khadija über das Mysterium der Vereinigung von Mann und Frau sprach, erinnerte sich Amira an ein ähnliches Gespräch. Damals war sie zwölf gewesen und hatte eines Tages Blut in der Unterwäsche entdeckt. »In jeder Frau lebt ein Mond«, hatte ihr Khadija erzählt,»er hat denselben Kreislauf wie der Mond am Himmel. Er nimmt zu und ab. Der Mond erinnert uns daran, daß wir ein Teil Gottes und SEINER Sterne sind.«
Jetzt gab Khadija ihr noch einige Ratschläge.»Es ist klug, ihm am Anfang Widerstand zu leisten. Das zeigt deinem Mann, daß du die Leidenschaft der Liebe nicht kennst, und er wird dich als Jungfrau achten. Verhalte dich nie so, als würde es dir gefallen, denn dann wird er dir Sittenlosigkeit vorwerfen. Widerstand ist klug«, fuhr Khadija fort, »aber Verweigerung ist nicht erlaubt. Und wenn er in dich eindringt, rufe Gott an, sonst kann es geschehen, daß ein Dschinn zuerst Besitz von dir ergreift.«
Aber Amira machte sich über den Beischlaf keine Gedanken. Sie würde ihren Cousin Omar heiraten, und so mußte sie nichts fürchten.

Omar saß mit seinen Freunden in einem rauchigen Kaffeehaus. Er trank Wein, hörte sich ihre anzüglichen Bemerkungen und Witze über die bevorstehende Hochzeit an und stellte sich vor, was er mit Amira tun werde.
Er hatte nicht sie gewollt, sondern Jasmina. Umma hatte ihn zu dieser Heirat gezwungen. In seinem weinumnebelten Kopf kam er zu dem Schluß, daß er es beiden Frauen heimzahlen werde. Morgen wollte er dafür sorgen, daß seine Großmutter leiden würde und anschließend Amira ...

Eine von vier Schimmeln gezogene und mit weißen Blumen geschmückte Kutsche fuhr vor dem Nil-Hilton vor. Braut und Bräutigam stiegen aus. Die vielen Gäste hatten sich bereits versammelt und standen zur *Zeffa* bereit, der Prozession, mit der sie das Brautpaar zur Hochzeitsfeier in den Ballsaal geleiten würden. Unter Jubel, Beifall und Hochrufen folgten Omar im Frack und Amira im weißen Brautkleid mit langer Schleppe den Dudelsackpfeifern in Galabijas, den Bauchtänzerinnen in glitzernden Kostümen und den Musikanten mit Flöten, Lauten und Trommeln. Als Glücksbringer warfen Freunde und Verwandte Münzen über das Brautpaar, während sich der lärmende Zug langsam durch das Hotel bewegte und schließlich den Ballsaal erreichte. Omar und Amira nahmen auf zwei blumengeschmückten Thronsesseln Platz; dort mußten sie den ganzen Abend über sitzen, während ihre Gäste feierten, die erlesenen Gerichte des Hochzeitsbuffets aßen und zu ihrer Unterhaltung Sänger, Komödianten und Tanzgruppen auftraten.

Alice saß auf der Seite der Frauen, und sie fand es seltsam, daß keine religiöse Zeremonie beziehungsweise eine Trauung in der Moschee stattfand. Es hatte überhaupt keine Zeremonie gegeben. Die Religion schien bei einer Hochzeit keine Rolle zu spielen. Nach ägyptischer Sitte mußten nur zwei männliche Verwandte die Braut und den Bräutigam vertreten – in diesem Fall Ibrahim und Omar, da Omars Vater bereits tot war. Sie unterzeichneten den Ehevertrag und besiegelten ihn mit einem Händedruck. Dann teilten sie der Braut, die in einem anderen Raum saß, mit, daß sie verheiratet war. Es gab keine Treueschwüre, keinen Kuß am Altar.

Während die Gäste Alice zur Hochzeit ihrer schönen Tochter gratulierten, schüttelte sie die Hände von mehr Verwandten, als sie innerhalb einer Familie für möglich gehalten hätte. Sie fand es auch seltsam, daß in Ägypten Vettern und Cousinen als bevorzugte Ehepartner galten. Es gab sogar feste Regeln. An erster Stelle aller Heiratskandidaten stand für ein Mädchen der Sohn des Bruder ihres Vaters. Wenn er nicht in Frage kam, dann der Sohn der Schwester ihres Vaters. Aber nicht die jungen Leute trafen die Wahl und die Entscheidung. Die Mutter der heiratsfähigen Tochter suchte den geeigneten jungen Mann aus und sprach mit seiner Mutter. Im Verlauf mehrerer Besuche unterhielten sie sich über die Aussichten des jungen Mannes als zukünftigem Familienvater. Sie sprachen auch über die Gesundheit des Mädchens und

ihre Fähigkeit, Kinder zu bekommen. Man zog den Status und vor allem die Ehre jeder der beiden Familien in Betracht. Schließlich einigte man sich auf den Brautpreis, den die Familie des jungen Mannes zahlte; und die Eltern der Braut benannten die Geschenke, die sie dem Paar machen wollten. Zum Abschluß trafen sich die männlichen Trauzeugen und entwarfen die Verträge. Erst dann setzte man den jungen Mann und die junge Frau von der bevorstehenden Heirat in Kenntnis.
Alice empfand das als eine kalte und berechnende Art der Eheschließung. Aber vielleicht war sie einer Liebesheirat vorzuziehen, denn bei einer Ehe waren so viele praktische Fragen und weniger die Liebe von Bedeutung. Wie lange blieb die Liebe lebendig? Sie blickte zu Ibrahim hinüber, der bei den Männern saß. Ihre Ehe war eine Liebesheirat gewesen, und sie war gescheitert.
Wo war die Liebe in ihrer Ehe geblieben? Alice wußte es nicht. Sie wußte auch nicht, warum das Glück zwischen ihr und Ibrahim gestorben war. Vielleicht war es endgültig in der Nacht von Amiras Beschneidung geschehen, möglicherweise aber auch schon früher, als Alice die beiden Mädchen dabei überraschte, wie sie mit Melajas spielten. Damals hatte Alice sich vor der Zukunft gefürchtet. Sie konnte sich nicht vorstellen, daß die Engländer das Land verlassen würden. Dann waren sie tatsächlich abgezogen. Wie erwartet, wurden einige der alten Sitten wiederbelebt. Aber das Scheitern ihrer Ehe lag auch an Ibrahim. Er war nach der Entlassung aus dem Gefängnis so abweisend gewesen. Alice hatte gewartet und gehofft, daß die frühere Leidenschaft sich wieder einstellen werde. Aber bald mußte sie erkennen, daß eine bereits gefährdete Liebe nicht lange von dem dünnen Faden der Hoffnung leben konnte. Tag für Tag hatte Alice gewartet, daß Ibrahim sie in sein Bett rufen werde. In all dieser Zeit wurde sie den bitteren Gedanken nicht los, daß er bereits eine Frau gehabt hatte, als er sie in Monte Carlo heiratete, ohne ihr etwas davon zu sagen. Früher hätte sie ihm das verzeihen können, inzwischen jedoch nicht mehr.
Ibrahim spürte ihren Blick, und ihre Augen trafen sich kurz. Er dachte an das Mittel, das Khadija ihm für Alice vorbereitet hatte. Er wollte es Alice nach dem Fest zu trinken geben.
Dann blickte er auf Amira, seinen schönen blonden Engel. Sie hatte schon in der ersten Stunde ihres Lebens sein Herz erobert. Er betete, daß sie mit Omar glücklich wurde, daß auf sie ein erfülltes und schönes

Leben wartete. Jetzt war er froh, daß sie den Sohn seiner Schwester heiratete und keinen Fremden. Besonders froh war er, daß sie nicht Hassan geheiratet hatte – seinen »Bruder« Hassan, der ihn verraten hatte und dem er nie vergeben konnte.

Khadija saß auf dem Ehrenplatz neben dem Brautpaar. Zum ersten Mal in ihrem Leben erschien sie ohne die schützende Melaja in der Öffentlichkeit. Sie gehörte zu den elegantesten und am teuersten gekleideten Frauen. Sie trug ein schwarzes, mit Perlen besetztes Kleid mit langen Ärmeln, dessen Saum den Boden streifte. Alice war es sogar gelungen, sie zu einer neuen Frisur zu überreden, damit sie wirklich wie eine moderne Frau aussah. Anstelle des altmodischen Knotens waren die Haare toupiert, aber nicht übertrieben, und Löckchen fielen ihr verspielt über die Ohren. Um Hals und Schultern lag ein schwarzer Chiffonschal, den sie über Kopf und Gesicht ziehen konnte, wenn sie nach dem Fest das Hotel verließ.

Der Anblick von Omar und Amira auf den Thronsesseln erfüllte Khadija mit soviel Freude, daß sie stumm ihre liebste Sure aus dem Koran sprach: »Gott wird sie mit dem Garten Eden belohnen, Gärten, in denen Bäche fließen, und wo sie ewig weilen werden.« Aber dann richteten sich ihre Gedanken auf die Heiratsaussichten der anderen Kinder. Das würde noch viel Arbeit und sehr viel Behutsamkeit erfordern. Für reiche Eltern war das Stiften von Ehen immer eine sehr viel schwierigere Aufgabe als für den Rest der Bevölkerung, denn es gab weniger Heiratskandidaten. Jeder wollte »nach oben« heiraten, niemand »nach unten«.

Khadija stellte mit größter Zufriedenheit fest, daß Jamal Raschid den ganzen Abend über Jasmina nicht aus den Augen ließ. Jamal war ein Witwer in den Vierzigern mit sechs Kindern. Er besaß mehrere Miethäuser in Kairo, war also wohlhabend, außerdem ein Raschid und ein Enkel des Bruders von Ali Raschids Vater. Khadija beschloß, sich mit ihm in den nächsten Tagen in Verbindung zu setzen. Sie wollte ihren Besuch ankündigen und ihm den Grund nennen. Jasmina hatte nicht wie Amira den Wunsch geäußert zu studieren. Khadija wußte, Jasmina würde sich freuen, wenn ihre Großmutter eine so gute Partie für sie in die Wege leitete.

Dann gab es noch die schüchterne Tahia. Sie war ebenfalls siebzehn und hatte ihren Schulabschluß. Tahia hatte nicht den Wunsch geäußert zu studieren, und Khadija glaubte, sie warte gehorsam darauf, daß ihre Mutter und Großmutter die Hochzeit für sie vorbereiteten.

Khadija empfand es auch als ihre Pflicht, Zacharias' Zukunft zu sichern, obwohl er kein echter Raschid war. Khadija liebte den Jungen, und sie war stolz auf ihn. Sie würde niemals den Tag vergessen, als die Familie ihn feierte, weil er alle 114 Kapitel des Korans auswendig gelernt hatte. Damals war er erst elf Jahre alt gewesen. Khadija wußte nicht, welche Frau für ihn die Richtige sein konnte. Er war nicht wie die anderen, sondern neigte mehr zu den geistigen Aspekten des Lebens. Vielleicht würde er studieren, ein Imam werden und freitags als Vorbeter in der Moschee fungieren.

Dann war da noch ihre Tochter Nefissa. Sie bereitete ihr wieder großen Kummer. Nefissa ging abends alleine aus, kam spät nachts zurück und verschlief die Tage.

Als Nefissa den Blick ihrer Mutter bemerkte, lächelte sie bitter bei dem Gedanken, was geschehen würde, wenn Umma die Sache mit dem Kellner erfahren sollte, einem Mann in Omars Alter, der sehr gut darin war, den leidenschaftlichen Liebhaber zu spielen, wenn sie ihn entsprechend dafür bezahlte. Inzwischen verachtete sie den Kellner, aber sie schlief trotzdem mit ihm, denn sie konnte nicht aufhören. Sie machte dafür ihre Mutter verantwortlich, die neue Gesellschaft im allgemeinen und vor allem Hassan. Hätte er sie nicht so gedemütigt, hätte er um ihre Hand angehalten, dann wäre sie nicht diesem Kellner verfallen.

Khadija warf Amira einen Blick zu; sie lächelte und rutschte auf dem Sessel hin und her. Das lange Sitzen und ständige Lächeln ermüdeten sie. Amira sehnte sich nach der neuen Wohnung und dem Start in ein neues Leben. Nun war sie endlich eine verheiratete Frau, und im nächsten Monat begann das Studium! Sie und Omar wollten zusammen mit der Straßenbahn zu den Vorlesungen fahren, gemeinsam zurückkehren und abends am selben Tisch lernen. Er würde eines Tages Beamter werden – Präsident Nasser hatte jedem Studenten mit einem Collegeabschluß eine Stelle in der höheren Verwaltung versprochen. Und sie würden Kinder bekommen. Sie und Omar würden kluge, gebildete und moderne Eltern sein, die alle Verantwortungen gemeinsam trugen. Die altmodischen Ungerechtigkeiten würde es bei ihnen nicht geben. Das Leben war einfach wundervoll. Und als Amira ihre Schwester am Buffet sah, winkte sie glücklich.

Jasmina nahm sich große Portionen Kebab und Reis, denn sie wollte zunehmen, wie Dahiba es verlangte, und winkte zurück. Ihre Gedanken kreisten aber nicht um ihre Schwester. Sie war so enttäuscht gewesen, daß Onkel Hassan nicht zur Hochzeit gekommen war. Sie hatte sich auf die Gelegenheit zu einer Unterhaltung mit ihm besonders gefreut, denn sie hoffte, er werde endlich einmal bemerken, daß sie kein Kind mehr war. Sie verstand nicht, daß er nicht daran dachte, wieder zu heiraten. Aber am wenigsten verstand sie seine Abwesenheit bei der Hochzeit.
Eine Bauchtänzerin kam auf die Bühne. Sie tanzte gut, aber nicht hervorragend. Jasmina dachte an die zurückliegenden acht anstrengenden, aber unbeschreiblich aufregenden Wochen, in denen ihr heimlicher Unterricht bei Dahiba begonnen hatte. Dahiba war eine stenge Lehrerin und stellte hohe Anforderungen. Sie sagte etwa: »Jetzt den oder den Rhythmus«, und Jasmina mußte ohne Musikbegleitung danach tanzen. Sie lernte auch, Kostüme zu tragen und sich richtig zu schminken, und Dahiba brachte ihr bei, mit den Zuschauern zu flirten. Die Nachmittage mit Dahiba waren so wundervoll, daß Jasmina es mittlerweile bedauerte, zuerst zur Ballettschule gehen zu müssen. Aber sie durfte den Ballettunterricht nicht aufgeben, sonst hätte sie keinen Vorwand mehr gehabt, an drei Nachmittagen in der Woche das Haus zu verlassen. Sie lernte schnell, hatte Dahiba gesagt. Möglicherweise würde sie ihr in einem Jahr, wenn Jasmina achtzehn war, eine kleine Rolle in ihrer Show geben.
Als Zacharias mit zwei Tellern vorbeiging, lächelte sie ihn glücklich an. Vor allem ihm, aber auch Tahia und Amira hatte sie es zu verdanken, daß sich ihr Traum zu verwirklichen schien. Zacharias reagierte nicht auf den freundlichen Blick seiner Schwester, und ihr fiel ein, daß er am Nachmittag eine traurige Nachricht erhalten hatte. Ein Schulfreund hatte sich am Morgen das Leben genommen. »Er war ein uneheliches Kind, Jasmina«, hatte Zacharias erzählt, während ihm die Tränen über die Wangen liefen. »Seine Mutter war nicht verheiratet, und er wußte nicht, wer sein Vater ist. Die Jungen in der Schule haben ihn deshalb erbarmungslos verspottet, und bisher hatte er das tapfer ertragen. Er verliebte sich in ein Mädchen aus der Nachbarschaft und wollte sie heiraten, aber als seine Mutter die Mutter des Mädchens aufsuchte, erklärte diese Frau, keine Familie, und sei sie auch noch so arm, würde ihrer Tochter erlauben, ihn zu heiraten. Welche anständige Frau wollte

einen Mann heiraten, der nicht einmal weiß, wer sein Vater ist? Er konnte kein ehrenhaftes Leben führen, deshalb entschloß er sich zu einem ehrenvollen Tod.«

Zacharias ging zu seinem Tisch zurück und reichte den Teller seinem alten Onkel Kareem, der nur noch mit einem Stock gehen konnte. Als Akrobaten auf die Bühne kamen, blickte er zu Tahia, die bei Umma, Tante Alice und Tante Nefissa saß. Zacharias fürchtete, Umma werde für Tahia nach einem geeigneten Heiratskandidaten Ausschau halten. Er selbst war erst sechzehn. Wie konnte er darum bitten, mit ihr verlobt zu werden? Aber irgendwie mußte er den Mut aufbringen, mit seiner Großmutter darüber zu sprechen.

Ein bekannter Komiker trat auf, und alle lachten, noch ehe er etwas gesagt hatte. Zacharias fiel auf, daß Onkel Suleiman neben ihm nicht lachte. Warum war Suleiman so bedrückt?

Suleiman Misrachi hatte Sorgen wegen seines Unternehmens. Die Regierung verschärfte die Importbestimmungen immer mehr, um den Kauf einheimischer Erzeugnisse zu fördern. Die Gewinne sanken so drastisch, daß Suleiman etliche seiner alten, treuen Angestellten hatte entlassen müssen. Mittlerweile sah es aus, als werde er mehr oder weniger gezwungen, das große Haus in der Paradies-Straße zu verkaufen und mit seiner Frau in eine Wohnung zu ziehen. Es bekümmerte ihn, daß sie sich in dieser politisch so gespannten Lage Marijams Reise zu den Kindern nicht erlauben konnten. Und deshalb bedauerte er, daß es bei diesem Fest keinen Wein gab, denn er hätte liebend gerne etwas getrunken, um seine Sorgen zu vergessen.

Die letzte und beste Bauchtänzerin trat auf. Sie tanzte nicht für die Gäste, sondern nur für die Braut. Ihr Tanz sollte das sexuelle Erwachen einer Jungfrau darstellen. Sie trug ein Kostüm, das wenig verhüllte, und sie bewegte sich verführerisch in einer faszinierend sinnlichen Choreographie, aus der Unabhängigkeit, Sexualität und ungezügelte weibliche Macht sprachen. All das führte sie der sittsamen Braut vor, die regungslos und keusch in ihrem jungfräulichen Brautkleid auf dem Thron saß und durch ihren Ernst bewies, daß dieser Tanz sie nicht zu bewegen vermochte.

Danach war das Fest zu Ende. Die Gäste verabschiedeten sich, und die engsten Familienangehörigen begleiteten das Brautpaar in Taxis zur neuen Wohnung.

Die Männer blieben im Wohnzimmer, während die Frauen Amira in das Schlafzimmer führten. Dort halfen sie ihr, das Brautkleid abzulegen und das Nachthemd anzuziehen. Amira legte sich auf das Bett, und die Frauen zogen ihr das Nachthemd hoch. Dann hielt Khadija die Braut an den Schultern, während Omar vor das Bett trat. Als er das Taschentuch um den Finger wickelte, drehten die Frauen sich um, und auch Khadija blickte zur Seite.

Omar ließ sich bewußt Zeit, als sei etwas nicht in Ordnung – in diesen wenigen entscheidenden Sekunden stand die Ehre der Familie auf dem Spiel. Er wollte seiner Großmutter Angst einjagen, so wie sie ihm immer Angst gemacht hatte. Er stieß viel zu vorsichtig zu und ließ dabei Khadijas Gesicht nicht aus den Augen, bis er sah, daß sie nervös wurde. Wenn kein Blut floß, dann war die Familie entehrt. Schließlich fand er, seine Großmutter habe genug gezittert, und Omar vollzog seine Pflicht. Amira schrie auf, und es floß Blut.

Als Ibrahim und Alice nach Hause zurückkehrten, löste er die Frackschleife und sagte: »Das war eine schöne Hochzeit, nicht wahr, mein Schatz?«
»Mir gefällt das barbarische Ritual der Entjungferung nicht.«
Er legte die Hand auf ihren Arm. »Kommst du noch ein paar Minuten zu mir?«
»Ich bin müde, Ibrahim.« Das sagte sie immer.
»Laß uns noch auf das Glück unserer Tochter trinken, mehr nicht. Ich habe eine Flasche Cognac.«
Sie sah ihn erstaunt an. Die Hochzeit hatte viele Gefühle in ihr geweckt. Sie dachte an ihre eigene Hochzeit vor vielen Jahren. Damals hatte sie einem gutaussehenden jungen Mann geschworen, ihn zu lieben und ihm zu gehorchen bis zum Tod. Aber damals wußte sie noch nichts von der anderen Frau, von Zacharias' Mutter.
»Bitte«, sagte er leise. Und sie ging mit ihm. Warum sollten sie nicht auf ihre Tochter trinken? Ibrahim ließ Alice nicht aus den Augen, als sie den Cognac trank, und er stellte erleichtert fest, daß sie Khadijas Mittel nicht schmeckte, das er ins Glas gemischt hatte. Sie war sofort beschwipst. »Ich bin Alkohol nicht mehr gewöhnt!« sagte sie lachend. Aber Alice wurde nicht zärtlich, wie Ibrahim erwartet hatte, das Mittel betäubte sie nur. Er küßte sie. Sie erwiderte den Kuß nicht, entzog sich

ihm aber auch nicht. Er schob den Träger ihres Abendkleids über die Schulter, und da sie sich nicht wehrte, entkleidete er sie. Alice lag dabei wie eine leblose Puppe in seinen Armen und blickte ihn mit glasigen Augen an. Sie schien nicht zu bemerken, was er tat. Einmal kicherte sie sogar.
Als Ibrahim sie in das Schlafzimmer trug und auf das Bett legte, fand er, daß dies nicht seinen Vorstellungen entsprach. Er hatte gehofft, sie wäre leidenschaftlich und verliebt. Aber Ibrahim wollte unter allen Umständen einen Sohn. Er legte sich neben sie, zog das Laken hoch und nahm sie in die Arme. Dabei schämte er sich mehr als bei einer seiner Prostituierten.

Zacharias konnte nicht schlafen. Er dachte an seinen Freund, der sich in den Nil gestürzt hatte und ertrunken war. Hatte der Himmel ihn gnädig aufgenommen, und war er jetzt im Paradies? Zacharias ging schweißgebadet hinunter in den Garten, denn es war eine heiße Augustnacht, und er hielt es nicht länger in seinem Zimmer aus.
Zu seiner Überraschung sah er Tahia im Mondlicht sitzen. Er vergaß seinen toten Freund und dachte verzaubert: Sie ist eine Fata Morgana in der Wüste meiner Sehnsüchte.
»Darf ich mich zu dir setzen?« fragte er. Sie lächelte und machte ihm auf der Marmorbank Platz.
Er sang leise das bekannte Liebeslied: »*Ja noori*. Du bist mein Licht.«
Als sie plötzlich schluchzte, fragte er erschrocken: »Was hast du? Was fehlt dir?«
»Mir wird Mischmisch fehlen! Oh, Zakki, wir werden alle erwachsen! Wir werden das Haus verlassen! Unser Glück wird für immer dahin sein! Wir werden nie wieder zusammen im Garten spielen!«
Er streckte hilflos die Hand aus, und zu seiner Überraschung schlang sie die Arme um seinen Hals, drückte das Gesicht auf seine Brust und weinte. Er hielt sie fest und redete beruhigend auf sie ein; er sagte, sie sei wie ein *Qatr al-Nana*, ein schöner Tautropfen, strich ihr über die Haare und staunte, wie seidenweich sie waren. Tahia lag so warm und vertrauensvoll in seinen Armen, daß seine Gefühle ihn überwältigten.
»Ich liebe dich«, flüsterte er, »die Engel müssen bei deiner Geburt Gott gepriesen haben.«
Seine Lippen legten sich auf ihre Lippen, und sie waren weich und

öffneten sich ihm. Er wollte mehr, aber er beließ es bei dem einen Kuß. Wenn Tahia und er sich lieben würden, dann sollte es so geschehen, wie Gott es im Koran vorschrieb – als ein verheiratetes Paar.
»Ich werde mit Umma sprechen«, sagte er, hielt ihr Gesicht in seinen Händen und sah verzaubert, wie der Mond ihre Tränen in Diamanten verwandelte. »Wir werden so glücklich sein wie Omar und Amira.«

»Omar! Warte! Du tust mir weh...«
Es war kein guter Anfang gewesen. Als alle Angehörigen gegangen waren, hatte sich Omar zu Amira ins Bett gelegt. Er zog sie heftig an sich und versuchte ungestüm, seine Befriedigung zu finden, aber es endete damit, daß er nicht dazu in der Lage war. Nur sie war daran schuld – wie sie dalag und ihn mit großen Augen anstarrte. Und so war er von neuem über sie hergefallen. Ihre Schreie erregten ihn, und schließlich konnte er seine Pflicht erfüllen. Es war alles schnell vorüber. Er stand auf, zog seinen Morgenmantel über und zündete sich eine Zigarette an.
Mit einem Blick auf Amira, die schluchzend im Bett lag, sagte er: »Du wirst dich daran gewöhnen müssen. Es ist deine Pflicht als Ehefrau. Und noch etwas«, fügte er hinzu, »du wirst hier in der Wohnung bleiben und für mich sorgen. Ich rufe morgen in der Universität an und sage, daß du nicht studieren wirst. Die Zeit deiner Ausbildung ist vorüber. Du wirst auch keine Zeit mehr bei den Leuten vom Roten Halbmond verschwenden!«
»Nein! Omar! Bitte, das kann nicht dein Ernst sein!«
Er starrte sie herausfordernd mit seinen schwarzen Augen an. Sie hatte mandelförmige Augen wie Umma und einen durchdringenden Blick. Aber er wußte, schwarze Augen waren stärker als blaue Augen. Und als er sah, wie sie unsicher wurde, lächelte er: »Du wirst tun, was ich sage. Du bist jetzt meine Frau.« Als er wieder in das Bett zurückkehrte, fühlte er sich angesichts ihrer Hilflosigkeit plötzlich stark und fand, das Eheleben sei sehr viel schöner, als er geglaubt hatte.

12. Kapitel

Jasminas erster Gedanke beim Anblick des Mannes war, daß er sehr gut aussah. Danach fragte sie sich sofort, ob er wohl verheiratet sei.
Es war der staatliche Zensor, der in den Saba-Filmstudios darauf achtete, daß Hakim Raouf in seinem neuesten Film keine Armut oder politische Unzufriedenheit zeigte und bei den Einstellungen heute auch nicht Dahibas Nabel.
Jasmina versuchte, diesen Mann nicht ständig anzusehen. Der Zensor stand so, daß er den Kameras und der Mannschaft nicht im Weg war, während Hakim seinen Schauspielern Anweisungen gab, aber er verfolgte aufmerksam alles, was gedreht wurde.
Es war das vierte Mal, daß Dahiba ihre Schülerin eingeladen hatte, bei den Dreharbeiten eines Films zuzusehen. Die Siebzehnjährige fand es jedesmal unglaublich aufregend, auf dem Studiogelände zu sein. An diesem kalten Dezembertag war Jasmina jedoch noch aufgeregter als sonst, denn es war die Woche des *Mulid al-Nabi*. Man feierte den Geburtstag des Propheten; die Leute kauften neue Kleider, machten sich Geschenke, brannten Feuerwerkskörper ab und aßen Berge von Süßigkeiten. Als besondere Geste hatte Dahibas Mann im Studio ein Buffet mit Kuchen, Gebäck und Konfekt aufbauen lassen – am köstlichsten schmeckte das »Palastbrot«. Es war in Butter gebackenes Fladenbrot, in Honig getränkt und mit einer dicken Schicht Sahne überzogen.
Jasmina beobachtete, wie sich der gutaussehende Zensor mit Orangeat gefüllte Datteln nahm und mehrere Löffel Zucker in seinen Kaffee rührte. Sie überlegte, ob er sie bemerkt hatte.
Natürlich dachte sie nicht im Traum daran, zu ihm hinüberzugehen und mit ihm ein Gespräch zu beginnen, was sie gern getan hätte. Sie wäre schockiert, ja sogar beleidigt gewesen, wenn *er* sich ihr genähert hätte. Aber Jasmina wollte ihn auf sich aufmerksam machen. Wenn sie doch

nur etwas modischer oder auffallender gekleidet gewesen wäre. Sie seufzte. Umma achtete nach wie vor streng darauf, daß die Mädchen das Haus sittsam verließen: das bedeutete lange Ärmel, der Rocksaum reichte weit über das Knie, und natürlich hochgeknöpfte Kragen. Außerdem verlangte Khadija, daß Jasmina immer ein Kopftuch trug, um die lockigen, langen schwarzen Haare zu verbergen, denn sonst, so behauptete Umma, würde Jasmina die Männer in Versuchung führen und ihre Blicke auf sich lenken. Natürlich nahm Jasmina das Kopftuch sofort ab, sobald sie um die nächste Ecke gebogen war. Sie fand es ungerecht, daß ihre Brüder und Vettern anziehen durften, was sie wollten, als seien nur Frauen verführerisch. Außerdem konnte Jasmina nicht glauben, daß Männer tatsächlich so schwach waren und beim Anblick von schwarzen Locken die Selbstkontrolle verloren. Die Mädchen in der Schule lachten über solche Gedanken und sagten, ein Mann müßte schon sehr dumm sein, wenn er beim Anblick eines kurzen Rocks für eine Frau in Liebe entbrenne. Immerhin erlaubte Khadija ihren Enkeltöchtern Make-up; sie selbst verbrachte jeden Morgen einige Zeit am Schminktisch, ehe sie zum gemeinsamen Frühstück der Familie nach unten kam. Jasmina verwandte jeden Tag große Sorgfalt auf ihre Lidschatten, zog die perfekt geschwungenen schwarzen Brauen nach und trug einen gedämpft roten Lippenstift auf, der gut zu ihrer olivfarbenen Haut paßte. Fand der staatliche Zensor sie wenigstens hübsch?
Hakim rief: »*Action!*« und Dahiba begann zu tanzen. Der Zensor wandte den Blick nicht von ihr. Die Szene spielte in einem Nightclub; Dahiba war eine Tänzerin, die vorgab, ihren Ehemann nicht zu erkennen, der verkleidet im Publikum saß und mit einer anderen Frau flirtete. Es war eine Komödie.
Hakim hatte sich bereits mehr als einmal darüber beklagt, daß ein so kluger und vernünftiger Mann wie Nasser – »er hat fünfzigtausend Transistorradios, die alle nur Radio Kairo empfangen können, im ganzen Nahen Osten auf dem Land verteilen lassen« – Filme einer so strikten Kontrolle unterzog und die Zensur von Produktion zu Produktion schärfer wurde. Kein Wunder, wenn die Enttäuschung der Zuschauer und Mißerfolge vorprogrammiert waren. Dahibas Mann redete in letzter Zeit oft davon, er werde seine »Zelte abbrechen und in den Libanon gehen, wo man größere Freiheit hat und künstlerische Kreativität noch gewürdigt wird«.

Hakim rief: »*Cut!*«, und jemand mußte etwas an Dahibas Kostüm ändern. Dann ging er zu seiner Frau, die größer war als er und ihn mit den hohen Absätzen überragte. Hakim stellte sich auf die Zehenspitzen und flüsterte ihr etwas ins Ohr. Sie lachte und zwickte ihn in den Arm.
Jasmina beobachtete Dahiba und ihren Mann immer mit großem Vergnügen. Sie waren ein ungleiches Paar – sie groß, elegant und anmutig; er klein, dicklich und nachlässig gekleidet. Aber sie hatten sich bewußt füreinander entschieden. Dahibas Eltern hatten bei einem Schiffsunglück ihr Leben verloren, als sie siebzehn war, und da sie keine Familie mehr hatte, konnte sie sich ihren Ehemann selbst aussuchen. Sie hatte sich für Hakim Raouf entschieden. Sie lebten seit zwanzig Jahren zusammen, arbeiteten an gemeinsamen Projekten und liebten sich noch immer.
So stelle ich mir auch mein Leben vor, dachte Jasmina und blickte wieder hinüber zu dem jungen Zensor. Ich werde mir selbst einen Ehemann suchen, und wir werden eine glückliche und verrückte Ehe führen.
Natürlich würden sie auch Kinder haben. Dahiba hatte ihr versichert, Babys und eine Karriere seien durchaus miteinander vereinbar.
Jasmina konnte den Blick nicht von dem dunklen gutaussehenden Zensor wenden, und plötzlich sah er in ihre Richtung. Seine Augen richteten sich etwas länger als schicklich auf sie, ehe er wieder zu der tanzenden Dahiba blickte.
Es dauerte nicht mehr lange, und die Szene war abgedreht. Die Dreharbeiten waren für diesen Tag beendet. Jasmina griff nach Mantel und Handtasche und klemmte sich die Bücher aus der Bibliothek unter den Arm. Dabei sah sie, daß sich Dahiba mit dem Zensor unterhielt. Er fragte sie etwas; sie lachte und schüttelte den Kopf. Dann blickte er auf seine Armbanduhr und nickte.
»Wie hat dir die Szene gefallen?« fragte Dahiba, als sie zu Jasmina herüberkam und den Arm um sie legte.
»Sie waren wunderbar. Er hat Sie keinen Moment aus den Augen gelassen«, erwiderte Jasmina und wies mit einem Kopfnicken auf den Zensor.
»Natürlich nicht, Liebes. Das ist seine Aufgabe. Er hat sich vergewissert, daß ich nicht zu aufreizend tanze. Ich habe ihn eingeladen, heute nachmittag mit uns Tee zu trinken.«

»Oh! Hat er zugesagt?«
»Er hat mich gefragt, ob du meine Tochter bist. Ich sagte, du bist meine Schülerin.«
»Aber kommt er zum Tee?«
»Er wollte wissen, ob du auch da sein wirst. Als ich ›Ja‹ sagte, hat er die Einladung angenommen.«
»*Al hamdu lillah!* Ich weiß wirklich nicht, was ich vor Freude tun soll ....«
»Um vier Uhr. Komm nicht zu spät.«
Jasmina rannte beinahe den ganzen Weg nach Hause. Was sollte sie nur anziehen, um ihn zu beeindrucken? Sie wußte, was geschehen würde – er würde anscheinend überrascht sein, sie zu sehen, und dann, wie es üblich war, darauf achten, daß er sein Interesse an ihr nicht zeigte. Wenn er eine zweite Einladung zum Tee annahm, bedeutete das, sie gefiel ihm, und es würde ihnen erlaubt sein, unter Dahibas wachsamen Augen ein paar Worte zu wechseln. Darauf folgte die dritte Einladung, vielleicht zum Abendessen; dann durfte Jasmina neben ihm sitzen, und sie konnten sich ein wenig unterhalten. Vielleicht würden Dahiba und Hakim auch ein Picknick für sie veranstalten oder mit ihnen in ein Konzert gehen. Jasmina wurde es angesichts dieser Aussichten ganz schwindlig.
Als sie die Paradies-Straße erreichte, begann es leicht zu regnen; sie fand die meisten Frauen des Haushalts in der großen Küche, wo sie sich angeregt und in Vorfreude auf das Fest unterhielten, während sie arbeiteten.
Khadija beaufsichtigte die Herstellung von Zuckerpüppchen – das traditionelle Naschwerk für Kinder am Geburtstag des Propheten. Tante Alice machte mit geröteten Wangen und zurückgesteckten blonden Haaren einen englischen Plumpudding für Weihnachten, denn in diesem Jahr fiel der Geburtstag des Propheten Mohammed mit dem Geburtstag des Propheten Jesus zusammen. Das geschah nur alle dreiunddreißig Jahre. Deshalb herrschte im Haus die doppelte Aufregung, die doppelte Geschäftigkeit. Tante Alice holte ihren Weihnachtsschmuck hervor; sie stellte einen kleinen Weihnachtsbaum auf und schmückte ihn mit Lametta. Unter den Baum stellte sie Krippenfiguren und erzählte dabei den Kindern die Geschichte von der Geburt Jesu. Alle kannten die Geschichte, denn sie stand auch im Koran. In Kairo gab es

sogar einen uralten Baum, unter dem die Familie auf der Flucht nach Ägypten Rast gemacht hatte.
Als Jasmina auch Marijam Misrachi in der Küche sah, fiel ihr ein, daß in dieser Woche ein *drittes* Fest gefeiert wurde – Hanukkah. Tante Marijam hatte ihr köstliches Harosset mitgebracht – ein Dessert aus Datteln und Rosinen, das sie traditionell für das jüdische Lichterfest zubereitete. Das jüdische Fest erinnerte an die neue Weihe des Tempels in Jerusalem – genau an diesem Platz war Mohammed in den Himmel gekommen, um von Gott die islamischen Fünf Säulen des Glaubens entgegenzunehmen. Jasmina beobachtete einen Augenblick das geschäftige Treiben in der Küche. Eine Woche, in der drei große religiöse Feste zusammenfielen, war bestimmt die schönste und erhebendste Zeit des Jahres.
Jasmina zog das Kopftuch ab, das sie sich in der Paradies-Straße umgebunden hatte, und begrüßte alle noch ganz außer Atem. Danach griff sie sofort nach einem noch warmen Aprikosentörtchen.
»Da bist du ja, mein Schatz«, sagte Khadija. »Hast du die Bücher bekommen, die du brauchst?«
Jasmina hatte Khadija gesagt, sie gehe wegen einiger Bücher für den Literaturunterricht in die Bibliothek. Daß sie anschließend in den Saba-Studios vorbeigehen würde, hatte sie nicht erwähnt. »Gott sei Dank habe ich zwei gefunden. Ich habe heute abend eine Menge Hausaufgaben zu machen!«
»Hast du ein Taxi genommen, wie ich dir gesagt hatte?«
Jasmina seufzte. Umma ließ die Mädchen erst seit kurzem ohne Aufsicht eines männlichen Verwandten ausgehen, und sie hatte ihnen diese Erlaubnis nur widerstrebend erteilt. Aber da außer Tahia und Amira auch Hanidas beide Töchter zur Schule gingen und Raijas Tochter und Zubaidas Zwillinge als Sekretärinnen bei der Zeitung *Al Ahram* arbeiteten, mußte Khadija ihnen gezwungenermaßen eine größere Unabhängigkeit zugestehen.
»Es war so herrlich frisch und kühl draußen, Umma«, erwiderte Jasmina, »deshalb bin ich zu Fuß gegangen. Aber es ist nichts geschehen«, fügte sie schnell hinzu, als sie den mißbilligenden Blick ihrer Großmutter sah. In Ummas altmodischer Vorstellung lauerten auf den Straßen von Kairo an jeder Straßenecke die schlimmsten Versuchungen, die die Ehre eines Mädchens bedrohten. Aber auf dem Nachhauseweg vom

Filmstudio war es noch nie zu einem Zwischenfall gekommen – auch wenn ein paar Jungen in Galabijas bei ihrem Anblick pfiffen und johlten. Jasmina ignorierte grundsätzlich solche Unverschämtheiten und hatte damit bisher immer Erfolg. Abgesehen von solchen harmlosen Pöbeleien hatte sich bisher nichts ereignet. Was sollte ihr schon am hellichten Tag auf einer bevölkerten Straße geschehen?

»Ich habe dir etwas Wundervolles zu berichten«, sagte Khadija und wischte sich die Hände an der Schürze ab, die sie über dem schwarzen Rock trug. »Ruf deine Ballettlehrerin an und sag ihr, daß du heute nachmittag nicht zum Unterricht kommst. Ein wichtiger Gast wird unser Haus beehren.«

Jasmina starrte sie an. Der Ballettunterricht diente als Vorwand, um heute um vier bei Dahiba den Zensor zu treffen! »Das wird Madame nicht sehr gefallen«, sagte sie schnell. »Madame wird ärgerlich, wenn man...«

»Unsinn«, erklärte Khadija. »Du hast seit Jahren keine einzige Stunde versäumt. Dieses eine Mal macht nichts. Soll ich sie selbst anrufen?«

»Wer ist der Gast, Umma?«

Khadija lächelte stolz. »Jamal Raschid, ein entfernter Verwandter. Und er kommt, um mit *dir* zu sprechen, meine liebe Enkeltochter.«

Marijam hob ihr Teeglas und sagte: »*Mazel tov*, Kleines.«

Jasmina starrte ihre Großmutter und Tante Marijam ungläubig an. Dann fiel ihr ein, daß Jamal Raschid mehrmals im Haus gewesen war, um Khadija zu besuchen, wie sie geglaubt hatte. Jetzt wurde ihr voll Entsetzen klar, daß er *sie* dabei begutachtet hatte.

»Seht nur, wie erstaunt sie ist«, sagte Marijam lächelnd. »Du hast Glück, Kleines. Jamal Raschid ist ein reicher Mann. Er ist bekannt für seine Frömmigkeit und für seine Wohltätigkeit gegenüber Witwen und Waisen.«

»Aber Tante«, rief Jasmina, »ich will nicht heiraten!«

Khadija sah sie schockiert an. »So etwas sagt man nicht. Jamal Raschid ist ein guter Mann und sehr vermögend. Er hat sogar ein Kindermädchen für seine Kinder, also wirst du dich nicht um sie kümmern müssen.«

»Es geht mir nicht um Jamal Raschid, Umma! Es geht um jeden Mann! Ich möchte einfach noch nicht heiraten.«

»Warum nicht, in Gottes Namen?«

»Ich kann es nicht, das ist alles!« rief Jasmina. »Nicht jetzt!«
»Was ist nur in dich gefahren? Natürlich wirst du Jamal Raschid heiraten. Dein Vater hat bereits den Verlobungsvertrag unterschrieben.«
»Oh, Umma! Wie konnte er das tun!«
Zur Überraschung der Frauen rannte Jasmina aus der Küche, und gleich darauf fiel die Haustür mit einem lauten Knall ins Schloß.
Jasmina rannte durch den Regen bis zu dem Haus, in dem Dahiba wohnte, stürmte durch die Eingangstür und an dem verblüfften Portier vorbei. Als der Mann sah, daß sie auf dem Weg zur Treppe war, rief er: »Einen Augenblick...« Aber es war zu spät. Jasmina sah die Frau nicht, die die Marmortreppe putzte, deren Stufen noch feucht waren. Sie rutschte aus und fiel; ihr Knöchel verfing sich im Eisengeländer, und sie hing mit weit gespreizten Beinen fest. Der Portier und die Putzfrau eilten ihr zu Hilfe, und jemand rief bei Dahiba an. Einige Minuten später hinkte Jasmina wie betäubt und mit den Tränen kämpfend in das Penthaus ihrer Lehrerin.
»Mein liebes Kind«, sagte Dahiba und half ihr auf ein Sofa. »Was ist denn geschehen? Soll ich einen Arzt rufen?«
»Nein, mir fehlt nichts.«
»Aber was ist los? Der Portier hat gesagt, du bist durch die Halle gerannt, als wäre dir ein Dschinn auf den Fersen.«
»Ich war völlig durcheinander. Umma hat mir gesagt, daß ich mit einem alten Mann verlobt bin, der sechs Kinder hat! Sie sagt, ich muß ihn heiraten. Aber ich will Tänzerin werden!«
Dahiba legte Jasmina den Arm um die Schulter und sagte: »Komm mit. Wir wollen bei einer Tasse Tee darüber sprechen.« Aber als Jasmina aufstand, entdeckte Dahiba einen Blutfleck auf dem Sofa. »Hast du deine Regel?« fragte sie.
Jasmina überlegte. »Nein.«
»Geh ins Badezimmer und sieh nach.«
Kurze Zeit später kam Jasmina aus dem Bad und sagte: »Es ist nichts, aber ich habe geblutet.«
»Erzähl mir noch einmal, wie du gefallen bist.« Jasmina spreizte die Finger wie eine Schere, und Dahiba sagte: »Hör zu, mein Kind. Du mußt sofort nach Hause gehen und es deiner Großmutter erzählen. Sag ihr, was geschehen ist. Sag ihr, wie du gestürzt bist.«
»Ich kann ihr nicht sagen, daß ich hier gewesen bin.«

»Dann sag ihr, du bist auf der Straße gestürzt. Aber du mußt ihr sofort davon erzählen. Geh, beeil dich.«
»Weshalb denn? Ich habe Ihnen doch gesagt, mir fehlt nichts. Ich habe keine Schmerzen. Und der Zensor wird bald zum Tee kommen!«
»Vergiß ihn. Tu, was ich dir sage. Deine Großmutter muß es wissen.«
Jasmina ging beunruhigt und verwirrt nach Hause. Khadija stand unter einem Regenschirm im Garten und hielt nach ihr Ausschau. »Es tut mir leid, Umma«, sagte Jasmina, »ich hätte nicht so davonlaufen sollen. Bitte verzeih mir.«
»Es ist an Gott zu vergeben. Komm ins Haus, deine Sachen sind naß. Wo hast du nur gelernt, so respektlos zu sein?«
»Es tut mir leid, Umma. Aber ich kann Jamal Raschid nicht heiraten.«
Khadija seufzte. Zu ihrer Zeit hätte sich ein Mädchen nicht im Traum einfallen lassen, einem Älteren gegenüber ungehorsam zu sein. Aber in dieser neuen Zeit mit Radio und Fernsehen, mit Koedukation und der Freiheit, unverschleiert auf die Straße zu gehen, brachen die alten, von vielen Generationen gehüteten Werte zusammen. »Darüber werden wir noch sprechen«, sagte Khadija und wandte sich in Richtung Haus. »Das Thema ist noch nicht erledigt.«
»Umma«, stieß Jasmina hervor, »ich hatte einen Unfall.«
»Einen Unfall? Was für einen Unfall?«
Jasmina beschrieb ihr die überfüllte Straße, den glitschigen Gehweg. »Meine Beine waren so . . .« Jasmina spreizte die Finger, ». . . und dann war da ein Blutfleck auf dem Gehweg.« Khadija stellte ihr dieselbe Frage nach ihrer Periode wie Dahiba, und als Jasmina sagte, bis dahin seien es noch zwei Wochen, sah sie Khadija besorgt an. »Was ist los, Umma?« fragte Jasmina alarmiert. »Was ist passiert?«
»Vertraue auf Gott, mein Kind. Es gibt einen Weg, das zu regeln. Aber wir dürfen deinem Vater nichts davon sagen.« Seit der Sache mit Hassan kämpfte Ibrahim mit einer so schweren Depression, daß Khadija ihn nicht mit noch mehr Kummer belasten wollte.
Sie wußte, was zu tun war. Es gab in Kairo Chirurgen, die sich auf solche Fälle spezialisiert hatten. Diese Männer wahrten ein Geheimnis – für einen hohen Preis.

Das Haus stand in der Straße des 26. Juli. Am Telefon hatte man Khadija gesagt, sie möge nach dem Abendgebet kommen und Bargeld mit-

bringen. Sie und Jasmina stiegen eine dunkle, enge Treppe nach oben und standen vor einer Tür ohne Namensschild. Khadija hielt Jasminas Hand, als sie anklopfte. Eine Frau im mittleren Alter mit einer fleckigen Fleischerschürze öffnete, und Khadija sagte leise: »Sagen Sie Dr. al-Malakim, daß wir hier sind.«
Zu Khadijas Überraschung erwiderte die Frau, sie sei Dr. al-Malakim, und ließ sie eintreten.
Sie gingen durch eine Art Wohnzimmer, in dem nur eine einzige Lampe brannte; Khadija sah alte Möbel, Tapeten, die sich von der Wand lösten, und Familienphotos auf einem Fernsehgerät. In der Luft lag der starke Geruch von Zwiebeln und gebratenem Lamm, aber auch von Desinfektionsmittel. Die Frau führte sie in ein Schlafzimmer mit einem Vorhang anstelle der Tür. Auf dem Bett lag ein straff gespanntes, frisches weißes Laken; darunter sah man die Ecke einer Gummiunterlage.
»Sagen Sie ihr, sie soll sich hinlegen, Sajjida.« Dr. al-Malakim trat an einen kleinen Tisch, auf dem sich Wattebäusche, eine Injektionsspritze und Metallschalen mit chirurgischen Instrumenten in einer grünlichen Flüssigkeit befanden. »Sie muß nur den Schlüpfer ausziehen, sonst nichts.«
»Und es wird nicht weh tun?« fragte Khadija. »Sie haben am Telefon gesagt, sie wird keine Schmerzen haben.«
»Ich werde ihr ein Betäubungsmittel verabreichen. Haben Sie das Geld dabei? Gut. Sie müssen draußen warten.«
Aber Khadija setzte sich auf den Bettrand und hielt Jasminas Hand. »Es wird alles gutgehen«, sagte sie zu ihrer verängstigten Enkeltochter. »In ein paar Minuten fahren wir wieder nach Hause.«
Die Ärztin zog einen Hocker ans Fußende des Bettes, richtete die Lampe und sagte: »Erzählen Sie mir, wie es geschehen ist.«
Khadija wiederholte, was Jasmina ihr erzählt hatte, und die Frau lächelte sie vielsagend an. »Und es war kein junger Mann im Spiel? Sind Sie sicher? *Bismillah*. Das sagen sie alle. Also, junge Dame, die erste Injektion. Sagen Sie die *Fatiha* auf, ganz langsam ...«

»Was hat sie mit mir gemacht, Umma?« fragte Jasmina, als sie aus dem Taxi stiegen. Sie war immer noch benommen, und zwischen den Beinen spürte sie ein dumpfes Pochen. Khadija half ihr ins Haus und hinauf in ihr Zimmer. Sie war froh, daß ihnen niemand begegnete.

»Bei dem Sturz«, erwiderte Khadija, während sie Jasmina half, das Nachthemd anzuziehen, »hast du deine Jungfernschaft verloren. Das kommt vor. Bei manchen Mädchen ist das Häutchen sehr schwach. Es gibt Ärzte, die es wiederherstellen können, so daß in der Hochzeitsnacht alles intakt ist und die Ehre der Familie gewahrt wird. Das hat Dr. al-Malakim bei dir getan.«

Jasmina schämte sich, wußte jedoch nicht weshalb. »Ich habe nichts Schlechtes gemacht, Umma. Ich hatte einen Unfall, mehr nicht. Ich bin immer noch eine Jungfrau.«

»Aber wir hatten keinen Beweis. In deiner Hochzeitsnacht wäre kein Blut geflossen; Jamal Raschid hätte dich verstoßen, und deine Familie wäre entehrt gewesen. Jetzt bist du wiederhergestellt, und von unserem Besuch bei Dr. al-Malakim braucht niemand etwas zu erfahren. Schlaf jetzt, mein Liebling, und denke an Gottes vollkommenen Frieden. Morgen hast du das alles vergessen.«

Aber Jasmina lag noch lange wach und wartete darauf, daß die Schmerzen nachließen. Als sie im Laufe der Nacht stärker wurden, sagte sie nichts, weil sie fürchtete, das Geheimnis zu verraten. Beim Aufwachen am nächsten Morgen hatte sie Fieber, behielt ihre geheime Schande aber trotzdem für sich. Als sie jedoch abends in der Küche ohnmächtig wurde, und Khadija feststellte, wie heiß ihre Stirn war, wurde Ibrahim gerufen.

Khadija mußte ihn über das Vorgefallene informieren, und einen Augenblick lang glühte solcher Zorn in seinen Augen, daß Khadija dachte, er sei wieder der alte. Aber es war nur ein kurzes Aufflackern. Die Depression hatte ihn fest im Griff, und er blieb ruhig. »Sie hat eine Infektion, die auf den Unterleib übergegriffen hat. Ich werde sie ins Krankenhaus einweisen.«

Jasmina verbrachte beinahe zwei Wochen im Kasr El Aini-Krankenhaus, und nachdem die Gefahr gebannt war, bekam sie auch Besuch. Die Familie wußte nichts von dem Sturz oder dem unerlaubten Eingriff, mit dem ihre Jungfernschaft wiederhergestellt worden war; sie wußte nur, daß Jasmina eine Infektion und Fieber gehabt hatte. Die Tanten und Onkel, die Vettern und Cousinen brachten Blumen und Leckerbissen; sie saßen den ganzen Tag im Krankenzimmer und sogar draußen im Flur.

Amira kam mit der Neuigkeit, daß sie schwanger war. Sie wirkte fröh-

lich; deshalb merkte Jasmina nicht, daß ihre Schwester unter dem Lächeln verängstigt und unglücklich war, und sie sah auch nichts von dem blauen Auge, das Amira mit Make-up überdeckt hatte.
Dahiba schickte Blumen und Karten und rief sie an. »Ich werde dich nicht besuchen, denn deiner Familie wäre es peinlich, wenn eine Tänzerin zu dir ins Krankenhaus käme. Werde bald gesund, Liebes. Hakim macht sich Sorgen um dich. Der Zensor hat sich eingehend nach dir erkundigt. Er heißt übrigens Saijeed.«
Am Morgen von Jasminas Entlassung sagte Ibrahim zu Khadija: »Die Infektion ist nicht ohne Folgen geblieben. Jasmina wird keine Kinder haben können.« Er brachte es nicht über sich, seine Tochter anzusehen. Er versuchte immer noch, von Alice einen Sohn zu bekommen. Nun dachte er: Soll ich auch keine Enkelsöhne haben?
Als Jasmina nach Hause kam, benahm sich die Familie, als sei jemand gestorben. Man überschüttete sie mit Mitleid und Mitgefühl, denn Jamal Raschid hatte die Verlobung gelöst. Und das war ein Zeichen, daß kein Mann sie jemals haben wollte. Die Tanten und Cousinen weinten um ihre arme Schwester, für die es keinen Platz in der Gesellschaft gab, weil sie niemals Ehefrau und Mutter sein konnte. Sie war dazu verdammt, eine alte Jungfer zu werden. Sie durfte nicht einmal Sex haben, sondern mußte bis an ihr Lebensende keusch bleiben.
Sobald Khadija mit ihrer Enkeltochter allein war, sagte sie: »Hab keine Angst, ich werde für dich sorgen, mein Herzblatt. Solange ich lebe, wirst du hier ein Zuhause haben.«
Jasmina dachte an die Frauen, die in ihrer Kinderzeit in diesem Haus gelebt hatten: Frauen, die niemand wollte, verstoßene Frauen, die für keinen nützlich und insofern stigmatisiert waren. Sie alle hatten sich wie eine Schar verängstigter Vögel unter Khadijas Dach geflüchtet.
»Warum, Umma? Ich habe nichts Unrechtes getan.«
»Es ist Gottes Wille, mein Herzblatt. Wir dürfen nicht daran zweifeln. Jeder Schritt, jeder Atemzug, den wir tun, wurde von dem ewigen Gott vorherbestimmt. Tröste dich mit der Gewißheit, daß dein Schicksal in seiner gütigen Hand liegt.«
Umma hatte recht; Umma hatte immer recht. Jasmina würde sich dem Willen Gottes unterwerfen. Aber als sie die Augen schloß, sah sie in Gedanken den gutaussehenden Zensor vor sich, den sie nun niemals kennenlernen würde.

Es war die Heilige Nacht, *Lailat al-Miraj*, die an die Stunde erinnerte, als der Prophet auf einem geflügelten weißen Pferd durch die Lüfte von Arabien nach Jerusalem geritten war. Dort hatte sich ihm der Himmel aufgetan, und er hatte von Gott die fünf täglichen Gebete, die Fünf Säulen des Islam, zum Wohl der Menschheit empfangen. Der Chamsîn wehte und seufzte in den Straßen von Kairo. Der Wind aus der Wüste verdunkelte die Straßenlaternen und die Scheinwerfer der Autos mit Sandschleiern; die alten Maschrabijen im Haus der Raschids klapperten und knarrten, und die antiken Öllampen aus Bronze, die schon lange elektrifiziert worden waren, schaukelten an ihren eleganten Bronzeketten und pendelten langsam hin und her. Die sechsundzwanzig Familienmitglieder und Dienstboten, die zur Zeit im Haus lebten, hatten sich im Salon zum Gebet versammelt. Ibrahim war der Vorbeter.
Khadija saß mit dem schwarzen Schleier über dem Kopf auf ihrem Platz und lauschte den in einem Singsang gesprochenen Koranversen. Es fiel ihr schwer, sich auf das Gebet zu konzentrieren. Sie fragte sich, wo Omar und Amira an diesem für alle Gläubigen so besonderen Abend waren, an dem sich die Familien in spiritueller Gemeinschaft vereinten.

Draußen in der Stadt kämpfte Amira gegen den Wind. Sie tastete sich an den Mauern entlang und fürchtete, sich zu verlaufen. Nur wenige Autos waren auf den fast menschenleeren Straßen zu sehen. Amira hatte das Gefühl, allein in einem vom Chaos beherrschten Universum zu sein. Der Chamsîn wehte so stürmisch, daß er sie beinahe umwarf. Doch Amira ging entschlossen weiter; sie hatte den Mantel eng um den gewölbten Leib gezogen und hielt den Schleier vor das Gesicht, um Nase und Augen vor den stechenden Sandkörnern zu schützen. Sie konnte vor Schmerzen kaum gehen.
An Omars Schläge hatte sie sich gewöhnt; sie hatte sich damit abgefunden, daß er nur mit ihr schlafen konnte, wenn er sie vorher verprügelte. Aber diesmal hatte sie gefürchtet, er werde sie und das Ungeborene umbringen. Deshalb war sie geflohen. Nun schleppte sie sich durch die gespenstische Nacht; jeder Schritt kam ihr wie ein Kilometer vor, jeder Atemzug verursachte ihr neue Schmerzen, und sie betete, daß sie es bis zur Paradies-Straße schaffen würde. Dort, so wußte sie, erwarteten sie hell erleuchtete Fenster, Sicherheit und ein liebevolles Willkommen.

Das Gebet der Familie dauerte an. Jasmina beschäftigte sich in Gedanken mit ihrem achtzehnten Geburtstag, den sie in weniger als einem Monat feiern würde. Aber die Aussichten für ihre Zukunft waren nicht erfreulich. In den vier Monaten seit dem Unfall hatte sie kein einziges Mal bei Dahiba getanzt. Sie ging auch nicht länger zur Schule oder zum Ballettunterricht, und sie hatte in der ganzen Zeit keine ihrer Freundinnen mehr getroffen. Sie würde wie die unverheirateten altjüngferlichen Tanten werden, eine Frau, die im Leben anderer Menschen nur am Rand existierte. Aber Zou Zou zum Beispiel hatte wenigstens Erinnerungen, die ihr Leben erträglich machten. Welche Erinnerungen hatte Jasmina – außer an die flüchtige Begegnung mit einem gutaussehenden staatlichen Zensor?

Auch Nefissa war mit ihren Gedanken nicht bei dem Gebet. Das alles kam ihr so schal und verlogen vor. Sie wäre lieber ins Cage d'Or gegangen, hätte Champagner getrunken, Musik gehört und sich von ihrem aalglatten Gigolo betören lassen.

Selbst Ibrahim, der aus dem Koran vorlas, hörte die frommen Worte nicht, die er sprach. Er rezitierte die Gebete mechanisch und dachte dabei an Fortpflanzung und Erben.

Alle seine Hoffnungen, Alice werde schwanger, waren bisher enttäuscht worden. Aber es gab einen Hoffnungsschimmer: Amiras Baby sollte in einem Monat zur Welt kommen. Würde er doch noch mit einem Enkelsohn gesegnet werden?

Die Gebete waren zu Ende. Jetzt wurde die Geschichte von Mohammed erzählt. Gott hatte zu Mohammeds Zeiten den Gläubigen auferlegt, fünfzigmal am Tag zu beten, aber der Prophet Moses legte Mohammed nahe, Gott zu bitten, ER möge sich mit fünf Gebeten zufriedengeben. Während Ibrahim die Geschichte erzählte, die alle auswendig kannten, warf er einen Blick auf Alice, die mit der Bibel im Schoß dasaß. Die Erinnerungen an die sporadischen Nächte, die sie in den vergangenen Monaten gemeinsam verbracht hatten, nachdem er ihr Khadijas Trank mit Cognac vermischt eingeflößt hatte, erfüllten ihn mit solchen Schuldgefühlen und so großer Scham, daß er sich im stillen schwor, er werde keine List mehr anwenden, um ein Kind von ihr zu bekommen. Ibrahim gelobte im stillen, er werde es Gott überlassen, ihm einen Sohn zu schenken oder nicht.

Plötzlich läutete die Glocke am Tor. Ein Dienstmädchen ging hinaus

und kam einen Augenblick später mit Amira in den Salon zurück. Amira sank auf ein Sofa. Aufgeregt drängten sich alle um sie.
Alice nahm erschüttert ihre Tochter in die Arme. »Mein Kleines, mein Kleines«, rief sie. »Was ist denn um Gottes willen geschehen?«
Amira stieß schluchzend »Omar« hervor und jammerte vor Schmerzen.
Khadija wandte sich an Ibrahim. »Laß Omar sofort rufen.« Aber Amira bat: »Nein! Omar soll nicht hierher kommen! Bitte ...«
Ibrahim setzte sich neben sie und sagte: »Erzähl mir, was vorgefallen ist. Hat er dir weh getan?«
Amira sah den Zorn in den Augen ihres Vaters und hatte plötzlich Angst um Omar. Sie war verwirrt vor Schmerzen und sagte: »Nein ... es war nicht so schlimm ... Es tut mir leid, Papa.«

Wenige Augenblicke später traf die Polizei ein. Die Beamten sagten, sie seien gekommen, um Amira Raschid festzunehmen, weil sie ihren Ehemann verlassen hatte.
Dieser Vorwurf löste lauten Protest aus. Man schimpfte und erhob Vorwürfe. Aber im Grunde blieb Amira keine Wahl, als nach Hause zurückzukehren. Die Polizisten erklärten, daß Omar dem Gesetz nach das Recht hatte, seine Frau festnehmen zu lassen, weil sie ihm davongelaufen war. Sie durften notfalls mit Gewalt die schuldige Ehefrau zu ihrem Mann zurückbringen.
Amira weigerte sich, freiwillig mit den Polizisten zu gehen, und Tanten und Cousinen rangen klagend die Hände. Wenn die Nachbarn davon erfuhren, wäre Amira für sie eine Naschiz, eine Frau, die ihrem Mann ungehorsam war, und das bedeutete Schimpf und Schande für die ganze Familie.
»Dann bleibt uns nichts anderes übrig«, sagte einer der Beamten schließlich und wollte Amira vom Sofa ziehen.
Sie stand weinend auf, aber im nächsten Augenblick stieß sie einen Schrei aus und sank auf die Knie.
Haneija sagte: »Betet für uns! Amiras Wehen haben eingesetzt!«
»Aber es ist doch noch zu früh!« rief Alice.
»Wenn es die Zeit ist, die Gott bestimmt hat«, sagte Khadija ruhig und half Amira beim Aufstehen, »dann ist es nicht zu früh. Kommt, wir müssen uns beeilen. Schickt jemanden zur Quettah.«

Amiras Wehen waren kurz, und das Kind erblickte das Licht der Welt unter dem Baldachin des breiten Himmelbetts, in dem Generationen von Raschids geboren worden waren. Es war ein Junge, und wie Quettah verkündete, wurde er unter Antares geboren, dem Doppelstern im Skorpion, im sechzehnten Haus. Die Familie feierte, und Ibrahim lächelte zum ersten Mal wieder seit Wochen. Amira betrachtete liebevoll ihr Kind und vergaß dabei Omars Schläge. »Ich hatte so sehr gehofft, er würde warten und an meinem Geburtstag zur Welt kommen.« Sie würde bald siebzehn werden.
Alice und Ibrahim standen an ihrem Bett und lächelten mit Tränen in den Augen. »Ich kann nicht glauben, daß ich Großmutter bin«, sagte Alice lachend. »Ich bin erst achtunddreißig und schon Großmutter! Ich will dir ein Geheimnis verraten, Liebes, das heißt euch beiden.« Sie sah ihren Mann an und sagte: »Ich werde auch wieder Mutter. Ich bin schwanger.«
»O mein Liebling«, sagte Ibrahim und schloß sie in die Arme. »Ich bin überglücklich.« Er setzte sich auf den Bettrand, griff nach der Hand seiner Tochter und sagte: »In der Nacht deiner Geburt hat Gott mich wirklich gesegnet, denn du schenkst mir nun einen Enkelsohn.« Er sah Alice strahlend an. »Wenn es Gottes Wille ist, werde ich auch noch einen Sohn bekommen. Ihr habt mich beide sehr glücklich gemacht.«
Alice lächelte tapfer. Aber sie dachte an die Nächte, in denen Ibrahim sie mit Cognac betrunken gemacht hatte. Sie wußte wohl, er schlief mit ihr nicht aus Liebe, sondern nur, weil er sich einen Sohn wünschte. Alice hatte keine Kinder mehr bekommen wollen. Aber jetzt freute sie sich doch und nahm sich vor: Wenn es ein Junge ist, soll er Edward heißen.

Amira saß am offenen Fenster ihrer Wohnung und blickte auf den Nil, dessen Wasser der heftige Chamsîn aufwühlte. Sie wiegte das Baby in den Armen, und das Gefühl seines warmen Körpers, die kleinen Ärmchen und Beinchen, das weiche Bäuchlein und das süße Gesicht ließen sie ihr Leid vergessen. Omar hatte ihr erlaubt, sich nach der Geburt in der Paradies-Straße zu erholen, aber sobald sie mit dem Kind nach Hause gekommen war, hatte er sie geschlagen. Aber das lag nun bereits zwei Wochen zurück, und seitdem hatte er sie nicht wieder angerührt. Amira betete, daß das Baby ihn davon abhielt, weiterhin so brutal zu ihr

zu sein. Vielleicht weckte das Kind in Omar die Verantwortung, die er jetzt als Vater für sie beide hatte, und vielleicht achtete er Amira, weil sie ihm einen Sohn geschenkt hatte.
Amira blickte auf die Uhr. Omar würde erst in einigen Stunden zu Hause sein, und ihr kam eine Idee. Sie würde das Baby in eine Decke packen und mit dem Taxi in die Paradies-Straße fahren. Es wäre ihr erster Besuch als Mutter zu Hause. Sie machte sich schnell fertig und stellte sich aufgeregt den Empfang dort vor, die Umarmungen, die Freude und die Fröhlichkeit. Sie würde nicht länger eines der jungen Mädchen im Haus sein, sondern eine geachtete Ehefrau und Mutter.
Aber als sie die Wohnung verlassen wollte, stellte Amira fest, daß die Wohnungstür klemmte. Das war seltsam, denn in einem neuen Haus durften sich die Türen eigentlich noch nicht verzogen. Amira zog noch einmal mit aller Kraft, und dann wurde ihr klar, daß die Tür nicht klemmte, sondern verschlossen war. Omar mußte hinter sich abgeschlossen haben, als er an diesem Morgen zur Universität gegangen war.
Amira suchte zunächst in ihrer Handtasche nach dem Schlüssel und dann überall dort, wo sie ihn vielleicht hingelegt haben konnte. Der Schlüssel war nirgends zu finden. Sie war wütend auf sich, weil sie ihn verlegt hatte, und beschloß, den Hausbesitzer anzurufen, der einen Generalschlüssel besaß. Aber als sie den Telefonhörer abnahm, war die Leitung tot. Sie starrte auf den Hörer in ihrer Hand. Plötzlich überlief sie ein eiskalter Schauer. Hatte Omar sie absichtlich eingeschlossen und das Telefon abgeklemmt? Nein, unmöglich. Bei aller Grausamkeit und Brutalität, so weit würde Omar niemals gehen. Er hatte die Tür einfach gedankenlos verschlossen, und Telefone waren in Kairo ohnehin unzuverlässig. Amira legte Mohammed in sein Bettchen zurück und ging in die Küche, um das Abendessen vorzubereiten. Sie beruhigte sich bei dem Gedanken, Omar werde sich beim Nachhausekommen entschuldigen, und sie würden über das dumme Versehen lachen. Amira beschloß, sein Lieblingsgericht zu kochen: gefüllte Lammbrust.
Zu ihrer Überraschung und ihrer wachsenden Angst kam Omar nicht zum Abendessen nach Hause. Sie blieb die ganze Nacht auf und wartete auf ihn. Als er am nächsten Tag nicht nach Hause kam, verwandelte sich Amiras Angst in Entsetzen. Omar *hatte* sie eingeschlossen und war einfach weggegangen. Sie versuchte, das Türschloß ohne Schlüssel zu

öffnen; aber in ihrer Panik zitterten die Hände so heftig, daß es ihr nur gelang, den Türgriff herauszuziehen. Sie hielt plötzlich die Klinke in der Hand, während die andere draußen im Flur klirrend zu Boden fiel. Verzweifelt machte sie sich mit Hammer und Schraubenzieher an die Arbeit, weil sie hoffte, die Tür aus den Angeln heben zu können, aber auch das gelang ihr nicht. Sie hämmerte gegen die Tür und rief ohne große Hoffnung um Hilfe. Sie lebten im obersten Stock, und die Mieter der beiden anderen Wohnungen waren die meiste Zeit nicht zu Hause. Aber sie hätten ihr ohnedies nicht geholfen. Niemand mischte sich ein, wenn ein Ehemann seine Frau bestrafte.
Als Omar am Abend des dritten Tages schließlich zurückkam, war Amira beinahe außer sich vor Sorge und Angst. Er war betrunken, stieß die Tür mit dem Fuß auf und warf die Türklinke nach ihr. »Was hast du mit der Tür gemacht! Das kostet Geld, du Miststück!«
»Du warst weg, und ich hatte Angst...«
Er wollte sie schlagen, aber sie wich ihm aus. Er brüllte: »Dir muß man eine Lektion erteilen. Du hast mich entehrt! Du bist einfach davongelaufen. Alle unsere Nachbarn wissen es. Sie lachen hinter meinem Rücken über mich. Bei Gott, ich werde eine gehorsame Frau aus dir machen.«
Er ging durch die Wohnung, schlug gegen die Glühbirnen, bis sie zerbrachen. Amira folgte ihm ängstlich und betete, daß das Baby nicht aufwachte. »Was hast du vor, Omar?«
»Ich erteile dir eine Lektion, die du nie vergessen wirst.«
»Ich werde nicht noch einmal davonlaufen, ich verspreche es...« Sie wollte ihn beruhigen und sich mit ihm versöhnen, aber er stieß sie beiseite, schob das Fernsehgerät von der Wand und riß das Kabel heraus. Das tat er auch mit dem Radio. Nachdem er alle Glühbirnen zerbrochen hatte, und die Wohnung völlig im Dunkeln lag, ging er zur Wohnungstür.
»Warte!«, bat ihn Amira. »Geh nicht weg. Bitte laß mich nicht allein. Wir haben kaum etwas zu essen. Das Kind braucht...«
Aber Omar schlug die Tür hinter sich zu, und sie hörte, wie sich der Schlüssel im Schloß drehte.

Amira erwachte, weil jemand an die Wohnungstür klopfte. Im ersten Augenblick wußte sie nicht, wo sie war. Es war dunkel; sie hatte Hun-

ger und Kopfschmerzen. Dann wurde ihr klar, daß sie irgendwie auf dem Fußboden des Wohnzimmers eingeschlafen sein mußte. Schließlich erinnerte sie sich: Omar hatte sie eingeschlossen – wann war das gewesen?
Sie tastete sich in der Dunkelheit zum Schlafzimmer, und als sie Mohammed aus seinem Bettchen nahm, suchte sein Mund sofort ihre Brust. Wie lange würde sie noch Milch für ihn haben? Sie hatte seit zwei Tagen nichts Richtiges mehr gegessen. Es klopfte wieder; Amira suchte sich den Weg zur Wohnungstür. »Es ist abgeschlossen«, sagte sie. »Wer ist da?«
»Geh zurück«, sagte Zacharias von draußen, und im nächsten Augenblick trat er die Tür ein.
Jasmina und Tahia standen im Flur. »*Bismillah*!« riefen sie, als sie Amira sahen. »Was ist hier los?«
»Er hat mich eingeschlossen!« erwiderte Amira, und Tahia nahm sie in die Arme.
»Wir haben versucht, dich anzurufen«, sagte Jasmina und sah sich in der dunklen Wohnung um. »Omar war in der Paradies-Straße, und als wir nach dir gefragt haben, sagte er, du wärst mit dem Kind zu beschäftigt, um uns zu besuchen. Ich *wußte*, daß etwas nicht stimmte.«
»Du kommst mit uns«, sagte Zacharias. »Mach das Baby fertig.«
Sie griffen eilig nach einer Decke und Amiras Mantel, aber als sie gehen wollten, stand Omar in der Tür. »Was macht ihr denn hier?« fragte er wutschnaubend.
»Wir nehmen unsere Schwester mit nach Hause«, sagte Jasmina. »Wag es nicht, uns daran zu hindern, du Schwein!«
»Verschwindet aus meiner Wohnung. Meine Frau bleibt hier!« Er packte Amira am Arm, aber Jasmina zog geistesgegenwärtig ihren Schuh aus und schlug ihm damit auf den Kopf. Omar schrie vor Schmerzen auf, stolperte und fiel auf den Boden. Die vier verließen fluchtartig mit dem Kind die Wohnung.

Bei ihrer Ankunft in der Paradies-Straße brach ein Sturm der Entrüstung aus. Die Familie war entsetzt über Amiras Aussehen und empört über das, was Omar getan hatte. Die Frauen gingen mit Amira und dem Kind in den Salon; alle redeten gleichzeitig und schimpften, man müsse Omar verprügeln.

»Der Kerl soll im Höllenfeuer brennen!« rief Hanida.
»Wo ist Onkel Ibrahim?« rief Raija. »Es ist seine Pflicht, etwas dagegen zu tun!«
»Es gibt keine Macht außer der Macht Gottes«, jammerte die alte Tante Fahima.
Es dauerte einige Minuten, bis Khadija wieder Ordnung hergestellt hatte. Dann sagte sie: »Gott allein wird darüber richten. Seid jetzt still. Raija, schick alle weg. Sieh zu, daß die Kinder zu Bett gebracht werden. Ihr Jungen, auch für euch ist Schlafenszeit. Tewfik, sieh nach, ob Onkel Kareems Stock neben seinem Bett steht. Ihr geht jetzt alle auf eure Zimmer, damit wieder Gottes Friede in diesem Haus herrscht.«
»Aber das ist eine Familienangelegenheit, Tante Khadija«, widersprach Haneija.
»Und *ich* werde mich darum kümmern.«
Nachdem alle gegangen waren, sagte Khadija sanft zu Amira: »Du mußt nach Hause zurück und dich mit deinem Mann aussöhnen. Du bist jetzt eine Ehefrau und trägst eine Verantwortung gegenüber deinem Mann.«
»Er tut mir furchtbare Dinge an, Umma. Wie kann er sich so benehmen?«
Khadija strich Amira die Haare aus dem Gesicht und erwiderte: »Omar war schon immer ein ungezogener kleiner Junge. Er ist wie sein Vater, der vor deiner Geburt starb. Vielleicht liegt so etwas im Blut, ich weiß es nicht. Aber du darfst nie vergessen, meine geliebte Enkeltochter, daß eine gute Ehefrau einen Schleier über die Familiengeheimnisse legt.«
Ibrahim kam in den Salon. In den vergangenen zwei Wochen war Ibrahim ein anderer Mensch geworden, denn er hatte sich mit Alice ausgesöhnt und verwöhnte sie wie in den Flitterwochen. »Dein Vater wird dir das auch sagen, Mischmisch. Du mußt zurück zu deinem Mann.«
»Aber ich habe Angst vor ihm. Ich habe Angst, daß er dem Kind etwas antun wird.«
»Das wird er nicht tun, ich verspreche es.«
Als Omar einige Minuten später eintraf und verlangte, seine Frau zu sehen, ging Ibrahim mit ihm in das kleine Zimmer neben dem Salon, schloß die Tür und verbot Omar mit ruhiger Stimme, seine Frau noch einmal einzuschließen.
Omar lachte. »Das ist mein gutes Recht, Onkel. Nach dem Gesetz kann

ein Mann, wenn er will, seine Frau einschließen, um zu verhindern, daß sie ihm noch einmal davonläuft. Da kannst du dich nicht einmischen.«
Ibrahim erwiderte mit eisiger Stimme: »Das Gesetz kann Amira vielleicht nicht schützen. *Ich* kann es. Wenn du ihr noch einmal etwas antust, wenn du sie noch einmal einschließt, wenn du sie bedrohst, schlägst oder unglücklich machst, werde ich dich verfluchen, Omar. Ich werde dich aus der Familie ausstoßen, und du wirst nicht länger mein Neffe sein.« Er sah ihn durchdringend an. »Du wirst kein Raschid mehr sein.«

Omar erschrak und wurde leichenblaß. Er wußte, sein Onkel hatte die Macht, das zu tun; wenn das geschah, würde Omar für die Familie nicht mehr existieren. Sein Großvater Ali hatte Tante Fatima aus dem Familienverband gestoßen. Seit dieser Zeit durfte ihr Name nicht erwähnt werden. Auf Alis Befehl hatte sie einfach aufgehört zu existieren. So würde es bei ihm auch sein. Er zitterte vor Wut und Angst, während er sich krampfhaft um Selbstbeherrschung bemühte. »Ja, Onkel«, sagte er mit gepreßter Stimme.

»Ich traue dir nicht, und deshalb werde ich Amira jeden Tag anrufen. Ich werde sie einmal in der Woche besuchen, und sie hat das Recht, jederzeit mit dem Kind hierher zu kommen. Du wirst sie nicht davon abhalten, du wirst nichts dagegen unternehmen. Hast du mich verstanden?«

Omar senkte den Kopf. »Ja, Onkel.«

Jasmina sah Omar und Amira nach, als sie den Salon verließen, und sie war voll Mitgefühl für Amira. Ihre Schwester war nun abgestempelt, auch vor dem Gesetz – sie war eine Naschiz. Jasmina erkannte plötzlich, daß sie sich beide in einer ganz ähnlichen Lage befanden. Auch ich bin wegen eines bedauerlichen Unfalls abgestempelt, dachte sie. Auch mich machen Unwissenheit und Vorurteile zu einer Gefangenen.

Jasmina spürte, wie sich ein seltsames, neues Gefühl in ihr regte. Es glich beinahe einem Erwachen, als hätte sie die vergangenen vier Monate geschlafen und öffne erst jetzt die Augen. Sie wollte ihrer Schwester nachlaufen und sie zurückholen. Doch das Gesetz war auf Omars Seite. Das Gefühl völliger Hilflosigkeit trieb Jasmina, ihre Großmutter zu suchen. Sie fand Khadija in ihrem Schlafzimmer.

»Ich bitte um Erlaubnis, mit dir zu sprechen, Umma«, begann sie respektvoll. »Ich mache mir große Sorgen um Amira und Omar.«

Khadija seufzte. »So Gott will, werden sie ihre Probleme lösen.«
»Aber das Gesetz ist Frauen gegenüber ungerecht, Umma«, sagte Jasmina und setzte sich auf den Bettrand. »Es ist falsch, eine Frau zu zwingen, in einer unglücklichen Ehe zu leben.«
»Das Gesetz ist zum Schutz der Frauen gemacht.«
»Zum Schutz! Bei allem Respekt, Umma, die Zeitungen sind Tag für Tag voll von Berichten über die Ungleichheit der Frau. Ich habe erst heute von einer jungen Frau gelesen, deren Mann sich eine zweite Frau genommen und mit ihr das Land verlassen hat. Die erste Frau ist mit ihrem kleinen Kind allein zurückgeblieben. Der Mann hat nicht die Absicht, nach Ägypten zurückzukehren, aber er lehnt es ab, sich scheiden zu lassen. Die Frau hat sogar versucht, durch eine Eingabe bei Gericht die Scheidung zu erreichen, damit sie wieder heiraten kann, aber das Gericht unternimmt nichts, solange der Ehemann nicht einwilligt. Sie hat ihm unzählige Briefe geschrieben, auf die er nicht antwortet. Und so ist diese junge Frau zu einem Leben in Einsamkeit verurteilt, nur weil dieser Mann zu ihr so rücksichtslos und brutal ist.«
»Ein Einzelfall«, erklärte Khadija, während sie ihr schwarzes Haar ausbürstete.
»Das ist nicht wahr, Umma. Lies doch die Zeitung. Du hörst nur Radio, und dabei sind die Zeitungen voll von solchen Geschichten. Ich habe noch eine andere über einen Mann gelesen, der vor kurzem gestorben ist. Bei seiner Beerdigung stellte sich heraus, daß er außer seiner ersten noch drei andere Frauen in drei verschiedenen Stadtvierteln hatte, und keine wußte etwas von der anderen. Jede Witwe glaubte, sie werde alles erben, und statt dessen mußten sie das Wenige, was er ihnen hinterlassen hatte, untereinander aufteilen.«
»Das war kein guter Mann.«
»Genau darauf will ich hinaus, Umma. Er war kein guter Mann, aber nach dem Gesetz war es sein Recht, mehrere Ehefrauen zu haben, ohne die Frauen davon in Kenntnis zu setzen! Das Gesetz ist ungerecht gegen Frauen, so wie es in Amiras Fall ungerecht ist. Denk doch nur an all die armen Frauen ohne eine Familie, die wie die unsere ihre Interessen vertritt und einen sadistischen Ehemann daran hindert, sie zu schlagen.«
»Barmherziger Gott«, sagte Khadija und legte die Haarbürste beiseite.

»So habe ich dich noch niemals reden hören. Wer hat dir diese Ideen in den Kopf gesetzt?«

Überrascht wurde Jasmina plötzlich klar, daß sie mehr oder weniger Dahibas Worte wiederholte. In den Monaten ihres Unterrichts bei der großen Tänzerin hatte Jasmina auch die politischen Ansichten und die Einstellungen ihrer Lehrerin übernommen.

Khadija sagte: »Das verstehst du nicht, mein Kleines. Du bist noch zu jung. Grundlage unserer Gesetze sind die Gesetze Gottes. Deshalb werden wir von den Geboten Gottes geleitet. Und Gott kann nur Gutes tun, der Schöpfer allen Lebens sei gepriesen.«

»Zeig mir, wo geschrieben steht, daß wir als Frauen besondere Qualen erdulden müssen.«

Khadijas Ton wurde hart. »Ich erlaube dir nicht, am geoffenbarten Wort Gottes zu zweifeln.«

»Aber das Gesetz basiert nicht auf Gottes Wort, Umma! Der Prophet sagt, daß keine Frau gegen ihren Willen zu einer Ehe gezwungen werden soll.«

»Es steht geschrieben, daß die Frau ihrem Mann Gehorsam schuldet.«

»Das ist ein Gesetz für Frauen. Es gibt aber auch Gesetze für Männer, Umma. In unserer Gesellschaft werden die Gesetze, die Männer betreffen, nicht beachtet.«

»Was redest du da!«

Jasmina suchte nach einem Beispiel. »Also gut. Du verlangst, daß wir sittsam gekleidet sind und uns sittsam benehmen, weil es im Koran so geschrieben steht. Und doch durften Omar und Zakki, als sie größer waren, anziehen, was sie wollten, und tun, was sie wollten.«

»Als Männer haben sie das Recht dazu.«

»Wirklich?« Jasmina trat zum Koran, der unter einem Porträt von Ali Raschid lag. Sie nahm das schwere Buch von dem Holzpult und blätterte darin. »Sieh her, Umma, lies das. Vierundzwanzigste Sure, Vers dreißig.«

Khadija blickte auf die Seiten.

»Siehst du, was ich meine?«

Khadija sagte leise: »Ich kann es nicht lesen.«

»Aber hier steht es ganz deutlich.« Jasmina las die Stelle: »»Sprich zu den gläubigen Männern, sie sollen ihre Blicke senken und ihre Scham bewahren. Das ist lauterer für sie. Gott hat Kenntnis von dem, was sie

machen‹. Siehst du? Es ist das gleiche Gesetz wie für Frauen, aber die Einhaltung der Worte Gottes wird nur bei Frauen durchgesetzt.« Jasmina stellte zu ihrem Staunen fest, daß sie schon wieder Dahiba zitierte, als sie fortfuhr: »Die Gesetze Gottes sind gerecht, Umma. Aber die Gesetze der Menschen, mit denen sie die Gesetze des Koran umgestoßen haben, sind es nicht. Sieh her, hier ist ein anderes Beispiel.«
Jasmina begann wieder zu blättern, und Khadija wiederholte: »Ich kann es nicht lesen.«
»Soll ich dir die Brille holen?«
»Jasmina, ich will damit sagen, ich kann nicht lesen. Ich habe es nie gelernt.«
Jasmina setzte sich verblüfft.
»Das ist meine geheime Schande«, sagte Khadija und ging zum Fenster. »Es ist ... der einzige Betrug, dessen ich mich schuldig gemacht habe. Aber dein Großvater hat mich das Wort Gottes gelehrt, auch wenn ich nicht lesen konnte. Und durch ihn kenne ich Gottes Gesetze.«
»Es ist keine Schande, nicht lesen zu können«, sagte Jasmina sanft. »Selbst der Prophet, er sei gesegnet, konnte nicht lesen und schreiben. Aber mit allem Respekt, Umma, vielleicht hat dich Großvater Ali nicht alle Gesetze gelehrt.«
»Sprich schnell ein Gebet, mein Kind. Du beleidigst deinen Großvater. Und er war ein guter Mann.«
Als Jasmina den Gesichtsausdruck ihrer Großmutter sah, den Stolz, der in den dunklen lebhaften Augen schimmerte, und die ihr angeborene hoheitsvolle Autorität, bedauerte sie ihre Bemerkung. Aber Umma sagte selbst, wenn etwas ausgesprochen war, konnte man es nicht zurücknehmen. Jasmina sagte noch sanfter: »Ich achte und ehre die Gesetze Gottes, aber die von Männern gemachten Gesetze sind falsch. Ich bin erst achtzehn und zu einem Leben verurteilt, das mehr dem Tod als dem Leben gleicht, weil ich keine Kinder bekommen kann. Ich werde für etwas bestraft, über das ich keine Kontrolle habe, für etwas, das nichts mit Ehre, sondern mit menschlichem Unvermögen zu tun hat. Du hast uns immer gelehrt, daß der ewige Gott barmherzig und weise ist. Gott sagt: ›Es ist MEIN Wille, daß ihr glücklich seid.‹ Umma, es sollte Amira erlaubt sein, sich von Omar scheiden zu lassen.«
»Eine Frau, die sich von ihrem Mann scheiden läßt, bringt Schande über ihre Familie.«

»Aber Tante Zou Zou war geschieden, und Tante Doreja und Tante Ajescha sind es auch.«

»Sie sind nur mit Großvater Ali verwandt. Sie sind nicht seine direkten Nachkommen. Es ist die Aufgabe der Enkelsöhne und Enkeltöchter von Ali Raschid, die Familienehre zu wahren.«

Jasmina griff nach der Hand ihrer Großmutter und sagte eindringlich: »Und deshalb müssen wir im Namen der Ehre leiden und unglücklich sein? Amira muß der Familienehre zuliebe eine schreckliche Ehe erdulden? Weil ich mir bei dieser abstoßenden, unredlichen Frau in der Straße des 26. Juli um der Ehre willen eine Infektion zugezogen habe, muß ich ein nutzloses Leben führen?«

»Die Ehre steht über allem«, erwiderte Khadija leise mit bebenden Lippen. »Ohne Ehre sind wir nichts.«

»Umma«, sagte Jasmina. »Du warst die Mutter, die mich erzogen hat. Du hast mich Gottes Gebote gelehrt, du hast mich gelehrt, richtig von falsch zu unterscheiden. Ich habe nie an dir gezweifelt. Aber es kann im Leben nicht nur um Ehre gehen.«

»Ich kann nicht glauben, daß eine Enkelin von Ali Raschid so etwas sagt oder daß sie so mit ihrer Großmutter spricht. Ich habe Angst um die Welt, wenn eine junge Frau Älteren widerspricht und das Wort Gottes nach Belieben verdreht. Du hast mich tief verletzt.«

Jasmina biß sich auf die Unterlippe. Dann sagte sie: »Ich bitte dich, mir zu verzeihen und mich zu segnen, Umma. Ich muß mein eigenes Leben finden ... auf meine Weise. Ich verlasse dieses Haus noch heute. Ich muß herausfinden, wohin ich gehöre. Bete für mich.«

Lange, nachdem Jasmina gegangen war, stand Khadija versteckt hinter der Maschrabija. Und als sie sah, wie ein Taxi vorfuhr, ihre Enkeltochter mit einem Koffer auf die Straße trat, in das Taxi stieg und ihren Blicken entschwand, dachte sie an das kleine Mädchen, das vor achtzehn Jahren in einer stürmischen Nacht wie heute mit ihrer Hilfe auf die Welt gekommen war.

Und in jener Nacht hatte Ibrahim Gott verflucht.

13. Kapitel

Zacharias sah Engel.
Zumindest glaubte er das. Aber die anmutigen Frauen, die ihn im sanften goldenen Licht zu umschweben schienen, waren Khadija und Sarah, die Köchin.
Es war die letzte Woche des Ramadan, und das Letzte, woran Zacharias sich erinnerte, war die unerträgliche Hitze in der Küche.
Er spürte eine Hand unter dem Kopf und etwas Warmes, Süßes an den Lippen. »Trink das«, hörte er die Stimme seiner Großmutter.
Nach ein paar Schlucken wurde Zacharias' Kopf wieder klar. Als er den besorgten Gesichtsausdruck seiner Großmutter sah, fragte er: »Was ist geschehen?«
»Du hast das Bewußtsein verloren, Zakki.«
Er sah die Tasse in der Hand seiner Großmutter und begriff, daß er gerade Tee getrunken hatte. Er richtete sich mühsam auf und fragte: »Wie spät ist es?«
»Es ist schon in Ordnung«, erwiderte Khadija sanft. »Tee ist erlaubt. Die Sonne ist bereits untergegangen. Die Familie sitzt im Salon beim Essen. Komm mit hinunter.«
Zacharias stellte fest, daß er in seinem Zimmer auf dem Bett lag. Sein Blick fiel auf Sarah, die abwartend hinter Khadija stand. »Du bist in der Küche ohnmächtig geworden, junger Herr«, sagte sie. »Wir haben dich hierher gebracht.«
Khadija strich ihm über den Kopf und fragte: »Hast du zuviel gefastet, Zakki?«
Er sank in die Kissen zurück. Ich faste nicht genug, dachte er und wünschte, Sonnenuntergang hin, Sonnenuntergang her, er hätte den Tee nicht getrunken. Der Ramadan war bald zu Ende, und Zacharias

wußte, daß der Fastenmonat und die Zeit der Buße bald vorüber sein würden. Panik erfaßte ihn, denn es blieb ihm nur noch wenig Zeit, seine Seele zu retten.

Der Siebzehnjährige hatte jeden Tag des Fastenmonats versucht, die vierte Säule des Glaubens zu erfüllen, indem er von Sonnenaufgang bis Sonnenuntergang keine Nahrung und kein Wasser zu sich nahm, auf Tabak und sogar auf Eau de Cologne verzichtete, um die Leidenschaften, die Waffen Satans, zu besiegen. Jedermann wußte, daß Essen und Trinken die Macht des Teufels vergrößerten, und deshalb hielt nur strikte Abstinenz den Feind Gottes in Schach. Aber im Ramadan ging es um mehr als nur darum, dem Körper keine Nahrung und keine Getränke zuzuführen; es galt auch, geistiges Fasten zu praktizieren. Das hatte Zacharias gewissenhaft versucht. Zur Abstinenz gehörte, irdische Gedanken zu verbannen, denn die ganze Konzentration mußte sich auf Gott richten. So, wie ein Bissen Brot das körperliche Fasten brach, so machte ein unreiner Gedanke das spirituelle Fasten zunichte.

Und Zacharias hatte an jedem Tag des heiligsten islamischen Monats sein geistiges Fasten gebrochen.

Khadija sagte: »Du bist zu streng gegen dich, mein Kind. Es ist verboten, ununterbrochen zu fasten, und ich glaube, das hast du getan. Gott verlangt von uns nur, daß wir uns von Sonnenaufgang bis Sonnenuntergang reinigen. Danach können wir nach Lust und Laune essen. Vergiß nicht, Gott ist der Barmherzige und der Ernährer.«

Zacharias wandte sich ab. Umma konnte das nicht verstehen. Er *wollte* fromm sein, er wollte, daß Gottes Gnade ihn erfüllte, aber wie konnte er dieser Gnade würdig sein, wenn es ihm nicht gelang, keine unreinen Gedanken zu haben? Wie sollte er auch nur eine Stunde, eine Minute Tahia vergessen? Es war leicht, Essen und Trinken zu vermeiden, aber sein Kopf verselbständigte sich jedesmal, wenn er Tahia ansah und an den Kuß am Abend von Amiras Hochzeit dachte.

»Was hast du, mein lieber Junge?« fragte Khadija. »Ich spüre, daß dich etwas quält. Hast du Probleme in der Schule?«

Seine grünen Augen richteten sich auf Khadija, und er sagte mit belegter Stimme: »Ich möchte heiraten.«

Khadija sah ihn überrascht an. »Aber du bist noch nicht achtzehn, Zakki. Du hast keinen Beruf, du könntest unmöglich Frau und Kinder ernähren.«

»Du hast Omar auch erlaubt zu heiraten, obwohl er noch studiert.«
»Omar hat die Erbschaft seines Vaters. Und es dauert nur noch ein Jahr, bis er sein Diplom macht und beim Staat eine Stelle als Ingenieur bekommt. Bei ihm liegt die Sache anders als bei dir.«
»Dann können Tahia und ich hier bei dir leben, bis ich mit der Schule fertig bin.«
Khadija lehnte sich zurück. »Tahia? Willst du Tahia heiraten?«
»Oh, Umma«, erwiderte er heftig, »ich verzehre mich nach ihr. Ich liebe sie. Mein Herz steht in Flammen!«
Khadija seufzte. Diese jungen Männer! Sie glühten ständig vor Leidenschaft. Wo war die Zeit der Geduld und der Beherrschung geblieben?
»Du bist noch zu jung«, sagte sie ausweichend. Sie dachte nach. Zacharias war kein richtiger Raschid. Er sollte Tahia überhaupt nicht heiraten.
»Bitte sprich mit Vater darüber. Ich fürchte mich, zu ihm zu gehen. Er behandelt mich anders als Jasmina und Amira. Er ist so abweisend und übersieht mich. Ich glaube, ich könnte niemals mit ihm darüber sprechen. Bitte, sag ihm, daß ich Tahia heiraten möchte. Umma, bitte ...«

Khadija wartete, bis die Familie gegessen hatte – während des Ramadan ging es beim Abendessen nach dem langen Fastentag laut und fröhlich zu –, und ging dann in die andere Seite des Hauses. Sie hörte Raijas Söhne mit ihrem Vetter Tewfik lachen; offenbar spielten sie zusammen Backgammon. Durch die Tür von Onkel Kareems Zimmer drang seine monotone Stimme; er las ein Dreißigstel des Korans. Das tat er in diesem Monat jeden Abend, und auf diese Weise hatte er am letzten Tag des Ramadan das ganze heilige Buch gelesen.
Ibrahim studierte ein medizinisches Fachbuch. Eine seiner Patientinnen war mit seltsamen Symptomen zu ihm gekommen, und Ibrahim wußte nicht, welche Diagnose er stellen sollte.
»Kann ich dich sprechen, mein Sohn?«
Er begrüßte sie mit einem Lächeln. Seit der Nachricht von Alices Schwangerschaft hatte sich seine Stimmung gebessert. Khadija fiel auf, daß er sogar zugenommen hatte, und sein Gesicht wirkte glatter.
Sie berichtete ihm von dem Gespräch mit Zacharias und von ihrer Besorgnis, daß er Tahia eigentlich nicht heiraten sollte, weil er nicht wirklich zur Familie gehörte.

Ibrahim sagte: »In der Zitadelle hatte ich eine Offenbarung. Umma, mir wurde klar, daß ich im Gefängnis war, weil ich, wie du mir einmal gesagt hast, Gottes Gesetz übertreten hatte, das uns verbietet, den Sohn eines anderen Mannes zu adoptieren. Seit dieser Zeit habe ich aufgehört, mir noch Gedanken um den Jungen zu machen. Tu also, was du in diesem Fall für das Beste hältst, Mutter.«
»Ich möchte das tun, was das Beste für die Familie ist.«
»Das Beste für die Familie? Wäre es für die Familie so schlimm gewesen, wenn Hassan und Amira geheiratet hätten, wie ich es wollte? Er würde sie zumindest nicht schlagen wie Omar.«
»Das ist ein altes Thema, mein Sohn. Dir ist doch sicher klar, weshalb wir diese Ehe nicht zulassen konnten. Die Art, wie Hassan dich verraten hat ...«
»Ja, Hassan hat mich verraten!« erwiderte Ibrahim heftig. »Bei Gott! Ich wünschte, du hättest es mir nie gesagt. Ich wünschte, du hättest dein furchtbares Wissen für dich behalten und mich in meiner Unwissenheit gelassen. Zumindest hätte ich dann noch einen Bruder, und Amira wäre mit einem Mann verheiratet, der sie nicht mißhandeln würde.«
Khadija starrte ihn entsetzt an. Ibrahim hatte noch nie im Leben so mit ihr gesprochen. »Bitte Gott um Vergebung, mein Sohn! Ich frage dich: Hättest du ein Freund des Mannes bleiben wollen, der dich ins Gefängnis gebracht hat? Es wäre dir lieber gewesen, wenn dieser Mann deine Tochter geheiratet hätte?«
»Die Qual der Unwissenheit ist nichts im Vergleich mit der Qual, die Wahrheit zu kennen! Jawohl, ich wünschte, du hättest mir das mit Hassan nie gesagt. Und jetzt will ich nichts über Zacharias hören. Mein eigener Sohn wird in wenigen Monaten geboren werden, und er ist das einzige, was mich kümmert. Bitte geh jetzt, Mutter. Geh und tu mit meinem ... mit dem Jungen das, was du für richtig hältst.«
»Aber er kann dir nicht gleichgültig sein, Ibrahim. Selbst wenn Zacharias nicht dein Fleisch und Blut ist, so trägst du doch die Verantwortung für ihn. Und in den Augen der Welt *ist* er dein Sohn.«
Ibrahim drehte ihr den Rücken zu und griff nach seinem Buch. »In den Augen der Welt *und* in den Augen Gottes wird mir Alice einen Sohn schenken.«
Khadija dachte unglücklich: Gott belohnt die Menschen nicht, die ihn

verfluchen. Leise sagte sie: »Du mußt deinen Frieden mit dem Allmächtigen machen, mein geliebter Sohn, bevor er dir Söhne schenkt.« Als Ibrahim schwieg, fügte sie mit einem Seufzer hinzu: »Nun gut, ich werde Zacharias erklären, daß er zu jung ist, um zu heiraten. Er ist erst siebzehn, und bevor wir eine Frau für ihn finden, muß er seinen Schulabschluß und einen Beruf haben. Und dann werde ich einen Mann für Tahia suchen.«
Ibrahim erwiderte nichts, denn es war nicht seine Aufgabe, die Nichten und Cousinen im Haus zu verheiraten. Er zählte nur noch die Tage bis zu Alis Geburt – denn sein Sohn sollte Ali heißen wie sein Großvater –, und dann würde zumindest zwischen dem Geist seines Vaters und ihm Frieden herrschen.

Kanonendonner und Trommeln dröhnten überall in der Stadt, und als der offizielle Kanonenschuß, der das Ende des Ramadan verkündete, von Radio Kairo übertragen wurde, strömten die Menschen in neuen Kleidern auf die Straßen, um Verwandte zu besuchen und den Kindern Geschenke zu bringen. Das fröhliche dreitägige Fest *Eid al-Fitr* hatte begonnen.
Zacharias und Tahia saßen auf der Marmorbank im Garten, auf der sie sich vor beinahe einem Jahr zum ersten Mal geküßt hatten. Ihnen war nicht nach Feiern zumute. Tahia war verlobt und würde noch vor dem Ende des Monats Jamal Raschid heiraten und in sein Haus ziehen. Sie fand die Aussicht nicht gerade aufregend, aber im Gegensatz zu Jasmina und Amira wäre es ihr nie in den Sinn gekommen, sich Umma zu widersetzen und Jamal Raschid nicht zu heiraten.
Sie saßen schweigend unter den Sternen und der dünnen Mondsichel, hielten sich an den Händen und atmeten den Duft von Jasmin und Geißblatt. Schließlich sagte Zacharias: »Ich werde dich immer lieben, Tahia. Ich werde nie eine andere Frau lieben. Ich werde niemals heiraten, sondern mein Leben Gott weihen.« Er sagte das, ohne zu ahnen, daß er die Worte wiederholte, die sein Vater vor beinahe achtzehn Jahren am Nilufer gebraucht hatte, als er Abschied von Sarah nahm.
Tahia legte den Kopf an seine Schulter und weinte leise.

Ibrahim warf einen Blick auf die Frau in seinem Bett und beschloß, sie sei seine letzte Prostituierte gewesen. Er hatte sich bei drei verschiedenen

Wahrsagerinnen die Zukunft voraussagen lassen; alle drei hatten behauptet, Alice trage einen Sohn im Leib; und so kam Ibrahim zu dem Schluß, er habe seine Schuld im Gefängnis abgebüßt, Gott habe die Sünden der Vergangenheit verziehen und gewähre einen neuen Anfang.

Der Mann hatte blonde Haare. Sie lichteten sich bereits, aber er war eindeutig blond. Und jedesmal, wenn sich ihre Blicke in dem Raum voller Menschen trafen, versuchte Nefissa, die Farbe seiner Augen zu bestimmen – waren sie grau oder blau?
Sie befanden sich auf einem Empfang für einen bekannten Journalisten. Als gute Freundin der Gastgeberin, einer Dame der Gesellschaft, die früher an Farouks Hof verkehrte, war Nefissa eingeladen worden. Sie wollte den interessanten Herrn kennenlernen und überlegte gerade, was sie tun sollte, als die Gastgeberin zu ihr trat. Sie war eine Frau mit scharfen Augen, die gern als Vermittlerin auftrat, und ihr war der ständige Blickkontakt zwischen ihren beiden Gästen nicht entgangen.
Nun sagte sie leise und in einem verschwörerischen Ton: »Er ist Professor an der Amerikanischen Universität. Ich finde, er sieht sehr gut aus, aber noch attraktiver macht ihn, daß er nicht verheiratet ist. Soll ich ihn dir vorstellen, meine Liebe?«

Jasmina stand in der Garderobe des Cage d'Or und zog die weiße Satin-Galabija zurecht, die sie bei ihrem Debüt tragen würde. Sie dachte flüchtig daran, daß es schön gewesen wäre, wenn die Familie bei ihrem ersten Auftritt hätte hier sein können ...
An dem Abend, als sie das Haus in der Paradies-Straße verlassen hatte, war sie von Dahiba und Hakim aufgenommen worden; die beiden waren nun ihre Familie. Und als sie für die neue, gemeinsame Tanznummer mit Dahiba endlich die Bühne betrat, glaubte sie auf Wolken zu schweben. Das Publikum applaudierte und rief:» Ja Allah!« Jasmina lächelte und begann zu tanzen.

Amira drückte Mohammed an die Brust und las dabei in dem Biologiebuch, das Zakki ihr zum Geburtstag geschenkt hatte. Sie hob kaum den Blick, als Omar in einer Wolke von Eau de Cologne aus dem Schlafzimmer kam. Und als Omar sagte, er gehe wieder aus, nickte sie nur und schlug die Seite um.

Sie fürchtete sich nicht mehr vor ihm. Was auch immer ihr Vater Omar unter vier Augen gesagt hatte, es wirkte. Omar verbrachte die Abende jetzt mit Freunden, aber dagegen hatte sie nichts. Sie hatte Mohammed, und ihr Sohn war für sie der Mittelpunkt ihres Universums, außerdem hatte sie ihre Bücher. Amira war entschlossen, eines Tages doch noch zu studieren. Sie würde unabhängig werden. Das war einer der Gründe, weshalb Amira sich bei den seltenen Gelegenheiten, in denen Omar betrunken nach Hause kam und sie zu sich ins Bett rief, heimlich vor einer weiteren Schwangerschaft schützte. Sie benutzte ein Verhütungsmittel, das aus einem von Präsident Nassers neuen Zentren für Familienberatung und -planung stammte.

Alice stellte Blumen in die Vasen des Salons – Päonien und Rosen aus ihrem Garten. Sie begutachtete die Wirkung von Rosa und Gelb und dachte über das neue Leben nach, das in ihrem Leib wuchs, über den kleinen Eddie. Er würde blond sein und blaue Augen haben wie ihr Bruder. Sie würde mit ihm nach England gehen und dafür sorgen, daß der englische Teil seines Wesens sich entfaltete. Sie wollte nicht zulassen, daß er wie Amira ein Opfer der archaischen Gesetze und Traditionen dieses Landes wurde.

Marijam Misrachi warf einen wehmütigen Blick auf den großen Umzugswagen, in dem gerade ihre letzten Möbel verschwanden. Suleiman hatte das große Haus in der Paradies-Straße verkauft, und sie zogen in eine Wohnung am Talaat Harb-Platz. Eilig ging sie an dem Möbelwagen vorbei und durch das Tor in den Garten der Raschids, wo Khadija gerade Kräuter für Salben und Heiltränke sammelte.
Khadija richtete sich auf und sah die Frau, die seit so vielen Jahren ihre Nachbarin und ihre beste Freundin war. Sie hatten zusammen die Kinder aufgezogen, Geheimnisse geteilt, sie hatten sich gegenseitig getröstet und den Beledi getanzt. Wohin nur waren die Jahre entflogen?
Marijam weinte stumm um ihre Freundin, die sich ihrem Sohn und ihrer Tochter, ja sogar von ihren Enkelkindern entfremdet hatte. Marijam wünschte, sie könnte Khadija etwas von dem dritten Kind erzählen, von Ibrahims und Nefissas Schwester. Aber Ali hatte Fatima verstoßen, und damals mußte Marijam ihrer Freundin geloben, den Namen ihrer Tochter niemals auszusprechen und sie nie zu erwähnen. Deshalb

wünschte Marijam jetzt, nicht zu wissen, was sie wußte; es wäre besser, dachte sie unglücklich, ich hätte nicht zufällig erfahren, was aus Fatima geworden ist.
Marijam fiel es sehr schwer, dieses Geheimnis zu wahren.

»Du wirst meine Königin sein, wenn ich das Land erobert habe und vom Volk zum Regenten gewählt worden bin. Du bist wie ich eine Scharif, und wir haben die Aufgabe, die Stämme der Wüste zu einen. Sie sehnen sich nach einem Führer, der ihnen das Gesetz Gottes vermitteln kann. Unsere Liebe ist die Kraft Gottes auf Erden. Nur wenn wir lieben, können wir den Menschen helfen ...« Die Stimme schien aus dem blauen Himmel zu kommen, und doch saß er vor ihr. Er hatte die nilgrünen Augen des ewigen Wassers, die dunkle Haut der Beduinen und die klare dunkle Stimme großer männlicher Kraft. Aber er konnte so sanft sein, so zärtlich, auch ohne sie zu berühren. Seine Nähe war für sie die Geborgenheit, die unendliche Weite des Himmels in seiner lichten Klarheit und das kühle Wasser der reinen Quelle. Aber als der Pfau seinen klagenden Ruf ausstieß, begann sie zu frösteln. Das kleine Mädchen war plötzlich allein. Die Nacht war gekommen, und der Schein rauchender Fackeln, fluchender, mit der Peitsche knallender Männer und das Stöhnen vieler Frauen schien sie zu ersticken. Tränen liefen ihr über das Gesicht. Der Mann in dem roten Turban mit den blitzend weißen Zähnen erschien wie ein Dämon dicht vor ihrem Gesicht. Er lachte böse. »Ja, sie ist eine Scharif, aber sie wird es nie erfahren. Dieses hübsche Ding soll die Königin der Huren werden ...«
Sie rang nach Luft, sie schrie und wehrte sich. Die gierigen Hände von Männern griffen nach ihr. Man riß ihr die Kleider vom Leib. »NEIN!«
Khadija saß schweißgebadet im Bett. Ein Sonnenstrahl fiel ihr ins Gesicht. Sie glaubte, in der Hölle gewesen zu sein. Zitternd stand sie auf, ging schwankend in ihr Bad und wusch sich das Gesicht. Erschöpft sank sie auf einen Hocker und blieb wie versteinert sitzen. Erinnerungen wurden in ihr wach. Sie sah Gesichter, vertraute Gesichter, und sie wußte: Ein schreckliches Unrecht ist in meiner Kindheit geschehen. Die Gesichter in ihren Träumen waren die Männer, die ihr Schicksal in eine grausame Richtung gelenkt hatten. War es meine Schuld, fragte sie sich beklommen. Liegt auf mir ein Fluch? Meine Familie zerbricht. Ich kann das Unheil von meinen Kindern nicht länger abwenden. In dieser Zeit

der Unwissenheit und der Verwirrung löst sich die Sippe auf. Ist das der Wille Gottes? Habe ich versagt, weil die Stämme der Wüste den Mann nicht zu ihrem König machen konnten, der ihnen das Wissen Gottes hätte bringen sollen, das Wissen um die Liebe? Tränen der Verzweiflung liefen Khadija über das Gesicht. Aber als sie im Garten plötzlich einen Vogel zwitschern hörte, richtete sie sich auf und dachte: Ich muß die Pilgerreise antreten. Ich muß nach Mekka ziehen. Nur Gott kann mir Antwort auf meine Fragen geben. Langsam erhob sie sich und spürte, wie ihr dieser Gedanke den inneren Frieden und die Sicherheit zurückgab. Nein, sie würde nicht verzweifeln, auch wenn die dunklen Mächte in diesem Haus ein böses Spiel trieben – mit ihr, den Raschids und den Menschen in Kairo.

»Armer Ibrahim«, sagte Alice und nahm die Tasse Kaffee von Marijam Misrachi entgegen. »Ich fürchte, in seiner Erinnerung weiß er von England nicht viel mehr, als daß mein Vater ihn auf unserer Hochzeitsreise nicht empfangen hat. Eddie war zu Ibrahim natürlich sehr nett. Edward war wie meine Mutter. Sie haben beide das Exotische geliebt. Aber mein Vater glaubte, ich hätte unter meinem Stand geheiratet.« Sie lauschte auf die Musik, die leise durch die Wand der Nachbarwohnung drang; es war arabische Musik, an die sie sich nie so recht gewöhnt hatte. »Ich bin so froh, daß wir die Reise machen«, fuhr sie fort. »Ich habe beinahe das Gefühl, England wird für uns noch einmal eine Alternative sein!«

»Die Familie ist wichtig«, sagte Suleiman. Er hatte sich von den Anstrengungen der letzten Jahre etwas erholt und schien den Ruhestand zu genießen. »Marijam und ich würden gern reisen und die Kinder besuchen. Aber sie sind über die ganze Welt verstreut, und leider ist eine solche Odyssee für uns zuviel.« Er sah Khadija an. »Dein Sohn ist ein guter Ehemann. Er will seine Praxis schließen, um mit seiner Frau in ihre Heimat zu fahren. Ich wünschte, ich hätte das getan, als ich noch jünger war. Ich meine, einmal um die ganze Welt reisen und meine Kinder besuchen.«

»Ich danke Gott für Ibrahims Entscheidung«, sagte Khadija, während sie sich Zucker für den Kaffee nahm. Sie verbarg ihre Befürchtungen hinter den kleinen Ritualen beim Kaffeetrinken. Sie wollte der grundlosen Angst nicht nachgeben, sie könnte ihren Sohn vielleicht nie mehr wie-

dersehen, wenn er erst einmal das Land verlassen hatte. Aber es kostete sie Mühe, sich nichts anmerken zu lassen. »Gott schenke ihnen eine sichere Reise«, sagte sie leise, »und eine baldige Rückkehr.«
Die Wohnung der Misrachis hatte einen Balkon; er war nicht groß genug, um dort zu sitzen, aber er bot genug Platz für die Töpfe mit Geranien und Ringelblumen, die Marijam so liebte. Das Beste war die große Glasschiebetür, die man an diesem heißen Septembernachmittag öffnen konnte, um neben Kochgerüchen und dem Verkehrslärm auch frische Luft hereinzulassen. Der Vorhang blähte sich in der spätsommerlichen Brise. Alice ging mit ihrem Kaffee zum Balkon, von dem man den Nil sah. »Irgendwo habe ich gehört, daß man den Lotus die Braut des Nils nennt. Woher kommt das?«
Khadija stellte sich neben ihre Schwiegertochter an die offene Tür und betrachtete das Wasser, das unter der Steinbrücke hindurchfloß; sie spürte die Macht des Flusses und atmete dankbar seine fruchtbaren Gerüche ein. Gab es einen schöneren Fluß als die Mutter der Flüsse? Gab es ein schöneres und gesegneteres Land als Ägypten, die Mutter der Welt?
»Ali hat mir erzählt, daß vor vielen tausend Jahren, zur Zeit der Pharaonen, jedes Jahr kurz vor dem Einsetzen der Überschwemmung dem Fluß eine Jungfrau geopfert wurde«, erklärte Khadija. »Man warf sie in den Nil, und wenn sie ertrank, wurde sie zur Braut des Flusses. Sie sorgte dafür, daß die Fluten fruchtbaren Schlamm herbeitrugen, der üppiges Wachstum und eine reiche Ernte versprach. Heute ist nur noch die zarte Lotusblüte die Braut des Nils.«
Alice drückte ein duftendes Taschentuch an ihren Hals. Nach einundzwanzig Jahren hatte sie sich immer noch nicht an die Hitze in Ägypten gewöhnt. »Du gehst jedes Jahr am gleichen Tag zum Fluß und wirfst eine Blume ins Wasser. Ist das deine Lotus-Zeremonie?«
Khadija dachte an den Tag, als sie Safeja Rageeb besucht hatte, als sie zum ersten Mal aus eigenem Entschluß das Haus verlassen hatte, und erwiderte: »Nein, das ist nicht der Grund. Ich habe mich einmal in der Stadt verirrt, und auf dieser Brücke dort unten habe ich mich an die Worte meines Mannes erinnert, mit denen er mir den Nil erklärt hatte. Seine Worte haben mich auf den richtigen Weg geführt und mich geleitet. In diesem Augenblick ist mir die Macht und das Mysterium des Nils bewußt geworden.« Sie sah Alice an. »Wußtest du, daß sich im

Fluß die Seelen all derer aufhalten, die in ihm ertrunken sind? Nicht nur die Seelen der Bräute, sondern der Fischer, Schwimmer und Selbstmörder. Der Nil schenkt das Leben, und er nimmt es.«
»Jedenfalls gibt er uns sehr guten Fisch«, sagte Suleiman hinter ihnen im Zimmer und griff nach seiner Kaffeetasse.
Marijam lachte. »Seit sich mein Mann vom Geschäftsleben zurückgezogen hat, ist Essen zu seiner Leidenschaft geworden.«
Suleiman überging lächelnd die Bemerkung seiner Frau und wandte sich an Alice: »Sie werden bald die Köstlichkeiten Englands genießen, liebe Alice. Teekuchen, Sahne, einen richtigen Devonshire-Tee – wunderbar. Das habe ich einmal kennengelernt, als ich 1936 dort war. Ich weiß heute noch, wie die Marmelade schmeckt.«
Marijam lachte und ging in die Küche. Alice fragte ihre Schwiegermutter: »Mutter Khadija, weshalb fährst du nicht mit uns nach England? Du hast Ägypten noch nie verlassen.«
Khadija lächelte und sagte: »Es ist eine Reise für dich und Ibrahim. Macht sie zu eurer zweiten Hochzeitsreise.« Im stillen fügte sie hinzu: Nutze die Gelegenheit, um wieder seelisch gesund zu werden.
Ibrahim hatte die Reise vorgeschlagen, nachdem Alice durch eine Fehlgeburt das Kind nicht lebend zur Welt brachte, das, wie sie hofften, ein Sohn geworden wäre. Sie schien das Trauma nicht überwinden zu können und hatte die Lust am Leben verloren. Die Aussicht einer Rückkehr in die Heimat hatte auf Alice wie ein Wunderheilmittel gewirkt und sie wieder froh gestimmt. Nein, Khadija dachte nicht daran, die beiden zu begleiten. Außerdem hatte sie eigene Pläne. Sie wollte die Pilgerreise nach Mekka antreten.
»Ich habe keine engen Verwandten mehr in England«, sagte Alice, »außer einer alten Tante. Aber ich habe dort meine Freunde.« Sie schwieg und blickte auf die hell erleuchtete lärmende Stadt, auf das brodelnde Gemisch aus Ost und West.
Kairo war ihr noch immer ein Rätsel und im Grunde so verschlossen wie bei ihrer Ankunft. Alice war und blieb eine Fremde. Es konnte geschehen, daß ihr das plötzlich drohend und geradezu körperlich bewußt wurde. Sie stand vielleicht in einem Laden, in dem sie schon oft gewesen war, feilschte auf arabisch um den Preis von Stoff oder von Schuhen, wie sie es seit zwei Jahrzehnten tat, und plötzlich schien alles wie eine Seifenblase zu platzen, sich vor ihren Augen in nichts aufzulösen.

Dann klangen die Worte aus ihrem Mund unverständlich und sinnlos, die Gerüche des Ladens und der Straße schienen sie zu überwältigen, und sie befürchtete, die Beine würden ihr den Dienst versagen; der ganze Organismus bis zu den kleinsten Zellen und Nerven schien gegen sie zu rebellieren. Sie war dem Leben hier nicht mehr gewachsen und fragte sich beklommen, weshalb sie überhaupt an diesen fremden Ort gekommen war, an den sie nicht gehörte.

Der Zustand hielt unterschiedlich lange an, und wenn sie schließlich spürte, wie sich die innere Übereinstimmung mit ihrer Umgebung langsam wieder einstellte und die Panik nachließ, dachte sie an die glühende Hitze und an den Sand, die sie zermürbten, ihr buchstäblich unter die Haut gingen, und sie hatte die Vorstellung, daß nur der Nebel und die Feuchtigkeit in England sie aus dem Feuer erlösen und wieder zum Leben erwecken könnten.

Aber es gab noch einen Grund dafür, daß sie gerade jetzt nach England fahren wollte. Darüber sprach sie mit niemandem, aber es war das Geheimnis, das am meisten an ihren Kräften zehrte. Nach der Fehlgeburt hatte sie bei sich eine ausgeprägte depressive Neigung beobachtet. Es war etwas, das sich wie totes Land in ihr ausbreitete oder wie ein eisiger, unterirdischer Fluß durch ihr Inneres zog, ohne an die Oberfläche zu treten. Alice mußte immer öfter an ihre Mutter denken und fragte sich, ob *sie* einen ähnlich lebensfeindlichen Strom in sich gespürt hatte. Deshalb bekam die Frage, was hatte Lady Frances zum Selbstmord getrieben (auf dem Totenschein stand ›Melancholie‹), für Alice immer mehr Gewicht.

Sie wollte nach England, um eine eindeutige Antwort darauf zu finden. Tante Penelope war die beste Freundin ihrer Mutter gewesen. Vielleicht wußte sie, weshalb sich Lady Frances das Leben genommen hatte. Alice mußte wissen, ob es einen äußeren Grund für den Selbstmord gegeben hatte, oder ob die Neigung zur Selbstzerstörung vielleicht angeboren, so etwas wie eine genetische Anlage war, gegen die man nichts unternehmen konnte. Alice wollte sich Klarheit verschaffen, denn sie wurde im nächsten Jahr zweiundvierzig. In diesem Alter hatte sich ihre Mutter das Leben genommen.

»Freunde sind wichtig und gut«, sagte Suleiman und stand mühsam auf, denn die steifen Gelenke machten ihm in letzter Zeit immer mehr zu schaffen. »So viele unserer Freunde sind nicht mehr hier. Sie schrei-

ben, daß es ihnen in Europa und in Amerika gutgeht. Trotzdem glaube ich, daß Präsident Nasser die besten Absichten für Ägypten hat.« Er schüttelte nachdenklich den Kopf und sagte dann, um das Thema zu wechseln: »Alice, erzählen Sie mir, wo Sie geboren sind. Vielleicht bin ich 1936 durch diese Stadt gekommen.«
Khadija ging in die Küche, wo Marijam gerade frisch gebackene Baklava aus dem Ofen holte. »Suleiman«, sagte Marijam und goß sofort kalten Sirup über das heiße Gebäck, »lebt immer mehr in der Vergangenheit. Ist das bei alten Menschen so, Khadija? Fangen die Menschen an, rückwärts zu blicken, wenn die Zukunft kürzer ist als die Vergangenheit?«
»Vielleicht bereitet uns Gott auf diese Weise auf die Ewigkeit vor. Komm, ich werde dir helfen. Auch ich denke in letzter Zeit mehr und mehr an die Vergangenheit. Es ist seltsam, Marijam, aber je älter ich werde, desto mehr fällt mir aus diesen längst vergangenen Tagen wieder ein, als näherte ich mich ihnen immer, anstatt mich von ihnen zu entfernen.«
»Vielleicht, wenn Gott will, wirst du dich eines Tages an alles erinnern und mit den schönen Kindheitserinnerungen gesegnet sein, die wir alle haben.«
Ich bin nicht mit Erinnerungen an die Vergangenheit gesegnet, dachte Khadija. Doch sie wußte, um die Vergangenheit zu suchen, mußte sie den Weg zurückgehen und Antworten auf die Fragen finden, woher sie kam und wer sie wirklich war.
Khadija dachte an den Turm, das viereckige Minarett, das in letzter Zeit häufiger als alles andere in ihren Träumen auftauchte. Wo auf der Welt stand es? Die wenigen quadratischen Minarette in Kairo waren kunstvolle, aufwendig geschmückte Bauwerke; das Minarett ihrer Träume war schlicht und ohne jeden Schmuck. Wenn sie es sah, dachte sie jedesmal, es versuche, ihr etwas zu sagen, als flüstere es:
Suche mich, und du wirst die Antworten finden – den Namen deiner Mutter, den Ort deiner Geburt. Du wirst den Stern kennen, unter dem du geboren bist.
Ich werde nach Mekka pilgern, und wenn Gott will, werde ich den Weg finden, der mich nach Ägypten geführt hat, und ich werde ihm zurück zu meinen Anfängen folgen. Vielleicht sogar zurück zu meiner Mutter. Ich bin jetzt zweiundsechzig. Sie wäre über achtzig, vielleicht sogar noch jünger, denn ich habe Ibrahim mit vierzehn bekommen ...

Als sie in das Wohnzimmer zurückkamen, schnippte Suleiman die Asche von seiner Zigarre, betrachtete sie einen Augenblick und sagte: »So, so, Amira will also Ärztin werden. Warum nicht? Rachel, die Tochter meines Sohnes Itzak, der in Kalifornien lebt, möchte auch Medizin studieren. Es ist ein guter Beruf für ein Mädchen. Frauen verstehen etwas von Schmerz und Leiden, Männer nicht. Wann haben wir jemals Schmerzen? Marijam, ich finde, wir sollten nach Kalifornien fahren und Itzak besuchen. Khadija, erinnerst du dich an meinen Itzak? Natürlich, du hast ja mitgeholfen, ihn auf die Welt zu bringen. Er schreibt mir englisch. Er sagt, seine Kinder lernen kein Arabisch, denn sie sind Amerikaner. Aber bei Gott, ich sage, sie sind Araber, und wenn ich hinfahren muß und ...«
Sie hörten lautes Klopfen an der Wohnungstür. »Wer kann das sein?« sagte Marijam und wischte sich die Hände an der Schürze ab. Aber noch bevor sie nachsehen konnte, hörten sie ein lautes Krachen, die Wohnungstür wurde aufgebrochen, und im nächsten Augenblick stürmten uniformierte Männer in das Zimmer.
Suleiman sprang auf. »Wer sind Sie? Was wollen Sie?«
»Suleiman Misrachi?« fragte der Offizier.
»Der bin ich.«
»Man hat Sie landesverräterischer Äußerungen beschuldigt.«
Khadija schlug die Hände vor das Gesicht. Träumte sie? Es war die Wiederholung der mysteriösen Festnahme von Ibrahim.
Sie hatten von den nächtlichen Razzien der Militärpolizei gehört, und es kursierten Gerüchte, die Leute würden ohne Gerichtsverfahren in Lagern festgehalten. Aber verhaftet wurden nur Anhänger der subversiven Muslimbrüder oder anderer regierungsfeindlicher Gruppen. Was konnte die Militärpolizei von einem alten jüdischen Ehepaar wollen?
»Da liegt ein Irrtum vor«, begann Marijam, aber sie wurde brutal beiseite geschoben. Sie fiel gegen eine Vitrine mit Porzellan, spürte einen scharfen Schmerz im Rücken und schrie unterdrückt auf.
Alice ging schnell zu ihr, und Khadija stellte sich vor den Offizier. »Sie haben kein Recht dazu«, sagte sie.
Aber der Offizier achtete nicht auf sie. Er gab den Soldaten die Anweisung, die Wohnung zu durchsuchen. Die Uniformierten zerrten Kleider aus den Schränken, leerten den Inhalt von Schubladen auf den Fußboden und stopften sich Schmuck und Geld in die Taschen. Einer der

Männer fuhr mit dem Arm über die Anrichte und warf eine silberne Menora sowie die gerahmten Bilder von Kindern und Enkeln der Misrachis zu Boden. Die Menora, die Rahmen, aus denen die Photos herausgerissen wurden, und Marijams antikes Silber verschwanden in einem Sack, den sie in den Hausflur schleppten.
»Alice«, sagte Khadija so leise, daß die Soldaten es nicht hörten. »Ruf Ibrahim an, schnell.«
Schließlich traten die Männer vor Suleiman.
»Nein!« schrie Marijam.
»Sie stehen unter Arrest«, sagte der Offizier mit schneidender Stimme. »Ich verhafte Sie wegen subversiver Handlungen gegen die ägyptische Regierung und das ägyptische Volk.«
Suleiman sah seine Frau fassungslos an.
»Bitte«, flehte Marijam. »Da liegt ein Irrtum vor. Wir haben doch nichts . . .«
Aber ein Soldat packte Suleiman an den Händen und ein anderer gab ihm einen Stoß, daß er durch die Tür in den Flur taumelte. Der alte Mann griff sich an die Brust, stieß einen Schrei aus und sank zu Boden.
Marijam rannte zu ihm. »Suleiman? *Suleiman!*«

»Vorsicht, Amira. Eine so tiefe Wunde kann problematisch sein«. Ibrahim sprach englisch, damit die Mutter des Kindes, eine Fellachin, die erst seit kurzem in der Stadt lebte, ihn nicht verstand und keine Angst bekam.
»Wie ist das passiert?« fragte Amira. Sie war in die Praxis ihres Vaters gekommen, um die Sprechstundenhilfe zu vertreten, die an diesem Nachmittag frei hatte. Omar war im Auftrag seiner Behörde in Kuweit, und so konnte sie ihrem Vater helfen, was sie ohnehin gerne tat.
»Eine Treppe ist zusammengebrochen . . . So, so«, sagte Ibrahim und wechselte ins Arabische. »Du bist ein tapferer Junge. Nur noch eine Minute, dann sind wir fertig.«
Während ihr Vater vorsichtig die Wunde auswusch, lächelte Amira dem Jungen aufmunternd zu. Er war eines der vielen Kinder, von denen es in der Umgebung wimmelte. Es waren die Kinder der Fellachen, die ihre Felder im Stich ließen und auf der Suche nach einem besseren Leben in die Stadt strömten. Sie hausten in Wohnungen, die für einen zehnten

Teil der jetzigen Mieter gebaut waren; sie lagerten auf Dächern und in den schmalen Gassen. Zu ihren Notunterkünften zählten Gemüsebeete, Hühner- und Ziegenställe; sie schliefen in Treppenhäusern und nicht reparierten Fahrstühlen. Deshalb gab es immer wieder Unfälle, wenn ein alter, morscher Holzbalken plötzlich nachgab, ein ganzes Gebäude ohne Vorwarnung einstürzte oder, wie in diesem Fall, eine Treppe in die Tiefe stürzte. Dem kleinen Jungen hatte sich ein Nagel in die Wade gebohrt, und Ibrahim hatte ihn gerade entfernt.
»Also, Amira«, sagte er wieder auf englisch, »wir haben die Wunde gründlich gereinigt und mit Kaliumpermanganat ausgespült. Was tun wir als nächstes?«
Amira trug einen weißen Kittel über ihrem Kleid und hatte sich wie die Sprechstundenhilfe ihres Vaters ein weißes Kopftuch umgebunden. Sie reichte ihrem Vater eine Schale mit einer violetten Flüssigkeit, die sie gerade gemischt hatte. »Gentianaviolett«, erwiderte sie, »falls kein Antibiotikum notwendig ist.«
»Kluges Mädchen«, sagte Ibrahim und betupfte die Haut des Jungen vorsichtig mit der Lösung, während die Mutter, eine Frau unbestimmten Alters in einer schwarzen Melaja, stumm zusah. »Wie du weißt, besteht bei einer tiefen Wunde, die wie in diesem Fall kaum blutet, die Gefahr einer Infektion«, fuhr er fort. »Der Junge hat Glück, seine Mutter ist so mutig gewesen, ihn hierher zu bringen. Wenn Verletzungen nicht bluten, halten diese Leute sie oft für harmlos und beachten sie nicht. Es kommt dann zu einer Blutvergiftung oder sogar zu Wundstarrkrampf, und der Betreffende stirbt.« Er stellte die Schale beiseite und zog die Handschuhe aus. »Eine solche Wunde nähen wir nicht, deshalb überlasse ich es dir, sie zu verbinden, während ich die Tetanusspritze aufziehe.«
Während Amira das magere Bein mit einer sauberen Binde umwickelte, mußte sie daran denken, daß der Junge ungefähr so alt war wie ihr Sohn. Doch dieses Fellachenkind war kleiner als der dreijährige Mohammed und offensichtlich unterernährt. Amira bezweifelte, daß die Fellachen ihr Los tatsächlich verbesserten, wenn sie in die Städte kamen. Würde es ihnen nicht doch besser ergehen, wenn sie auf ihren Feldern am Nil blieben? Aber Amira mußte sich eingestehen, daß sie so gut wie nichts über die Lebensbedingungen der Menschen auf dem Land wußte. Wahrscheinlich müssen wir aus den Städten den ersten

Schritt tun und den Fellachen helfen, ihr Leben in den Dörfern zu meistern. Wenn wir das nicht tun, werden die Armut und das Elend in den Städten so groß, daß keiner mehr glücklich sein und sich des Lebens freuen kann.
Ibrahim gab dem Jungen, der sofort in Tränen ausbrach, die Tetanusinjektion und sagte zu der Mutter: »Komm mit deinem Sohn in drei Tagen wieder. Aber du mußt öfter die Hand auf seine Stirn legen. Wenn sie heiß wird, mußt du sofort in die Praxis kommen. Wenn sein Bein hart und steif wird oder wenn du siehst, daß er unruhig wird, dann mußt du ihn auch zu mir bringen. Hast du mich verstanden?«
Die Frau nickte. Dabei blickte sie scheu über den Rand der Baumwollmelaja, die sie die ganze Zeit vor das Gesicht gehalten hatte. Sie griff in den schwarzen Stoff und brachte ein paar Münzen zum Vorschein, aber Ibrahim winkte ab und sagte: »Gebete sind mehr wert als Geld, Umma. Bete für mich beim nächsten Mulid.«
Nachdem die Frau mit dem Kind gegangen war, trat Ibrahim ans Waschbecken und wusch sich die Hände. »Vermutlich werden wir sie nicht wiedersehen, Amira. Wenn der Junge eine Infektion bekommt, wird die Mutter ihn wahrscheinlich zu einem Magier bringen, der die Dschinns austreibt.« Er sah seiner Tochter zu, die die Instrumente und Schalen säuberte. »Bist du sicher, Mischmisch, daß du so etwas für den Rest deines Lebens tun willst? Ehefrau und Mutter sein, ist ein vortrefflicher Beruf. Warum willst du Ärztin werden? Wie du siehst, kann die Praxis eines Arztes viel Frustration bringen.«
Amira sah ihn mit einem verschmitzten Lächeln an. »Weshalb bist *du* Arzt geworden, Vater?«
»Ich hatte keine andere Wahl. Dein Großvater, Gott schenke ihm Frieden, hat mir mein Leben genau vorgeschrieben.«
»Was wäre dir denn lieber gewesen?«
»Wenn ich es noch einmal zu tun hätte«, erwiderte Ibrahim und trocknete sich die Hände ab, »würde ich auf einer unserer Baumwollplantagen im Delta leben. Eine Zeitlang wollte ich Schriftsteller werden. Natürlich war ich damals noch sehr jung. Träumen alle jungen Menschen davon zu schreiben?«
Amira betrachtete ihn aufmerksam, während er sich sorgsam die Haare bürstete. Amira fand, ihr Vater, der bald fünfzig wurde, sah immer noch gut aus; zwar war er um die Hüften etwas dicker geworden, aber

das verlieh seiner Erscheinung eher ein gewisses Gewicht. Sie konnte verstehen, daß ihre Mutter sich in ihn verliebt hatte.
Sie warf die Gummihandschuhe und die schmutzige Watte in den Abfalleimer, wie Ibrahim es ihr gezeigt hatte. Dabei beobachtete sie aus den Augenwinkeln ihren Vater, der mit seinem blitzenden goldenen Füllhalter Notizen auf einer Karteikarte machte. Ihr Vater kam in das Alter, in dem arabische Männer nach Amiras Ansicht am attraktivsten waren. Dann konnte eine Frau vielleicht wieder einen Freund und Partner in ihnen sehen, wenn sie die jugendlichen Allüren ablegten, wenn ihr Leben nicht mehr ausschließlich um die Befriedigung ihrer Eitelkeiten kreiste, und statt dessen der Charakter und eine gewisse Reife erkennbar wurden. Sie hatte diese Züge auch an ihren Professoren bemerkt, an den älteren Männern in den Kaffeehäusern, selbst die alten Straßenbettler waren faszinierende und freundliche Gestalten. Sie fragte sich, ob der natürliche Adel, der bei vielen arabischen Männern irgendwann zum Vorschein kam, vielleicht ein Merkmal ihrer Rasse war, eine Erbe der Stämme aus der Wüste, die es über Jahrhunderte hinweg gelernt hatten, auch den allergrößten Härten zu trotzen und alle Prüfungen zu überleben. Selbst bei Omar sah sie bereits erste erfreuliche Anzeichen, obwohl er erst vierundzwanzig war. Vermutlich lernte er jetzt im Umgang mit Geschäftsleuten und Vorgesetzten, was er als Kind nie kennengelernt hatte: Disziplin, Bescheidenheit und Rücksicht.
Amira stellte sich vor, daß Ibrahim eines Tages wie Großvater Ali für ein Familienbild sitzen würde: Er saß auf einem Stuhl inmitten der Familie, als seien sie alle seine ergebenen Untertanen. Sie selbst würde dann bestimmt rechts neben ihm stehen. Sie mußte leise lachen und sagte schnell: »Die Plantagen im Delta gehören uns nicht mehr, Vater! Man hätte dich bereits aus deinem Schriftstellerparadies vertrieben. Und was wäre dann aus dir geworden?«
Ibrahim trat ans Fenster und blickte auf die ersten Neonlichter, die aufflammten, denn der Tag würde bald der Nacht weichen. Die Stunden der Nachmittagsruhe waren vorüber; es wurde etwas kühler, und die Menschen strömten auf die Straßen. Auf sie wartete ein Abend mit Geschäften, mit Unterhaltung oder mit Pflichten. Kairo, dachte Ibrahim und sah, wie sich vor dem Roxy eine Schlange bildete, die Stadt der ruhelosen Seelen ...

»Wahrscheinlich würde ich jetzt auf der Straße Kartoffeln verkaufen«, erwiderte er und beobachtete den alten Händler dort unten vor dem Roxy, der seinen dampfenden Karren mit Süßkartoffeln zwischen den Kinogängern hindurchschob.
Ibrahim drehte sich um und blickte auf Amira, die seine Instrumente in die weißlackierten Metallschränke legte. Sie hatte das Kopftuch abgenommen, und die blonden Haare fielen ihr über den Rücken. Sie sieht wie Alice aus, dachte er. Sie besitzt die gleiche Anmut, die gleichen behutsamen Bewegungen. Doch den wissenschaftlichen Ehrgeiz, die Entschlossenheit, unabhängig zu werden und einen Beruf zu erlernen, hatte Amira nicht von ihrer Mutter geerbt. Vielleicht, überlegte er, hat sie das von mir. Vielleicht besitze ich diese Willenskraft, ohne daß es mir bewußt ist.
Er hatte im Grunde nichts dagegen, daß sie Ärztin werden wollte, und stellte sich vor, wie er das Nebenzimmer, das er früher mit seinen Prostituierten benutzt hatte, in ein zweites Sprechzimmer umwandelte. Er lächelte schuldbewußt bei dem Gedanken an seine »Sünden« und fand, es sei vermutlich richtig, wenn er seiner Tochter half, ihre Wünsche zu verwirklichen. Wenn sie Ärztin wurde, konnte er sie in seine Praxis aufnehmen. Sie würde die Frauen und Kinder behandeln und er die Männer. Sie würden als Team arbeiten, ihre Meinungen austauschen und sich beraten: Dr. Ibrahim Raschid und Dr. Amira Raschid. Amira wäre jeden Tag bei ihm und würde Leben und Fröhlichkeit in seine Praxis bringen ...
»Aber du hast einen Sohn«, sagte er. »Solltest du ihm nicht deine ganze Kraft und Zeit widmen?«
»Wenn ich das nur könnte! Tante Nefissa hätte ihn am liebsten ganz für sich. Im Augenblick sind sie in einem Puppentheater, und ich kann froh sein, wenn ich ihn heute abend wieder abholen darf.«
»Nun ja, bis Tahia ihre Pflicht erfüllt und ein Kind bekommt, ist Mohammed das einzige Enkelkind meiner Schwester.«
Amira drehte sich um und sah ihn an. »Vater, ich habe es durch das Lernen zu Hause geschafft, mir zwei anrechenbare Jahre für das Studium zu erarbeiten. Mohammed kommt in zwei Jahren in die Schule, und dann würde ich gern anfangen, Medizin zu studieren.«
»Bist du für eine Ärztin nicht zu jung?«
»Ich werde sechsundzwanzig sein, wenn ich das Examen mache.«

»Dann bist du eine alte Frau«, erwiderte er trocken und staunte über sich, denn obwohl er Amira insgeheim unterstützte, sagte er doch das, was man von ihm als Vater erwartete: »Ich weiß nicht, Mischmasch, ein Medizinstudium ist für eine junge Dame deiner Klasse und deiner Erziehung nicht das Richtige. Denk noch einmal darüber nach. Mir wäre es lieber, du würdest mir viele Enkelkinder schenken. Schließlich ist Mohammed beinahe vier Jahre alt. Er braucht Brüder und Schwestern.«

Amira lachte. »Mein Sohn hat mehr als genug Vettern und Cousinen. Ein Bruder oder eine Schwester würden ihn nur durcheinanderbringen!«

Sie wußte, die Familie wunderte sich bereits, daß sie kein Kind mehr bekommen hatte. Niemand wußte, daß sie ein Pessar benutzte. Vor drei Jahren war sie zunächst entschlossen gewesen, sich von Omar scheiden zu lassen. Aber vorsichtige Erkundungen hatten ihr gezeigt, daß es große Schwierigkeiten geben würde. Im Gegensatz zu einem Mann mußte eine Frau ganz bestimmte Gründe haben, um eine Scheidung durchzusetzen, zum Beispiel, wenn der Mann eine lange Gefängnisstrafe verbüßte, an einer unheilbaren Krankheit litt, geistesgestört war oder seine Frau so mißhandelt hatte, daß sie dauerhafte gesundheitliche Schäden davontrug.

Eine ältere Frau, die wie Amira als Freiwillige beim Roten Halbmond arbeitete, hatte ihr einen Rat gegeben: »Anwälte! Gerichte! Petitionen!« sagte sie wegwerfend. »Jede Frau mit ein bißchen Verstand weiß, wie man einen Mann am schnellsten und am einfachsten dazu bringt, daß er sich scheiden läßt. Bei mir hat es sogar zweimal funktioniert. Meine beiden Männer waren egoistische Trottel. Es war ein großer Fehler gewesen, sie zu heiraten. Aber es gibt für jede Frau ein altes Mittel, um sie loszuwerden. Meine Mutter nannte es ›die Suppe versalzen‹. Die Zutaten sind einfach: ein schlampig geführter Haushalt, Lärm und Geschrei, wenn der Mann Besuch von Freunden hat, nicht genug Essen für die Ehrengäste, und Kinder, die vor den Augen der Fremden frech und vorlaut sind. Das sind alles Nadelstiche, die den männlichen Stolz und die männliche Ehre verletzen. Wenn das nicht hilft, dann wirkt es garantiert, wenn man ihn beim Sex auslacht. Wenn er dann die Frau nicht verstößt, wird er impotent.«

Aber so verzweifelt war Amira damals nicht gewesen, denn Omars Ver-

halten hatte sich gebessert. Außerdem bekam er nach dem Studium eine Stelle bei der Regierung und mußte oft monatelang auf Dienstreisen im Ausland sein. Seine Abwesenheit, der heimliche Gebrauch des Pessars und das Studium zu Hause machten Amira das Leben mit Omar erträglich. Es sah sogar aus, als verbessere sich ihre Beziehung. Omar behandelte sie inzwischen mit mehr Achtung, und von seinem letzten Auslandsaufenthalt hatte er ihr sogar ein Geschenk mitgebracht. Wenn sich Eheleute auf diese Weise näherkamen, und es mit der Zeit vielleicht sogar Liebe in ihrem Leben geben würde, dann sah für Amira und ihre Familie die Zukunft besser aus, und sie wollte eine Versöhnung.
»Aber ich möchte mehr, Vater«, sagte Amira. »Ja, es ist wunderbar, eine Mutter zu sein. Aber ich fühle mich in dieser Rolle eingeengt. In den Vorlesungen oder wenn ich hierher komme, um dir zu helfen, fühle ich mich wie ein anderer Mensch. Es ist wie ein Aufwachen. Ich finde zu meinem wahren Ich. Weißt du, ich beneide Jasmina um ihre Karriere als Tänzerin.«
»Dein Großvater hätte es nicht gebilligt, daß Frauen Ärztinnen werden.«
»Ich bitte *dich* um Hilfe, Vater, und du bist nicht Großvater Ali.«
»Nein«, sagte er langsam, »ich bin nicht mein Vater, Gott gebe ihm die ewige Ruhe.« Er lächelte sie an. »Also gut, Mischmisch. Wenn deine Mutter und ich aus England zurück sind, werden wir darüber reden.«
Amira umarmte ihn, und während Ibrahim sie an sich drückte, freute er sich darüber, daß seine Tochter den Mut und das Vertrauen hatte, mit ihm offen über ihre Pläne zu sprechen. Wenn ich doch auch nur so mutig wäre, dachte er, wenn ich den Mut hätte, so offen mit Alice über alles zu sprechen.
Das Telefon klingelte. Ibrahim ging in das Zimmer nebenan. Als er nach dem Gespräch in den Behandlungsraum zurückkam, war er leichenblaß.
»Was ist?« fragte Amira erschrocken.
»Suleiman ist tot. Die ›Besucher im Morgengrauen‹ waren bei den Misrachis. Alice und Khadija haben zufällig alles miterlebt...«
Es klopfte an der Eingangstür der Praxis. Amira öffnete und sah verblüfft Jamal Raschid, Tahias Mann, vor sich.
»Verzeih, wenn ich einfach hier auftauche, Ibrahim«, sagte Jamal, »aber die Not hat ihre eigenen Gesetze. Darf ich hereinkommen?«

Die knappe Art, in der Jamal die üblichen Höflichkeiten außer acht ließ, alarmierte Amira. Ibrahim begrüßte Jamal. Er bot ihm einen Stuhl an und fragte: »Ist es wegen Tahia? Geht es ihr nicht gut?«
Tahia war nach der Heirat mit Jamal Raschid zwar aus dem Haus in der Paradies-Straße ausgezogen, aber sie besuchte oft ihre Familie. Amira wußte, daß Tahia schwanger werden wollte, wenn auch bisher ohne Erfolg.
»Meiner Frau geht es Gott sei Dank gut. Ibrahim, ich bin gekommen, weil die Militärpolizei bei mir war und mir Fragen gestellt hat.«
»Was für Fragen?«
»Fragen über dich. Über deine politischen Ansichten, über dein Bankkonto und dein Anlagevermögen.«
»Wie bitte? Aber warum?«
»Ich weiß es nicht. Aber ich habe heute morgen von einem Freund – ich kann dir nicht sagen, wer es ist – erfahren, daß der Name Raschid auf einer gewissen Liste steht.«
»Auf welcher Liste?«
»Die Liste der ›Besucher im Morgengrauen‹.«
Ibrahim ging zur Tür der Praxis, blickte sich im verlassenen Flur um, schloß die Tür ab, kam zurück und verschloß auch die Tür des Sprechzimmers, ehe er fragte: »Wie ist es möglich, daß wir auf der Liste stehen? Meine Familie hat keine Probleme mit Nassers Regierung. Wir sind friedliche Leute, Jamal!«
»Ich schwöre bei der Keuschheit der Sajjida Zeinab, daß es wahr ist. Du mußt vorsichtig sein, Ibrahim. Die Militärpolizei ist mächtig. Minister Amer ist sehr gefürchtet. Nachdem die Armee alles kontrolliert, wird jemand, der es auch nur wagt, das unzuverlässige Telefonnetz von Kairo zu kritisieren, verhaftet, und sein Besitz wird im Namen des Staates konfisziert.«
Jamal blickte sich um, als könnte sich einer von Nassers gefürchteten Spitzeln in Ibrahims Sprechzimmer verstecken. »Hör zu, Ibrahim. Deine Familie ist in Gefahr. Niemand ist vor diesen Verrückten sicher. Sie kommen mitten in der Nacht, brechen die Türen auf und nehmen die Männer der Familien fest. Von den meisten hört man nie mehr etwas. Diesmal ist es anders als damals bei deiner Verhaftung während der Revolution. Es ist weit, weit schlimmer, denn sie können dein Haus, deine Konten und deinen gesamten Besitz beschlagnahmen.«

Plötzlich drangen von der Straße der Lärm von Autohupen und Stimmengewirr herauf. Amira stand auf und schloß das Fenster, während Jamal mit gedämpfter Stimme fortfuhr: »Ibrahim, du kennst meine Schwester Munirah, die mit diesem reichen Industriellen verheiratet ist. Gestern nacht waren sie bei ihr. Sie und die Kinder wurden auf die Straße getrieben, während die Soldaten das Haus mit allem, was darin war, beschlagnahmten. Sie haben ihr die Ringe von den Fingern und ihren Töchtern die Halsketten abgenommen. Ihren Mann und den ältesten Sohn haben sie mitgenommen. Man liest über solche Dinge nichts, denn die Zeitungen haben Angst, diese Greueltaten zu veröffentlichen. Es steht jedenfalls fest, daß von der Säuberungswelle die Reichen betroffen sind.«

»Ich habe gerade erfahren, daß sie bei den Misrachis waren und Suleiman so brutal zusammengeschlagen haben, daß er gestorben ist. *Bismillah*, gibt es keine Möglichkeit, sich zu schützen?«

»Ich will dir sagen, was ich gemacht habe. Bevor ich zu dir kam, habe ich meine Mietshäuser auf Tahia und meine Cousinen überschrieben. Dann habe ich mein Bankkonto aufgelöst und das Geld versteckt. Falls die ›Besucher im Morgengrauen‹ zu Jamal Raschid kommen, werden sie nicht viel finden. Glaub mir, Ibrahim, du kannst dich an niemanden wenden, du kannst niemandem trauen. Selbst einige der Mächtigen in der Regierung haben sie entmachtet.«

»Aber wieso sollte mein Name auf dieser Liste stehen? Ich habe weiß Gott seit dem Tag, an dem Farouk aus Alexandria abgefahren ist, friedlich und völlig zurückgezogen gelebt. Meiner Familie und mir kann man nichts vorwerfen! Was hat Minister Amer gegen mich?«

»Ibrahim«, erwiderte Jamal, »nicht Amer ist hinter dir her. Es ist sein Staatssekretär, den nur wenige kennen, der aber eine ungeheure Macht hat. Und wenn er einen Namen auf die Liste setzt, gibt es kein Entrinnen.«

»Wer ist dieser Mann?«

»Jemand, der einmal dein Freund war: Hassan al-Sabir.«

Ibrahim war zu allem entschlossen, aber er wollte seine Mutter und Alice noch einmal sehen, die mit Marijam die Totenwache für Suleiman hielten, und fuhr in die Synagoge.

Marijams Wohnung war beschlagnahmt und versiegelt worden. Sie

hatte nichts mitnehmen dürfen außer den Kleidern, die sie am Leib trug, und stand praktisch auf der Straße. Deshalb würde sie während der rituellen siebentägigen Trauer im Haus des Rabbiners ihrer Synagoge bleiben. Danach mußte sie sich nach einer neuen Wohnung umsehen. Khadija hatte Marijam beschworen, im Haus in der Paradies-Straße einzuziehen, aber Marijam wollte das nicht. Nach Suleimans Tod, so sagte sie, könne sie den Schmerz nicht ertragen, in die Paradies-Straße zurückzukehren, wo sie lange Jahre so glücklich gelebt hatten.
Es war ein Rätsel, weshalb sich die »Besucher im Morgengrauen« die Misrachis als Opfer ausgesucht hatten. Die Soldaten dieses Geheimkommandos schlugen in der ganzen Stadt Türen ein und nahmen Leute fest. Ihre Ziele waren aber in erster Linie die Häuser der Reichen, und bisher waren keine Juden von ihnen überfallen worden; erst recht niemand, der wie die Misrachis in relativ bescheidenen Verhältnissen im Ruhestand von den Zinsen des ehrlich verdienten Vermögens lebte. Bei ihnen gab es im Grunde nicht viel zu holen.
Khadija wollte mit Unterstützung mehrerer Familienmitglieder herausfinden, weshalb die Soldaten mit einem Haftbefehl für Suleiman gekommen waren und wohin man das Eigentum der Misrachis gebracht hatte. Bis jetzt hatten sie jedoch noch keine Hinweise.
Ein Dienstmädchen sagte Khadija, ihr Sohn sei gekommen und wolle sie sprechen.
»Hast du Neuigkeiten?« fragte sie ihn.
»Ich habe sofort mit einigen Leuten gesprochen, die ich kenne, Mutter, Leute, die mir einen Gefallen schulden. Aber keiner kann etwas tun, jeder fürchtet um seine Stellung. Niemand zieht dieses Geheimkommando zur Rechenschaft für die Greueltaten. Ich bezweifle, daß wir je erfahren werden, was aus Tante Marijams Eigentum geworden ist. Es gibt niemanden, an den wir uns noch wenden könnten.«
Khadija dachte an Safeja Rageeb, die vor beinahe fünfzehn Jahren Ibrahims Freilassung erreicht hatte. Aber ihr Mann, der Hauptmann und einer der ersten Freien Offiziere, war bei der Regierung in Ungnade gefallen. Man hatte ihn schon vor einiger Zeit in aller Stille in den Ruhestand versetzt, und somit war die Zeit vorüber, in der seine Frau jemandem helfen konnte.
»Aber ich komme aus einem anderen Grund, Mutter«, sagte Ibrahim. »Unsere Familie ist in Gefahr. Die Militärpolizei hat es auch auf uns

abgesehen. Ich möchte, daß du mit Alice so schnell wie möglich nach Hause zurückkehrst. Versteckt noch heute abend unsere Wertsachen und schärfe den Frauen ein, daß sie ruhig bleiben, falls die Soldaten kommen.«

Er wandte sich an Alice, die Khadija gefolgt war, und sagte: »Es tut mir leid, Liebes, aber wir werden unsere Reise nach England eine Weile aufschieben müssen. Unserer Familie droht Gefahr. Ich weiß nicht, wie wir diese Krise meistern werden, aber ich kann jetzt nicht alle hier im Stich lassen. Willst du allein vorausfahren?«

»Nein«, erwiderte Alice, »wir fahren, wenn die Lage wieder sicher ist.«

Marijam kam ebenfalls zur Tür. »Was ist, Khadija? Ibrahim, was ist los?«

»*Allah ma'aki*, Tante Marijam«, erwiderte er. »Verzeih die Störung, aber meine Mutter wird zu Hause gebraucht.«

»Ja, natürlich«, sagte Marijam. »In dieser unsicheren Zeit sollte man bei seiner Familie sein.«

Khadija sagte: »Ich komme zurück, sobald ich kann.«

Marijam legte die Hand auf den Arm ihrer Freundin und sagte: »Ich weiß, du willst mir helfen. Aber gib dir keine Mühe mehr. Was geschehen ist, war Gottes Wille. Ich habe meine Entscheidung getroffen: Mein Sohn wollte schon immer, daß wir nach Kalifornien kommen und bei ihm und den Kindern leben. Ich werde jetzt fahren, sobald wir ...« Die Stimme versagte ihr. ». . . Abschied von Suleiman genommen haben.«

Ibrahim sagte: »Mutter, du und Alice, ihr nehmt meinen Wagen. Der alte Achmed wird euch fahren. Ich nehme ein Taxi. Wir müssen uns beeilen.«

»Ist die Gefahr so groß?«

»Ich bete zu Gott, daß es nicht so ist.«

»Und wohin willst du?«

»Es gibt in ganz Kairo nur einen Menschen, der uns möglicherweise retten kann. Bete für mich, Mutter, daß ich mit ihm sprechen kann.«

»Da bist du ja, mein Schatz«, sagte Amira zu ihrem kleinen Sohn, als ihr Taxi vor dem Haus der Raschids hielt. Sie drückte Mohammed, der am Tor auf sie gewartet hatte, glücklich an sich und lächelte, um ihre Angst zu verbergen. Sie betrachtete das imposante, rosafarbene herrschaftliche Haus, das so einladend wie ein ruhiger Hafen wirkte, und sie dachte: In all den vielen Jahren konnte den Raschids hier niemand etwas anhaben. Was aber wird die Zukunft bringen?

Nefissa kam ihr eilig auf dem Weg mit zwei Dienstboten entgegen und nahm ihr Mohammed vom Arm. »Gott sei gelobt«, sagte sie, »jetzt ist die Familie vollzählig beisammen. Du hast in der Eile hoffentlich nichts vergessen?«

Die Diener trugen Amiras Gepäck mit ungewohnter Eile in das Haus. Als sie aus der Septemberhitze in das kühle Haus traten, sagte Nefissa: »Auf Ibrahims Anweisung verstecken wir soviel wie möglich. Wenn du Schmuck mitgebracht hast, Amira, müssen wir ihn an einem sicheren Ort aufbewahren, für den Fall, daß die Militärpolizei noch heute nacht hier auftaucht.«

Im ganzen Haus herrschte geschäftiges Treiben: unter Khadijas Aufsicht wurden Bilder von den Wänden abgenommen, und Porzellan und Kristall verschwanden von den Tischen.

Amira freute sich, als sie im Salon Jamal Raschid und Tahia sah. Die beiden jungen Frauen umarmten sich, aber Amira sah die Besorgnis in den Augen ihrer Cousine.

Alice hatte die Aufgabe, den Schmuck zusammenzutragen. Sie ging von einem Zimmer zum nächsten und nahm die wertvollen Dinge aus den Schubladen, Schmuckschatullen und Handtaschen. Basima ließ ihre Modellkleider, die Unterwäsche aus Satin und Seide, die Krokodilleder-Schuhe und Pelzmäntel in den Salon bringen, zusammenlegen und in leere Mehl- und Kartoffelsäcke packen. Die Diener trugen sie dann in die Küche, und Sarah gab ihnen Anweisungen, wo sie in dem großen gekachelten Raum gestapelt werden sollten, damit die Soldaten ihren wahren Inhalt nicht erraten würden. Raija half Doreja dabei, die Gemälde von der Wand zu nehmen und sie einzupacken; Haneija verschwand mit Alice im Garten und hob Löcher aus, in denen sie den Schmuck vergruben. Alle arbeiteten schnell und schweigsam; von der Fröhlichkeit und Ausgelassenheit, die üblicherweise im Haus herrschte, war nichts zu spüren. Es war bereits dunkel. Die Militärpolizei konnte jederzeit kommen. Aber es würde noch lange dauern, bis sie das Haus leergeräumt und alles Wertvolle versteckt oder gut getarnt hatten.

Kurze Zeit später kam Zacharias in den Salon, nahm die Brille mit dem Goldrand ab und rieb sich die Augen. Amira umarmte ihn.

Zacharias wandte sich an Khadija, die sich erschöpft einen Augenblick

zu den anderen gesetzt hatte, und sagte: »Ich hatte kein Glück, Umma. Der Verteidigungsminister ist nicht in der Stadt. Und es ist ohnehin unmöglich, ihn zu sprechen. Die Leute drängen sich zu Hunderten in seinem Wartezimmer und auf den Fluren, und alle haben ähnliche Bittschriften wie wir.«
Zacharias warf Tahia einen Blick zu, brachte es jedoch nicht über sich, Jamal anzusehen. Nach Tahias Hochzeit hatte Zacharias sich verboten, über die körperliche Seite der Ehe seiner Cousine mit dem älteren Mann auch nur nachzudenken. Aber vor zwei Wochen hatte Jamal stolz verkündet, Tahia erwarte ihr erstes Kind. Zacharias konnte den Gedanken nicht ertragen, daß ihre Schwangerschaft der Beweis dafür war, daß Jamal und Tahia in allen Aspekten eine normale und offenbar glückliche Ehe führten.
»Zakki«, sagte Khadija leise, um die anderen nicht zu beunruhigen. »Mach dir keine Sorgen mehr um die Misrachis. Marijam hat mir beim Abschied gesagt, daß sie zu ihrem Sohn nach Kalifornien fahren wird. Wir müssen uns um wichtigere Dinge kümmern.«
»Glaubst du, das wird uns helfen, Umma?« fragte Zacharias und blickte kopfschüttelnd auf das leergeräumte Haus. »Jeder weiß, daß wir reich sind.«
»Sie werden glauben, wir haben unter den schweren Zeiten zu leiden«, erwiderte Khadija. »Wir haben die Baumwollplantagen verloren, und dein Vater praktiziert in einem mittelständischen Viertel, das immer schneller von Fellachen übernommen wird. Wenn die Soldaten kommen, werden sie eine reiche Familie antreffen, die in Not geraten ist und von einem kleinen Einkommen und ihrem Stolz lebt.« Khadija wollte morgen auch die Bankkonten auflösen und das Geld in Sicherheit bringen.
Sie half den Dienstboten, die gerade begannen, die wertvollen Diwanüberwürfe aus Satin und Samt abzunehmen. Sie wurden sorgfältig zusammengelegt und auf das Dach getragen, wo Khadija sie im kleinen Obstschuppen verstecken wollte. Über die Diwane wurden dann einfache Baumwolldecken gelegt.
Zacharias fragte Amira: »Wo ist Vater?«
Sie erwiderte ausweichend: »Ich weiß es nicht, Zakki ...«
Nach Jamal Raschids Besuch in der Praxis hatte ihr Vater sie nach Hause geschickt. Da Omar im Ausland war, sollte sie ihre Sachen packen und

in die Paradies-Straße kommen, um bei der Familie zu bleiben, bis die Gefahr vorbei war. Als Amira mit dem Taxi das Haus am Nil erreichte, wo sie mit Omar wohnte, stand dort ein Wagen des Verteidigungsministeriums. Der Chauffeur überreichte ihr einen Brief. Noch jetzt zitterte sie in Erinnerung daran, wie sich der Mann von ihr eine Unterschrift als Bestätigung dafür geben ließ, daß sie den Brief wirklich erhalten hatte, als sie es ablehnte, sich auf der Stelle von ihm zu Hassan al-Sabir bringen zu lassen. Hassan hatte nur einen Satz geschrieben: »Liebe Amira, ich erwarte Dich noch heute.«
Als sie Zacharias' bekümmertes Gesicht sah, sagte sie beruhigend: »Mach dir keine Sorgen. Unser Vater weiß, was er tun muß, und bestimmt wird bald alles wieder in Ordnung sein.« Sie nahm den kleinen Mohammed aus Nefissas Armen und ging eilig nach oben. Es war mittlerweile schon spät geworden. Sie durfte keine Zeit verlieren, wenn sie das Unheil verhindern wollte.

Das Haus im Pyramidenweg stand inmitten von Zuckerrohrfeldern und Palmenhainen und war von der Straße kaum zu entdecken; man sah nur undeutlich weiße Mauern hinter uralten Dattelpalmen, Feigen- und Olivenbäumen und blühenden Büschen, die von gelben Scheinwerfern angestrahlt wurden. Dicke Platanen säumten den gepflegten Rasen und die mit Steinen gepflasterten Wege. Schwere, geschlossene Läden schützten seine Bewohner vor neugierigen Blicken. Die lange Front zur Straße und die breite Auffahrt waren taghell erleuchtet. Als Ibrahim aus dem Taxi stieg und durch das schützende Grün spähte, dachte er: Hier lebt ein sehr reicher Mann.
Er hob den schweren Türklopfer und ließ ihn einmal fallen. Die Haustür war mit so kunstvollen Schnitzereien bedeckt, daß er das Gefühl hatte, eine Moschee zu besuchen. Ein Diener in einer makellos weißen Galabija öffnete und führte ihn in einen Wohnraum. Auf dem glänzend polierten Fußboden lagen Teppiche und Tigerfelle; Ventilatoren an der Decke hielten die warme Luft in Bewegung und sorgten für Kühlung.
Der Diener zog sich zurück, und einen Augenblick später erschien Hassan. Ibrahim fand, sein ehemaliger Freund habe sich in den vier Jahren, die seit ihrem letzten Treffen vergangen waren, kaum verändert. Allerdings wirkte Hassan vielleicht noch etwas selbstzufriedener und sehr viel gelassener als an dem Abend, als Ibrahim den Ehevertrag und ihre

Freundschaft annulliert hatte. Er demonstrierte seinen Reichtum durch einen langen, reich bestickten Kaftan, die goldene Armbanduhr und schwere Goldringe.
»Willkommen in meiner armseligen Hütte«, sagte Hassan spöttisch und fügte dann lächelnd hinzu, »ich habe dich erwartet.«
Ibrahim sah sich um und erwiderte trocken: »Armselig? Ich sehe wenig von der programmatischen Schlichtheit, die ich bei einem von Nassers Henkern erwartet hätte.«
»Kriegsgewinne, mein Freund. Es ist nur der Lohn für meine Verdienste um den Sozialismus. Mein Diener bringt Kaffee, oder ziehst du Tee vor? Vielleicht möchtest du mit mir zur Feier des Tages auch einen Whiskey trinken?« Ibrahim winkte ungeduldig ab. Hassan trat an einen Getränkewagen aus Mahagoni mit Kristallkaraffen und Gläsern und goß sich einen Whiskey ein.
Ibrahim kam sofort zur Sache. »Man hat mich vor den ›Besuchern im Morgengrauen‹ gewarnt. Ist die Warnung begründet?«
»Ist das die Art, in der alte Freunde sich begrüßen? Wo bleiben deine Manieren?«
»Weshalb steht meine Familie auf der Liste?«
»Weil ich sie auf die Liste gesetzt habe.«
»Warum?«
Hassan blickte in sein Glas, nahm einen Schluck und sagte: »Du bist so direkt und unverblümt. Das sieht dir überhaupt nicht ähnlich. Na gut, wenn du es so willst ...« Er trank einen Schluck und lächelte ihn zufrieden an. »Ja, ich habe deinen Namen auf die Liste setzen lassen – und zwar aus einem Grund. Du solltest zu mir kommen und mit mir über ein Bakschisch verhandeln, damit ich ihn wieder entferne.«
Ibrahim wies auf den luxuriös ausgestatteten Raum. »Ich bin wohl kaum reicher als du.«
»Ich will kein Geld.«
»Was sonst?«
»Kannst du dir das nicht denken?«
Ibrahim ließ den Blick über die Kostbarkeiten schweifen: die großen Elfenbeinstoßzähne, die gekreuzt über dem Kamin hingen, der Zigarettenhalter aus einem Antilopenfuß, das Zebrafell auf dem glänzenden Fußboden. Unter einem schottischen Dudelsack, der auf einem Tartan an der Wand hing, stand auf einem Sockel eine altägyptische Statue;

Ibrahim zweifelte nicht daran, daß sie echt war, und ebensowenig daran, daß Hassan sie illegal erworben hatte. Hassans Beute, dachte er und fragte sich, ob Marijams kostbare antike Silbermenora ebenfalls der Sammlung des raubgierigen Hassan einverleibt worden war und irgendwo im Haus stand.
»Ich will eine andere Trophäe«, sagte Hassan, da Ibrahim nicht antwortete und ihm Ibrahims Blick durch den Raum nicht entging.
»Was meinst du damit?«
»Eigentlich will ich nur, was mir bereits gehört. Du hast es mir weggenommen, als du dich nicht an unseren Vertrag gehalten hast. Gib es mir, und dir und deiner Familie wird kein Haar gekrümmt.«
Ibrahim warf ihm einen finsteren Blick zu. »Und was ist das?«
»Natürlich Amira.«

In dem Zimmer, das Amira als Mädchen mit Jasmina geteilt hatte, standen ihre Koffer. Einer lag zum Auspacken bereit offen auf dem Bett. Nefissa kam hinter Amira in das Zimmer und sagte: »Cousin Achmed aus Assiut kommt mit seiner Frau und den Kindern. Das Haus wird heute nacht voll sein.«
»Tante, ich muß noch einmal weg. Würdest du bitte auf Mohammed aufpassen? Alle sind so beschäftigt, daß ich fürchte, er könnte vernachlässigt werden.«
Nefissa setzte sich auf das Bett und nahm den Kleinen auf den Schoß.
»Nichts lieber als das«, sagte sie, brachte ein Bonbon zum Vorschein und gab es ihm. »Aber darf ich fragen, warum du zu so später Stunde noch einmal das Haus verlassen willst? Hast du etwas vergessen?«
Amira begann plötzlich zu zittern und ließ die Handtasche fallen. Als sie sich mit hochrotem Kopf bückte und den Inhalt wieder einsammelte, sagte Nefissa: »Wenn dir die ›Besucher im Morgengrauen‹ solche Angst machen, wäre es dann nicht besser, du würdest hierbleiben, wo du in Sicherheit bist?«
»Ich habe eine Verabredung, die sich nicht verschieben läßt, Tante.«
Nefissas Neugier erwachte. »Mit wem ...«, wollte Nefissa fragen, aber Amira drehte sich wortlos um und eilte hinaus.
Mohammed wurde auf ihrem Schoß unruhig. Deshalb stellte sie den Dreijährigen auf den Boden und beschloß, Amiras Sachen auszupacken. Sie begann mit dem bereits offenen Koffer auf dem Bett. Sie nahm die

Nachthemden und die Unterwäsche heraus. Amira hatte in der Eile offenbar die Toilettentasche nicht richtig verschlossen. Der Inhalt lag im Koffer verstreut. Beim Einsammeln fiel ihr etwas in die Hand, das Nefissa stutzig machte. Als sie erkannte, daß es sich um ein Pessar handelte, war sie fassungslos.
Empfängnisverhütung? Kein Wunder, daß Amira nach Mohammed kein Kind mehr bekommen hatte. Aber Omar wußte mit Sicherheit nichts davon.
Als sie sich aufrichtete, entdeckte sie einen Lippenstift, der auf den Fußboden gefallen war. Sie hob ihn auf und sah halb unter dem Bett ein Stück Papier, das Amira aus der Handtasche gefallen sein mußte. Darauf stand in Amiras zittriger Handschrift eine Adresse.

»Was hast du gesagt?« fragte Ibrahim und machte einen Schritt auf Hassan zu.
»Ich habe gesagt, ich will Amira. Wenn du sie mir gibst, streiche ich deinen Namen von der Liste.«
»Du wagst es!«
»Sie gehört mir. Du hast sie mir versprochen und dein Versprechen gebrochen. Damit hast du bewiesen, daß du kein Ehrenmann bist. An diesem Tag hörten wir auf, Freunde zu sein. Aber wir müssen keine Feinde sein. Sag Amira, sie soll mich besuchen, und wir können ...«
»Zur Hölle mit dir!«
»Ich hätte nicht gedacht, daß du so widerspenstig bist. Schließlich steht das Wohl deiner Familie auf dem Spiel.«
Ibrahim ballte die Hände zu Fäusten. »Und wir werden als Familie gegen dich kämpfen. Du wirfst mir vor, ich sei ehrlos. Dann kennst du mich schlecht, denn ich würde meine Familie lieber auf der Straße sehen, als unsere Ehre zu verlieren. Du kannst uns nicht schaden, Hassan.«
»Vergiß nicht, mein Freund, du warst bereits einmal im Gefängnis – wegen Vergehen gegen das ägyptische Volk.«
»Wenn du meine Tochter anrührst ...«
Hassan lachte. »Ich erinnere mich noch an die Zeit, als du jung warst, Ibrahim. Du warst schon immer ein Feigling. Ich habe mit meinen eigenen Augen gesehen, wie du mit gesenktem Kopf vor deinem Vater standest und wie ein zerknirschter Schuljunge gesagt hast: ›Jawohl,

Vater.‹ Du hattest Angst vor seiner Macht, und du hast dich gefügt. Also, vor mir mußt du nicht den Helden spielen. Ich bitte dich, mach dich nicht lächerlich, sonst wirst du es später nur bereuen.«

»Gewiß, ich habe in meinem Leben Dinge getan, die ich jetzt bereue«, erwiderte Ibrahim, »ich habe es aus einer Schwäche heraus getan, und ich bin nicht stolz darauf.« Er sah Hassan an und sagte zu seinem eigenen Staunen ruhig und wie befreit von der Last der alten Schuldgefühle: »Aber ich bin nicht mehr schwach. Du sprichst von meinem Vater. Er war ein starker Mann, und im Vergleich zu ihm war ich immer ein Nichts. Mein Vater ist jetzt bei Gott, und ich bin hier unten auf dieser Erde allein auf mich angewiesen. Ich bin mein eigener Richter. Und du kannst mir glauben: Wenn ich gegen dich kämpfen muß, werde ich es tun.«

Er trat dicht an Hassan heran und sah ihm in die Augen; er roch das vertraute Eau de Cologne seines Freundes, das ihn an die lange zurückliegende Zeit in Oxford erinnerte, als sie wie Brüder gewesen waren.

»Laß die Finger von meiner Familie«, sagte Ibrahim drohend. »Laß die Finger von Amira, sonst wirst du es bereuen.«

Hassans Mund verzog sich zu einem Lächeln. »Ich habe die Macht über die ›Besucher im Morgengrauen‹, nicht du. Vergiß nicht, ich habe dich schon einmal ins Gefängnis gebracht.«

»Das habe ich nicht vergessen«, erwiderte Ibrahim.

»In deiner Akte steht, daß man dich ... verhört hat. Stimmt das?«

Ibrahim biß sich auf die Lippen. »Du kannst mich nicht provozieren. Ich kämpfe nicht hier und nicht jetzt gegen dich.«

»Ich will nicht mit dir kämpfen. Ich will Amira.«

»Du wirst sie niemals bekommen.«

Hassan erwiderte achselzuckend: »Auf die eine oder die andere Weise wird sie mein. Dann wirst du wohl oder übel zur Kenntnis nehmen müssen, daß ich kein Mann bin, mit dem man sich Scherze erlaubt. Ich bin kein Mann, mit dem du Verträge schließt und sie dann brichst. Du hast mich gedemütigt, Ibrahim, und ich beabsichtige, dir das gleiche anzutun.«

Als Amiras Taxi an dem Haus im Pyramidenweg vorfuhr, sah sie nicht mehr, wie ein anderes Taxi das Gelände verließ, denn sie ließ sich auf der Straße absetzen und nicht die Auffahrt hinauffahren. Sie sah auch

nicht den Fahrgast, ihren Vater. Sie wollte ein paar Schritte zu Fuß gehen, ehe sie Hassan gegenübertrat. Was sollte sie ihm nur sagen? Und was wollte er von ihr? Weshalb hatte er sie aufgefordert, noch *heute* zu ihm zu kommen?
Amira ging langsam auf dem gepflasterten Weg zwischen den Bäumen und Sträuchern und erreichte schließlich die kunstvoll geschnitzte Eingangstür der großen Villa.
Onkel Hassan mußte inzwischen wirklich ein mächtiger und reicher Mann sein. Aber weshalb bedrohte er die Raschids? Warum wollte er die Familie vernichten? Es konnte doch nur ein Irrtum oder ein Mißverständnis vorliegen. Sie würde offen mit ihm reden, und bestimmt ließ sich alles aufklären ...
Zögernd stand sie vor dem Eingang und spürte, wie ihre innere Sicherheit immer mehr ins Wanken geriet.
Onkel Hassan war seit mehr als vier Jahren nicht mehr in der Paradies-Straße gewesen. Er war weder zu ihrer Hochzeit gekommen, noch zu Jasminas Geburtstagsfeiern und auch nicht zu Zacharias' Schulabschlußfeier. Ihr Vater erwähnte ihn nicht mehr, aber das war nicht weiter ungewöhnlich, denn er hatte sich im Laufe der letzten Jahre von allen seinen alten Freunden zurückgezogen. Aber trotzdem, Hassan war ein so guter Freund gewesen, daß seine Kinder ihn ›Onkel‹ nannten. Er gehörte quasi zur Familie. Warum war Hassan al-Sabir überhaupt nicht mehr zu ihnen gekommen?
Amira holte tief Luft und klopfte. Ein Diener öffnete, und sie folgte ihm in das Wohnzimmer, das wie ein Museum wirkte. Hassan saß auf einem Diwan. Als er sich zu ihrer Begrüßung erhob, wurde ihr bewußt, daß sie zum ersten Mal mit ihm allein war.
»Amira, du meine Güte!« sagte er und kam ihr mit ausgestreckten Armen entgegen. »Welche Überraschung! Mein Gott, bist du groß geworden. Du bist eine erwachsene Frau.« Er drückte ihr herzlich die Hände und lächelte. »Willkommen. Gottes Friede sei mit dir.«
»Gottes Friede und SEIN Segen seien mit dir, Onkel Hassan.«
Er lächelte sie freundlich an. »Ah, ich bin immer noch dein Onkel, ja? Bitte nimm doch Platz.«
Amira betrachtete das Ledersofa, auf dem Leopardenfelle lagen, und ihre Augen wurden groß vor Staunen, als sie sich umblickte.
»Wie du siehst, mein Liebes, geht es mir zur Zeit nicht gerade schlecht.«

Ein gerahmtes Photo auf dem Kaminsims weckte Amiras Neugier, und sie ging hinüber. Es zeigte zwei junge Männer in weißen Polohosen und -hemden. Sie blickten lachend in die Kamera.
»Dein Vater und ich, vor langer Zeit in Oxford«, sagte Hassan, der neben sie getreten war. »Unsere Mannschaft hatte das Turnier gewonnen. Es war einer der schönsten Tage in meinem Leben.«
»Onkel Hassan, ich bin gekommen, um mit dir über meinen Vater zu reden.«
Er legte ihr den Arm um die Schulter und führte sie zu dem Ledersofa. Sie nahmen beide dort Platz, und er redete weiter, ohne auf ihren Einwurf zu achten.
»Meine Zeit auf der Universität wäre ohne deinen Vater sehr einsam gewesen«, sagte er leise. »Weißt du, ich stand ganz allein auf der Welt. Mein Vater war gerade gestorben, meine Mutter war schon seit Jahren tot, und ich hatte keine Brüder oder Schwestern. Wenn sich Ibrahim Raschid nicht mit mir angefreundet hätte, wäre ich ein sehr unglücklicher Student in Oxford geworden. England war eine fremde Welt für mich. Ich konnte mich mit den Menschen und Sitten dort nicht anfreunden. Ich war anfangs richtig verzweifelt.« Er sah Amira an. »Ich habe deinen Vater sehr geliebt – ich glaube, er wußte nicht, wie sehr.«
Amira sah, daß seine Augen feucht wurden. Er wirkte so sanft und irgendwie sehr nachdenklich. Sie faßte sich ein Herz und fragte: »Onkel Hassan, weißt du, warum ich gekommen bin?«
»Berichte mir zuerst, was es Neues in eurer Familie gibt. Geht es allen gut?« Er rückte auf dem Sofa näher. »Ach, übrigens, was sagt deine Großmutter zu dem Unglück der Misrachis?«
»Die Misrachis? Umma regt sich natürlich sehr darüber auf. Wir sind alle fassungslos und traurig, daß Onkel Suleiman auf so tragische Weise gestorben ist. Aber warum ...«
»Ich habe gehört, deine Großmutter stellt das ganze Haus auf den Kopf und will auf ihre Weise der Zukunft vorgreifen.«
Amira runzelte die Stirn. »Woher weißt du das?«
Er achtete nicht auf ihre Frage, sondern sagte leise lachend: »Weißt du, ich habe deine Großmutter immer ›den Drachen‹ genannt. Sie hat mich nie leiden können, vom ersten Tag an nicht, als mich Ibrahim nach unserer Rückkehr aus Oxford mit in die Paradies-Straße nahm. Das war lange, bevor du geboren wurdest, meine schöne Amira.« Er blies auf

eine Locke ihrer blonden Haare und ließ sie dann durch seine Finger gleiten. »Ich habe es an ihren Augen gesehen, als er mich ihr vorstellte. Sie lächelte, aber plötzlich erstarrte sie zu Eis. Ohne Grund, Mischmisch.« Er lachte wieder, und es klang so zynisch, daß ihr ein Schauer über den Rücken lief... »Weißt du überhaupt, daß ich dich heiraten wollte? Dein Vater und ich, wir hatten sogar schon den Ehevertrag unterschrieben. Aber der Drache hat Ibrahim dazu gebracht, einen Rückzieher zu machen, weil ich nicht gut genug für dich war, wie sie sagte.«

Als er ihr über die Haare streichen wollte, stand Amira hastig auf und stolperte in ihrer Erregung beinahe über ein Zebrafell. »Onkel Hassan, ich habe gestern abend etwas gehört, was ich unmöglich glauben kann. Es hängt mit den ›Besuchern im Morgengrauen‹ und einer gewissen Namensliste zusammen.«

»Ach ja, die Liste. Was ist damit?«

»Ich habe erfahren, daß meine Familie auf dieser Liste steht.«

»Und wenn es so wäre?«

»Onkel Hassan, hast du etwas mit den ›Besuchern im Morgengrauen‹ zu tun?«

»Aber natürlich, meine liebste Mischmisch. Die *Zuwwar el-Fagr* unterstehen dem direkten Kommando des Verteidigungsministers Hakim Amer, und ich bin seine rechte Hand. Deshalb beruht alles, was sie tun, auf meinen Befehlen.« Er stand ebenfalls auf, trat dicht vor Amira und sah sie herausfordernd an. »Um dir die nächste Frage zu ersparen, mein liebes Kind. Ich war auch verantwortlich für die Durchsuchung und Beschlagnahmung der Wohnung der Misrachis. *Ich* habe die Soldaten geschickt.«

»Du! Aber wieso? Was haben sie dir getan?«

»Nichts. Die Misrachis sind unschuldig. Ich habe sie sozusagen nur als Köder benutzt.«

»Was meinst du mit ›Köder‹?«

Er drehte sich um und ging zu dem Getränkewagen, wo er sich einen Whiskey einschenkte, an dem Glas roch und mit Genuß einen Schluck trank. »Ich will etwas Bestimmtes, und das ist mein Weg, um es zu bekommen. Ja, ich habe die Raschids auf die Liste gesetzt. Auf meine Anweisung werden die Soldaten in euer Haus in der Paradies-Straße kommen. Und ich versichere dir, sie werden es gründlich ausräumen

und dann alles beschlagnahmen. Ich kenne bereits die meisten Verstecke, die sich deine umsichtige Großmutter ausgedacht hat. Meine Augen sind überall in dieser Stadt. Es gehört nicht viel Phantasie dazu, sich auszumalen, wie dann deine stolze Großmutter und alle anderen der Familie auf der Straße stehen. Es sei denn, natürlich, ich bekomme, was ich will.«
Amira begann zu zittern. »Und was ist das?«
»Das bist natürlich du.« Hassan stellte das Glas ab und kam auf sie zu. »Ich kann den Namen Raschid von der Liste streichen. Ich kann euer Haus vor den ›Besuchern im Morgengrauen‹ schützen. Aber alles hat seinen Preis. Du kannst ihn gewissermaßen bezahlen ... hier und jetzt.«
Sie starrte ihn voll Entsetzen an.
»Im Grunde trifft deinen Vater die Schuld, Amira, an dieser nicht ganz so erfreulichen Lage. Er hat unsere Freundschaft mit Füßen getreten und dich mit Omar anstatt mit mir verheiratet. Ich habe die ganze Zeit mit meiner Rache gewartet. Aber jetzt werde ich sie durch dich haben, denn diesmal kann mich dein Vater nicht an der Erfüllung meiner Wünsche hindern.«
Amira biß sich auf die Lippen. Dann fragte sie kaum hörbar: »Und wenn ich mich weigere?«
»Dann kommt die Militärpolizei in die Paradies-Straße. Und ich versichere dir, man wird niemanden verschonen.«
»Von mir bekommst du nicht, was du willst.«
»O doch.« Er griff nach ihr und zog sie an sich. Als sie versuchte, ihn zurückzustoßen, packte er mit einer Hand ihre beiden Handgelenke und riß ihr die Bluse auf. »Von unserer süßen Stunde wirst du keinem Menschen etwas erzählen«, murmelte er, griff mit der Hand unter den Büstenhalter und umfaßte ihre feste junge Brust. »Was wir jetzt tun, das ist und bleibt unser wundervolles Geheimnis.« Er schob den Büstenhalter hoch und wollte ihre Brüste küssen.
Mit einem Aufschrei riß sich Amira los und rannte durch das Zimmer. Sie stieß gegen einen Tisch, und eine Vase zerbrach klirrend auf dem Boden. Hassan holte sie ein, schlang von hinten die Arme um sie und schob sie gegen die Wand.
»Schließlich«, sagte er, »ist in einem solchen Fall wie diesem die Ehre einer Frau ruiniert und nicht die des Mannes.« Er flüsterte ihr ins Ohr:

»Vergiß nicht, du bist aus freien Stücken hierher gekommen. Du wirst alles tun, was ich sage, und ich werde es *sehr* genießen, denn ich sehne mich schon lange nach dir, viel zu lange. Ich werde nicht länger warten. Jetzt ist meine Stunde gekommen, liebste Amira.« Er küßte ihr den Nacken. »Und wer weiß? Vielleicht genießt du es ebenfalls.«

Nefissa nahm Mohammed bei der Hand und versprach ihm, ein Eis zu kaufen. »Wir fahren noch einmal in die Stadt, mein kleiner Schatz! Wie findest du das?« Sie lief mit ihm zur Garage und fuhr los. Aber Nefissa hatte etwas anderes im Sinn. Als der Kleine zufrieden sein Eis leckte, bog sie in die Hauptstraße ein, die sie zur Brücke führte. Am Stadtrand von Kairo fand sie den Pyramidenweg und dann die hell erleuchtete Villa. Sie sah einen Diener in der Auffahrt, der den gepflasterten Weg fegte. Nefissa kurbelte das Wagenfenster herunter und rief: »Gottes Friede sei mit Euch. Könnt Ihr mir sagen, wer in diesem Haus wohnt?«
»Bei Gott, Sajjida, hier wohnt Hassan al-Sabir«, antwortete der Diener leise. »Er ist ein sehr mächtiger Mann.«
Hassan al-Sabir!
Was um alles in der Welt will Amira bei diesem Teufel?

14. Kapitel

Die Zuschauer im überfüllten Cage d'Or sprangen von den Sitzen und riefen: »Ja Allah! Jasmina! Dahiba!«
Es folgte Dahibas Trommelsolo, der Höhepunkt ihres Auftritts. Jasmina bedankte sich bei dem Publikum mit Kußhänden und ging ab, um Dahiba die Bühne wieder allein zu überlassen. Es war Herbst, aber der Abend war trotzdem sehr warm. Jasmina konnte es deshalb kaum erwarten, das Kostüm auszuziehen – eine schlichte weiße Baumwoll-Galabija mit einem roten Seidentuch um die Hüften. Das »Neue Ägypten«, wie Nasser es konzipiert hatte, verlangte eine nüchterne Atmosphäre. Und so hatten Jasmina und Dahiba wie alle Unterhaltungskünstler in Kairo die aufwendigen Kostüme weggepackt, den Flitter aus den Shows entfernt und die Choreographie abgewandelt, um dem Publikum mehr Beledi und Folklore anstelle der effektvolleren »orientalischen« Tänze zu bieten. Trotz der regierungsamtlichen Auflagen waren ihre Auftritte immer ausverkauft und die Zuschauer begeistert.
Zu Jasminas Überraschung wartete Amira hinter der Bühne auf sie. Die Schwestern hatten sich in den vergangenen Monaten nur selten gesehen. Jasmina erschrak, als sie das verstörte Gesicht und die von Tränen roten und verquollenen Augen ihrer Schwester sah. Sie war allein gekommen, ohne ihren Sohn, den sie normalerweise immer bei sich hatte. Aber als Amira ihre Schwester sah, lächelte sie und umarmte Jasmina.
»Du tanzt von Tag zu Tag besser«, sagte Amira bewundernd, »hast du das schon gesehen?« Jasmina schüttelte den Kopf. »Nein? Dann lies es!«
Sie gab Jasmina einen Zeitungsartikel. »Die bezaubernde Jasmina, der neue Stern am Club-Himmel von Kairo, ist eine Tänzerin von unvergleichbarem Talent. Sie besitzt die Geschmeidigkeit einer Schlange, die Anmut einer Gazelle und die Schönheit eines Schmetterlings. Es be-

steht schon heute kein Zweifel daran, daß Jasmina eines Tages selbst die große Dahiba, ihre Lehrmeisterin, überragen wird.« Jakob Mansour hatte diese Hymne geschrieben; Jasmina hatte den Namen noch nie gehört.
Amira lachte: »Wer auch immer es sein mag, der Mann ist in dich verliebt, Jasmina! Du hast in ihm einen Verehrer und aufrichtigen Bewunderer deiner Kunst.«
Jasmina hatte bereits mehrere Verehrer. Diese Männer erkundigten sich bei Hakim Raouf nach dem Schützling seiner Frau. Manchmal schickten sie Blumen und Karten mit anbetungsvollen Komplimenten hinter die Bühne. Doch die einundzwanzigjährige Jasmina hatte nicht die Absicht, sich zu verlieben. Sie richtete ihre ganze Kraft darauf, die größte Tänzerin von Ägypten zu werden. Für einen Ehemann oder einen Liebhaber gab es keinen Platz in ihren Plänen. Jasmina trauerte sogar dem Zensor nicht mehr nach, für den sie geschwärmt hatte. Er war inzwischen verheiratet und hatte ein Kind.
Jasmina bemerkte die Bedrücktheit ihrer Schwester, sah ihre zitternden Hände und spürte, wie sie mit großer Mühe versuchte, ihre Haltung zu bewahren. Beunruhigt ging sie mit Amira in die Garderobe, bestellte telefonisch Tee und fragte dann: »Was ist los, Mischmisch? Du scheinst unglücklich zu sein? Ist etwas mit Omar?«
»Ach ... nein. Mich ... beschäftigt einfach etwas ... ich finde keine Ruhe mehr und kann nicht mehr schlafen.«
»Ich glaube, du verlangst dir zuviel ab«, sagte Jasmina und steckte die langen schwarzen Haare auf, bevor sie begann, sich abzuschminken. »Du bist Mohammeds Mutter, besuchst Vorlesungen an der Universität und arbeitest bei Vater als Sprechstundenhilfe. Sei froh, daß du dich nicht auch noch um deinen Mann kümmern mußt!«
Im Spiegel sah Jasmina, wie ihre Schwester niedergeschlagen den Kopf sinken ließ und mit den Tränen kämpfte. Sie drehte sich um und sagte: »Mischmisch, irgend etwas stimmt nicht. Bitte sag mir, was es ist.«
»Ich weiß nicht, wie ich es dir sagen soll, Jasmina«, erwiderte Amira leise. »Es ist etwas Schreckliches geschehen.«
»Mein Gott, wovon redest du?«
»Ich habe etwas getan ... nein, ich meine, es ist mir etwas passiert.« Amira starrte auf den Fußboden und fuhr dann kaum hörbar fort: »Es war am Tag von Suleiman Misrachis Tod. Ich habe bisher mit nieman-

dem darüber gesprochen, nicht einmal mit Mutter. Außer dir gibt es keinen Menschen, dem ich mich anvertrauen kann. Und ich weiß nicht einmal, wie ich es dir sagen soll.«

»Sag es einfach, so wie wir es als Mädchen immer getan haben. Damals hatten wir nie Geheimnisse voreinander, oder?«

»Jasmina, ich bin schwanger.«

Immer wenn Jasmina hörte, daß eine Frau von einer Schwangerschaft berichtete, wurde sie traurig. Vielleicht würde sie in ihrem Leben Erfolg haben, vielleicht würde sie ihr Ziel erreichen und berühmt werden, aber mit Sicherheit würde sie nie eine stolze und glückliche Mutter sein. Unwillig unterdrückte sie sofort diese Gedanken und sagte zu Amira: »Freu dich doch. Das ist ja wundervoll!«

»Nein, Jasmina, es ist überhaupt nicht wundervoll. Du weißt, daß ich mich vor einer Empfängnis geschützt habe. Omar ahnt nichts davon, niemand weiß es, außer dir.«

»Keine Verhütungsmethode ist ganz sicher. Pannen kommen vor. Ich weiß, du willst Medizin studieren und Examen machen. Du wirst es einfach noch eine Weile aufschieben müssen.«

»Du verstehst mich nicht, Jasmina. Es ist nicht Omars Kind.«

Durch die dünnen Wände drang donnernder Applaus, und vor der Tür hörte man das Geräusch schwerer Tritte. Jasmina stand schnell auf, drehte den Schlüssel im Schloß und setzte sich wieder. »Wenn es nicht Omars Kind ist, von wem ist es dann?«

Amira berichtete Jasmina von Jamal Raschids Besuch in der Praxis, von seiner Warnung und davon, daß er den Namen des Mannes herausgefunden hatte, der die Familie auf die Liste der Militärpolizei gesetzt hatte. Sie erzählte von dem Brief mit der Aufforderung, Hassan al-Sabir zu besuchen. »Ich bin zu ihm nach Hause gegangen. Ich dachte: Onkel Hassan kann so etwas Schreckliches nicht tun! Aber er hat alles zugegeben und erklärt, er mache das bewußt, weil er *mich* will. Er hat sogar behauptet, wir seien verlobt gewesen, und Vater habe den Vertrag gebrochen.«

»Bei allen Heiligen«, murmelte Jasmina. »Das kann doch nicht wahr sein. Und was ist dann geschehen, Amira?«

»Als mir klar wurde, daß ich mich nichtsahnend in die Höhle des Löwen gewagt hatte, wollte ich davonlaufen, aber er hat mich festgehalten. Ich habe versucht, mich zu wehren, aber er war zu stark.«

Jasmina schloß die Augen und murmelte: »Er soll in der Hölle brennen. Arme Amira! Und du hast niemandem etwas davon gesagt?«
Amira schüttelte den Kopf.
»Onkel Hassan...«, sagte Jasmina ungläubig. »Wenn ich daran denke, daß ich ihn als kleines Mädchen angehimmelt habe. Ich habe sogar davon geträumt, ihn zu heiraten! Und jetzt sagst du, daß er ein Ungeheuer ist und dich vergewaltigt hat!«
»Und ich trage sein Kind in meinem Leib.«
Die saßen stumm nebeneinander, bis Jasmina sich plötzlich aufrichtete und energisch sagte:
»Amira, hör zu! Du darfst mit niemandem darüber reden. Man würde dich verurteilen. Denk nur an Tante Fatima, deren Namen wir niemals aussprechen durften. Wir wissen alle nicht, was sie getan hatte, aber Großvater Ali war nicht bereit, ihr zu vergeben. Er hat sie aus dem Haus gejagt, und selbst ihr Bruder und ihre Schwester sprechen niemals von ihr.«
»Und so wird es auch bei mir sein.«
»Aber Amira! Was hast du dir nur dabei gedacht? Du bist *allein* in das Haus eines Mannes gegangen. Das ist das Schlimmste, was eine Frau tun kann. Hassan hat dich eingeladen, aber nicht *gezwungen*, zu ihm zu kommen.«
»Ich bin doch nur hingegangen, um mit ihm zu sprechen. Du weißt doch, wie entsetzt wir damals alle waren. Sie hatten Onkel Suleiman umgebracht. Umma hat alle Wertsachen versteckt, und das Haus wurde bereits auf die ›Besucher im Morgengrauen‹ vorbereitet. Alle hatten schreckliche Angst... nicht zuletzt um Vater. Wenn sie ihn noch einmal ins Gefängnis werfen, wird er das nicht überleben. Man berichtet von den schrecklichsten Foltern und Greueltaten der Militärpolizei. Ich dachte, wenn Hassan etwas gegen uns hat, dann muß es ein Mißverständnis sein. Aber er wollte sich an Umma und Vater rächen... und hat mich überwältigt.« Sie schlug die Hände vor das Gesicht und schluchzte.
»Du bist das Opfer, Amira, aber trotzdem wird man dich bestrafen.« Sie legte ihrer Schwester mitfühlend den Arm um die Schulter und dachte nach. Dann sagte sie: »Hör zu, Omar wird glauben, das Kind sei von ihm. Er ist so von sich eingenommen, und seine Eitelkeit wird ihn blind machen. Er würde sich nie eingestehen, daß ihm das Kind nicht ähnlich

sieht. Auch alle anderen werden glauben, daß es sein Kind ist. Welchen Grund hätten sie, etwas anderes zu denken? Wir dürfen niemandem die Wahrheit sagen, Mischmisch. Du wärst ruiniert, und der Skandal würde die Familie vernichten. Wir müssen an Umma und Vater denken, aber in allererster Linie an dich. Wir werden beide das Geheimnis bewahren.«

Amira seufzte. »Du redest wie Umma.«

»Vielleicht hätte sie dir genau dasselbe gesagt, wenn du zu ihr gegangen wärst. Also, ich bin nach der Vorstellung mit Freunden zum Essen verabredet. Ich möchte, daß du mitkommst. Sag nicht nein. Du gehst so selten aus, und es sind nette, anständige Leute. Du bekommst ein Kind, und das ist schön. Ich beneide dich darum, und ich werde dafür sorgen, daß du Hassan al-Sabir vergißt.«

Als Jasmina später am Abend im Bett lag und das warme Licht des Herbstmondes auf ihre Satindecke fiel, hörte sie im Geist Amiras Worte: »Du redest wie Umma.« Und sie erkannte staunend, daß Umma in vieler Hinsicht Recht gehabt hatte. Manchmal mußte man Geheimnisse hüten, um die Familienehre zu schützen.

Mit schlechtem Gewissen dachte sie an den heftigen Wortwechsel mit Umma, bevor sie das Haus verlassen hatte. Ich muß meine Großmutter um Verzeihung bitten, dachte sie, ich muß mich mit ihr aussöhnen. Wie kann ich jemanden ablehnen, der mich seit meiner Geburt geschützt, umsorgt und geliebt hat?

»Kalifornien ist so merkwürdig«, schrieb Marijam. »Ich frage mich, ob ich mich hier je zurechtfinden werde. Aber es ist ein schönes Erlebnis, wieder einmal in einer vollen Synagoge zu sitzen! Suleiman wäre glücklich darüber gewesen. Mein Herz ist bei Dir in Ägypten, meine Schwester, und bei Suleiman.«

Khadija ließ sich den Brief geben, den ihr Zubaida gerade vorgelesen hatte, und betrachtete die Schrift. Sie konnte die Worte nicht lesen, aber sie spürte Marijams Geist in der Tinte und dem Papier. Das tröstete sie in dieser schweren Zeit.

Die »Besucher im Morgengrauen« hatten das Haus der Raschids noch nicht heimgesucht, doch die Familie war vorbereitet: Der Salon war ausgeräumt, die Frauen trugen kein Make-up, keinen Schmuck und keine teuren Kleider; und das Essen, das aus der Küche kam, wurde bescheiden nach Sarahs dörflichen Rezepten zubereitet. Alle schliefen schlecht, und jedesmal, wenn es an der Tür klopfte, waren die Nerven zum Zerreißen gespannt. Nur Ibrahim hatte sich erstaunlich verändert. Er schien keine Angst vor der Militärpolizei zu haben, verbreitete bei allen Zuversicht und Hoffnung. Khadijas Sohn stand jetzt sehr früh morgens auf, las viel in seinen medizinischen Büchern und widmete sich mit ganzer Hingabe seinem Beruf. Er erzählte oft von den Fellachen, die er behandelte und die vertrauensvoll zu ihm in die Praxis kamen. Er half als Arzt, wo immer er nur konnte, und kam oft spät abends aus der Praxis zurück. Aber selbst wenn er erschöpft war, dann wirkte er nicht deprimiert, sondern eher zufrieden. Khadija faltete Marijams Brief sorgfältig und schob ihn in die Tasche. Als sie aufblickte, sah sie zu ihrer Verblüffung Jasmina in den Salon kommen.

»Umma?«

»Meine geliebte Enkeltochter! Gott sei gepriesen!«

»Oh, Umma! Ich hatte Angst, du würdest mich nicht sehen wollen. Die Dinge, die ich gesagt habe, tun mir schrecklich leid!«

Khadija lächelte unter Tränen. »Du warst damals achtzehn, und in deinem Alter weiß man eben alles besser.« Sie breitete die Arme aus, und Jasmina umarmte sie. »Du bist gewachsen und etwas rundlicher geworden.«

»Ich bin jetzt Tänzerin, Umma.«

»Ja«, sagte Khadija. »Amira hat es mir erzählt.«

»Bei meinem Auftritt gibt es überhaupt nichts Unschickliches, Umma. Ich trage eine schöne Galabija mit langen Ärmeln, und sie reicht bis zu den Fußknöcheln.« Jasmina lachte. »Umma, und wenn ich den Beledi tanze, solltest du sehen, wie glücklich die Menschen sind!«

»Dann bin ich froh, denn Gott hat einen Platz für dich gefunden. Vielleicht hat ER dir in SEINER unermeßlichen Güte damals, als ER dir mit der einen Hand etwas nahm, mit der anderen Hand etwas gegeben. Mach die Leute glücklich, mein Kind! Bewirke, daß ihre Herzen singen, denn das ist Gottes kostbares Geschenk für dich.«

»Ich möchte, daß du Dahiba, meine Lehrerin kennenlernst.«

»Die Frau, bei der du wohnst?«

»Amira hat dir bestimmt von ihr erzählt! Dahiba ist eine ehrbare Frau, Umma. Hast du ihre Filme gesehen?«

»Als ich jung war, hat dein Großvater manchmal eine seiner Frauen mit in ein Filmtheater genommen. Damals gab es einen gesonderten Bereich für Frauen, vergitterte Balkone, wo man sitzen konnte, ohne gesehen zu werden. Ali war bei den Männern im Publikum, und seine Frauen saßen mit seiner Mutter und seinen beiden Schwestern auf dem Balkon. Sie haben uns anschließend alles ganz genau erzählt. Ich weiß noch, in dem einen Film ging es um Ehebruch, und ich war entsetzt. Ich wollte das Haus um keinen Preis verlassen, auch nicht, um in ein Filmtheater zu gehen. Nein, ich kenne Dahibas Filme nicht.«

»Umma, ich möchte, daß du sie kennenlernst. Inzwischen verläßt du manchmal das Haus. Warum kommst du nicht mit mir, und ich kann dir zeigen, wo ich wohne. Du wirst sie mögen, ich weiß es.«

Khadija runzelte die Stirn. Eine Tänzerin? Die Frau, die ihr Enkelkind zu sich genommen hatte? »Ich würde mich in Gesellschaft einer solchen Frau nicht wohl fühlen«, sagte sie nachdenklich, aber Jasmina sah, daß ihre Großmutter verunsichert war.

Wie alle in Kairo mit viel Geld, so hätten sich auch Dahiba und ihr Mann Hakim einen schlichteren Lebensstil zugelegt und aufgehört, ihren Reichtum zur Schau zu stellen. Hakim hatte zwar Freunde in der Regierung, und Dahiba gehörte zu den Lieblingen der Kabinettsmitglieder, aber sie fühlten sich nicht sicher – niemand tat das. Deshalb hatte Dahiba ihre Pelze und Juwelen zusammen mit den prächtigen Kostümen eingepackt, und Hakim hatte den Chauffeur entlassen. Er fuhr den Chrevrolet selbst, und Dahiba verzichtete darauf, in der Öffentlichkeit als Star aufzutreten.

Die beiden saßen an diesem Nachmittag in ihrem Wohnzimmer, tranken Kaffee und aßen Orangen, während sie Drehbücher lasen, als Jasmina plötzlich in der Tür erschien. »Ich habe jemanden mitgebracht, den ihr kennenlernen müßt!«

»Al hamdu lillah!« rief Hakim. »Doch nicht unseren Präsidenten Nasser?«

Jasmina lachte. »Du machst dich immer über mich lustig. Nein, es ist nicht der Präsident, sondern meine Großmutter. Sie sitzt draußen in der Eingangshalle.«

Hakims Lächeln erstarb, und er wechselte einen Blick mit seiner Frau.

»Meine liebe Jasmina«, sagte Dahiba und erhob sich von ihrem Platz auf

dem Sofa. »Ich glaube, das war keine besonders gute Idee. Du hast selbst einmal gesagt, deine Großmutter wird mich nicht mögen.«
»Doch, wir haben uns lange unterhalten, und sie sagt, sie möchte dich kennenlernen! Du weißt, wie sehr ich mir gewünscht habe, daß zwischen Umma und mir wieder alles in Ordnung ist. Es war wegen Amiras ... Amira hat mir neulich abend im Club etwas erzählt, und daraufhin habe ich beschlossen, mich mit Umma auszusöhnen. Du hättest sehen sollen, wie sie sich gefreut hat, als ich zurückgekommen bin, Dahiba! Vielleicht billigt sie tief in ihrem Innern das Leben von Tänzerinnen nicht, aber bitte, gib ihr eine Chance. Es bedeutet mir so viel.«
Dahiba sah Hakim an, der aufstand und sagte: »Also, ich muß jetzt ins Studio. Ich gehe durch die Küche.«
»Ich muß dich warnen«, sagte Jasmina aufgeregt zu Dahiba, als sie allein waren. »Meine Großmutter ist sehr altmodisch. Sie geht nicht ins Kino oder in Nightclubs, deshalb hat sie noch nie etwas von dir gesehen oder gehört. Ich hoffe, du nimmst es ihr nicht übel.« Sie verschwand in der Halle draußen, und als sie zurückkam, hielt sie Khadija die Tür auf.
»Dahiba«, sagte sie, »ich habe die Ehre, dich mit meiner Großmutter bekanntzumachen. Umma, das ist Dahiba, meine Lehrerin.«
Ein kurzes Schweigen lag plötzlich in der Luft, das nur durch die leisen Verkehrsgeräusche von der Straße durchbrochen wurde. Dann sagte Dahiba mit einem traurigen Lächeln. »Willkommen in meinem Haus. Friede sei mit dir und die Güte Gottes.«
Khadija erwiderte nichts. Sie stand versteinert wie eine Statue in der Tür und starrte Dahiba stumm an.
Dahiba seufzte. »Willst du mich nicht wenigstens begrüßen, Mutter?«
Khadija drehte sich wortlos um, sah Jasmina mit einem vernichtenden Blick an und ging wortlos aus dem Zimmer.
»Warte!« rief Jasmina und lief hinterher. »Geh nicht weg, Umma!«
»Laß sie gehen, Kind«, sagte Dahiba. »Laß sie gehen.«
»Das verstehe ich nicht. Warum ist sie gegangen? Was ist denn passiert?«
»Komm her und setz dich ...«
»Warum hast du ›Mutter‹ zu ihr gesagt?«
»Weil Khadija meine Mutter ist. Ich heiße in Wirklichkeit Fatima Raschid, und ich bin deine Tante.«

Das Novemberlicht fiel gedämpft durch die Vorhänge in das Wohnzimmer, und aus der Teekanne stieg der Duft von Minztee. Fatima goß zuerst Jasmina eine Tasse ein und dann sich selbst. Sie lehnte sich zurück – das war das Zeichen, daß das Gespräch begann.
»Bist du mir böse«, fragte sie, »weil ich es dir nicht gesagt habe?«
»Ich weiß nicht, ich bin völlig durcheinander. Du hast mir gesagt, deine Eltern wären bei einem Unfall ums Leben gekommen.«
»Das habe ich erfunden. Außer Hakim habe ich niemandem gesagt, wer meine wirklichen Eltern sind. Und ich habe es dir nicht verraten, Jasmina, weil ich keine Ahnung hatte, was meine Mutter dir über ihre verstoßene Tochter erzählen würde. Ich hatte Angst, du würdest mich verachten und nicht mehr mit mir tanzen wollen.«
»Aber wie kommt es, daß niemand in der Familie herausgefunden hat, daß du die berühmte Dahiba bist? Bestimmt hat dich doch jemand in einem Club oder in einem deiner Filme gesehen.«
»Ich war noch sehr jung, als mein Vater mich aus dem Haus gejagt hat. Als ich berühmt wurde und als ich anfing, Filme zu drehen, hatte ich mich äußerlich verändert. Ich war reifer geworden, und wie du weißt, Schminke und Kostüme verändern das Aussehen eines Menschen. Außerdem hat mich niemand auf der Leinwand oder auf einer Bühne vermutet. Einmal bin ich zufällig Marijam Misrachi begegnet. Ich kam aus dem Ballsaal des Hilton, und sie stand im Blumenladen in der Hotelhalle. Ich weiß nicht, ob sie mich erkannt hat oder ob ihr auffiel, daß ich die Tänzerin war, die auf dem Plakat draußen angekündigt wurde. Ich dachte einen Augenblick lang, sie würde zu mir kommen und mit mir reden. Aber sie blieb mit unbewegtem Gesicht stehen und hat es nicht getan.«
»Was ist damals geschehen?« fragte Jasmina. Sie stellte die Tasse ab und beugte sich vor. »Umma hat uns nie etwas erzählt, sie hat nie gesagt, warum du die Familie verlassen hast.«
Fatima trat zum Fenster und blickte auf die länger werdenden Schatten unten auf der Straße. Ein Mann in einer langen schmutzigen Galabija schob einen zweirädrigen Karren, auf dem sich Plastiksandalen türmten. »Ich war erst siebzehn«, sagte sie leise, »so alt wie du, als du dich auf die Bühne geschlichen und mir vorgetanzt hast.«
Sie zündete sich eine Zigarette an und blies eine Rauchwolke in das matte Sonnenlicht. »Ich war Ummas Liebling, und sie hatte sich große

Mühe gegeben, mich mit einem Mann zu verheiraten, der nach ihrer Ansicht die beste Wahl war – ein reicher Pascha und ein entfernter Verwandter. Das war 1939, und ich war fünfzehn. In der Hochzeitsnacht floß kein Blut. Umma war außer sich und warf mir vor, ich hätte etwas mit einem Jungen gehabt. Aber ich erzählte ihr, daß ich in der Nacht vor der Hochzeit im Bad unglücklich gestürzt war. Ich zeigte ihr den Blutfleck auf meinem Nachthemd, und da wußte sie, was geschehen war. Ich war immer noch Jungfrau, aber wie du...«, sie lächelte bitter, »nicht mehr ›an den Mann zu bringen‹.«

Jasmina rief: »Deshalb hast du mir gesagt, ich sollte sofort nach Hause gehen und Umma von meinem Unfall auf der Treppe erzählen!«

»Ich wußte, sie würde sofort an die Operation denken, durch die das Hymen wiederherzustellen ist. Die gab es schon damals, und sie wollte, daß ich mich ihr unterzog. Aber mein Vater, dein Großvater Ali, sagte nein, das sei eine Lüge und daher unehrenhaft.

Aber von da an verging kein Tag, an dem er nicht seinen Ärger an mir ausließ. Meine Anwesenheit lag wie ein Schatten über dem Haus. Mutter war zwar freundlich und versuchte, verständnisvoll zu sein, aber ich verkraftete das Unrecht nicht und wurde immer rebellischer. Ich war der Ansicht, daß die Gesellschaft ungerecht sei, denn sie macht mit ihren fragwürdigen Moralvorstellungen aus unschuldigen Mädchen Opfer und bestraft die Opfer mit einem Leben, in dem ihnen die Würde einer Frau verweigert ist. Ich wollte mich nicht damit abfinden und begann, unverschleiert auszugehen. Ich freundete mich mit einer Tänzerin an, die mich an aufregende und gefährliche Orte mitnahm – in die Kaffeehäuser in der Mohammed Ali-Straße. Dort...«, Fatima seufzte, »in der ungezwungenen Gesellschaft von Tänzerinnen und Musikern lernte ich Hosni kennen. Er war ein Teufel von einem Mann. Er sah gut aus, war höflich und gewandt, aber er hatte überhaupt kein Geld. Hosni spielte die Trommel, und wie alle Musiker in der Mohammed Ali-Straße hing er in den Kaffeehäusern herum und wartete auf Arbeit. Er sah mich eines Abends tanzen und war der Meinung, wir könnten zusammen auftreten. Er heiratete mich und schwor, mich in alle Ewigkeit zu lieben. Wir mieteten eine kleine Wohnung und verbrachten unsere Tage und Nächte mit anderen Musikern und Tänzerinnen in den Kaffeehäusern und warteten darauf, daß uns jemand für eine Hochzeit oder ein Fest engagierte. Als Vater das erfuhr, war er wütend. Er sah in

Tänzerinnen nichts anderes als Prostituierte, und deshalb verstieß er mich. Mir machte es nichts aus. Hosni und ich standen auf der untersten Sprosse der gesellschaftlichen Leiter. Die Leute blickten auf uns herab, aber wir waren unaussprechlich glücklich.«

Fatima schwieg. Schmerzliche Erinnerungen stiegen in ihr auf. Wunden, die sich im Grunde nie geschlossen hatten, machten sich wieder bemerkbar. Es fiel ihr sichtlich schwer weiterzusprechen.

»Und dann . . . wir waren beinahe ein Jahr verheiratet, fuhr Hosni nach Alexandria, und ich traf bei Khan Khalili, wo ich mir ein Kostüm machen ließ, zufällig eine befreundete Tänzerin. Wir redeten miteinander, und sie fragte mich teilnahmsvoll, ob ich jetzt sehr unglücklich sei und so weiter. Als ich sie verwundert ansah und nicht verstand, warum ich unglücklich sein sollte, sagte die Tänzerin, sie hätte geglaubt, daß die Scheidung von Hosni für mich ein schwerer Schlag gewesen sei. Es war ein grausamer Schock. Hosni hatte ohne mein Wissen vor Zeugen dreimal die Scheidungsformel gesprochen, und ich war rechtmäßig von ihm geschieden. Er hatte mich sitzenlassen und mir nicht einmal mitgeteilt, daß wir nicht mehr verheiratet waren. Ich habe ihn nie wiedergesehen.«

»Aber warum hat er sich von dir getrennt, wenn ihr so glücklich gewesen seid?«

»Jasmina, Liebes, ein Mann ist nur an einer Frau interessiert, wenn sie für ihn unerreichbar ist. Sobald er sie hat, verliert er früher oder später das Interesse an ihr. Deshalb ist für eine Frau ein Kind, ein Sohn, die einzige Möglichkeit, ihren Mann zu halten. Jeder weiß, daß ein Mann seine Frau nicht unbedingt lieben muß, aber seine Kinder wird er immer lieben. Hosni hat sich von mir getrennt, weil ich nicht schwanger wurde. Ich habe damit seine Männlichkeit in Frage gestellt, und diese Beschämung konnte er nicht verkraften.«

»Und was hast du danach getan?«

»Ich konnte nicht in die Paradies-Straße zurück. Deshalb habe ich versucht, mir meinen Lebensunterhalt als Tänzerin zu verdienen. Mein Leben war eine Zeitlang sehr hart, Jasmina. Ich möchte dir keine Einzelheiten erzählen, aber ich habe ein paar Dinge getan, derer ich mich schäme. Und dann sah mich Hakim Raouf bei einer Hochzeit tanzen. Er bot mir eine Rolle in einem Film an. Nach einer Weile verliebte er sich in mich, und obwohl ich ihm sagte, ich könnte wahrscheinlich keine Kinder bekommen, hat er mich geheiratet.«

»Ich bewundere Onkel Hakim. Er ist so verständnisvoll, so liebenswürdig und gescheit.«

»Er ist noch sehr viel mehr.«

Fatima ging zu der Anrichte, in der sie Silber und Tischwäsche aufbewahrte, schloß die unterste Schublade auf und nahm ein zerfleddertes Notizbuch heraus. »Ich tanze nicht nur«, sagte sie und gab Jasmina das Buch, »ich schreibe auch Gedichte. Die meisten Männer wären wütend, wenn ihre Frauen so etwas schreiben würden, aber Hakim ermutigt mich. Er hofft sogar, daß ich eines Tages etwas veröffentlichen kann.«

Jasmina schlug das Buch auf und blätterte durch die vergilbten Seiten. Dabei stieß sie auf ein Gedicht mit dem Titel »Die Strafe der Frau«, und sie las:

»Am Tag meiner Geburt
wurde ich verurteilt.

Ich kannte meine Ankläger nicht
Ich sah keinen Richter.

Das Urteil wurde gesprochen, als
ich den ersten Atemzug tat.

Denn ich bin eine Frau.«

Jasmina las fasziniert weiter. Aus den Gedichten sprachen Bitterkeit und Ernüchterung. Sie handelten von der besitzgierigen Herrschaft der Männer, von den ungerechten Gesetzen Gottes und der blinden Unwissenheit der Gesellschaft. Das letzte Gedicht in dem Buch war wie ein Donnerschlag und der endgültige Bruch mit allem:

Den Gläubigen verheißt Gott
Jungfrauen im Paradies.
Sie sind nicht für mich bestimmt,
Wenn ich sterbe.
Sie sind für meinen Vater,
Meine Brüder,
Meine Onkel,
Meine Neffen,
Meine Söhne.
Mich erwarten keine Jungfrauen
Und ich komme nicht in das Paradies.

Fatima sagte: »Als du damals plötzlich auf die Bühne gekommen bist, glaubte ich, dich irgendwie zu kennen. Als du mir gesagt hast, wie du heißt ... Mein Gott, du kannst dir nicht vorstellen, was für ein seltsames Gefühl das war. Du, die Tochter meines Bruders! Deine Augen und dein Mund ... du siehst Khadija so ähnlich. Es fiel mir an diesem Abend sehr schwer, nichts zu sagen und zu schweigen. Ich wollte dich umarmen und küssen – dich, die einzige meiner Familie, die zu mir gekommen war, mich bewunderte und meine Schülerin werden wollte. Aber ich hatte Angst, du würdest davonlaufen, wenn du die Wahrheit erführst. Ich zweifelte nicht daran, daß die Familie schreckliche Geschichten über mich, die verruchte Tänzerin, erzählt hatte.«

Jasmina schüttelte staunend den Kopf. »Niemand hat je deinen Namen ausgesprochen, und alle deine Photos waren aus den Alben entfernt worden.«

»Deshalb hat mich keiner der Jüngeren aus der Familie erkannt. Selbst Ibrahim und Nefissa können sich bestimmt nur noch vage daran erinnern, wie ich ausgesehen habe.«

»Es muß schrecklich für dich gewesen sein.«

»Bis ich meinen lieben Hakim kennenlernte, war es das. Es ist furchtbar, Jasmina, von seiner Familie verstoßen zu werden, besonders von einer so großen Familie wie den Raschids. Es ist ein Fluch, wenn man von den Eltern, Geschwistern und Verwandten behandelt wird, als sei man tot ... In der Anfangszeit, bevor ich Hakim kennenlernte, habe ich mir oft gewünscht, tatsächlich tot zu sein.«

Fatima kam zurück zum Sofa und drückte die Zigarette im Aschenbecher aus. »Umma verläßt also inzwischen das Haus. Ich dachte, sie würde das niemals tun.«

»Ich glaube, sie hat es zum ersten Mal getan, als Papa im Gefängnis war. Niemand weiß, wohin sie damals gegangen ist ...«

»Ibrahim war im Gefängnis? Was mir alles entgangen ist! Sag, bist du wie ich im großen Himmelbett deiner Großmutter zur Welt gekommen? Seit dem vorigen Jahrhundert sind alle Raschids in diesem Bett geboren worden. *Bismillah!* Dieses Haus hat eine bewegte Vergangenheit. Ich könnte dir Geschichten erzählen!« Plötzlich lachte sie. »Ich sehe den großen Springbrunnen im Garten noch vor mir. Onkel Salah hat eines Abends darin gebadet. Er hatte zuviel Haschisch geraucht, zog sich splitternackt aus und erklärte, er sei ein Fisch! Hat die große Treppe

immer noch das geschwungene Geländer? Dein Vater und ich sind morgens immer darauf heruntergerutscht, und Umma war dann sehr böse. Im Erdgeschoß stand ein riesiger Schrank, der grundlos knarrte. Als Kinder haben wir immer gesagt, da spukt es.«
»Er knarrt noch immer. Mein Bruder Zakki, Amira und ich haben das auch gesagt.«
»Ich erinnere mich an den Garten mit dem hohen Papyrus und den staubigen alten Olivenbäumen. Gibt es die noch?«
»Tante Alice hat den Garten sehr verändert. Jetzt ist es ein englischer Garten mit Nelken und Begonien. Aber er ist sehr schön.«
»In der Küche gab es an der Wand neben dem Südfenster einen Fleck, einen gelben Fleck, der wie eine Trompete aussah. Er ist schon viele Jahre alt, Jasmina, älter als ich, und ich bin zweiundvierzig. Oh ja, es gibt so viele Geschichten in diesem großen Haus...«
»Hast du meine Mutter gekannt?« fragte Jasmina.
»Nein.«
»Tante...«, sagte Jasmina und lachte verlegen, weil es doch seltsam war, wie plötzlich aus ihrer angebeteten Lehrerin eine »Tante« geworden war, »warum söhnst du dich nicht mit Umma aus? Warum gehst du nicht zu ihr und erklärst ihr alles?«
»Mein liebes Kind, ich wünsche mir nichts sehnlicher, als mich mit meiner Familie auszusöhnen. Aber als ich Hosni geheiratet habe, hat mein Vater schreckliche Dinge zu mir gesagt, und meine Mutter hat mich nicht verteidigt. Ich war damals noch ein junges Mädchen, und sie war eine erwachsene Frau. Sie muß den ersten Schritt tun.«
Fatima schwieg und trank Tee. In die Stille hinein sagte sie leise: »Jasmina, es gibt so viel, was ich dir über unsere Familie erzählen will, und auch so viel, was ich wissen möchte. Aber...« Sie wirkte plötzlich traurig. »Wirst du mich jetzt verlassen und zu deiner Großmutter zurückgehen? Ich glaube, sie wird dich auch verstoßen, wenn du mich nicht verläßt. Wenn du bei mir bleibst, wirst du sie vielleicht niemals wiedersehen.«
»Wenn das Gottes Wille ist, dann soll es so sein«, erwiderte Jasmina. »Ich bleibe. Du bist meine Tante, du bist meine Familie, und ich werde das Tanzen niemals aufgeben.«

15. Kapitel

Der Verkehr auf der Straße zum Flughafen war chaotisch. Nefissa steuerte kopfschüttelnd ihren Fiat durch die Wagenkolonne und überlegte, was wohl die Ursache für die verstopfte Straße sein mochte.
Seit Wochen wurde von Krieg geredet. Seit dem Einmarsch der Israelis in Syrien befand sich die ägyptische Armee im Alarmzustand. Wie in den Tagen der Revolution herrschte in Kairo eine gespannte Atmosphäre; die Menschen drängten sich um die Radios in den Kaffeehäusern und lasen erregt die Kriegspropaganda in den Zeitungen. Nefissa fragte sich, ob Israel womöglich doch Ägypten den Krieg erklärt habe. Sie drückte auf den Knopf, um im Radio die Nachrichten zu hören, überlegte es sich dann aber doch anders. Sie wollte nicht an den Krieg denken. Heute kam ihr Sohn nach Hause zurück, und sie freute sich darauf, ihm die wundervollen Neuigkeiten zu berichten, mit denen sie ihn überraschen wollte.
Als sie das Flughafengebäude schließlich erreichte, stellte sie enttäuscht fest, daß viele Flüge storniert worden waren. Die Passagiere saßen fest, und andere, die wie Nefissa ankommende Reisende abholen wollten, waren verärgert.
Nefissa drängte sich durch die Menschenmenge und betete, daß Omars Maschine aus Kuwait noch landen würde, bevor der zivile Flugverkehr völlig zum Erliegen kam. Nach den aufgeregten Gesprächen um sie herum zu urteilen, war Nefissas Vermutung richtig. Präsident Nasser hatte offenbar den nationalen Notstand verfügt. Die Mobilmachung war in vollem Gange. Ägypten stand kurz vor dem Krieg.
An den Schaltern herrschte ein heilloses Durcheinander. Nefissa versuchte, irgendeinen Angestellten zu finden, der ihr vielleicht Auskunft geben konnte. Aber sie wurde hin und her geschoben und von dem Menschenstrom mitgerissen. Schließlich entdeckte sie den Ausgang

hinter der Zollkontrolle, durch den die Reisenden kamen. Sie bahnte sich mit den Ellbogen einen Weg durch die Menge, die sich in die andere Richtung schob. Nefissa wollte herausfinden, ob es sich bei den vielen Männern, die gerade angekommen waren, um die Passagiere der Maschine aus Kuwait handelte, mit der Omar kommen sollte. Viele Ägypter waren wie auch Omar zum Reservedienst nach Hause zurückbeordert worden. Nach wenigen Metern blieb sie atemlos stehen und hielt nach ihm Ausschau. Plötzlich stand ein großer, blonder Mann vor ihr. Er hielt einen Diplomatenpaß in der Hand, den er bedächtig in seine Brieftasche legte. Er trug einen englischen Trenchcoat. Ihre Augen trafen sich flüchtig. Beide murmelten: »Entschuldigung«, und drängten sich aneinander vorbei.
Nefissa blieb nach ein paar Schritten stehen und drehte sich um. Sie sah gerade noch, wie er in der Menge verschwand. Einen Augenblick erinnerte er sie an ... Sie schüttelte den Kopf und ging weiter.
Bevor der Mann im Trenchcoat den Ausgang des Flughafengebäudes erreichte, blieb er stehen und blickte über die Schulter zurück. Die Frau, die plötzlich vor ihm stand ... ihre Augen ... Sie erinnerten ihn an die Augen, in die er sich vor zweiundzwanzig Jahren, während des Weltkriegs als junger, in Kairo stationierter Leutnant verliebt hatte ... Augen über einem Schleier ... eine geheimnisvolle Frau, die verborgen hinter einem Maschrabija saß und auf ihn wartete ... Sie hatten nach vielen Monaten einer leidenschaftlichen Liebe, die sich nur auf Blickkontakte beschränkte, schließlich eine wundervolle Nacht in einem alten Harem verbracht ...
Sein Chauffeur wartete mit dem Wagen, und er hatte eine dringende diplomatische Mission. Der Mann im Trenchcoat verließ nachdenklich lächelnd den Flughafen.
Nefissa blieb noch einmal stehen und sah sich um, doch sie sah den Ausländer nicht mehr. War es möglich? War *er* es gewesen? Diese blauen Augen, die schmale, gerade Nase, die langen, sehnigen Finger – sie würde ihn nie vergessen!
Sie wollte gerade umkehren und ihm folgen, als über den Lautsprecher die Landung der Maschine aus Kuwait angekündigt wurde. Nefissa blickte noch einmal in die Richtung, in die der Fremde gegangen war. Dann schüttelte sie den Kopf. Er ist es bestimmt nicht gewesen, dachte sie und drängte sich zum Ausgang hinter der Zollkontrolle.

Als Nefissa ihren Sohn endlich durch die Tür kommen sah, winkte sie und rief glücklich seinen Namen. Nun konnte sie ihm alles erzählen. Sie wollte ihm die Neuigkeit sofort sagen, als sie sich umarmten, aber das Chaos und der Lärm im Flughafen machten es unmöglich. Sie würde warten, bis sie im Wagen saßen und zurück in die Stadt fuhren. Sie würde sich gedulden und Omar von seiner Arbeit auf den Ölfeldern von Kuwait berichten lassen. Erst dann wollte sie ihm alles so sagen, wie sie es viele Male in Gedanken geprobt hatte: »Ich habe beschlossen, zu dir und Amira zu ziehen. Eine Mutter gehört zu ihrem Sohn und zu ihren Enkelkindern. Es ist nicht richtig, daß ich immer noch im Haus meiner Mutter lebe. Ich habe ein eigenes Zuhause verdient.« Omar würde ihr natürlich zustimmen. Er hatte schließlich mit der Tradition gebrochen und für sich und seine Frau eine Wohnung genommen. Und wo blieb da seine Mutter? Es war ihr Recht, den Haushalt ihres Sohnes zu führen, das würde jede Mutter in Kairo so sehen.

Nefissa hatte es sich in den Kopf gesetzt, für Omar und Mohammed zu sorgen. Nach einer längeren, aber am Ende enttäuschenden Affäre mit dem Professor von der Amerikanischen Universität und einem erfolglosen Flirt mit einem englischen Geschäftsmann hatte sich Nefissa schließlich mit der Tatsache abgefunden, daß sie nie mehr die Liebe und Leidenschaft erleben würde wie damals in der wunderbaren Nacht in dem alten Harem. Sie sagte sich, es sei töricht, ihren englischen Leutnant in anderen Männern finden zu wollen. Jetzt begann sie bereits in ihrem Wahn, ihn auf dem Flughafen zu sehen! Nein, sie wollte sich von diesem Traum verabschieden und ihn durch einen anderen ersetzen.

»Ich bin so froh, dich wieder hier zu haben, mein Sohn«, sagte sie, als sie auf der Beifahrerseite einstieg, während sich Omar ans Steuer setzte. »Du hast eine wichtige Stellung, aber du bist oft sehr lange von zu Hause weg.«

»Wie geht es allen, Mutter? Was macht Amira? Das Baby wird bald kommen, Gott sei gepriesen.«

Nefissa wich seinen Fragen aus und riet ihm, nicht in die verstopfte Flughafenstraße einzubiegen, sondern lieber den Umweg über die Schnellstraße durch die Wüste zu fahren. Die Sonne ging bereits unter. Panzer rollten nach Osten, in Richtung Sinai, wo es bereits dunkel war. Nefissa wollte nicht über Amira sprechen. Ihre Nichte war der einzige Schönheitsfehler in ihrem ansonsten perfekten Plan.

Sie hatte sich bereits nach einer größeren Wohnung umgesehen, und nachdem sie eine geeignete gefunden hatte, kaufte sie neues Porzellan und Silber, denn sie wollte die sehr einfachen Sachen, die Amira und Omar zur Zeit benutzten, ausrangieren; sie kaufte neue Möbel, Vorhänge, Teppiche und Bilder für die Wände. Es war wirklich eine große Sache mit einer wunderbaren Perspektive für die Zukunft. Aber sie empfand Amira als einen bedrohlichen Schatten, der ihr den Weg zu ihrem Glück versperrte.
Nefissa konnte nichts beweisen, doch sie hatte den Verdacht, daß Amira nicht von ihrem Sohn, sondern von Hassan al-Sabir ein Kind bekommen würde. Sie hatte das Pessar zwischen Amiras Toilettenartikeln nicht vergessen. Hätte Omar gewußt, daß sie Empfängnisverhütung praktizierte, wäre er bestimmt über die Schwangerschaft seiner Frau erstaunt gewesen. Und dann war da die Sache mit Amiras mysteriösem Besuch in Hassans Haus. Sie war damals erst Stunden später in die Paradies-Straße zurückgekommen, angeblich weil sie noch einmal in ihrer Wohnung gewesen war. Aber warum hatte sie sich umgezogen, als sie schließlich spät in der Nacht wieder in ihrem Zimmer eintraf?
Nefissa behielt ihren Verdacht für sich. Wenn sie darüber sprach, das wußte sie, würde das ihre Pläne vermutlich zunichte machen, mit Omar in die neue Wohnung zu ziehen. Denn wenn er sich von Amira trennen würde, brauchte er keine eigene Wohnung, weil er so oft im Ausland war. Er würde wieder in die Paradies-Straße kommen, und dann stand Nefissa weiterhin in Khadijas Schatten.
Sie wollte aber einen eigenen Haushalt und eine Familie haben, in der sie das weibliche Oberhaupt war. Der Vater des Babys war unwichtig, wenn nur das Geheimnis gewahrt blieb. Es konnte Nefissa unter Umständen sogar einen gewissen Vorteil verschaffen, wenn sie Amira zu verstehen gab, daß sie die Wahrheit kannte, und versprach, dieses Wissen für sich zu behalten, solange Amira sich ihr unterordnete.
Die ersten gelbbraunen Gebäude tauchten am Straßenrand auf, staubige neue Wohnblocks, die von Familien mit niedrigen Einkommen bezogen werden sollten. Nefissa dachte, es ist an der Zeit, Omar von meinem Plan zu berichten. Aber er begann zuerst zu sprechen.
»Weißt du was, Mutter?« sagte er. »Amira fehlt mir. Ich habe während meiner Arbeit im Ausland viel gelernt, unter anderem auch, den Wert

einer guten Ehefrau zu schätzen. Am Anfang unserer Ehe hat mich Amira sehr ungeduldig gemacht. Sie verstand mich nicht und ich sie nicht. Ich war nicht sehr gut zu ihr. Und sie mußte erst einmal lernen, Frau und Mutter zu sein. Wir waren beide noch sehr jung und verwöhnt. Aber jetzt«, er lehnte sich im Sitz zurück und lächelte, »sehe ich für uns beide eine Möglichkeit für eine gute Ehe und für ein harmonisches Zusammenleben.«

Nefissa mußte lächeln. Das waren plötzlich so altkluge Worte. Ihr Sohn redete, als sei er bereits vierzig und nicht erst fünfundzwanzig!

»Jetzt ist Amira wieder schwanger«, fuhr Omar fort. »Ich hatte mich schon gefragt, warum wir außer Mohammed keine Kinder mehr bekommen haben...« Er lachte. »Mutter, ich habe sehr gute Neuigkeiten! Die Ölgesellschaft, mit der wir verhandeln, hat mir eine feste Stellung als einer der leitenden Ingenieure angeboten!«

»Das ist ja wunderbar, Omar!« sagte sie. Ihr entging nicht, wie er stolz das Kinn hob. Er hatte inzwischen einen gepflegten Schnurrbart und trug ein teures Maßhemd. In Nefissas Vorstellung war er immer noch ein kleiner Junge gewesen. Sie mußte sich zum ersten Mal eingestehen, daß ihr Sohn ein Mann war. »Aber was ist mit dem bevorstehenden Krieg mit Israel?« fragte sie. »Du wirst bestimmt zum Kriegsdienst eingezogen...«

»Wie lange kann er schon dauern? Falls es überhaupt Krieg gibt. Ich glaube, im letzten Moment wird es zu einer politischen Lösung kommen. Wie auch immer, ich habe bereits eine Wohnung in Kuwait City gefunden und eine Kaution hinterlegt, damit sie nicht ein anderer während meiner Abwesenheit bekommt. Die Wohnung ist nicht gerade groß, aber für mich, Amira und die Kinder wird sie reichen. Die Firma hat mir im Laufe der nächsten Jahre regelmäßige Beförderungen versprochen, und irgendwann werde ich mir ein Haus leisten können. Dann kannst du jederzeit auch für längere Zeit auf Besuch kommen. Wie findest du das, Mutter?«

Da Nefissa schwieg, fragte er verblüfft: »Mutter? Ist etwas?«

»Du willst in Kuwait bleiben? Bedeutet das, du gibst die Stelle bei der Regierung auf?«

»Private Unternehmen zahlen besser, Mutter. Und ich wünsche mir ein normales, glückliches Familienleben mit meiner Frau und den Kindern, ohne finanzielle Sorgen.«

»Und . . . ich?«
Er lachte. »Du wirst uns besuchen, wann immer du willst. Aber ich wette, wenn du da bist, werden die Kinder dich so in Beschlag nehmen, daß du bald wieder nach Kairo zurück möchtest.«
Nefissa glaubte, in einen Abgrund zu fallen. Omar ließ sie im Stich? Sie würde bis an das Ende ihres Lebens in der Paradies-Straße bleiben und eine der alten Jungfern und Witwen werden, für die Ibrahim aufkam?
Der Tag, der so strahlend und sonnig begonnen hatte, wurde plötzlich kalt und grau. Nefissa sah, wie sich ihre Pläne zerschlugen. Sie dachte voll Grauen an die einsamen Jahre, die vor ihr lagen, und sie wußte, das konnte sie nicht zulassen.

Amira half ihrer Mutter beim Ordnen der Blumen für das Fest zu Omars Ankunft, als sie spürte, wie das Kind sich bewegte. Es würde bald zur Welt kommen, und sie wünschte, Jasmina könnte bei der Geburt dabeisein. Aber sie war mit Dahiba und Raouf zu Dreharbeiten für einen Film in Port Said.
In den vergangenen Monaten war Amira mehrmals nahe daran gewesen, mit ihrem Vater zu sprechen und ihm die Wahrheit zu sagen. Ihr Gewissen ließ ihr keine Ruhe. Ibrahim hatte das Recht und die Pflicht zu erfahren, daß Hassan sie vergewaltigt hatte.
Aber wenn ihre Zweifel und Ängste überhandnahmen und sie unsicher wurde, hatte ihr Jasmina immer wieder geholfen, dem einmal gefaßten Entschluß treu zu bleiben. Jetzt war sie froh darüber, daß sie stark genug gewesen war und geschwiegen hatte.
Wenn sie bei ihrem Vater in der Praxis arbeitete und den Stolz in seinen Augen sah, während er davon sprach, wie er sie beim Medizinstudium unterstützen werde, dann hätte sie es nicht über sich gebracht, ihm diesen vernichtenden Schlag zu versetzen. So gesehen, empfand sie es als leichte Bürde, das Geheimnis ihres Besuchs bei Hassan, von dem sie seither nichts mehr gehört hatte, zu wahren um das Glück ihres Vaters nicht zu trüben.
Sarah brachte eine Platte voll dampfender, mit Lamm und Reis gefüllter Weinblätter in den Salon. Zwei Küchenmädchen folgten ihr mit Kohlsalat und gebackenen Eiern, die appetitanregend nach Oregano und Zwiebeln dufteten.
Die Frauen der Familie waren vollzählig erschienen. Sie lachten, tu-

schelten miteinander und machten sich gegenseitig Komplimente. Tahia hatte Asmahan, ihr zwei Monate altes Baby, mitgebracht. Sie alle bemühten sich, Fröhlichkeit in den großen Salon zu bringen. Die »Besucher im Morgengrauen« waren für sie keine so große Gefahr mehr, seit Verteidigungsminister Amer seine Aufmerksamkeit nicht mehr auf die Liquidierung des Feudalismus richtete, sondern auf die drohende Aggression seitens Israels. Trotzdem fehlten im Haus der Raschids noch immer alle Anzeichen von Reichtum und Luxus. Deshalb hatte man sich daran gewöhnt, mit Lachen, Fröhlichkeit, gutem Essen und Trinken eine heitere Atmosphäre zu schaffen, die Alice mit ihren wunderschönen Blumen auf das schönste vervollkommnete.
Khadija stand mit dem kleinen Mohammed am Fenster und hielt nach dem Wagen Ausschau, der seinen Papa nach Hause bringen würde. Die Nacht war angebrochen. Sie zeigte ihrem Enkel die Sterne am klaren Maihimmel. »Siehst du? Dort ist Aldebaran. Er gehört zum ›Gefolge‹ der Plejaden.« Sie wies auf Rigel, dessen Name auf arabisch ›Fuß‹ bedeutet. »Siehst du Rigel im linken Fuß von Orion? Alle Sterne haben arabische Namen, mein Schatz, denn deine Vorfahren haben sie entdeckt. Macht dich das nicht stolz?«
»Unter welchem Stern bist du geboren, Umma?«
»Unter einem sehr glücklichen!« erwiderte sie und drückte Mohammed an sich.
Ibrahim kam in den Salon. »Mutter, Nasser hält im Fernsehen eine wichtige Rede...«
Die Familie versammelte sich um den Fernsehapparat und lauschte Präsident Nasser, der die Ägypter auf einen israelischen Angriff vorbereitete.
»Ich will keinen Krieg«, erklärte Nasser, »aber ich werde für die Ehre aller Araber kämpfen! Europa und Amerika sprechen vom Recht Israels, aber wo bleiben die Rechte der Araber? Niemand spricht vom Recht des palästinensischen Volkes in seinem eigenen Land. Wir allein werden für unsere Brüder eintreten.«
»Gott ist groß!« rief Doreja.
»Seine Barmherzigkeit sei gepriesen!«
Alle begannen, gleichzeitig zu reden. Auf dem Bildschirm erschien das Gesicht von Um Khalsoum. Sie sang die ägyptische Nationalhymne »Mein Land, mein Land, meine Liebe und mein Herz gehören dir.

Ägypten, Mutter aller Länder, dich suche ich und nach dir verzehre ich mich.« Mehrere der Frauen im Salon begannen zu weinen.
Khadijas Neffe Tewfik sprang auf und sagte: »Wir sollten sie vernichtend schlagen, bevor die israelischen Aggressoren *uns* angreifen!«
Onkel Kareem saß wegen seiner Kurzsichtigkeit dicht am Fernsehgerät. Er stieß ärgerlich mit dem Stock auf den Boden und sagte: »Krieg ist keine Lösung, du grüner Junge! Krieg führt nur zu immer mehr Haß und Blutvergießen! Der Weg Gottes ist Friede.«
»Aber bei allem Respekt, Onkel, hat Israel nicht im letzten Monat Syrien angegriffen? Und ist es nicht unsere Sache, vorbereitet zu sein, um die Ehre aller Araber zu verteidigen? Die ganze Welt ist gegen uns, Onkel. Die Truppen der Vereinten Nationen sind seit elf Jahren am ägyptischen Ufer des Kanals stationiert. Als Nasser vorgeschlagen hat, sie einige Zeit nach Israel zu verlegen, hat Israel sich geweigert, sie aufzunehmen. Ist das gerecht? Auf wessen Seite steht die Welt, Onkel? Ich meine, wir müssen die Israelis ins Meer treiben!«
»Dummer Junge«, sagte Doreja scharf. »Wie wollen wir die Israelis ins Meer treiben? Dank der Unterstützung durch die Amerikaner sind sie stärker als wir! Die lachen doch nur über uns. Hat Golda Meir nicht behauptet, arabische Frauen seien frivol und nicht ernst zu nehmen? Angeblich geben wir mehr Geld für Make-up und Kleider aus als für das Lebensnotwendige.«
»Bitte, bitte«, mahnte Khadija. »Wir wollen in unserem Haus doch keinen Krieg anfangen!«
»Tante«, rief Tewfik, »vergiß nicht, Israel ist unser Feind, und wir werden mit unserer Tapferkeit auch einen stärkeren Feind besiegen, denn Gott ist mit uns!«
»Ägypten, Israel! Wir sind alle Kinder des Propheten Abraham. Warum kämpfen wir gegeneinander?«
»Der Staat Israel hat keine Existenzberechtigung.«
»Bitte um Gottes Barmherzigkeit, du törichtes Kind. Alle Menschen haben das Recht zu leben.«
»Verzeih, Tante Khadija, aber ich glaube, das verstehst du nicht.«
»Was geschieht, das geschieht«, sagte sie. »Es ist Gottes Wille, nicht der unsere.«
Der kleine Mohammed brach in Tränen aus, und Khadija schaltete den Fernseher ab. »Wir machen den Kindern angst.« Aber sie dachte:

Wenn der Krieg wirklich unvermeidlich ist, müssen wir vorbereitet sein.
Sie würde mit den Frauen und Mädchen zum Roten Halbmond gehen, um Blut zu spenden, und sie würden Bettücher zerschneiden und Binden wickeln.
Khadija mußte an Jasmina denken, die in Port Said einen Film drehte, und seufzte. In einer so gefährlichen Zeit sollte eine Familie zusammensein.
Khadija wies Doreja und die anderen Frauen an, die Kinder abzulenken und zu unterhalten. Dann ging sie in ihr Zimmer und schloß die Tür. Sie kniete vor der Kommode, öffnete die unterste Schublade und nahm das weiße Pilgergewand heraus; es wartete sorgfältig gefaltet auf den Tag, an dem sie ihre Pilgerreise nach Mekka antreten würde. Darunter lag eine Holzschatulle mit Einlegearbeiten aus Elfenbein. Der Deckel trug die Inschrift: *Gott der Barmherzige*. Ein Teil des Schmucks war in den vergangenen Monaten aus seinem Versteck im Garten ausgegraben und dem Roten Halbmond und für andere wohltätige Organisationen gestiftet worden, die Spenden für den bevorstehenden Krieg sammelten. Aber Khadija hatte ihre kostbarsten Stücke und einiges, an dem sie besonders hing, zurückbehalten und bewahrte sie in dieser reich verzierten alten Schatulle voller Erinnerungsstücke auf. Ganz oben lagen drei Schmuckstücke, von denen sie sich niemals trennen wollte: das erste war eine Perlenkette, die Ali ihr bei Ibrahims Geburt geschenkt hatte; das zweite ein altägyptisches Armband aus Lapislazuli und Gold, angeblich aus dem Besitz von Ramses II., dem Pharao des Exodus. Ein Sammler hatte dieses Stück Farouk geschenkt, und der König hatte den kostbaren Schmuck Khadija gegeben, weil er, wie er schwor, seinen einzigen Sohn ihrem Fruchtbarkeitstrank aus Kräutern verdankte. Das dritte Stück war ebenfalls ein Geschenk Alis, ein goldgefaßter Karneolring mit einem eingeschnittenen Maulbeerblatt. Ganz zuunterst in der Schatulle lag ein Briefumschlag. Sie öffnete ihn und zog die Photos hervor, die vor vielen Jahren aus dem Familienalbum entfernt worden waren.
Als Ali ihre Tochter aus dem Haus wies, hatte Khadija die Bilder von Fatima aus dem Album genommen, aber nicht weggeworfen, sondern liebevoll unter ihrem Pilgergewand versteckt. Nun blickte sie auf das lächelnde Gesicht der jungen Fatima und erlebte den Schock des Wie-

dersehens vor sechs Monaten, als Jasmina ihre Großmutter mitgenommen hatte, damit sie ihre Freundin Dahiba kennenlernte. Welche Erinnerungen waren in diesem Augenblick auf Khadija eingestürmt, als sie in Dahibas Wohnzimmer stand, die in Wirklichkeit ihre Tochter Fatima war! Und dann war maßloßer Zorn in ihr aufgestiegen, der Zorn darüber, daß Dahiba sich mit Jasmina angefreundet hatte, ohne dem Mädchen zu sagen, wer sie in Wirklichkeit war. Auf den Zorn folgten schnell Liebe und Mitleid und der starke Wunsch, Fatima wieder in die Familie aufzunehmen. Jasmina hatte Khadija angefleht, Fatima zu vergeben, aber Khadija hatte gesagt: »Fatima muß zurückkommen und um Verzeihung bitten.« Aber Dahiba, ebenso halsstarrig wie ihre Mutter, war nicht gekommen, und inzwischen bedauerte Khadija ihre Härte.
Es klopfte leise an der Tür, und als Khadija »herein« sagte, trat Zacharias ins Zimmer. Khadija erschrak, denn er trug eine Uniform der Armee. »Wie ist das möglich?« fragte Khadija. »Sie haben dich doch vorher abgewiesen!«
»Ich habe es noch einmal versucht«, sagte er, »und diesmal haben sie mich genommen.« Er erzählte ihr nichts von der Wahrheit, von seiner Idee, daß es ebensogut möglich sein müßte, durch Bestechung zum Militär zu kommen, wie sich davon freizukaufen.
»Ich habe es für Vater getan«, sagte Zacharias, »damit er stolz auf mich ist. Du hättest sein Gesicht sehen sollen, als ich ihm sagte, daß mich die Armee als körperlich untauglich abgelehnt hatte. Warum scheine ich ihn immer zu enttäuschen, Großmutter? Ich kann mich nicht daran erinnern, daß ich als kleiner Junge auf Vaters Knie saß und er mir Geschichten erzählte, so wie er es jetzt mit Mohammed tut.«
»Das Gefängnis verändert einen Mann, Zakki.«
»Hat es ihn dazu gebracht, daß er seinen Sohn nicht mehr liebt?«
»Dein Vater wurde in vieler Hinsicht von seinem Vater ebenso behandelt. Ali war aus erzieherischen Gründen davon überzeugt, Strenge und Distanz seien das Beste, um aus einem Kind einen charakterfesten Mann zu machen. Ich weiß, daß er Ibrahim damit manchmal verletzt hat. Ich war seine Mutter und durfte mich nicht einmischen. Aber Gott verzeih mir, wenn ich jetzt zurückblicke, dann glaube ich, mein Mann hat sich geirrt. Denn manchmal sehe ich Ali in meinem Sohn, besonders wenn ich höre, wie er so kalt mit dir spricht. Vergib ihm, Zakki, er kann nicht anders.«

»Omar ist da!« hörten sie Zubaida aus dem Salon rufen. »*Al hamdu lillah*!« Gepriesen sei Gott. Er hat uns Omar zurückgebracht.

»Dein Vater wird stolz auf dich sein, Zakki«, sagte Khadija leise, als sie das Zimmer verließen. »Wenn er es sich vielleicht nicht anmerken läßt, dann vergiß nicht, daß er trotzdem stolz auf dich ist.«

Die Familie überschüttete Omar mit Umarmungen und Küssen. Als Zacharias in seiner Uniform den Salon betrat, hörte man erstaunte Ausrufe, und die Frauen erklärten, es sei ein gesegneter Tag, denn Gott habe zwei Söhne der Raschids zu Helden Ägyptens ausersehen.

Während sich alle um die beiden Vettern drängten, zog Nefissa ihren Bruder beiseite und sagte: »Ibrahim, wir müssen über etwas sprechen, und zwar jetzt. Es ist wichtig.«

Amira stand neben Omar, als sie sah, wie ihr Vater und ihre Tante den Salon verließen. Beim Anblick von Nefissas bleichem Gesicht durchzuckte sie eine plötzliche Angst. Wußte Nefissa um ihr Geheimnis? Aber dann sagte sie sich, das sei albern. Sie war in letzter Zeit so oft abgespannt und nervös, denn sie glaubte, jeder wisse um ihr Geheimnis. Aber das war reine Einbildung. Ihr Vater und Nefissa hatten ganz sicher eine Reihe wichtiger Dinge zu besprechen. Woher sollten sie etwas von Hassan und dem Kind wissen?

Aber als ihr Vater kurze Zeit später in der Tür erschien, begann ihr Herz wie rasend zu schlagen. Er befahl sie mit einer Geste zu sich und rief dann Khadija und Omar.

Ibrahim schloß leise die Tür des kleinen Zimmers neben dem Salon, wandte sich Amira zu und sagte: »Gibt es etwas, was du mir sagen möchtest?«

Ihr Vater stand nur einen Schritt von ihr entfernt. Aus dieser Nähe sah Amira etwas in seinen Augen, das sie erschreckte. »Was meinst du?« fragte sie.

»Bei Gott, Amira«, sagte Ibrahim leise. »Ich will die Wahrheit wissen.«

Khadija fragte: »Ibrahim? Worum geht es? Warum hast du uns hierher gerufen?«

Er wandte den Blick nicht von Amira, und sie sah, daß er darum kämpfte, die Selbstbeherrschung nicht zu verlieren. »Sag mir, was mit dem Kind ist«, befahl Ibrahim.

Amira wandte sich an Nefissa. »Woher hast du es gewußt?«

Ibrahim schloß die Augen. »Gott erbarme sich meiner. Warum muß ich diese Stunde erleben?«
Nun fragte Omar: »Was geht hier vor? Mutter? Onkel?«
Amira senkte den Kopf. »Ich kann alles erklären. Bitte ...«
Er wich zurück. »Wie konntest du nur!« schrie er so heftig, daß alle erschraken. »Mein Gott, Tochter, weißt du, was du getan hast?«
»Ich bin zu Hassan gegangen«, sagte sie, »weil ich hoffte, ich könnte ihn dazu bringen, daß er unseren Namen von der Liste streicht ...«
»Du bist allein zu ihm gegangen? Warum hast du es nicht mir überlassen, die Sache in Ordnung zu bringen? Hast du mir das nicht zugetraut? Weißt du, was du getan hast?«
Sie streckte flehend die Hände aus. »Er hat mich gezwungen! Ich habe versucht, mich gegen ihn zu wehren, ich wollte davonlaufen!«
»Das ist gleichgültig. Du bist zu ihm gegangen. Niemand hat dich gezwungen, Hassans Haus zu betreten.«
»Ibrahim!« rief Khadija. »Wovon redest du?«
»Mein Gott!« stöhnte Omar.
»Was hast du mir angetan«, flüsterte Ibrahim, »hättest du mir lieber ein Messer ins Herz gestoßen. Er hat gewonnen, verstehst du das nicht? Du hast Hassan al-Sabir zum Sieg verholfen. Und deinetwegen habe ich mein Gesicht verloren.«
»Ich habe versucht, die Familie zu retten«, erwiderte Amira. Sie wandte sich an Omar. »Ich wollte dich nicht betrügen.«
»Ist das Kind nicht von mir?« fragte Omar.
»Es tut mir so leid, Omar.« Amira begann zu zittern. Sie wandte sich an Nefissa. »Woher hat du es nur gewußt?« flüsterte sie. Und dann dachte sie: Nur Jasmina wußte um das Geheimnis ... Jasmina, die mir versprochen hatte, es niemandem zu verraten.
Omar kamen die Tränen, als er sagte: »Daß ich nach Hause kommen muß, um das zu erleben. O Gott, Amira.« Er ballte die Fäuste und sagte tonlos: »Ich trenne mich von dir ... Ich trenne mich von dir ... Ich trenne mich von dir.«
Nefissa begann zu weinen.
Ibrahim wandte ihnen den Rücken zu und sagte mit einer Stimme, die nicht ihm zu gehören schien: »Hassan hat gesagt, er würde mich demütigen, und es ist ihm gelungen. Ich habe meine Ehre verloren. Unser Name ist in den Schmutz gezerrt worden.«

»Aber Vater!« rief Amira. »Wie kann das sein? Hassan hat dir nichts von meinem Besuch erzählt. Er hat weder dir noch anderen gegenüber damit angegeben.«
»Das mußte er nicht. Mein Gott, Mädchen, das ist seine Macht, begreifst du das nicht? Durch sein Schweigen beweist er, wie mächtig er ist. Hassan wußte, ich wäre viel tiefer gedemütigt, wenn ich es von einem anderen als von ihm erfahren würde. Er hat die ganze Zeit zufrieden seinen größten Triumph abgewartet.«
Amira faßte ihren Vater am Arm. »Niemand muß etwas davon erfahren. Es muß nicht über die Wände dieses Zimmers hinausdringen.«
Aber er entzog sich ihr. »*Ich* weiß es, Tochter. Das reicht.« Ibrahim starrte auf die Zimmerdecke. »Was denkst du jetzt von mir, Vater?« murmelte er. Dann richteten sich seine Augen auf Amira, und er sagte: »In der Nacht deiner Geburt ist ein Fluch über dieses Haus gekommen. Ein Fluch Gottes, an dem ich allein schuld bin. Aber heute bedaure ich die Stunde, in der du geboren wurdest.«
»Nein, Vater!«
»Du bist nicht länger meine Tochter.«
Khadija schlug die Hände vor das Gesicht. Sie sah plötzlich nicht ihren Sohn, sondern ihren Mann vor sich stehen. Und dann sah sie etwas anderes. Sie sah das kleine Mädchen, das der Mutter weggenommen wurde. Der endlose Schmerz setzte von neuem ein. Wieder einmal hatte sich das grausame Schicksal erfüllt und ein neues Opfer gefordert. Eine Prophezeiung wurde Wirklichkeit ...
»Mein Sohn«, sagte sie und trat zu Ibrahim. »Tu es nicht, bitte.«
Doch Ibrahim sagte zu Amira: »Von diesem Augenblick an bist du *haram*, ausgeschlossen. Du gehörst nicht zu unserer Familie, dein Name wird in diesem Haus nie mehr ausgesprochen werden. Es ist, als wärst du tot.«

Amira und Alice hatten endlich den Flughafen erreicht. Die Menschen kämpften darum, mit den letzten planmäßigen Flügen das Land zu verlassen. Angst lag in der Luft. Der Lärm und das Geschrei waren ohrenbetäubend. Ausländer saßen wartend auf den überstürzt gepackten Koffern, gestikulierten mit Flugtickets und Pässen. Andere drängten hektisch durch die Kontrollen an den Flugsteigen. Amira und ihre Mutter eilten zum Ausgang für den letzten BOAC-Flug nach London.

Von der Familie war niemand gekommen, um sie zu verabschieden. Amira hatte in den drei Wochen, die seit dem Abend vergangen waren, an dem ihr Vater sie für tot erklärt hatte, keinen Kontakt mehr zu den Raschids gehabt.
Noch am selben Abend hatten ihre Wehen eingesetzt, und Alice und Zacharias brachten sie in ein Krankenhaus. Dort wachte Amira acht Stunden später aus der Betäubung auf und sah ihre Mutter am Bett sitzen. Alice sagte ihr unter Tränen, das Kind sei tot geboren worden. Sie fügte leise hinzu, es sei im Grunde ein Segen, denn es sei mißgestaltet gewesen.
Die Tage danach waren in Amiras Erinnerung wie ein Nebel. Alice erklärte, Omar sei zum Militär eingezogen worden. Amira konnte in der Wohnung bleiben. Ihr Körper heilte, aber ihr Geist versank in einen Zustand der Betäubung, der Lähmung und der Leere.
Aber jetzt, auf dem Weg zum Flugsteig, herumgeschoben und gestoßen von Menschen, die in Panik vor dem zu erwartenden Krieg flohen, spürte Amira, wie die Betäubung verschwand und die Schmerzen wie nach einer Narkose an die Oberfläche und in ihr Bewußtsein drangen. Sie hatte ihre beiden Kinder verloren, und sie glaubte, vor Kummer zu sterben.
Alice hatte es übernommen, ihr den Paß und das Ticket zu besorgen. »Es gibt Krieg, Liebes«, hatte sie gesagt. »Wenn du jetzt nicht die richtige Entscheidung triffst, dann bist du wie ich ein Leben lang hier gefangen. Vergiß nicht, man hat dich aus der Familie ausgestoßen. Du bist für die Familie tot. Du hast keinen Namen, keine Identität und in diesem Land keinen Platz, an den du gehörst. Du mußt Ägypten verlassen, Amira. Suche dir ein anderes Leben. Du bist jung, du kannst noch einmal von vorne anfangen und dich retten. In England hast du das Haus und die Wertpapiere, die du von meinem Vater geerbt hast. Tante Penelope wird dir helfen.«
»Wie kann ich meinen Sohn verlassen?« fragte Amira. Doch sie gab sich keinen Illusionen hin. Omar würde nie zulassen, daß sie den Jungen noch einmal sah.
Vor der Paßkontrolle, wo ein Beamter sich wegen unzureichender Ausweispapiere mit einem Fluggast stritt, sagte Amira zu ihrer Mutter: »Es ist ganz gut, daß du nicht mitkommen kannst. Wenn wir beide gingen, wäre Mohammed auf alle Zeiten für mich verloren. So kannst du ihm

von mir erzählen und kannst ihm jeden Tag mein Bild zeigen. Versprich mir, daß du nicht zulassen wirst, daß er mich jemals vergißt.«

Ja, dachte Alice, mein Enkel Mohammed. Und nun habe ich auch eine Enkeltochter, von der Amira nichts weiß. Das Neugeborene ist nicht tot, sondern liegt in seinem Bettchen in der Paradies-Straße und schläft.

»Mutter«, sagte Amira, »ich weiß nicht, welcher Schmerz schlimmer ist – der Schmerz, das Baby verloren zu haben, der Schmerz darüber, daß Vater mich aus der Familie gestoßen hat, oder der Schmerz zu wissen, daß Jasmina mich verraten hat. Aber solange du hier bist, ist wenigstens der Schmerz um den Verlust von Mohammed leichter zu ertragen, denn ich gehe in dem Bewußtsein, daß du mich in seinem Herzen lebendig halten wirst.«

»Ich wünschte, ich könnte mit dir gehen«, sagte Alice. »Aber dein Vater würde es nicht zulassen. Er ist ein stolzer Mann, Amira, und er würde es als zusätzliche Demütigung empfinden, auch seine Frau zu verlieren. Außerdem weiß ich, daß meine Aufgabe hier ist. Ich muß das, was ich angefangen habe, so oder so beenden. Hätte ich dich doch nur in der Anfangszeit weggebracht, als du noch ein kleines Mädchen warst und Ägypten mir angst machte. Damals wäre es vielleicht noch möglich gewesen, den Lauf des Schicksals zu ändern. Ich habe nie wirklich hierher gehört, und du auch nicht. Ich möchte, daß wenigstens du dich rettest, Amira.«

Alice umarmte ihre Tochter und drückte sie fest an sich. Die unterschiedlichsten Gefühle stürmten auf sie ein. Aber mit eisernem Willen sagte sie sich immer wieder vor: Deinetwegen, mein Liebling, habe ich wegen des Babys gelogen. Ich habe es getan, damit du aus diesem Land fliehen kannst, das mich gefangenhält. Wenn du wüßtest, daß dein Töchterchen lebt, wenn du sie nur ein einziges Mal im Arm gehalten hättest, wärst du hier geblieben, aber das wäre mit Sicherheit dein Untergang gewesen. Gott möge mir verzeihen ...

Sie spürte, wie Amira in ihren Armen zitterte, und wieder stieg der kalte Haß auf Hassan al-Sabir in Alice auf. Dieses Ungeheuer hatte zuerst ihren Bruder verführt, ihn zum Selbstmord getrieben und dann ihre Tochter auf die heimtückischste Weise mißbraucht.

»Ich werde dir schreiben und dir von Mohammed berichten«, sagte Alice und löste sich von Amira. »Ich werde ihm jeden Tag von dir und

England, unserer wahren Heimat, erzählen. Ich werde nicht zulassen, daß er dich vergißt.«
Amira sah ihre Mutter mit Tränen in den Augen an. Um sie herum drängten sich die Menschen. Der Abschied war nicht länger aufzuschieben. »Ich weiß nicht, wann wir uns wiedersehen, Mutter. Ich werde nie mehr nach Ägypten zurückkommen. Ich bin für tot erklärt worden. Ich gehöre nicht mehr zu den Lebenden. Also muß ich mir woanders ein neues Leben aufbauen. Aber das verspreche ich dir, Mutter, ich werde nie mehr ein Opfer sein. Ich werde stark werden, *ich* werde die Macht haben, mein Schicksal selbst zu bestimmen. Und wenn wir beide wieder zusammenkommen, wirst du stolz auf mich sein. Ich liebe dich.«

Als Amira endlich in die Maschine kam, sank sie erschöpft auf ihren Sitz. Ihre prallen Brüste schmerzten noch immer, aber kein Kind würde die Milch trinken. Ihre Arme sehnten sich danach, das arme, mißgestaltete Wesen zu halten, seinen Tod zu beklagen und zu betrauern. Es war in der schrecklichen Nacht ihrer brutalen Vergewaltigung gezeugt worden und hatte nach dem unfaßlichen Verrat ihrer Schwester, der brutalen Enthüllung ihrer Tante und der endgültigen Verurteilung durch ihren Vater seine traumatische Geburt nicht überlebt. Sie wollte dieses Land und seine Menschen für immer vergessen und schwor sich, freiwillig nie wieder zurückzukehren.
Amira hatte das Gefühl, bis in alle Ewigkeit schlafen zu wollen. Sie lehnte den Kopf zurück und schloß die Augen.
Deshalb fiel ihr Blick nicht auf die Zeitung, die aus der Jackentasche des Mannes ragte, der auf der anderen Seite des Gangs Platz nahm. Die große Schlagzeile auf dem Titelblatt verkündete in Rot:
DIE VEREINIGTE ARABISCHE REPUBLIK MOBILISIERT 100.000 RESERVISTEN!
Aber sie sah auch nicht die kleinere Überschrift unter dem Leitartikel neben dem schwarz umrandeten Bild eines gutaussehenden Mannes, der selbstbewußt in die Kamera lächelte.
HASSAN AL-SABIR, STAATSSEKRETÄR IM VERTEIDIGUNGSMINISTERIUM, ERMORDET IN SEINEM HAUS AUFGEFUNDEN.

Dritter Teil

(1973)

16. Kapitel

Das Haus der Astrologin stand unauffällig hinter dem Schrein der Heiligen Sajjida Zeinab in einer schäbigen kleinen Gasse mit dem blumigen Namen »Straße des rosa Springbrunnens«. Es gab hier aber weder einen Springbrunnen noch war etwas rosa, denn die Häuser aus den sandigen Ziegelsteinen, aus denen man die Altstadt vor Jahrhunderten erbaut hatte, waren schmutzigbraun. Früher hatte es einmal Gehsteige und ein Straßenpflaster gegeben, aber die Schichten aus Schmutz und Abfällen waren im Lauf der Zeiten immer weiter gewachsen, so daß die Straße inzwischen sehr viel höher lag und in der Mitte nur noch so etwas wie eine breite Furche verlief. Die Anwohner trugen verblichene, schäbige Galabijas und staubige Melajas. Ihre Kinder spielten im Schmutz. Die Frauen saßen auf wackligen Balkonen, die so weit über die Straße ragten, daß beinahe kein Tageslicht nach unten drang.
Zu dieser alten Gasse wollte Khadija, als sie eilig unter einem Steinbogen, einem Tor der Altstadt, hindurchging. Niemand beachtete sie. Das Viertel hatte seine Blüte vor der Zeit der Kreuzfahrer erlebt und war seitdem immer weiter heruntergekommen. In dem Menschengewimmel war Khadija nur eine der vielen von Kopf bis Fuß in Schwarz gehüllten Frauen, von denen man nur Augen und Hände sah. Sie erreichte schließlich die Sajjida Zeinab-Moschee und hoffte inständig, daß Quettah ihr würde helfen können.
Khadijas Vergangenheit hatte sich wieder in einem neuen Traum gemeldet, der sie in große Aufregung versetzte. Sie glaubte, dem Traum entnehmen zu können, daß sie herausfinden mußte, unter welchem Stern sie geboren war. Sie hatte mit verblüffender Deutlichkeit ihre Verlobung erlebt. Wenn sie den Träumen vertrauen konnte, dann war sie eine Prinzessin. Ihr Verlobter, der junge Mann, für den sie so viel

Liebe empfand, hatte sie nach den Feierlichkeiten verlassen. Er wollte mit treu ergebenen Beduinen durch die Wüste ziehen, um sein Land zurückzuerobern, das den Scherifen durch Verrat entrissen worden war. Vor seinem Aufbruch saßen sie an dem Springbrunnen mit dem klaren, reinen Wasser ...
Lautes Geschrei riß Khadija aus ihren Gedanken. Erschrocken wich sie vor einem Esel zurück, dem sie den Weg versperrte. Sein Besitzer fuchtelte ärgerlich mit einem Stock und beschimpfte sie. Khadija verneigte sich entschuldigend und eilte weiter.
Überall in Kairo wurden übernatürliche Ereignisse gemeldet – unheimliche Erscheinungen und unerklärliche Vorkommnisse. Beinahe jede Nacht zogen wie ein Feuerwerk Sternschnuppen ihre schimmernde Bahn über den Himmel. An der sudanesischen Grenze, wo es noch niemals geregnet hatte, war Regen gefallen, und mehrere Wochen lang erschien die Gestalt der Jungfrau Maria über der ältesten und ehrwürdigsten koptischen Kirche Kairos. Die Menschen waren zu Tausenden herbeigeströmt, um sie zu sehen. Die Patriarchen der Kirche verkündeten, die Heilige Mutter sei nach der Einnahme von Ost-Jerusalem durch die Israelis nach Kairo gekommen, weil die koptischen Christen nicht mehr dorthin pilgern konnten.
In Ägypten breitete sich eine wachsende Hysterie aus. Alle litten unter den schlechten Zeiten und sprachen von unheilvollen Zeichen. Die Menschen hatten den Glauben an die Zukunft verloren.
Die eigentliche Ursache dafür war die schmachvolle Niederlage Ägyptens im Sechs-Tage-Krieg, bei dem fünfzehntausend ägyptische Soldaten gefallen und Tausende schwer verwundet worden waren. Sechs Jahre waren inzwischen vergangen. Es herrschte offiziell kein Kriegszustand, aber es wurde auch kein Frieden geschlossen, und immer wieder flammten in der Kanalzone Kämpfe auf. Die Israelis bombardierten selbst jetzt noch Ziele in Oberägypten und flogen Angriffe bis Assuan. Sie drohten sogar, den Assuanstaudamm zu zerstören. Wenn der Damm brach, würde sich eine vier Meter hohe Wasserwand durch das Niltal wälzen, alle Dörfer unter sich begraben und Kairo überfluten.
Die Menschen fürchteten sich, sie hatten ihren Mut und ihren Stolz verloren, und die Stimmung war auf einen Tiefstpunkt gesunken. Die vernichtende Niederlage war ein Zeichen dafür, so sagte jeder, daß Gott sich von Ägypten abgewandt hatte.

Khadija bahnte sich einen Weg durch das Menschengewühl vor der Sajjida Zeinab-Moschee und dachte dabei an ihre Träume. Sie schienen ihr Schritt um Schritt die Vergangenheit zu zeigen. Während Khadija mit all ihrer Kraft um das Wohlergehen der Raschids kämpfte, wuchs in ihr das Bewußtsein, daß über dieser Sippe ein Fluch lag, ein Unheil, das in einem sonderbaren Zusammenhang mit ihrem Leben stand. Sie mußte sich Klarheit verschaffen und einen Weg finden, das tragische Schicksal abzuwenden, das sich gnadenlos zu erfüllen schien.
Die Menge vor der Moschee war so groß, daß die Eselskarren steckenblieben. Der Schrein war seit Jahrhunderten ein Sammelpunkt für Bettler und Blinde, für Witwen und Waisen, die auf die Barmherzigkeit ihrer Mitmenschen und die Fürsprache der Heiligen hofften.
Seit dem Sechs-Tage-Krieg war die Zahl der Menschen vor den alten Mauern noch gestiegen. Überall in Ägypten suchten die Gläubigen Trost und Hoffnung in den Moscheen. Schlimmer noch als die Niederlage war die Tatsache, daß sich der Felsendom, von dem Mohammed in den Himmel aufgefahren war, einer der heiligsten Plätze des Islam, seit der Niederlage in israelischer Hand befand. Um diese Schande wiedergutzumachen, riefen die Imame von den Kanzeln die Gläubigen zur Umkehr zu Gott auf. Sie prangerten die amerikanischen Fernsehgeräte und japanischen Radios in den Schaufenstern an. Sie verurteilten das moderne, progressive Kairo als eine Brutstätte der lockeren Sitten, wo die Frauen Berufen nachgingen und ihre Ehemänner selbst wählten oder, noch schlimmer, allein und ohne den Schutz ihrer Familien lebten. Das, so sagten die Imame, seien sündhafte Zeichen der Gottlosigkeit. Die Israelis, erklärten sie, hätten den Krieg gewonnen, weil sie ein frommes Volk seien.
Sie sprachen vom Chaos und den Verirrungen der Menschen und stellten die Gläubigen vor die Gewissensfrage: »Was soll aus unserem Land, was soll aus Ägypten werden?«
Khadija bewegte sich in ihrer schwarzen Melaja durch die schäbig gekleidete Menge, als gehöre sie zu den Armen. Sie sah aus wie eine Bint al-Balad, eine Tochter des Landes, wie sich die Frauen der unteren Klasse selbst bezeichneten. Sie kam an einer jungen Frau in einer schwarzen Baumwollmelaja vorbei, die hinter einer sorgsam aufgeschichteten Pyramide aus kleinen, vertrockneten Zwiebeln saß, und an einer Alten, die Jasmingirlanden verkaufte. Die alte Frau hockte auf

dem schmutzigen Boden und stocherte in den wenigen ihr noch gebliebenen gelbbraunen Zähnen.
Die Welt steht auf dem Kopf, dachte Khadija beklommen. In ihrer Jugend war der Schleier ein Statussymbol der Reichen gewesen. Eine Frau zeigte damit, daß ihr Ehemann reich und seine Frau behütet war, daß sie viele Dienstboten hatte und keinen Finger rühren mußte. Die Frauen der Armen trugen damals keinen Schleier, denn er behinderte sie bei der Arbeit. Aber nun hatten die reichen Frauen ein neues Statussymbol. Sie gingen unverschleiert, während die unteren Klassen die Reichen früherer Zeiten nachahmten und sich in die Melaja hüllten.
Khadija hielt den Zipfel der seidenen Melaja über Kinn und Mund und blickte mit zusammengekniffenen Augen zum tiefblauen Himmel auf. Der Sand, den der warme Wind mit sich trug, prickelte auf ihren Wangen. Sie dachte daran, daß am nächsten Tag der Frühling begann und daß sich der Chamsîn bereits ankündigte. Die starken Gerüche stiegen ihr zu Kopf: qualmende Kochfeuer, menschlicher Schweiß, Tierkot und betäubender Jasminduft. Sie spürte, daß Gottes unsichtbare Gegenwart über der Stadt schwebte, daß ER wartete und die Menschen bei ihrem Tun beobachtete.
Endlich hatte Khadija die Menge hinter sich gelassen. Sie eilte zwischen kleinen dunklen Läden, die wie Tore zur Unterwelt wirkten, zum Anfang der Gasse. Dort fand sie unter einem bröckelnden Steinbogen etwas zurückgesetzt die Tür. Khadija klopfte, die Tür wurde einen Spalt geöffnet, und das vertraute Gesicht der alten Quettah tauchte auf.
Es war nicht die Quettah, die Khadija vor beinahe dreißig Jahren bei Jasminas Geburt hatte rufen lassen, sondern die Tochter der Astrologin. Sie war bereits alt gewesen, als sie nach dem Tod der Mutter die Nachfolge antrat. Die ältere Quettah hatte Khadija einmal gesagt, ihre geheime Kunst werde seit vorislamischer Zeit in einer ununterbrochenen Kette von einer Generation an die nächste weitergegeben. Jede Astrologin hieß Quettah; sie gebar eine Tochter und lehrte sie die Geheimnisse der Sterne, um sie auf den Tag vorzubereiten, wenn sie den Platz der Mutter einnehmen würde. Alle, bis zurück in die Zeit der Pharaonen, hatten den Namen Quettah getragen.
Khadija trat in das dämmrige Innere und murmelte: »Gottes Friede und Segen über dieses Haus.« Die Astrologin antwortete darauf: »Möge SEIN Segen und SEINE Barmherzigkeit über dich kommen. Du beehrst

mein Haus, Sajjida. Fühle dich zu Hause, und mögest du hier Trost finden.«

Khadija hatte die Astrologin noch nie aufgesucht, aber das Haus der alten Wahrsagerin entsprach ihren Erwartungen. Wohin sie auch blickte sah sie astrologische Karten, geheimnisvolle Instrumente, Papyrusrollen und seltsame alte Amulette. Allerdings hatte sie auch Katzen erwartet, denn Quettah heißt im Arabischen »Katze«. Die Astrologin behauptete sogar, ihre Sippe stamme von einer Katze ab, und Khadija glaubte es ihr. Trotzdem entdeckte sie kein Anzeichen dafür, daß es hier Katzen gab.

Während der Tee in einer vom vielen Gebrauch gedunkelten Kanne zog, setzten sie sich an einen Tisch, und die Quettah griff nach Khadijas Händen. Sie betrachtete die glatten Handflächen aufmerksam und fragte: »Unter welchem Stern bist du geboren, Sajjida?«

Khadija zögerte. Der einzige Mensch, der ihr Geheimnis kannte, war Marijam Misrachi, und sie lebte im fernen Kalifornien. »Ich weiß es nicht, ehrwürdige Quettah«, erwiderte sie leise.

Die Astrologin sah sie mit wachen Augen an. »In welchem Haus bist du geboren?« Khadija schüttelte den Kopf.

»Der Geburtsstern deiner Mutter?«

»Ich weiß es nicht.« Kaum hörbar fügte sie hinzu: »Ich weiß nicht, wer meine Mutter war.«

Quettah lehnte sich zurück; ihre Gelenke knackten so laut wie der Stuhl. »Das ist wirklich bedauerlich, Sajjida. Wenn wir die Vergangenheit nicht kennen, werden wir nie etwas über die Zukunft wissen. Alles liegt in Gottes Hand. Dein Schicksal steht in SEINEM großen Buch geschrieben. Aber ich kann es nicht für dich lesen.«

»Ich bin nicht gekommen, um mir die Zukunft voraussagen zu lassen, ehrwürdige Quettah. Ich bin hier, weil ich einen Traum gedeutet haben möchte, um vielleicht auf diese Weise Antworten zu meiner Vergangenheit zu finden.«

»Erzähl mir den Traum.«

Quettah schloß die Augen, und Khadija begann: »Ich sitze an einem Springbrunnen. Ich sehe ein kleines Mädchen und das ernste Gesicht eines jungen Mannes. Er hat schöne, klare Augen, sie sind so grün wie das Wasser im Brunnen. Man hat die beiden miteinander verlobt. Er hält einen Siegelring in der Hand, den er ihr schenken will. Er sticht

sich in den Finger, färbt damit das Siegel und drückt es dem Mädchen auf die Stirn. Er lächelt. Er trägt ein schönes Gewand und streckt mit einer liebevollen Geste die Hand nach dem Mädchen aus.
Auf meiner Stirn beginnt das Blut zu glühen. Eine helle Flamme lodert zwischen meinen Augen. Ich sehe den jungen Mann nicht mehr. Er sagt, daß mein Stern ihn beschützen wird und ich ihn nicht vergessen darf, weil er sonst verloren ist. Ich höre ihn nicht mehr, aber ich weiß, daß er eine Botschaft für mich hat. Ich habe das Gefühl, er versucht, mich zu erreichen, versucht, mir etwas zu sagen . . .«
»Weißt du, wer es ist?«
»Nein.«
»Hast du diesen Traum mehr als einmal gehabt?«
»Ich träume in letzter Zeit öfter von ihm.«
»Hast du Angst vor dem jungen Mann?«
»Das ist das Wunderbare, ehrwürdige Quettah. Ich liebe ihn.« Errötend ließ Khadija den Kopf sinken. Dann fragte sie: »Wer ist es? Ist es jemand, der in meiner vergessenen Vergangenheit lebt? Er ruft mich mit dieser Geste, als fordere er mich auf, ihn zu suchen, ihn zu finden.«
Quettah sah Khadija aufmerksam an. »Und du glaubst, er kommt aus deiner Vergangenheit?«
»Ich habe das starke Gefühl. Aber ich kann mich nicht an ihn erinnern. Könnte es sein, daß er im Haus in der Perlenbaum-Straße war, wo ich als Mädchen gelebt habe? Ist es vielleicht der Geist eines Sohnes, den ich nie hatte? Ist er mein Bruder und gehört in diesen dunkelsten Winkel meiner Vergangenheit, zu der ich keinen Zugang habe?«
»Vielleicht ist es nichts von all dem, Sajjida. Vielleicht ist er ein Symbol für etwas in deinem Leben. Wir werden sehen.«
Der Tee war fertig. Quettah goß etwas davon in eine kleine Tasse und forderte Khadija auf zu trinken. Als noch etwa ein Teelöffel Flüssigkeit übrig war, reichte sie die Tasse Quettah, die sie in der linken Hand hielt und damit dreimal einen großen Kreis in der Luft beschrieb. Dann stellte sie die Tasse umgekehrt auf die Untertasse, nahm sie hoch und betrachtete prüfend die Teeblätter.
Im Zimmer herrschte tiefe Stille, die nur hin und wieder vom Klappern des alten Maschrabija-Gitters unterbrochen wurde, durch das der Wind wehte. Khadija spürte, wie der Saum ihrer Seidenmelaja an ihre Fußknöchel gedrückt wurde. Sie blickte in das faltige Gesicht der Quettah

und dachte, jede Linie ist wie eine Geschichte oder ein Kapitel im Leben der alten Frau. Quettah studierte mit einem unergründlichen Ausdruck die Teeblätter. Schließlich hob die Astrologin den Kopf und sagte: »Es ist ein junger Mann, Sajjida. Es ist jemand aus deiner Vergangenheit.«
»Lebt er noch? Wo ist er?«
»Hast du jemals von einer Stadt oder von einem Gebäude geträumt, Sajjida? Von einem Wahrzeichen, das verraten könnte, woher er kommt?«
»Ich erinnere mich an ein viereckiges Minarett.«
»Ah. Gehört es vielleicht zur Moschee al-Nasir Mohammed in der Al Muziz-Straße?«
»Nein, das ist es nicht. Ich fürchte, das Minarett, von dem ich träume, steht nicht in Kairo, sondern an einem fernen Ort.«
Quettah betrachtete noch einmal aufmerksam die Teeblätter und nickte bestätigend. »Du sagst, du bist Witwe, Sajjida?«
»Schon seit vielen Jahren. Wer ist der Junge? Ist es mein Bruder?«
»Sajjida«, sagte Quettah ernst. »Er ist nicht dein Bruder, sondern dein Verlobter.«
Khadija spürte einen Stich im Herzen. Sie legte die Hand auf die Brust.
»Es ist der junge Mann, den du vor langer Zeit hättest heiraten sollen. Du warst mit ihm verlobt.«
»Aber ... wie kann das sein? Ich erinnere mich nicht daran!«
Quettah stellte Tasse und Untertasse beiseite und griff nach einer kleinen Messingphiole, die sie Khadija in die Hand gab. Dann zählte sie bis sieben und goß den Inhalt vorsichtig in eine Schüssel mit Wasser. Plötzlich erfüllte Rosenduft das Zimmer; darunter lag ein anderer Duft, den Khadija nicht bestimmen konnte, der sie jedoch irgendwie an den Sonnenaufgang erinnerte.
Quettahs Blick richtete sich auf das ätherische Öl, das sich kreisförmig auf der Wasseroberfläche ausbreitete, und sie sagte: »Du wirst eine Reise machen, Sajjida.«
»Wohin?«
»Nach Osten. Ah, hier ist dein Verlobter.«
Khadija blickte angestrengt in die Schüssel, sah aber nur perlmuttfarbene Ölbänder auf dem Wasser schimmern.
»Sajjida.« Quettah hob den Kopf und legte die Hände auf den Tisch. »Das Zeichen sagt, daß du auf deinem Weg irgendwie in die falsche Richtung geraten bist. Du bist in deinem Leben dorthin gegangen, wo-

hin du nicht hättest gehen sollen. Dein ursprünglicher Weg hatte ein anderes Ziel.«
Also ist mein Traum von dem Überfall auf eine Karawane nicht nur ein Traum, sondern eine Erinnerung ...
Khadija schlug das Herz bis zum Hals. »Das habe ich mir gedacht, aber ich war mir nie sicher. Ich träume oft von einem Überfall. Vielleicht waren meine Mutter und ich auf dem Weg zu meinem Verlobten, als mich die schwarzen Gestalten aus meinem Traum aus dem Lager in der Wüste raubten.«
»Das hätte nicht geschehen sollen, Sajjida. Dir war ein anderes Leben bestimmt.«
»Im Namen des ewigen und alleinigen Gottes«, sagte Khadija. »Was soll ich tun?«
»Der junge Mann ruft dich. Geh zu ihm. Geh nach Osten.«
»Aber wohin im Osten soll ich gehen?«
»Vergib mir, aber das weiß ich nicht. Mach die Pilgerfahrt nach Mekka, Sajjida.« Dann fügte sie mit einem Lächeln, das tausend Falten in ihrem Gesicht zum Vorschein brachte, hinzu: »Manchmal erleuchtet uns Gott im Gebet.«

Khadija versuchte, ihrer Erregung Herr zu werden. Langsam ging sie durch die gewundenen Gassen der Altstadt, die allmählich breiter wurden, und schließlich erreichte sie einen Straßenzug mit modernen Hochhäusern und dichtem Verkehr. Auch hier sah sie Zeichen von Krieg und Niederlage: Vor vielen Hauseingängen lagen aufgetürmte Sandsäcke, und Fenster waren mit dunkelblauem Papier zugeklebt.
Das Land, so dachte sie schaudernd, wird in den Abgrund gerissen. Armageddon, die Katastrophe, steht uns bevor.
Ihr Blick fiel auf eine Reklametafel am Freiheitsplatz. Eine Blondine im weißen Badeanzug trank mit dem Strohhalm Coca-Cola aus der Flasche. Auf einer anderen Reklametafel wurde für einen Film geworben: Ein großer Mann im Smoking hielt eine Pistole in der Hand, und hinter ihm sah man die verführerischen Schatten von zwei schönen Frauen. Als die Ampel auf Grün schaltete, zog Khadija ihre Melaja enger um sich und überquerte eilig die Straße. Da sie nicht lesen konnte, entging ihr, daß es sich um Werbung für einen Film von Hakim Raouf handelte, und daß die Hauptdarstellerinnen Dahiba und Jasmina Raschid hießen.

Bevor sie die breiten, baumbestandenen Straßen von Garden City erreichte, mußte Khadija den großen Freiheitsplatz überqueren und im dichten Verkehr und Menschengewimmel über die von zwei großen steinernen Löwen bewachte El Tahrir-Brücke gehen.
Am Nil blieb sie stehen und blickte auf das Wasser. Am nächsten Tag feierte man *Scham al-Nessin*, Atem der Brise; der Frühlingsanfang war das einzige Fest, das Muslime, Kopten und sogar Atheisten gemeinsam feierten. Die Familien kamen mit Picknickkörben zum Flußufer, und die Kinder suchten bunt bemalte Eier. Einen Tag später würde in den Nachrichten von mindestens einem Ertrunkenen berichtet werden.
Während Khadija am Fluß stand, spürte sie, daß sich in ihre Aufregung das Gefühl einer bevorstehenden Katastrophe mischte. Alle sagten, Präsident Sadat steuere auf einen neuen Konflikt mit Israel zu. Wie viele würden diesmal sterben? Welche anderen jungen Männer der Familie Raschid würden ihr Blut in der Wüste vergießen? Drohte den Raschids neues Unheil?
Khadija dachte wieder an den jungen Mann aus ihrem Traum. Sie zweifelte nicht mehr daran, daß sie nur mit seiner Hilfe das Rätsel ihres Lebens lösen konnte. Er besaß den Schlüssel zu ihrer Vergangenheit, zu ihrer Identität. Aber wo um alles in der Welt würde sie ihn finden?

»Ich werde dir helfen, Sarah«, sagte Zacharias, nahm den schweren Topf mit hartgekochten Eiern vom Herd und stellte ihn in den Ausguß.
Sarah freute sich über seine Aufmerksamkeit und sagte: »Gott segne dich für deine Hilfe, junger Herr. Mir geht es heute nicht gut, aber so Gott will, ist morgen wieder alles in Ordnung.«
In der Küche war es besonders laut, und es herrschte geschäftiges Treiben. Die Kinder saßen am großen runden Tisch, bemalten Eier und banden Schleifen um Schokoladenhasen. Beaufsichtigt von Tahia und den anderen Frauen bereiteten sie alles für das große Fest am nächsten Tag vor. Tahia sah Sarah nachdenklich an, denn ihr fiel ein, daß Tante Doreja beim Frühstück ebenfalls über Unwohlsein geklagt hatte. Tahia hoffte, daß keine ansteckende Krankheit umging, vielleicht eine späte Wintergrippe, die den Kindern beim Frühlingsfest den Spaß verderben würde.
Plötzlich weinte die sechsjährige Asmahan, zwei andere Kinder brachen ebenfalls in Tränen aus, und die Kleinsten, Omars acht Monate alte

Zwillinge, schrien wie am Spieß. »Kinder, Kinder«, mahnte Tahia und versuchte, wieder Ruhe herzustellen. »Mohammed, das hättest du nicht tun dürfen. Ein so großer und starker Junge wie du schlägt seine kleine Cousine nicht.« Sie legte die Hand auf den schmerzenden Rücken und richtete sich auf. Sie war im achten Monat schwanger.
Nefissa saß ebenfalls bei den Kindern am Tisch und nahm Mohammed sofort in Schutz. »Schimpf nicht mit dem Jungen, Tahia. Es war Asmahans Schuld.« Sie strich ihrem Liebling über die Haare und steckte ihm ein Stück Schokolade in den Mund. Für Nefissa war er das Ebenbild von Omar. Lächelnd drückte sie ihren finster blickenden Enkelsohn an sich.
Tahia warf Zacharias achselzuckend einen Blick zu. Zacharias war wie sie der Ansicht, Mohammed brauche eine strengere Hand. Man konnte dem Jungen keinen Vorwurf machen. Sein Vater war die meiste Zeit beruflich unterwegs. Seine Stiefmutter Nala, Omars zweite Frau, erzog ihre vier Kinder mit großer Hingabe und viel Liebe, aber Mohammed stand unter Nefissas besonderem Schutz. Sie verwöhnte ihn genauso wie früher Omar.
»Als ich noch ein Kind war«, sagte Sarah, die den Topf mit den abgekühlten Eiern an den Tisch brachte, »verteilte der reichste Mann im Dorf, Scheich Hamid, kleine Enten und Küken aus Zucker und Mandeln an die Kinder. Wer Glück hatte, bekam von den Eltern sogar neue Kleider. Niemand arbeitete auf den Feldern. Wir machten Picknicks und sahen zu, wie die Jungen an beiden Ufern des Kanals Knallfrösche anzündeten. In unserem Dorf, in Al Tafla, gab es auch ein paar christliche Familien, und ich erinnere mich, daß das Frühlingsfest der einzige Tag war, an dem wir alle gemeinsam feierten.«
Sie ging zum Ausguß zurück, drückte die Hand auf den Leib und stöhnte leise.
Zacharias legte ein Ei in eine Serviette und zeigte dem kleinen Abdul Wahab, wie man es mit Wachsfarben bemalte. »Bist du je zurückgegangen, um deine Familie zu besuchen, Sarah?« fragte er und beobachtete dabei Tahia aus den Augenwinkeln. Bei ihrem Anblick erfaßte ihn das nie erloschene Verlangen. Er hatte einmal ihre jungfräuliche Reinheit für verführerisch gehalten, aber die voll erblühte Frau fand er jetzt noch sehr viel begehrenswerter.
»Nein, junger Herr«, antwortete Sarah und trank ein großes Glas Was-

ser. Sie konnte sich nicht erinnern, jemals so durstig gewesen zu sein.
»Ich war nicht mehr in meinem Dorf, seit ich als junges Mädchen von dort weggegangen bin.«
»Hast du keine Sehnsucht nach deiner Familie?«
Sarah dachte an den geliebten Abdu, den Vater von Zacharias, dem er in vielem sehr ähnlich war. »Meine Familie ist hier«, sagte sie lächelnd.
»Mama!« rief einer der kleineren Jungen. »Ich muß mal.«
»Schon wieder?«
»Ich gehe mit ihm raus«, sagte Basima. Sie nahm den Kleinen auf den Arm und verließ eilig die Küche.
Fadilla, Heijnas Tochter, sah ihrer Tante nach. Fadilla war zwanzig und immer noch unverheiratet, was alle überraschte, denn sie glich ihrer Urgroßmutter Zou Zou, die eine Schönheit gewesen war. »Ich konnte die ganze Nacht vor Durchfall nicht richtig schlafen«, sagte sie. »Ob wir alle irgendeine Infektion haben?«
»Dann bist du die sechste mit Diarrhöe im Haus«, sagte Tahia. »Ich glaube, Umma hat ein Mittel dagegen.«
Sie öffnete einen Schrank und betrachtete die ordentlich aufgereihten Tiegel, Flaschen und Phiolen, die alle sorgsam mit Khadijas geheimnisvollen Symbolen gekennzeichnet waren. Zacharias ließ sie nicht aus den Augen. Am Tag von Tahias Hochzeit mit dem sehr viel älteren Jamal Raschid hatte Zacharias ihr geschworen, daß er nie eine andere Frau berühren werde. Und er hatte diesen Schwur gehalten. Aber er hatte sich noch etwas anderes geschworen: Er würde auf Tahia warten, bis sie wieder frei war. Denn er wußte, sie waren füreinander bestimmt. Das hatte er an dem Tag, an dem er in der Sinaiwüste gestorben war, in einer Vision gesehen.
Tahia spürte seinen Blick, drehte sich um und lächelte Zacharias zu. Armer Zakki, dachte sie. Der Krieg hatte ihm schrecklich mitgespielt. Sein Haar wurde dünner, seine Schultern waren gebeugt, und er trug eine starke Brille. Zacharias war mit achtundzwanzig ein alter Mann. Eines ihrer Kinder hatte einmal »Großvater Zakki« zu ihm gesagt.
Hätte er wenigstens seine Stelle behalten können! Der tägliche Umgang mit Jugendlichen im Klassenzimmer hätte vielleicht geholfen, ihn jung zu halten. Aber Zacharias hatte vor den Schülern einen seiner Anfälle bekommen. Die Kinder waren zu Tode erschrocken, und der Direktor hatte Zakki daraufhin entlassen. Jetzt kümmerte sich die ganze Familie

um ihn. Die Frauen waren besonders fürsorglich, und Khadija hatte allen das richtige Verhalten bei einem Anfall eingeschärft. Die Anfälle kamen selten. Der letzte lag länger als ein Jahr zurück. Aber bei einem Anfall war er so hilflos wie ein Neugeborenes.
Tahia wußte nicht genau, was er sah, wenn es ihn überkam. Er hatte nur einmal in den ersten Monaten nach seiner Rückkehr vom Sinai versucht, ihr die Landschaft seines »Wahnsinns« zu beschreiben. Das grauenerregende Bild einer Wüste mit ausgebrannten Panzern, verkohlten Leichen, Jagdbombern, die vom Himmel herabstießen und unter deren Geschoßhagel Sandfontänen in die Luft stiegen, war wie die Vison einer Hölle auf Erden.
Die Ärzte sagten, Zacharias sei auf dem Schlachtfeld gestorben. Sein Herz hatte aufgehört zu schlagen, er atmete nicht mehr und wurde für tot erklärt. Aber kurze Zeit später hatte er wie durch ein Wunder wieder angefangen zu atmen.
Wo er in diesen Augenblicken zwischen wenigen Herzschlägen gewesen war, wußte niemand.
Nur Zacharias wußte es. Er war im Paradies gewesen.
Bei seiner Rückkehr aus dem Krieg erfüllte ihn ein so beseligender Friede, eine so unerschütterliche innere Ruhe, daß allein seine Gegenwart andere beruhigte und besänftigte. Tahia kam es vor, als sei alles an ihm von einer übernatürlichen Sanftheit – die Augen, die Stimme, die Hände –, als habe seine menschliche Seele den Körper tatsächlich verlassen und der Seele eines Engels Platz gemacht. Manchmal schien er so sehr aus einer anderen Welt zu kommen, daß sie vor dem Übernatürlichen seiner Ausstrahlung erschrak. Aber aus Liebe zu ihm wurde ihr dann auch ganz warm ums Herz. Der Krieg hatte ihn verändert, so wie er Ägypten und auch Tahia verändert hatte. Mit siebenundzwanzig hütete sie ihr erstes Geheimnis – Tahia war zwar Jamal Raschids Frau, aber sie liebte Zacharias.
Khadija kam in die Küche und wünschte allen einen guten Morgen. Die Kinder erhoben sich von den Plätzen, begrüßten sie respektvoll und beschäftigten sich dann sofort wieder lärmend mit den Eiern und den Hasen.
Khadija war nach ihrem Besuch bei Quettah geradewegs in ihre Zimmer gegangen, hatte die staubige Melaja abgelegt und sich frisch gemacht. Deshalb sah man ihr nicht an, daß sie erst vor kurzem aus dem Trubel

des Zeinab-Viertels zurückgekommen war. Der elegante schwarze Wollrock, die schwarze Seidenbluse, Strümpfe und Schuhe mit hohen Absätzen, die goldenen Armreifen, Diamant- und Smaragdringe und eine schlichte Perlenkette hatten sie von einer Bint al-Balad in eine Bint al-Zawat, eine Tochter der Aristokratie, verwandelt. So wie sie den Mädchen schon im frühen Alter immer wieder eingeimpft hatte, daß die Schönheit einer Frau nach ihrer Tugend das Wichtigste sei, so hatte Khadija sich besondere Mühe mit dem Make-up gegeben. Die Augenbrauen waren in einem perfekten Schwung nachgezogen, und die Konturen des Mundes betonten geschickt mit einer dunkleren Farbe als der Lippenstift die noch immer vollen Lippen. Sie hatte etwas Rouge auf die glatte, straffe Haut gelegt, die niemals mit Seife, sondern nur mit den feinsten Cremes und Ölen in Berührung kam. Ihr ehemals schwarzes Haar hatte durch die Wäsche mit Henna einen kastanienroten Schimmer und war mit Diamantspangen hochgesteckt. Khadija bewegte sich mit Anmut und Autorität, und da sie etwas rundlich war – das Zeichen einer Mutter vieler Kindern, die in guten Verhältnissen lebt –, hätte niemand es für möglich gehalten, daß sie bald siebzig wurde.

Khadija blieb stehen und blickte lächelnd auf die Kinder, die wie Äffchen schnatterten. Sie kicherten und lachten laut, weil sie nicht nur die Eier, sondern auch sich selbst bemalten. Khadija sah in ihnen die Hoffnung der Zukunft. Wie kleine Zweige waren sie dem Stammbaum der Raschids entsprossen. Neun der Urenkel hatten ihre blattförmigen Augen, die kein Merkmal der Raschids waren. Sie fragte sich, welche Vorfahren den Kindern diese Augen vererbt hatten. Wessen Blut fließt durch mich in ihren Adern? Vielleicht werde ich es herausfinden, wenn ich erfahre, wer der junge Mann aus meinem Traum ist, der mich ruft . . .

Schallendes Gelächter brachte sie in die Wirklichkeit der Küche zurück. Wenn es doch jeden Tag so wäre, dachte sie: ein Haus erfüllt vom Lärm glücklicher Kinder! Aber heutzutage zogen die jungen Paare in eigene Wohnungen, und sogar unverheiratete Frauen lebten allein. Auch die Zahl der Bewohner des Hauses in der Paradies-Straße hatte sich verringert. Omars fünf Kinder – Amiras beinahe zehnjähriger Sohn Mohammed und die vier jüngeren der zweiten Frau – sowie Tahias Kinder, die sechsjährige Asmahan und ihre drei jüngeren Geschwister, lebten nicht hier. Auch die jungen Frauen nicht, die ihnen beim Bemalen der Eier halfen: Salma, die Witwe von Ajeschas Sohn, der im Sechs-Tage-Krieg

gefallen war; Nasrah, die Frau von Khadijas Neffen Tewfik, und Sakinna, eine Cousine von Jamal Raschid.
Es sind alles liebenswerte junge Frauen, dachte Khadija, aber mit modernen Ideen. Nur Narjis, die ihren Namen der Narzisse verdankte, die siebzehnjährige Tochter von Khadijas Nichte Zubaida schätzte die traditionelle Sittsamkeit. Ihre Cousinen spotteten gutmütig über sie und sagten, Narjis habe einen Schritt rückwärts getan, denn sie trug die neue »islamische Kleidung«, wie man es mittlerweile bei einigen der jungen Frauen an den Universitäten beobachten konnte.
Die Verantwortung für die Zukunft der Kinder und jungen Frauen, ob sie nun im Haus lebten oder nicht, lag bei Khadija. Sie hatte bereits der Frau von Abdel Rachman weiter unten in der Straße einen Besuch abgestattet, um über eine Heirat von Sakinna und dem Sohn der Rachmans zu sprechen, der in diesem Jahr sein Universitätsexamen ablegen würde. Für Salma, die schon viel zu lange Witwe war, hatte Khadija Hakim Walid ausgesucht, einen höheren Beamten im Erziehungsministerium. Rajjas hitzköpfige sechzehnjährige Tochter, die gerade Eier und Hasen in Körbchen legte, war in ein oder zwei Jahren alt genug für eine Verlobung. Für sie würde Khadija nach einem Mann Ausschau halten, der ihr Zügel anlegte. Aber was sollte sie mit der zwanzigjährigen schönen Fadilla tun, die bereits entschlossen erklärt hatte, sie werde sich ihren Ehemann selbst aussuchen?
»Zum Abendessen sind es heute fünf Personen mehr, Sarah«, sagte Khadija, als sie an den Arbeitstisch trat und die elf fetten Hühner begutachtete, die Sarah gerade für den Bratspieß vorbereitete. »Vetter Achmed hat angerufen. Er wird mit Hosneja und den Kindern das Fest bei uns verbringen.« Damit waren über fünfzig Gäste im Haus, und das tröstete Khadija, denn in schweren Zeiten war es gut, die Familie um sich zu haben.
Sie blickte aus dem Fenster und sah, daß der Mischmischbaum über Nacht aufgeblüht war, und sie dachte an Mischmisch, ihre verstoßene Enkelin. In den vergangenen sechs Jahren hatte Ibrahim nicht ein einziges Mal von Amira gesprochen.
Mein Sohn hat gesagt, wir werden nicht um dich trauern, Enkeltochter meines Herzens. Aber ich denke an dich, und seit jenem schrecklichen Abend habe ich jeden Tag um dich getrauert.
Khadija hörte, wie Zacharias sagte: »Setz dich, Sarah, du siehst richtig

krank aus«, und sie staunte, daß ihr Geheimnis in all den Jahren nicht ans Licht gekommen war. Als Ibrahim das Bettlermädchen vor achtundzwanzig Jahren ins Haus brachte, hatte Khadija gefürchtet, sie würde eines Tages die Wahrheit verraten und allen sagen, daß Zacharias ihr Kind sei. Doch Sarah hatte das in sie gesetzte Vertrauen nicht ein einziges Mal enttäuscht. Bis zu diesem Tag war sie die Köchin und Zacharias der einzige Erbe der Raschids.
Alice kam ausgehfertig gekleidet in die Küche. Sie ging an Khadija vorbei und küßte ihren Enkel Mohammed. »Sieh mal, was ich für dich habe, mein Schatz«, sagte sie und gab ihm einen Briefumschlag. »Eine Osterkarte von deiner Mama.«
Die anderen Kinder wollten die hübsche Karte aus Amerika ebenfalls sehen, und Alice sagte zu Mohammed: »Weißt du, damals in England, als ich noch ein kleines Mädchen war, sind wir am Ostersonntag immer früh aufgestanden und hinaus zum Teich gegangen. Dann haben wir in das Wasser geblickt und gesehen, wie die Sonne tanzt.«
Mohammed sah sie mit großen Augen an. »Wie kann die Sonne tanzen, Großmutter?«
»Sie tanzt aus Freude über den Frühling«, Alice wischte ihm nachsichtig lächelnd mit einem Taschentuch die verschmierte Schokolade von den Wangen. Nefissa nahm ihm die Karte aus der Hand und sagte: »Komm her, mein Kleiner. Großmutter hat etwas für dich.«
Alice sah Ibrahims Schwester an. Nefissas Gesicht wirkte unter dem Make-up hart und verbittert. Wehmütig dachte Alice: Vor langer Zeit waren wir einmal Freundinnen. Jetzt sind wir rivalisierende Großmütter.
»Ich habe mich mit Jasmina zum Einkaufen verabredet, Mutter Khadija.«
»Alice, meine Liebe, du siehst blaß aus. Geht es dir nicht gut?«
»Ich habe leichten Durchfall«, erwiderte Alice und streifte die Handschuhe über.
Khadija seufzte. »Offenbar ist die ganze Familie krank. Ich werde gleich Bohnenkraut-Tee machen. Den solltest du trinken, das beruhigt den Magen . . .«
Alice trank seit vielen Jahren gehorsam Khadijas Tees – Thymian bei Kopfschmerzen, Safran bei Schlaflosigkeit und Minze bei Menstruationskrämpfen. Aber seit man ihre Tochter Amira verstoßen hatte,

bäumte sie sich gegen ihre Schwiegermutter innerlich mehr und mehr auf. Warum hatte Khadija damals Amira nicht verteidigt? Warum versuchte sie nicht, das Unrecht, das man Amira angetan hatte, wiedergutzumachen? Kein Wunder also, daß trotz aller Höflichkeit eine trennende Wand zwischen ihnen stand. Alice sah Khadija kühl an und sagte: »Es ist nicht weiter wichtig. Ich werde mir in der Apotheke Lomotil geben lassen.«

Das Auditorium der Frauen-Union war überfüllt. Über tausend Frauen waren erschienen, um den libyschen Präsidenten Muammar al Gaddafi zu hören, der über die Zukunft der arabischen Frauen sprechen würde.
Jasmina kam sehr spät in den großen Saal und erregte sofort Aufmerksamkeit. Als Tänzerin hatte sie einen geschmeidigen Körper. Sie trug Schuhe mit hohen Absätzen und wirkte deshalb besonders groß. Sie hatte die bernsteinfarbenen Augen mit Khol geschminkt und die üppigen schwarzen Haare lässig mit einer Spange aufgesteckt, so daß sie ihren Kopf wie eine dunkle Wolke umgaben. Die Frauen musterten sie neidisch, denn sie entsprach dem Ideal der Männer, die Jasmina als »Göttin« verehrten.
In all den Jahren, die sie nun im Rampenlicht stand, war der Name Jasmina Raschid trotz des Erfolgs und ihrer Schönheit weder mit einem Skandal noch mit einer Romanze in Verbindung gebracht worden. Doch ihr makelloser Ruf steigerte nur den Neid der Frauen und das Verlangen der Männer.
Jasmina setzte sich in der ersten Reihe auf den für sie reservierten Platz zwischen den Leiter des Roten Halbmonds und die Frau des Gesundheitsministers. Ägypten war unter Präsident Sadat wieder zum kulturellen Zentrum der arabischen Welt geworden, und Jasmina gehörte zu den großen Stars.
Einige Frauen kamen zu Jasmina und beglückwünschten sie zu ihrem neuesten Film. Sie sagten: »Ihre Familie muß sehr stolz auf Sie sein.« Aber soweit Jasmina wußte, sah sich niemand aus der Familie je einen ihrer Filme an oder besuchte ihre Auftritte in den Nightclubs. Zwar war sie in der Paradies-Straße ein willkommener Gast, doch ihr Verhältnis zu Khadija blieb gespannt. »Du bist eine Raschid«, sagte ihre Großmutter immer wieder. »Die Frauen der Raschids tanzen nicht vor fremden Männern.« Zu der erhofften Versöhnung zwischen Umma und Dahiba

war es nicht gekommen. Beide bestanden hartnäckig darauf, die andere müsse den ersten Schritt tun.
Jasmina bedauerte, daß Dahiba bei dieser mit Spannung erwarteten Rede nicht dabeisein konnte. Aber Dahiba durfte trotz der kulturellen Liberalisierung ihre Gedichte in Ägypten nicht veröffentlichen und mußte sich einen ausländischen Verlag dafür suchen. Deshalb war sie in den Libanon geflogen, um sich dort mit einem Verleger zu treffen. Anderen Frauen erging es noch schlechter. Im letzten Jahr hatte die Regierung Dr. Nawal al Saadawi, die große ägyptische Feministin und Autorin, angegriffen, ihre Bücher und Schriften beschlagnahmt und auf die Schwarze Liste gesetzt. Manche der Frauen im Saal waren Feministinnen, andere nicht. Viele waren verunsichert, denn sie wußten nicht, wie sie den neuen westlichen Feminismus in einer Gesellschaft umsetzen sollten, deren Werte und Traditionen sich stark von denen des Westens unterschieden.
Jasmina war der Ansicht, es sei Zeit, daß die Ägypterinnen den Sprung ins zwanzigste Jahrhundert wagten, daß sie ihre Rechte als Menschen und die Gleichberechtigung forderten. Wenn Jasmina an ihre Freundin Schemessa dachte, die gerade eine verpfuschte illegale Abtreibung hinter sich hatte, dann bestand für sie der erste Schritt darin, daß den Frauen die uneingeschränkte Kontrolle über ihren Körper zugestanden wurde.
Die Veranstaltung begann. Im Saal wurde es ruhig, als Präsident Sadat den Gastredner begrüßte. Gaddafi trat auf das Podium. Anstatt seine Rede zu beginnen, überraschte er alle damit, daß er dem Publikum den Rücken zudrehte und etwas auf die Wandtafel schrieb.
Zunächst herrschte Stille, dann setzte Gemurmel ein, das zu lautem Reden anschwoll. Jasmina blickte ungläubig auf die Worte, die der libysche Präsident geschrieben hatte: »Jungfräulichkeit, Menstruation, Geburt.«
Gaddafi wandte sich dem verblüfften Publikum zu und erklärte, die Gleichstellung der Frauen mit den Männern sei als Folge ihrer Anatomie und Physiologie nicht möglich. Er verglich die Frauen mit Kühen und sagte, sie seien nicht auf der Erde, um gleichberechtigt neben den Männern zu arbeiten, sondern um Kinder zu gebären und sie zu stillen.
Im Saal brach ein Tumult aus.

Viele Frauen sprangen empört und beleidigt auf, und als Gaddafi seine Haltung verteidigte und erklärte, Frauen hätten eine schwächere Konstitution, und man könne nicht erwarten, daß sie Schmerzen und extreme Härten – etwa die Hitze in Fabriken oder die schwere körperliche Arbeit der Bauarbeiter – gewachsen seien, erhob sich eine bekannte Journalistin und sagte mit einer Stimme, die alle verstummen ließ: »Herr Präsident! Wissen Sie, was ein Nierenstein ist? Mir haben Männer versichert, daß nichts schmerzhafter ist als ein Nierenstein. Stellen Sie sich vor, Herr Präsident, was es bedeutet, einen hundertmal größeren Nierenstein, sagen wir, einen von der Größe einer Wassermelone auszustoßen. Könnten *Sie* bei *Ihrer* männlichen Konstitution die Schmerzen ertragen?«
Die Frauen applaudierten und jubelten. Jasmina blickte auf ihre Uhr. Die Veranstaltung hatte spät begonnen, und sie überlegte, ob Alice bereits draußen auf sie wartete.

Das Taxi hielt vor dem Gebäude der Frauen-Union. Als Alice ausstieg, hörte sie im Innern tumultartiges Geschrei. Kopfschüttelnd dachte sie, in Ägypten muß alles laut und mit großen Emotionen verbunden sein! Sie schauderte bei dem Gedanken an die vielen Menschen dort im Saal und fragte sich wie beinahe jeden Tag: Warum bin ich nur in Ägypten geblieben? Ich hätte mit Amira das Land verlassen sollen. An der Beziehung zu Ibrahim hatte sich in den vergangenen sechs Jahren nichts geändert. Er war höflich, wortkarg und vorwurfsvoll, denn aus seiner Sicht, das wußte sie, bedeutete jedes Jahr, das verging, eine verpaßte Gelegenheit, doch noch einen Sohn zu bekommen.
Auf Mohammed hatte sie praktisch keinen Einfluß, denn er lebte unter den Argusaugen von Nefissa in einem anderen Teil der Stadt. Der arme Junge. Die Familie hatte ihm gesagt, seine Mutter sei tot, während Alice ihm bei jeder sich bietenden Gelegenheit versicherte, seine Mutter lebe in Amerika. Auch ihre Beziehung zu Khadija war merklich distanzierter geworden. Warum blieb sie also noch hier?
Alice beneidete Khadija um ihr Reich in der Paradies-Straße, in dem es von Kindern wimmelte. Sie hatte keine Familie mehr und kam sich in der bunten Vielfalt der Sippe wie eine Fehlfarbe vor.
Sie wußte, ihre Depression hatte sich seit Amiras Weggang verstärkt. Was sie sich einmal als kalten unterirdischen Fluß vorgestellt hatte, der

das erstarrte Gestein ihrer Seele in langsamer, aber stetiger Erosion abtrug, war inzwischen ein tosender Strom dicht unter der Haut geworden. Manchmal hörte sie sein Rauschen sogar wie das Brausen zweier Wasserfälle in den Ohren.

»Hoher Blutdruck«, hatte Dr. Sanky, der englische Arzt in der Ezbekija-Straße, gesagt und ihr Tabletten verschrieben, die sie nicht einnahm. Alice wußte, es war nicht der Blutdruck, es war Melancholie – dieses altmodische Wort, das in der Spalte »Todesursache« auf dem Totenschein ihrer Mutter stand.

Alice hatte vor wenigen Minuten durch das Wagenfenster etwas gesehen, das ihr nicht aus dem Kopf ging. Das Taxi mußte an einer Kreuzung halten, und ihr Blick fiel auf ein Plakat für 7-Up, das an einer bröckelnden Mauer neben einer alten Moschee klebte. Dabei wurde ihr plötzlich klar, daß hier in Kairo ein unsichtbarer Krieg geführt wurde – ein stiller, unauffälliger, aber tödlicher Krieg zwischen der Vergangenheit und der Zukunft, zwischen West und Ost. Alkoholfreie amerikanische Getränke wurden immer beliebter, während die religiösen Führer gleichzeitig die Rückbesinnung auf die alten Sitten forderten. Der Wagen fuhr weiter, aber das Bild verfolgte sie: das Nebeneinander des trotz der grellroten und grünen Farben leblosen Plakats und eines mittelalterlichen Minaretts, das vom Verfall bedroht war. Je stärker sich dieser Eindruck in ihr festsetzte, desto mehr verstand sie seine Bedeutung als eine nüchterne Aussage über ihr Leben, und sie dachte: Ich bin das Plakat.

Vielleicht sollte ich Amira besuchen. Vielleicht wäre eine Reise eine gute Therapie. Ein paar Wochen fern der Paradies-Straße, getrennt von Ibrahim, ermöglichen es mir vielleicht, einen distanzierteren Blick auf mein Leben zu werfen ...

Das Taxi fuhr davon. Als im nächsten Augenblick eine große schwarze Limousine am Bordstein hielt, blieben die Menschen auf der Straße neugierig stehen.

Seit Nassers Tod vor drei Jahren und Sadats Abkehr von den Sowjets – er hatte die Russen aufgefordert, das Land zu verlassen – konnte man in Ägypten seinen Reichtum wieder zur Schau stellen. Die Limousine gehörte Dahiba und hatte während der Nasser-Jahre in der Garage gestanden. Dahiba war ein größerer Star als je zuvor. Die Männer waren schon glücklich über einen Stehplatz bei ihren Auftritten, und die Men-

schen standen Schlange, um ihre Filme zu sehen. Dahiba war eine Göttin, ihre Königin. Und die Ägypter wollten, daß ihre Königin in Luxus lebte.
Dem eleganten Wagen entstieg jedoch nicht Dahiba. Statt dessen hüpfte eine kleine Puppe mit langen Zöpfen und einem fehlenden Vorderzahn auf den Gehweg und rief aufgeregt: »Tante Alice! Tante Alice!«
Alice ging auf sie zu und drückte die Sechsjährige an sich.
»Hast du Lust, einkaufen zu gehen, mein Schatz?« fragte sie, nachdem sie sich wieder aufgerichtet hatte und Hakim Raouf zuwinkte, der gerade auf der anderen Seite ausstieg.
Die kleine Zeinab hüpfte auf und ab, ohne Alices Hand loszulassen.
»Mama hat gesagt, ich darf ein neues Kleid haben! Können wir ein rotes kaufen, Tante Alice?« Die Mama, von der sie sprach, war Jasmina, die sie für ihre Mutter hielt. In Wahrheit war die kleine Zeinab mit der Beinschiene Amiras Tochter, und Alice war nicht ihre Tante, sondern ihre Großmutter.
»Gottes Friede sei mit Ihnen!« rief Hakim beim Näherkommen. Durch die Jahre und das Wohlleben war er beleibt geworden. Aber er machte in seinen teuren italienischen Maßanzügen noch immer eine gute Figur. Eine Wolke von Eau de Cologne hüllte ihn ein, in die sich der Duft von teuren Zigarren und – obwohl es noch nicht Mittag war – von schottischem Whiskey mischte. Seine roten Pausbacken verzogen sich zu einem Lächeln, als er Alice begrüßte, aber er umarmte sie nicht, wie er es in privater Umgebung getan hätte, um bei den Umstehenden keinen Anstoß zu erregen.
»Guten Tag, Hakim. Ich hoffe, es geht Ihnen gut.«
Er streckte die Hände aus. »Sehr gut, wie Sie sehen können. Aber ich habe Kummer. Die Regierung läßt mich nicht die Filme drehen, die ich machen möchte. Ich meine Filme über *echte* Themen. Vielleicht sollte ich meiner Frau in den Libanon folgen, wo größere Freiheit herrscht.«
Hakim hatte versucht, einen Film über eine Frau zu drehen, die ihren Mann und dessen Geliebte ermordet hatte. Auf Anweisung der Regierung mußte er die Produktion stoppen. Die geplante Botschaft seines Films war: Ein Mann kann eine Frau umbringen und praktisch unbehelligt bleiben, aber das Gesetz bestraft eine Frau für das gleiche Verbrechen mit aller Härte. Der Zensor hatte argumentiert: Wenn ein

Mann eine Frau umbringt, dann tut er es, um seine Ehre zu schützen. Frauen aber haben keine Ehre.
»Tante Dahiba hat uns angerufen«, sagte Zeinab und zog Alice am Arm. »Aus Beirut.«
Alice versetzte es jedesmal einen Stich, wenn sie das kleine, schöne und bis auf das steife Bein einfach vollkommene Mädchen sah, das wegen der Behinderung jedoch einen unbeholfenen Gang hatte. Zeinab war das Ebenbild der sechsjährigen Amira, allerdings in Sepia, denn sie hatte zwar Amiras blaue Augen, aber die dunkle Haut von Hassan al-Sabir.
Alice wollte gerade Fragen zu dem Anruf stellen, als sie Jasmina aus dem Gebäude kommen sahen. Sie gingen ihr entgegen.
»Hallo, Tante«, sagte Jasmina und küßte Alice auf die Wange. »Die Rede hat spät angefangen, und deshalb habe ich mich davongestohlen. Hörst du die Frauen im Saal? Sie würden Gaddafi am liebsten bei lebendigem Leib am Spieß braten.«
Jasmina nahm Zeinab auf den Arm und gab ihr einen Kuß. »Und was macht mein kleines Baby?«
Zeinab kicherte und wand sich in Jasminas Umarmung. »Du hast mich doch erst vor einer Stunde gesehen, Mama! Tante Alice hat gesagt, sie kauft mir ein Schokoladenei. Darf ich es haben? Bitte, Mama.«
Jasmina warf Alice ein kurzen Blick zu. Keine der beiden Frauen dachte an Schokoladeneier, sondern an das, was unausgesprochen zwischen ihnen lag.
Als Jasmina vor sechs Jahren aus Port Said zurückgekommen war und sich nach Amira erkundigte, hatte Khadija sie beiseite genommen und ihr berichtet, was geschehen war. Jasmina wollte ihre Schwester verteidigen. »Hassan hat sie vergewaltigt. Sie hat es getan, um die Familie zu retten.« Aber als Jasmina das arme, behinderte, von Amira zurückgelassene Baby sah, verwandelte sich ihr Mitgefühl in Zorn. »Nimm das Kind zu dir«, sagte Khadija. »Du kannst selbst nie Kinder bekommen, aber Gott hat dir eine Tochter geschenkt.«
Und so hatte Jasmina ihre Nichte adoptiert und ihr den Namen Zeinab gegeben, denn Sajjida Zeinab war die Schutzheilige der Behinderten.
Zeinab war inzwischen Jasminas Lebensinhalt. Sie achtete wegen der kleinen Waise auf ihren untadeligen Ruf. Jasmina hatte keine Liebhaber, und man sah sie nie allein in Begleitung eines Mannes. Um das

Kind zu erklären, hatten sie eine tragische Geschichte erfunden: Zeinabs Vater war als Held im Sechs-Tage-Krieg gefallen.
Das Kind war auch der Grund dafür, daß Jasmina nicht mehr im Cage d'Or auftrat. Allerdings hatte sie es auch nicht mehr nötig, denn mit der wachsenden Beliebtheit des orientalischen Tanzes traten die erstklassigen Tänzerinnen nur noch in Fünf-Sterne-Hotels wie dem Hilton auf. Die anderen, weniger talentierten und die mit einem zweifelhaften Ruf tanzten in Clubs und Cabarets. Schließlich hatte Jasmina wegen Zeinab Hakim Raouf als ihren Manager engagiert. Das brachte ihr nur Vorteile ein. Eine Tänzerin ohne männlichen Beschützer wurde von den Hotels übervorteilt und war die Zielscheibe von Bewunderern mit eindeutigen Absichten. Bei Hakim Raouf befand sie sich jedoch in den allerbesten Händen.
Sie schlenderten langsam zur Limousine zurück. Hakim berichtete, Dahiba habe ihn aus Beirut angerufen und ihm gesagt, daß ihr Buch im Oktober erscheinen werde. Wie so oft, wenn sie und Jasmina mit Zeinab als Bindeglied zur Vergangenheit zusammen waren, spürte Alice Jasminas Verwirrung.
Alice hätte die Wahrheit niemals verraten. Sie hatte von Khadija gelernt, Geheimnisse zu wahren. So wie Alice gegenüber den anderen gelogen und gesagt hatte, Amira habe das Kind zurückgelassen, so wie sie Amira angelogen hatte, als sie ihr sagte, das Kind sei tot geboren worden, so log sie auch weiterhin in jedem Brief an Amira. Sie berichtete die Neuigkeiten der Familie, erwähnte jedoch niemals die Tochter, von deren Existenz Amira nichts wußte. All das hatte Alice nur aus einem einzigen Grund getan. Sie wollte Amira die Chance geben, sich von der Familie zu lösen und Ägypten zu entfliehen, was ihr selbst niemals gelungen war.
Als sie gerade einsteigen wollten, taumelte Alice plötzlich gegen den Wagen.
Hakim faßte sie am Ellbogen. »Was haben Sie, meine Liebe?«
»Ich fühle mich schon den ganzen Morgen über nicht besonders, und jetzt...« Sie preßte die Hand auf den Leib und sagte mit verzerrtem Gesicht. »Ich muß mich übergeben!«
»Wir bringen Sie ins Krankenhaus. Schnell, steigen Sie ein.«
»Nein! Nicht ins Krankenhaus... In der Straße dort drüben ist Ibrahims Praxis...«

Ibrahim blickte auf die Uhr. Seine Sprechstundehilfe hatte heute ihren freien Nachmittag und würde bald gehen. Er fragte sich, ob die junge Huda etwas von den Prostituierten wußte, die er an ihren freien Nachmittagen hierher brachte.

Und wie immer in diesem Zusammenhang quälte ihn sein schlechtes Gewissen. Er war verheiratet und hatte eine faszinierend schöne Frau. Aber Zärtlichkeiten gab es in ihrer Ehe schon lange nicht mehr. Im Grunde verstand Ibrahim nicht, wie Alice dieses keusche Leben ertrug. Ihm gelang es jedenfalls nicht. Verloren Frauen mit zunehmendem Alter das Interesse an Sex? Wenn er an einige seiner Patientinnen in den mittleren Jahren dachte und an ihre mehr oder weniger eindeutigen Annäherungsversuche, dann konnte das nicht sein.

Ibrahim wußte mittlerweile, daß er eine Vorliebe für junge Frauen hatte. Huda, seine Sprechstundenhilfe, war nicht nur eine ausgezeichnete Schwester, sondern auch verführerisch und sehr attraktiv.

Ibrahim beobachtete verstohlen, wie Huda den Wagen mit den Instrumenten in das Untersuchungszimmer zurückrollte, und dachte wieder an seine Frau. Alice schien sich in den sechs Jahren, seit Amira Ägypten verlassen hatte, wenig verändert zu haben. Vielleicht war sie noch stiller geworden als früher. Sie arbeitete Tag für Tag in ihrem englischen Garten unter der heißen ägyptischen Sonne und ging nach wie vor einmal in der Woche zu FiFi, um ihr Blond auffrischen zu lassen. Sie hatte inzwischen ein paar Freunde – die Frau eines Professors der Amerikanischen Universität, eine Engländerin namens Madeline, die mit einem Ägypter verheiratet war, aber meist ihre eigenen Wege ging, und Mrs. Flornoy, eine kanadische Witwe, die sich in Kairo niedergelassen hatte, nachdem ihr Mann hier an Malaria gestorben war. Die vier Ausländerinnen trafen sich an zwei Abenden in der Woche, spielten Bridge, hingen ihren Erinnerungen nach und erholten sich von der unentrinnbaren Herrschaft alles Ägyptischen in ihrem Leben. Aber Ibrahim wußte, daß Alice sich hinter diesen weltlichen Ritualen nur versteckte. Er vermutete, daß es für sie die alltäglichen, zur Gewohnheit gewordenen Tätigkeiten des Lebens waren, die verhinderten, daß sie mit dem Zorn konfrontiert wurde, den sie ebenso empfinden mußte wie den großen Schmerz über die gescheiterte Ehe. Denn er empfand ihn ebenfalls, und deshalb lebte er ebenso diszipliniert wie sie. Er stand bei Sonnenaufgang auf, sprach das Gebet, frühstückte, ging in die Praxis,

hielt seinen Mittagsschlaf und betete danach wieder. Nach dem Abendessen hatte er Patienten, die sich eine Konsultation bei dem ehemaligen Leibarzt des Königs etwas kosten ließen. Seine freie Zeit füllte er mit Büchern, Briefen und dem Radio. Er sah Alice nur selten, und seit dem Abend von Amiras Verbannung hatte er sie nicht mehr aufgefordert, in sein Bett zu kommen. An der Oberfläche verband sie nichts mehr. Und doch kettete sie etwas aneinander – Amira. Manchmal, wenn sich ihre Blicke zufällig trafen, glaubte Ibrahim einen stillen Vorwurf in ihren Augen zu sehen. »Es ist deine Schuld«, schienen sie ihm stumm zu sagen. »Es ist deine Schuld, daß unsere Tochter im Ausland lebt.«
Ibrahim sehnte sich ebensosehr nach seiner Tochter wie Alice. Er wußte, wenn Amira nach der Geburt der kleinen Zeinab im Land geblieben wäre, hätte er ihr die Sache mit Hassan verziehen. Aber sie war nicht mehr da, und er wußte nicht einmal, wo sie lebte.
Als er die Karteikarte seines letzten Patienten in den Kasten stellte, fiel sein Blick auf Zeinabs Photo, das auf seinem Schreibtisch stand. Warum hatte Amira ihr Kind zurückgelassen? Wollte sie ihn und Khadija damit bestrafen? Hatte sie das verkrüppelte Bein gesehen und war von Abscheu erfüllt gewesen? Das konnte nicht sein. Amira war keine Mutter, die ihr Kind in Stich ließ. In gewisser Weise war Ibrahim froh, daß seine Tochter das Kind zurückgelassen hatte. Er liebte Zeinab abgöttisch. Da die Kleine die Grübchen ihrer Mutter hatte und Hassans übermütig blitzende Augen, erinnerte sie Ibrahim an die beiden Menschen, die Ibrahim in seinem Leben am meisten geliebt hatte ...
Huda erinnerte ihn freundlich an seine Termine am frühen Abend. Sie trug den Karteikasten in das Zimmer nebenan. Er sah ihr lächelnd nach. Sie hatte einen aufreizenden Gang. Ibrahim seufzte, und seine Gedanken kehrten zu Amira zurück. Warum war dieses Unheil geschehen, das sie aus seinem Leben verbannt hatte?
Sie sprachen nie über den schrecklichen Abend im Juni, einen Tag vor Ägyptens demütigender Niederlage, und Ibrahim verbot sich meist, auch nur daran zu denken. Es gab jedoch Tage, da dachte er an seinen alten Freund und Bruder Hassan, der unter mysteriösen Umständen ums Leben gekommen war. Die Zeitungen hatten nur gemeldet, Hassan al-Sabir sei ermordet worden, jedoch nicht erwähnt, daß Hassan kastriert worden war. Die Polizei hatte den Täter nie gefunden.
Wie anders hätte sein Leben heute sein können, wenn Khadija ihn

damals nicht gezwungen hätte, den Ehevertrag zwischen Amira und Hassan für null und nichtig zu erklären.
»Ich bin fertig, Dr. Raschid!« sagte Huda fröhlich. Sie war zweiundzwanzig und mußte jeden Tag für ihren Vater und fünf jüngere Brüder kochen. Sie hatte Ibrahim einmal lachend erzählt: »Mein Vater war bei meiner Geburt so enttäuscht, daß sein erstes Kind ein Mädchen war, daß er meiner Mutter mit der Scheidung drohte, wenn sie ihm keinen Sohn schenken würde. *Bismillah*, er muß ihr wirklich Angst gemacht haben, denn von da an bekam er nur noch Söhne!«
Ibrahim hatte sich erkundigt, womit ihr Vater die große Familie ernährt hatte. »Er verkauft Schmuck, inzwischen vor allem an Touristen.« Ibrahim hatte den Schmuckhändler beneidet. Obwohl Huda seit dem Tod ihrer Mutter die Familie versorgte, hielt sie sich für eine moderne Frau, die Dr. Raschid, ihren Arbeitgeber, anhimmelte.
Der Nachrichtensprecher verlas mit ernster Stimme die neuesten Meldungen: Die letzten russischen Berater hatten Ägypten verlassen, die Polizei hatte wieder einmal Studentenunruhen in der Universität niedergeschlagen, und man beschuldigte zwei Mitarbeiter des Weißen Hauses, von dem geplanten Watergate-Einbruch gewußt zu haben.
Ibrahim schloß das Fenster. Gute Nachrichten gab es nie. Die Zeitungen waren nicht besser, sie erinnerten ihn täglich daran, daß die Baumwoll-Exporte und damit seine Einkünfte aus den Aktien zurückgingen. Es war eine schlechte Zeit für Ägypten, selbst Nagib Machfus, der größte lebende ägyptische Autor, schrieb Geschichten von Tod und Verzweiflung. Ibrahim dachte immer öfter an die alte Zeit unter Farouk. War es wirklich achtundzwanzig Jahre her, daß er und Hassan, zwei unbeschwerte junge Männer in den Zwanzigern, mit ihrem König von einem Spielcasino zum nächsten gezogen waren?
»Werden Sie morgen mit Ihrer Familie zum Nil fahren?« fragte Huda. Ibrahim zuckte zusammen. Jemand klopfte laut an die Tür. »Machen Sie bitte auf . . .«
Ibrahim erhob sich, als die Tür aufgestoßen wurde, und Alice, gestützt von Hakim Raouf, hereinwankte.
»Was ist los?« fragte Ibrahim und eilte zu ihr. »Was fehlt dir?«
»Es ist nichts, Ibrahim. Ich muß nur auf die Toilette. Schnell . . .«
»Huda«, sagte er. Die junge Frau war sofort bei Alice und half ihr hinaus.

Ibrahim wandte sich an Jasmina, die gerade hereinkommen war. »Was hat sie dir gesagt? Hat sie Fieber?«
»Nein, Papa. Sie hat kein Fieber. Sie hat gesagt, sie war die ganze Nacht auf, weil sie Durchfall hat . . . Andere in der Familie übrigens auch.«
Huda kam zurück. »Schnell, Herr Doktor. Ihre Frau übergibt sich.«
Jasmina und Hakim gingen im Zimmer auf und ab. Nach wenigen Minuten erschien Ibrahim in der Tür. »Ich weiß nicht, was ihr fehlt«, sagte er. »Sie hat eine erschreckende Menge Flüssigkeit verloren, aber im Augenblick ruht sie sich aus. Ich habe eine Probe entnommen. Eine erste mikroskopische Untersuchung wird uns vielleicht weiterhelfen.«

In dem kleinen Raum, der kaum größer war als ein Schrank und ihm als Labor diente, präparierte Ibrahim mit großer Sorgfalt ein Glasplättchen und betete um eine verläßliche Diagnose. »Was fehlt ihr, Papa?« fragte Jasmina, während Ibrahim in das Mikropskop blickte.
»Ich bete, daß es sich nur um eine Nahrungsmittelvergiftung handelt, die schnell vorbeigeht«, erwiderte er. Aber als er das Mikroskop scharf stellte und deutlich die kommaförmigen Bazillen sah, die sich so schnell bewegten, daß sie wie Sternschnuppen aussahen, hob er den Kopf und stöhnte: »O mein Gott.«

17. Kapitel

»Was soll ich denn tun? Ich habe nur noch drei Monate bis zum Examen. Ist es fair, daß sie mich *jetzt* zurückschicken?«
Amy blickte in die angstvoll geweiteten Augen ihrer Nachbarin, einer jungen Austauschstudentin aus Syrien, und sie sah ihre eigenen Befürchtungen darin gespiegelt. Die Vereinigten Staaten hatten die diplomatischen Beziehungen zu mehreren Ländern des Nahen Ostens abgebrochen. Man entzog Studenten aus Syrien, Jordanien und Ägypten die Aufenthaltsgenehmigung und schickte sie in ihre Heimat zurück. Amy hatte diese Nachricht noch nicht erhalten, aber sie lebte in ständiger Angst davor. Sie konnte nicht nach Ägypten zurück. Für ihre Familie war sie tot. In sechs Jahren hatte sie außer den Briefen ihrer Mutter keine Nachricht von ihren Verwandten erhalten.
»*Bismillah*, sie schicken uns alle nach Hause!« sagte die Studentin. Sie stand vor Amys Wohnungstür und rieb sich fröstelnd die Arme. »Hast du schon Bescheid bekommen?«
Amy schüttelte den Kopf, aber sie wußte, es war nur eine Frage der Zeit. Auch sie wollte in drei Monaten ihr Examen ablegen, und außerdem hatte sie gerade einen Platz für ihr Praktikum bekommen.
»Kennst du Hussein Sukry«, fragte die junge Frau, »der in der Wohnung neben mir wohnt? Er ist letzte Woche gefahren. Er hatte gehofft, nach seinem Abschluß als Chemie-Ingenieur seine Familie unterstützen zu können. Jetzt sitzt er wieder in Amman – ohne Abschluß und ohne Arbeit. Was sollen wir denn tun? Laß mich wissen, wenn du von einer Lösung hörst. *Ma salaama*, Gott schütze dich.« Sie ging durch den Regen über den Hof des Apartmentgebäudes und eilte frierend am Swimmingpool vorbei, wo die Regentropfen kleine kreisförmige Wellen auf der Wasseroberfläche entstehen ließen.

Amy kämpfte gegen ihre aufsteigende Panik und blickte auf die Uhr. Wenn sie sich nicht beeilte, würde sie zu spät zu ihrem Termin kommen. Hastig griff sie nach Handtasche, Pulli, Jacke und Wagenschlüsseln und schlug die Tür hinter sich zu.
Seit Tagen hing ein metallisch grauer Himmel über der kleinen südkalifornischen College-Stadt am Pazifik. Auf dem Weg zum Fahrstuhl des Parkhauses warf Amy kurz einen Blick auf den Himmel und dachte, er paßt sehr gut zu meiner Stimmung.
Seit die Schreiben der Einwanderungs- und der Einbürgerungsbehörde eintrafen, lag über der kleinen Gruppe muslimischer Studenten an der Universität eine bleierne Niedergeschlagenheit. Warum bestrafte man *sie* für die Politik ihrer Heimatländer? Was hatte der Konflikt zwischen Israel und Ägypten mit Menschen oder Dingen außerhalb der nationalen Grenzen zu tun?
Als Amy aus dem Nieselregen in den Fahrstuhl stieg, dachte sie daran, daß in Ägypten bald der Chamsîn einsetzen würde, der Wüstenwind, der immer ihren Geburtstag und den ihrer Schwester ankündigte. Amy wurde in diesem Jahr siebenundzwanzig, Jasmina achtundzwanzig.
Die Fahrstuhltüren öffneten sich, Amy lief blindlings ins Freie und stieß dabei mit einem jungen Mann zusammen.
»Tut mir leid«, sagte sie verlegen, während sie gemeinsam Bücher und Papiere aufhoben, die auf die Erde gefallen waren. »Ich hatte Sie nicht gesehen.«
Er sagte: »Macht nichts«, und reichte ihr die Aktentasche. »He, Sie sind doch Amy, stimmt's? Sie wohnen nach vorne raus, nicht wahr?«
Amy schob sich die blonden Haare aus dem Gesicht und stellte fest, daß sie dieses Lächeln kannte. Es gehörte zu einem bärtigen jungen Mann mit rotgoldenen Haaren, einer Hornbrille, geflickten Jeans und Sandalen. Er hieß Greg van Kerk und wohnte ebenfalls in dem Apartmenthaus.
»Ja, Amy Raschid«, antwortete sie. Sie hatte vor fünf Jahren, als sie das Visum für die Vereinigten Staaten beantragte, ihren Vornamen etwas verändert. »Es tut mir leid, ich hätte Sie beinahe umgerannt.«
Er lachte. »Besser kann der Tag überhaupt nicht anfangen. Es sei denn, mein Wagen startet tatsächlich einmal.« Er wies auf einen zerbeulten VW. »In Monaten mit einem R startet er grundsätzlich nicht. Und ob Sie es glauben oder nicht, heute ist der einzige Tag in diesem Monat, an

dem ich ins Institut *muß*.« Er warf einen Blick auf die Wagenschlüssel in ihrer Hand. »Ich nehme an, Sie sind auch auf dem Weg dorthin...«
Amy zögerte. Sie und Greg van Kerk waren zwar seit einem Jahr Nachbarn, wechselten hin und wieder ein paar Worte am Briefkasten oder sagten »Hallo«, wenn sie sich im Haus begegneten, aber trotzdem war er ein Fremder. Nach sechs Jahren in einem westlichen Land hatte sie immer noch nicht gelernt, sich in Gesellschaft eines Mannes, der kein Verwandter war, ungezwungen zu verhalten.
Sie ärgerte sich über sich selbst und sagte sich wieder eimal vor: Das ist ein anderes Land mit anderen Sitten, und er braucht Hilfe...
»Wenn Sie wollen, nehme ich Sie mit.«
Zwei Minuten später fuhren sie auf dem Highway am Pazifik entlang in Richtung der Anhöhe, wo hoch über der Brandung, die sich malerisch an den schroffen Klippen brach, die Universität für zwanzigtausend Studenten stand.
»Es kommt einem überhaupt nicht wie Frühling vor«, sagte Greg nach längerem Schweigen. »Ich meine, wann regnet es in Südkalifornien schon einmal so viel und so lange?«
Frühling, dachte Amy, *Sham el-Nessim*, und umklammerte das Steuer fester. Die Familie veranstaltete ein Picknick am Nil oder an den Dämmen, und alle freuten sich über neue Kleider, die vielen Süßigkeiten und die bunt bemalten Eier. Und in drei Tagen würde ihr Sohn Mohammed seinen zehnten Geburtstag feiern.
»Ein hübscher Wagen«, sagte Greg und fuhr mit dem Finger über das Armaturenbrett des nagelneuen Chevrolet.
Amy fiel ein, daß Greg van Kerk eine der billigsten Wohnungen im ganzen Komplex hatte und alle möglichen Arbeiten übernahm, um seine Studiengebühren bezahlen zu können. Beim Gedanken an den zerbeulten VW, die geflickten Jeans und das Loch im Ärmel seines Pullovers wurde Amy wieder einmal klar, wie gut sie es hatte. Das Haus in England und die Wertpapiere, die ihr der Großvater hinterlassen hatte, garantierten ein regelmäßiges Einkommen. Sie vermutete, daß sie das Erbe den Schuldgefühlen des alten Earl verdankte, der seine Tochter nach ihrer Heirat mit einem Ägypter enterbt hatte.
Der Verkehr geriet ins Stocken, und etwas weiter vorne sahen sie Blaulichter blinken. »Ach«, stöhnte Greg. »Wie könnte es auch anders sein! Wenn es regnet, verlieren die Südkalifornier die Nerven...«

»*Bismillah!*« murmelte Amy, die an den Termin für ihr Gespräch dachte.
»Wie bitte?«
»Ich habe gesagt: ›Im Namen Gottes‹. Das ist arabisch.«
»Ach ja?« Er sah sie erstaunt an. »Richtig, jemand hat mir gesagt, daß Sie aus Ägypten kommen. Sie sehen überhaupt nicht so aus, als kämen Sie aus dem Nahen Osten.«
Als Amy ein Jahr nach ihrer Ankunft in England auf Einladung von Marijam Misrachi nach Kalifornien gekommen war, hatte sie festgestellt, wie unbeliebt Ägypter in Amerika waren. Die Situation nach dem Sechs-Tage-Krieg war explosiv. Jüdische und arabische Studenten der Universität lieferten sich regelrechte Kämpfe, und die Wände waren voller anti-ägyptischer Slogans. In den ersten Tagen im Haus der Misrachis im San Fernando Valley hatte sie einen Streit zwischen Rachel, Marijams Enkeltochter, und Rachels Bruder mitangehört. Er war Zionist und wollte nicht, daß eine Ägypterin bei ihnen wohnte.
»Papa ist in Kairo geboren!« erklärte Rachel empört. »*Wir* sind Ägypter, Haroun!«
»Ich heiße Aron«, schrie er sie an, »und wir sind in erster Linie Juden!«
Amy hatte sich danach eine Wohnung gesucht und war ausgezogen. Jetzt, nachdem die Lage wieder brenzlig wurde, und die Säbel auf beiden Seiten des Kanals immer lauter rasselten, war Amy froh, daß sie unter den Amerikanern so wenig auffiel wie ein Chamäleon, das sich seiner Umgebung anpaßte.
»Ich habe gehört, daß auf Anordnung des Außenministeriums alle Studenten aus dem Nahen und Mittleren Osten die USA verlassen müssen. Sind Sie auch davon betroffen?« fragte Greg, als der Verkehr beinahe zum Erliegen kam.
»Ich weiß nicht«, erwiderte Amy, »ich hoffe nicht.«
Greg sah, daß Amy das Steuer so heftig umklammerte, daß ihre Knöchel weiß wurden, und er fragte sich, ob es am regennassen Highway lag, an dem Unfall weiter vorne oder am Außenministerium. Er sagte: »Sie müssen sich hier fremd fühlen. Ich meine, Ägypten ist nicht wie Amerika, oder?«
Amy wurde bewußt, daß sie Gregs Stimme mochte, und sie versuchte, lockerer zu werden. Aber sie hatte wenig Erfahrung im Umgang mit Männern, wenn man von ihrem Bruder und ihren Vettern absah. Sie

warf Greg einen Blick zu. Er hing mehr in seinem Sitz, als daß er saß, und Amy fiel das in Amerika so beliebte Wort »unbekümmert« dazu ein. Sie spürte sehr wohl, daß er für sie keine Bedrohung darstellte und keine Gefahr für ihre Tugend war. Sie dachte an die Warnungen ihrer Großmutter, die immer und immer wieder gesagt hatte: »Wenn ein Mann und eine Frau allein sind, ist der Teufel der Dritte im Bunde«, und sie überlegte, wo sich der Satan an diesem regnerischen Morgen in ihrem Wagen, der nur im Schrittempo auf dem überfüllten Highway vorwärtskam, versteckt haben mochte.
Der Teufel ist in Ägypten. Er quält meinen Vater ...
Sie hörte im Geist die Worte: »Es wird sein, als wärst du tot ...« aber Amy unterdrückte die Erinnerung an den Fluch, der auf ihr lag, wie sie es immer tat.
Die Vergangenheit ist begraben. Du darfst nicht mehr daran denken.
»Nein, Amerika ist nicht wie Ägypten«, sagte sie, als der Polizeibeamte sie anwies, die Warnleuchten zu umfahren.
Sie schwieg, und Greg betrachtete die junge Frau am Steuer einen Augenblick lang genauer. Ihm fiel zum ersten Mal auf, wie blau ihre Augen waren, und daß sie genaugenommen nicht blonde, sondern honigfarbene Haare hatte.
»Mir gefällt Ihre Aussprache«, sagte er schließlich. »Sie ist irgendwie englisch, mit einem gewissen interessanten Unterton.«
»Ich habe einige Zeit in England gelebt, bevor ich hierher gekommen bin, und meine Mutter ist Engländerin.«
»Wie haben Sie noch vor ein paar Minuten geflucht?« Als sie ihn verständnislos ansah, fügte er hinzu: »Ich meine, wie heißt das arabische Wort ...?«
»*Bismillah* ist kein Fluch. Der Koran lehrt uns, immer den Namen Gottes im Mund zu haben. Amerikaner sprechen den Namen Gottes nicht gerne aus. Für einen Muslim ist das seltsam, denn der Prophet hat uns aufgefordert, Gott so oft als möglich anzurufen und ihn stets in unseren Gedanken zu haben. Wir sprechen den Namen Gottes auch deshalb oft aus, weil die bösen Geister ihn fürchten, und wir sie dadurch fernhalten.«
Greg sah sie verblüfft an. »Sie glauben an böse Geister?«
»Wie die meisten Ägypter.« Als sie sah, wie Greg sie anlächelte, wurde ihr heiß, und sie bekam rote Wangen.

»Was für eine Art Ärztin wollen Sie denn werden?« fragte er.
»Ich möchte die Medizin zu Menschen bringen, die sonst nicht medizinisch versorgt werden. Mein Vater hat eine Praxis in Kairo ... zu ihm kommen Reiche, aber auch Arme, die Angst vor den staatlichen Ärzten haben, und weil die Leute, die in den staatlichen Krankenhäusern arbeiten, üblicherweise bestochen werden müssen. Mein Vater behandelt oft kostenlos, und manchmal bekommt er dann Gemüse oder Hühner geschenkt.«
»Werden Sie zurückgehen und mit ihm zusammenarbeiten?«
»Nein. Ärzte werden auf der ganzen Welt gebraucht«. Sie lächelte scheu und sagte: »Ich glaube, ich rede zuviel.«
»Überhaupt nicht«, widersprach er. »Außerdem interessiert es mich. Ich bin Anthropologe ... na ja, ich schreibe meine Magisterarbeit.«
»Ich bin etwas verlegen«, sagte sie, und ihre Stimme ging fast im Geräusch des Regens unter. »Dort, wo ich herkomme, unterhält sich eine unverheiratete Frau nicht mit einem Mann, mit dem sie nicht verwandt ist. In Ägypten kann eine unverheiratete Frau schnell ihre Ehre verlieren.«
Amy blickte auf die schäumenden grauen Wogen und sah über dem Meer eine neue Regenwand, die auf das Ufer zutrieb. Sie spürte Greg neben sich, der darauf wartete, daß sie weitersprach.
»In Amerika«, sagte sie, »kann sich eine Frau dafür entscheiden, allein zu leben. Ägyptische Männer glauben, daß alle Frauen heiraten wollen. Sie können sich nicht vorstellen, daß eine Frau unverheiratet bleiben möchte.« Sie dachte an Jasmina, von der Alice in ihrem letzten Brief berichtet hatte, daß sie immer noch ledig sei. »Hier in Kalifornien habe ich sogar junge Frauen gesehen, die Männern hinterherlaufen, für die sie sich interessieren. In Ägypten darf das nur der Mann. Die Frau, auf die er es abgesehen hat, muß sehr vorsichtig sein. Wenn der Mann sie um eine Verabredung bittet, und sie sagt zu, verliert er sofort die Achtung vor ihr und will sie nicht mehr. Weist sie ihn ab, wird er es immer wieder versuchen, und wenn sie nicht nachgibt, steigt sie in seiner Achtung und wird noch begehrenswerter für ihn. Schließlich wird er sie bitten, ihn zu heiraten. Dann wird es kritisch. Lehnt sie seinen Antrag ab, ist er wütend und beleidigt und beschimpft sie. Er wird sogar Gerüchte über ihren Lebenswandel verbreiten, und sie kann nichts dagegen tun.« Leise fügte sie hinzu: »Ägypten ist ein Land der Männer.«

Greg sah sie lange an: »Es klingt, als fehlte Ihnen Ihre Heimat sehr.«
Amy dachte, es geht nicht darum, daß mir Ägypten fehlt. Sie hatte das Gefühl, ständig physisch und psychisch ausgehungert zu sein. Sie sehnte sich nach ihrer Kultur, in der das Gebet den Tag in fünf Abschnitte aufteilte. Sie vermißte die Straßenhändler an den lauten Ecken, den Rauch und die Gerüche, die ausgelassenen Feiern und die Menschen, die schnell lachten, weinten oder schimpften. Amy lebte allein in einer kleinen Wohnung und mußte das tröstliche Gefühl entbehren, daß sie ein großes Haus umgab, in dem sie der Geist vieler Generationen, die vor ihr gelebt hatten, beschützte. Ihr fehlte das vom Lachen vieler Kinder, Vettern und Cousinen erfüllte Haus. Sie sehnte sich nach den Menschen, die alle Raschids waren und ihre Ansichten, Ängste und Freuden teilten. In Kalifornien empfand sie sich als ein Fragment, das vom größeren Ganzen abgeschnitten worden war. Manchmal kam sie sich tatsächlich beinahe wie ein Geist vor. Es war, als sei das Todesurteil ihres Vaters vollstreckt worden.
»Also sind Sie allein hier?« fragte Greg. »Ich meine, ist Ihre Familie noch in Ägypten?«
Wie konnte sie Greg van Kerk erklären, daß ihr Vater sie zum Tode verurteilt hatte? In welchen Worten sollte sie ihm begreiflich machen, daß ihr Vater sie hätte umbringen können, weil ein Mann sie vergewaltigt hatte? Würde dieser unbeschwerte Amerikaner ihre Angst davor verstehen, daß man sie nach Ägypten zurückschickte, wo sie für ihre Familie tot war, eine Ausgestoßene, die die Raschids vergessen hatten? In ihrer Heimat erwartete sie eine noch größere Einsamkeit und Isolation als in England oder in Amerika.
Schließlich tauchten die Universitätsgebäude inmitten der hohen Kiefern vor ihnen auf, und Amy dachte: Kennen die Toten auch Trauer? Kein Tag verging, an dem sie nicht um ihren Sohn und das totgeborene Kind trauerte.
Alice sorgte zwar dafür, daß ein gewisses Band zu Mohammed erhalten blieb, aber Amy fürchtete, daß ihr Sohn sie allmählich vergaß. Sie schickte ihm regelmäßig zum Geburtstag Ansichtskarten und Geschenke. Von Alice bekam sie Photos – Mohammed im Zoo, in der Schule, auf dem Kamel vor den Pyramiden. Aber bis jetzt war der Brief nicht gekommen, auf den sie noch immer sehnlich wartete: »Meine liebste Mama ...«

Mohammed war nie mein Kind, dachte sie traurig und fuhr den Wagen auf den Parkplatz. Er hat nicht mir gehört, sondern Omar und den Raschids.
Ich werde ihnen allen mein Herz verschließen, so wie Vater mir sein Herz verschlossen hat.
»Ja«, erwiderte sie, »meine Familie ist in Ägypten.«
Vor dem Aussteigen sah Greg sie nachdenklich an. Die blonde Studentin war ihm bereits vor einem Jahr aufgefallen, als sie in die teure Wohnung auf der Vorderseite eingezogen war. Sie lebte dort allein, hielt sich von allen fern und kam nie zu einer der Partys am Swimmingpool. Anfangs hielt er sie für versnobt. Nach ein paar flüchtigen Begegnungen im Haus änderte er jedoch seine Meinung und fand, sie sei schüchtern. Jetzt wußte er es besser. Sie war nicht schüchtern, sondern bescheiden. Und ihm wurde klar, daß er noch nie einem Menschen wie ihr begegnet war.
Abgesehen von ihrem Aussehen, der englischen Aussprache und dem Geheimisvollen, das sie umgab, faszinierte ihn ihre unendliche Traurigkeit. Sie schien eingehüllt, eingesponnen in ein unerklärliches Leid. Zum ersten Mal im Leben vergaß er einen Augenblick lang die überfällige Miete, den streikenden VW und die Magisterarbeit, die bei seinem Professor keine Gnade fand, und wollte wirklich wissen, welches Schicksal diese attraktive junge Frau so schwermütig machte.
»Wollen wir nicht einmal zusammen ausgehen«, fragte er, »ins Kino oder zum Essen?«
Sie sah ihn erschrocken an. »Danke, sehr freundlich ..., aber ich glaube, das ist nicht möglich. Ich muß mich auf die nächsten Klausuren und auf mein Praktikum vorbereiten.«
»Klar, ich verstehe. Danke fürs Mitnehmen«, sagte er. »Was wollen Sie also tun?«
»Wie bitte?«
»Ich meine, wenn die Nachricht kommt und Sie die USA verlassen müssen? Was wollen Sie tun?«
»Ich habe in fünf Minuten ein Gespräch mit dem Dekan der Fakultät«, erwiderte sie, »sie haben mich bereits für das Herbstsemester angenommen. Vielleicht kann mir der Dekan helfen, *inschallah.*«
»*Inschallah*«, murmelte Greg und sah ihr nach, als sie über den Rasen zum roten Backsteingebäude der medizinischen Fakultät eilte.

Da Amy sich verspätet hatte, entschloß sie sich zu einer Abkürzung durch den Verwaltungstrakt der Uniklinik. Im Erdgeschoß befand sich ein langer Gang, der zum Hauptgebäude führte. Ärzte in weißen Kitteln und Stethoskopen um den Hals kamen aus den Fahrstühlen und eilten in die verschiedenen Räume oder unterhielten sich angeregt mit Kollegen. Labortüren klappten geschäftig. Amy sah im Vorübergehen die Schilder an den Türen: Parasitologie, Immunologie, Ernährungsberatung, Bakteriologie. Hier schienen alle eine Aufgabe und eine wichtige Funktion zu haben, und Amy fühlte sich in dieser Welt zu Hause.
Amy dachte, wenn der Dekan mir nicht helfen kann, wird sich vielleicht hier jemand finden, der seinen Einfluß geltend macht. Sie konnte natürlich nicht irgendwo anklopfen und ihr Problem vortragen, aber einer ihrer Professoren würde sich möglicherweise für sie verwenden, denn Amy war eine hervorragende Studentin.
Am Ende des Gangs fiel ihr Blick auf eine handgeschriebene Mitteilung, die neben einer offenen Tür hing. Sie sah das Wort »arabisch« und trat neugierig näher.
»Suche dringend Mitarbeiter/in für ein Buchprojekt – Es geht um ein medizinisches Handbuch für die Dritte Welt. Voraussetzung: Schreibmaschinenkenntnisse, medizinische Grundlagenforschung, Korrespondenz. Arabische Sprachkenntnisse sind hilfreich, aber nicht unbedingt nötig. Arbeitszeit: abends und an Wochenenden.«
Unterschrieben hatte: Dr. Declan Connor, Institut für Tropenmedizin.
Amy blickte in das winzige Büro, in dem kaum zwei Stühle, der Schreibtisch und ein Aktenschrank Platz fanden. Überall stapelten sich Fachzeitschriften, Bücher und Akten. Auf dem Schreibtisch standen eine Schreibmaschine und Karteikästen. Dr. Connor telefonierte und versuchte gestikulierend, jemandem klarzumachen, daß er zu einer bestimmten Zeit einen Platz am Computer brauchte.
Als Dr. Connor sie in der Tür stehen sah, bedeutete er ihr einzutreten und sagte: »Ich werde weiterverbunden, aber ich erkläre Ihnen sofort alles ganz genau. Es bleibt uns leider wenig Zeit, denn der Verlag hat den Erscheinungstermin vorgezogen, und die Weltgesundheitsorganisation erklärt, daß jede ihrer Zweigstellen im Nahen Osten das Buch bereits bestellt hat.«
Amy staunte über zwei Dinge: Dr. Connor hatten einen britischen Akzent, und sie fand ihn sehr sympathisch.

»Während Sie warten«, sagte er und klemmte den Hörer zwischen Kinn und Schulter, »können Sie schon einmal einen Blick hineinwerfen.« Er zog ein Buch unter einem Stapel hervor und reichte es ihr. Noch ehe sie etwas sagen konnte, telefonierte er wieder.
Das Buch mit dem Titel: *Wenn man Arzt sein muß* war etwa so groß wie ein Telefonbuch. Auf dem Umschlag sah sie eine afrikanische Mutter mit einem Kind auf dem Arm vor einer schilfgedeckten Hütte. Amy blätterte in dem Buch. Es enthielt Abbildungen von Kranken, von Wunden und Bakterien, Anleitungen zur Versorgung von Verletzten, Vorschriften zur Einnahme von Medikamenten und Skizzen für eine ideale Krankenstation. Der Text war einfach und verständlich, verzichtete jedoch nicht auf medizinische Fachbegriffe und die üblichen Pharmazeutika. Jemand hatte am Rand Notizen gemacht. In dem Kapitel über Masern sah sie das Wort *mazla* mit einem Fragezeichen vermerkt.
Amy betrachtete sich die vielen gerahmten Auszeichnungen und Urkunden an den Wänden. Sie lächelte über ein Plakat – ein junger Afrikaner in Hemd und Hose, der eindeutig schwanger war. Darüber stand fett gedruckt und provokativ die Frage: »Was würdest DU dazu sagen?« Wie Amy dem Kleingedruckten am unteren Rand entnahm, handelte es sich um ein Plakat der kenianischen Beratungsstelle für Geburtenkontrolle.
Über dem Schreibtisch hing ein Schild: »Frage: Was ist ein Impfstoff? Antwort: Ein Mittel, das einer weißen Ratte injiziert wird und daraufhin zu einer wissenschaftlichen Abhandlung führt.«
Auf dem Telefon klebte ein Sticker mit der Aufschrift: »Professoren altern nicht, sterben nicht und sind nie da ...«
Dann entdeckte sie ein Photo eines Mannes, einer Frau und eines Kindes vor einem Tor, über dem in großen Buchstaben stand: GRACE TREVERTON MISSION. Im Hintergrund sah man niedrige Gebäude mit Wellblechdächern und Afrikanerinnen mit Körben auf dem Kopf.
Dr. Connor telefonierte immer noch. Er war vermutlich Anfang dreißig, trug eine Leinenjacke, eine braune Krawatte und hatte dunkelbraune Haare. Der altmodische kurze Haarschnitt ließ ihn älter erscheinen. Er wirkte wie aus einer anderen Zeit. Die meisten Männer auf dem Campus trugen wie Greg van Kerk Jeans, T-Shirts und längere Haare. Offenbar hatte Dr. Connor nichts von der Hippie-Bewegung in den Staaten mitbekommen.

Amy wurde unruhig, denn sie hatte es eilig. Aber als sie aufstehen wollte, bedeutete ihr Dr. Connor, sie solle unbedingt warten. Sie warf einen Blick auf ihre Uhr. Sie hätte bereits beim Dekan sein müssen. Sie überlegte kurz, ob sie gehen sollte, aber dann entschloß sie sich doch zu bleiben, denn ihre Neugier war geweckt.
»Einen Augenblick«, rief Connor in den Hörer, »verbinden Sie mich nicht weiter. Ich möchte doch nur ...« Er sah Amy entschuldigend an. »Ich komme mir wie in einem Labyrinth vor. Ja? Hallo? Verbinden Sie mich nicht weiter. Hören Sie zu, ich bin Dr. Connor vom Institut für Tropenmedizin ...«
Amy beobachtete ihn mit steigender Faszination. Declan Connors kaum zu bändigende Energie sorgte dafür, daß das kleine Büro zu einem Vulkan der Geschäftigkeit wurde. Er war wie eine gespannte Feder, er sprach prägnant und unterstrich seine Worte mit großen Bewegungen. Sein Hemdkragen war im Nacken über das Jackett geschoben, als habe er sich im Laufschritt angezogen. Beim Telefonieren blätterte er in irgendwelchen Akten auf dem Schreibtisch. Amy hatte den Eindruck, daß er vermutlich immer zwei Sachen gleichzeitig tat. Bei Connor schien alles im Eiltempo zu geschehen, aber ohne daß er dabei die Ruhe und seinen Humor verlor.
Sie fand sein Äußeres sehr sympathisch. Er hatte eine lange gerade Nase, hervorstehende Wangenknochen und ein energisches Kinn. Eigentlich aggressive Züge, dachte sie. Sein Gesicht unterstrich den Eindruck der Intensität, aber es war nicht geprägt von Verbissenheit und Ehrgeiz. Als er durch eine weit ausladende Bewegung versehentlich einen Bücherstapel umwarf, sah er Amy verlegen an, und sie spürte, wie sie plötzlich rot wurde.
»Also gut«, sagte er schließlich, seufzte resigniert und legte auf. »Gegen die Bürokratie ist man einfach machtlos!« Er lächelte sie strahlend an. »Aber das soll Ihre Sorge nicht sein. Wenn wir keinen Computerplatz bekommen, werden wir eben die gute alte elektrische Schreibmaschine bemühen. Wie finden Sie es?« fragte er und deutete auf das Buch in ihrer Hand. »Dr. Grace Treverton, eine bewundernswerte Frau, hat es in den vierziger Jahren geschrieben. Es ist seitdem natürlich immer wieder überarbeitet worden. Aber bisher gibt es nur eine englische Ausgabe und eine in Swahili. Die Treverton-Stiftung hat mich aufgefordert, für die Ärzte im Nahen und Mittleren Osten eine arabische

Ausgabe vorzubereiten. Wie Sie sehen, habe ich mir bereits einige Notizen am Rand gemacht.«

»Ja«, sagte sie und schlug das Kapitel »Die richtige Ernährung« auf, in dem Dorfbewohnern der sachgemäße Umgang mit Nahrungsmitteln erklärt wurde. »Vermutlich werden Sie diesen Teil nicht brauchen«, sagte Amy und deutete auf den Abschnitt über Trichinen und die fett gedruckte Ermahnung, niemals rohes oder halbgares Schweinefleisch zu essen. »Muslime essen überhaupt kein Schweinefleisch.«

»Ich weiß, aber wir haben es auch mit Christen zu tun.«

»Ach, und das hier«, sie blätterte ein paar Seiten zurück zu dem Kapitel über Masern. »Sie haben das Wort Mazla an den Rand geschrieben. Wenn Sie das arabische Wort für Masern meinen, dann muß es *Nazla* heißen.«

»Wunderbar! Sie haben mir am Telefon nicht gesagt, daß Sie Arabisch sprechen.« Er musterte sie plötzlich nachdenklich und fragte dann: »Sagen Sie, sind Sie eigentlich die Studentin, die mir bereits zugesagt hat?«

»Entschuldigen Sie, Dr. Connor«, erwiderte Amy und gab ihm das Buch zurück, »ich hatte noch keine Gelegenheit ...«

»Oh, Sie sind Engländerin, nicht wahr? Aus welcher Gegend in England kommen Sie?«

»Ich bin nicht aus England. Ich bin zur Hälfte Engländerin und in Kairo geboren.«

»Kairo! Ich hatte an der Amerikanischen Universität dort einen Lehrauftrag ... Ein gewisser Habib in der Jussuf El Gendi-Straße hat mir die Hemden gebügelt. Er nahm den Mund voll Wasser und befeuchtete damit die Hemden. Gebügelt hat er mit den Füßen. Habib wollte mich unbedingt mit seiner Tochter verheiraten. Ich habe ihm gesagt, ich sei bereits verheiratet, aber er erklärte, zwei Frauen seien besser als eine! Ich möchte wissen, ob er immer noch Hemden bügelt. Unser Sohn wäre beinahe in Kairo auf die Welt gekommen. Aber er hat den Flughafen von Athen vorgezogen. Das ist jetzt schon fünf Jahre her. Wir sind seitdem nicht mehr im Nahen Osten gewesen. Die Welt ist klein. Was kann ich für Sie tun?«

Amy berichtete von ihrem Problem mit der bevorstehenden Ausweisung. »Ja«, sagte Connor, »eine dumme Sache und völlig absurd! Ich habe bereits drei Studenten verloren. Hat man Sie schon benachrich-

tigt? Vielleicht gehören Sie ja zu den Glücklichen, die durch die Maschen schlüpfen.« Er musterte sie nachdenklich, warf einen Blick auf seine Uhr und sagte: »Die Studentin, der ich den Auftrag versprochen hatte, scheint nicht zu kommen. Das ist nicht ungewöhnlich, denn manchmal bietet sich ein noch besserer Job. Hätten Sie Interesse? Sie wären einfach ideal, und Sie sprechen Arabisch.«
Amy schlug das Herz bis zum Hals. Sie würde sehr, sehr gerne für Dr. Connor arbeiten. »Wenn ich nicht ausreisen muß...«, sagte sie.
»Hören Sie, wenn die bewußte Nachricht eintreffen sollte, dann werde ich einen Brief für Sie schreiben. Ich kann zwar nicht garantieren, daß es etwas nützt, aber schaden kann es nicht. Und mein Angebot für den Job habe ich ernst gemeint. Die Bezahlung ist leider miserabel. Die Stiftung verkauft das Buch nicht, sondern stellt es allen kostenlos zur Verfügung, die es brauchen. Aber es könnte Spaß machen, wenn wir zwei diese Ausgabe zusammen erarbeiten.« Er lächelte sie wieder an und sagte: »Wollen wir hoffen, daß man Sie im Land läßt, *Inschallah, ma salaama*.«
Amy unterdrückte ein Lachen, denn seine Aussprache ließ einiges zu wünschen übrig.

Während sich Rachel Misrachi einen Weg durch die Demonstranten vor dem Gebäude des Studentenverbands bahnte, quälte sie ihr schlechtes Gewissen. Hätte sie doch nur Amy nicht geraten, die Misrachis als offizielle Adresse anzugeben – »damit du nicht bei jedem Umzug zur Verwaltung gehen mußt« –, dann hätte sie jetzt nicht die undankbare Aufgabe gehabt, Amy den Brief der Ausländerbehörde aus Washington D.C. zu überbringen.
Rachel Misrachi war fünfundzwanzig und korpulent. Sie schob sich energisch durch die Frauen mit Plakaten, auf denen stand: LASST DIE FAULEN RATTEN HUNGERN! WARUM SOLLEN FRAUEN KOCHEN?
Rachel fand den Gedanken unerträglich, daß man Amy nach Ägypten abschob. Sie hatte ihrer besten Freundin diese Universität empfohlen, an der sie selbst studiert hatte. Im Augenblick hatte sie jedenfalls keine Zeit, sich anzuhören, warum die Feministinnen demonstrierten, aber sie ließ sich die Flugblätter geben und sagte: »Laßt euch nicht unterkriegen, Schwestern.« Als sie endlich die Cafeteria erreicht hatte, hielt sie Ausschau nach Amy, die montags und dienstags zwischen Biochemie

und Betriebswirtschaft hier zu Mittag aß. Rachel kaufte sich einen Tee und ein Stück Käsesahne-Torte. Dann gelobte sie feierlich, am nächsten Tag endgültig mit der Diät anzufangen, und setzte sich an einen Tisch in der Nähe des Eingangs.
Sie beobachtete die Demonstrantinnen, die im strömenden Regen ausharrten, Flugblätter verteilten und ihre Transparente hochhielten. Das erinnerte sie an ihre vergeblichen Bemühungen, mit Amy feministische Probleme zu diskutieren. »Du kommst schließlich aus einem Land, wo die Frauen stärker unterdrückt werden als irgendwo sonst auf der Welt. Ich verstehe nicht, daß du nicht in vorderster Front stehst und für die Rechte der Frauen kämpfst.« Aber Amy verstummte bei diesem Thema jedesmal. Ihre Freundin war überhaupt sonderbar schweigsam, wenn es um Ägypten ging oder gar um ihre Familie. Rachel vermutete, sie habe Heimweh wie viele der ausländischen Studenten. Aber die redeten ständig über ihre Heimat, während Amy nie von Kairo oder den Raschids sprach.
Als Amy schließlich mit einem Tablett an Rachels Tisch erschien, standen ihr die Tränen in den Augen. »Niemand kann mir helfen«, berichtete sie niedergeschlagen, »der Dekan hat gesagt, wenn mein Visum nicht verlängert wird, kann ich mich im Herbst nicht mehr einschreiben. Ich muß das Land verlassen. Was soll ich bloß machen?«
»Wenn ich dir nur helfen könnte, Amy ... wirklich. Daddy hat sogar mit einem Anwalt gesprochen, den er gut kennt. Er konnte ihm auch keine Hoffnung machen. Wenn es zwischen Ägypten und Israel zum Krieg kommt, dann wird man dich hier nicht mehr dulden ...«
»Ein Dozent hat mir seine Hilfe angeboten ... Dr. Connor ...«
»Vom Institut für Tropenmedizin?«
»Er hat angeboten, einen Brief für mich zu schreiben, aber er schien sich wenig davon zu versprechen ...«
Rachel sah die Angst in Amys Gesicht, und sie verstand nicht so recht, warum sich ihre Freundin vor der Rückkehr so sehr zu fürchten schien. In Rachels Augen gehörte Amy eigentlich zur Familie. Ihre Großmutter war vernarrt in Amy, und ihre Freundin nannte Marijam immer »Tante«. Trotzdem blieb ihr Amy ein Rätsel. Sie war so ... unschuldig. Wie konnte das sein? Rachel wußte, daß Amy verheiratet gewesen war und einen Sohn hatte, der in Ägypten lebte. Wie konnte eine geschiedene Frau so jungfräulich und keusch sein? Sie hatte Amy zu Freunden

mitgenommen, die in Malibu in einer Wohngemeinschaft lebten. Amy war schockiert gewesen, als sie erfuhr, daß niemand dort verheiratet war. Lag das alles an ihrer Erziehung, wie Großmutter Marijam Rachel erklärt hatte? Würde sich Amy nie an das amerikanische Leben gewöhnen? Aber warum wollte sie dann um keinen Preis nach Hause zurück?
Ein Student erschien plötzlich an ihrem Tisch und lächelte. Er fragte Amy: »Na, wie stehen die Aktien?« Rachel sah ihn überrascht an. Und als Amy ihn als Greg van Kerk vorstellte, wuchs ihr Staunen. Seit wann hatte Amy einen Freund?
»Darf ich mich setzen?« fragte Greg, als Amy seine Frage beantwortet hatte. »Und was soll geschehen, wenn es ernst wird?« fragte er Amy, und es klang sehr vertraut.
»Dann muß ich mir etwas einfallen lassen«, antwortete Amy, »aber noch bete ich, daß der Brief nie kommt.«
»Ach du liebe Zeit. Das weißt du ja noch nicht«, stöhnte Rachel und zog das Einschreiben aus der Tasche. »Bitte denk daran, der Bote ist nicht für den Inhalt verantwortlich.«
Amy starrte auf den blauen Umschlag. »So«, murmelte sie bleich, »er ist also da.«
»He«, sagte Greg, »warum so pessimistisch? Vielleicht steht in dem Brief genau das Gegenteil.«
Rachel riß das Couvert auf, zog das Schreiben heraus und reichte es Amy. Sie nahm es nicht in die Hand, aber sie überflog die wenigen Zeilen und sah, daß es keine gute Nachricht war.
Amy starrte auf die Demonstrantinnen draußen im Regen. In Ägypten hätte es so etwas nie gegeben. Die Väter und Brüder der jungen Frauen wären sofort erschienen, hätten die Demonstration gestoppt und ihre Töchter und Schwestern nach Hause gebracht.
Durch die großen Fensterscheiben der Cafeteria sah man deutlich den Zorn und die Empörung der Frauen. Sie fühlten sich verraten und betrogen. Ihre Wut und ihr Haß gegen die Männer, die sie unterdrückten, hielt sie zusammen. Amy wußte nur allzugut, was es bedeutet, machtlos zu sein. Omar hatte sie geprügelt und mißhandelt, wenn er mit ihr schlief. Hassan al-Sabir hatte sie vergewaltigt. Und jetzt sorgte die Kriegspolitik von Männern dafür, daß ihr Leben noch einmal ruiniert wurde.
Aus diesem Grund hatte Amy Ärztin werden wollen. Ein Arzt besaß

Macht – Macht über Leben und Tod. Eines Tages würde sie eine Frau sein, die Macht besaß. Sie wollte nie wieder das Opfer von Männern sein, von einem Fluch verfolgt oder in die Verbannung geschickt werden.

»Ach, Amy«, sagte Rachel, »vielleicht solltest du dich damit abfinden. Großmutter Marijam sagt auch immer *Inschallah*, es ist Gottes Wille. Geh zurück nach Ägypten, und wenn die politische Lage entschärft ist, kannst du hier weiterstudieren.«

»Ich kann nicht zurück«, flüsterte Amy.

»Na ja«, sagte Greg und streckte die langen Beine aus. »Ich wüßte einen Ausweg. Ich meine, es gibt da ein Lücke ...«

Rachel und Amy fragten wie aus einem Mund: »Was für eine Lücke?«

»Man muß einen Amerikaner heiraten.«

»Wirklich? Geht das?« fragte Amy.

»Moment mal«, erklärte Rachel, »die Einwanderungsbehörde ist nicht dumm und nimmt solche Fälle ganz besonders unter die Lupe. Amy würde nie damit durchkommen.«

»Ich meine nicht, daß sie nach Las Vegas fahren soll und den ersten besten heiraten, der ihr über den Weg läuft. Wenn man es richtig anpackt, dann funktioniert es auch. Natürlich werden die Behörden eine Zeitlang Nachforschungen anstellen. Man wird Freunde und Nachbarn befragen und untersuchen, ob es keine Scheinehe ist, um das Visum zu bekommen. Amy müßte vermutlich mindestens zwei Jahre verheiratet bleiben. Wenn sie sich vorher scheiden ließe, dann würden die Behörden die Ehe nicht anerkennen und sie ausweisen.«

Amy fragte Rachel: »Glaubst du, ich sollte einen Fremden heiraten, damit ich in den USA bleiben kann?«

»Warum nicht? Du hast mir doch erzählt, daß in Ägypten die Frauen meistens einen Fremden heiraten.«

»Aber das ist etwas anderes, Rachel. Außerdem, wer würde das für mich tun?«

Greg reckte sich, und als sein Hemd aus den Jeans rutschte, schob er es zurück und sagte: »Ich habe dieses Wochenende noch nichts vor.«

Amy blickte ihn mit großen Augen an. Als sie sah, daß er es ernst meinte, fragte sie: »Kann das so schnell gehen? Ich bekomme heute diesen Brief und morgen bin ich mit einem Amerikaner verheiratet? Man wird bestimmt mißtrauisch werden.«

Rachel sagte: »Nicht, wenn ihr euch einig seid und sie richtig an der Nase herumführt. Außerdem kann dir niemand nachweisen, daß du den Brief vor deiner Hochzeit bekommen hast.«
»Das wäre eine Lüge ...«
»Du meine Güte. Es ist nicht gelogen. Ich habe dir den Brief nicht gegeben. Ich habe ihn geöffnet, ihn dir gezeigt, aber ich habe ihn dir nicht *gegeben*. Hör zu, Amy. Ich finde, von allen Gründen für eine Heirat ist das vermutlich der beste.«
Greg sagte: »Wenn natürlich Gewissensgründe eine Rolle spielen, weil die Ehe ein heiliges Sakrament ist und so weiter ...«
»Nein«, winkte Amy ab, »in Ägypten ist die Ehe kein Sakrament. Wir heiraten nicht in der Moschee. Die Ehe ist ein Vertrag, den zwei Menschen miteinander schließen, mehr nicht.«
»Genau das ist mein Angebot, ein Vertrag.«
Sie runzelte die Stirn. »Aber wieso? Eine Ehe bindet ...«
Er lachte. »Im Augenblick reißen sich die Frauen nicht gerade um mich! Ich muß meine Magisterarbeit schreiben und danach kommt die Doktorarbeit. Ich möchte nicht ewig studieren und dabei arm wie eine Kirchenmaus sein. Also gut, mein Motiv? Mir gefällt ein Wagen, der fährt. Wenn ich ihn in unserer Ehe hin und wieder benutzen darf ...«
»Im Ernst?«
»Ich meine es ernst. Du scheinst finanziell nicht schlecht dran zu sein. Bei mir sieht das anders aus. Ein solcher Vertrag könnte für uns beide von Vorteil sein. Ich habe keine Probleme mehr mit der Miete, und du mußt nicht nach Ägypten zurück.«
Amy dachte nach. Konnte es funktionieren? Würde es ihr gelingen, die Katastrophe der erzwungenen Ausreise abzuwenden?
Greg sagte: »Du kannst deinen Familiennamen behalten, wenn du willst, aber ich ... ich würde dir in deinem Fall nicht dazu raten. Wir müssen dafür sorgen, daß die Ehe so glaubwürdig wie möglich erscheint.«
Amy wollte nur allzugerne den Namen Raschid ablegen wie einen Schleier oder ein Brandmal. Trotzdem zögerte sie noch. Als Greg das sah, meinte er: »Okay, du weißt nichts über mich. Also gut, paß auf: Geboren bin ich in St. Louis. Eine gewisse Schwester Mary Theresa hat mir schon in früher Jugend prophezeit, daß ich es im Leben zu nichts bringen werde. Als Diabetiker bin ich vom Wehrdienst befreit und war

deshalb nicht in Vietnam. Ich mag Katzen und Kinder und träume davon, in Neuguinea einen Stamm zu entdecken, von dem noch niemand etwas weiß. Ich bin Selbstversorger, brauche kein Dienstmädchen, koche für mich selbst etc. Meine Eltern sind Geologen und ständig auf Reisen. Ich bin deshalb nicht in einer üblichen Familie aufgewachsen, wo die Frau am Herd steht. Du kannst mir glauben, die Frauen da draußen haben mein volle Sympathie.« Er deutete auf die Demonstrantinnen.

Vielleicht ist das im Grunde die richtige Form der Ehe, dachte Amy, eine vernünftige Übereinkunft zweier gleichwertiger Partner ohne Rollenspiele, Dominanz und Unterordnung, ohne Brautpreis und Angst vor der Scheidung, wenn kein Sohn geboren wird. Sie betrachtete Greg. Sie mochte seine rotblonden Haare, die sich über dem abgetragenen Pulli lockten. Zum ersten Mal hatte sie das Gefühl, von einem Mann als menschliches Wesen und nicht als Sexobjekt akzeptiert zu werden oder zum Kinderkriegen auf der Welt zu sein.

»Bevor wir das machen«, sagte sie, »möchte ich dir sagen, daß ich schon einmal verheiratet war. Ich habe ein Kind, das bei der Geburt gestorben ist, und einen Sohn, der in Ägypten lebt.«

Jetzt staunte Greg.

»Aber ich werde nicht nach Ägypten zurückkehren«, erklärte Amy. »Mein Sohn gehört mir nach dem Gesetz nicht mehr, und ich kann keinen Anspruch auf ihn erheben.«

»Das ist für mich nicht wichtig.«

»Ich bin bei meiner Familie in Ungnade gefallen und habe Ägypten deshalb verlassen. Also kann ich nicht mehr zurück.«

Du bist haram, ausgestoßen.

Amy unterdrückte die Erinnerungen und sprach weiter: »Ich bin nach England gefahren und habe dort das Erbe der Familie meiner Mutter angetreten. Meine Verwandten dort, die Westfalls, waren gut zu mir und wollten mir helfen. Aber ich war lange krank. Ich war in Behandlung ... ich hatte eine schwere Depression.«

Sie schwieg. Nach einer Weile fuhr sie fort: »Dann hat mich Tante Marijam, Rachels Großmutter, eingeladen, zu ihr nach Kalifornien zu kommen. Ich möchte Ärztin werden. Aber wenn wir zusammenleben wollen, dann ist es nur fair, wenn du weißt, daß ich meine Vergangenheit noch nicht überwunden habe ...«

»Das weiß ich«, sagte Greg. »Deine Niedergeschlagenheit ist mir aufgefallen. Vielleicht brauchst du jemanden, der dir hilft, über alles hinwegzukommen.«
»Noch etwas . . .« Amy zögerte. »Vor dem Gesetz werden wir Mann und Frau sein, aber ich kann nicht . . .«
»Darüber mach dir keine Gedanken. Wir werden nur zusammen wohnen und beide studieren. Ich bin mit einem Klappbett zufrieden. Die Behörden können uns keinen Spion ins Schlafzimmer setzen!«
»Wißt ihr was?« rief Rachel zufrieden. »Ihr kommt heute abend zu uns. Wir sind eine große Familie, und ich werde noch ein paar Freunde einladen. Dann geben wir eure Heiratspläne bekannt. Wenn die Behörden mißtrauisch werden, dann müssen sie sich mit meiner Mutter und meiner Großmutter unterhalten! Ihr könnt dann am Samstag heiraten.«
Die drei Verschwörer besprachen glücklich und aufgeregt alles Notwendige, um den Plan in die Tat umzusetzen. Amys Angst verflog, und sie fühlte sich unendlich erleichtert. Dann dachte sie an Dr. Declan Connor und an das Angebot, mit ihm zusammenzuarbeiten. Sie hoffte, daß die andere Studentin am Ende nicht doch noch gekommen war . . .

Der Chamsîn wirbelte Sand um das große Zelt, das anläßlich der Beerdigung in der Fahmy Pascha-Straße aufgestellt worden war. Den ganzen Tag über versammelten sich dort viele Menschen, hörten die Lesungen aus dem Koran und erwiesen dem Verstorbenen die letzte Ehre. Die Prozession zum Friedhof hätte einem Staatsmann oder einem Filmstar alle Ehre gemacht. Präsident Sadat hatte einen Regierungsvertreter geschickt, um dem Sarg das Geleit zur Al Bustan-Straße zu geben. Als Zacharias zusammen mit den drei anderen Männern den schweren Sarg auf die Schulter nahm, staunte er. Wer hätte gedacht, daß Jamal Raschid in so hohem Ansehen stand und von so vielen geliebt und geachtet worden war?
Zacharias war einer der zwei Familienangehörigen der Witwe, die an dem Begräbnis teilnahmen. Tahia hatte nicht kommen können. Als die Nachricht von Jamals Herzinfarkt in der Paradies-Straße eingetroffen war, hatte seine junge schwangere Frau wie fast alle Hausbewohner mit Cholera im Bett gelegen.
Aus einem unerfindlichen Grund war außer Ibrahim nur Zacharias von

der Cholera verschont geblieben. Das Gesundheitsministerium hatte das Haus in der Paradies-Straße unter Quarantäne gestellt und Zacharias untersucht. Aber er war weder infiziert noch Überträger der Krankheit und durfte deshalb an dem Begräbnis teilnehmen.
Zacharias wäre lieber bei Tahia geblieben, doch ein Mann mußte bei einem Trauerfall in der Familie seine Pflicht erfüllen und den Verstorbenen zu Grabe tragen. Der Sarg lastete schwer auf seinen Schultern. Er war erschöpft von den langen Stunden der mühsamen Pflege der vielen Patienten. Aber er staunte, daß er den Mann, der ihm seine Tahia gestohlen hatte, mit großer Ehrerbietung zu Grabe trug. Tahia war in der fast zehnjährigen Ehe mit ihm glücklich gewesen. Sie hatte Zacharias sogar gestanden, daß sie Jamal wirklich mochte. Deshalb konnte Zacharias ihm seine Achtung nicht versagen. Tahia stand jetzt mit vier kleinen Kindern allein, und das fünfte war unterwegs. Er mußte an *sie* denken.
Ich werde mich ihrer annehmen, gelobte Zacharias stumm. Jetzt ist sie wieder frei, und ich kann sie heiraten. Er dachte an seine Vision in der Wüste, an den Blick in das Paradies – damals hatte Zacharias nicht auf die Erde zurückkehren wollen. Nur der Gedanke an Tahia hatte ihn bewogen, die Last des irdischen Daseins wieder auf sich zu nehmen. Vor dem nächsten Ramadan werden wir heiraten.

Der Chamsîn fegte prickelnde Sandkörner über den Sarg und die Träger. Die Männer, die Jamal Raschid das letzte Geleit gaben, hielten sich Taschentücher vor den Mund, und viele mußten husten. Frauen nahmen an dieser Prozession nicht teil, denn sie folgten einem Verstorbenen grundsätzlich nicht zum Friedhof.
Ibrahim, der vor Zacharias ging, grübelte immer noch über den mysteriösen Ausbruch der Cholera nach. In der ganzen Stadt war außer den Raschids in der Paradies-Straße niemand von der Krankheit betroffen. Zweiundvierzig Menschen in seinem Haus waren erkrankt und wurden von wenigen Frauen gepflegt. Seit Alice vor drei Tagen in seiner Praxis zusammengebrochen war, suchten die Beamten des Gesundheitsministeriums nach dem Überträger der Cholera – bisher ohne Erfolg.
Ibrahim verstand nicht, weshalb die Cholera nur in seiner Familie ausgebrochen war. Noch rätselhafter erschien ihm, daß die Krankheit ausgerechnet ihn und Zacharias verschont hatte.

Zacharias ... sein »Sohn« erinnerte Ibrahim ständig an die Dinge, die er vergessen wollte. In allem, was Zacharias tat, sah Ibrahim eine Strafe Gottes. Der Junge hatte im Krieg nicht einmal richtig gekämpft wie Omar. Zacharias hatte in der Wüste eine Offenbarung gehabt, war angeblich gestorben und im Himmel gewesen. Seitdem hatte er Anfälle und wurde für die Familie mehr und mehr eine unangenehme Last.
Auf dem Friedhof stellten die Träger den Sarg im Familiengrab ab; Jamal fand die letzte Ruhe neben seinen Eltern und Brüdern. Man rollte den großen Stein vor die Öffnung. Der Imam warf Sand darauf und besprengte ihn mit Wasser. Dann las er aus dem Koran, und Ibrahim rief sich zur Ordnung: Ein Mann sollte bei einer Beerdigung nur fromme Gedanken haben.
Er nahm Abschied von Jamal und mußte dabei an die kranke Tahia denken. Sie wußte noch nichts vom Tod ihres Mannes. Es war Ibrahims Aufgabe, ihr die Nachricht beizubringen. Aber er wollte damit warten, bis sie wieder gesund war. Sie war die Tochter seiner Schwester, und deshalb hatte er die Pflicht, sie und die Kinder zu sich zu nehmen. Jamal hinterließ ein beachtliches Erbe – auch seiner Frau. Tahia war in dieser wirtschaftlich schwierigen Zeit jemand, für die man bestimmt schnell einen Mann finden konnte ...
Ibrahim kniff die Augen zusammen und blickte zum Himmel auf. Er sah ein seltsames Phänomen – eine »blaue« Sonne, wie das beim Chamsîn manchmal der Fall war – und entschied, daß er Khadija bitten würde, für Tahia bald nach dem nächsten Ramadan einen Mann zu suchen.

Eine Gruppe Reporter erwartete Dahiba, Ägyptens beliebteste Tänzerin, am Flughafen in Kairo. Niemand wußte, weshalb sie im Libanon gewesen war, und in der Stadt hatten sich die Gerüchte überschlagen – eine geheime Operation, eine skandalöse Liebesgeschichte? In Wahrheit hatte sie in Beirut einen Verleger für ihre umstrittene Lyrik gefunden, die in Ägypten mit Sicherheit der Zensur zum Opfer gefallen wäre.
Dahiba eilte an den Journalisten vorbei, reagierte auf ihre Fragen nur mit einem spöttischen Lächeln und ging geradewegs zu Jasmina, Hakim und Zeinab. Sie umarmte und küßte ihren Mann und dann die kleine Zeinab. Schließlich fragte sie Jasmina: »Also, was ist los? In welcher Notlage befindet sich die Familie?«
Jasmina berichtete ihr von der Cholera-Erkrankung und sagte dann:

»Vaters Sprechstundenhilfe und eine Krankenschwester des Gesundheitsministeriums sind im Haus. Umma hat jede andere Hilfe strikt abgelehnt. Tante Nazira ist mit ihren Töchtern aus Assiut gekommen, aber Umma hat sie nicht ins Haus gelassen. Auch Hosneja hat ihre Hilfe angeboten. Umma hat sogar *mich* abgewiesen. Sie möchte nicht, daß sich noch jemand ansteckt.«
»Das ist typisch für meine Mutter. Sie will alles allein tun«, sagte Dahiba, während sie zur wartenden Limousine eilten, um den aufdringlichen Fragen der Reporter zu entgehen.
»Umma ist ebenfalls krank«, berichtete Jasmina, »ich habe sie nur kurz an der Haustür gesehen. Sie bleibt aber nicht im Bett. Du kennst sie ja.«
»Ja, niemand ist eigensinniger als sie. Wo ist Ibrahim?«
»Papa war heute vormittag auf Jamal Raschids Beerdigung. Ich habe es dir am Telefon gesagt, daß Jamal plötzlich an einem Herzinfarkt gestorben ist ...«
»Ja, ich erinnere mich.«
»Papa wollte anschließend zu Tante Alice. Als sie vor drei Tagen in seiner Praxis war und er feststellte, daß sie die Cholera hat, brachte er sie auf der Stelle in ein Privatkrankenhaus. Da fast alle in der Paradies-Straße Cholera bekamen, wurde das Haus unter Quarantäne gestellt. Beinahe die ganze Sippe war zum *Sham el-Nessim* gekommen. Alle Betten im Haus sind belegt!«
Dahiba fragte: »Wo ist das Privatkrankenhaus?« Und als Jasmina ihr die Adresse gab, rief Dahiba dem Fahrer zu: »In die Suez Kanal-Straße bitte, aber schnell!«

Alice schlug die Augen auf und glaubte zu träumen, denn Ibrahim beugte sich über sie. Er lächelte seine Frau liebevoll an und strich ihr zärtlich über die Haare. Alice fühlte sich sehr schwach, wie nach einer langen ermüdenden Reise. Sie konnte sich nur noch bruchstückhaft erinnern – eine Krankenschwester schob ihr die Bettpfanne unter, jemand rieb ihr mit einem Schwamm den Körper ab, sie hörte eine sanfte Stimme Verse aus dem Koran sprechen ...
Alice sah ihren Mann an. Er trug seinen weißen Arztkittel über dem Anzug und Gummihandschuhe. Ibrahim schien plötzlich gealtert zu sein. Verwirrt sah sie sich um.

»Was ...« Die Stimme versagte ihr.
»Die Gefahr ist vorbei, mein Liebling«, murmelte er sanft.
»Wie lange bin ich schon hier?«
»Drei Tage. Aber es geht dir schon wieder besser. Die Krankheit dauert im allgemeinen sechs Tage.«
Sie sah die Infusionsflasche über dem Bett und bemerkte die Nadel im Arm. »Was fehlt mir? Was ist denn eigentlich geschehen?«
»Du hast die Cholera. Aber du wirst wieder gesund. Ich lasse dich mit Antibiotika behandeln.«
»Cholera!« wiederholte sie und wollte sich aufsetzen, aber sie war zu schwach. »Und die anderen? Die Familie? Mohammed! Wie geht es meinem Enkel?«
»Es geht ihm gut, Alice. Alle im Haus haben sich angesteckt und sind mehr oder weniger krank. Nur Zacharias nicht. Er ist gesund.«
»Wie ist das geschehen?«
»Wir wissen es bis jetzt noch nicht. Aber das Gesundheitsministerium geht der Sache nach. Sie haben unser Wasser untersucht und Essensproben aus der Küche genommen. Cholera wird entweder durch infizierte Getränke oder Essen übertragen. Aber bisher waren alle Ergebnisse negativ. Wirklich mysteriös ist, daß nur unser Haus von der Cholera betroffen ist.« Er nahm ihre Hand und drückte sie. »*Al hamdu lillah*. Wir haben die Krankheit gerade noch rechtzeitig diagnostiziert. Bei einer Früherkennung kann man sofort mit der richtigen Behandlung beginnen, und dann ist eine Heilung möglich.«
»Wann darf ich wieder nach Hause?«
»Sobald du stark genug bist.« Er strich ihr über die Haare und wünschte, er könnte die Handschuhe ausziehen und das weiche Blond auf der Haut spüren.
Als Alice in seiner Praxis ohnmächtig geworden war, hatte ihn eine schreckliche Angst überfallen. Die Vorstellung, er könnte sie womöglich verlieren, traf ihn wie ein Schock. Deshalb hatte er seine Frau in dieses Privatkrankenhaus bringen lassen, um ihr die bestmögliche Pflege zukommen zu lassen. In den staatlichen Krankenhäusern mußten die Patienten die Schwestern bestechen, wenn sie nicht vernachlässigt werden wollten. Trotzdem machte Ibrahim sich bittere Vorwürfe. Wie hatte er nur vergessen können, daß ihm Alice so viel bedeutete?
Sie hielt seine Hand fest, denn seine Gegenwart tröstete sie. Man hatte

sie vermutlich wegen der Ansteckungsgefahr allein in ein Zimmer gelegt, und sie durfte keinen Besuch empfangen. Auf dem Tisch sah sie Blumen und Karten.

»Von deinen Freunden«, sagte Ibrahim. »Madeline und Mrs. Flornoy saßen unten am Empfang. Ich habe sie nach Hause geschickt. Die Rosen sind von ... wie heißt sie noch? ... von dieser Dame aus Michigan. Mutter wollte dir Blumen aus deinem Garten schicken, aber ich habe ihr davon abgeraten. Auch Blumen können die Bakterien übertragen. Mein Gott, Alice, du hast mir einen großen Schrecken eingejagt!«

Sie lächelte schwach. Langsam erinnerte sie sich – Ibrahim war ständig um sie gewesen. Er hatte den Schwestern Anweisungen gegeben, ihr Injektionen verabreicht und ihr die Kissen zurechtgerückt. Er sah sie noch immer besorgt an. Wie sie ihn so erlebte, konnte sie sich vorstellen, sich noch einmal in ihn zu verlieben. So zärtlich und einfühlsam war er auch damals in Monte Carlo gewesen. Er hatte ihr jeden Wunsch und jeden Gedanken von den Augen abgelesen. Das hatte sie völlig vergessen. Sie hätte nichts dagegen, wenn ihre Liebe durch die Krankheit wie Phönix aus der Asche zu neuem Leben erwachte. Im Gegensatz zu dem mystischen Vogel hatte ihre Liebe jedoch kein Ziel.

Liebt mich Ibrahim oder ist er zu allen seinen Patienten so freundlich?

»Du mußt jetzt wieder ruhen.« Er küßte sie auf die Stirn und verließ das Zimmer.

Draußen im Gang sah er zu seiner Überraschung Dahiba und Jasmina.

Er starrte seine Schwester wie einen Geist an. Die Familie wußte zwar inzwischen, daß Jasmina bei der verstoßenen Fatima lebte, aber Ibrahim hatte seine Schwester nicht mehr gesehen, seit sein Vater sie aus dem Haus gejagt hatte – und das lag über dreißig Jahre zurück. Grundsätzlich war er auf eine Begegnung vorbereitet, aber zu diesem Zeitpunkt hätte er nicht damit gerechnet.

Dahiba schob den Ärmel ihrer Bluse zurück und sagte: »Starr mich nicht so an, Ibrahim. Gib mir eine Spritze gegen die Cholera!«

Kairo lag unter einem fahlen, vom Chamsîn aufgewirbelten Sandschleier. Von den Minaretten, die ihn wie geheimnisvolle, geisterhafte Finger von Riesen durchstießen, riefen die Muezzins die Gläubigen zum Gebet. Seit den Zeiten des Propheten Mohammed vor dreizehn Jahrhunderten hatte sich an ihrem uralten Ruf nichts geändert:

Gott ist groß.
Gott ist groß.

Es gibt keinen Gott außer Gott.
Es gibt keinen Gott außer Gott.

Mohammed ist SEIN Prophet.
Mohammed ist SEIN Prophet.

Kommt zum Gebet
Kommt zum Gebet

Kommt zum Sieg
Kommt zum Sieg

Gott ist groß.
Gott ist groß.

Es gibt keinen Gott außer IHM.

Ibrahims Sprechstundenhilfe Huda eilte mit einer Bettpfanne durch den Gang. Da Khadijas Schlafzimmertür offenstand, sah sie die alte Frau beim Gebet, obwohl sie jeden Augenblick zusammenzubrechen schien. Die junge Krankenschwester beeindruckte das nicht. Jeder war zu diesem Schauspiel der Frömmigkeit in der Lage, ohne wirklich ein Gläubiger zu sein. Das kannte sie von ihrem Vater und ihren Brüdern. Huda war im Grunde froh, endlich einmal ihren endlosen Wünschen und Forderungen entronnen zu sein – die sechs Männer hockten nachmittags faul und bequem in einem Kaffeehaus, während sie den ganzen Tag über auf den Beinen sein mußte –, zuerst in Dr. Raschids Praxis und dann zu Hause, um für die Männer zu kochen. Sie lächelte unwillkürlich bei dem Gedanken, daß der alte Mann und seine fünf Söhne einmal selbst zurechtkommen mußten. Vermutlich würde Dr. Raschids Familie ihre Dienste mindestens eine Woche in Anspruch nehmen, vielleicht sogar länger. Das mußte eigentlich reichen, damit der Vater und ihre Brüder endlich begriffen, was Huda alles für sie tat.
Der kleine Mohammed saß aufrecht im Bett. Er hatte die Arme ver-

schränkt und blickte sie wütend an. Die Cholera hatte den Zehnjährigen nicht so schwer mitgenommen wie die anderen, und er erholte sich schnell. Er ärgerte sich, weil offenbar niemand an seinen Geburtstag zu denken schien und keine Vorbereitungen für ein Fest getroffen wurden.

Als Huda sah, daß er nichts gegessen hatte, wollte sie ihn füttern. Aber er verlangte herrisch nach seiner Großmutter.

»Deine Großmutter ist krank«, erklärte Huda gereizt. Sie war müde und wollte sich ausruhen. In diesem »Krankenhaus« gab es für sie von morgens bis abends viel zu tun. Nur ein paar der Frauen waren in der Lage, sie bei der Krankenpflege zu unterstützen. Sobald sie wieder auf den Beinen waren, mußte Huda ihnen alles ganz genau erklären. Es bestand die Gefahr einer erneuten Ansteckung. Deshalb mußten die Bettpfannen mit größter Sorgfalt gereinigt werden. Die verschmutzten Bettücher wurden entweder gekocht oder verbrannt, um die Bakterien zu vernichten.

Huda schärfte allen die gefährlichen Symptome ein, die den Ausbruch der Krankheit begleiteten: großer Durst, tiefliegende Augen, schneller Puls, keuchender Atem und Fieber. Bei den ersten Anzeichen sollte man ihr auf der Stelle Bescheid sagen. Die richtige Behandlung, vor allem die Rehydration, die nur eine ausgebildete Krankenschwester durchführen konnte, war ein Wettlauf mit der Zeit. Dazu mußte man nämlich Salzlösungen mit Natriumbicarbonat und einer Kaliumzugabe ansetzen. Die Flüssigkeitszufuhr und die Urinmenge wurden aufeinander abgestimmt, da bei Cholera eine akute Dehydration drohte. Sie führte nach Acidose, Harnvergiftung und Nierenversagen zum Tod.

Huda war stolz auf ihre verantwortungsvolle Aufgabe. Sie unterwies die Frauen im Haus wie die Oberschwester im Krankenhaus, in dem sie ausgebildet worden war. Aber die Krankenpflege hatte auch unangenehme Seiten.

Alle Patienten hatten Durchfall und mußten sich übergeben. Die Betten wurden ständig frisch bezogen, aber trotzdem erfüllte ein durchdringender Gestank die Zimmer. Weil der Chamsîn wehte, erlaubte Khadija nicht, die Fenster zu öffnen, damit Dschinns aus der Wüste nicht noch größeres Unheil über das Haus brachten. Wenn Dr. Raschid Huda doch nur erlaubt hätte, Lomotil oder eines von Khadijas Mitteln gegen

Durchfall anzuwenden. Aber er hatte erklärt, der Körper müsse die Möglichkeit haben, die Krankheit selbst zu überwinden.
Huda hatte Dr. Raschid auch um mehr ausgebildetes Pflegepersonal gebeten, denn die von der Regierung gestellte Krankenschwester war ausgesprochen faul. Aber seine Mutter hatte es ihm untersagt. Die eigensinnige Frau hatte jede angebotene Hilfe strikt abgelehnt, um andere vor der Ansteckungsgefahr zu schützen. Das war töricht. Wenn man sich impfen ließ, konnte einem die Cholera nichts anhaben.
Trotzdem bedauerte Huda nicht, in die Paradies-Straße gekommen zu sein. Als Ibrahim sie gebeten hatte, die Krankenpflege seiner Familie zu übernehmen, war es für sie selbstverständlich gewesen, ihn in dieser Notlage nicht im Stich zu lassen. Sie war seit langem in ihn verliebt, und das bot ihr endlich die Möglichkeit, zu sehen, wie er lebte. Sie hatte sich schon gedacht, daß er kein armer Mann war, aber das herrschaftliche Haus mit seinen vielen kostbaren Gegenständen überstieg alle ihre Erwartungen. Dr. Raschid wohnte in einem Palast! Sie zweifelte nicht daran, daß er sie für ihre Hilfe großzügig belohnen würde. Vielleicht würde er ihr sogar ein Geschenk machen ...
Während sie vergeblich versuchte, dem kleinen Jungen Bohnen und Eier einzuflößen, betrachtete sie das Photo über seinem Bett. Es zeigte eine sehr hübsche blonde Frau. Huda wußte, es war Dr. Raschids Tochter Amira, die eines Tages aus für Huda unerklärlichen Gründen plötzlich ins Ausland gereist war. Mohammed hatte schwarze Haare, aber er sah seiner Mutter ähnlich – er hatte ihr Gesicht, ihre Grübchen und ihre Augen. Sie waren zwar nicht so blau wie die seiner Mutter, aber man konnte bereits dem Zehnjährigen ansehen, daß er eines Tages ein gutaussehender junger Mann sein würde.
»Dann eben nicht!« sagte sie schließlich und stand auf. »Wenn du nicht essen willst, werde ich dich nicht dazu zwingen. Meinetwegen kannst du verhungern. Du wirst schon sehen ...«
Als sie nach dem Tablett auf dem Nachttisch griff, bekam sie plötzlich heftige Leibschmerzen. Im nächsten Moment versagten ihr die Beine den Dienst. Sie stürzte zu Boden und übergab sich.
Mohammed schrie aus Leibeskräften. Als Khadija ins Zimmer kam, half sie Huda beim Aufstehen und fragte: »Ist Ihnen übel geworden?«
Huda schüttelte benommen den Kopf. Erbrechen ohne Übelkeit war eines der ersten Symptome der Krankheit. Jetzt hatte auch sie Cholera.

Der Staub hatte sich auch auf die schwarze Limousine gelegt. Der Wagen glänzte nicht mehr, als er am Haus vorfuhr. Dahiba und Jasmina stiegen aus, noch bevor er hielt. Hakim machte sich Sorgen, als er die beiden Frauen an den Quarantäne-Schildern des Gesundheitsministeriums vorbeigehen sah, aber er schwieg und hatte versprochen, sich in der Zwischenzeit um Zeinab zu kümmern. Dahiba läutete nicht erst am Tor, sondern lief den Weg entlang und durch die Tür in das Haus, als sei sie nie weg gewesen. »*Bismillah*«, rief sie, »hier stinkt es!«
Dahiba und Jasmina eilten die Treppe hinauf zu den Frauen. Vor den Schlafzimmern sahen sie Stapel sauberer Bettücher, Seife, Waschschüsseln, Wasserkrüge, weiße Kittel und Atemmasken. Der starke Geruch von Desinfektionsmitteln konnte den darunterliegenden Gestank nicht vertreiben. Im Gang begegnete ihnen Khadija. Sie hatte einen weißen Kittel über ihr Nachthemd gezogen und die Haare unter einer weißen Schwesternhaube aufgesteckt. Sie trug schmutzige Wäsche. Auf ihrer Stirn standen Schweißtropfen, und die beiden Frauen sahen, daß sie unter dem Bündel fast zusammenbrach.
Dahiba schüttelte den Kopf. »Meine Mutter, die Sajjida Zeinab der Paradies-Straße.«
Khadija blickte ihre Tochter erstaunt an und sagte dann: »Fatima! Gott sei Dank, du bist wieder da.«
»Wie mir mein Bruder sagt, hast du verboten, daß man die Fenster öffnet, Mutter.«
»Der Chamsîn bringt die Krankheit. Dschinns aus der Wüste haben das Haus überfallen und mit der Cholera verseucht.«
»Ach, Unsinn. Der Krankheitserreger ist ein Virus. Er ist so winzig, daß man ihn mit dem bloßen Auge nicht sehen kann.«
»Kann man einen Dschinn sehen?« Khadija ließ erschöpft das Bündel fallen und fuhr sich mit der Hand über die nasse Stirn. »Bitte, meine Tochter, verlaß das Haus, bevor du auch krank wirst.«
»Ibrahim hat uns gegen Cholera geimpft, Umma.«
»Er hat auch seine Sprechstundenhilfe geimpft, und sie ist krank geworden.«
»Nicht bei jedem wirkt die Impfung. Ich vertraue auf Gott und möchte, daß du dich sofort ins Bett legst.«
»Du mußt gehen«, widersprach Khadija, aber es klang nicht sehr überzeugend.

Dahiba legte ihr den Arm um die Schulter und führte sie in ihr Zimmer zurück. Jasmina nahm das Bündel Wäsche vom Boden und ging damit hinunter zum Waschhaus.
»Seit wann darf sich eine Tochter nicht um ihre Familie kümmern?« fragte Dahiba ihre Mutter. »In solchen Notzeiten weiß man, was eine Familie bedeutet. Jetzt kommt es darauf an, daß wir zusammenhalten.« Dahiba zog den Mantel aus und half Khadija ins Bett. »Ich werde mich um alles kümmern, Umma«, sagte sie energisch, »und bei dir fangen wir an . . . Keine Widerrede.«
Khadija ließ Dahiba gewähren. Sie legte erschöpft den Kopf auf das Kissen, schloß die Augen und dachte: Gelobt sei der allmächtige Gott. Meine Tochter ist endlich wieder da . . .

Als Ibrahim das Haus betrat, machte er zuerst die Runde durch die Schlafzimmer, überprüfte bei jedem einzelnen den Krankheitsverlauf und injizierte wenn nötig Tetracyclin. Er erschrak, als er feststellte, daß Huda ebenfalls krank im Bett lag. Es beruhigte ihn jedoch, daß sie ihre Lage gelassen ertrug. Schließlich ging er in die Küche hinunter. Dort stand in großen Töpfen Wasser auf dem Herd, das abgekocht und so keimfrei gemacht wurde, damit man es trinken konnte.
Sarah war allein in der Küche. Sie sagte, die Dienstboten seien alle im Waschhaus und bügelten die frisch gewaschenen Bettlaken. Sie stand am Tisch und bereitete die Tabletts mit Essen für die Kranken vor. Sie war aschgrau und noch sehr schwach, obwohl sie die Cholera gut überstanden hatte, da das Antibiotikum bei ihr sofort wirkte.
Ibrahim kam selten in die Küche, denn sie war das Reich seiner Mutter. Jetzt betrachtete er es jedoch als seine ärztliche Pflicht, die Küche zu inspizieren, um die Cholera wirkungsvoll bekämpfen zu können.
Er war enttäuscht, daß das Gesundheitsministerium immer noch nicht herausgefunden hatte, wie es zu der Ansteckung gekommen war. Der zuständige Arzt hatte ihm gesagt, inzwischen seien sechs weitere Familien in der Nachbarschaft betroffen. Ibrahim verstand jedoch nicht, weshalb mit Ausnahme von Zacharias und ihm selbst alle Erwachsenen im Haus erkrankt waren. Auch die Jüngsten waren verschont geblieben. Warum? Was hatten die Kinder und er und Zacharias *nicht* gegessen?
Er sah sich prüfend in der Küche um, als könnte er den Schuldigen finden – einen Dschinn, wie seine Mutter glaubte. Er ging zu der Kö-

chin und fragte: »Sarah, hast du dir die Hände mit Seife gewaschen, bevor du das Essen zubereitest, so wie ich es dir gesagt habe?«
»Ja, Herr. Ich wasche sie ständig mit Seife«, erwiderte Sarah und zeigte ihm die rechte Hand, die vom vielen Waschen bereits rot und rauh war.
Er blickte in die Schüssel, deren Inhalt sie auf die Teller der Patienten verteilte. »Was ist das?« fragte er.
»Kibbeh, Herr. Das ist sehr gut für Kranke. Sie essen es auch gern.«
Ibrahim runzelte die Stirn. »Ja, aber bei Kibbeh wird das Fleisch doch gebraten . . .«
»Das habe ich nach einem neuen Rezept gemacht, Herr. Danach muß man das Fleisch nicht braten. Der Metzger hat mir das Rezept gegeben. Er sagt, in Syrien ißt man es frisch, weil es dann besonders gut schmeckt. Der Metzger hat besonders gutes Fleisch. Ich kann mich auf ihn verlassen. Er hat es heute morgen persönlich gebracht.«
Ibrahim hob die Schüssel hoch und roch an der Mischung aus Lammfleisch, Zwiebeln, Paprika und zerstoßenem Weizen.
»Sie müssen keine Bedenken haben, Herr«, sagte Sarah eifrig, »alle essen es gern. Es bleibt nie etwas übrig.«
»Wie bitte? Hast du das schon öfter gemacht?«
»Zum ersten Mal vor vier Tagen, Herr, am Abend vor dem Fest. Ich wollte etwas besonders Gutes machen . . .«
»Am Abend bevor meine Frau krank wurde?«
Als sie nickte, rief sich Ibrahim den Abend ins Gedächtnis zurück. Plötzlich fiel ihm ein, daß er nicht zum Essen kommen konnte, weil ihn ein Notfall in der Praxis aufgehalten hatte. Und Zacharias aß bestimmt kein Kibbeh, weil er eine Abneigung gegen Fleisch hatte.
Er machte auf dem Absatz kehrt und verließ eilig die Küche, um im Gesundheitsministerium anzurufen.
»Dr. Raschid, ich wollte Sie auch gerade benachrichtigen«, sagte Dr. Kheir. »Wir haben die Ursache für den Ausbruch der Cholera gefunden. In Ihrer Gegend ist ein neuer Metzger, ein Syrer. Er ist vor einer Woche aus Damaskus gekommen. Er ist der Überträger. Das Fleisch, das er verkauft, ist von dem Virus befallen. Hat jemand aus Ihrem Haushalt bei dem Mann Fleisch gekauft?«
Ibrahim rannte in die Küche zurück und riß Sarah die Schüssel aus der Hand. »Habe ich dir nicht tausendmal gesagt, daß Fleisch immer gekocht oder gebraten werden *muß*?«

Sahra stammelte: »Es . . . sollte doch etwas . . . Besonderes sein . . . der neue Metzger . . .«
». . . ist der Überträger, Sarah. Von ihm haben wir die Cholera!«
Sie starrte ihn mit aufgerissenen Augen an. »Aber Gamal ist nicht krank!«
»Ein Überträger ist nicht krank, aber er überträgt den Virus auf andere. Durch deine Unvorsichtigkeit hätten wir alle sterben können!«
Sie begann zu weinen. »Wie schrecklich, Herr . . .«, flüsterte sie und schlug die Hände vor das Gesicht. »Bei Gott . . . ich wollte nichts Böses . . . ich wollte nur das Beste . . .«
Ibrahim sah sie verächtlich an, und dann dämmerte es ihm: Die dumme Frau hatte die Cholera ins Haus geschleppt. Sie war die Mutter von Zacharias! Gott bestrafte ihn erneut für seine Sünden.
Sarah sah den Zorn und die Anklage in seinen Augen. Er sagte nichts, aber sie wußte, was er dachte.

Ibrahim saß am Bett seiner Mutter und erzählte ihr die Sache mit Sarah. Khadija nahm seine Hand und sagte: »*Bismillah*, du darfst der armen Frau nicht die Schuld geben, mein Sohn. Die Schuld liegt bei dir allein. Du mußt dich mit Gott aussöhnen, Ibrahim.«
Er senkte den Kopf und flüsterte: »Ich werde nach Mekka pilgern und Gott bitten, den Fluch von unserer Familie zu nehmen.«

Zacharias erwachte lange vor dem Morgengrauen. Er konnte nicht mehr schlafen. Heute würde Tahia erfahren müssen, daß ihr Mann gestorben war. Er wußte, sein Vater wollte es ihr sagen, aber Zachrias dachte, es sei besser, wenn er es Tahia selbst schonend beibrachte.
Er stand auf, um ihr das Frühstück ans Bett zu bringen, und ging hinunter in die Küche. Im Herd brannte kein Feuer. Der Brotteig war nicht vorbereitet, und die Küche war unaufgeräumt.
Zacharias wußte, daß Sarah diese Pflichten selbst übernahm. Sie war morgens immer die erste. Er ging besorgt in den Raum neben der Küche, wo Sarah schlief. Hatte sie möglicherweise einen Rückfall gehabt und war zu schwach, um aufzustehen?
Er öffnete die Tür und sah überrascht, daß das Bett unbenutzt war. Er öffnete den Kleiderschrank – er war leer. Auch die Photos an der Wand fehlten. Sarah war nicht mehr da.

18. Kapitel

»Die Abschreckung wirkt!« sagte Declan Connor mit einem Blick aus dem Fenster. »Ich habe den Campus noch nie so menschenleer gesehen.«
Ein warmer Wind blies durch die Kiefern, die Eukalyptus- und Jacarandabäume. Abgestorbene Blätter wirbelten über den großen Platz vor dem Büro. Halloween war zwar erst am nächsten Wochenende, aber im Fenster der Anatomie hing ein grüner Schädel, der wie eine Laterne von innen erleuchtet war – Studenten hatten sich einen Streich erlaubt.
Amy hob den Kopf von der Schreibmaschine. Ihr Herz schlug schneller, als sie Connors Spiegelbild in der Glasscheibe sah und ihn so dicht hinter sich wußte. Dieser Mann schien für eine so liberale Universität viel zu ernsthaft und konservativ zu sein, aber wie immer erzeugte er in seiner unmittelbaren Umgebung eine elektrisierende Kraft. Vielleicht bilde ich mir das nur ein, dachte sie, weil ich es von einem Mann erwarte, den ich verehre.
»So«, sagte er, »das ist also das letzte Kapitel.« Amy zuckte innerlich zusammen: »Das letzte Kapitel«. Das bedeutete, die sechs Monate ihrer Zusammenarbeit näherten sich unweigerlich dem Ende.
»Wirklich eine ausgezeichnete Idee«, sagte Connor, stellte sich dicht hinter sie und blickte auf das Geschriebene. »Ich werde ein ähnliches Kapitel auch in die afrikanische Ausgabe einfügen.«
Amy hatte das zusätzliche Kapitel vorgeschlagen. Es trug die Überschrift: »Beachtung einheimischer Sitten«. Nicht-Araber wurden darin mit wenigen, aber wichtigen Grundsätzen vertraut gemacht, auf denen der gute Kontakt eines Ausländers mit den Dorfbewohnern basierte.
Amy hatte außer Ratschlägen wie »Keinen Streit mit dem örtlichen Heiler anfangen« Verhaltensregeln zusammengestellt, die für Araber

von großer Bedeutung sind, zum Beispiel: Einen Mann nie nach seiner Frau fragen; nicht mit der linken Hand essen; einer Frau nie ein Kompliment über ihre Kinder machen.
»Sie können sich nicht vorstellen«, sagte Connor, legte die Hand auf ihre Stuhllehne und beugte sich über sie – Amy roch sein Old Spice –, »welche Probleme entstehen, wenn wohlmeinende Neulinge schwere Fehler im Umgang mit den Kranken begehen und nichtsahnend gegen die Sitte eines Stamms verstoßen. Die Kikuju betrachten es zum Beispiel als eine große Ehre, wenn man einem Kind die Hand auf den Kopf legt. Tut man es nicht, sind sie beleidigt. Sie schreiben hier, daß man sich über die Kinder einer Frau nicht lobend äußern darf ...«
Amy erklärte ihm die Angst der Fellachen vor dem bösen Blick, aber sie war nicht bei der Sache. Ein Schauer lief ihr bei dem Gedanken über den Rücken, daß er sie vielleicht zufällig berühren würde, wenn er beim Reden wie üblich die Hände bewegte ...
Amy mußte an Greg denken, an ihren Mann. Aber Greg war eigentlich nicht ihr Mann.
Wie nicht anders erwartet, hatten die Behörden bald nach der Heirat mit Nachforschungen begonnen. Man stellte dem Vermieter, den Professoren, Gregs Freunden und Rachels Familie verfängliche Fragen. Die Beamten erschienen regelmäßig bei ihnen und machten sich Notizen. Amy und Greg verhielten sich freundlich und hilfsbereit. Bis jetzt war es ihnen gelungen, das Mißtrauen zu entkräften und ihr Geheimnis zu hüten. Sie waren immerhin schon fast sieben Monate verheiratet, und Amy hieß van Kerk. Wie vereinbart wohnten sie nur als Zimmergenossen zusammen, denn wie Greg richtig gesagt hatte, konnten die Behörden ihnen keinen Spion in das Schlafzimmer setzen.
Greg hatte in den vergangenen Monaten Abend für Abend auf dem Klappbett im Wohnzimmer geschlafen, und Amy hörte nur, wie die Sprungfedern unter seinem Gewicht nachgaben. Ihre Beziehung war unbelastet, denn Greg war ein intelligenter und höflicher Partner. Er hatte sie vor der Ausweisung gerettet und sich dadurch ihre uneingeschränkte Achtung erworben.
Wenn ich mich doch nur in Greg verlieben könnte.
Aber Amy hatte den einen Mann geheiratet und sich in einen anderen verliebt.
Declan ging zu seinem Platz hinter dem Schreibtisch zurück. Amy sah,

wie er das Typoskript noch einmal durchblätterte. Unwillkürlich verglich sie die beiden Männer. Declan besaß eine atemberaubende Intensität, die ansteckend wirkte, während Greg eher lässig war und das arabische »Bukra«, Morgen, als Wahlspruch über sein Leben stellte. Damit erinnerte er Amy an die ägyptische Lebensphilosophie. Declan achtete auf ein gepflegtes Äußeres, Greg ließ sich gehen. Declan war erfolgreich und ehrgeizig, Greg hatte keinen Erfolg und schrieb noch immer an seiner Magisterarbeit. Beide Männer waren liebenswürdig, lachten oft und brachten Amy zum Lachen. Amy mochte Greg, aber sie hatte sich in Declan verliebt. Mit einem Stoßseufzer dachte sie, daß es umgekehrt eigentlich besser gewesen wäre.
Amy hatte keine Ahnung von Declans Gefühlen für sie. Aber darauf kam es nicht an – das sagte sie sich immer wieder vor, wenn ihre Gedanken um ihn kreisten und sie sich ein Leben mit Connor vorzustellen versuchte. Er war verheiratet, und sein Leben verlief in klaren Bahnen. Amy wußte nicht, wie die Zukunft mit Greg aussehen mochte, aber sie hatte ihr Ziel fest im Auge: Sie würde Ärztin werden und dann dort praktizieren, wo ihr Können gebraucht wurde.
Sie hatte Declan Connor bereits viel zu verdanken. Durch die Zusammenarbeit mit ihm hatte sie gelernt, wie man seine Kraft auf eine Aufgabe richtet und so ein gestecktes Ziel erreicht. Amy sah jetzt sehr viel deutlicher, worauf sie sich konzentrieren mußte.
Sie übte das, wenn sie niedergeschlagen war. Connor trug zu ihrem Kummer bei, denn sie wußte, daß er am Ende des Semesters die Universität verlassen würde.
»Sybil und ich halten es nicht lange an einem Ort aus«, hatte er Amy am Anfang des Projekts erklärt. »Wir haben uns auf einem Lazarettschiff kennengelernt. Ich weiß, es ist wichtig, junge Ärzte heranzubilden, und die Arbeit mit den Studenten macht mir Spaß. Aber auf die Dauer ist mir das zu theoretisch. Ich suche die Praxis. Wenn wir mit der Übersetzung fertig sind, werden Sybil und ich nach Marokko aufbrechen.«
Amy hatte seine Frau kennengelernt, eine Dozentin der Immunologie. Sie kam eines Tages mit ihrem Sohn in das Büro. Der kleine fünfjährige David hatte ein aufgeschürftes Knie, sprach mit englischem Akzent, und Amy mußte unwillkürlich an Mohammed denken. Sie hatte Sybil Connor beneidet.

Connor hielt die letzte Seite des Typoskripts in der Hand, ein Verzeichnis der arabischen Begriffe, und sagte: »Das wäre es dann wohl! *Al hamdu lillah*!«
Amy lachte, wie immer, wenn er Arabisch sprach, denn es klang so komisch. Connor hatte ihr einmal erzählt, wie es ihm hin und wieder gelang, aus der allgemeinen Sprachverwirrung Kapital zu schlagen. »In einer Mission in Kenia forderte man mich bei einem wichtigen Essen mit hohen Kirchenvertretern auf, das Tischgebet zu sprechen. Man sagte mir, daß die Gebete lateinisch gesprochen wurden. Aber ich kannte kein Gebet und mußte mir schnell etwas einfallen lassen. Ich faltete die Hände, neigte den Kopf und sagte: ›Levator labil superioris alaeque nasi, Amen.‹ Alle wiederholten ›Amen‹, und ich wußte, daß keiner bemerkt hatte, daß ich ihnen den lateinischen Namen für den kleinen Nasenmuskel als Gebet untergeschoben hatte.«
Ja, das Buch war fertig. Sie mußten nur noch das zusätzliche Kapitel kopieren, und dann konnte der Text zum Verlag nach London geschickt werden. Declan würde auf dem Weg nach Marokko über London reisen und alle auftauchenden Fragen im Verlag besprechen.
»Ich habe eine Idee«, sagte er. »Darf ich Sie heute abend zum Essen einladen? Sie bekommen für die Arbeit nicht annähernd das, was angemessen ist. Es würde mein schlechtes Gewissen etwas entlasten, wenn ich Sie wenigstens einmal zum Essen einladen kann.«
Amy blickte auf die Schreibmaschine. Ein Essen! Sechs Monate hatten sie in dem kleinen Büro an diesem Projekt gearbeitet und meistens abends, manchmal sogar bis spät in die Nacht. Trotz der Nähe hatte immer die Arbeit zwischen ihnen gestanden, und Amy war es gelungen, Distanz zu ihm zu wahren. Ein gemeinsames Abendessen würde ihre Beziehung auf eine andere, bestimmt sehr gefährliche Ebene heben.
»Sie können es mir nicht abschlagen«, sagte Connor, stand auf und zog entschlossen den Stecker der Schreibmaschine aus der Dose. »Sie haben seit Tagesanbruch nichts gegessen, denn es ist Ramadan.« Er lächelte sie an. »Ich weiß nicht, wie Sie das aushalten. Die Juden sind mit dem Fasten sehr viel vernünftiger, Jom Kippur dauert nur einen Tag. Dreißig Tage erscheinen mir leicht übertrieben.«
Sie faltete die Hände im Schoß, um ihre Nervosität zu verbergen. »Ramadan ist noch härter, wenn er in den Sommer fällt, weil dann die Tage länger sind.«

»Ja, ich weiß. Sogar der immer gutgelaunte Habib war dann beim Bügeln reizbar wie ein hungriger Löwe. Damals habe ich mir geschworen, mich nie wieder während des Ramadan in Ägypten aufzuhalten. Also, Sie dürfen das Restaurant auswählen«, sagte er, »und es soll möglichst teuer sein, denn ein bißchen Luxus haben wir uns verdient.«
»Kommt Ihre Frau auch mit?«
»Sybil hält heute abend einen Vortrag.«
Amy zögerte. Sie wußte nicht, was sie sagen sollte. In Ägypten waren die Regeln eindeutig: Eine verheiratete Frau ging nicht mit einem Mann aus, mit dem sie nicht verwandt war. Aber eigentlich war sie nicht verheiratet. Sie und Greg hatten auf dem Standesamt ein Dokument unterzeichnet, und sie hatte den Namen van Kerk angenommen. Das war alles. Amy versuchte sich einzureden, daß Connor sie zu einem harmlosen Essen im Restaurant, also in der Umgebung vieler anderer Gäste, einlud. Aber sie fürchtete sich vor ihren Gefühlen. Möglicherweise würde er erraten, wie sehr sie ihn liebte.
»Außerdem habe ich eine Überraschung für Sie«, sagte er mit einem übermütigen Lächeln.
»Eine Überraschung?«
Er ging zu seinem Schreibtisch, öffnete die Schublade und zog einen großen Umschlag heraus. »Ich habe damit auf einen besonderen Augenblick gewartet. Jetzt ist es soweit. Schauen Sie hinein.«
Amy sah die englischen Briefmarken und Declans Privatadresse. Als sie den Umschlag öffnete, sagte er: »Ich habe es zu mir schicken lassen, damit Sie es nicht im Büro unter der anderen Post finden würden.«
Amy sah, daß es die Photokopie eines Buchumschlags war. In fett gedruckten Großbuchstaben las sie:
DR. GRACE TREVERTON: WENN MAN ARZT SEIN MUSS
Ein Handbuch für den Praktiker im Nahen Osten.
»Ich habe dem Verlag verschiedene Vorschläge gemacht«, erläuterte Connor, »denn wir konnten nicht den Umschlag der Originalausgabe verwenden. Wie Sie sehen, ist die Frau mit dem Kind jetzt eine Araberin und die Schilfhütte im Hintergrund eine Lehmhütte. Das wird also der Umschlag sein.«
Dann entdeckte Amy zu ihrer großen Überraschung unter dem Bild den Hinweis: *Bearbeitet und übersetzt von Dr. Declan Connor und Amy van Kerk.*

»Leider bekommen Sie kein Geld dafür«, sagte er, »ich meine Tantiemen. Aber viele werden sich Ihren Namen einprägen. Das Friedenscorps hat gerade eine Bestellung aufgegeben, das Malteser-Hilfswerk und das internationale Rote Kreuz ebenfalls.«
Amy blickte auf den Umschlag. Sie wagte nicht, ihn anzusehen. »Ich weiß nicht, was ich sagen soll«, murmelte sie verlegen.
»Sie müssen nichts sagen. *Ich* kann nur sagen, Gott sei Dank ist die andere Studentin damals nicht gekommen.« Er schwieg, und sie spürte seinen Blick auf sich gerichtet. Dann sagte er: »Natürlich war es sehr geschickt von Ihnen zu heiraten.«
Amy hatte ihm keine Einzelheiten erzählt. Er wußte nicht, daß Greg und sie bei der Hochzeit Fremde gewesen waren. Sie wußte, daß er glaubte, Greg und sie wären damals bereits befreundet gewesen. Amy wollte, daß er diese Illusion auch behielt. Es half ihr, Distanz zu ihm zu wahren und ihre Gefühle unter Kontrolle zu halten.
»Abgemacht? Wir fahren zum Essen in die Stadt.«
Sie hob schließlich den Kopf, und als sie sein fröhliches Lächeln sah, sagte sie: »Ja, das wäre schön.« Aber ihr schlug das Herz bis zum Hals.
Als sie ihre Sachen zusammenpackten, um das Büro zu verlassen, klingelte das Telefon. Amy nahm den Hörer ab und hörte Rachel sagen: »Tut mir leid, daß ich dich störe, Amy. Ich weiß, du arbeitest mit deinem Professor an diesem Buch. Aber könntest du trotzdem so schnell wie möglich herkommen? Großmutter Marijam möchte dich unbedingt sehen.«
Amy sah Connor an. »Aber es ist Jom Kippur, Rachel. Ist es euch recht, wenn Fremde ins Haus kommen?«
»Es geht ihr nicht gut, Amy. Sie liegt schon seit einer Woche im Bett. Sie hat gesagt, es sei wichtig, daß sie noch heute mit dir spricht. Kannst du kommen?«
Amy zögerte. »Einen Moment.« Sie legte die Hand auf den Hörer. »Dr. Connor, eine Bekannte von mir ist krank. Sie möchte, daß ich so schnell wie möglich zu ihr komme.«
»Dann müssen Sie gehen. Wir können das Essen auf einen anderen Abend verschieben.«
»Also gut, Rachel. Sag Tante Marijam, daß ich komme.«
Amy war erleichtert, aber auch enttäuscht, als sie auflegte, denn sie wußte, es würde nicht mehr zu dem Abendessen kommen. Sie nahm

ihre Tasche und wollte gehen, aber Connor sagte: »Einen Augenblick, Amy. Ich möchte Ihnen noch etwas sagen. Ich wollte es eigentlich bei dem Essen tun, aber ich sage es Ihnen lieber jetzt, für den Fall, daß sich keine Gelegenheit mehr dazu bietet. Die Arbeit mit Ihnen an diesem Projekt hat mir sehr viel mehr bedeutet, als ich in Worte fassen kann. Sie werden eine ausgezeichnete Ärztin sein, Amy. Ich weiß auch, daß Sie Ihr Können einmal dort anwenden werden, wo man Sie wirklich braucht. Ich hoffe ... also ich hoffe wirklich, daß wir noch einmal die Möglichkeit haben, unsere Zusammenarbeit fortzusetzen.«
»Danke, Dr. Connor. Das hoffe ich auch.«
Als sie sich umdrehen wollte, legte er die Hand auf ihren Arm. »Amy«, sagte er leise.
Sie sahen sich in die Augen und hörten den Oktoberwind, der die trockenen Blätter über den Platz trieb. Connor hob ihr Gesicht hoch. Amys Herz schlug wie rasend.
Aber bevor er sie küßte, trat er plötzlich zurück und sagte: »Mein Gott, Amy, wenn du nur wüßtest, was ich in den vergangenen Wochen für Kämpfe ausgestanden habe. Ich sollte es dir nicht sagen, ich habe kein Recht dazu. Aber bei Gott, was ich für dich empfinde ...«
»Nein ...«, flüsterte sie. »Vielleicht werden sich eines Tages unsere Wege wieder kreuzen ... wenn Gott es so will. *Ma salaama.*«
»*Ma salaama*«, wiederholte er tonlos, »auf Wiedersehen.«

Rachel öffnete ihr die Haustür.
»Was ist los?« fragte Amy.
»Wenn ich es nur wüßte. Ich mache mir wirklich Sorgen um Großmutter. Es geht ihr nicht besonders gut. Aber sie hat offenbar etwas für dich. Ich weiß nur nicht, was.«
Amys Erwartungen stiegen. Hatte Tante Marijam vielleicht eine Nachricht für sie von der Familie? Wollte ihr Vater, daß sie nach Hause zurückkam?
Rachel hatte so gut wie keine Beziehung zu Ägypten. Sie war nie dort gewesen und wußte wenig über das Land, in dem ihr Vater geboren worden war. Aber Großmutter Marijams Herz hatte sich nie von dort gelöst, das wußte Rachel. Und deshalb bestand eine besondere Beziehung zwischen ihrer Großmutter und Amy.
Es war still im Haus. »Die anderen sind in der Synagoge«, sagte Rachel.

»Ich wollte Großmutter nicht allein lassen. Sie ist sehr schwach, Amy. Sie ist erst zweiundsiebzig, und ich kann nicht sagen, daß sie krank ist. Es fehlt ihr eigentlich nichts, aber ...«
Amy war zum ersten Mal in Marijam Misrachis Schlafzimmer. Sie sah einige Dinge, die aus Kairo stammten, obwohl Marijam bei der Ausreise nach Onkel Suleimans Tod kaum etwas mitnehmen konnte. Erstaunt sah Amy ein gerahmtes Photo an der Wand. Es zeigte Marijam und Khadija – zwei junge Frauen der Oberschicht. Marijam wirkte neben der zurückhaltenden jungen Khadija mit den wunderschönen großen Augen eher temperamentvoll und lebenslustig. Khadija trug nicht das strenge Schwarz, in dem Amy sie kannte, sondern ein weißes Kleid, und sie sah wie eine Prinzessin aus.
»Du siehst ihr ähnlich«, hörte sie eine Stimme vom Bett. »Abgesehen von den blonden Haaren bist du wie sie.«
Amy war nicht bewußt gewesen, daß ihr ägyptisches Erbe sich so deutlich bemerkbar machte. Die blonden Haare, die blauen Augen und die helle Haut fielen rein äußerlich mehr ins Gewicht. Aber jetzt spürte sie, daß die junge Frau auf dem Bild beinahe ihre Zwillingsschwester hätte sein können.
Lächelnd trat sie an das Bett, aber sie erschrak, als sie sah, wie alt Tante Marijam plötzlich geworden war. »Was hast du, Tante?« fragte sie und setzte sich auf den Bettrand. »Was fehlt dir denn?«
Marijam antwortete auf arabisch und sagte ernst, ohne auf ihre Fragen einzugehen: »Ich war in der Nacht deiner Geburt dabei. Deine Großmutter und ich, wir haben uns immer gegenseitig unterstützt. Ich habe bei der Geburt deiner Tante Nefissa geholfen und Khadija bei der Geburt meines Itzak. Das ist schon sehr lange her. Ja, die Paradies-Straße ..., mir kommt sie heute wie eine andere Welt vor.«
Amy nickte stumm und dachte an den großen türkischen Springbrunnen im Garten und an den märchenhaften Pavillon, wo Khadija meist ihre Gäste zum Tee empfing und wie eine Königin Hof hielt.
»Wie gefällt dir dein Studium?« fragte Marijam.
»Ich muß viel lernen, Tante. Mir bleibt für nichts anderes Zeit«, antwortete sie und hätte ihr gern von Declan Connor erzählt. Aber Amy hatte nicht einmal ihrer Freundin Rachel etwas von ihrer heimlichen und hoffnungslosen Liebe gesagt.
»Du wirst bestimmt einmal eine gute Ärztin. Du bist die Tochter von

Ibrahim Raschid, und deine Großmutter ist Khadija, die Heilerin. Wie könnte es da anders sein?« Marijam schwieg und musterte Amy aufmerksam. »Hast du Nachricht von deiner Familie? Ich habe seit längerer Zeit nichts von deiner Großmutter gehört.«
Amy erzählte ihr, was Alice in ihrem letzten Brief über den Cholera-Ausbruch berichtet hatte. »Sie befürchten, daß Tahias Baby durch das Tetracyclin verfärbte Zähne bekommen wird. Außerdem ist unsere Köchin Sarah spurlos verschwunden. Niemand weiß, warum oder wohin sie gegangen ist.«
Amy sagte nichts von den Sorgen, die sie sich um Mohammed machte, auch wenn Alice versichert hatte, ihr Sohn habe die Krankheit gut und schnell überwunden. Der Gedanke, daß er krank werden und sterben könnte, ohne daß sie in der Lage war, ihn zu pflegen, ihm zu helfen und zu trösten, erschien ihr wie ein Alptraum.
»Warum hast du mich gerufen, Tante?«
»Du darfst dich der Vergangenheit nicht verschließen, Amira. Ich sehe dir an, daß du nicht über deine Familie reden möchtest...« Sie seufzte und fuhr dann eindringlich fort. »Ich habe dich rufen lassen, weil heute der Tag der Versöhnung ist. Ich möchte, daß du dich mit deinem Vater aussöhnst. Amira, die Familie ist das Wichtigste im Leben. Khadija hat mir geschrieben... nun ja, Zacharias schreibt, was sie ihm diktiert. Sie erkundigt sich nach dir. Ich weiß nicht, was zwischen dir und deinem Vater vorgefallen ist, Amira. Aber seitdem ist viel Zeit vergangen. Du mußt dich wieder mit deiner Familie aussöhnen.«
»Tante Marijam, mein Vater und ich...«, sie zögerte und sagte dann entschlossen: »Für uns kann es keine Versöhnung geben. Er liebt mich nicht mehr...«
»Liebe! Mein Kind, du weißt nicht, was Liebe ist.« Sie griff nach Amys Hand. »Ich weiß, warum du diesen Amerikaner geheiratet hast. Ich weiß, du willst unter allen Umständen hierbleiben. Bitte, vergiß meine Worte nicht. Du gehörst ebenowenig in dieses Land wie ich. Du und ich, wir müssen dort sein, wo unser Herz ist – in der Paradies-Straße. Du hast einen Sohn. Der Junge braucht seine Mutter.«
»Sie würden mir niemals erlauben, ihn zu sehen«, sagte Amy und blickte gequält auf das bleiche, faltige Gesicht. »Omar hat Mohammed zu sich genommen. Das Gesetz ist auf seiner Seite. Ich kann meinen Sohn nicht wiedersehen.«

Für meine Familie bin ich tot.
»Was weiß das Gesetz vom Herzen einer Mutter? Geh nach Ägypten zurück, Amira. Gott wird dir helfen.« Marijam richtete sich auf und suchte etwas auf dem Nachttisch. Sie gab ihr ein Buch. »Das hat mir meine Schwester aus Beirut geschickt.«
Amy las den Titel: *Die verurteilte Frau.* Es war arabisch geschrieben. Die Autorin hieß Dahiba Raouf.
»Hast du gewußt, daß Dahiba deine Tante Fatima ist?«
»Ja«, murmelte Amy und schlug das Buch auf. Es waren Gedichte. Das Nachwort stammte von Jasmina Raschid. Als Amy das sah, war sie verblüfft.
Marijam seufzte. »Die Frauen der Raschids waren schon immer sehr eigensinnig. Ich möchte wissen, ob Khadija dieses Buch kennt.«
Amy las fasziniert die Worte ihrer Schwester.
»Wenn es um Sex geht«, hatte Jasmina geschrieben, »tritt der Mann in voller Rüstung zum Kampf an. Sein Panzer ist die pauschale gesellschaftliche Billigung seines Tuns, seine Waffe ist das Gesetz. Die Frau hat nichts. Sie kann sich nicht verteidigen. Im Kampf der Geschlechter hat sie nicht einmal einen Schild. Sie ist zum Verlieren verurteilt.
Die Männer haben sich die Erde untertan gemacht. Sie beanspruchen das Gras, das Meer und die Sterne als ihr Eigentum. Ihnen gehören die Frauen und die Luft, die wir atmen. Sie befruchten uns mit ihrem Samen und erklären unsere Kinder zu ihrem Besitz. Uns gehört nichts – nicht einmal die Sonne, die auf uns scheint.«
Amy konnte es nicht glauben. Wann hatte Jasmina solche Gedanken entwickelt? Wie konnte sie in Ägypten eine solche Meinung vertreten und den Mut aufbringen, sie in Worte zu fassen?
Sie las weiter. »Ein Mann hat die Wahl. Er kann ein Kind als Vater anerkennen oder nicht. Er kann sagen: ›Das ist nicht mein Kind.‹ Es ist eine Anmaßung der Männer, sich dieses Recht zu nehmen, denn das neue Leben wächst im Leib der Frau heran. Sie nährt es mit ihrem Blut. Sie trägt das werdende Leben in sich. Sie spürt es. Sie öffnet dem Geist des Kindes das Tor zur Welt. Und doch kann der Mann, für den der Geschlechtsakt nur ein kurzes Vergnügen war, Besitzanspruch auf das Kind erheben. Er hat sogar die Macht, diesen neuen Menschen anzuerkennen oder ihn zurückzuweisen und zum Tod zu verurteilen.«

Amy starrte auf die Seite. Sprach Jasmina von Mohammed, ihrem Sohn? Oder hatte sie bei ihren Worten an Hassan al-Sabir gedacht, daran, daß man Amira verurteilt hatte, weil Hassan und nicht Omar der Vater des Kindes war? Amy schloß die Augen und dachte an ihre schwarzhaarige Schwester mit den bernsteinfarbenen Augen. Jasmina mußte sehr mutig sein, um so etwas zu schreiben! Aber wie war es möglich, daß sie aufrichtig und ehrlich zu ihrer Überzeugung stand, andererseits jedoch Amira, ihre Schwester, so heimtückisch verraten hatte? Vielleicht war sie immer noch in Hassan verliebt gewesen und hatte Amiras Geheimnis aus Eifersucht Nefissa verraten.
Ein Zeitungsausschnitt rutschte aus dem Buch. Er stammte aus einer Beiruter Zeitung. Jemand hatte an den Rand geschrieben: »Nachdruck des *Paris Match*.« Es war ein Interview mit Jasmina unter der Überschrift: »Ägyptens neuer Star!«
»Kannst du mir das bitte vorlesen?« sagte Marijam. »Ich sehe so schlecht. Und in dieser Familie kann niemand mehr Arabisch lesen.«
»Es ist nicht leicht, in Ägypten eine alleinstehende Frau zu sein«, hatte Jasmina der Journalistin von *Paris Match* gesagt. »Wenn in Ägypten ein Fremder eine Frau auf der Straße anspricht und sie weist ihn ab, betrachtet er das als eine Aufforderung und wird um sie werben. Wenn man das nicht will, muß man ihn ignorieren und tun, als sei er Luft. Dann weiß er, daß man ehrbar ist. Eine solche Frau wird er achten und in Ruhe lassen. Aber es ist nicht leicht, einen Menschen so zu behandeln, als sei er unsichtbar und nicht vorhanden. In Frankreich würde man dieses Verhalten als unhöflich bezeichnen.«
»Amira«, unterbrach Marijam, »ich erinnere mich, daß du und Jasmina schon als Kinder immer unzertrennliche Freundinnen gewesen seid. Warum hat sich das geändert?«
Amy spürte die Augen der alten Frau auf sich gerichtet. Aber sie wollte nicht über etwas sprechen, das bereits zu schmerzlich war, wenn sie nur daran dachte. Sie mußte die Vergangenheit nachdrücklich genug leugnen, dann konnte sie sich davor schützen. Es war dann, als sei nichts geschehen.
»Jasmina hat ein Geheimnis verraten. Deshalb bin ich von der Familie verstoßen worden, und man hat mir meinen Sohn weggenommen.«
»Geheimnisse . . .«, sagte Marijam und schüttelte den Kopf. Sie dachte an ihren Sohn, Rachels Vater, der mit der Familie zum Jom Kippur-Fest

in der Synagoge war. Ihr Sohn hielt Suleiman Misrachi für seinen Vater, und Musa Misrachi war für ihn nur ein »Onkel«. Sie legte die Hand auf das Buch und nickte. »Ich weiß aus eigener Erfahrung, was ein Geheimnis bedeuten kann, Amira. Aber glaub mir, heute ist der Tag der Versöhnung. Ramadan ist der Monat der Versöhnung. Geh zurück nach Ägypten. Ibrahim wird dich in die Arme schließen und mit einem Kuß willkommen heißen. Er wird dir verzeihen.«
Amy erwiderte: »Es ist spät geworden. Ich muß jetzt gehen, Tante. Aber ich komme dich bald wieder besuchen.«
Marijam schüttelte den Kopf. »Ich habe Suleiman schon viel zu lange warten lassen. Es ist Zeit, daß ich ihm folge ... Ich verstehe die neue Welt nicht, in der Araber und Juden sich hassen und bekämpfen und ... töten. In dieser Welt ist kein Platz mehr für mich. Leb wohl, Amira. *Ramadan mubarak aleikum*, ich wünsche dir einen gesegneten Ramadan.«

Auf der Fahrt nach Hause mußte Amy mit den Tränen kämpfen. Als sie in die Wohnung kam, wollte sie sofort zu Bett gehen. Aber Greg stand in der Küche und kochte. Es roch nach Knoblauch und Paprika. Er kam in den Flur, wischte sich die Hände an einem Handtuch trocken und fragte: »Wie war es? Ist deine Tante krank?«
»Sie wollte mir nur etwas geben.«
»Übrigens, ein Beamter der Einwanderungsbehörde war hier, während du bei den Misrachis gewesen bist. Man sollte glauben, die hätten etwas Besseres zu tun, als uns ständig zu belästigen. Er hat die üblichen Fragen gestellt und ...« Er sah sie prüfend an. »He, was ist denn los?«
Sie seufzte. »Tut mir leid, aber der Besuch bei Tante Marijam hat mich völlig aus dem Gleichgewicht gebracht.«
»Ruh dich im Wohnzimmer aus. Das Abendessen ist gleich fertig. Ich hab Knoblauchbrot im Ofen. Setz dich vor den Fernseher, damit du auf andere Gedanken kommst, und laß dich von mir verwöhnen.«
Er schaltete den Apparat ein. Ein Nachrichtensprecher verlas: »Ägyptische Truppen haben die israelischen Soldaten entlang der Bar Lev-Linie am Ostufer des Suezkanals in die Flucht geschlagen.« Amy schlug die Hände vor das Gesicht und begann zu weinen.
»He«, rief Greg, »he, was ist mit dir?«
»Dieser schreckliche Krieg ...«

Er schaltete den Fernseher ab, setzte sich neben sie und legte ihr die Hand auf die Schulter. »Tut mir leid. Du machst dir vermutlich Sorgen um deine Familie.«
»Meine Familie!« rief sie so heftig, daß er zusammenfuhr. »Ich mache mir keine Sorgen um sie. Ich hasse sie!«
Eines Abends hatte sie ihm gestanden: »Ich weiß nicht, wohin ich gehöre. Ich wußte es noch nie. Meine Mutter und ich hatten als einzige in der Familie blonde Haare und blaue Augen. Wir haben nie richtig zu den anderen gepaßt. Wer uns nicht kannte, hat uns angestarrt. Ich dachte, daß ich vielleicht in England, bei den Verwandten meiner Mutter, einen Platz finden würde. Aber dort fühlte ich mich noch einsamer. Zu den Menschen in England hatte ich überhaupt keine Beziehung. Äußerlich sehe ich vielleicht aus, als käme ich aus dem Westen, aber im Herzen gehöre ich in den Osten. Und doch kann ich nie mehr dorthin zurück. Wo gibt es für mich einen Platz auf der Welt?«
Es schmerzte Greg, zu sehen, daß Amy so völlig verzweifelt vor ihm stand. Er wollte ihr helfen, diesen Platz zu finden. Vielleicht konnte sogar *er* dieser Ort für sie sein. Zum ersten Mal im Leben war ihm jemand so wichtig geworden, daß neue Gefühle in ihm erwachten. Als einziges Kind seiner reiselustigen Eltern, die nur für ihre Wissenschaft lebten, war er bei katholischen Nonnen aufgewachsen. Greg van Kerk hatte nie erfahren, was es heißt, von einem Menschen gebraucht zu werden. Für ihn gab es bis zu diesem Augenblick nur die eiskalte Wissenschaft und die strenge Religion mit ihren Drohungen, Geboten und einem endlosen Katalog von Forderungen. »Familie«, das bedeutete für ihn an Weihnachten und am Geburtstag Ansichtskarten aus exotischen Orten, wo die Geologie eindeutig sehr viel wichtiger war als ein Sohn.
Aber Amy schien so verwundbar und hilflos. Sie war so zart und doch so stark. Er bewunderte sie und fand sie attraktiv. Er wollte sie trösten und sie beschützen. Er legte ihr den Arm um die Schulter und war überrascht, als sie das Gesicht an seiner Brust verbarg. Er nahm sie in die Arme und drückte sie an sich.
Als ihre Lippen sich berührten, schmeckte der Kuß nach salzigen Tränen. Sie küßten sich mit der ganzen Leidenschaft unterdrückter Gefühle und uneingestandenen Verlangens. Anthropologische und medizinische Bücher fielen vom Sofa. Eine Flasche Coke rollte über den

Teppich und hinterließ auf dem Avocadogrün eine braune Spur. Greg und Amy stießen zwischen hungrigen Küssen Worte und zusammenhanglose Sätze hervor. »Ich kann es nicht ertragen ...« »Ich möchte dich so sehr ...«
Sie landeten auf dem Boden, aber Amy spürte den feuchten Fleck auf ihrem nackten Rücken nicht. In ihrer Gier vergaßen sie alles um sich herum. Der Couchtisch bekam einen heftigen Stoß und prallte gegen das Bücherregal.
Die Zimmerdecke über Amy begann sich zu drehen. Greg machte Dinge mit ihr, die sie sich nie hätte träumen lassen, und die Omar nie versucht hatte. Plötzlich hielt er inne. »Was ist das für eine Narbe?«
Sie wußte zuerst nicht, wovon er sprach. Aber als sie begriff, fand sie keine Antwort auf seine Frage. Ein Ägypter hätte nie darüber gesprochen.
»Ach«, sagte er, »ich wußte nicht, daß Frauen in Ägypten auch beschnitten werden.«
Ihr Gesicht begann, wie Feuer zu glühen. Er hatte wie ein Anthropologe gesprochen, und sie kam sich plötzlich wie ein Untersuchungsobjekt vor.
»He«, flüsterte er und küßte sie wieder, »tut mir leid. Ich wollte dich nicht verlegen machen. Es hat mich nur völlig überrascht.«
Sie schloß die Augen und überließ sich ihm. Aber die Decke drehte sich nicht mehr, und sie war wieder einmal eine Außenseiterin, für die es keinen Platz auf der Welt gab.
Als sie hinterher auf dem Teppich lagen, stützte Greg den Kopf in die Hand und sagte lächelnd: »Glaubst du, wir müßten jetzt die Einwanderungsbehörde anrufen?«
Amy wußte nicht, ob sie lachen oder weinen sollte.

Die Menschen tanzten auf den Straßen. Feuerwerk explodierte, und alle riefen: »*Ja Sadat! Jahja batal el ubur!* Heil Sadat! Heil, dem Sieger!«
Der Krieg war vorüber, und Ägypten hatte ihn gewonnen. Auf einer riesigen Plakatwand am Freiheitsplatz sah man Panzer bei der Überquerung des Suezkanals. Soldaten hißten am Ostufer die ägyptische Fahne. Und über allem stand Sadat im Profil. Er hatte Ägyptens Ehre wiederhergestellt. Er hatte seinem Volk den Stolz zurückgegeben.
Von den Ärmsten bis zu den Reichen feierten die Menschen, denn Gott

blickte wieder mit Wohlgefallen auf das Land. Laternen brannten im Garten und auf der Mauer, die das Haus in der Paradies-Straße umgab. Musik und lautes Lachen schallten aus den offenen Fenstern. Die Familie feierte in der warmen Novembernacht die Unterzeichnung des Waffenstillstands zwischen Ägypten und Israel.

Die Männer saßen im großen Salon, rauchten Haschisch, redeten über Politik und erzählten Witze, während die Frauen in der Küche standen, Speisen auf die vielen Platten häuften und Gläser mit Tee in den Salon brachten. Beinahe die ganze Familie war versammelt. Nur Ibrahim fehlte, denn man hatte ihn zu einem Jungen gerufen, dem ein Feuerwerkskörper eine Hand abgerissen hatte.

Zacharias hörte aufmerksam zu, während sein Vetter Tewfik empört über den Niedergang der Baumwollindustrie wetterte. »Nassers Plan hat sich nicht bewährt!« rief er. »Die Regierung zahlt den Baumwollpflanzern so wenig für die Baumwolle, daß sie Dinge anbauen, deren Preis nicht staatlich festgesetzt wird, wie zum Beispiel Winterklee. Und was macht die Regierung zum Ausgleich für die sinkende Baumwollproduktion? Sie erhöht den Preis auf dem internationalen Markt, so daß unsere Baumwolle doppelt soviel kostet wie die beste Qualität aus Amerika! Kein Wunder, daß wir bankrott gehen!«

Zacharias trank nachdenklich den süßen, heißen Minztee, aber er hatte im Grunde kein Interesse an der Baumwollindustrie, auch nicht an Politik. Er dachte an Sarah und fragte sich, was wohl mit ihr geschehen war. Niemand schien zu wissen, weshalb die Köchin die Familie so plötzlich verlassen hatte und wohin sie gegangen war. Er vermißte ihre wunderbaren Gerichte. Für ihn hatte sie sich immer besondere Speisen ohne Fleisch einfallen lassen. Sie sagte, so esse man bei ihr im Dorf, wo die Menschen sich selten Fleisch leisten konnten. Sie hatte ihm auch viele Geschichten von Al Tafla erzählt. Warum war sie verschwunden? Hatte sie Angst vor der Cholera gehabt? War sie aus irgendeinem Grund in ihr Dorf zurückgekehrt? Als der Lärm um ihn herum weiter zunahm, stand Zacharias unbemerkt auf und ging hinaus. Er zog die Ruhe vor und wollte allein sein – auch ein gewonnener Krieg weckte in ihm traurige und beklemmende Erinnerungen. Eigentlich war ihm nicht nach Feiern zumute. Sieg oder Niederlage, dachte er, das sind zwei Seiten derselben Münze.

Die kleine Zeinab saß an einem der Kindertische und beschäftigte sich mit einer Schachtel, in der ihre Mutter alles mögliche sammelte. Sie betrachtete staunend Photos und Artikel über Jasmina aus Zeitschriften und Zeitungen. Mit sechs Jahren konnte sie noch nicht richtig lesen, aber sie wußte, was dort stand.

Sie legte den kleinen Finger auf ein Photo und sagte zu ihrem Vetter, der ebenfalls dort saß: »Eines Tages werde ich auch eine Tänzerin sein wie Mama.«

»Nein, das wirst du nicht«, widersprach Mohammed, »du hast ein verkrüppeltes Bein.«

Als Tränen in ihre Augen stiegen, freute er sich. Mohammed hatte Spaß daran, seine Cousinen, und ganz besonders Zeinab, zum Weinen zu bringen. Er kam sich dann wie sein Vater vor, der seine Stiefmutter schlug, bis sie weinte. Manchmal zog Mohammed die kleine Asmahan so fest an den Haaren, daß sie schrie, und danach zwang er sie, ihn auf die Wange zu küssen. Das verlangte Papa auch von Nala. Er tat ihr weh, und dann mußte sie nett zu ihm sein. Mohammed fand Frauen dumm, obwohl einiges an ihnen schön war, zum Beispiel die großen Brüste von Tante Basima und die Schenkel, die er manchmal sah, wenn die Frauen tanzten. Leider war er schon zu alt, um bei den Tanten und Cousinen in der Küche zu sein. Bald würde er ohnehin zu den Männern im anderen Teil des Hauses ziehen. Dann konnte er die Mädchen nicht mehr anfassen, wenn er Lust dazu hatte. Er durfte auch nicht mehr bei den Frauen auf dem Schoß sitzen. Er mußte erst erwachsen werden, bevor er selbst eine Frau haben konnte. Aber das schien noch sehr lange zu dauern.

Hin und wieder erinnerte er sich an eine schöne blonde Frau. Das war seine Mutter, von der alle sagten, sie sei tot. Trotzdem schrieb sie ihm zum Geburtstag immer eine Karte. Manchmal stiegen Bilder in ihm auf. Sie stand weinend im großen Salon und flehte um Vergebung. Aber alle um sie herum waren zornig. Hatte er das wirklich gesehen oder bildete er es sich nur ein? Nun ja, das war nicht weiter wichtig. Er wußte jedenfalls schon jetzt: Macht bedeutete, daß man jemanden zum Weinen bringen konnte.

Jasmina kam mit einer Platte gebratener Hähnchenschenkel in den Salon. Als sie Tränen auf Zeinabs Wangen und Mohammeds triumphierenden Blick sah, schimpfte sie mit ihrem Neffen: »Also wirklich, Mohammed! Du bist ein böser Junge. Wie kannst du nur so häßlich zu deiner Cousine sein?« Verstohlen blickte sie zu Nefissa, die meist sofort zur Stelle war, um ihren Enkel zu verteidigen. Aber Nefissa arrangierte die Nachspeisen kunstvoll auf dem Buffet und stellte gebrannte Mandeln, gezuckerte Pistazien und kandierte Früchte zu den süßen Aufläufen.

Jasmina fand, der verbitterte Zug um den Mund ihrer Tante habe sich verstärkt. Mit achtundvierzig wirkte sie wie eine Frau im fortgeschrittenen Alter, die im Leben zu kurz gekommen war. Dahiba, ihre Schwester, war ein Jahr älter, aber sie wirkte sehr viel jünger. Sie war temperamentvoll und immer noch attraktiv. War Nefissa noch verbitterter geworden, seit die lange verstoßene Fatima wieder in die Familie aufgenommen worden war? Vielleicht hatten die Enttäuschung und die Unzufriedenheit, die Nefissa ausstrahlte, auch andere Ursachen.

Jasmina wußte, daß Nefissa ihrem Bruder Ibrahim Amiras schreckliches Geheimnis verraten hatte. Nefissa hatte Khadija schwören müssen, nie wieder darüber zu sprechen, denn die kleine Zeinab sollte unter keinen Umständen darunter leiden müssen. In der Familie wußte man, wer die Eltern des Kindes waren, aber Außenstehende sollten es nicht erfahren, und erst recht Zeinab nicht. Nefissa hatte das Geheimnis verraten, aber seitdem wurde es wieder gewahrt. Die anderen Kinder wußten nicht, daß Amira und nicht Jasmina Zeinabs Mutter war. Zeinab hielt Mohammed deshalb für ihren Vetter.

Jasmina tröstete Zeinab mit einem Stück Schokolade und dachte: Wer würde glauben, daß es in einer Familie so viele Geheimnisse gibt? Kaum einer der Raschids wußte etwas von dem explosiven Buch: *Die verurteilte Frau*. Es war in Ägypten verboten. Natürlich durfte Khadija nichts davon erfahren. Wie schade, dachte Jasmina, daß es selbst unter wohlmeinenden Verwandten nicht genug Verständnis und Vertrauen gibt, um offen über alles miteinander sprechen zu können. Durch Verschweigen und durch Tabus half man sich über die Konflikte hinweg, um eine zweifelhafte Einigkeit zu bewahren. Aber im Grunde wuchs etwas Gefährliches, etwas Vernichtendes heran, wenn eine Sache zum Geheimnis wurde, weil niemand der Betroffenen sich in der Lage sah, die Angelegenheit zu klären, sich ihr zu stellen und sie zu verstehen. Ist das vielleicht der Fluch, den Khadija fürchtet? Straft uns nicht Gott, sondern strafen wir uns selbst?

Wenn das Haus wie an diesem Abend von Leben, von Gelächter und Jubel, von der Fröhlichkeit, die bei arabischen Festgelagen herrschte, erfüllt war, dann glaubte Alice, in dem Meer der Worte, der Düfte und Gefühle zu ertrinken. Sie bekam stechende Kopfschmerzen und zog sich benommen in ihr Zimmer zurück. Auf ihrem Bett lag noch immer Amiras letzter Brief: »Welche Ironie, Mutter!« hatte sie geschrieben. »Ich weiß jetzt, daß das Sperma des Mannes das Geschlecht eines Kindes bestimmt. Stell dir vor, ein Ägypter kann seine Frau verstoßen, wenn sie ihm keinen Sohn schenkt, aber seit ewigen Zeiten ist, wenn überhaupt jemand, der Mann dafür verantwortlich!«
Alice starrte auf den Brief und dachte: Wie anders wäre alles gekommen, wenn du kein Mädchen, sondern ein Junge gewesen wärst ...
Sie hielt die Hand an die Stirn und legte sich seufzend auf das Bett. Alice wollte nicht mehr in die Vergangenheit zurückblicken. In zwei Jahren würde sie fünfzig sein. Es war Zeit für eine Bestandsaufnahme. Zeinab war bei Jasmina in den besten Händen. Trotz der Behinderung entwickelte sich das Kind zu einem bezaubernden Mädchen. Mohammed würde bald zu Omar und der Welt der Männer gehören. Was für einen Grund gab es für sie, noch länger in Ägypten zu bleiben?
Die zarten Töne der Liebe, die während der Cholera durch Ibrahims Fürsorge wieder zum Klingen kamen, waren abrupt verstummt, als er zu einer Pilgerreise nach Mekka aufgebrochen war. Drei Monate war er unterwegs gewesen, und nach seiner Rückkehr sprach Ibrahim nur noch von Gott.
Seit dieser Zeit wuchs in Alice der Wunsch, Ägypten endgültig zu verlassen. Sie wollte nach Kalifornien fahren und bei Amira leben. Ja, dachte sie, das werde ich tun. Wenn ich diesem goldenen Käfig entflohen bin, wird mein Leben wieder einen Sinn bekommen. Meine verstoßene Tochter braucht mich.
Die Tür flog plötzlich auf, und Ibrahim kam herein. »Alice, mein Schatz! Es ist einfach wunderbar! Kairo ist wie verwandelt! Der Abend ist ein einziges Freudenfest.« Er nahm ihre Hand und zog sie hoch. »Du darfst nicht allein in deinem Zimer bleiben. Komm, wir gehen hinauf auf das Dach. Es ist ein historischer Tag ...«
»Ibrahim ...«, begann sie. Aber er nahm sie im Überschwang seiner Freude auf beide Arme und trug sie hinaus.
Auf der Treppe berichtete er von dem Unglück. »Es war nicht so

schlimm. Der Junge wird seine Hand behalten. Aber er hat große Schmerzen und wird jetzt hoffentlich vorsichtig sein, wenn er mit dem Feuer spielt.«

Er sah sie glücklich an, und als sie auf dem Dach standen, bot sich ihnen ein märchenhafter Anblick – ein Feuerwerk in Gold, Silber, Blau, Rot und Grün strahlte über der Stadt. Der Himmel schien seine Schatzkammern zu öffnen und bunte Sterne in funkelnden Farben auf Kuppeln und Minarette und auf die Menschen hinabzuregnen, die im Siegesrausch feierten.

Ibrahim flüsterte überwältigt: »Gibt es einen besseren Beweis dafür, daß Gott zu uns zurückkehrt, als den Sieg über unsere Feinde? Ja, ER hat den Menschen vergeben. ER hat mir vergeben.«

Alice sah ihn verblüfft an. Ibrahim schien plötzlich zwanzig Jahre jünger zu sein. »Was meinst du mit ›vergeben‹? Was soll Gott dir vergeben?«

»Die schreckliche Sünde, die ich vor vielen Jahren begangen habe, als unsere Tochter Amira geboren wurde. Meine liebste Alice! Wie sehr habe ich seit diesem Tag gelitten! Jetzt habe ich das Gefühl, von einer erdrückenden Last befreit zu sein. Ich komme mir wie neugeboren vor.«

»Ibrahim, ich weiß nicht, wovon du sprichst!«

»Von Zacharias ...«, antwortete er und nahm sie in die Arme. »Ach natürlich. Du weißt es ja nicht. Das hatte ich ganz vergessen.«

Nein, dachte sie bitter, ich wußte nicht, daß du bereits einen Sohn hattest – von einer anderen Frau.

»Verstehst du, der Islam verbietet es, den Sohn eines anderen Mannes zu adoptieren«, erklärte er etwas ruhiger. »Aber in meinem Hochmut habe ich genau das getan.«

Auf der Straße fuhr eine Wagenkolonne vorüber. Die Männer in den Fahrzeugen hupten und riefen: »*Ja Sadat! Ja Sadat!*«

Alice löste sich aus Ibrahims Armen und trat einen Schritt zurück. »Das verstehe ich nicht. Wieso ist er der Sohn eines anderen Mannes?«

»Ich war so unglücklich darüber, daß mein zweites Kind ein Mädchen war ... Alice, ich liebe Amira, aber ich wollte unbedingt einen Sohn. Deshalb habe ich das uneheliche Kind einer Bettlerin adoptiert! Sarah, unsere ehemalige Köchin, war die Mutter. Sie hatte ihr Kind Ismail genannt, aber ich wollte, daß mein Sohn Zacharias heißt.«

Alice preßte beide Hände an die Schläfen. »Ibrahim«, flüsterte sie, »ich verstehe überhaupt nichts mehr.«
»Mutter und Quettah forderten mich damals auf, hinauszugehen und eine gute Tat zu vollbringen. Ich glaubte, Gott überlisten zu können, indem ich den Sohn der Bettlerin in mein Haus nahm und ihn als meinen Sohn aufzog.«
Alice bekam große Augen. »Zakki? Er ist nicht dein Sohn? Das ist unmöglich. Er sieht dir doch ähnlich!«
»Ja, Sarah hat mir erzählt, daß der Vater des Kindes Ähnlichkeit mit mir hatte. Mutter beschwor mich, das Kind nicht zu adoptieren. Sie erinnerte mich daran, daß Gott es verboten hat. Aber ich wollte nicht auf sie hören. Und deshalb trage ich die Schuld an allem Unheil, das unserer Familie seitdem widerfahren ist!«
»Dann . . . . dann hattest du keine andere Frau, als wir uns in Monte Carlo kennenlernten?«
»Nein!« erwiderte er glücklich und fühlte sich von allen Sorgen befreit. »Ich wollte nur, daß alle Zacharias für meinen Sohn hielten!« Etwas leiser fügte er hinzu: »Alice, ich schwöre dir, ich weiß nicht einmal, wer sein Vater ist.«
Das Feuerwerk blendete Alice. Sie schloß die Augen und dachte: Dann hätte ich dich die ganzen Jahre lieben können. Ich wäre gern zu dir gekommen und hätte dir vielleicht sogar den Sohn geschenkt, nach dem du dich so sehnst . . .
Ibrahim sagte: »Erinnerst du dich, daß Mutter von dem Fluch sprach, als Hassans Rache mich so schrecklich traf, und ich Amira verstoßen mußte? Sie sprach von *meiner* Sünde.«
»Aber es klang, als sei Amira für alles verantwortlich!«
Er schüttelte den Kopf. »Zacharias ist das Werkzeug des Fluchs. Ich habe begriffen, daß wir uns nicht in Gottes Plan einmischen dürfen, Alice. Ich hatte kein Recht, das Schicksal Sarahs und ihres Sohnes zu ändern. Aber jetzt hat Gott mir verziehen, Alice. Morgen beginnt ein neues Leben. Es wird ein neuer wunderbarer Anfang für uns sein.«
Er drückte sie zärtlich an sich. Ihr Herz begann schneller zu schlagen. Sie konnte es nicht glauben: Sie durfte Ibrahim wieder lieben.
Er nahm ihr Gesicht in beide Hände und küßte sie. »Ich muß noch einmal weg. Du solltest zu den Frauen gehen und mit ihnen feiern. Sie werden tanzen. Freu dich, Alice. Du hast es mehr als verdient.«

Ibrahim und Alice gingen nach unten. Als beide verschwunden waren, trat Zacharias aus der Dunkelheit. Auch er hatte das Feuerwerk sehen wollen.

Tahia sah Zacharias verstört an. Sie saßen auf derselben Marmorbank wie damals, als Amira und Omar heirateten und sie sich ihre Liebe gestanden hatten.
»Was soll das heißen«, fragte sie ängstlich, »du gehst weg? Warum? Wohin willst du?«
»Tahia, ich habe heute abend erfahren, daß mein Vater in Wirklichkeit nicht mein Vater ist. Mein ganzes Leben war eine Lüge.« Er berichtete ihr von dem Gespräch zwischen Ibrahim und Alice auf dem Dach.
Sie rief: »Bei Gott! Das kann nicht wahr sein. Bestimmt hast du etwas Falsches gehört.«
Zacharias war nicht so verstört wie sie. Er empfand einen seltsamen Frieden, als sei ein langer und schwerer Kampf plötzlich zu Ende.
»Ich verstehe jetzt einiges sehr viel besser«, erwiderte er ruhig. »Ich verstehe, warum mein Vater mich nicht liebt, warum er mich manchmal voll Widerwillen von sich gestoßen hat. Jetzt weiß ich auch, warum Sarah mich nie aus den Augen ließ, warum sie mir all diese Geschichten über ihre Kindheit im Dorf erzählte. Sie wollte mir auf ihre Weise sagen, wo meine wahre Familie ist.« Er nahm Tahias Hände und küßte ihre Fingerspitzen. »Tahia, ich liebe dich aus ganzem Herzen. Aber ich kann dich nicht heiraten, bis ich die ganze Wahrheit über mich herausgefunden habe. Ich werde mich auf die Suche nach meiner Mutter machen. Ich will das Dorf sehen, wo ich gezeugt worden bin. Vielleicht habe ich dort Brüder und Schwestern, eine richtige Familie, die auf mich wartet.«
Tahia hatte Angst. Erst im letzten Monat, während des Ramadan, hatte Zacharias so streng gefastet, daß er wieder einen seiner Anfälle bekam. Er stürzte zu Boden, zuckte am ganzen Körper und hatte Schaum vor dem Mund. Was würde geschehen, wenn er unterwegs einen Anfall bekam?
»Bitte, Zakki!« sagte sie flehend. »Laß dich von Tewfik oder Achmed begleiten...«
»Diesen Weg muß ich allein gehen.« Er lächelte sie an. »Du brauchst dir keine Sorgen um mich zu machen. Ich gehe mit Gott. Vielleicht werde

ich dann die Offenbarung in der Wüste besser verstehen. Vielleicht habe ich damals den Auftrag erhalten, mich auf die Suche nach der Wahrheit zu machen. Dabei kann mich niemand begleiten, Tahia, nicht einmal du, obwohl ich dich mehr liebe als alles auf der Welt.« Er küßte sie behutsam auf die Stirn. »Um meinetwillen mußt du glücklich sein. Ich werde Sarah finden und sie als Mutter in die Arme schließen. Vielleicht werde ich sogar meinem Vater begegnen ...«
Tahia schluchzte und strich ihm zart über die Wange. »Wirst du zu mir zurückkommen, Zakki?«
»Ich werde zurückkommen, Tahia. Ich schwöre bei Gott und dem Propheten, bei allen Heiligen und Engeln, ich werde zurückkommen.«

Alice wartete auf Ibrahim. Sie saß in seinem Wohnzimmer auf der anderen Seite des Hauses. Sie duftete nach Rosen und Mandeln und hatte eines der eleganten seidenen Abendkleider aus den Tagen des Cage d'Or angezogen. Es war cremeweiß und hatte einen tiefen Ausschnitt. Die Überraschung sollte vollkommen sein. Was würde er sagen, wenn er sie nach so vielen Jahren wieder hier sah ...?
Alice mußte übermütig kichern. Die Kopfschmerzen und die Depression waren plötzlich wie weggeblasen, als habe jemand ein strahlendes Licht angezündet, und alle Dunkelheit war schlagartig verschwunden. Sie sonnte sich im warmen, goldenen Glanz des wunderbaren Lichts.
Als sie Schritte hörte, stand sie erwartungsvoll auf. Sie wunderte sich über sich selbst. Sie hatte noch nie Verlangen nach Sex gehabt.
Ibrahim öffnete die Tür. Sein Erstaunen bereitete ihr große Freude und Genugtuung. Sie breitete die Arme aus und ging auf ihn zu. Damit hatte er wirklich nicht gerechnet. »Liebster!« sagte sie.
Aber dann war es an ihr, überrascht zu sein, denn hinter ihm betrat Huda, seine junge Sprechstundenhilfe, das Zimmer.
»Alice«, sagte er, »ich weiß nicht, was ich sagen soll. Ich habe dich hier nicht erwartet ...«
Alice musterte mit gerunzelter Stirn Huda, die ein maßgeschneidertes Kostüm mit einer Orchidee am Revers trug. »Was hat das zu bedeuten, Ibrahim?« fragte sie.
»Tut mir leid, Alice.« Ibrahim war sichtlich verlegen. »Ich wollte es dir morgen sagen.«

»Was wolltest du mir sagen?« fragte sie, und das Lächeln auf ihren Lippen erstarb.
Er blickte auf die junge Frau an seiner Seite und dann auf den Teppich. Schließlich murmelte er: »Huda und ich haben heute abend geheiratet.«
Alice blieb regungslos stehen.
»Du mußt mich verstehen«, fügte er schnell hinzu, »ich muß einen Sohn haben, und Huda kommt aus einer Familie mit vielen Brüdern. Ich weiß jetzt, daß Gott mir vergeben hat. ER wird mir einen Sohn schenken. Ich liebe und ehre dich, Alice. Du wirst in meinem Haus immer einen Platz haben. Aber du bist zu alt, um noch Kinder zu bekommen ...«
Das strahlende Licht erlosch. Der goldene Glanz erstarb.
Alice sagte: »Ach ...«, verließ das Zimmer und ging zur breiten Treppe. Auf dem Weg kam sie an dem Zimmer vorbei, in dem früher einmal ihr Bruder gewohnt hatte. Sie erinnerte sich deutlich daran, wie sie ihn zweimal dort gesehen hatte – das erste Mal mit Hassan al-Sabir, der ihn aus Rache mißbraucht hatte; das zweite Mal mit einer Kugel im Kopf. Es überraschte sie nicht, als sie Edward vor der Haustür stehen sah. Er trug eine weiße Flanellhose und einen Golfschläger. Er war überhaupt nicht gealtert, obwohl seitdem mehr als zwanzig Jahre vergangen waren.
»Es ist ein warmer Novemberabend«, sagte Edward. »Komm, wir gehen spazieren.«
»Ja, Eddie ...« Sie lächelte ihn an.
Alice verließ das Haus, und als sie stehenblieb, um die Tür zu schließen, hörte sie das Rauschen der Depression in ihren Ohren. Der unterirdische Fluß toste und brauste und riß sie mit sich davon.
Sie eilte an den Passanten vorbei. Auf dem Freiheitsplatz drängte sich immer noch die feiernde Menge. Die siegestrunkenen Menschen achteten nicht auf die Frau im weißen Abendkleid, die den Weg zum Fluß nahm. Am Nil sangen die Fischer fröhlich an den offenen Feuern.
Alice sah auf dem Wasser einen hellen Lichtschein und wußte, das Licht kam vom Club Cage d'Or. Sie dachte an die schöne junge Frau, die sie einmal gewesen war.
Sie stand auf der Terrasse im Hochgefühl ihrer glücklichen Liebe und

ganz erfüllt von dem Märchen aus *Tausendundeine Nacht*, dem funkelnden Kairo, der Stadt ihrer Träume.
Sie lief am Ufer entlang, bis sie die Feluken und Hausboote hinter sich gelassen hatte. Der Lärm der Menschen mischte sich gedämpfter in das Plätschern der Wellen. Zu ihrer Überraschung war das Wasser kalt, und der Schlamm griff unangenehm glitschig nach ihren Füßen. Sie hatte immer geglaubt, der Nil sei warm und wohlig. Hatte Khadija nicht gesagt: »Der Nil ist die Mutter aller Flüsse?« Ihr Kleid bauschte sich um die Knie, um die Schenkel und schwamm dann wie ein weißer Tintenfisch auf dem Wasser. Als ihr die Wellen gegen die Brust schlugen, war der Stoff nach unten gesunken und legte sich um ihre Beine, als die Strömung sie erfaßte. Das Wasser schwappte über die Schultern und erreichte ihr Kinn. Sie dachte, was ist das doch für eine seltsame optische Täuschung – es sieht aus, als versinke das Cage d'Or und nicht ich im Wasser ...
Als die Wellen über ihrem Kopf zusammenschlugen, sah sie die blonden Haare wie die Tentakeln eines Kraken im Wasser schweben.
Sie hörte Khadija fragen: »Haßt du mich, weil ich zugelassen habe, daß deine Tochter verstoßen wurde?« Alice antwortete in aller Aufrichtigkeit: Nein, denn du hast sie dadurch aus dem Gefängnis befreit, dem ich nicht entfliehen konnte. Ich danke dir, Khadija, du hast meiner Tochter zur Freiheit verholfen.
Alice öffnete den Mund. Sie schluckte das kalte Wasser, breitete die Arme aus und fühlte sich von der Strömung getragen. Sie glaubte zu fliegen. Ihr Körper drehte sich langsam um sich selbst, während sie immer mehr Wasser schluckte. Dann schlug ihr Kopf gegen etwas Hartes.
Ein stechender Schmerz durchzuckte sie. Sie sah eine Explosion von Sternen und glaubte, es sei das Feuerwerk, mit dem Ägypten den Sieg feierte.

19. Kapitel

Die Blasphemie empörte die Menschen. Sie sprachen über nichts anderes. Zuerst ermordet sie ihren Bruder, jetzt hängt sie sich einen falschen Bart um und maßt sich die Aufgaben und Rechte eines Mannes an. Darf dieser Verstoß gegen die Natur ungestraft bleiben? Sie ist der Inbegriff der Schamlosigkeit und wird den Zorn der Götter auf uns lenken!
»Das Weib ist verrückt«, schimpfte ein Steuereinnehmer und trank einen Schluck Wasser. »Sie verleugnet ihr Geschlecht und rebelliert gegen die Rolle, die ihr die Natur zugewiesen hat.«
»Wer glaubt sie denn zu sein?« rief ein Bauer. »Sie will ein Mann sein und fordert Rechte, die einer Frau nie zugedacht waren. Was würde aus der Welt werden, wenn alle Frauen so denken wie sie?«
Ein Färber hob die Faust. »Ich sage euch, als nächstes werden die Weiber verlangen, daß wir die Kinder kriegen!«
Dahiba biß sich auf die Lippen, aber dann mußte sie doch lachen.
Hakim brach die Szene ab, drehte sich um und sah sie mit hochgezogenen Brauen an. Sie sagte: »Entschuldige bitte. Aber es ist so ... komisch. Ich meine, die Vorstellung, daß Männer Kinder kriegen.«
Die Schauspieler in der malerischen Kulisse des alten, ländlichen Ägyptens, die für einen Drehtag vor dem Museum errichtet worden war, nutzten die Pause und rauchten schnell eine Zigarette. Die Zuschauer hinter den Absperrseilen johlten bei dem Anblick von Ägyptern in Lendentüchern und langen, kostbaren Gewändern, die Zigaretten rauchten.
»Sei mir nicht böse«, sagte Dahiba, ging zu ihrem Mann und fuhr ihm sanft über die Glatze. »Laß uns die Einstellung wiederholen. Ich verspreche, diesmal ernst zu bleiben.«
Dahiba wußte, wie wichtig dieser Film für Hakim war und in welche

Gefahr er sich damit begab. Die Zensoren hatten noch keinen Einspruch erhoben, aber sie überwachten alles mit Argusaugen.
Würden sie so klug sein, Hakims List zu durchschauen? »Es ist ein Film über unsere ruhmreiche Vergangenheit!« hatte er ihnen erklärt. »Was kann an einem Film über unsere Pharaonen auszusetzen sein? Der Film ist nicht politisch, und ich verspreche, alle Tanzszenen so zu drehen, daß sie moralisch unbedenklich sind.«
Die Zensoren kannten jedoch die eigentliche Botschaft des Films nicht, der von einer jungen Frau im modernen Kairo handelte, die im Ägyptischen Museum einschläft und träumt, sie sei Hatschepsut, Ägyptens einzige Pharaonin. Der Traum sollte zu einer Parabel werden. Die junge Frau ist mit einem Mann verheiratet, der sie quält und mißhandelt. Aber nach dem Gesetz hat sie keine Handhabe gegen ihn. Im Traum sind die Rollen anders verteilt. Sie hat die Macht und läßt den Mann kastrieren. Die Zensoren wußten nicht, daß der Schauspieler, der den Ehemann darstellte, auch den kastrierten Sklaven spielen würde.
Hakim drehte die erste Traumsequenz am frühen Morgen, bevor es in Kairo zu laut wurde. Man hatte Seile gespannt, um die Schaulustigen zurückzuhalten. Aber die Menge wuchs unerwartet von Minute zu Minute. Hakim hatte bereits uniformierte Wachen mit Schlagstöcken angefordert, um die Sicherheit bei den Dreharbeiten zu gewährleisten, und auch die Polizei benachrichtigt.
Er mußte sehr vorsichtig sein. Filmregisseure waren in letzter Zeit Zielscheibe der islamischen Fundamentalisten, die gegen die Produktion »unmoralischer Filme« protestierten, weil sie »gegen die Lehren des Islam verstießen«. Sie hatten Hakim kritisiert, weil seine Filme selbstbewußte Frauen zeigten, die es zum Beispiel vorzogen, allein zu leben, anstatt zu heiraten, die die Erziehung ihrer Kinder selbst in die Hand nahmen, anstatt sie dem Gutdünken der Väter zu überlassen.
Seit dem Ramadan-Krieg von 1973 war der Fundamentalismus zu einer mächtigen Bewegung geworden. Seine Anhänger forderten eine Rückkehr zu der traditionellen und »natürlichen« Rolle der Frau. Hakim Raoufs Filme, so erklärten die Ultrakonservativen, trugen jedoch dazu bei, bei jungen Mädchen falsche Vorstellungen zu wecken.
Hakim und andere Regisseure hatten sich nicht nur Muslime zu Feinden gemacht. Auch die Kopten machten ihrem Ärger über Filme Luft, die Christen stereotyp in einem negativen Licht zeigten.

Hakim Raouf jedoch war besonders scharfen Angriffen von Kopten und Muslimen ausgesetzt, weil er in seinem letzten Film die tragische Liebesgeschichte einer Muslimin und eines Christen erzählt hatte, die an den Barrieren der Religionen scheitern. Beide Seiten waren empört und fühlten sich lächerlich gemacht.

»Ich kann es unmöglich jedem recht machen«, verteidigte sich Hakim. »Ich muß mich nur vor Gott und meinem Gewissen verantworten. Wenn ich meinen Seelenfrieden behalten soll, kann ich nicht nur Musicals und Schnulzen drehen. Ich habe als Filmemacher die Pflicht, mit meinem Herzen zu sprechen.«

Dahiba liebte ihn wegen seines Mutes. Ein Blick auf die immer lauter werdenden Zuschauer machte ihr aber klar, daß es an diesem Tag eine Krise geben konnte.

Am Vorabend war es im Christenviertel von Kairo zu Gewaltausbrüchen gekommen, weil ein Christ angeblich ein fünfjähriges muslimisches Mädchen vergewaltigt hatte. Sieben Menschen waren dabei ums Leben gekommen. Man hatte Häuser in Brand gesteckt, und erst einigen Hundertschaften der Polizei war es gelungen, Ruhe und Ordnung wiederherzustellen.

Das Filmteam war mittlerweile von drohend blickenden Menschen umringt. Dahiba lief trotz der Wärme ein Schauer über den Rücken. »Hakim«, sagte sie leise. »Ich glaube, du solltest für heute aufhören. Ich sehe in der Menge zu viele zornige Gesichter. Denk an die Todesdrohung mit dem koptischen Kreuz, die man dir geschickt hat.«

Auch Dahiba hatte man bedroht. *Die verurteilte Frau* war zwar in Ägypten verboten, aber das Buch hatte in der ganzen arabischen Welt einen Sturm der Entrüstung ausgelöst und war auch in Ägypten bekannt geworden. Dahiba hatte sich vor sechs Jahren als Fünfzigjährige von der Bühne zurückgezogen. Seitdem konzentrierte sie sich auf ihre feministischen Arbeiten. Ihre Texte fanden nicht einmal im Libanon mehr einen Verleger.

»Sollen wir wie die Maulwürfe leben und uns vor der Sonne verstecken?« erwiderte Hakim kopfschüttelnd. »Gott hat uns ein Bewußtsein, Verstand und die Möglichkeit gegeben, unsere Gedanken zu äußern. Wenn ich mich einschüchtern lasse, werden auch andere aufgeben. Dann wird Ägypten kulturell gesehen bald ein Friedhof sein.«

Dahiba konnte ihm nicht widersprechen, aber trotzdem hatte sie Angst.

In der fahrbaren Garderobe, die am Rand des städtischen Busbahnhofs vor dem Hilton parkte, schminkte sich Jasmina als Hatschepsut. Sie spielte die Doppelrolle der mißhandelten Frau und der mächtigen Pharaonin und war der Star des Films. Als sie nach dem Bart, dem Zeichen ihrer Herrscherwürde griff, warf sie einen Blick aus dem kleinen Fenster neben dem Spiegel. Sie sah, wie Lastwagen mit gefährlich aussehenden jungen Männern vorfuhren, die sich schnell unter die Menge mischten. Einige trugen Transparente mit dem koptischen Kreuz. Jasmina runzelte die Stirn, dann blickte sie zu ihrer Tochter, die an einem kleinen Tisch saß und Schulaufgaben machte.

Als Jasmina die Beinschiene sah, die unter dem Rocksaum hervorragte, empfand sie nichts als Liebe für dieses Kind. Vor vierzehn Jahren hatte man ihr den ungewollten Säugling in die Arme gelegt, und sie, die keine Kinder bekommen konnte, war plötzlich mit einer Tochter gesegnet gewesen. Jasmina mußte an ihre Schwester denken. Sie hatte nie begreifen können, daß Amira so herzlos war. Wie konnte sie so unmenschlich sein, dieses Kind zu verstoßen? »Sie sagt, sie will es nicht haben«, hatte Alice erklärt, als Amira Ägypten verließ. »Ich habe versucht, sie umzustimmen, aber Amira sagt, es erinnert sie zu sehr an Hassan.« *Bismillah!* Man darf doch ein Kind nicht für die Sünden seines Vaters bestrafen! In Jasminas Empörung mischte sich jedoch auch Angst. Würde ihre Schwester eines Tages auftauchen und ihre Tochter zurückfordern? Dann wird sich Amira auf einen erbitterten Kampf gefaßt machen müssen, denn jetzt ist Zeinab *meine* Tochter.

»Zeinab, mein Schatz«, sagte sie, »bitte geh und ruf Radwan. Sag ihm, ich muß ihn sofort sprechen.«

Radwan, ein starker, großer Syrer, war Jasminas Leibwächter. Er beschützte sie bereits seit sieben Jahren. Als er in die Gaderobe kam, sagte sie: »Radwan, bring bitte Zeinab zu meiner Mutter in die Paradies-Straße.«

»Aber Mama«, protestierte die Kleine, »warum darf ich nicht hierbleiben und beim Drehen zusehen?«

Jasmina umarmte ihre Tochter. Die hübsche Zeinab war für ihr Alter sehr klein. Sie bekam von Jahr zu Jahr hellere Haare, und das ließ sie noch zerbrechlicher wirken. »Es wird ein langer Drehtag, Kleines. Hier hast du keine Ruhe für die Schulaufgaben, und deine Großmutter wird sich freuen, wenn du kommst. Ich hole dich dann später ab.« Zu Rad-

wan sagte sie leise und deutete dabei zum Nil: »Fahr in diese Richtung ... schnell! Es ist keine Zeit zu verlieren.«
Er nickte, und seine dunklen Augen verrieten, daß er ihre Befürchtungen teilte.
Jasmina zog den Schminkmantel nicht aus, den sie über ihrem kostbaren Kostüm trug, als sie die Gaderobe verließ und in den dunstigen Morgen hinaustrat. Die Schaulustigen, alles junge Männer, wurden immer unruhiger. Das Geschrei und Gejohle klang keineswegs freundlich. Sie hatten eindeutig nichts Gutes im Sinn.
»*Bismillah*!« murmelte Jasmina erschrocken. Bei solchen Aggressionen konnte man seines Lebens nicht mehr sicher sein.
Wie war das nur möglich, nachdem in Ägypten endlich ein paar Fortschritte erzielt worden waren? Sadats Frau hatte sich dafür eingesetzt, daß die Gesetze zur politischen Gleichberechtigung der Frauen vom Parlament endlich verabschiedet worden waren. Die neuen Gesetze räumten den Frauen mehr Rechte ein und schufen die Grundlage für eine bessere politische Repräsentanz in der Regierung. Aber in den letzten Wochen war es zu einem beunruhigenden Wiederaufleben radikaler konservativer Kräfte gekommen, die ihre Überzeugungen mit brutaler Gewalt durchsetzen wollten. Zu ihnen gehörten auch junge Frauen, die *freiwillig* den Schleier trugen.
Jasmina sah, wie Radwan mit Zeinab in ihre weiße Limousine stieg. Der Wagen entfernte sich langsam von der Menschenmenge. Sie atmete erleichtert auf. Wenigstens ihre Tochter war in Sicherheit.
Als Jasmina zu den Kameras ging und dabei vorsichtig über Kabel stieg, spürte sie, wie sich die Blicke der Männer auf sie richteten. Jasmina war inzwischen eine berühmte Tänzerin, die viele Anhänger hatte. Bei ihren Shows trat sie mit einer Truppe von zwanzig weiteren Tänzerinnen und einem großen Orchester auf. Verehrer, die sich mehr von ihr erhofften und sie mit unzweideutigen Angeboten bestürmten, wies sie immer freundlich, aber bestimmt ab. Sie wollte keine Liebesaffären, und sie wollte sich nicht verlieben. Wer sich damit nicht abfinden wollte, der bekam es mit Radwan zu tun.
Jasmina wußte nicht, was Liebe war, auch wenn in den Zeitungen oft stand, daß sie die »Göttin der Liebe« sei. Aber das war nur metaphorisch gemeint, denn die Journalisten wußten, daß Jasmina ein sehr moralisches und sittenstrenges Leben führte. Aber die Presse ahnte nicht,

daß Zeinab in Wirklichkeit eine andere Mutter hatte und daß Jasmina nie verheiratet gewesen war – auch nicht mit einem heldenhaften Kämpfer, der im Sechs-Tage-Krieg sein Leben für das Vaterland geopfert hatte. Jasmina hütete diese Geheimnisse. Vor allem sollte niemand erfahren, daß sie mit fünfunddreißig noch Jungfrau war.

»Onkel Hakim«, sagte sie ruhig, als sie zu Dahiba und ihrem Mann trat, »ich habe gerade gesehen, wie junge Männer in Lastwagen hier angekommen sind. Das sieht nach einer Demonstration aus, die eindeutig gegen uns gerichtet ist.«

»Ja, wir sollten mit dem Drehen aufhören und verschwinden, solange es noch möglich ist«, meinte auch Dahiba.

Sogar Hakim mußte einsehen, daß sich etwas zusammenbraute, und er sagte: »Also gut, wir dürfen nicht unvorsichtig sein und einen Zwischenfall provozieren. Wie heißt es doch: ›Je mutiger der Vogel, desto zufriedener die Katze.‹ Ich stimme euch zu. Wir können auch im Studio weiterdrehen.«

Aber als er seinem Kameramann das Zeichen zum Aufbruch gab, rief jemand in der Menge: »Nieder mit dem Verführer! Er ist ein Handlanger des Satans!«

Die Männer drängten plötzlich vorwärts und sprangen über die Absperrungsseile. Sie hoben die Fäuste und schwangen Knüppel. Die Sicherheitskräfte konnten sie nicht aufhalten. Im nächsten Augenblick warfen sie Scheinwerfer, Kulissen und Kameras um. Als Hakims Kamerateam sie zurückdrängen wollte, kam es zu einem wütenden Handgemenge. Mehrere junge Männer stürzten sich auf den Aufnahmeleiter und schlugen mit Stöcken auf ihn ein. Hakim eilte ihm zu Hilfe. Einer der Angreifer holte sich ein Seil und warf es Hakim um den Hals. Andere packten ihn und hielten ihn fest. Dann warfen sie das andere Seilende über eine Stange und begannen, ihn hochzuziehen. Hakim wehrte sich verzweifelt.

»Aufhören! Aufhören!« schrien Dahiba und Jasmina und kämpften sich durch die Menge.

»Hakim! O mein Gott . . . *Hakim*!«

Mohammed spürte, wie sein Gesicht vor Aufregung glühte. So viele junge Männer in weißen Galabijas hatten sich hier auf dem Campus zum Gebet versammelt. Wie viele mochten es sein? Hundert? Im Ver-

gleich zu den tausend, denen sie den Weg zu den Vorlesungen versperrten, waren es verschwindend wenig.
»Das machen sie jetzt jeden Tag«, sagte jemand neben ihm. »Sie beten hier in diesem Durchgang. Niemand kann sie bewegen, den Weg freizumachen. Wir kommen alle zu spät, und das gibt Ärger mit den Professoren!«
Auch Mohammed hatte eine Vorlesung, denn er studierte im ersten Semester an der Kairo-Universität. Dem Siebzehnjährigen gefiel die Blockade der betenden Studenten, und er wünschte, er hätte den Mut aufgebracht, sich ihnen anzuschließen. Auch ihre Kleidung gefiel ihm – weiße Galabija, Bart und schwarzes Käppchen. Mohammed beneidete diese jungen, streng religiösen Männer, die mit Leidenschaft und Entschlossenheit ihre Grundsätze vertraten. Sie schlugen zum Beispiel laut an die Türen der Vorlesungsräume und riefen damit alle zum Gebet. Sie boten den verblüfften Professoren die Stirn und verunsicherten die Studenten. Aber kämpften sie nicht für eine gute Sache und für ein erhabenes Ziel? Ja, auch Mohammed war wie sie vom Feuer der Leidenschaft erfaßt.
Als das Gebet vorüber war und die jungen Fundamentalisten auseinandergingen, lief Mohammed über den Campus. Er kam an Tischen vorbei, wo religiöse Schriften billig verkauft wurden. Die vom wahren Glauben erfüllten Muslime verschenkten Galabijas oder Schleier an alle, die stehenblieben und ihnen zuhörten. Unter ihnen waren auch verschleierte Frauen in langen Gewändern, die Flugzettel und Aufrufe verteilten. Sie forderten von allen gläubigen Muslimen, die korrupte europäische und amerikanische Lebensweise nicht länger zu dulden.
»Wir müssen zu Gott und zum Islam zurückkehren!«
Über Lautsprecher spielten sie von Tonbändern die Predigten der strenggläubigen Imame. Wenn sie einen Mann und eine Frau zusammen sahen, erkundigten sie sich, ob die beiden verheiratet oder verwandt waren. Die bärtigen jungen Studenten schlugen den Mädchen mit Stöcken gegen die Beine, wenn ihre Röcke nicht über die Fußgelenke reichten. Sie verlangten, daß während der Gebete alle Geschäfte ruhen und die Läden schließen sollten. Sie forderten, die Israelis aus Jerusalem zu vertreiben. Sie erklärten, Musik, vor allem die westliche, sei ein Sakrileg, und bestanden ultimativ auf einer Trennung der Geschlechter, besonders in der Schule und an den Universitäten; unver-

heiratete Männer sollten nicht neben jungfräulichen Frauen sitzen. Die fundamentalistischen Medizinstudenten lehnten es ab, die Anatomie des anderen Geschlechts zu studieren. Sie erklärten, nur den gläubigen Ägyptern sei es zu verdanken, daß das Land 1973 den Ramadan-Krieg gewonnen hatte. War das nicht ein Zeichen Gottes gewesen, der ihnen den Weg zum Paradies wies?
Ja, sie haben recht, dachte Mohammed Raschid und glaubte, auch seine Leidenschaft richte sich auf Gott.
Als er gegen Abend nach Hause zurückkehrte und sich zu seinen Verwandten in den großen Salon setzte, hielt er die Glut, die ihn nicht zur Ruhe kommen ließ, immer noch für religiöse Begeisterung. Aber seine Gedanken kreisten nicht um Gott, sondern um eine Studentin mit dunklen, schimmernden Augen. Bei Gott, wie sollte jemand an den langen steinigen Weg ins Paradies denken, wenn Frauen solche Augen hatten, glänzende schwarze Haare und betörende Hüften? Die Fundamentalisten hatten recht, Frauen sollten in der Abgeschiedenheit eines Hauses leben. Man mußte sie einer strengen Disziplin unterwerfen, damit ihre zügellose Sexualität die Männer nicht bedrohte.
Mohammed setzte sich auf einen Diwan und dachte: Man kann keiner Frau trauen, vor allem keiner schönen Frau. War seine Mutter nicht schön? Hatte sie ihn nicht verraten und im Stich gelassen?
Mohammed schrieb seiner Mutter nie. Er wollte nichts mit ihr zu tun haben. Wenn die Familie sie für tot erklärt hatte, dann mußte sie eine schreckliche Sünde begangen haben. Sie verdiente nichts anderes, als aus dem Familienverband ausgestoßen zu sein.
Aber jedesmal, wenn ein Brief aus Kalifornien kam, las er ihn heimlich immer und immer wieder. Spät in der Nacht vergoß er heiße Tränen vor ihrem Photo. Er sehnte sich danach, ihre helle Haut und die blonden Haare zu berühren. Dann verwünschte er sie.
Er wartete darauf, daß eines der Mädchen ihm den Tee brachte. Er blickte zur anderen Seite des Salons, wo seine Stiefmutter Nala saß und schweigend strickte. Sie war wieder schwanger. Sie hatte Mohammeds Vater, Omar, sieben Kinder geschenkt, eine Fehlgeburt gehabt und ein Baby mit einem Herzfehler verloren. Nala ertrug die vielen Schwangerschaften klaglos, und sie wehrte sich auch nicht gegen Omars Brutalität. Mohammed fand das richtig und ganz natürlich, denn er verachtete Frauen wie Nala.

Als Zeinab mit dem Tee kam, konnte er ihr nicht in die Augen sehen. Das arme Kind, ihre Mutter tanzte halbnackt vor Fremden. Aber wann immer sie in seine Nähe kam, liefen ihm heiße Schauer über den Rücken. Ihre Ähnlichkeit mit seiner Mutter verwirrte ihn. Deshalb mied er sie und verhielt sich ihr gegenüber immer abweisend.
Der heiße, süße Minztee stieg ihm in den Kopf. Er sah die dunklen Augen und die runden Hüften der Studentin wieder vor sich und wußte plötzlich, was er tun mußte.
Morgen werde ich in der Universität über meine Jeans die weiße Galabija der Bruderschaft ziehen. Dann bin ich gegen die Sünde gewappnet, die mir von den Frauen droht.

Khadija arbeitete im Garten. Sie richtete sich auf und blickte nach dem Stand der Sonne. Die jungen Leute mußten inzwischen von der Schule und der Universität zurück sein. Es war bald Zeit für das Abendgebet. Sie bückte sich nach dem Korb mit den Kräutern, hob ihn hoch und ging langsam an den Beeten vorbei, die früher Alice bearbeitet hatte, zum Haus.
Von dem englischen Garten war nichts mehr zu sehen. Papyrus, Mohn und die wilden ägyptischen Lilien hatten den Platz zurückerobert, wo früher wie durch ein Wunder Begonien, Nelken und Alpenveilchen blühten. In den vergangenen sieben Jahren hatte Khadija nicht aufgehört, um Alice und Zacharias zu trauern. Nur der Gedanke, daß alles Geschehene vom Schicksal bestimmt worden war, tröstete sie. Die Lebenswege der beiden hatten sich nach Amiras Geburt gekreuzt. Als Ibrahim das Kind der Bettlerin als seinen Sohn angenommen hatte, war das Unheil nicht mehr aufzuhalten.
Und das alles nur, weil Alice eine Tochter und keinen Sohn bekommen hatte!
Khadija betrat die Küche. Es roch gut. Auf dem Herd wurde Fisch gebraten. Während sie die Kräuter sortierte, hörte sie den Gesprächen der Frauen und Mädchen zu, die ihre verschiedenen Aufgaben verrichteten. Khadija hatte keinen Grund, sich zu beklagen. Mit sechsundsiebzig war sie noch immer gesund und geistig wach. Sie hatte achtzehn Urenkel, und zwei weitere waren unterwegs. Ein Grund mehr, Gott zu loben. Im Haus war kein Zimmer frei. Tahia lebte hier mit ihren sechs Kindern und Omars Frau mit ihren acht. Omar verbrachte die meiste

Zeit im Ausland, denn dort hatte er seine Aufgaben und seinen Beruf. Für alle im Haus, ob groß oder klein, war Khadija die Umma, denn sie war nach wie vor die Mutter der Familie. Deshalb trug sie auch die Verantwortung dafür, den richtigen Ehemann für die heiratsfähigen Mädchen zu finden. Bis eine Heirat zustande kam, mußten viele Probleme gelöst werden. Aber es bereitete Khadija auch große Freude, wenn sich bald nach der Hochzeit die nächste Generation ankündigte, und sie zufrieden feststellte, daß die Raschids als Sippe auch in Zukunft ihren Platz in der Gesellschaft einnehmen würden.

Tahia machte ihr die größten Sorgen. Sie war seit über sieben Jahren Witwe. Mit fünfunddreißig war sie eine hübsche Frau und hätte bestimmt einen Mann glücklich gemacht. Wenn Khadija auf dieses Thema zu sprechen kam, erklärte Tahia jedoch ruhig und bestimmt, sie warte auf Zakki. In den vergangenen Jahren hatte niemand etwas von ihm gehört. Aber Tahia ließ sich in ihrem Glauben, er werde eines Tages zurückkommen, nicht beirren.

Khadija war da nicht so sicher. Wohin der Junge auch gegangen sein mochte, er war seinem göttlichen Ruf gefolgt, und die Menschen mit ihrem beschränkten Bewußtsein besaßen nicht die Fähigkeit, den göttlichen Willen zu verstehen. Zakki war ein besonderes Kind. Sein Lebensweg war unergründlich.

Khadija ging in den Salon, wo sich die Familie zu den Nachrichten vor dem Fernseher versammelte. Der Sprecher berichtete gerade von dem eskalierenden Konflikt zwischen Christen und Muslimen. In einem Dorf war ein Scheich von Christen ermordet worden. Aus Rache hatten Muslime eine Kirche in Brand gesteckt und zehn Menschen getötet.

Erschrocken sah Khadija das finstere Gesicht ihres Enkels. Wie ein Pascha ließ sich Mohammed von Zeinab ein Glas Tee reichen – Bruder und Schwester, ohne es zu ahnen. Die beiden sahen sich ähnlich, aber charakterlich waren sie so verschieden wie Sonne und Mond. Khadija machte sich Sorgen um Mohammed. Ihr entging nicht, wie er seine Cousinen mit glühenden Blicken verschlang. Der Junge hatte nichts als Sex im Sinn. In dieser Hinsicht unterschied er sich nicht von seinem Vater, der in seiner Jugend ebenso unbeherrscht gewesen war. Khadija wußte noch sehr genau, wie Omar von ihr verlangt hatte, sie solle eine Frau für ihn suchen. Von Mohammed ging jedoch noch etwas anderes aus, etwas Feindseliges und Aggressives. Lag es vielleicht daran, daß

man ihn als Kind der Mutter weggenommen hatte? Mohammed war wochenlang verstört gewesen, nachdem Amira plötzlich nicht mehr da war. Er steigerte sich in eine so gefährliche Hysterie, daß Ibrahim ihm Beruhigungstabletten gab. Bestimmt ist es richtig, dachte Khadija, daß Mohammed jung heiratet, bevor ihn sein Verlangen nach Sex zu impulsiven und möglicherweise unheilvollen Dingen treibt.
Dann gab es auch noch die arme, verkrüppelte Zeinab. Was sollte aus ihr werden?
Auf Khadija warteten so viele Aufgaben. Aber am wichtigsten schien es, dem Ruf ihrer Träume zu folgen und nach Mekka zu pilgern. Nach ihrer Cholera-Erkrankung hatten die Träume von ihrem Verlobten seltsamerweise aufgehört. Khadija wußte nicht, warum. Vielleicht war er noch am Leben gewesen, als sie ihn im Traum sah, und war inzwischen gestorben. Dafür meldeten sich jetzt andere Gestalten bei ihr. Eine Stimme aus der Vergangenheit ließ sie in letzter Zeit nicht mehr zur Ruhe kommen. »Wir folgen dem Weg, den Moses durch die Wüste nahm, als er sein Volk aus Ägypten führte. An dem Brunnen, wo er seiner Frau begegnet ist, werden wir das Lager aufschlagen ...« Hatte dort der Überfall stattgefunden, der soviel Unheil nach sich zog? Würde sie dort die Antwort auf ihre Fragen finden?
Khadija war nach dem Tod von Alice vor sieben Jahren nicht nach Mekka gepilgert. Dann hatte die Familie nach Zacharias gesucht, und sie wollte erst aufbrechen, wenn es Nachrichten über seinen Verbleib gab. Eine Grippe-Epidemie hatte die Kinder in Lebensgefahr gebracht, und Khadija mußte bleiben, um ihre Pflege zu überwachen. Im Jahr darauf erklärte Quettah, die Astrologin, es sei nicht die richtige Zeit für die Pilgerreise. Aber jetzt standen die Zeichen gut, und Quettah war der Meinung, Khadija sollte die Gelegenheit nutzen und nach Mekka pilgern. Auf dem Rückweg wollte sie den Weg der Israeliten nehmen. Vielleicht würde sie das eckige Minarett und das Grab ihrer Mutter doch noch finden ...

Ibrahim stieg schwerfällig aus dem Wagen und schüttelte niedergeschlagen den Kopf. Konnte man mit dreiundsechzig schon so uralt sein? Vielleicht hatte ihn das Gefühl, ein Versager zu sein, vorzeitig altern lassen. Ein Mann, der keinen Sohn hatte, war ein Versager. Darüber tröstete nichts hinweg.

Auch Schuldgefühle lassen einen schneller alt werden, dachte er. Seit Alice sich das Leben genommen hatte, quälte ihn das schlechte Gewissen. Er hätte sie nicht einfach so gehen lassen dürfen. Alices Mutter und ihr Bruder hatten Selbstmord begangen. Das hatte er gewußt und hätte sie vielleicht retten können.
Außerdem mußte er sich inzwischen eingestehen, daß es ein Fehler gewesen war, Huda zu heiraten. Sie hatte ihm vier Töchter geboren. Ibrahim stützte sich auf den Wagen und seufzte.
In vier Tagen jährte sich der Selbstmord seiner Frau zum siebten Mal. Sie verfolgte ihn mit ihrem bleichen, leblosen Gesicht, den geschlossenen violetten Augenlidern und dem blonden Haar, an dem der Schlamm klebte. Touristen auf einer Feluke hatten sie aus dem Nil gezogen.
Alice, meine über alles geliebte Alice. Warum war ich so verblendet?
Sie hatte ihn geliebt, ohne daß er es wußte. Auch Amira, ihr gemeinsames Kind, war nicht mehr bei ihm. Er hatte sie verstoßen, als sie sich mit Hassan einließ, um die Familie zu retten. In ihrer Not hatte Amira sich nicht ratsuchend an ihn, ihren Vater gewandt, hatte ihn nicht ins Vertrauen gezogen, weil er schon damals ein gebrochener Mann gewesen war. Wie oft hatte er sich vorgenommen, Amira nach Kalifornien zu schreiben und sie zu bitten, nach Hause zurückzukehren. Aber er fand nie die richtigen Worte.
Verzeih mir, Amira, wo immer du auch sein magst.
Die größte Enttäuschung mußte er jedoch nach wie vor für seinen Vater sein. Ali Raschid hatte nur einen Enkelsohn: Omar, das Kind seiner Tochter Nefissa. Nun ja, es gab Urenkel durch Omar und Tahia, aber keine männlichen Nachkommen durch seinen Sohn, da Ibrahim nur Töchter hatte.
Auch andere Probleme lasteten auf ihm. Das Vermögen der Raschids schwand dahin. Ägyptische Baumwolle, einst das »weiße Gold«, war auf dem Weltmarkt bedeutungslos geworden. Experten prophezeiten den völligen Zusammenbruch der ägyptischen Baumwollindustrie. Ibrahim hatte nur noch ein verhältnismäßig geringes Einkommen, aber die Verpflichtungen gegenüber der Familie nahmen zu.
Als er durch die große Doppeltür trat – vor über hundert Jahren war sie aus Indien importiert worden –, betrachtete Ibrahim die Eingangshalle mit dem Marmorboden und den großen Messingleuchtern, als sehe er

sie zum ersten Mal. Ihm war nie bewußt geworden, wie groß das Haus eigentlich war. Die breite Treppe teilte sich im ersten Stock, und man erreichte den Teil der Männer und der Frauen über zwei getrennte Treppen. Das brachte ihn auf eine Idee.

»Da bist du ja, mein Sohn«, sagte Khadija und kam die Treppe herunter, um ihn zu begrüßen. Für eine Frau ihres Alters war sie immer noch schön und stand der riesigen Familie so energisch und tatkräftig vor wie eh und je. Ihre Lippen waren perfekt geschminkt. Die weißen Haare hatte sie glatt zurückgekämmt und nach französischer Art mit Diamantspangen hochgesteckt. Sie umarmte ihn. »Mutter, ich möchte dich um einen Gefallen bitten.«

Sie lachte. »Zwischen einer Mutter und ihrem Sohn gibt es das nicht. Ich werde alles tun, was du von mir verlangst, denn mein Herz will es so.«

»Suche mir eine Frau. Ich muß einen Sohn haben.«

Khadija blickte ihn ernst an. »Hast du das Unheil vergessen, das du durch die Adoption von Zacharias auf dich und die Familie gezogen hast?«

»Eine andere Frau wird mir einen *rechtmäßigen* Sohn schenken«, erwiderte er ruhig. Er wollte nicht über Zacharias sprechen, der trotz aller Nachforschungen spurlos verschwunden war. »Du hast das Wissen, Mutter, du hast besondere Kräfte. Suche mir eine Frau, von der ich Söhne bekomme.«

»Gott belohnt den, der Geduld hat. Huda ist schwanger. Wir wollen abwarten und nicht voreilig handeln.«

Er griff nach ihren Händen. »Mutter, du weißt, ich achte und verehre dich, aber diesmal möchte ich, daß du mir meinen Willen läßt.« Als sie schwieg, fügte er hinzu: »Verzeih, wenn ich das sage, aber du handelst nicht immer richtig.«

»Was meinst du damit?«

»Ich denke an Jasmina. Hast du nie darüber nachgedacht, wie ihr Leben verlaufen wäre, wenn du sie damals nicht zu der Quacksalberin gebracht hättest?«

»Das habe ich nicht vergessen, mein Sohn. Ich bin wie du der Meinung, daß Jasmina ohne diesen mißglückten Eingriff heute glücklich verheiratet und die Mutter vieler Kinder wäre. Du darfst mir glauben, ich bedaure das sehr.«

»Eine Frau braucht einen Mann, Mutter. Und ein junges Mädchen sollte nicht in Nightclubs und Filmstudios aufwachsen. Zeinab müßte richtig erzogen werden. Sie braucht einen Vater. Ich fühle mich für Jasmina und Zeinab verantwortlich. Bitte hilf mir, einen Mann für Jasmina zu finden.«

»Es ist Zeit für das Abendgebet«, sagte Khadija leise. »Wirst du der Familie vorbeten, mein Sohn? Ich möchte eine Weile allein sein.«

Sie ging zum Dach hinauf und blickte in die untergehende Sonne. Kuppeln und Minarette leuchteten vor dem Einbruch der Nacht noch einmal orange auf. Die Zeit verging im ewigen Rhythmus der Gestirne, aber das Geheimnis ihres Lebens wollte sich ihr nicht offenbaren. Was hatte sie falsch gemacht?

Als der Gebetsruf ertönte, breitete Khadija den Gebetsteppich auf den Boden und begann zu beten.

Allahu akbar. Gott ist groß.

Aber ihr Herz beschäftigte sich mit anderen Dingen, und ihre Gedanken waren nicht bei Gott.

Sie kniete nieder und berührte mit der Stirn den Teppich. Sie dachte an Ibrahims Vorwurf. Er hatte recht. Sie mußte versuchen, Jasmina zu dem Glück und der Zukunft zu verhelfen, die ihr bisher verwehrt worden waren.

Asch hadu, la illaha illa Allah. Es gibt keinen Gott, außer Gott.

Sie teilte Ibrahims Zwangsvorstellung, er müsse einen Sohn haben, im Grunde nicht. Warum eigentlich mußte die väterliche Linie unter allen Umständen weiterbestehen? Es gab Töchter, Enkeltöchter und Urenkel – diese schönen Mädchen und Frauen genügten nicht. Warum nicht? Warum galt ein Junge soviel mehr?

Asch hadu, Annah Mohammed rasulu Allah. Und Mohammed ist sein Prophet.

Khadija fragte sich zum ersten Mal im Leben, warum das Erbe der Familie eigentlich über die männlichen Nachkommen weitergegeben wurde, obwohl nur die Mutterschaft gesichert war. Sie kannte viele Fälle, in denen der Mann nicht ahnte, daß er *nicht* der Vater war. Wie viele Lügen, Täuschungen und Irrtümer hat es wohl im Laufe der Jahrhunderte gegeben, dachte Khadija. Und alles nur, weil der Familienname nicht über die Frauen vererbt wird. Ist das richtig, wenn die Vaterschaft bestenfalls auf einer Vermutung beruht?

Hee Allah ahs Allah.
Wäre das alles nicht so, hätte Amira ihr Kind bekommen können, und es wäre als ihre Tochter mit großen Ehren in die Familie aufgenommen worden. Zeinab würde bei ihrer richtigen Mutter aufwachsen, und die Familie wäre nicht so zerissen.
Khadija erschrak über ihre Gedanken und zwang sich, das Gebet zu wiederholen, obwohl die Muezzins bereits verstummt waren.
La illaha illa Allah.
Aber sie beschäftigte sich sehr schnell wieder mit Ibrahims dringender Bitte – eine Frau für ihren Sohn, einen Mann für Jasmina ...

Sie befanden sich in Jasminas Wohnung, denn Dahiba hatte es abgelehnt, ihren Mann in ein Krankenhaus, selbst in ein Privatkrankenhaus bringen zu lassen. Die Polizei hatte die Menge schnell auseinandergetrieben, und ein Notarzt untersuchte Hakim in Jasminas Garderobe. Er war mit dem Schrecken davongekommen, aber er hatte starke Schmerzen. Die beiden Frauen brachten Hakim sofort in die Penthauswohnung am Nil, wo er hoffentlich vor den Fanatikern in Sicherheit war. Jasmina wohnte im achtzehnten Stockwerk hoch über den Dächern von Kairo. Man hatte von hier einen einzigartigen Blick auf die Stadt, den Fluß und auf die Pyramiden in der Ferne. Jasminas »Paradies« bestand aus zwölf Zimmern, die kostbar, aber auch sehr wohnlich eingerichtet waren. Ein ganzer Schwarm Dienstboten versorgte sie und Zeinab in ihrem schützenden Zuhause.
Hakim ruhte auf einer gepolsterten Liege. Zu seinen Füßen lag die hell erleuchtete Stadt, über der die Sterne funkelten. »Onkel, ich habe Todesängste um dich ausgestanden. Ich glaubte, sie würden dich aufhängen!« Jasmina zitterte noch immer am ganzen Leib.
Er tätschelte ihr die Hand, brachte aber keinen Ton heraus. Das Seil hatte ihm eine rote Wunde in Hals und Nacken geschnitten.
»Ach, Onkel, warum wollen sie einen Menschen wie dich umbringen? Die Christen sind ein blutgieriges Volk! Sie verehren einen Mann, der ans Kreuz geschlagen wurde! Offenbar haben sie Freude daran, daß Menschen leiden und gefoltert werden! Ich hasse sie für das, was sie dir angetan haben!«
Ein Dienstmädchen brachte auf einem Tablett Tee und Gebäck. Dahiba kannte Hakims Schwäche für »Dallas« und schaltete den Fernsehappa-

rat ein. Vor der Sendung an jedem Donnerstagabend, die für ganz Kairo das Ereignis der Woche war, kamen Nachrichten und Werbung. Es war die beste Sendezeit mit der höchsten Einschaltquote. Dahiba blätterte in den Abendzeitungen und suchte einen Bericht über die dramatischen Ereignisse vor dem Museum. »Hier«, sagte sie, »hier steht es. Studenten und koptische Christen sind für die Gewalttätigkeiten verantwortlich. Aber niemand weiß, wer sie dazu angestiftet hat.«
»Onkel Hakim hat keinem Christen je etwas zuleide getan!« sagte Jasmina empört.
»O Gott!« flüsterte Dahiba plötzlich.
»Was ist?«
»Hier, das ist eine der kleinen intellektuellen Zeitungen«, sagte sie und reichte Jasmina den Leitartikel. »Sieh dir das an ...«
Jasmina las: »Männer beherrschen uns, weil sie uns fürchten. Sie hassen uns, weil sie uns begehren.« Sie hob den Kopf. »*Bismillah*! Das ist ja aus meinem Nachwort zu deinem Buch«, sagte sie.
Sie las laut die vor zehn Jahren geschriebenen Sätze vor: »Unsere Sexualität bedroht ihre Männlichkeit. Deshalb lassen sie uns nur drei Möglichkeiten, ehrbar zu sein: Als Jungfrau, als Ehefrau und als Frau nach den Wechseljahren. Alles andere ist uns versperrt. Wenn eine unverheiratete Frau einen Liebhaber hat, gilt sie als Hure. Wenn sie Männer zurückweist, dann beschimpft man sie als lesbisch, weil der männliche Stolz eine Niederlage nicht verzeihen kann. Es liegt im Wesen des Mannes, das zu unterdrücken, was ihn bedroht oder ängstigt.«
Hakim stöhnte und krächzte mühsam. »Warum nur hat mich Gott mit so intelligenten Frauen gestraft?«
»Das ist Wort für Wort dein Text«, sagte Dahiba. »Nennen sie dich als Autorin?«
»Nein«, sagte Jasmina, und als sie den Namen des Herausgebers sah, kam er ihr irgendwie bekannt vor: »Jakob Mansour ...«
»Ah, Mansour ...«, flüsterte Hakim mit schmerzverzerrtem Gesicht, »ich habe von ihm gehört. Er saß vor einiger Zeit im Gefängnis, weil er eine israelfreundliche Geschichte gedruckt hat.«
»Ein Jude.« Dahiba wiegte nachdenklich den Kopf. »Juden haben es heutzutage nicht leicht in Ägypten.«
»Die Juden ...« Hakim hustete. »Das sind ungefähr die einzigen, die mir nicht nach dem Leben trachten.«

Jasmina runzelte die Stirn und dachte nach. Woher kannte sie diesen Namen? Dann fiel es ihr ein. Sie ging aus dem Zimmer und kam kurz darauf mit einer ihrer Schachteln zurück, in denen sie alles mögliche aufbewahrte. Nach kurzem Suchen fand sie einen vergilbten Zeitungsartikel. Es war eine Hymne über sie als Tänzerin vom November 1966. Die Worte »Gazelle« und »Schmetterling« waren fett gedruckt. Jakob Mansour hatte den euphorischen Bericht über sie geschrieben.
»*Bismillah*!« Jasmina konnte es nicht glauben. »Es ist derselbe Mann! Warum hat er meinen Essay gedruckt?«
»Dazu gehört Mut«, sagte Dahiba.
Jasmina warf einen Blick auf ihre Uhr. »Wo ist die Redaktion dieser Zeitung?«
Hakim trank vorsichtig einen Schluck Tee und brachte dann kaum hörbar hervor: »In einer Gasse hinter der Al Bustan-Straße... in der Nähe der Handelskammer.«
Dahiba fragte: »Willst du jetzt dorthin?«
»Radwan soll mich begleiten. Es wird mir bestimmt nichts geschehen, *inschallah*.«

Die Redaktion der kleinen Zeitung war bescheiden und bestand aus zwei winzigen, vollgestopften Büros. Man konnte sich nur mühsam zwischen den Schreibtischen hindurchzwängen. Die Fensterscheibe zur Straße war eingeschlagen und mit Pappe zugeklebt. Gegenüber befand sich der Laden eines Teppichhändlers.
Jasmina sagte Radwan, er solle vor der Tür warten, und trat ein. Zwei Männer hämmerten auf Schreibmaschinen, eine junge Frau stand vor einem Aktenschrank. Alle drei hoben die Köpfe und sahen sie erstaunt an.
»*Al hamdu lillah*!« rief die Frau. Sie eilte mit einem Stuhl zu Jasmina und forderte sie auf, sich zu setzen. Dabei sagte sie: »Gottes Friede und Glück möge Ihnen beschieden sein, Sajjida! Ihr Besuch ist für uns eine große Ehre!« Dann rief sie über die Schulter hinweg in Richtung eines Flurs, der durch einen Vorhang abgetrennt war: »Ja Aziz! Lauf zu Schafik und hol uns Tee!«
Jasmina erwiderte: »Gottes Segen und Wohlergehen. Ich bin gekommen, um Jakob Mansour zu sprechen. Ist er da?«
Einer der beiden Männer erhob sich von seinem Platz und verbeugte

sich. Er war um die Vierzig, beleibt, hatte nur noch wenige Haare, trug eine Goldbrille und ein Hemd, an dem ein Knopf fehlte. Jasmina mußte bei seinem Anblick an die Misrachis denken. Ja, es lebten nur noch wenige Juden in Kairo.
»Sie machen uns glücklich mit Ihrem Besuch«, sagte er lächelnd.
»Ich freue mich, Sie kennenzulernen, Sajjid Jakob Mansour.«
»Wissen Sie, daß ich Ihre Auftritte bereits vor vierzehn Jahren besprochen habe? Ich war damals dreißig und hielt Sie für die beste Tänzerin der Welt.« Mit einem Blick auf Radwan vor der Tür, fügte er etwas leiser hinzu: »Ich finde, das sind Sie immer noch.«
Jasmina drehte sich ebenfalls nach Radwan um. Sie hoffte, daß er Mansours Kompliment nicht gehört hatte. Weniger kühne Worte hatten ihren syrischen Leibwächter schon dazu gebracht, Jasminas Ehre handgreiflich zu verteidigen.
Ein Junge lief aus der Redaktion und kam im nächsten Augenblick mit einem Tablett und zwei Gläsern Minztee zurück. Trotz ihrer Neugier, zu erfahren, weshalb Mansour ihren Essay veröffentlicht hatte, hielt sich Jasmina an die Regeln der Höflichkeit und sprach über das Wetter. Schließlich griff sie in die Handtasche und zog die Zeitung mit Mansours Leitartikel heraus. »Woher haben Sie diesen Text?« fragte sie.
»Aus dem Buch Ihrer Tante«, antwortete er. »Ich weiß, daß er von Ihnen stammt, und ich finde Ihre Thesen so wichtig, daß ich sie drucken ließ. Vielleicht wird der eine oder andere dadurch doch etwas nachdenklich werden ...«
»Aber das Buch ist in Ägypten verboten! Wußten Sie das nicht?«
Mansour zog die Schreibtischschublade auf und holte ein Buch heraus. Es war *Die verurteilte Frau*.
Jasmina stockte der Atem. »Man kann Sie verhaften, wenn Sie dieses Buch besitzen!«
Er lächelte. Sie sah, wie er die Brille hochschob und sich den Nasenrücken rieb. »Präsident Sadat erklärt, daß er die Demokratie will und Redefreiheit garantiert. Hin und wieder ist es gut, ihn beim Wort zu nehmen.«
Jasmina staunte über seine Offenheit gegenüber einer Frau, die er nicht kannte. Dieser scharfsinnige und engagierte Journalist war ironischerweise eher sanft in seinem Wesen und äußerst liebenswürdig. In Anbetracht seiner kontroversen Artikel hatte sie einen temperamentvollen

und möglicherweise fanatischen Mann erwartet. »Aber Sie bringen sich dadurch in Gefahr«, erwiderte sie.
»Ich habe einmal eine Rede von Indira Gandhi gehört. Sie sagte, es ist zwar wahr, daß eine Frau manchmal zu weit geht. Aber nur, wenn sie das tut, hört man auf sie.«
»Sie haben meinen Namen nicht genannt.«
»Ich wollte Sie nicht in Schwierigkeiten bringen. Die Extremisten...« Er deutete auf die eingeschlagene Fensterscheibe. »Vor allem den jüngeren Mitgliedern der Muslimbrüder, diesen Fanatikern in den weißen Galabijas, wäre alles zuzutrauen, wenn sie wüßten, daß eine Frau das geschrieben hat. Aber ich bin kein Muslim. Deshalb bin ich für sie nicht so wichtig wie jemand Ihres Glaubens. Auf diese Weise werden Ihre Gedanken zur Diskussion gestellt, und Ihnen kann nichts geschehen.«
Er lächelte, und Jasmina wurde unter dem Blick seiner braunen Augen warm ums Herz. So liebevoll hatte sie noch niemand angesehen, und sie dachte unwillkürlich an den Zensor, in den sie sich als Siebzehnjährige verliebt hatte.
Ob Mansour wohl verheiratet ist?

Amy stieg aus dem Bus und blieb an der Haltestelle stehen, bevor sie zu ihrer Wohnung ging.
Ihre Gedanken überschlugen sich. Wie um Himmels willen sollte sie Greg *das* beibringen? Es hatte sie wie ein Blitz getroffen. Er würde vermutlich völlig vor den Kopf geschlagen sein.
Als Amy die Wohnungstür aufschloß, fielen die ersten Regentropfen. Es war November, und die Tage wurden immer kürzer.
Wie üblich war Greg nicht allein. Amy sah erleichtert, daß nur Männer im Wohnzimmer saßen. Manchmal kamen seine Freunde auch mit ihren Frauen oder Freundinnen. Dann hatte Amy immer das Gefühl, die Frauen in die Küche holen zu müssen und die Männer allein im Wohnzimmer zu lassen – eine alte Gewohnheit, die sie nicht ablegen konnte. Wenn die Frauen bei den Männern bleiben wollten, dann mußte sie sich wohl oder übel fügen, aber sie fühlte sich nicht wohl dabei.
Amy hatte mit Rachel, die mittlerweile im Valley ihre Praxis hatte, darüber gesprochen, und ihre Freundin hatte gesagt: »Du bist eine gebildete Frau, Amy, noch dazu eine Ärztin. Du meine Güte, du mußt dich der Zeit anpassen und endlich einsehen, daß Frauen und Männer

gleichberechtigt sind. Gott sei Dank gibt es diese albernen Rollenspiele heutzutage nicht mehr.«

Greg saß mit Kommilitonen aus dem anthropologischen Institut zusammen. Diese jungen Männer standen wie er vor dem Examen, aber im Grunde waren sie ewige Studenten. Als Greg sie sah, begrüßte er sie strahlend. Amy stellte ihre Arzttasche neben das Telefon, ging in die Küche, zog den weißen Kittel aus und kochte sich Kaffee.

Beim Anblick der roten und weißen Nelken auf dem Tisch lächelte sie traurig. Der gute Greg, jedes Jahr schenkte er ihr Nelken in Erinnerung an den Todestag ihrer Mutter. Jedesmal wünschte Amy, er hätte es nicht getan, und freute sich dann doch darüber.

Der gute Greg ... Amy seufzte. Der Funken der Liebe war nicht entflammt. Sie empfand im Grunde nichts für ihn.

Amy griff nach der Post – Rechnungen, Einladungen zu einem Fortbildungsseminar, Angebote von zwei Krankenhäusern, ein Spendenaufruf der Universität und eine Ansichtskarte von Rachel aus Florida, aber nichts aus Ägypten.

Vor sieben Jahren war ein Brief zurückgekommen, den sie ihrer Mutter geschrieben hatte. Jasmina hatte ein paar Zeilen beigelegt: »Deine liebe Mutter ist tot. Möge Gott sie zu sich genommen haben. Sie ist bei einem Verkehrsunfall ums Leben gekommen.« Als P.S. hatte sie hinzugefügt, Zacharias habe sich auf die Suche nach Sarah, der Köchin, gemacht, die die Familie verlassen hatte.

Mit dem Tod ihrer Mutter war das letzte Glied, das sie mit den Raschids verband, gerissen. Amy konnte nicht hoffen, daß sich noch jemand fand, der ihren Sohn Mohammed an seine Mutter erinnerte. Sie wußte, daß man nicht mehr über sie sprach und alle Photos aus den Alben entfernt hatte. Für Mohammed war nach dem Tod von Alice auch seine Mutter gestorben. Im letzten Frühling, sechseinhalb Jahre später, hatte Jasmina ihr ein Photo von Mohammed bei der Abiturfeier geschickt. Das Bild zeigte einen erstaunlich sympathischen jungen Mann mit großen verträumten Augen. Mohammed lächelte nicht, als wolle er vermeiden, seine Verletzlichkeit vor der Kamera zu zeigen.

In den dreizehn Jahren seit ihrem Weggang aus Ägypten hatte ihr Mohammed keine einzige Zeile geschrieben.

Amy entdeckte zu ihrer Freude ein Päckchen in der Post. Es kam von Declan Connor. Er schickte ihr ein Belegexemplar der Neuauflage von

Wenn man Arzt sein muß. Er hatte ein Photo von sich, Sybil und ihrem Sohn beigefügt und schrieb, der Kampf in Malaysia gegen die Malaria sei im wahrsten Sinn des Wortes mörderisch. Seine Worte klangen freundlich, es deutete jedoch nichts auf die besondere Beziehung von einst hin. Amy hatte Connor seit damals nicht mehr gesehen, aber hin und wieder fand sich ein Anlaß, den Kontakt aufrechtzuerhalten.
Die Küchentür ging auf, und Amy sah, daß man im Fernsehen die amerikanischen Geiseln zeigte, die der Iran freigelassen hatte. »He«, sagte Greg und gab ihr einen Kuß, »wie war die Arbeit?«
Amy war erschöpft. Als junge Ärztin in einer Kinderklinik hatte sie lange und anstrengende Tage. Trotzdem machte ihr die Arbeit Freude. Sie nahm den Müttern die Sorge um ihre kranken Kinder ab, und dadurch fiel es ihr etwas leichter, ihren Sohn zu vergessen, den sie nicht sehen durfte.
Sie legte Greg die Arme um die Hüfte und sagte: »Danke für die Blumen. Sie sind schön.«
Er hielt sie einen Augenblick fest an sich gedrückt. »Ich hoffe, die Jungs stören dich nicht. Wir machen Pläne.«
Sie nickte an seiner Schulter. Greg machte immer Pläne, die sich selten verwirklichten. Amy hatte schon lange aufgehört, ihm Ratschläge zu geben, wie er seine Dissertation zum Abschluß bringen könnte.
»Schon gut«, murmelte sie, »ich muß noch einmal in die Klinik. Ich wollte mich nur duschen, umziehen und dann mit dem Wagen zurückfahren.«
Greg ging zum Kühlschrank, nahm sich eine Dose Bier heraus und sagte: »Ich bin froh, daß du gekommen bist. Ich habe eine Neuigkeit.«
Sie sah ihn an. »Was für ein Zufall, ich auch.«
Er öffnete die Dose und trank. Mit einem Blick auf das Buch dachte Amy wieder an die bittere Ironie – sie hatte einen Mann geheiratet und sich in einen anderen verliebt.
Nach sieben Jahren war sie immer noch mit diesem Mann verheiratet und liebte nach wie vor den anderen. Sie mochte Greg. Ihre Beziehung war so reibungslos, daß sie manchmal auch Sex hatten. Amy vermutete, es lag an dem elementaren Bedürfnis nach menschlicher Nähe, daß sie miteinander schliefen. Zu großer Leidenschaft kam es zwischen ihnen jedoch nicht. Sie empfand nie die Erregung, die bereits ein Blick oder ein Lächeln von Connor in ihr ausgelöst hatte.

Sie hatte Rachel gestanden, daß ihre Ehe nur auf gegenseitiger Achtung und nicht auf Liebe beruhe. Rachel hatte ernsthaft den Standpunkt vertreten, das sei die wahre gleichberechtigte Ehe ohne die antiquierten Erwartungen und Spannungen der meisten Beziehungen. Aber Amy sehnte sich nach einer altmodischen Ehe und beneidete Sybil Connor.
»Ich bin schwanger«, sagte sie.
Greg verschluckte sich und mußte husten. »Allmächtiger!« keuchte er. »Du fällst gleich mit der Tür ins Haus.«
»Tut mir leid. Wie sonst soll ich es dir sagen?« Sie sah ihn prüfend an. »Freust du dich?«
»Freuen! Moment mal, mir dreht sich der Kopf. Wie ist das passiert?«
»Wie du weißt, habe ich die Pille abgesetzt, weil ich Kopfschmerzen davon bekomme.«
»Ja, richtig, aber man kann doch auch anders ... also ich meine, wann war es ...?«
»An der Labour-Day-Party.«
Damals hatten sie zum letzten Mal Sex miteinander. Greg hatte viel Bier getrunken, und ihre Freunde grillten Steaks und Hamburger. Abends wollte er dann unbedingt mit Amy schlafen ...
»Na ja, phantastisch ...« Er umarmte sie wieder. »Natürlich ist das großartig. Ich weiß, wie sehr du Kinder magst. Wir haben einfach nie darüber gesprochen.« Er ließ sie los und trat ein paar Schritte zurück. »Wirst du deine Arbeit aufgeben müssen? Wie sollen wir dann die Miete bezahlen?« Das Examen und das Praktikum hatten viel Geld gekostet, und Amy mußte das Haus in England verkaufen. Sie lebte seit sieben Jahren mit einem Mann zusammen, der keinen Job hatte. Mit dem, was sie in der Klinik verdiente, kamen sie gerade über die Runden. Die Schwangerschaft bedrohte ihre finanzielle Sicherheit. Amy fühlte sich plötzlich in dieser »gleichberechtigten« Beziehung überhaupt nicht frei und ungebunden. Aber sie bemühte sich um einen freundlichen Ton, als sie sagte: »Nun bist du an der Reihe, Geld zu verdienen. Du wirst in Zukunft für eine Familie sorgen müssen.«
Er trat ans Fenster, starrte hinaus in den Regen und trank sein Bier. »Also, Amy, das kann ich nicht. Ich meine, ich muß erst auf eigenen Beinen stehen, ehe ich an Kinder denken kann. Ich weiß nicht einmal, wer ich bin oder was ich will.«

»Du bist siebenunddreißig.«
Er lachte. »Komisch, so alt war mein Vater, als er meiner Mutter ein Kind gemacht hat. Was für ein Zufall, was?« Er drehte sich um und sagte ernst. »Amy, um ehrlich zu sein, ich will nicht, daß ein Kind so aufwächst wie ich . . . in Internaten und ohne seine Eltern zu Gesicht zu bekommen.«
Amy schloß die Augen. Ein Ägypter hätte anders auf ihre Nachricht reagiert. Auch wenn er die Frau nicht liebte, wäre ihm das Kind wichtig gewesen. »Was schlägst du also vor?« fragte sie.
Er drehte die leere Bierdose in der Hand und warf sie schließlich in den Abfalleimer.
Amy ließ den Kopf sinken. »Und was für eine Neuigkeit hast du?«
»Meine Freunde da draußen und ich, wir machen eine Expedition nach Kenia. Roger will über die Massai schreiben . . .«
»Ach«, sagte Amy. Im letzten Jahr war es Australien gewesen und im Jahr davor Feuerland. Sie waren aber nie gefahren. Vielleicht würden sie es in diesem Jahr schaffen. Ihr war es gleichgültig.
»Ich muß in die Klinik«, sagte sie. »Wo sind die Wagenschlüssel?«
»Ich habe den Wagen heute morgen zur Inspektion gebracht. Das habe ich dir doch gesagt.«
»Ach ja, ich erinnere mich. Er sollte um fünf fertig sein. Hast du ihn aus der Werkstatt geholt?«
»Ich dachte, das würdest du machen, wie immer – ich bringe ihn in die Werkstatt und du holst ihn ab.«
Ja, dachte sie, die absolute Gleichberechtigung. Fair bleibt fair. »Also gut, dann fahre ich eben mit dem Bus.«
»Amy«, sagte er verlegen und trat von einem Bein auf das andere. »Ich weiß einfach nicht, was ich dazu sagen soll . . .«
Sie stand auf und ging zur Tür. »Wir reden später darüber. Ich muß zum Bus, damit ich rechtzeitig in der Werkstatt bin, bevor sie schließen.«

Als Amy den Pacific Coast Highway erreicht hatte, klatschte der Regen gegen die Windschutzscheibe. Sie dachte über Greg nach. Sie hatte sich darum bemüht, seine Oberfläche zu durchdringen und zu tiefen Schichten vorzustoßen. Zu ihrer Überraschung mußte sie sich eingestehen, daß da nichts war. Anfangs mochte sie seine lässige Freundlichkeit, unter der jedoch nichts anderes zum Vorschein kam.

Sie hatte sich ihm ganz überlassen, auch beim Sex, aber bei ihm war alles zu Mechanismen erstarrt, aus denen er sich nicht befreien konnte oder wollte – sie wußte es nicht.

Amy hatte Gregs Mutter kennengelernt. Bei einer Zwischenlandung auf dem Flug von Höhlenausgrabungen in Indien zu Höhlenausgrabungen in Australien hatte Dr. Mary van Kerk sie besucht. Amy stand vor einer Frau, die so hart war wie der Felsen, den sie bearbeitete. Zwischen Mutter und Sohn gab es keine Berührungspunkte. Sie waren sich so fremd, als seien sie nicht miteinander verwandt.

Amy verglich Greg unwillkürlich mit ägyptischen Männern. Sie dachte an ihre Lebenslust, ihre Spontaneität und den ausgelassenen Humor. Sie galten als leidenschaftliche und zärtliche Liebhaber, die, wenn sie liebten, einer Frau die Welt zu Füßen legten. In Ägypten weinten die Männer in aller Offenheit, sie küßten sich im Überschwang der Gefühle und sie lachten aus vollem Hals. Pflicht und Ehre forderten von ihnen, für ein Kind zu sorgen, und sie fühlten sich bis zur Selbstaufopferung für ihre Familie verantwortlich.

Amy legte die Hand auf den Leib und staunte. Der erste Schreck war überwunden. Zu ihrer Überraschung stellte sie fest, daß sie glücklich war. Schon lange, genaugenommen seit ihrer ersten Schwangerschaft, hatte sie sich nicht mehr so gut gefühlt. Vielleicht wird es diesmal ein Mädchen, dachte Amy und überließ sich ihrer Freude. Ich werde sie Ajescha nennen, dachte sie, nach der Lieblingsfrau des Propheten. Wenn Greg nach Kenia geht, werde ich einen Weg finden, meine Tochter allein großzuziehen.

Sie wollte gerade das Autoradio einschalten, als sie ein dumpfes Geräusch hörte. Im nächsten Augenblick scherte der Wagen nach rechts aus und ließ sich kaum noch steuern. Sie trat auf die Bremse und ließ ihn auf der Standspur ausrollen. Da sie keinen Regenschirm hatte, hielt sie sich eine Zeitschrift über den Kopf und stieg aus. Das rechte Vorderrad war platt.

Ärgerlich trat sie gegen den Reifen und blickte hilfesuchend auf den Highway. Bei dem strömenden Regen hielt niemand an. Wenn sie noch rechtzeitig in der Klinik sein wollte, mußte sie das Rad selbst wechseln.

Während sie sich mit dem Wagenheber abmühte, wurde sie wütend. Das Ding funktionierte nicht. Der Hebel bewegte sich nicht. Sie drückte dagegen, sie trat darauf, aber es half nichts. In ihrem Zorn begann sie, auf Greg zu schimpfen und dann auf Hassan – Männer, die nur an ihr Vergnügen dachten und dazu eine Frau rücksichtslos mißbrauchten. Tränen liefen ihr über das Gesicht und mischten sich mit dem Regen. Wütend sprang sie schließlich auf den Wagenheber, sie rutschte ab und fiel rückwärts auf den Asphalt. »*Allah*!« rief sie laut, als ein stechender Schmerz sie durchzuckte.

Amy hatte lange auf das Fenster ihres Krankenzimmers gestarrt. Draußen war es dunkel. Im Glas spiegelte sich das Licht der Glühbirne über ihrem Bett und der gedämpften Lampen im Flur, denn die Zimmertür stand offen.

Sie war rechtzeitig in das Krankenhaus gekommen, aber als Patientin im Krankenwagen. Ein Motorradfahrer hatte gehalten, um ihr zu helfen. Der Mann hatte an der nächsten Notrufsäule die Polizei benachrichtigt. Man mußte Amy sofort operieren, und sie hatte das Kind verloren. Als sie aus der Narkose erwachte, hatte sie viel Zeit zum Nachdenken.

Amy war sich darüber klargeworden, daß neben den blonden Haaren, den blauen Augen und der kultivierten englischen Aussprache – das war wie eine Tarnung, die ihr helfen sollte, mit der Vergangenheit endgültig zu brechen – eine Seele und eine Kraft in ihr waren, die Jahrhunderte islamischer Kultur geprägt hatten. Trotz der Bemühungen ihrer englischen Mutter war Khadijas Erbe stärker; und auch wenn die Gesetze des Islam sie zu dem Exil verurteilt hatten, in ihrem Herzen gehörte sie in den Osten und nicht in den Westen.

Sie lauschte auf den Regen, der gegen das Fenster schlug, und wartete auf das Heilen der Wunden. Wie konnte eine Tote so starke Schmerzen haben? Gedanken, die bis dahin eher unbestimmt geblieben waren, formten sich zu klaren Einsichten: Männer und Frauen haben unterschiedliche Rollen. Sie sollten gleichermaßen respektiert und geachtet sein. Aber sie haben unterschiedliche Pflichten im Leben. Frauen müssen sich um die Familie kümmern und um das Zuhause. Männer arbeiten, verdienen den Lebensunterhalt und beschützen die Familie. Daraus zog Amy die Schlußfolgerung: Feminismus bedeutet Verantwortung übernehmen – für beide Geschlechter.

Amy wollte nicht wie ein Mann sein oder das Leben eines Mannes führen. Sie wollte eine Mutter sein, die nährt und pflegt. Als Ärztin heilte sie Patienten, als Frau und Mutter brauchte sie einen Mann, der sie versorgte.

Als Greg mit Blumen erschien und mit schlechtem Gewissen an ihrem Bett stand, war Amy nicht mehr wütend auf ihn. Greg war nur ein Fremder in ihrem Leben, mehr nicht. Liebe konnte es zwischen ihnen nicht geben.

Er saß lange schweigend an ihrem Bett und brachte kein Wort heraus. Schließlich murmelte er: »Es tut mir leid, daß du das Kind verloren hast.«

»Es sollte nicht sein. Es ist Gottes Wille.« Sie tröstete sich mit dem Wissen, daß alles vom Schicksal vorherbestimmt war, und plötzlich erinnerte sie sich: Das Wort *Islam* bedeutete *Sich überlassen*. Sie überließ sich dem Plan Gottes, und das brachte ihr Frieden.

Greg kaute an den Fingernägeln. »Du hattest das mit dem Baby noch nicht lange gewußt.« Er sah sie flehend an. »Ich meine, wir hatten noch keine Babysachen gekauft oder so was. Wir hatten nicht einmal Pläne gemacht...«

Tränen standen ihm in den Augen. Sie spürte seine Verwirrung. Er fühlte sich schuldig und wollte ihre Verzeihung, ohne jedoch recht zu wissen, weshalb. Amy erkannte, daß auf seinem Leben etwas lastete, und er bat stumm, von dieser Last befreit zu werden. Das verstand sie gut.

Leise sagte sie: »Du und ich, wir haben aus einem bestimmten Grund geheiratet. Du erinnerst dich doch? Wir haben nicht geheiratet, weil wir uns liebten oder die Absicht hatten, eine Familie zu gründen. Wir wollten meine Ausweisung verhindern. Das ist uns gelungen. Jetzt hat sich die Lage verändert, und das Unglück ist ein Zeichen Gottes, daß der Zeitpunkt gekommen ist, um uns zu trennen.«

Als er protestierte, tat er es ohne rechte Überzeugung, und Amy fuhr fort: »Ich bin der Meinung, mein Schicksal sind weder Kinder noch eine Ehe, denn Gott hat mir meine Kinder genommen. Ich weiß nicht, was mir das Leben noch bringen wird. Aber ich gebe mich in SEINE Hände, und ER wird mir den richtigen Weg zeigen, *inschallah*.«

»Ich verstehe, Amy«, murmelte Greg. »Sobald du wieder gesund bist und aus dem Krankenhaus entlassen wirst, ziehe ich aus. Die Wohnung gehört dir.«

Sie hatte immer nur ihr gehört. Greg war nicht mehr als ein Besucher gewesen. »Wir werden noch darüber reden, wenn es mir besser geht. Jetzt bin ich zu müde dazu.«

Er zögerte. Seine Verwirrung lähmte ihn, fesselte ihn an das Bett. Er konnte einfach das Geschehene nicht verstehen. Ein Baby – sein Kind – würde nie geboren werden. Sollte er etwas empfinden? Gab es bestimmte Worte, die er aussprechen müßte? Er suchte in seinem Innern nach einem verborgenen Programm, nach Mitgefühl und Trost. Seine Mutter hatte vermutlich vergessen, es ihm vor vielen Jahren zu vermitteln, als er dafür offen gewesen wäre. Jetzt fand er nichts.

Er beugte sich über Amy und küßte sie auf die Stirn. »Hier sind die Sachen, die ich dir mitbringen sollte«, sagte er.

Als er leise gegangen war, öffnete sie die Tasche. Über ihren Toilettensachen fand sie das Buch *Wenn man Arzt sein muß*, das Connor ihr aus Malaysia geschickt hatte. Sie schlug es auf und las, was er auf die Innenseite geschrieben hatte: »Amy, wenn du einmal unbedingt ein Gebet brauchst, denke an deinen kleinen Nasenmuskel.« Unterschrieben hatte er mit: »Dein Declan.« Sie lächelte.

Dann griff sie noch einmal in die Tasche und holte den in Leder gebundenen Koran heraus, den sie aus Ägypten mitgebracht hatte. Er war auf arabisch, und sie hatte lange nicht mehr darin gelesen.

Jetzt tat sie es.

20. Kapitel

Jakob war ihr unheimlich. Genauer gesagt war ihr der Gedanke unheimlich, daß sie sich in ihn verlieben und daß er sie ebenfalls lieben könnte.
Jasmina hatte sich sehr bemüht, gegen ihre Gefühle anzukämpfen. Sie probte stundenlang für ihre Show, konzentrierte sich auf die Choreographie, auf die Kostüme und füllte ihre Tage so mit Arbeit aus, daß sie abends erschöpft ins Bett fiel und in einen tiefen, traumlosen Schlaf sank, in den nicht einmal Jakob Mansour eindringen konnte. Aber beim Aufwachen dachte sie Morgen für Morgen als erstes an ihn. Vor ihren Augen stand das Bild eines bescheidenen, etwas beleibten Mannes mit einer Goldbrille und schütterem Haar. Und abends, wenn sie im Hilton tanzte und lächelnd den Applaus entgegennahm, suchte sie ihn im Publikum, bis sie Mansour irgendwo im Hintergrund entdeckte. Er stand nicht unter den Leuchtern und inmitten der begeisterten Menge, sondern im Halbdunkel und beobachtete sie regungslos.
Empfindet er das gleiche für mich wie ich für ihn, fragte sich Jasmina. Bestimmt war sie ihm nicht gleichgültig, denn weshalb wäre er sonst so regelmäßig unter den Zuschauern gewesen? Aber bisher war er nicht ein einziges Mal hinter die Bühne gekommen, hatte ihr keine Blumen geschickt oder ihr, wie die anderen Männer es taten, Geldscheine zugeworfen.
Wie auch immer, seit der ersten Begegnung in der Redaktion seiner Zeitung hatte Jasmina kein Wort mit Mansour gewechselt.
Sie wußte nichts über ihn. Der altmodische Anzug, den er jedesmal trug, wenn er zu einer Vorstellung kam, und die Tatsache, daß sich seine Zeitung ausschließlich durch Spenden über Wasser hielt, machten deutlich, daß er nicht gerade wohlhabend war. Sie wußte auch nicht, ob er

Frau und Familie hatte. Sie wollte es nicht wissen, da sie in der Hoffnung lebte, ihre Verliebtheit werde sich legen. Deshalb unternahm sie bewußt keinen Versuch, etwas über ihn herauszufinden. Trotzdem mußte sie sich eingestehen, daß ihre Verliebtheit nicht abnahm, sondern zunahm.

Im Laufe der Jahre hatte Jasmina mit ihrer eisernen Disziplin verhindert, daß sie sich verliebte. Die wenigen Male, die sie sich für einen Mann interessierte, waren ihre Gefühle abgeflaut, ehe aus der Neugier mehr werden konnte. Jakob Mansour hatte es jedoch irgendwie geschafft, ihren Schutzwall zu überwinden. Und jetzt wußte Jasmina nicht, was sie tun sollte.

Ihr Verstand warnte sie davor, sich in dieser politisch explosiven Zeit in einen Juden zu verlieben. Vor Jahren, vor den Kriegen mit Israel, hatten ägyptische Juden und Muslime friedlich zusammengelebt. Hatten die Misrachis und die Raschids nicht eine freundschaftliche Nachbarschaft gepflegt? Doch nach drei demütigenden Niederlagen durch Israel waren die Ägypter auf ihre semitischen Brüder nicht mehr gut zu sprechen. Man mißbilligte enge oder gar verwandtschaftliche Bindungen zwischen den Angehörigen der unterschiedlichen Lager und verurteilte es scharf, wenn ein Jude eine Muslimin heiraten wollte.

Aber Jasmina konnte Jakob nicht aus ihren Gedanken vertreiben. Sie liebte ihn.

Sie kaufte täglich seine Zeitung und las seine Artikel. Sie bewunderte seinen geschliffenen Stil und den Mut, mit dem er umstrittene Themen aufgriff und diskutierte. Er rief die Regierung mit deutlichen Worten und stichhaltigen Argumenten zu notwendigen Reformen auf. Er lenkte die Aufmerksamkeit auf die Verantwortlichen, er nannte ungeachtet möglicher Repressalien Namen und prangerte bestimmte Fälle von Ungerechtigkeit an. Außerdem schrieb Mansour regelmäßig begeisterte Besprechungen ihrer Show, in denen er ihre Kunst verherrlichte. Er fand bewundernde, aber nicht beleidigende Worte für ihre Schönheit, pries ihr Können und beschrieb in anschaulicher Weise ihre Tänze. Ihm entging nicht die kleinste Einzelheit, und daran erkannte sie seine außergewöhnliche Beobachtungsgabe.

Konnte sie zwischen den Zeilen dieser Lobeshymnen mehr lesen? Machte er ihr in seinen Besprechungen eine Liebeserklärung nach der anderen? Oder bildete sie sich das nur ein? Wer war dieser Mann, der

sie mit seinen Worten, seinem Wesen und seiner Bescheidenheit verzauberte? War das, was sie bewegte, wirklich Liebe? Wie sollte sie es wissen, da sie die Liebe nie kennengelernt hatte?
Jasmina hatte Umma um Rat fragen wollen, doch sie kannte den unbeugsamen Grundsatz ihrer Großmutter: Zuerst kommt die Heirat, die Liebe folgt dann von selbst.
Die Limousine fuhr im Schrittempo durch die verstopften Straßen Kairos. Radwan, ihr Leibwächter, saß vorne neben dem Chauffeur. Jasmina blickte durch die dunkel getönten Scheiben nach draußen. Sie staunte über sich selbst, denn sie war aufgeregt wie ein Schulmädchen. Lampenfieber vor einem Auftritt kannte sie nicht, denn sie freute sich über die Zuschauer und hatte Spaß an ihrem Tanz. Aber jetzt schlug ihr das Herz bis zum Hals, und ihre Stirn glühte wie im Fieber, denn sie war unterwegs zur Redaktion von Mansours Zeitung in der Gasse hinter der Al Bustan-Straße. Jasmina hatte einen Grund für diesen Besuch, und sie hatte drei Stunden gebraucht, um sich zurechtzumachen.
Sie schüttelte nervös den Kopf und dachte unwillig: Ich bin fünfunddreißig und habe noch nie mit einem Mann geschlafen. Ich bin so aufgeregt wie damals als junges Mädchen, wenn Hassan in die Paradies-Straße kam, und ich glaubte, ich müßte vor Liebe vergehen.
Hassan al-Sabir ... Der Mord war für die Polizei immer noch ein ungelöstes Rätsel. Er hatte Amira vergewaltigt und ihr Leben zerstört. Sein schreckliches Ende mochte der verdiente Lohn für seine Grausamkeit sein ...
Jasmina schob die dunklen Erinnerungen beiseite, als die Limousine vor einem großen grauen Gebäude hielt, aus dem junge Mädchen in blauen Schuluniformen strömten. Seit der Entführung eines muslimischen Mädchens durch Christen holte Jasmina ihre Tochter jeden Tag selbst von der Schule ab.
Zeinab stand am Schultor und verabschiedete sich von einem rothaarigen Mädchen. Bis auf die Schiene am Bein war sie wie jedes andere junge Mädchen – etwas linkisch und mit zwei langen Zöpfen, die ihr über den Rücken hingen. Sie kam hinkend zum Wagen. »Hallo, Mama!« rief sie, stieg schnell ein und gab Jasmina einen Kuß.
»Mit wem hast du gerade gesprochen, Liebling?«
»Mit Angelina, meiner besten Freundin! Stell dir vor, sie möchte, daß ich morgen zu ihr nach Hause komme. Darf ich?«

»Angelina? Ein seltsamer Name. Ist sie Ausländerin?«
Zeinab lachte. »Sie ist Ägypterin, Mama. Und sie ist das einzige Mädchen in der Schule, das nett zu mir ist und sich nicht lustig über mich macht.«
Jasmina gab es einen Stich ins Herz. Sie liebte ihre Tochter, und sie litt mit ihr. Je älter sie wurde, desto mehr trat Zeinab die Behinderung mit allen Konsequenzen ins Bewußtsein. Zeinab wurde in zwei Monaten fünfzehn. In zwei Jahren würde der Mittelschul-Abschluß folgen. Und dann? Wie sah ihre Zukunft aus? Was für ein Leben wartete auf ein behindertes Mädchen? Zeinab würde bestimmt nie heiraten und immer jemanden brauchen, der sie beschützte. Hakim Raouf war Zeinab zwar ein wunderbarer Onkel, aber er wurde alt.
Sie braucht einen Vater, dachte Jasmina.
»Mama?« sagte Zeinab, als die Limousine sich in den Verkehr der Al Bustan-Straße einreihte, und der Fahrer nach ägyptischer Art die Hupe anstelle der Bremsen benutzte. »Darf ich Angelina zu Hause besuchen?«
»Wo wohnt sie?«
»In Schubra.«
Jasmina runzelte die Stirn. »Das ist ein Viertel, in dem sehr viele Christen leben. Es ist vielleicht nicht ganz ungefährlich für dich, dorthin zu gehen.«
»Oh, mir kann nichts geschehen. Angelina ist Christin!«
Jasmina biß sich auf die Lippen und blickte aus dem Wagenfenster. Was sollte sie nun sagen? Sie versuchte, ihre Tochter vor dem Haß zu bewahren, der Kairo in feindliche Lager spaltete. Seit dem Anschlag auf Onkel Hakim verstand Jasmina besser, wie begründet Haß sein kann, wenn man erlebt, wie Menschen, die einem nahestehen, unschuldig getötet oder gefoltert werden. In den sicheren Wänden ihres Penthauses im achtzehnten Stockwerk hatte Jasmina erschreckende Fernsehberichte über brennende Moscheen und ermordete Christen gesehen. Sie alle waren Opfer einer Feindschaft, die nach den blutigen Gesetzen der Rache unaufhaltsam eskalierte. Nachdem Präsident Sadat den koptischen Patriarchen Schenouda zur Teilnahme an einer Friedenskonferenz aufgefordert und Schenouda Verhandlungen strikt abgelehnt hatte, galten die Christen als unversöhnliche Fanatiker, und man gab ihnen die Hauptschuld für das Blutvergießen. Alle, auch Jasmina, sagten: »Sie

wollen morden!« Deshalb waren in den letzten Monaten Mißtrauen und Angst vor den Christen gewachsen.

»Ich möchte nicht, daß du gehst, Liebes«, sagte sie und strich Zeinab die Haare aus dem Gesicht. »Es ist heutzutage in Schubra für Muslime zu gefährlich.«

Zeinab hatte diese Antwort befürchtet. Aber Angelina war nicht böse. Sie war nett und lustig, und sie hatte einen phantastisch aussehenden Bruder, der Angelina manchmal von der Schule abholte.

»Du magst keine Christen, nicht wahr, Mama?« fragte sie.

Jasmina wählte ihre Worte sorgfältig, denn sie wollte nicht, daß Zeinab ihre eigenen Vorurteile übernahm. Wenn überhaupt, dann hatte eine neue Generation die Möglichkeit zur Versöhnung. Deshalb versuchte sie, Zeinab ihre Haltung zu erklären.

»Es ist keine Frage des Mögens oder Nichtmögens, mein Schatz. Die Feindschaft und die Ausschreitungen sind zur Zeit eine Tatsache, mit der wir leben müssen. Solange die Regierung den Streit zwischen Muslimen und Christen nicht beigelegt hat, ist niemand sicher. Deshalb möchte ich nicht, daß du mit Angelina oder mit Christen ganz allgemein etwas zu tun hast, bis keine Gefahr mehr besteht, daß aus einer solchen Freundschaft Mißverständnisse und Schlimmeres entstehen. Hast du verstanden?«

Als Jasmina sah, wie niedergeschlagen ihre Tochter war, legte sie ihr den Arm um die zarten Schultern und drückte sie an sich.

Arme Zeinab. Die Beinschiene machte sie so befangen, daß sie sich mit niemandem in der Schule angefreundet hatte. Jasmina verstand den Hunger in den Augen des Mädchens, die stille Sehnsucht nach Freundschaft und danach, akzeptiert zu werden. Wir sind uns ähnlich, dachte sie, meine Tochter und ich. Zeinab möchte eine Freundin haben, die Christin ist, und ich liebe einen Juden.

»Weißt du was? Ich muß noch etwas erledigen, und danach gehen wir zu Groppi. Möchtest du? Wir verwöhnen uns, nur wir beide!«

»Oh, wunderbar, Mami!«

Aber Zeinab überspielte nur ihre Enttäuschung und dachte: Es ist nicht richtig, daß ein paar schreckliche Menschen den anderen alle Freude verderben.

Sie wollte Angelina unbedingt zu Hause besuchen. Obwohl ihre Mutter es ihr ausdrücklich verboten hatte, suchte sie bereits nach einer Möglichkeit, trotzdem gehen zu können. Wenn sie nichts davon erfährt, muß sie sich nicht aufregen, dachte Zeinab.

Am Anfang der Gasse parkte der Chauffeur den großen Wagen geschickt in einer Lücke zwischen dem Stand eines Falafel-Händlers und einem Eselskarren mit Orangen. Jasmina zögerte, bevor sie ausstieg. Sie sagte sich, ich tue es für Dahiba. Sie hatte Dahibas neuesten Essay in ihrer Handtasche und wollte ihn Jakob Mansour zur Veröffentlichung anbieten. Sie ging um der sozialen Gerechtigkeit und Reform willen zu ihm.

Ich will meinen unterdrückten Schwestern helfen.

Als sie jedoch ihr Make-up ein letztes Mal überprüfte und spürte, daß ihr Herz wie rasend klopfte, mußte sich Jasmina eingestehen, daß sie aus sehr eigennützigen Motiven angeboten hatte, Dahibas Artikel Mansour persönlich zu überbringen.

Radwan öffnete die Wagentür. Die Menschen auf der Straße blieben stehen und sahen neugierig zu, wie Jasmina ausstieg. Sie bat ihren Leibwächter, bei Zeinab am Wagen zu bleiben. Radwan runzelte die Stirn, aber er fügte sich. Jasmina wußte, ihm war es nicht geheuer, daß sie ohne Begleitung in diese Gasse ging. Er verschränkte die muskulösen Arme, lehnte sich an den Wagen und sah ihr nach. Jasmina fiel in diesem Viertel besonders auf. Sie war eine große, elegant gekleidete moderne Frau in Schuhen mit hohen Absätzen, sie hatte die Lippen rot geschminkt und die dichten, schwarzen Haare nur mit einer Spange aufgesteckt. Kein Wunder, daß sie die Blicke von Männern und Frauen gleichermaßen auf sich zog.

Das große Fenster der Redaktion hatte immer noch ein Loch in der Scheibe, das mit Pappe verklebt war. Jasmina stellte betroffen fest, daß auch die Tür aus den Angeln gerissen worden war. Beim Eintreten bot sich ihr ein Bild der Verwüstung. Jemand schien sich mit einer Axt über die Schreibtische hergemacht zu haben. Überall lagen Papiere auf dem Fußboden, über die man rote Farbe geschüttet hatte.

Sie fand Jakob im Hinterzimmer, wo er durchgeweichte Blätter sortierte. »*Bismillah*!« sagte sie. »Gott sei Dank, man hat Sie verschont!«

Er hob den Kopf. »Jasmina Raschid!«

»Wer hat das getan? Waren es die Christen?«

Er erwiderte achselzuckend: »Möglicherweise. Beide Seiten würden mich gern zum Schweigen bringen. Und wie es aussieht, ist es ihnen diesmal zumindest für eine Weile gelungen. Sie haben unsere Akten vernichtet, die Schreibmaschinen gestohlen und alles kurz und klein geschlagen.«

Jasmina fühlte, wie der Zorn in ihr aufstieg. Zuerst Hakim und nun Jakob. Sie würde Zeinab auf keinen Fall erlauben, Angelina und ihre christliche Familie zu besuchen.

»Vielleicht sollten Sie Ihre Zeitung einige Zeit nicht erscheinen lassen«, sagte Jasmina besorgt. »Ihr Leben ist in Gefahr. Sie müssen an Ihre Familie denken – an Ihre Frau und Ihre Kinder.«

»Ich habe keine Kinder«, erwiderte er lächelnd. Er sah sie an und rückte die Brille zurecht, als traue er seinen Augen nicht. »Ich bin nicht verheiratet.«

Jasmina drehte schnell den Kopf zur Seite, so daß es aussah, als betrachte sie das Photo von Präsident Sadat an der Wand.

Bismillah, dachte sie, Gottes Wege sind wunderbar und unergründlich! Hatte sie nicht noch im Wagen gedacht: Zeinab braucht einen Vater? Sie blickte wieder auf Mansour und stellte fest, daß an seinem Hemd der Kragenknopf fehlte. Er war mit Sicherheit keiner der reichen Geschäftsmänner und saudischen Prinzen, die zu ihrer Show kamen und Jasmina wie ein Kunstobjekt verehrten.

Könnte ich einen solchen Mann heiraten?
Warum nicht?

»Ich werde nicht aufgeben«, sagte Mansour. »Ich liebe dieses Land. Ägypten war einmal groß. Es kann wieder groß werden.« Er schüttelte nachdenklich den Kopf. »Wenn Sie ein ungezogenes Kind hätten, würden Sie es erziehen, nicht wahr? Sie würden es nicht aufgeben, selbst wenn sich das Kind gegen Sie stellen würde, oder?« Er hob einen Stuhl auf und wollte sie auffordern, sich zu setzen. Als er sah, daß ein Bein abgebrochen war, ließ er ihn wieder auf den Boden fallen. »Ich bin Journalist«, fuhr er fort und sah sich nach einer anderen Sitzgelegenheit für sie um. »Ich habe einige Zeit bei den großen Zeitungen gearbeitet. Aber dort hat man mir vorgesagt, was ich schreiben sollte. Das konnte ich vor meinem Gewissen nicht verantworten. Es gibt Dinge, die gesagt werden müssen.« Er musterte sie im gedämpften Licht, das aus dem vorderen Raum drang. »Sie verstehen das. Sie und Ihre Tante waren gezwungen, ihre Gedanken im Libanon zu veröffentlichen. Aber als Ägypter werde ich meine Arbeiten in Ägypten veröffentlichen.«

Sie empfand in dem kleinen Raum die Intimität der körperlichen Nähe zu ihm verwirrend und trotz der Verwüstung, die sie umgab, als schön und wohltuend.
»Selbst wenn Sie dabei das Leben riskieren?« fragte sie.
»Was nützt mir mein Leben, wenn ich nicht meinen Überzeugungen folgen kann? Solange ich schreibe und es einen Drucker gibt, der meine Sachen druckt, werde ich es versuchen.«
Jasmina nickte. »Dann werde ich Ihnen helfen. Sie haben gesagt, Sie leben von Spenden. Ich werde dafür sorgen, daß Sie morgen neue Schreibmaschinen und Schreibtische haben. Sie bekommen alles, damit die Zeitung wieder erscheinen kann. Das verspreche ich Ihnen.«
Ihre Blicke trafen sich, und für einen kurzen Augenblick versank die laute alte Stadt um sie herum.
»Ich vergesse ganz meine Manieren«, sagte er leise und lächelte sie an. »Kommen Sie, ich lasse Tee bringen.«
Er streckte die Hand aus und deutete auf den Flur. »Gehen wir nach oben. Dort können wir uns setzen, dorthin sind diese Fanatiker noch nicht vorgedrungen.«
Sein Hemdsärmel rutschte zurück, und Jasmina sagte: »Oh, Sie haben ja einen blauen Fleck am Handgelenk...« Aber als sie genauer hinsah, traf es sie wie ein Schlag. Es war kein blauer Fleck, sondern eine Tätowierung: Ein koptisches Kreuz.

Khadija bäumte sich innerlich gegen ihren Plan auf. Doch es blieb ihr keine andere Wahl. Sie griff unter die sorfältig zusammengelegten weißen Gewänder für die Pilgerfahrt nach Mekka und zog die mit Elfenbein eingelegte Holzschatulle hervor. Auf dem Deckel standen die Worte: *Gott der Barmherzige.*
Gott zürnte Ibrahim. Die Zeichen waren eindeutig: Huda hatte ihm wieder eine Tochter geboren, die fünfte. Fadilla hatte eine Fehlgeburt, und Khadija fand trotz aller Bemühungen weder eine geeignete zweite Frau für Ibrahim noch einen Ehemann für Jasmina. Ihr Sohn war so deprimiert, daß er nicht mehr an sich glaubte und die Zukunft nur noch in schwärzesten Farben sah. Er wollte aus Gründen einer langfristigen finanziellen Sicherung das Haus aufteilen. Eine Hälfte sollte in Mietwohnungen umgewandelt werden, und die Familie sollte sich auf die andere beschränken.

Khadija würde nicht zulassen, daß es soweit kam. Deshalb bereitete sie sich auf einen Besucher vor, den sie zu sich gebeten hatte.

Seufzend schloß sie die Schublade mit den Pilgergewändern und ging mit der Schatulle in das kleine private Wohnzimmer neben dem großen Salon. Der geschmackvoll eingerichtete Raum war dazu bestimmt, ungestört von der Familie Gäste zu empfangen. Khadija hatte die Erfrischungen selbst vorbereitet. Die Familie sollte nichts von diesem Besuch erfahren. Während sie die Kaffeekanne aus Messing, die Platte mit Gebäck und frischem Obst mit einem prüfenden Blick betrachtete, hörte sie die Türglocke läuten. Einen Augenblick später führte eine Dienerin Khadijas Besucher in das Zimmer, zog sich zurück und schloß die Tür. Khadija machte sich unauffällig ein Bild von Nabil el-Fahed. Er war ein Mann in den Fünfzigern, elegant, wie sie fand, mit wenig Grau in den schwarzen Haaren und einer guten Figur, die durch den Maßanzug vorteilhaft zur Geltung kam. Er war ein gutaussehender Mann und erinnerte sie mit seiner großen Nase und dem ausgeprägten Unterkiefer an Präsident Nasser. Er ist wohlhabend, dachte sie, vermutlich sogar sehr reich. Er hat keine finanziellen Sorgen.

»Friede sei mit Ihnen und die Barmherzigkeit Gottes, Sajjid«, sagte sie höflich und bat ihn, Platz zu nehmen. »Ihr Besuch ist eine Ehre für mein Haus.«

»Friede sei mit Ihnen, die Barmherzigkeit Gottes und SEIN Segen«, erwiderte er und setzte sich. »Die Ehre ist auf meiner Seite, Sajjida.«

Khadija hatte von Nabil el-Fahed durch die Frau von Abdel Rachman erfahren, die sich nach dem Kauf einiger antiker Sessel lobend über ihn geäußert hatte. Er galt allgemein als einer der besten Fachleute für Antiquitäten in Kairo und war Experte für seltenen und kostbaren Schmuck. Außerdem stand er in dem Ruf, ehrlich und vertrauenswürdig zu sein. Deshalb hatte Khadija in ihrem verzweifelten Bemühen, zu verhindern, daß das Haus aufgegeben und an Fremde vermietet wurde, beschlossen, es sei Zeit, sich von ihrem Schmuck zu trennen – darunter auch ein antiker Karneolring und der Armreif von Ramses II. –, der, wie sie einmal geschworen hatte, immer in Familienbesitz bleiben sollte. Sie würde mit dem Erlös sichere Wertpapiere erwerben, ihr persönliches Kapital damit aufstocken und Ibrahim davon überzeugen, daß mit ihrem Vermögen das Haus der Raschids finanziell auch in Zukunft gesichert sei.

»Der Chamsîn wird bald einsetzen«, sagte Khadija, während sie ihm Kaffee eingoß und Gebäck anbot.

»Das wird er, Sajjida Khadija«, erwiderte er und nahm sich ein Stück Baklava und eine kandierte Orangenscheibe.

Sie seufzte. »Dann haben wir Staub und Sand im ganzen Haus.«

Er schüttelte bedauernd den Kopf. »Der Chamsîn ist eine wahre Plage für die Hausfrauen.«

Als professioneller Taxator bildete sich Nabil el-Fahed ebenfalls blitzschnell eine Meinung. Er sah in Khadija Raschid, die ihm in dem vergoldeten Brokatsessel wie eine Königin gegenübersaß, eine starke Frau mit einem ausgeprägten Willen, deren Schönheit einer inneren Kraft entsprang. Ihre Kleidung war teuer und gutgeschnitten. Sie trug nicht übertrieben viel Schmuck, sondern gerade soviel, daß er Geschmack und Klasse verriet. Sie gehörte zu den älteren aristokratischen Frauen, die noch den Harem und den Schleier gekannt hatten – eine aussterbende Generation, deren Verschwinden Nabil el-Fahid, ein Liebhaber von Antiquitäten und der alten, der besseren Zeit, aufrichtig bedauerte.

Beim Hereinkommen hatte Fahed an der gegenüberliegenden Wand ein Photo von König Farouk bemerkt. Ein gutaussehender junger Mann stand neben dem König. Der Ähnlichkeit nach zu urteilen, handelte es sich um den Sohn von Khadija Raschid.

Der Antiquitätenhändler rieb sich in Erwartung der kostbaren und seltenen Dinge, deren Wert er zweifellos schätzen sollte, die Hände. Sehr wahrscheinlich hatte Sajjida Khadija ihn hergebeten, weil sie die Absicht hatte, etwas zu verkaufen. Die Residenz der Raschids war groß und alt. Das Bild des Königs wies eindeutig auf Reichtum und Macht in einer Zeit hin, die der Vergangenheit angehörte. Vielleicht ging es bei diesem Gespräch um Dinge aus dem Besitz der königlichen Familie? Solche Gegenstände waren selten und stiegen von Jahr zu Jahr im Wert. Die Sammler rissen sich inzwischen um Stücke aus Ägyptens skandalumwitterter, glorreicher Vergangenheit, denn sie waren der Inbegriff von Kultur, Luxus und Verschwendung. Während er langsam die besonders gute Baklava aß und von dem gesüßten Kaffee trank, fragte sich Nabil el-Fahed mit wachsender Neugier, mit welcher Kostbarkeit Sajjida Khadija ihn wohl überraschen würde.

Der Etikette folgend, sprachen sie über alles mögliche, nur nicht über

den Zweck ihres Treffens. Fahed betrachtete unauffällig die anderen Photos an der Wand. Als er ein Bild Jasminas entdeckte, rief er unwillkürlich: »*Al hamdu lillah*!« Er machte eine leichte, entschuldigende Verbeugung und sagte lächelnd: »Ich bitte tausendmal um Vergebung, Sajjida, aber ist diese Dame mit Ihnen verwandt?«
»Sie ist meine Enkeltochter«, erwiderte Khadija mit hochgezogenen Augenbrauen.
Er wiegte bewundernd den Kopf: »Sie ist das Licht, das Ihre Familie leuchten läßt, Sajjida.«
Khadija sah ihn durchdringend an. »Haben Sie meine Enkeltochter tanzen sehen, Sajjid Nabil el-Fahed?«
»Gott hat mich mit diesem Glück gesegnet. Vergeben Sie mir meine Direktheit, schließlich kennen wir uns erst seit wenigen Minuten. Aber haben Sie jemals die Sonnenstrahlen auf dem Nil tanzen oder Vögel in den Wolken schweben sehen? Sie sind nichts im Vergleich zum Tanz Ihrer Enkeltochter Jasmina.«
Khadija richtete sich auf und holte tief Luft. Auf einen solchen Gefühlsausbruch war sie nicht gefaßt gewesen.
Fahed redete weiter. »Ich habe gehört, ihr Mann ist im Sechs-Tage-Krieg als Held gefallen. Ich hoffe, Gott hat ihn dafür zu sich ins Paradies genommen. Es ist für die Familie sicher traurig, daß er die schöne Jasmina mit ihrer Tochter allein zurückgelassen hat.«
»Gott sei gelobt, Zeinab ist ein braves Kind«, sagte Khadija langsam. Die unpassende Art, in der das Gespräch auf Jasmina gekommen war, verwirrte sie. Es gab für jede Unterhaltung feste Regeln und Formen, je nach Anlaß und Art der Begegnung. Fahed verstieß mit seinem Lob, das kein Ende nahm, gegen die Schicklichkeit.
»Ich habe mir schon lange gewünscht, Ihre Enkeltochter kennenzulernen, aber ich wollte Jasmina nicht beleidigen, indem ich mich ihr näherte, ohne daß wir richtig miteinander bekanntgemacht worden wären.«
Khadijas Augenlider zuckten. *Bismillah*, meinte der Mann tatsächlich, was sie zu hören glaubte? Sie lehnte sich abwartend zurück und beschloß diplomatisch, sich der unerwarteten Wendung anzupassen, die das Gespräch genommen hatte. »Sie müssen eine verständnisvolle Frau haben, Sajjid Nabil.«
»Meine Frau ist ohne Tadel, Sajjida. Aber ich bin nicht mehr mit ihr

verheiratet. Wir haben uns vor fünf Jahren auf eine Scheidung geeinigt, als mein ältester Sohn heiratete und mit seiner Braut in eine eigene Wohnung zog. Gott hat mich mit acht braven Kindern gesegnet, aber sie stehen alle auf eigenen Beinen. Nachdem dieser Teil meines Lebens abgeschlossen ist, und ich mich guter Gesundheit erfreue, widme ich mich dem Sammeln schöner Dinge.« Er stellte die leere Kaffeetasse ab und sah sie ernst an. »Ich finde es erstaunlich, Sajjida, daß Ihre schöne Enkeltochter nicht wieder geheiratet hat.«

Also irre ich mich nicht, dachte Khadija. Fahed hat in aller Förmlichkeit die Verhandlungen über eine Heirat eröffnet.

Während sie ihre Tasse auf die Untertasse zurückstellte, faßte sie im Geist die wichtigen Punkte zusammen, die Fahed gerade offengelegt hatte: Er war nicht verheiratet; er suchte keine Frau, die ihm Kinder schenkte; er war gesund, lebte in finanziell gesicherten Verhältnissen und war in Jasmina vernarrt. Vorsichtig sagte sie: »Männer lieben es vielleicht, eine Tänzerin auf der Bühne zu sehen, Sajjid, aber wenige wollen eine Tänzerin heiraten.«

»Die Schwäche der Eifersucht, Sajjida! Beim Propheten ... Gott segne ihn ... ich gehöre nicht zu diesen Männern! Wenn ich etwas Schönes, Kostbares und Seltenes besitze, möchte ich es der Welt nicht vorenthalten!«

Khadija griff lächelnd nach der Kaffeekanne und erweiterte die Liste um zwei weitere Punkte, die für Fahed sprachen: Er war nicht eifersüchtig, und er würde Jasmina erlauben, ihre Karriere fortzusetzen.

Seine Augen wanderten wieder zu dem Photo, und er fügte hinzu: »Jasmina ist eine Frau von faszinierender Schönheit und makellosem Ruf, die Witwe eines Kriegshelden und eine große Künstlerin. Das bedeutet natürlich einen hohen Brautpreis. Weniger wäre eine Beleidigung.« Khadija goß unterdessen den Kaffee in die hauchdünnen Porzellantassen und dachte: Das ist der entscheidende Punkt, er wird gut zahlen.

Sie überlegte, in welchem Sternzeichen Fahed geboren sein mochte, ließ die Schmuckschatulle unauffällig hinter einem Satinkissen verschwinden und sagte: »Mein lieber Sajjid Nabil, es wäre mir ein großes Vergnügen, Sie mit meiner Enkeltochter bekanntzumachen, wenn Sie es wünschen ...«

Jakob sah Jasminas schockierten Gesichtsausdruck. »Sie wußten nicht, daß ich Christ bin?« fragte er.
Sie befanden sich immer noch im Hinterzimmer. Jasmina war wie angewurzelt stehengeblieben. »Ich ... dachte, sie wären Jude.«
»Macht das einen Unterschied?«
Sie zögerte eine Spur zu lange, ehe sie erwiderte: »Nein, natürlich nicht. Solche Dinge sollten bei Geschäften niemals ein Hindernis sein.«
»Geschäften?«
Jasminas Hand zitterte, als sie in die Handtasche griff. Wie konnte sie sich so geirrt haben!
»Das ist kein privater Besuch. Meine Tante hat mich gebeten, Ihnen einen Artikel zu zeigen, den sie geschrieben hat. Sie möchte wissen, ob Sie ihn in Ihrer Zeitung veröffentlichen wollen.«
Da sie Mansour bei ihren Worten nicht ansah, entging ihr sein enttäuschter Blick. »Ich werde ihn gerne lesen«, sagte er leise und nahm ihr das Manuskript aus der Hand.
Jasmina hielt die Augen gesenkt, während sie versuchte, sich auf die neue, erschreckende Tatsache einzustellen. Jakob Mansour gehörte zu den Christen, zu den Fanatikern, die versucht hatten, Onkel Hakim zu ermorden.
Er las laut aus dem getippten Manuskript vor: »Frauen versuchen nicht, das heilige Gesetz auszuhöhlen, das im Koran geschrieben steht. Sie wollen die Ungerechtigkeiten beseitigen, die außerhalb des Gesetzes liegen. Was im Koran geschrieben steht, ist uns heilig. Aber wir verlangen, daß die Dinge korrigiert werden, die nicht dort stehen. Die ägyptischen Frauen fordern ein Gesetz, nach dem ein Mann seine Frau sofort davon in Kenntnis setzen muß, wenn er sich von ihr trennt. Das Gesetz muß ihn zwingen, seiner Frau mitzuteilen, daß er sich eine zweite oder eine dritte Frau genommen hat. Seine erste Frau soll das Recht auf Scheidung erhalten, wenn sich ihr Mann eine zweite Frau nimmt und wenn der Ehemann sie körperlich mißhandelt. Außerdem fordern wir das Ende der brutalen Praxis der weiblichen Beschneidung.«
Jakob sah Jasmina nachdenklich an. »Was Ihre Tante verlangt, ist vernünftig«, sagte er, »aber viele werden das anders sehen. Es gibt Männer, die behaupten, der Feminismus sei eine Waffe des imperialistischen

Westens, mit der die arabische Gesellschaft korrumpiert und unsere kulturelle Identität zerstört werden soll.«
»Glauben Sie das?«
»Wenn es so wäre, hätte ich nicht Ihr Nachwort veröffentlicht. Wußten Sie, daß die Abendausgabe im November so schnell verkauft war, daß wir nachdrucken mußten und mit vielen Anfragen bestürmt wurden? Die meisten kamen von Frauen, aber es waren auch Männer darunter.«
Er schwieg, und da sie nichts erwiderte, sagte er: »Warum kämpfen wir gegeneinander? Muslime oder Christen, wir sind alle Araber.«
»Es tut mir leid«, sagte Jasmina, die ihm nicht in die Augen blicken konnte, »aber mein Onkel wurde von Christen überfallen. Sie haben versucht, ihn aufzuhängen ... Es war schrecklich.«
»Schlechte Menschen gibt es auf jeder Seite. Glauben Sie, wir Christen sind alle Mörder? Das Christentum ist eine Religion des Friedens...«
»Ich muß gehen«, sagte sie und eilte an ihm vorbei in das vordere Büro.
»Bitte vergeben Sie mir, aber ...«
Plötzlich rannten zwei junge Männer in weißen Galabijas durch die Gasse und riefen: »Christenhunde!« Jasmina wich gerade noch rechtzeitig zurück, als sie begannen, mit Steinen zu werfen. Das letzte Glas im Fenster zerbrach, und die Splitter flogen durch die Luft. Jasmina stieß einen entsetzten Schrei aus, und Jakob zog sie schnell in das Hinterzimmer. Sie klammerten sich aneinander und lauschten mit angehaltenem Atem auf die Schritte, die in der Gasse verhallten. Als wieder Stille eingekehrt war, hielten sie sich immer noch fest.
»Ist Ihnen etwas geschehen?« murmelte Jakob und drückte Jasmina besorgt an sich.
Sie flüsterte: »Nein«, und fühlte seinen Herzschlag an ihrem Herzen. Dann suchte sein Mund ihren Mund. Er küßte sie, und Jasmina küßte ihn wieder.
Plötzlich löste sie sich von ihm: »Zeinab! Meine Tochter ist da draußen!«
Sie traf Radwan in der Gasse. Er kam ihr entgegengerannt. Eine Hand hatte er an der Pistole, die er unter seiner Jacke trug.
»Es ist nichts geschehen!« stieß sie atemlos hervor. »Mir fehlt nichts! Es war nur ... ein schlechter Scherz.«
Der Syrer starrte Jakob mißtrauisch an, und Jasmina schlug das Herz bis

zum Hals. Sie war mit einem Mann allein gewesen, der kein Verwandter war. Und sie hatte sich von ihm küssen lassen. Radwan hätte Mansour dafür umgebracht, wenn er es gewußt hätte.
»Es ist alles in Ordnung, Radwan«, sagte sie. »Sajjid Jakob Mansour ist ein alter Freund. Mir ist wirklich nichts geschehen. Bitte geh zum Wagen zurück. Sag Zeinab, ich komme gleich nach.«
Der Leibwächter ging, und Jasmina drehte sich nach Jakob um. »Ich werde nicht mehr hierher kommen«, sagte sie. »Und bitte ... bleiben Sie meinen Vorstellungen fern. Sie und ich – das kann nicht sein. Die Gefahr ist zu groß und ...« Ihr brach die Stimme. »Ich muß an meine Tochter denken. Gott behüte Sie, Jakob. Möge Ihr Gott Sie beschützen. *Allah ma'aki.*«

Über der Wüste von Nevada dämmerte der Morgen, als Rachel sich Amy zuwandte, die am Steuer saß, und sagte: »Ich halte es nicht mehr aus. Wirst du mir *bitte* endlich sagen, wohin wir fahren?«
Ihre Freundin lächelte, blickte auf die Uhr und trat aufs Gas. »Du wirst schon sehen. Wir sind bald da.«
Bald *wo*? dachte Rachel und starrte verschlafen auf die öde Landschaft. Als vor zwei Stunden die Lichter von Las Vegas vor ihnen aufgetaucht waren, hatte sie kopfschüttelnd gedacht: Amy hat anscheinend zuviel Geld und will es beim Glücksspiel verlieren. Aber es stellte sich heraus, daß sie nur anhielten, um zu frühstücken.
Eine Stunde später fuhren sie bereits wieder auf dem Highway nach Norden durch eine kahle, felsige Gegend. Die ersten Sonnenstrahlen hinter den Hügeln zu ihrer Rechten färbten die Wüste rot. Gespenstische Kakteen und die nackten Berge, deren westliche Flanken dunkle Schatten durchschnitten, verloren sich in der endlosen Weite. Es war schön, wenn auch auf eine beängstigende Weise, denn Rachel hatte keine Ahnung, wo sie sich befanden oder weshalb sie hier waren.
»Du benimmst dich in letzter Zeit ziemlich verrückt, Amy«, sagte sie gähnend zu ihrer Freundin. »Und ich bin verrückt, weil ich mitgekommen bin. Wohin fahren wir denn, um alles in der Welt?«
Amy lachte. »Nun sei kein Spielverderber. Du hast mir seit Wochen erklärt, wie dringend du einmal Luftveränderung brauchst, und sei es auch nur für einen Tag. Sei ehrlich, es gefällt dir.«
Rachel mußte zugeben, die lange Fahrt hatte eine seltsam beruhigende

Wirkung gehabt. Die Scheinwerfer des Thunderbird waren gemächlich über den Highway geglitten, der nur gebaut worden war, um Las Vegas mit Los Angeles zu verbinden. Sie sahen unterwegs nicht viele Wagen: Streifen der kalifornischen Autobahnpolizei, ein paar Fahrzeuge, die Boote zum Colorado River zogen, und Busse mit Tagestouristen oder Spielern, die in Las Vegas auf das große Geld hofften.

Amy und Rachel fuhren durch kleine, farblose Städte, die in der Nacht ausgestorben wirkten, und kamen hin und wieder an einer grell beleuchteten Raststätte vorbei. Aber die meiste Zeit rollten sie durch die stille Dunkelheit einem sternenübersäten Horizont entgegen, der nicht näherrückte. Rachel und Amy sprachen kaum. Zuerst, während sie durch das Labyrinth der Stadtautobahnen von Los Angeles gefahren waren, hatten sie sich über Patienten und Medizin unterhalten, über Rachels neuen Ehemann, einen Anwalt, über das Leben im San Fernando Valley und das Joggen am Strand. Als die Häuser und Lebenszeichen immer mehr abnahmen, war Rachel froh, daß sie Amys spontane Einladung zu der nächtlichen Fahrt in die Wüste angenommen hatte. Schließlich mußte sie an diesem Tag nicht arbeiten, und Mort hatte sich angeboten, auf das Kind aufzupassen. »Ich verspreche dir, zu den Spätnachrichten sind wir wieder zurück«, hatte Amy gesagt.

Nachdem sie die ganze Nacht auf dem schwarzen Asphalt durch die Mojave-Wüste gefahren waren, sahen sie endlich die Sonne, die wie ein großer gelber Ballon über den roten Hügeln aufging. Im nächsten Augenblick war die Welt in Tageslicht getaucht. Rachel bemerkte wenige Meter neben der Straße einen Maschendrahtzaun, an dem in Abständen Schilder hingen.

STAATSEIGENTUM: BETRETEN VERBOTEN.

Bald darauf näherten sie sich einer Wagenkolonne. Amy überholte nicht, verlangsamte aber die Geschwindigkeit. Sie verließen den Highway bei der nächsten Ausfahrt.

»Wo sind wir?« fragte Rachel und drehte das Fenster herunter. Die eisige Morgenluft traf sie wie eine Faust ins Gesicht.

Amy parkte ihren Wagen zwischen den anderen, die im Sand standen, und deutete auf ein Schild links von ihnen. Rachel las die Aufschrift laut vor: »Testgebiet Nevada! Amy, was um alles in der Welt tun wir hier? Und wer sind all diese Leute?«

»Das ist eine Demonstration, Rachel!« erwiderte Amy fröhlich. »Eine

Demonstration gegen Atomwaffen. Ich habe in der Zeitung eine Notiz darüber gelesen. Für heute ist ein unterirdischer Test geplant, und die Leute sind hier, um ihn zu verhindern. Komm mit!«
Rachel sah eine große Lücke im Zaun. Ein Kombi fuhr durch die Lücke, und andere Wagen folgten ihm. Auf der anderen Seite versammelte sich trotz der Kälte eine große Menschenmenge.
Amy und Rachel stiegen aus und gingen über den steinigen Boden. Sie schlossen fröstelnd die Reißverschlüsse ihrer Windjacken und stellten die Krägen hoch. Rachel schätzte, daß bereits mehrere hundert Menschen da waren; es kamen immer neue, und die meisten gingen entschlossen durch die Lücke im Zaun aus Maschen- und Stacheldraht. Ein paar trugen Transparente mit Aufschriften wie: ATOMWAFFENVERBOT oder KEINE ATOMWAFFEN!
Die Menge war erstaunlich ruhig und gut organisiert und bestand, wie Rachel vermutete, hauptsächlich aus Intellektuellen und Akademikern, zwischen denen ein paar Typen mit Photoapparaten herumschlichen, die verdächtig nach CIA-Agenten aussahen. Jetzt entdeckte sie auch die Übertragungswagen mehrerer Fernsehstationen und Radiosender sowie Reporter, die Interviews machten. Männer in Uniformen gab es in großer Zahl – Ordnungshüter des Staates Nevada und Militärpolizisten. Über ihnen erschienen die ersten Hubschrauber der Luftwaffe.
Rachel wollte auch durch die Zaunlücke auf die andere Seite gehen, aber Amy hielt sie fest und sagte: »Wir bleiben besser hier. Dort drüben beginnt die Sicherheitszone. Sie ist staatliches Gelände. Das Betreten ist verboten, und wir könnten festgenommen werden.«
»Aber die andern sind doch drüben.«
»Manche *wollen* verhaftet werden, weil das Publicity bringt. Das Militär kann den Test nicht durchführen, wenn sich innerhalb der Sicherheitszone Menschen aufhalten. Wir sind noch nicht in der Nähe des eigentlichen Testgeländes, aber die wenigen Meter auf der anderen Seite genügen, um den Test zu verhindern.«
»Warum sind wir dann überhaupt hier?«
Amy lächelte geheimnisvoll. »Du wirst es schon sehen.«
Rachel schüttelte den Kopf. Seit sie als Ärztin selbständig war, hatte sie zugenommen. Mit dreiunddreißig sah sie wie eine Erd-Mutter aus, wie ihr Ehemann liebevoll sagte, und er fand das sehr sexy.
Amy sah sich suchend in der Menge um.

»Da sind ja wirklich ein paar Prominente hier«, sagte Rachel, die überrascht bekannte Gesichter entdeckte: der Astronom Carl Sagan, Dr. Spock und der Nobelpreisträger Linus Pauling. »Wen suchst du?« fragte sie. Noch ehe Amy antworten konnte, sah sie ihn. Er stand mit einem dampfenden Plastikbecher in der Hand neben einem Zeitungswagen.
»He, ist das nicht Dr. Connor?« fragte Rachel.
»Ja«, sagte Amy. »Ich habe ihn seit sieben Jahren nicht gesehen.«
Rachel sah sie erstaunt an. »Bist du seinetwegen gekommen?«
»Dort drüben ist seine Frau Sybil«.
Amy beobachtete Connor, bis er zufällig in ihre Richtung sah. Sein Blick glitt über sie hinweg, richtete sich jedoch sofort wieder auf sie. Als Amy seinen freudigen Gesichtsausdruck sah, setzte ihr Herz einen Schlag aus.
»Hallo!« rief Connor und kam zu ihnen herüber. »Amy, Sie werden es nicht glauben, aber ich hatte die Vorstellung, Sie würden heute hier sein.«
»Hallo, Dr. Connor. Ich glaube, Sie kennen meine Freundin Rachel nicht, oder?« Noch während sie sprach, fiel Amy ein, daß Rachels Anruf sie an ihrem letzten gemeinsamen Abend gestört hatte, als sie dicht davor gewesen waren, sich zu küssen. Sie fragte sich, was wohl geschehen wäre, wenn sie und Declan tatsächlich an jenem Abend zusammen gegessen hätten. Sie überlegte auch, ob er sich ebenfalls an den Abend erinnerte und daran dachte, was hätte geschehen können.
Amy fand, daß er sich kaum verändert hatte. Er sah eher noch besser aus als früher. Sein Gesicht war noch straffer und markanter geworden. Er war gebräunt und hatte Fältchen um die Augen. Aber in seinem Haar zeigte sich noch kein Grau, und seine großen Gesten sprachen von der Intensität und Kraft, an die sie sich erinnerte, an die Energie, die ihn antrieb. In sieben Jahren hatte sie neun Briefe aus neun verschiedenen Ländern von ihm erhalten.
»Wo ist Ihr Sohn, Dr. Connor?« fragte sie und trat beiseite, weil eine Gruppe Neuankömmlinge durch das Loch im Zaun wollte.
»Wir haben David nicht mitgebracht. Sybil und ich sind in der Absicht gekommen, uns festnehmen zu lassen.« Er lächelte spöttisch. »Es ist der einzige Weg, um eine anständige Publicity für die Sache zu bekommen.« Er blickte an Amy und Rachel vorbei und fragte: »Ist Ihr Mann nicht bei Ihnen?«

»Ich bin nicht mehr verheiratet. Greg und ich haben uns Anfang des Jahres scheiden lassen.«

Declan hob den Kopf und sah sie lange an. Er blickte ihr in die Augen, als sähe er ihr direkt ins Herz. Amy wich seinem Blick nicht aus.

»Ich wußte, daß Sie hier sein würden, Dr. Connor«, sagte sie irgendwie atemlos. »Ihr Name wurde in der Zeitung erwähnt. Ich bin gekommen, weil ich eine Neuigkeit für Sie habe.« Sie wandte sich an Rachel. »Und für dich auch.«

»Ah, jetzt kommt endlich die große Überraschung?!«

»Ich werde für die Treverton-Stiftung arbeiten.«

»Wie bitte?« sagte Connor. »Das ist ja phantastisch!« Amy hoffte einen Augenblick, er werde sie umarmen. Aber er überlegte es sich anders und sagte: »Sybil und ich sind auf der Durchreise in den Irak. Ich hatte ein paar Wochen keinen Kontakt mit der Stiftung und habe vermutlich deshalb noch nicht erfahren, daß Sie zu uns kommen. Dann geht es wohl nach Ägypten, nicht wahr? Wir haben im Niltal ein umfangreiches Impf-Programm laufen.«

»Nein«, sagte Amy schnell. »Ich gehe nicht nach Ägypten. Ich habe mich für den Libanon gemeldet, für die Flüchtlingslager. Dort herrscht große Not.«

»Überall herrscht große Not, Amy«, sagte er und sah sie wieder an. In seinen Augen lag etwas – Besorgnis, Unruhe? –, aber es verschwand sofort wieder. »Ich bin froh, daß Sie beschlossen haben, zu uns zu kommen«, sagte er. »Ich fürchtete, die Konkurrenz könnte Sie uns wegschnappen. Vielleicht eines der Lazarett-Schiffe, auf denen die Leute so viele Abenteuer erleben. Oh, das Programm beginnt.« Er lachte. »Wir haben die Reihenfolge ausgelost, in der wir sprechen. Mit Sicherheit werden nur die ersten ihre Reden überhaupt halten können.«

Ein Gemurmel ging durch die Menge, und alle wurden still. Amy sah, daß eine Frau auf die Pritsche des Kombis geklettert war und ein Mikrophon in der Hand hielt.

»Das ist Dr. Helen Caldicott«, erklärte Connor, »die Gründerin der ›Physiker für soziale Verantwortung‹. Man nennt sie die Mutter der Bewegung für den Atomwaffenstop. Nach ihrer Theorie sind Raketen Phallus-Symbole, und die Militärs sind von einem Wahn besessen, den sie als ›Raketen-Neid‹ bezeichnet. Ein hübsches Freudsches Wortspiel, finden Sie nicht?«

Amy trat näher an den Zaun und hörte der australischen Kinderärztin zu. »Man muß unseren Planeten ansehen, als sei er ein Kind!« sagte Helen Caldicott, und ihre Stimme drang laut und klar über die Köpfe der Zuhörer hinweg. »Bei diesem Kind hat man Leukämie diagnostiziert! Stellen Sie sich vor, es sei Ihr Kind. Würden Sie nicht alles Menschenmögliche unternehmen, um Ihr Kind am Leben zu erhalten?« Während der Rede der etwa vierzigjährigen Kinderärztin stand Amy so dicht neben Connor, daß sie sich beinahe berührten. Er hielt sich mit einer Hand am Zaun fest. Seine Finger lagen auf dem Maschendraht und wurden in der Kälte blau. Amy mußte sich beherrschen, um nicht ihre Hand auf seine zu legen. »Also, jetzt bin ich an der Reihe«, sagte er schließlich. »Drücken Sie mir die Daumen, daß ich wenigstens meinen ersten Satz beenden kann.« Er zwinkerte ihr auf eine Weise zu, daß ihr der Atem stockte.

Connor kletterte zu Dr. Caldicott auf den Kombi und übernahm das Mikrophon. Seine knappe britische Aussprache und seine gebieterische Stimme brachten schon nach den ersten Worten selbst die Polizisten und CIA-Agenten dazu, ihm zuzuhören.

»Die augenblickliche nukleare Aufrüstung ist nicht nur unverantwortlich, sie ist nackter Wahnsinn. Es ist eine Schande für diese Nation, daß die Ausgaben für das Gesundheitswesen nicht einmal siebzehn Prozent des Verteidigungshaushalts ausmachen.« Amy wandte den Blick nicht von Connor. Der Wüstenwind fuhr in seine dunkelbraunen Haare und preßte ihm das Tweedjackett gegen den Oberkörper. »Was bedeutet das für die Zukunft dieses Planeten? Welches Erbe hinterlassen wir unseren Kindern? Ein Erbe von Bomben, radioaktiver Strahlung und Angst! Angst um das Überleben! Niemand wird mit dem, was er hat, sei es wenig oder viel, ein glückliches Leben führen können!«

Er blickte über die Köpfe der Menge zu ihr herüber. Amy wurde rot. Über ihnen kreiste ein Falke. Er spähte gleitend auf die schweigende Menge hinunter und floh dann in pfeilschnellem Flug vor einem Hubschrauber.

»Wir alle tragen Verantwortung für die Kinder der Welt!« Connors Stimme überschlug sich beinahe. Er wollte das laute Dröhnen des Hubschraubers übertönen. »Es ist die Pflicht der Eltern, dafür Sorge zu tragen, daß sie ihren Söhnen und Töchtern einen gesunden, friedlichen Planeten hinterlassen, die Aufgabe jedes einzelnen.«

Amy hielt den Atem an. Sie hatte es nicht für möglich gehalten, daß sie ihn immer noch so sehr liebte!
Der Hubschrauber kreiste über ihnen.
Ein Polizist mit einem Megaphon rief plötzlich in die Menge: »Sie befinden sich unbefugterweise auf staatlichem Grund und Boden. Dies ist eine illegale Versammlung. Wenn Sie das Gelände nicht sofort verlassen, werden Sie festgenommen.«
Declan Connor ignorierte den Mann und sprach weiter.
Der Polizeibeamte wiederholte seine Warnung, und als Connor unbeirrt fortfuhr, begannen die Festnahmen. Amy staunte, wie ordentlich und friedlich die Demonstration aufgelöst wurde. Es gab keine Unruhe, keine Gewalt und kaum Widerstand. Und als Connor vom Wagen stieg, und ein Militärpolizist ihn am Arm packte und abführte, ging er ruhig zu dem wartenden Militärfahrzeug. Sybil Connor folgte ihm.
»Na also, jetzt haben sie ihn ja verhaftet, so, wie er es wollte.«
Ein Fernsehreporter trat Connor in den Weg und hielt ihm ein Mikrophon hin. »Wollen Sie unseren Zuschauern etwas sagen?«
Connor sah ihn ernst an. »Es ist ungeheuerlich, daß in unserer Zeit überall auf der Welt immer noch Kinder an Polio sterben. Man trifft in Kenia auf ein armes verkrüppeltes Kind und muß ihm sagen, daß es den Rest seines Lebens gelähmt sein wird. Dafür gibt es keine Entschuldigung. Und während diese verdammten nuklearen Sprengköpfe für ungeheure Summen und mit einem großen Risiko für den Planeten produziert werden, sterben in der Dritten Welt Tag für Tag mehr als vierzigtausend unschuldige Kinder an Krankheiten, die sich durch rechtzeitige Impfungen leicht verhindern lassen.«
Connor wurde weitergeführt, und der Reporter rief ihm hinterher: »Es ist doch wohl ein unerreichbares Ziel, Dr. Connor, jedes Kind auf der Welt zu impfen!«
»Mit den erforderlichen Mitteln und medizinischen Fachkräften ...« begann er, aber man schob ihn in das Polizeifahrzeug, schlug die Tür hinter ihm zu und schloß ab.

»Du hattest recht. Ich bin froh, daß ich mitgekommen bin«, sagte Rachel, als die Menge sich zerstreute und sie zu Amys Wagen zurückgingen. Sie lachte leise. »Mort wird froh sein, daß ich vernünftig genug war, mich *nicht* verhaften zu lassen.« Sie wartete auf der Beifahrerseite,

während Amy ihr die Tür aufschloß. »Ich verstehe, daß Dr. Connor sich wundert. Warum gehst du eigentlich nicht nach Ägypten, wenn du schon für die Treverton-Stiftung arbeitest?«
»Rachel, ich habe mir geschworen«, erwiderte Amy, »nie mehr zurückzugehen.«
»Warum denn?«
Amy setzte sich ans Steuer und sah ihre Freundin an. »Rachel, du weißt, ich habe Ägypten mit Schimpf und Schande verlassen. Mein Vater hat mich aus dem Haus geworfen, weil mich ein Mann vergewaltigt hat und ich danach schwanger wurde. Wir haben uns nicht geliebt, wir waren Feinde. Er hatte gedroht, meine Familie sowie deine Großeltern durch brutale Anwendung seiner Macht zu ruinieren, wenn ich mich weigerte, mit ihm zu schlafen. Ich habe mich gewehrt, aber er war stärker. Meine Familie, die ich retten wollte, hat mich nicht in Schutz genommen. Umma, Nefissa, mein Mann und mein Vater haben mich verurteilt. Deshalb bin ich aus Ägypten weggegangen.«
»Weiß deine Familie nicht, daß du keine Schuld daran hattest?«
»In *ihren* Augen bin ich schuldig. In Ägypten geht die Ehre über alles. Eine Frau sollte lieber sterben, als Schande über sich und ihre Familie zu bringen. Man hat mir meinen Sohn weggenommen und mir gesagt, ich sei so gut wie tot. Ich werde nie mehr zu meiner Familie zurückgehen.«
»Woher weißt du, daß es ihnen inzwischen nicht leid tut?« fragte Rachel. »Woher weißt du, daß sie dich nicht zurückhaben wollen? Amy, ich finde, das mußt du zumindest herausfinden. Du kannst dich nicht ein ganzes Leben lang von deiner Familie abwenden, nur weil ein Mann dich vergewaltigt hat.«
Amy beobachtete die vorbeifahrenden Militärfahrzeuge und fragte sich, wohin man das Ehepaar Connor brachte. Sie dachte an Connors Freude, als sie ihm gesagt hatte, sie werde für die Stiftung arbeiten. Vielleicht wollte er sie wirklich umarmen, hatte sich jedoch beherrscht.
»Fehlt dir deine Familie denn nicht, Amy?« fragte Rachel und sah ihre Freundin an, deren blonde Haare sich gelöst hatten.
»Meine Schwester fehlt mir«, antwortete Amy und ließ den Kopf sinken. »Jasmina und ich . . ., wir haben uns als Kinder sehr nahegestanden.« Sie ließ den Motor an, stieß langsam zurück und reihte sich in die abfahrenden Wagen ein. »Wollen wir in Las Vegas zu Mittag essen?«

»O ja!« sagte Rachel lachend. »Dann kannst du mir alles über die Flüchtlingslager erzählen, in die du freiwillig gehst.«

Amy drehte das Wagenfenster herunter und spürte, wie ihr der Wüstenwind mit unsichtbaren Fingern durch die Haare fuhr. Sie holte tief Luft und stellte sich Declan Connor vor. Er war mitreißend und voller Kraft. Seine Stimme und seine Worte glühten noch in ihr. Plötzlich spürte sie, daß ihre Depression wie eine Regenwolke verschwand, die der Frühlingswind vertreibt. Die Leblosigkeit, das tote Land, das sich seit der Nacht, in der ihr Vater die schrecklichen Worte ausgesprochen hatte, in ihr ausbreitete, schien von ihr abzufallen wie eine alte Schale. Darunter kam etwas zum Vorschein, das ihr gefiel, denn es war lebendig, unabhängig und frei von Vorurteilen und lähmenden Bindungen. Sie hatte eine Chance, ihr Leben selbst in die Hand zu nehmen und das zu verwirklichen, was sie für richtig hielt. Amy freute sich, daß sie an diesem Morgen in die Wüste gekommen war.

Vor einer Stunde war sie noch ein Gespenst unter den Lebenden gewesen, hatte am Kreuzungspunkt ihrer Entwicklung nicht gewußt, wohin sie sich wenden sollte. Nun lag ihr Weg vor ihr, so klar wie die Linie in der Mitte der Fahrbahn. Der Weg war die Antwort auf Declan Connors Aufruf, die Kinder der Welt zu retten, eine Antwort auf die Sehnsucht nach Kindern, mit der sie vierzehn Jahre lang gelebt hatte. Diese Antwort lag schon seit langer Zeit wie ein lebendiger Keim in ihr, der die harte Schale der Vergangenheit durchstoßen wollte. Das innere Wissen, daß ihr Schicksal bereits vorgezeichnet war, erfüllte sie mit Erleichterung und Ergebenheit, sogar mit dem Gefühl der Rettung, als sei ihr Todesurteil an diesem eisigen Morgen in der Wüste aufgehoben worden.

»Rachel«, sagte sie, »ich glaube, du hast recht. Ich werde mich um eine Aussöhnung bemühen. Als erstes werde ich Jasmina eine Geburtstagskarte schreiben. Ich glaube, meine Schwester wird mich verstehen.« Amy dachte an das Buch, das Tante Marijam ihr gegeben hatte.

Sie blickte auf die Sonne und spürte die neue Kraft in sich, die Kraft, die sie hier in Amerika hatte finden wollen und um derentwillen sie lange einsame Jahre gearbeitet hatte. »Und dann«, fuhr sie fort, »werde ich das tun, was Dr. Connor für möglich hält. Ich werde in die Welt hinausgehen und etwas für die Kinder tun, denen wir Ärzte zu einem besseren Leben verhelfen können.«

21. Kapitel

Die Dienstboten hatten den ganzen Morgen geputzt, Staub gewischt und gefegt, während Khadija die Verteilung der Blumen beaufsichtigte, die Gänge für das Mittag- und das Abendessen festlegte und den Verwandten, die von außerhalb kamen, ihre Zimmer zuwies.
Nur Nefissa ließ sich von der allgemeinen Geschäftigkeit nicht anstecken. Sie zog es vor, die Vormittage in ihrem Zimmer zu verbringen. Das heißt, sie beschäftigte sich mit ihrer Toilette und führte endlose Telefongespräche, um sich auf dem laufenden darüber zu halten, was an Skandalen, Klatsch und neuesten Trends in ihren Kreisen die Gemüter beschäftigte. Immer wieder sprach man sie auf ihre Nichte Jasmina an, die auf ihrer vier Monate langen Tournee Triumphe gefeiert hatte, besonders in Kuweit, Saudi Arabien und in Algier. Sie war sogar in Paris und Monte Carlo aufgetreten. An diesem Abend würde sich Jasmina zum ersten Mal nach ihrer Rückkehr wieder im Rahmen einer Galavorstellung zugunsten von UNICEF, des Kinderhilfswerks der Vereinten Nationen, ihren Verehrern in Ägypten zeigen. Ihre Freundin Schariba hatte ihr gerade in aller Ausführlichkeit berichtet, welche Prominenten unter den Zuschauern sein würden. Der Gala-Abend war *das* gesellschaftliche Ereignis schlechthin, bei dem die größten Stars der arabischen Welt auftraten, und Jasmina war natürlich dabei.
Der Erfolg einer Raschid schmeichelte Nefissa und brachte ihr das besondere Interesse ihrer Freundinnen ein. Aber er weckte auch Nefissas Neid. Warum fielen Glanz und Ruhm auf die anderen Frauen ihrer Familie? Dahiba und Jasmina führten ein Leben im Scheinwerferlicht der Öffentlichkeit, umjubelt und angebetet von den Männern, während Nefissa immer zusehen mußte. Warum verstanden es nur andere, wirklich zu *leben*?

Jasmina hatte sogar Zeinab auf die Tournee mitgenommen. Man mußte sich das vorstellen – ein so junges Mädchen begleitete seine »Mutter« in die Metropolen des Showgeschäfts, in eine doch eher zweifelhafte Welt des internationalen Nachtlebens, auch wenn Jasmina ein großer Star war und nur in den größten und teuersten Theatern, Casinos, Clubs oder Varietés auftrat. Ein behindertes Mädchen wie Zeinab wäre zu Nefissas Zeit nie aus dem Haus gekommen und von niemandem beachtet worden. Aber dieses Kind sah mehr von der Welt als Nefissa, deren Schönheit ein Grund für Umma gewesen war, sie im Haus einzuschließen und wie eine Gefangene auf Schritt und Tritt zu bewachen. Nefissa stand immer auf der falschen Seite. Warum?

Nefissa ging unzufrieden die Treppe hinunter. Mit gerunzelter Stirn und zusammengekniffenen Augen betrat sie das Vestibül neben der Eingangshalle und griff nach dem Stapel Post, der gerade gebracht worden war. Ohne auf die geschäftigen Geräusche im Haus zu achten, auf die Mädchen, die lachten, auf die beiden Radios, in denen verschiedene Sender eingestellt waren, sortierte sie Umschläge und Karten und prägte sich ein, wer was und vom wem bekommen hatte. Sie betrachtete dieses tägliche Ritual als ihr Privileg, das ihrem Status im Haushalt entsprach. Sie war Khadijas Tochter und die Mutter von Omar, Khadijas einzigem Enkelsohn.

An diesem heißen Tag im August stellte sie zufrieden fest, daß mit den Briefen auch eine Postkarte von Omar eingetroffen war. Ihr Sohn hielt sich in Bagdad auf und kündigte an, er werde am Ende der nächsten Woche nach Hause kommen.

Al hamdu lillah, dachte Nefissa. Gott sei gepriesen. Ich wünsche ihm schon jetzt eine gute Reise.

Omars Rückkehr bedeutete, daß sie selbst und seine Frau Nala mit den Kindern wieder in die Wohnung nach Bulaq übersiedeln würden.

Nefissa hatte grundsätzlich nichts gegen die Zeiten in der Paradies-Straße einzuwenden, wenn Omar beruflich unterwegs war. Aber obwohl sie die Abwechslung und die größere Bequemlichkeit bei ihrem Bruder genoß, ärgerte sie sich im stillen darüber, daß sie sich Umma fügen mußte.

In Bulaq herrschte Nefissa uneingeschränkt. Sie hatte die acht Kinder unter ihrer Obhut, sie beaufsichtigte das Personal, plante die Mahlzeiten und gab ihrer Schwiegertochter Nala, die sich gegen Nefissa nicht

behaupten konnte, Anweisungen. Am meisten gefiel Nefissa jedoch, daß sie Omar ebenso bemuttern durfte wie ihren Enkel Mohammed, der natürlich bei ihnen in Bulaq lebte.
Nefissa hatte jedoch auch Sorgen. Ihr war nicht entgangen, daß Umma in letzter Zeit Mohammed unauffällig beobachtete. Dabei machte Khadija ihr »Ehestifterinnen-Gesicht«. Der Junge war erst achtzehn, ein Universitätsstudent! Außerdem fand Nefissa, es sei ihre und nicht Khadijas Sache, eine Ehefrau für ihren Enkel zu finden.
Sie seufzte. Ummas Stellung an der Spitze der Familie war unangefochten, und sie würde sich nicht von ihren Plänen abbringen lassen. Aber Nefissa wollte Mohammed nicht verlieren. Ich werde auf der Hut sein müssen, dachte sie. Ich muß Mohammed auch in diesem Punkt rechtzeitig unter meinen Einfluß bringen.
Sie wandte sich wieder der Post zu. Es gab Briefe für Basima und Sakinna – mit dem Poststempel von Assiut, für Tewfik eine Rechnung von dem teuren Schneider in der Kasr El Nil-Straße und für Ibrahim wieder einmal ein zerknittertes Couvert von Hudas Vater. Zweifellos wollte er Geld. In Nefissas Augen hatte ihr Bruder der Familie Schande gebracht, als er so weit unter seinem Stand heiratete – ausgerechnet seine Sprechstundenhilfe! Und was hatte er von dem faulen Weib dafür bekommen? Nur Töchter!
Nefissa hörte die Glocke am Tor, und als sie hinausblickte, sah sie Nabil el-Fahed durch den Garten kommen. Er wurde in den kleinen Salon geführt. Sie wunderte sich nicht zum ersten Mal über diesen Besucher. Was hatte ihre Mutter vor? Fahed schien ein guter Heiratskandidat zu sein. Nefissa fand ihn nicht uninteressant. Sie hatte gehört, daß er ein sehr vermögender Antiquitätenhändler war. Aber für wen kam er in Betracht? Für welches der vielen Raschid-Mädchen hatte Khadija diesen Mann in den Fünfzigern vorgesehen? Nefissa hatte sich damit abgefunden, nicht wieder zu heiraten, obwohl sie sich attraktiv fand und wußte, sie hätte einen Mann glücklich machen können – zum Beispiel Fahed. Er war reich, geschieden, machte als Taxator viele Reisen und verkehrte in den besten Kreisen. Konnte ein solcher Mann ihr nicht die Tür des Gefängnisses öffnen? An seiner Seite würden ihre wahren Fähigkeiten erst zur Geltung kommen ...
Nefissa hatte den Stapel Post beinahe durchgesehen, als sie erstarrte. Der letzte Umschlag war an Jasmina adressiert. Er hatte amerikanische

Briefmarken und einen kalifornischen Poststempel – wieder ein Brief von Amira! Nefissas Hände verkrampften sich, so daß sie ihn beinahe auf der Stelle zerknüllt hätte.
Nefissa hatte damals das Geheimnis ihrer Nichte verraten und Schicksal gespielt. Sie hatte ihr Ziel erreicht. Doch beim Gedanken an Amira flammten Eifersucht und Ablehnung sofort wieder mit unverminderter Wucht auf.
Es mußte etwas damit zu tun haben, daß Amira zur Hälfte Engländerin war. Nefissa haßte die Engländer. Hatten die Engländer sie nicht betrogen und ihr Leben zerstört? Hatten nicht alle Engländer, die Nefissa kannte, sie auf das bitterste enttäuscht? Selbst der Leutnant, der sie nach einer einzigen Liebesnacht vergessen hatte und nie wieder etwas von sich hören ließ? Edward, der Bruder von Alice, hatte Hassan ihr vorgezogen. Sie würde nie vergessen, daß die blonde Amira die Ursache der Demütigung durch Hassan gewesen war. Und Alice hatte mit ihrem Selbstmord die ganze Familie entehrt.
Nefissa hatte sich nicht von Ibrahim täuschen lassen. Sie wußte von dem Tod seiner Frau im Nil, obwohl ihr Bruder glaubte, niemand kenne die Wahrheit, weil er allein zum Leichenschauhaus gegangen war, um die Leiche zu identifizieren. Ibrahim war mit der Geschichte von einem tragischen Unfall zurückgekommen. Aber Nefissa hatte im Lauf der Jahre gelernt, wie man die Wahrheit erfuhr. Sie war sehr geschickt darin, im richtigen Augenblick an Türen zu lauschen. Sie hatte gehört, wie Ibrahim seiner Mutter berichtete, Fischer hätten gesehen, daß Alice vorsätzlich in den Fluß gegangen war.
Nefissa starrte auf den Umschlag in ihrer Hand. Sie wußte, was Amira ihrer Schwester Jasmina schrieb, denn sie hatte ihr schon einmal einen Brief geschickt, der zusammen mit der üblichen Geburtstagskarte im Mai angekommen war. Amira hatte es nicht offen ausgesprochen, aber es war klar, daß sie plante, nach Ägypten zurückzukehren.
Nefissa würde das unter allen Umständen verhindern. Sie wollte nicht, daß ihre Nichte zurückkam. Sie hatte alles getan, um Mohammeds halb-englische Mutter aus seinem Herzen zu verdrängen, ihn vergessen zu lassen, daß auch in seinen Adern englisches Blut floß. Mohammed sollte ihr gehören. Er war ihr Liebling, denn er war Omars Sohn.
Das Leben behandelte Nefissa wie ein Stiefkind. Die große Liebe war unerreichbar gewesen, und mit sechsundfünfzig blieben ihr nur Bitter-

keit und ein demütigendes Schattendasein. Aber sie würde sich nicht abschieben lassen. Sie wollte kämpfen! Sie hatte nur noch ihren Enkelsohn, und sie würde ihn um keinen Preis mit seiner Mutter teilen, die ihm jedes Jahr eine Geburtstagskarte schickte und nach so vielen Jahren aus heiterem Himmel beschloß, einfach zurückzukommen. Ibrahim hatte Amira für tot erklärt.
Soll sie doch tot bleiben.
Nefissa legte die sortierte Post auf den kleinen Sekretär und sah zu ihrer Überraschung Jasmina und Hakim ins Haus kommen. Die beiden unterhielten sich angeregt und gingen in den kleinen Salon.
Hatte ihre Freundin Schariba vielleicht doch recht? Sie hatte behauptet, Jasmina denke daran zu heiraten, um ihrer Tochter Zeinab einen Vater zu geben. Nefissa hatte schallend gelacht. Welcher Mann würde sich auf so etwas einlassen? Jasmina konnte keine Kinder bekommen. Sie würde niemals ihre Karriere aufgeben, und sie war unter Dahibas Einfluß eine Feministin mit sehr eigenwilligen Ansichten geworden. Doch als Nefissa den beiden nachsah, kam ihr ein Verdacht.
Sie verließ das Vestibül mit Amiras Brief in der Tasche und betrat den großen Salon. Als sie sich in der Nähe der Tür zum kleinen Salon auf einen Diwan setzte, dachte sie bitter: Wie anders mein Leben wohl verlaufen wäre, wenn man mir erlaubt hätte, den englischen Leutnant zu heiraten ...

Während Hakim sich diplomatisch bei Fahed über die notwendigen Einzelheiten informierte – eine Adresse im teuren Viertel Heliopolis, eine Familie, die zwei Paschas und einen Bey aufweisen konnte, und einen soliden finanziellen Hintergrund, der selbst den reichen Raouf beeindruckte –, beobachtete Jasmina den reichen Antiquitätenhändler aus den Augenwinkeln.
Fahed suchte keine Frau, die ihm Kinder schenken würde. »Ich bin«, sagte er, »ein Freund schöner Dinge.«
Aber wollte sie einen solchen Ehemann?
Jasmina hatte das Angebot für eine große Tournee, zu der man sie schon lange drängte, zu Dahibas und Hakims Verblüffung ganz plötzlich angenommen, um über Jakob Mansour hinwegzukommen. Vier Monate lang hatte sie vor begeisterten Zuschauern im Ausland, sogar in Europa getanzt, aber es war ihr nicht gelungen, das Gefühl von Jakobs Körper

zu vergessen. Sie sehnte sich nach seinen Armen, mit denen er sie schützend an sich gedrückt hatte, als Fanatiker die Fensterscheibe der Redaktion einwarfen.

Jakob hatte nach Seife und Tabak und einem aufregenden Gewürz gerochen, das sie nicht kannte. Und selbst jetzt, wenn sie den etwas gedrungenen Mann mit den dünner werdenden Haaren und der altmodischen Brille mit dem eleganten Fahed verglich, der die gesellschaftlichen Formen beherrschte, ihre Großmutter und Hakim mit amüsanten Geschichten unterhielt, der sich weltmännisch über alle Themen äußerte, die zur Sprache kamen, spürte sie Jakobs Kuß, als sei er in ihre Lippen eingebrannt. Ihr Körper, ihr ganzes Wesen schien sich nach ihm zu sehnen. Jasmina mußte sich resigniert eingestehen, daß es ihr auch durch die Tournee nicht gelungen war, sich von ihm freizumachen.

Aber sie hatte unterwegs lange Gespräche mit Dahiba und Hakim geführt. Sie hatte ihre freie Zeit Zeinab gewidmet. Sie hatte das Mädchen beobachtet, hatte ihre Fragen beantwortet, so gut sie konnte, hatte ihre Ängste und Sehnsüchte in der fremden Umgebung viel deutlicher erlebt und einen Entschluß gefaßt. Sie mußte Zeinab eine sichere Zukunft geben, sonst würde das Verhängnis ihrer Geburt ans Licht kommen und alle Mühe wäre umsonst. Das Kind brauchte unbedingt einen Vater, der ihm Sicherheit und Selbstvertrauen schenkte. Jasmina war deshalb bereit, aus Gründen der Vernunft einen Mann zu heiraten, der in der Ehe eine echte Partnerschaft suchte, der sie als Frau samt ihrer Karriere akzeptierte. Dieser Mann war Fahed. Das hatten ihr Umma und Hakim bestätigt.

Also würde sie Jakob nie wiedersehen. Er war ein Christ und kämpfte auf seine Weise. Aber das konnte sie nicht billigen.

Kairo wurde von religiösem Haß zerrissen. In ihrer Abwesenheit hatte sich die Situation zwischen Muslimen und Christen noch verschärft. Vor jeder Kirche in Kairo waren Polizisten stationiert. Muslime legten den Koran sichtbar auf das Armaturenbrett ihrer Wagen, die Christen hatten Aufkleber mit dem Bild ihres Patriarchen Schenouda an den Stoßstangen, und die Aufkleber der Muslime verkündeten: »Es gibt keinen Gott außer Gott!« Auf der Fahrt vom Flughafen hatte ihnen der Chauffeur von den Festnahmen in ganz Kairo erzählt – »Die Leute werden bereits verhaftet, wenn auch nur der Verdacht besteht, daß sie etwas mit diesen religiösen Gewaltakten zu tun haben könnten.«

Es war für alle das beste, wenn sie Jakob Mansour vergaß.
Jasmina stellte fest, daß sich das Gespräch dem Ende näherte. Hakim und Fahed sahen zufrieden aus. Khadija nickte Jasmina aufmunternd zu und übergab ihr damit das Wort.
Jasmina lächelte den Gast ihrer Großmutter an und sagte das, was man von ihr erwartete: »Werden Sie heute abend zur Galavorstellung kommen, Sajjid Nabil el-Fahed?«
»Beim Propheten, Gott segne ihn! Ich werde mich mit dem größten Vergnügen einfinden.« Er verneigte sich und sagte dann: »Es wäre mir eine große Freude, wenn Sie und Ihre Freunde mir anschließend die Ehre beim Abendessen geben.«
Jasmina zögerte für den Bruchteil einer Sekunde, denn sie sah Jakob Mansours Gesicht mit der Brille, die er manchmal in die Stirn schob, wenn er lächelte. Dann erwiderte sie: »Es wird uns eine Ehre sein, mit Ihnen zu Abend zu essen, Sajjid Nabil.«

Sobald Jasmina die Bühne betrat, nahm sie von ihr Besitz. Die Zuschauer im Saal und an den Fernsehern waren bereits zwei Stunden mit den Auftritten der internationalen Stars verwöhnt worden. Aber sie warteten gespannt auf den Höhepunkt des Abends. Jasmina trat für Ägypten auf! Als das Gold, das Silber und die Perlen ihres Kostüms im Scheinwerferlicht funkelten, brach ein Sturm der Begeisterung aus. Sie war eine Göttin, das Publikum betete sie an. Sie begann ihren Tanz mit schwebender Leichtigkeit und verzauberte die Zuschauer mit ihrer Zartheit und Reinheit. Ihr tanzender Körper schien alle Schwere überwunden zu haben. Sie warf den Schleier durch die Luft, wie um das glitzernde Licht einzufangen und auf die Erde zu holen. Die Zuschauer sprangen von ihren Plätzen und riefen: »*Allah*! Jasmina, du schenkst uns das Paradies!«
Jasmina lachte, streckte die Arme aus und umarmte sie alle.
Sie ließ sich von der Begeisterung mitreißen und wagte einen Blick in den Zuschauerraum. Aber sie hatte sich vor dem Auftritt geschworen, unter den Gästen nicht Jakob Mansour zu suchen, sondern Nabil el-Fahed und ihm ein besonderes Lächeln zu schenken. Sie würde nicht nach Jakob Ausschau halten.
Jasmina ließ den Schleier fallen und begann einen aufreizenden, sinnlichen Tanz. Sie hatte jeden Muskel unter Kontrolle, entfesselte ihren

Leib wie stürmische Wellen das Meer. Ihre Hüften beschrieben schnelle, immer enger werdende Kreise. Die Arme zuckten und lockten, spielten und hypnotisierten und brachten die Männer um den Verstand.
Jasmina flirtete nicht nur mit den Zuschauern, sie fesselte sie, nahm ihnen den Atem und schenkte ihnen Träume und Phantasien. Sie bot sich ihnen an, aber dann entzog sie sich wieder, verschwand hinter den Schleiern und wurde zum arabischen Ideal der Weiblichkeit: begehrenswert, aber unerreichbar.
Sie entdeckte Fahed. Er saß neben Hakim an dem für ihre Gäste reservierten Tisch in der ersten Reihe. Er strahlte, klatschte begeistert, und sie lächelte ihm zu. Aber in diesem Augenblick spielte Jasminas Herz ihr einen Streich. Aus alter Gewohnheit richteten sich ihre Augen auf den Hintergrund. Sie sah zwar nichts in dem überfüllten Saal, aber sie wußte: *Jakob ist nicht da.*
Plötzlich verstummte die Musik bis auf den Klang einer Flöte, der alten oberägyptischen Holz-*nai*, die eine ergreifende, klagende Melodie spielte. Gleichzeitig erloschen die Lichter, und Jasmina stand im Strahl eines einzigen Scheinwerfers. Als sie wie ein verzaubertes Wesen aus dem erstarrten Schlaf erwachte und mit den Schlangenkräften ihrer Weiblichkeit, den Juwelen der Schönheit, aus den Tiefen der Erde ans Licht kam, um sie der Sonne darzubringen, war das nicht mehr einstudiert. Sie verfiel in eine Art Trance, und der Tanz kam aus ihrem Herzen, das um den Verlust der Liebe klagte. Den Zuschauern verschlug es den Atem. Sie sahen das Leiden einer Frau, die mit dem Schicksal rang.
Die Nummer endete, und Jasmina zog sich unter ohrenbetäubendem Applaus zurück. Die zwanzig Tänzerinnen ihrer Truppe kamen in Galabijas aus den Kulissen und wirbelten unter Zurufen und Zagharits in einem ausgelassenen Volkstanz über die Bühne. Jasmina eilte unterdessen in ihre Garderobe, wo die Garderobieren ihr aus dem Kostüm halfen.
Hakim erschreckte sie alle, als er plötzlich außer Atem erschien und rief: »Vor einer Stunde ist in Mansours Redaktion eine Bombe explodiert!«
»O Gott? War jemand im Büro? Ist er verletzt?«
»Ich weiß nicht. Aber es ist entsetzlich! Er hat Dahibas Artikel veröffentlicht, und jetzt ...«

»Ich muß zu ihm ...«, sagte Jasmina und griff nach einer schwarzen Melaja, die in ihrer Gaderobe hing. »Hakim, kümmer dich bitte um Zeinab. Bring sie zu euch nach Hause und sag Radwan, er soll bei ihr bleiben, damit sie nicht allein ist.«
»Jasmina, warte. Ich begleite dich!«
Aber sie war bereits gegangen.

In der Gasse herrschte Chaos. Leute versperrten den Weg und behinderten die Wagen der Feuerwehr. Jasmina hatte ihre Limousine auf der Hauptstraße geparkt, als sie die Menschenmenge sah.
In panischer Angst bahnte sie sich mit den Ellbogen einen Weg durch die Menschen. Als sie das halbzerstörte Haus erblickte, vor dem Glassplitter und Papiere auf der Gasse verstreut lagen, begann sie, schneller zu laufen.
Jakob war in der Redaktion, besser gesagt in dem, was von den Büros übriggeblieben war. Er stand benommen inmitten der rauchenden Trümmer.
»Gelobt sei Gott!« rief Jasmina, schlug den Schleier zurück und warf sich ihm in die Arme.
Die Umstehenden hielten den Atem an, als sie Jasmina erkannten. »Allah ist groß!« flüsterten die Menschen, und ihr Name machte schnell die Runde. Die Leute fragten sich verunsichert, was die berühmte Jasmina Raschid mit einem subversiven Zeitungsmenschen zu tun hatte.
Jasmina musterte besorgt sein Gesicht. Jakobs Brille war zerbrochen, und aus einer Kopfwunde rann Blut. »Wer hat das getan?«
»Ich weiß es nicht«, erwiderte er, immer noch wie betäubt.
»Weshalb können wir nicht alle in Frieden miteinander leben?«
»Einer geballten Faust kann man nicht die Hand reichen«. Er starrte sie an, als begreife er plötzlich, daß sie es war. »Jasmina, Sie sind zurück!« Er sah ihr geschminktes Gesicht und den rosa Chiffon unter dem schwarzen Umhang. »Ihre Vorstellung! Heute abend ist doch die Gala! Was tun Sie hier?«
»Als ich hörte ...« Sie berührte seine Stirn. »Sie sind verletzt. Ich werde Sie zu einem Arzt bringen.«
Er ergriff ihre Hände und sagte rauh: »Jasmina, hören Sie zu. Sie müssen hier weg. Schnell!«
Er zog sie hinter eine Wand und redete erregt auf sie ein.

»Nach Ihrer Abreise hat es Verhaftungen gegeben. Sadat säubert Kairo von Intellektuellen und Liberalen. Es heißt, daß sie die religiösen Streitigkeiten schüren. Man hat in uns einen Sündenbock gefunden. Wenn Sie bei mir bleiben, wird man Sie nach dem Gesetz zum Schutz der Moral verhaften. Das neue Gesetz ermöglicht es, jedermann unbegrenzte Zeit einzusperren. Letzte Woche haben sie meinen Bruder verhaftet. Gestern hat man den Schriftsteller Jussuf Haddad abgeholt. Ich weiß nicht, wer die Bombe in mein Büro geworfen hat, Jasmina. Vielleicht waren es die Muslimbrüder. Vielleicht war es die Regierung. Ich weiß nur, daß Sie in Gefahr sind, wenn man Sie mit mir zusammen sieht.«
»Bei Gott, ich werde Sie nicht alleinlassen. Sie können nicht hierbleiben, das wäre Wahnsinn. Kommen Sie mit!« sagte sie entschlossen. Sie nahm seine Hand und verließ mit ihm das zerstörte Haus. Die Menschen wichen scheu vor ihnen zurück. Jasmina begriff, das war ihre einzige Chance, der Polizei zu entgehen. Sie eilte mit dem verwirrten Jakob durch die plötzlich frei werdende Gasse.
»Mein Wagen parkt in der Al-Bustan-Straße. Schnell. Die Geheimpolizei kann jeden Augenblick hier sein.«

Jakob stand auf dem Balkon von Jasminas Penthaus und spürte die erfrischende Brise vom Nil auf seinem Gesicht. Jasmina hatte seine Wunde ausgewaschen und verbunden. Jetzt schaltete sie drinnen das Radio an, um die Nachrichten zu hören. Er hielt sich an dem schwarzen Eisengeländer fest und blickte auf den Fluß hinunter, wo Feluken mit Laternen kreuzten, um mit dem Licht die Fische anzulocken.
Jakob stöhnte leise und wünschte, er wäre nicht hierher gekommen. So viele Menschen hatten sie gesehen. Jetzt war Jasmina ebenfalls in Gefahr.
»In den Nachrichten haben sie nichts über den Bombenanschlag berichtet«, sagte Jasmina, als sie aus dem Zimmer kam und sich neben ihn stellte. Sie hatte sich umgezogen und abgeschminkt. Sie trug eine weiße Galabija aus Leinen mit Goldstickereien an Kragen und Ärmeln. Das Haar fiel ihr offen über den Rücken.
Sie hatte gehofft, das kalte Wasser auf dem Gesicht würde sie beruhigen, aber sie war wie im Fieber, als sei die Augusthitze durch die Haut bis in ihre Knochen gedrungen.

Während sie Jakobs Wunde versorgt hatte, saßen sie auf dem Sofa. Und als ihre Fingerspitzen seine Stirn berührt hatten, durchzuckte es sie wie ein Schock.
Sie dachte an den gepflegten, reichen Nabil el-Fahed und wußte, er hatte soviel Leidenschaft in ihr geweckt wie einer seiner antiken Sessel. Jakob Mansour dagegen, der es immer noch nicht geschafft hatte, den fehlenden Kragenknopf anzunähen ...
»Was nun?« fragte sie sich, während sie sein Gesicht betrachtete. Es war für sie beide ein gefährlicher, nicht rückgängig zu machender Schritt gewesen, ihn hierher zu bringen.
Er blickte zu den Sternen auf, las ihre geheimnisvollen Botschaften und sagte schließlich: »Morgen wird man zum ersten Mal in diesem Jahr Sirius aufgehen sehen. Man kann den Punkt am Horizont finden, wenn man den drei Sternen in Orions Gürtel folgt. Sie weisen den Weg ... dort, sehen Sie?«
Er stand sehr nahe bei ihr, hatte den Arm gehoben und wies mit dem Finger auf das Sternbild. Jasmina nickte, unfähig zu sprechen.
»In alter Zeit«, fuhr er fort, und seine Stimme wurde von der leichten Brise davongetragen, »vor der Geburt Jesu, war Sirius der Stern des Hermes, eines jungen Erlöser-Gottes. Für die Ägypter war sein Erscheinen am Horizont ein Zeichen für die Wiedergeburt des Hermes. Die drei Sterne im Gürtel Orions, die genau auf die Stelle am Horizont weisen, wo Sirius aufgehen wird, nannte man die drei Weisen. Und in dieser Richtung ...«, sein Finger zeichnete eine Bahn vom Orion zum Horizont, »... findet man den Stern des Hermes.« Er sah sie an. »Ich liebe dich, Jasmina. Ich möchte dich umarmen und mit dir schlafen.«
»Warte«, flüsterte sie. »Es gibt Dinge, die du nicht von mir weißt ...«
»Ich weiß alles, was ich wissen muß. Ich möchte dich heiraten, Jasmina.«
»Hör zu, Jakob«, sagte sie schnell, bevor der Mut sie verließ. »Zeinab ist nicht meine Tochter. Sie ist meine Nichte. Aber das weiß niemand. Ich bin keine Witwe, ich war nie verheiratet.« Sie wandte den Blick ab. »Ich war noch nie ... mit einem Mann zusammen.«
»Weshalb solltest du dich deshalb schämen?«
»Eine Frau in meinem Alter, die so viele Menschen die Liebesgöttin nennen?« Sie lachte verlegen. »Ich komme mir immer wie eine Betrügerin vor ...«

»Wie kannst du dich schämen, wenn alle heiligen Frauen in der Geschichte Jungfrauen waren?«
»Ich bin keine Heilige.«
»Als du im Ausland gewesen bist, war jeder Tag eine Qual für mich. Ich liebe dich, Jasmina, und ich möchte dich heiraten. Alles andere ist mir nicht wichtig.«
Sie ging vom Balkon in das Wohnzimmer zurück. Farid al-Attrachs helle Stimme drang romantisch und verliebt aus dem Radio durch die warme Nachtluft. »Da ist noch etwas«, sagte Jasmina und drehte sich nach ihm um. »Ich habe nie geheiratet, weil ich keine Kinder bekommen kann. Ich war als junges Mädchen sehr krank, ich hatte eine Infektion ...«
»Ich will keine Kinder«, sagte er und faßte sie an den Schultern. »Ich will dich.«
»Aber wir haben nicht denselben Glauben«, rief sie und wich an die Wand zurück.
»Selbst der Prophet hatte eine Christin zur Frau.«
»Jakob, es ist unmöglich, wir können nicht heiraten. Deine Familie würde nie akzeptieren, daß du eine Tänzerin zur Frau nimmst, und meine Familie würde es nicht billigen, daß ich jemanden als Zeinabs Vater wähle, der kein Muslim ist. Und was würden meine Zuschauer denken oder deine Leser? Alle würden uns vorwerfen, wir seien Verräter!«
»Ist man ein Verräter, wenn man seinem Herzen folgt?« fragte er leise, trat vor sie und zog sie wieder an sich. »Ich schwöre dir, Jasmina, ich liebe dich seit dem Tag, an dem ich dich vor vielen Jahren zum ersten Mal auf der Bühne gesehen habe. Meine Besprechung deines Auftritts war meine Liebeserklärung. Seit diesem Tag wollte ich dich, und jetzt, wo ich dich habe, werde ich dich nicht wieder gehen lassen.«
Als er sie küßte, wehrte sie sich nicht mehr. Sie küßte ihn ebenfalls und drückte sich an ihn. Sie liebten sich auf dem Fußboden. Dort, wo sie standen, sanken sie auf den Teppich, der einmal einen prächtigen Salon in König Farouks Palast geschmückt hatte. Sie liebten sich schnell, mit dem Hunger und dem Drang von Menschen, die wissen, daß ihr Leben wie im Flug vergeht.
Hinterher führte Jasmina ihn in das Schlafzimmer, wo das riesige Bett beinahe unter dem Satinüberwurf in der Farbe des Sonnenaufgangs

verschwand. Diesmal liebten sie sich langsam und genossen jede Berührung, jede Empfindung in dem Wissen, daß sie ihre Tage von nun an zusammen verbringen würden.

Später, nachdem sie gebadet und sich angekleidet hatten und wieder ruhiger geworden waren, führten sie sich die Wirklichkeit vor Augen und kamen überein, daß sie sich der Zukunft mit all ihren Kompliziertheiten und Schwierigkeiten gemeinsam stellen würden.

Aber als Jakob sie zum dritten Mal an sich zog, während der Vollmond durch die Jalousien der Balkontür schien, hallten Schläge gegen die Wohnungstür und zerrissen die Stille der heißen Nacht.

Bevor sie reagieren konnten, gab die Tür nach und fiel mit einem lauten Knall auf den Boden. Männer in Uniformen, mit Pistolen und Handschellen stürmten in das Wohnzimmer und verhafteten sie nach dem Gesetz zum Schutz der Moral.

22. Kapitel

Als Amy den Ruf zum Gebet hörte, überkam sie ein solches Gefühl von Wärme, Sicherheit und Endlich-wieder-zu-Hause-Sein, daß sie laut lachte. Das Lachen weckte sie.

Sie lag einen Augenblick ruhig im Bett und versuchte, die Empfindungen ihres Traums zurückzurufen: Der dunstige Morgen in Kairo, Vögel auf den Dächern, die lärmend das Tageslicht begrüßten, die Straßen, die sehr schnell von Autos und Eselskarren verstopft waren. Über allem lag der schwere, in alle Poren dringende erdige Geruch des Nils.

Obwohl kein Muezzin über den Pazifik rief, um sie im Gebet zu leiten, unterzog sich Amy im Bad den rituellen Waschungen, kniete in der fahlen Morgendämmerung mit dem Gesicht in Richtung Mekka und sprach die Gebete in den festgelegten Körperhaltungen. Hinterher saß sie auf dem Boden und lauschte der Symphonie der Möwen und der rauschenden Wellen, die ihr eine leichte Septemberbrise zutrug. Amy wußte, es würde noch sehr lange dauern, bis sie den Ruf zum Gebet wieder in Kairo hörte.

Sie hatte nie eine Nachricht von Jasmina bekommen. Für die Familie war sie immer noch tot – selbst ihre Schwester verzieh ihr nicht. Daran ließ sich nichts ändern.

Aber auch wenn Amy nicht nach Ägypten zurückkehren konnte, so verließ sie doch die Vereinigten Staaten. Sie mußte sich beeilen und den Koffer packen, was sie am Abend zuvor nicht mehr geschafft hatte, denn Rachel konnte jeden Augenblick kommen, um sie zum Flughafen zu bringen.

Amy legte ihre Sachen sorgfältig in den Koffer. Bei der Entscheidung, was sie mitnahm, hielt sie sich an die Empfehlungen der Treverton-Stiftung. Ihr Ziel lag im Nahen Osten. Deshalb bestand ihr Gepäck aus leichten Baumwollsachen und festen Schuhen. Obenauf legte sie das Photo ihres Sohnes, Mohammed als Siebzehnjähriger, und eine Aufnahme von sich und Greg am Pier von Santa Monica – zwei hoffnungsvolle Menschen, die sich fragten, wann das Wunder der Liebe geschehen werde. Außerdem befanden sich in ihrem Gepäck *Die bestrafte Frau* – Marijam Misrachi hatte ihr das Buch gegeben – und *Wenn man Arzt sein muß*. Unter der Umschlagklappe steckte ein gefalteter Artikel aus der *Los Angeles Times*, der zusammen mit einem Bild von der Festnahme von Dr. Declan Connor einen Tag nach der Demonstration am Testgebiet in Nevada erschienen war.

Sie klappte den Koffer zu und verschloß ihn gerade, als Rachel, ohne anzuklopfen, in der Tür erschien.

»Fertig?« fragte sie mit den Wagenschlüsseln in der Hand.

»Ich muß noch meinen Hut und meine Handtasche holen.«

Rachel folgte ihr in das Schlafzimmer. »Was machst du mit deinen Sachen?« fragte Rachel, als ihr Blick auf den Kopfkissenbezug fiel, der mit Bettwäsche und Handtüchern vollgestopft war. Im Wohnzimmer hatte sie Kartons mit Töpfen und Pfannen, Tellern und dem Plattenspieler gesehen.

Amy steckte den breitkrempigen Strohhut mit einer langen, altmodischen Hutnadel fest und sagte: »Die Vermieterin übergibt alles der Heilsarmee. Dort, wo ich hingehe, werde ich nichts davon brauchen.«

Rachel betrachtete den Koffer, die Reisetasche und Amys Handtasche, und sie staunte, wie eine fünfunddreißigjährige Frau, eine *Ärztin*, ihr Leben auf so wenig Gepäck reduzieren konnte. Das Haus, in dem Rachel mit ihrem Mann Mort wohnte, quoll von Möbeln und allen möglichen Sachen über, so daß sie bereits daran dachten, sich ein größeres zu suchen.

»Der Libanon...«, murmelte Rachel kopfschüttelnd. »Wie um alles in der Welt bist du auf die Idee gekommen, dich für den Libanon zu melden? Noch dazu für die Flüchtlingslager?«

»Die palästinensischen Flüchtlinge sind Opfer. Du kannst mir glauben, ich weiß, was es bedeutet, ein hilfloses Opfer zu sein.« Amy sah im Spiegel, wie Rachel unwillig das Gesicht verzog. Deshalb sagte sie: »Du kannst es dir nicht vorstellen, aber wenn in Ägypten jemand von seiner Familie getrennt wird, kommt das manchmal einem Todesurteil gleich. Eine Frau ohne Familie hat das härteste Leben, das man sich vorstellen

kann. Die Palästinenser sind Flüchtlinge. Die meisten sind aus dem Sippenverband gerissen worden. Frauen und Kinder haben am schwersten unter der politischen Tragödie zu leiden. Als ich von der Stiftung erfahren habe, daß sie dieses Projekt zusammen mit dem Flüchtlingshilfswerk der Vereinten Nationen plant, gab es für mich kein Zögern. Verstehst du, ich mußte mich einfach freiwillig melden.«
Aber Rachel seufzte bekümmert; sie schien sich Sorgen um Amy zu machen. Amy lachte und sagte: »Keine Angst, Unkraut vergeht nicht!« Sie öffnete den praktischen Leinenbeutel, den sie als Handtasche benutzte, da sich soviel darin verstauen ließ, und griff nach den letzten Sachen, die auf dem Bett bereitlagen, darunter auch ein Photo.
Rachel nahm das Photo in die Hand und betrachtete es. Sie kannte das Bild. Es zeigte fünf lachende Kinder in einem Garten. »Wer ist das noch? Ich weiß, eines der Mädchen bist du.«
Amy blickte ihr über die Schulter und deutete auf das älteste Kind. »Das ist mein Vetter Omar. Er war mein erster Ehemann. Das ist Tahia, seine Schwester. Sie und mein Bruder Zakki sollten heiraten. Aber aus irgendeinem Grund hat meine Großmutter beschlossen, Tahia mit einem älteren Verwandten namens Jamal zu verheiraten. Und das ist Jasmina ...« Amy betrachtete wehmütig die dunkelhaarige Schönheit, die den Arm um Amy gelegt hatte.
»Und das ist dein Bruder?«
»Das ist Zacharias. Für uns war er immer nur Zakki. Wir Kinder waren glücklich zusammen und unzertrennlich. Er nannte mich Mischmisch, weil ich ganz versessen auf Aprikosen war.«
»Hast du nicht einmal gesagt, daß er verschwunden ist?«
»Er hat sich auf die Suche nach unserer Köchin gemacht, die eines Tages ohne Ankündigung das Haus verließ und nie mehr zurückkam. Niemand weiß, was aus Zakki geworden ist.«
Rachel gab Amy das Photo, und sie legte es in den Leinenbeutel. Als ihre Freundin den Koran sah, der als letztes darin verschwand, fragte sie: »Bist du dir deiner Sache sicher?«
»Ich kann mich nicht daran erinnern, jemals so sicher gewesen zu sein.«
»Warum habe ich dann das Gefühl, du willst dir etwas beweisen?«
Amy drehte sich um und blickte schweigend aus dem Fenster. Rachel trat zu ihr und sagte leise, aber eindringlich: »Du mußt dich mit deiner

Vergangenheit aussöhnen. Ich glaube, du trägst zuviel Zorn mit dir herum, den du besänftigen mußt. Du solltest dich mit deiner Familie aussöhnen, anstatt davonzulaufen und dorthin zu gehen, wo gekämpft wird.«

»Rachel, du bist Gynäkologin, keine Psychologin. Glaub mir, ich habe mich mit meiner Vergangenheit ausgesöhnt. Jasmina hat meine Briefe nie beantwortet.«

»Vielleicht hat sie einfach zu große Schuldgefühle, weil sie dein Geheimnis verraten hat und du ihretwegen in Ungnade gefallen bist. Vielleicht solltest du es noch einmal versuchen.«

»Ganz gleich, aus welchen Gründen sie schweigt und meine ganze Familie in den vergangenen vierzehn Jahren geschwiegen hat, ich muß meinen eigenen Weg gehen. Ich weiß, was ich will, und ich weiß, wohin ich gehe.«

»Aber ... in den Libanon! Du kannst erschossen werden!«

Amy lächelte und sagte: »Weißt du, Rachel, die Vorstellung ist seltsam, aber das Baby wäre um meinen Geburtstag herum zur Welt gekommen. Wenn es am Leben geblieben wäre, hätte ich jetzt ein vier Monate altes Kind, und du und ich, wir würden von Windeln und nicht vom Libanon reden.«

»Glaubst du wirklich, Greg hätte dich mit dem Kind sitzenlassen? Ich meine, er ist doch ein anständiger Kerl.«

»Anständig ja. Aber du hättest das Entsetzen in seinen Augen sehen sollen, als ich ihm gesagt habe, daß ich schwanger bin.«

»Nun ja«, sagte Rachel und nahm den Koffer, der zu ihrem Erstaunen nicht schwer war. »Irgendwann findest du einen anderen Mann.«

Ich habe schon jemanden gefunden, dachte Amy und stellte sich Declan vor, der zur Zeit im Irak arbeitete und versuchte, die Kurden medizinisch zu versorgen. Declan, den sie liebte, den sie aber niemals haben konnte.

Amy betrachtete die Frau, die in den einsamsten Stunden ihre Freundin gewesen war, die sie in den dunklen Tagen nach der Fehlgeburt getröstet hatte, die sie beim Eintritt in die fremde neue Welt an der Universität kameradschaftlich unterstützte und das Trauma des Kulturschocks mit ihrer praktischen Art gemildert hatte.

»Danke, daß du dir Sorgen um mich machst, Rachel«, sagte sie.

»Weißt du was?« Rachel blieb an der Wohnungstür stehen. »Ich werde

dich ganz schrecklich vermissen.« Die Tränen traten ihr in die Augen.
»Vergiß mich nicht, Amy. Und denk immer daran, daß du eine Freundin hast, wenn du jemals in Schwierigkeiten bist und Hilfe brauchst.« Sie zog ein Taschentuch hervor und putzte sich die Nase. »Ausgerechnet in den Libanon! Großer Gott!«
Sie umarmten sich, und Amy sagte: »Wir müssen los. Ich will schließlich mein Flugzeug erreichen!«

Ibrahim stürmte in den Salon. »Ich habe sie gefunden!« rief er. »Ich habe meine Schwester und meine Tochter gefunden!«
»Gepriesen sei Gott in SEINER Barmherzigkeit!« sagte Khadija, und die zahllosen Verwandten der Raschids, die auf den Diwanen und den Teppichen saßen, wiederholten den frommen Spruch wie ein Echo.
Ibrahim mußte sich in der drückenden Septemberhitze setzen und den Schweiß von der Stirn wischen. Die vergangenen drei Wochen, in denen er nach dem Verbleib von Dahiba und Jasmina geforscht hatte, waren wie ein Alptraum gewesen und hatten Erinnerungen an seinen Gefängnisaufenthalt vor beinahe dreißig Jahren geweckt.
Auch der Rest der Familie war verzweifelt. Auf die Nachricht von der Verhaftung waren selbst aus Assuan und Port Said Verwandte in das Haus in der Paradies-Straße geeilt. Dort belegten sie wie in alten Zeiten wieder einmal alle Gästezimmer und hielten die Küche Tag und Nacht in Gang. Die Onkel und Vettern, die in Kairo Beziehungen hatten, versuchten herauszufinden, wohin die Polizei Jasmina und Dahiba gebracht hatte. Auch einige der Frauen halfen dabei – Sakinna, deren beste Freundin mit einem hohen Regierungsbeamten verheiratet war, Fadilla, die einen Richter als Schwiegervater hatte, und Khadija, zu deren Freundinnen einflußreiche Frauen gehörten.
Aber nach den dreiwöchigen Erkundigungen, nach Bakschisch-Zahlungen und vergeudeten Stunden in Wartezimmern, die stets mit dem Wort »*Bukra*«, »Morgen«, endeten, waren immer noch keine Informationen über Jasmina und Dahiba zu erhalten gewesen. Bis jetzt.
Basima brachte Ibrahim ein Glas kalte Limonade. Er trank durstig und berichtete dann: »Einer meiner Patienten, Achmed Kamal, der im Justizministerium arbeitet, hat mich mit seinem Schwager bekannt gemacht, dessen Frau einen Bruder im Amt für Strafvollzug hat.« Ibrahim leerte das Glas und wischte sich die Stirn. Die Hitze machte ihm zu

schaffen, und er spürte seine vierundsechzig Jahre. »Man hat Dahiba und Jasmina in das Frauengefängnis El Kanatir gebracht.«
Die Familie hielt entsetzt den Atem an. Jeder kannte das riesige gelbe Gebäude am Stadtrand von Kairo, das wie ein Hohn inmitten blühender Gärten und grüner Felder stand. Sie kannten auch alle die Schreckensgeschichten, die man sich über das Gefängnis erzählte.
»*Bismilla*!« flüsterte Khadija. Sie hatte die Geschichten und Gerüchte von Frauen gehört, die jahrelang ohne ein Verfahren, ohne ein offizielles Urteil als »politische Gefangene« in El Kanatir saßen. Jasmina und Dahiba waren politische Gefangene.
Sie durften keine Zeit verlieren. Khadija machte sich sofort daran, die Aufgaben zu verteilen.
Die Frauen stellten Schmuck zur Verfügung, der verkauft werden sollte, um Bestechungsgelder zu zahlen. Es war eine symbolische Geste, denn alle wollten mit etwas Persönlichem an der Befreiung von Dahiba und Jasmina mitwirken. In der Küche bereitete man Körbe mit Essen vor; Koffer mit Kleidern und Bettzeug wurden gepackt. Jetzt hatte die Familie ein strategisches Ziel: das Frauengefängnis! Die Raschids, allen voran Khadija, würden nicht ruhen, bis ihre Verwandten aus diesem schrecklichen Bau entlassen worden waren!
Während Khadija die Neffen und Vettern anwies, Protestbriefe an Präsident Sadat zu entwerfen, winkte Ibrahim sie beiseite und sagte: »Mutter, da ist noch etwas, was die anderen nicht erfahren dürfen. Jasmina . . .« Er verstummte und sah sich um, weil er sich vergewissern wollte, daß niemand zuhörte. »Mutter, man hat meine Tochter zusammen mit einem Mann verhaftet.«
Khadija hob die fein gezogenen Augenbrauen. »Ein Mann? Was für ein Mann?«
»Der Herausgeber einer Zeitung. Die Zeitung gehört ihm, er schreibt die Leitartikel und druckt sie. Es ist eine kleine radikale Zeitung. Er hat einiges von Jasmina und Dahiba veröffentlicht.«
»Wie bitte? Wovon redest du?«
»Sie haben . . . geschrieben, ich meine, Gedichte . . . Das ist der Grund für die Festnahmen. Jasmina und Dahiba haben . . .« Er suchte verlegen nach Worten, ». . . feministische Artikel geschrieben . . .«
Khadija sah ihn mit unbewegtem Gesicht an. »Hat man sie in der Zeitungsredaktion verhaftet?«

»Nein.« Ibrahim biß sich auf die Lippen. »Sie waren in Jasminas Wohnung ... allein, und es war nach Mitternacht.«
Noch ehe Khadija etwas erwidern konnte, hörten sie Omar im Salon. Er fragte mit seiner dröhnenden Stimme: »Wo ist Onkel Ibrahim? Ich habe die Neuigkeit von meinem Chef erfahren, der ein Freund von Achmed Kamal ist! Heißt das, wir fahren nach El Kanatir?«
Khadija sagte leise zu ihrem Sohn: »Wir werden später darüber reden. Sag den anderen nichts.«
Als Omar seine Großmutter sah, rief er: »Gottes Preis und Segen sei mit dir! Keine Angst, Umma, wir holen unsere Cousine und unsere Tante aus diesem scheußlichen Loch heraus!« Omar war beinahe vierzig, und die allzu große Liebe zum Nachtleben von Damaskus, Kuwait und Bagdad hatte ihn dick und schwerfällig gemacht. Und weil er seit achtzehn Jahren den Männern auf den Ölfeldern Befehle erteilte, sprach er selbst im Haus laut und herrisch.
»Wo ist mein Sohn? Es ist Zeit, daß er sich einmal nützlich macht. Er soll zur Kanzlei von Samir Schoukri gehen. Er ist der beste Anwalt Kairos ...«
Der Achtzehnjährige kam in der langen weißen Galabija und dem Käppchen der Muslimbrüder in den Salon – Präsident Sadat hatte diese Gruppe vor kurzem verboten.
»Was soll dieses Kostüm, du Hundesohn?« schrie Omar und versetzte Mohammed mit der flachen Hand einen Schlag auf den Kopf. »Willst du, daß wir alle verhaftet werden? Deine Mutter muß geschlafen haben, als du gezeugt worden bist! Zieh dir sofort etwas Anständiges an, du Schwachkopf!« Er schlug ihn noch einmal.
Niemand regte sich über Omars Grausamkeit auf, am allerwenigsten Mohammed, der gehorsam verschwand, um sich schnell umzuziehen. Denn wie sollte ein Mann sich bei seinem Sohn Respekt verschaffen, wenn er ihm nicht zeigte, wer der Herr im Haus war? Ibrahim konnte sich daran erinnern, daß Ali, sein Vater, ihm oft in Gegenwart von Fremden Ohrfeigen verpaßt und ihn ausgeschimpft hatte.
Als die anderen zu den Wagen eilten – einige, um Regierungsbeamte aufzusuchen, die vielleicht eine Entlassung befürworten würden, Omar und Mohammed, um sich mit dem Anwalt zu beraten, und die übrigen, um geradewegs zum Gefängnis zu fahren –, zog Khadija ihren Sohn in das Vestibül neben der Eingangshalle und sagte: »Bring mir diese Zei-

tungsartikel, die der Grund für die Verhaftung meiner Tochter und Enkeltochter sind. Erkundige dich nach dem Mann, der mit Jasmina festgenommen wurde – ich möchte seinen Namen wissen, alles über seine Familie und so weiter. Aber wir müssen darauf achten, daß diese Informationen nicht bekannt werden. Versprich mir, niemand darf erfahren, daß die beiden allein in Jasminas Wohnung waren, als die Polizei sie verhaftet hat. Jasminas Ehre und noch sehr viel mehr steht auf dem Spiel. Ich möchte die Wahrheit wissen, denn nur dann kann ich mir ein eigenes Urteil bilden.«

Man hatte sie mit sechs anderen Frauen in eine Zelle für vier Personen gebracht. Nur eine der Frauen war wie Jasmina und Dahiba aus politischen Gründen verhaftet worden. Die Geschichten der anderen ähnelten sich, obwohl man sie unterschiedlicher Vergehen beschuldigte. Die Frauen waren alle von ihren Ehemännern im Stich gelassen worden, ohne finanzielle Mittel, um für sich selbst sorgen zu können. Sie hatten betteln, stehlen oder ihren Körper verkaufen müssen, um zu überleben. Eine Frau saß wegen Mord – es war eine Prostituierte, die ihren Zuhälter erschlagen hatte. Man hätte sie hingerichtet, wenn sich die Gefängnispsychologin nicht direkt an den Präsidenten gewandt hätte, der sie zu lebenslanger Haft begnadigte. Sie hieß Ruhija und war achtzehn.

In der Nacht nach dem Anschlag auf Mansours Zeitung war es zu einer Verhaftungswelle gekommen. Man hatte Dahiba und Hakim in ihrer Wohnung festgenommen. Die Polizei war gewaltsam in die Wohnung gedrungen, hatte alles durchwühlt und Papiere und Bücher beschlagnahmt. Aber man hatte erlaubt, daß Zeinab von Radwan in die Paradies-Straße gebracht wurde. Dahiba sah ihren Ehemann zum letzten Mal auf der Polizeiwache, wo man ohne formelle Anschuldigung ihre Fingerabdrücke zu den Akten nahm. Man brachte sie in einem Polizeifahrzeug weg, während Hakim seinen Protest durch die Nacht schrie. Aber niemand hörte ihn.

Dahiba erreichte das Gefängnis im Morgengrauen. Dort nahm man ihr ohne Erklärung Kleider und Schmuck ab, gab ihr einen groben grauen Kittel und eine Decke und schob sie unsanft in die Zelle, in der sie sich nun mit den anderen Frauen befand. In den zwanzig Tagen, die seither vergangen waren, hatte sie von draußen weder ein Wort gehört, noch mit einem Anwalt oder einem Gefängnisbeamten gesprochen.

Jasmina war später, aber noch am selben Vormittag in die Zelle gekommen. Man hatte sie in der Wohnung von Jakob getrennt, und sie waren in verschiedenen Fahrzeugen weggebracht worden. Im Gefängnis nahm man ihr die schöne, goldbestickte Galabija ab, und sie erhielt wie Dahiba den groben Kittel und die Decke. Ihr einziger Trost in den qualvollen drei Wochen war der Gedanke, daß sich ihre Tochter bei der Familie in Sicherheit befand.
Aber was war mit Jakob geschehen? Diese Frage stellte sie sich Tag und Nacht in der kahlen Zelle, die für acht Frauen nichts außer vier Pritschen enthielt. War er in einer ähnlichen Lage? Befand er sich mit anderen Männern in einer Gefängniszelle? Oder hatte man ihn bereits vor Gericht gestellt und verurteilt? Verbüßte er nun eine lebenslange Haftstrafe wegen Hochverrats? War er überhaupt noch am Leben? Und was war aus Onkel Hakim geworden?
In den ersten Stunden der Angst und Verwirrung hatten Jasmina und Dahiba sich gegenseitig gestärkt, getröstet und sich damit beruhigt, daß man sie jeden Augenblick freilassen werde. Die Familie würde sie nicht im Gefängnis sitzenlassen, sagten sie. Ibrahim und Khadija hatten viele einflußreiche Freunde.
Doch die Stunden wurden zu Tagen. Die beiden beteuerten sich gegenseitig immer wieder, daß ihre Entlassung nur eine Frage der Zeit sei – obwohl die dritte politische Gefangene in der Zelle seit über einem Jahr ohne jede Verbindung mit der Außenwelt war. Aber sie ließen sich nicht beirren. Sie vertrauten auf Gott und ihre Familie und waren entschlossen, das Beste aus ihrer schrecklichen Lage zu machen.
Die anderen Frauen kannten die beiden Neuankömmlinge und fanden, als Stars sollten sie bevorzugt behandelt werden. »Sie sind berühmt«, sagte Ruhija den anderen in ehrfurchtsvollem Ton. »Sie sind besser als wir.« Alle stimmten ihr zu. Die Wärterin des Blocks, eine Fellachenfrau, die glaubte, sie sei durch den bösen Blick in der Stunde ihrer Geburt verflucht worden, sah allerdings keinen Grund, die beiden bevorzugt zu behandeln. Sollen sie doch Geld spucken, wie die anderen, die etwas Besseres sind, sagte sie sich.
Man hatte Dahiba und Jasmina alle Wertsachen abgenommen, und deshalb mußten sie wie ihre Mitgefangenen leben.
Das Essen – jede Mahlzeit bestand aus gekochten Bohnen und schwarzem Tee – war zwar reichlich, aber nahezu ungenießbar. In der Zelle gab

es keine Toilette, und sie mußten abwechselnd auf der einen Pritsche schlafen, die die anderen Frauen ihnen überließen. Dreimal am Tag holte man sie aus der Zelle: morgens zum Gebet und zum Frühstück, mittags zum Gebet und zum Mittagessen, bei Sonnenuntergang zum Gebet, zum Abendessen und zum Rundgang im Gefängnishof. Die anderen beiden Gebete waren in der Zelle zu verrichten. Auch die persönliche Hygiene mußte dort erledigt werden. Dabei teilten sich alle Frauen einen Eimer Wasser und ein kleines Stück Seife.

Besonders nachts, wenn die Lichter gelöscht waren und die Frauen aus Angst oder Zorn nicht einschlafen konnten, vertrieben sie sich die heißen Septemberstunden mit leisen verzweifelten Gesprächen. Allmählich lernten Dahiba und Jasmina ihre Zellengenossinnen besser kennen. Sie waren Ausgestoßene, denen die Justiz jede Gerechtigkeit verweigerte, nur weil sie Frauen waren. Aus ihren Geschichten lernten die beiden viel. Die schreiende Ungerechtigkeit ließ sich an den Praktiken der Justiz klar und deutlich beweisen.

Das Gesetz bestraft eine Frau mit dem Tod, die einen Mann getötet hat, und sei es auch in Notwehr. Ein Mann, der eine Frau tötet, wird selten auch nur festgenommen, denn, so sagt man, er verteidigt seine Ehre.

Das Gesetz verfolgt die Prostituierten, niemals den Mann, der ihre Dienste in Anspruch nimmt.

Das Gesetz ist blind gegenüber dem Mann, der Frau und Kinder verläßt, aber es bestraft die verlassene Frau, die Essen stiehlt, um ihre Kinder zu ernähren.

Das Gesetz ist streng, wenn eine Ehefrau ihren Mann verläßt, gibt jedoch dem Ehemann das Recht, seine Frau ganz nach Belieben zu verlassen, ohne Vorkehrungen für ihren Lebensunterhalt zu treffen.

Das Gesetz bestimmt, daß ein Mädchen als Neunjährige und ein Junge als Siebenjähriger rechtmäßiges Eigentum des Vaters werden, selbst wenn er nicht mehr mit der Mutter der Kinder verheiratet ist. Er kann ihr die Kinder wegnehmen und ihr die Erlaubnis verweigern, sie jemals wiederzusehen.

Das Gesetz erlaubt einem Mann, seine Frau zu schlagen oder jedes Mittel zu benutzen, um ihre Unterwürfigkeit zu erhalten.

Fünf der sechs Frauen, die mit Dahiba und Jasmina die Zelle teilten, konnten weder lesen noch schreiben. Sie hatten niemals etwas von Feminismus gehört und konnten sich nicht vorstellen, weshalb die beiden Stars im Gefängnis waren. Aber je länger sie zusammen in der Zelle waren, desto mehr wuchs das Verständnis füreinander.

»Es ist eine Anmaßung der Männer«, las Ibrahim seiner Mutter vor, »die Herrschaft über uns Frauen zu beanspruchen. Es ist eine maßlose Arroganz, die in Verbindung mit ihrer Ignoranz brutale Tyrannen aus ihnen macht.
Ein zorniges Kind, das sich hilflos fühlt, schlägt auf alles in seiner Reichweite ein. Männer tun das auch. Ein Beispiel ist der Mann, der seine Frau schlägt, weil sie ihm nur Töchter schenkt.
Aber das Geschlecht des Kindes wird vom Sperma des Mannes, nicht durch das Ei der Frau bestimmt. Deshalb ist es die ›Schuld‹ des Mannes, wenn er keine Söhne bekommt. Richtet er seinen Zorn gegen sich selbst? Nein, er läßt seine Wut über das Versagen an der unschuldigen Frau aus.«
Ibrahim legte die Zeitung beiseite. Khadija stand auf und ging zu den Stufen, die vom Pavillon hinunterführten. Dort blieb sie stehen und blickte über den Garten, wo Bäume wuchsen, die schon bei ihrer Ankunft vor fünfundsechzig Jahren alt gewesen waren.
Sie schloß die Augen, atmete die exotischen Düfte ein, die die Luft erfüllten, und dachte: Meine Enkeltochter ist eine tapfere Frau. Für mich war die Fessel der Ehe ein selbstverständliches Los, das ich wie viele Frauen zu einer Tugend gemacht habe. Khadija war innerlich aufgewühlt. Seit Dahibas und Jasminas Verhaftung quälten sie Alpträume. Sie erlebte den Überfall in der Wüste in allen Einzelheiten, und außer den Todesschreien um sie herum hörte sie eine Stimme, die ihr die Schuld an dem Blutvergießen gab.
Wie konnte das sein? Aber eine Schuld lastete ihr auf der Seele. Im Traum glaubte sie, daran zu ersticken, und wenn sie aufwachte, wurde sie das Gefühl nicht los: Ich habe etwas Wichtiges noch nicht verstanden. Die mutigen Worte ihrer Enkelin lösten seltsame Gedanken in ihr aus. Sie fragte sich: Jasmina, willst du den Frauen sagen, daß wir uns bereits schuldig machen, wenn wir den Machtanspruch der Männer hinnehmen, wenn wir ihnen glauben, daß wir schwach sind? Die Männer behaupten, sie seien stark. Aber wir alle wissen, auch der Stärkste findet jemanden, der noch stärker ist. Es kommt auf die Folgen an, die Stärke nach sich zieht. Sie werden den schwächen, der seine Stärke

mißbraucht. Wir aber werden so lange Opfer dieses Mißbrauchs sein, bis wir die Schwäche, die sie uns vorwerfen, nicht aus innerster Überzeugung zurückweisen können. Ihr stockte der Atem: Liegt da mein Versagen, das die Stimme im Traum mir vorwirft?
»Weshalb habe ich nie etwas davon erfahren?« fragte sie und wandte sich an Ibrahim. Sie befanden sich allein im Pavillon. Die anderen Mitglieder der Familie waren entweder im Gefängnis und versuchten, Jasmina und Dahiba Essen und Geld zukommen zu lassen, oder sie suchten in Kairos Bürokratie einen Weg, die Freilassung der beiden zu erreichen. »Wie konnte so etwas ohne mein Wissen geschehen?«
»Mutter«, sagte Ibrahim und trat neben sie unter den Rosenbogen vor dem Eingang des Pavillons. »Meine Tochter gehört zu einer neuen Generation Frauen. Ich verstehe sie nicht, aber sie entwickeln ein neues Selbstbewußtsein und haben den Mut, ihre Gedanken in Worte zu fassen.«
»Und du hattest Angst, mir zu sagen, daß sie solche Dinge schreibt?« Khadija lächelte. »Ibrahim, ich bin stolz auf sie. In meiner Jugend hatte ich nichts zu sagen. Man hat mich wie einen leblosen Gegenstand behandelt. Aber meine Tochter und meine Enkelin besitzen einen Mut, der mein Herz mit Stolz erfüllt. Jetzt zu dem Mann, der mit Jasmina verhaftet wurde. Wo ist er?«
»Ich weiß es nicht, Mutter.«
»Suche ihn. Ich muß unbedingt wissen, was aus ihm geworden ist.«

Das Rasseln von Schlüsseln im Gang weckte sie aus dem Nachmittagsschlaf. In der kleinen Klappe der Eisentür tauchte das Gesicht der Wärterin auf. Es war keine Essenszeit, und deshalb warteten die Frauen gespannt, was geschehen würde. Manchmal wurde eine Gefangene ohne Vorankündigung abgeholt, kam nicht mehr zurück, und ihr Schicksal blieb ungewiß. Die Tür öffnete sich quietschend, und die Wärterin, eine stämmige Frau in einer fleckigen Uniform, sagte zu Dahiba und Jasmina: »Ihr zwei. Kommt mit.«
Dahiba nahm Jasmina bei der Hand, als sie die Zelle verließen. Die Frauen riefen ihnen nach: »Viel Glück! Gott sei mit euch!«
Zu ihrer großen Überraschung führte die Wärterin sie zu einer Zelle am Ende des Gangs. Es war eine Viererzelle, aber es standen nur zwei ordentlich gemachte Betten, ein Tisch und zwei Stühle darin. Durch das

Fenster sah man Palmen und grüne Felder. Die Wärterin sagte: »Das ist eure neue Zelle«, und Dahiba rief: »Gott sei Dank, die Familie hat uns gefunden!« Wenige Minuten später brachte die Frau Körbe mit Essen, Kleider, Wäsche, Toilettenartikel, Schreibpapier und Kugelschreiber und einen Koran. Im Koran lag ein Umschlag mit Zehn- und Fünfzig-Piaster-Scheinen und ein Brief von Ibrahim.
Plötzlich hatten sie zuviel Essen. Dahiba wickelte ein Brot, Käse, kaltes Hühnchen und Obst in ein Geschirrtuch, gab die Dinge zusammen mit fünfzig Piastern der Wärterin und sagte: »Verteilen Sie das bitte unter den Frauen in der anderen Zelle. Und benachrichtigen Sie unsere Familie. Sagen Sie ihnen, daß es uns gut geht.«
Als sie allein waren, lasen sie Ibrahims Brief. Hakim Raouf, schrieb er, sei ebenfalls in einem Gefängnis, aber es gehe ihm gut. Der Anwalt Schoukri bemühe sich um seine Freilassung.
Was aus Jakob Mansour geworden war, den man zusammen mit Jasmina verhaftet hatte, wußte niemand.

Die Familie hielt Nachtwachen vor dem Gefängnis. Die Verwandten kamen Tag für Tag kurz nach Sonnenuntergang und parkten vor dem Tor, weil sie hofften, eingelassen zu werden. Sie wollten Jasmina und Dahiba unbedingt sehen und mit ihnen sprechen. Hin und wieder ließ ein Beamter der Gefängnisverwaltung Khadija oder Ibrahim durch das Gefängnistor. Es folgten höfliche Entschuldigungen – »politische Häftlinge dürfen keine Besucher empfangen« – und Versicherungen, daß es am nächsten Tag bessere Nachrichten gebe, *Inschallah*. Aber bei entsprechender Bezahlung wurde der Austausch von schriftlichen Nachrichten erlaubt, und man brachte Dahiba und Jasmina jeden Tag frisch gekochtes Essen aus der Paradies-Straße in die Zelle.
Ibrahim und Omar arbeiteten unermüdlich an der Freilassung der beiden Frauen. Sie machten die Runde in den Ämtern, forderten freundlich, aber entschlossen ausstehende Gefälligkeiten ein und trafen in Kaffeehäusern oder zu Hause Männer mit guten Beziehungen. Da Jasmina und Dahiba nicht wegen krimineller Vergehen festgenommen worden waren – dafür gab es bestimmte juristische Prozeduren und Vorgehensweisen –, sondern aus politischen Gründen, ein Sammelbegriff, der so unauslotbar war wie ein Sumpf, stand ihre Verteidigung auf unsicheren Füßen.

Eine Petition zugunsten der Gefangenen brachte den Bittsteller selbst in eine gefährliche Lage, denn damit setzte er sich dem Verdacht aus, selbst zu den politischen Feinden zu gehören. Jeder wußte von Anwälten, die Eingaben für Staatsgefangene eingereicht hatten und dafür im Gefängnis gelandet waren. Es gab viele, die sich aus diesem Grund sogar davor fürchteten, mit Ibrahim zu sprechen. Sie ließen ihn in den Vorzimmern warten, bis er es aufgab und ging.

Andere, die Mitgefühl für seine Notlage aufbrachten, aber eingestandenermaßen Angst hatten, sagten: »*Malesch*. Tut mir leid.« Und jene, die sich keinen Nutzen davon versprachen, den Raschids zu helfen, zuckten die Schultern und sagten: »*Inschallah!* Finde dich damit ab. Es ist Gottes Wille.«

Selbst Nabil el-Fahed, der Antiquitätenhändler und Freund hoher Regierungsbeamter, war nach Jasminas Verhaftung für die Raschids nicht mehr zu sprechen.

Ein Wunder mußte geschehen, damit man Dahiba und Jasmina aus dem Gefängnis entließ.

Khadija übernahm die Rolle der Vorbeterin. Die Frauen rollten die Matten auf dem holprigen Pflaster des Parkplatzes vor dem Gefängnis aus und knieten mit dem Gesicht in Richtung Mekka. Trotz der Oktoberhitze bewegten sie sich im vollkommenen Gleichklang: sechsundzwanzig Frauen der Familie Raschid zwischen zwölf und achtzig Jahren. Zwei trugen islamische Kleidung, Khadija war in die traditionelle schwarze Melaja gehüllt, die übrigen trugen Röcke und Blusen oder Kleider. Omars älteste Tochter kniete in Jeans und einem T-Shirt unter ihnen.

Nach dem Gebet gingen sie zu den Wagen, den Stühlen und Sonnenschirmen zurück und nahmen ihr Strickzeug wieder auf oder unterhielten sich. Für Khadija stand ein Stuhl unter einem Kapokbaum bereit. Sie setzte sich und richtete den Blick unverwandt auf die häßlichen gelben Gefängnismauern. Es war der sechsundvierzigste Tag, den ihre Tochter und ihre Enkelin in der Zelle verbrachten.

Ibrahims Wagen fuhr auf den Parkplatz. »Ich habe Mansour ausfindig gemacht«, sagte Ibrahim so leise, daß niemand es hörte. »Sie haben ihn in der Zitadelle eingesperrt. Dort habe ich 1952 auch gesessen.«

Khadija erhob sich und streckte die Hand aus. »Bring mich zu ihm«, sagte sie. »Ich will mit ihm sprechen.«

Jasmina war krank. Sie lag auf dem Bett und versuchte, gegen die Krämpfe und Übelkeit anzukämpfen. Mit Entsetzen erinnerte sie sich an den Ausbruch der Cholera. Seit die Familie sie versorgte, hatten sie es vermieden, das Gefängnisessen anzurühren. Aber sie waren gezwungen, sich mit dem Wasser zu waschen, das jeden Tag in einem Eimer gebracht wurde und natürlich alles andere als hygienisch einwandfrei war.
Es bestand keine Möglichkeit, das Wasser abzukochen, da Streichhölzer verboten waren. Dahiba saß auf dem Bettrand und legte ihrer Nichte die Hand auf die Stirn. »Sie ist warm«, sagte sie mit einem besorgten Blick, denn sie dachte ebenfalls an Cholera.
»Was es auch sein mag«, flüsterte Jasmina schwach, »warum hast du es nicht auch?«
»Es liegt eindeutig daran, daß du etwas gegessen hast, was ich nicht gegessen habe. Etwas Gewürztes, das deinen Magen vorübergehend durcheinandergebracht hat. Ich bin sicher, es ist nichts...«
Jasmina drehte sich plötzlich zur Seite und übergab sich.
Dahiba eilte zur Tür und rief nach der Wärterin. »Wir brauchen einen Arzt! Schnell!« Die Frau rechnete mit einem Bakschisch und erschien sofort. Mit einem Blick auf Jasmina sagte sie mürrisch: »Er kommt nicht in die Zellen. Er ist ein vielbeschäftigter Mann. Ich muß sie in die Krankenabteilung bringen.«
Die Wärterin stützte Jasmina. An der Tür schob sie Dahiba zurück. »Du bleibst hier«, sagte sie.

Der Gefängnisdirektor in der Zitadelle war wider Erwarten bereit, unter bestimmten Bedingungen Gefangenenbesuche zu erlauben. In Jakob Mansours Fall machte es eine großzügige Zuwendung von Ibrahim Raschid möglich.
Khadija bat ihren Sohn, im Büro des Direktors zu warten. Ein Wärter führte sie in einen kahlen Raum mit Tischen und Stühlen und Schrifttafeln an den Wänden, die sie nicht lesen konnte.
Nach einigen Minuten brachte man einen blassen, zerlumpten Mann herein. Er hinkte und war an Händen und Füßen gefesselt. Khadija blickte sich um. War jemand hier, der diesen Gefangenen besuchen wollte? Als der Wärter den Mann unsanft auf den Stuhl ihr gegenüber stieß, verschlug es ihr die Sprache.

Mansour hatte Prellungen und Platzwunden im Gesicht, die unbehandelt geblieben waren und eiterten. Als er den Mund öffnete, um zu sprechen, sah sie, daß ihm zwei Zähne ausgeschlagen worden waren. Khadija stiegen die Tränen in die Augen.
»Sajjida Khadija«, hörte sie ihn mit einer Stimme flüstern, die so rauh klang, als sei er am Verdursten oder habe zuviel geschrien. »Ich fühle mich geehrt. Gottes Friede sei mit Ihnen.«
»Kennen Sie mich?« fragte sie.
»Ja, ich kenne Sie, Sajjida«, erwiderte er leise. »Jasmina hat mir von Ihnen erzählt. Und ich sehe die Ähnlichkeit ... dieselbe Kraft in Ihrem Blick wie bei Jasmina.« Als ihm bewußt wurde, daß er die Augen zusammenkniff, fügte er hinzu: »Bitte entschuldigen Sie. Man hat mir meine Brille weggenommen.«
»Sie sind mißhandelt worden«, sagte Khadija.
»Was ist mit Jasmina? Bitte, sagen Sie es mir. Geht es ihr gut? Hat man sie freigelassen?«
Seine Liebenswürdigkeit, sein sanftes Wesen und die Freundlichkeit in seinen Augen trotz seiner Leiden verwirrten Khadija. Sie blickte auf seine Hände und sah am Handgelenk eine Brandwunde, als habe jemand eine brennende Zigarette dort ausgedrückt. An den Wundrändern entdeckte sie etwas Blaues wie von einer Tätowierung.
»Meine Enkeltochter befindet sich im Gefängnis El Kanatir«, erwiderte sie. »Wir bemühen uns um ihre Freilassung.«
»Hat man sie gut behandelt?«
»Ja. Sie schreibt uns und sagt, daß es ihr gut geht. Sie hat ... sich nach Ihnen erkundigt.«
Er ließ die Schultern hängen. »Ihre Enkelin ist eine tapfere und intelligente Frau, Sajjida ... Sie möchte Ungerechtigkeiten auf dieser Welt korrigieren.« Er schwieg und schien zu bewegt, um weiter sprechen zu können. Khadija ließ ihm Zeit, sich zu sammeln. Als er weitersprach, mußte sie sich vorbeugen, um ihn zu verstehen. »Sie wußte, daß sie etwas Gefährliches tat, und war doch entschlossen, die Stimme zu erheben.« Er schluckte mehrmals und bewegte stumm die Lippen, dann sagte er: »Ich liebe Jasmina, Sajjida, und Jasmina liebt mich. Wir haben vor zu heiraten. Sobald ...«
»Wie können Sie von Heirat sprechen, wenn Sie meiner Enkeltochter nichts zu bieten haben außer einem Leben voller Gefahren, voller Angst

vor der Verhaftung, vor der Polizei? Außerdem sind Sie ein Christ, und meine Enkelin ist Muslimin.«
»Ich habe gehört, daß Ihr Sohn mit einer Christin verheiratet war.«
»Das ist wahr.«
Er legte den Kopf schief. »Gehören wir nicht alle zum Volk der Schrift, Sajjida? Sind wir nicht in erster Linie Araber und dann Ägypter? Ihr Prophet, Friede sei mit ihm, hat im Koran von meinem Gott gesprochen. Er berichtet, wie der Engel zu Maria kam und ihr sagte, sie, die nie von einem Mann berührt worden war, werde bald ein Kind gebären, das man Jesus, den Messias, nennen werde. Wenn Sie glauben, was im Koran geschrieben steht, Sajjida, glauben wir dann nicht an denselben Gott?« Schweißperlen standen auf seiner Stirn. Er lehnte sich schwer atmend zurück.
Khadija hörte die gedämpften Geräusche des Gefängnisses – ein Tor, das dröhnend zufiel, das Lachen von Männern und wütendes Geschrei. »Ja, Sajjid Jakob Mansour«, sagte sie, »wir glauben an denselben Gott.«

Dahiba ging in der kleinen Zelle hin und her und blieb ab und zu stehen, um zu lauschen, ob Jasmina zurückkam.
Schließlich erschien eine Wärterin, und sie stellte überrascht fest, daß es sich nicht um die gewohnte Fellachin handelte, sondern um eine Frau, die sie noch nie gesehen hatte.
»Ist etwas mit meiner Nichte?« fragte sie alarmiert.
»Packen Sie Ihre Sachen zusammen«, sagte die Frau knapp und blickte auf ihre Uhr.
»Wohin bringen Sie mich? Findet ein Verfahren statt?«
»Kein Verfahren. Sie sind frei. Sie können gehen.«
Dahiba starrte sie an. »Ich bin frei?!«
»Auf Anweisung des Präsidenten. Sie sind begnadigt worden.«
»Aber Sadat hat uns verhaften lassen! Weshalb begnadigt er uns jetzt?«
Die Frau sah sie erstaunt an. »*Bismillah*! Hat es Ihnen niemand gesagt? Sadat ist vor fünf Tagen ermordet worden! Es gibt einen neuen Präsidenten. Er heißt Mubarak, und er hat alle politischen Gefangenen begnadigt.«
Dahiba sammelte schnell ihre Habe zusammen und ließ in der Eile, aus dem Gefängnis zu kommen, ehe die Wärterin oder Mubarak ihre Meinung ändern würden, alles mögliche fallen.

Im Gang begegnete sie Jasmina, die von der Krankenabteilung zurückkam. »Ist alles in Ordnung?« fragte Dahiba und drückte ihrer Nichte ein Kleiderbündel in die Arme. »Was hat der Arzt gesagt? Aus welchem Grund ist dir übel?«
Jasmina sah sie fassungslos an und fragte: »Tante, was ist denn los?«
»Sie lassen uns raus! Beeil dich, bevor sie es sich anders überlegen und sagen, es sei alles ein Irrtum!«
Vor dem Tor wartete die ganze Familie. Die beiden verwirrten Frauen wurden jubelnd und mit stürmischen Umarmungen empfangen.
»Hakim!« rief Dahiba und eilte zu ihm. »Mein Gott, wie geht es dir?«
Khadija lief zu Jasmina, schloß sie in die Arme und murmelte mit Tränen in den Augen. »Gepriesen sei Gott in SEINER Barmherzigkeit.«
Aber als Zeinab in die Arme ihrer Mutter sinken wollte, rief Dahiba: »Jasmina ist krank. Wir müssen sie sofort zum Arzt bringen.«
»Nein, mir fehlt nichts«, widersprach Jasmina zu ihrer Verblüffung und lachte. »Ich bin schwanger! Umma, stell dir vor, die Ärzte damals hatten sich geirrt! Ich *kann* Kinder bekommen!«
Die Frauen starrten sie fassungslos an. Es wurde plötzlich still, und alle Augen richteten sich auf Khadija. Sie nahm Jasminas Hände und sagte: »Jedem das Schicksal, das Gott ihm bestimmt, mein Herzenskind. Ich freue mich für dich. Es ist SEIN Wille, *inschallah.*«
»Umma, weißt du, es gibt da einen Mann... Er heißt Jakob Mansour...«
In diesem Augenblick fuhr Ibrahims Wagen auf den Parkplatz und kam mit quietschenden Bremsen neben ihnen zum Stehen. Jasmina sah Jakob – er war blaß, hatte einen Vollbart und Narben im Gesicht. Sie rannte um den Wagen herum und lachte und weinte gleichzeitig.
»Wie kommt es, daß du hier bist?« rief sie und riß die Wagentür auf. Er lächelte sie an, war aber zu schwach, um auszusteigen.
»Das habe ich deinem Vater zu verdanken«, flüsterte er tonlos. »Ohne ihn wäre ich vermutlich im Gefängnis umgekommen.«
Jasmina sah Ibrahim, der ausgestiegen war, glücklich und dankbar über den Wagen hinweg an.
»Wir werden heiraten, Vater«, sagte Jasmina.

Vierter Teil

(1988)

23. Kapitel

Der Toyota raste in einer roten Staubwolke über die unbefestigte Straße am Kanal und trieb dabei Gänse und Hühner in die Flucht. Am Fluß drehten sich die Fellachenfrauen um, die große Krüge auf den Köpfen balancierten, und erkannten den vertrauten Wagen, auf dessen Türen man das Logo der Treverton-Stiftung kaum noch sah. Am Steuer saß der Nubier Nasr, und da er wie ein Verrückter fuhr, dachten sie, es handle sich wieder einmal um einen Notfall für den Doktor.
Dr. Declan Connor stand in der kleinen Ambulanz inmitten der grünen Felder. Nicht weit entfernt schnatterten die Nilgänse am Flußufer. Als er auf dem Zufahrtsweg das herannahende Fahrzeug bemerkte, hatte er gerade die von einer Hacke stammende Wunde am Fuß eines Mannes genäht und verbunden. Die beiden Männer ahnten nichts Gutes, als der Geländewagen mit heulendem Motor auf dem unbefestigten Weg herangerast kam. Der Fellache schüttelte mißbilligend den Kopf und sagte: »Bei den drei Göttern! Der Mann hat es eilig, ins Paradies zu kommen!«
Der Toyota kam mit quietschenden Bremsen zum Stehen, und in der Staubwolke tauchte Nasrs schwarzes, schweißüberströmtes Gesicht auf. »Sajjid, der Hubschrauber landet in ein paar Minuten!« rief er grinsend. »*Al hamdu lillah*! Der Nachschub ist endlich da!«
»Gott sei Dank! Fahr sofort zum Landeplatz! Sieh zu, daß keiner von den Kerlen dort die Fracht in die Hand bekommt!«
Nasr trat auf das Gaspedal, der Toyota schoß rückwärts, wendete und raste davon.
»Also gut, Mohammed«, sagte Connor. »Wir sind fertig. Du mußt versuchen, den Fuß sauber zu halten.«
Declan wusch sich eilig die Hände und griff nach seinem Hut, der an

einem Haken neben der Tür hing. Auf der Tür war mit Klebstreifen ein Kalender befestigt. Jeder vergangene Tag war dick mit einem roten X durchgestrichen. Zufrieden dachte Connor daran, daß es vom X dieses Tages noch genau elf Wochen waren, bis er sich für immer von Ägypten und der ganzen Medizin verabschieden würde.

Der Fellache folgte ihm hinkend zur Rückseite des Gebäudes, wo ein zweiter Geländewagen parkte, und fragte grinsend: »Kommt heute der Neue? Vielleicht ist es ja eine hübsche Krankenschwester mit einem dicken Hintern.«

Connor lachte und schüttelte den Kopf. »Zu mir kommen keine Krankenschwestern mehr, Mohammed«, sagte er beim Einsteigen. »In diesem Punkt habe ich meine Lektion gelernt. Diesmal haben sie mir einen Arzt versprochen, und er wird mein Nachfolger. Der Mann wird meine Arbeit übernehmen, wenn ich gehe.«

Amira überlegte, ob ihr der Flug im Hubschrauber auf den Magen schlug oder ob die Übelkeit an ihrer Krankheit lag.

Der Arzt in London hatte sie gewarnt und gesagt, es sei zu früh für die Reise, aber sie wollte so schnell wie möglich wieder mit Dr. Connor zusammenarbeiten und hatte sofort nach ihrer Entlassung aus dem Krankenhaus den Flug nach Kairo gebucht.

Amira hatte sich einmal geschworen, nie mehr nach Ägypten zurückzukehren. Aber während ihres Aufenthalts in einer Londoner Klinik, wo sie nach ihrer Erkrankung behandelt wurde, hatte sie ein Vertreter der Stiftung besucht und ihr mitgeteilt, Dr. Connor brauche in einem Dorf am Nil einen Mitarbeiter mit Arabischkenntnissen. Amira hatte sich, ohne lange zu überlegen, freiwillig gemeldet.

Es war ein seltsames Gefühl, in diesem Hubschrauber zu sitzen, der tief über die fruchtbaren Felder und Kanäle flog, wo Büffel mit verbundenen Augen wie seit urdenklichen Zeiten im Kreis liefen und die Schöpfräder drehten. Noch seltsamer fand sie es, in einem modernen Hubschrauber über dieses Land zu fliegen, das gleichzeitig uralt und zeitlos war. Mit etwas Phantasie konnte man sich vorstellen, auf einem fliegenden Teppich zu sitzen. Sie sah die Frauen und Kinder vor den Kochfeuern, staunte über die kleinen Hütten und bewunderte die Kuppeln und Minarette der Moscheen – sie schwebte über allem, ohne dazuzugehören.

Als sie nach dem Flug von London auf dem internationalen Flughafen von Kairo gelandet war, hatte sie mit einer Art psychologischem Schock gerechnet, einem innerlichen Rückfall in Zorn und Depression. Und als sie das Flugzeug verließ, den Asphalt betrat und nach einundzwanzig Jahren zum ersten Mal wieder ägyptische Luft atmete, erwartete sie, irgendwie zutiefst erschüttert oder aufgeregt zu sein.
Aber nichts von all dem war geschehen. Sie war wie auf jedem Flughafen irgendwo auf der Welt mit den anderen Passagieren zur Gepäckausgabe und zum Zoll geeilt, hatte sich von der allgemeinen Hast und Geschäftigkeit anstecken lassen und verhielt sich so, als dürfe sie ihren Anschlußflug nicht verpassen. Das Geschiebe und Gedränge kam ihr unwirklich vor. Es hätte sie nicht gewundert, wenn alles nur ein Traum gewesen und sie im nächsten Augenblick im Krankenhausbett aufgewacht wäre. Die Leute um sie herum redeten laut und hatten sich viel zu erzählen. Amira hatte plötzlich die eigenartige Vorstellung, sie sei unsichtbar oder durchsichtig wie Glas und würde von den anderen überhaupt nicht wahrgenommen.
Das liegt an den Medikamenten, sagte sie sich, und an der gerade erst überstandenen Krankheit. Als sie zwei Stunden später im Hubschrauber saß, wurde ihr sofort nach dem Start übel, und sie konnte nicht aus dem Fenster sehen, als sie über die Stadt flogen. Und jetzt, nachdem sie Kairo hinter sich gelassen hatten, kam sie sich wie ein Geist vor.
Sie mußte lächeln. Es hat lange gedauert, bis ich endlich mit den Wolken, den Vögeln, vielleicht sogar mit den Engeln und den Geistern der Toten über meiner Heimat durch den Himmel fliege.
Bin ich wirklich zurück, fragte sie sich, als sie spürte, wie der Hubschrauber plötzlich vibrierte. Bin ich wirklich in Ägypten? Oder ist es nur wieder eine Halluzination, die von der Krankheit kommt?
Als sie in London mit hohem Fieber im Bett lag, hatte sie geglaubt, wieder Studentin zu sein und in der Anatomie zu stehen, wo sie aus einem unerfindlichen Grund Greg sezierte.
Es war zwar ein kühler Februartag, aber Amira wurde es plötzlich heiß. Sie griff nach der auf dem Flughafen gekauften Zeitung – die erste arabische nach einundzwanzig Jahren.
NEUER BOTSCHAFTER DER BUSH-REGIERUNG IN KAIRO!
Nach einem gelangweilten Blick auf die Schlagzeile fächelte sie sich Luft zu.

Amira hatte die Zeitung überflogen und dabei etwas Neues entdeckt, was es früher nie gegeben hatte: Heiratsanzeigen von Frauen. Die Anzeigen enthielten die üblichen Angaben wie Alter, Bildung und Herkunft. Die Hautfarbe schien besonders wichtig zu sein. Eine helle Hautfarbe galt offenbar als attraktiv und war oft durch Fettdruck hervorgehoben, Oliv oder Schwarz fand sie nur im Kleingedruckten.
Auf der Titelseite stand ein Artikel über einen jungen Mann, der nach einem Studienaufenthalt im Ausland nach Kairo zurückgekommen war und im Zimmer seiner unverheirateten Schwester ihm unbekannte Tabletten entdeckt hatte. Ein Apotheker sagte ihm, es sei ein Abtreibungsmittel. Der junge Mann hatte daraufhin seine Schwester umgebracht. Die Autopsie ergab, daß die junge Frau nicht schwanger und noch Jungfrau gewesen war. Man stellte weiter fest, daß das Opfer das Medikament, das angebliche »Abtreibungsmittel«, auf Anraten eines anderen Apothekers genommen hatte.
Der Verteidiger sagte in seinem Plädoyer, der Angeklagte sei unschuldig, denn er habe mit seiner Tat die Ehre der Familie verteidigt. Der junge Mann wurde freigesprochen.
Amira legte die Zeitung beiseite und blickte aus dem Fenster. Durch das endlose gelbe Meer der Sahara zog sich ein grüner fruchtbarer Streifen – das Niltal. Die Trennungslinie zwischen Wüste und Vegetation war so scharf gezogen, daß es aus der Luft den Anschein hatte, als könnte man mit einem Fuß im dichten Gras stehen und mit dem anderen auf Sand.
Das entspricht meiner Verfassung, dachte sie. Ich bin zweigeteilt. Die eine Seite will wieder in Ägypten sein, die andere fürchtet sich davor. Gewiß, sie hatte Distanz zu ihrer schrecklichen Vergangenheit und ihren unerträglichen Erinnerungen gewonnen. Aber würde die Rückkehr alte Wunden wieder aufreißen?
Amira wollte auf keinen Fall an die Familie in Kairo denken oder an Hassan al-Sabir. Sie freute sich auf Declan Connor. Beinahe fünfzehn Jahre waren vergangen, seit sie gemeinsam das medizinische Handbuch übersetzt hatten. Nun würden sie wieder zusammenarbeiten.
Über dem Dröhnen der Motoren hörte sie die Stimme des Piloten. Der Hubschrauber setzte zur Landung an. Amira blickte neugierig nach unten. Sie sah den Nil und nicht weit davon einen Bewässerungskanal, Hütten, gelbliche Sanddünen, niedrige Felsen, ein paar Ruinen, vielleicht die Überreste einer alten Totenstadt, eine Straße, die wie ein

schwarzes Band in den Wüstenboden gekratzt zu sein schien, und schließlich einen Wellblechschuppen und einen betonierten Platz, der von einem Drahtzaun mit einem großen Tor umgeben war.
Zwei Fahrzeuge fuhren dicht hintereinander auf der holprigen Straße zum Hubschrauberlandeplatz und hielten vor dem Eisentor an. Dort stand eine kleine gemauerte Hütte und ein Schild mit der Aufschrift AL TAFLA in Englisch und Arabisch, von dem die Farbe abblätterte. Als der Hubschrauber dicht über dem Beton schwebte, sah Amira, wie die Fahrer aus dem Wagen sprangen und auf den Landeplatz liefen. Die beiden Männer trugen Khakisachen und hielten ihre Hüte fest. Es waren ein Nubier und ein sonnengebräunter Engländer. Connor! Amira spürte, wie ihr Herz einen Schlag aussetzte.

Der Hubschrauber setzte auf, und Dr. Connor und Nasr liefen zum Einstieg. Aus der Funkerhütte kam ein Fellache in einer Galabija herbeigerannt und winkte einer Gruppe schwarzgekleideter Beduinen zu, die im Schatten eines Felsens neben ihren Kamelen hockten.
»*Al hamdu lillah!*« rief Connor dem Piloten zu, der ihn durch das offene Fenster grüßte. »*Salaamat!*«
»*Salaamat!*« rief der Mann. Der Pilot arbeitete wie Nasr für die Treverton-Stiftung und flog in abgelegene Wüstengebiete oder nach Oberägypten, wenn Medikamente oder Personal gebraucht wurden.
Der Nubier ging nach hinten, um die Ladeluke zu öffnen. Connor wartete und betete, daß sich sein Nachfolger an Bord befand. Aber als er sah, daß eine Frau in Jeans und einem T-Shirt in der Öffnung erschien, deren blondes Haar zu einem Pferdeschwanz gebunden war, runzelte er die Stirn. Plötzlich wurden seine Augen groß vor Staunen. »Amy?!«
»Hallo, Dr. Connor«, rief sie lächelnd und sprang auf die Erde. »Ich kann Ihnen nicht sagen, wie schön es ist, Sie wiederzusehen.«
»Du meine Güte«, sagte er und ergriff ihre Hand. »Amy van Kerk! Was um alles in der Welt tun Sie denn hier?«
»Hat Ihnen die Verwaltung in London nicht mitgeteilt, daß ich kommen würde?«
»Leider sind die Nachrichtenverbindungen nicht sehr zuverlässig oder besonders schnell. Vermutlich kommt die Nachricht von Ihrer bevorstehenden Ankunft in ein oder zwei Wochen!« Er schüttelte ihr die Hand. »Das ist ja großartig! Wie lange ist es her?«

»Sieben Jahre. Wir haben uns zuletzt bei der Demonstration in der Wüste von Nevada gesehen. Erinnern Sie sich?«

»Wie könnte ich das vergessen?« Er hielt ihre Hand einen Augenblick länger als nötig und sagte dann: »Wir müssen uns um die Fracht kümmern. Ich hoffe, sie haben das neue Serum und die Einweg-Injektionsspritzen mitgeschickt, die ich angefordert hatte.«

Connor ging um den Hubschrauber herum zur Ladeluke und half Nasr, die Aluminiumkästen mit der Aufschrift WORLD HEALTH ORGANIZATION in einem der Geländewagen zu verstauen. Amira wandte sich nach Osten, in Richtung Nil, schloß die Augen und genoß den kühlen Wind auf dem Gesicht.

Die Raschids sind alle in Kairo. Sie können mir hier in dem kleinen Dorf nichts tun, sagte sie sich mit klopfendem Herzen.

Schließlich kam Connor zurück und fragte: »Ist das Ihr ganzes Gepäck?«

»Ja, ich habe nur den einen Koffer.«

Er lud ihn in den zweiten Geländewagen und sagte: »Also los. Das Serum muß schnellstens in den Kühlschrank.«

Amira mußte sich am Armaturenbrett festhalten, als Connor Gas gab und den Wagen wendete. Sie erreichten die holprige Straße, die sich durch die Sanddünen schnitt.

»Also sind Sie schließlich doch nach Ägypten zurückgekommen«, sagte er. »Ich erinnere mich, daß Sie zu allem bereit zu sein schienen, nur um nicht in Ihre Heimat zu müssen. Ihre Familie hat sich über das Wiedersehen sicher gefreut.«

»Meine Familie weiß nicht, daß ich hier bin. Ich saß zwei Stunden nach meiner Ankunft in Kairo schon wieder im Hubschrauber.«

»Wirklich? Als ich Sie das letzte Mal gesehen habe, wollten Sie in den Libanon. Wie war es dort?«

»Deprimierend.« Sie lächelte bitter. »Danach habe ich in den Flüchtlingslagern in Gaza gearbeitet, und dort war es noch schlimmer. Die Welt scheint die Palästinenser vergessen zu haben.«

»Die Welt . . .!« Er lachte laut. »Die Welt kann man vergessen. Ich habe genug von all dem . . .«

Amira sah Connor erstaunt an. Er hatte zwar immer noch die kultivierte britische Aussprache und die klare Stimme, an die sie sich erinnerte, aber es lag eine neue Schärfe darin. Sie betrachtete aufmerksam sein Profil, während sie schweigend durch die gelbe, baumlose Wüste fuhren, und stellte fest, daß er sich auch äußerlich verändert hatte. Er war gealtert und wirkte, als seien mehr als die sieben Jahre vergangen, seit sie ihn auf dem Testgelände in Nevada gesehen hatte. Offenbar hatte er es in der Zwischenzeit nicht leicht gehabt. Connor war schon immer groß und schlank gewesen, aber nun war er hager. Wangenknochen und Kiefer traten hervor, und die Haut war faltig. Seine faszinierende Kraft, die unglaubliche Intensität, die auf Amira so ansteckend gewirkt hatte, war noch da. Aber sie glaubte außerdem eine verletzende Aggressivität, vielleicht auch das Gefühl ohnmächtigen Zorns zu spüren – Dinge, die sie nur allzugut aus eigener Erfahrung kannte.

»Es ist schön, Sie wiederzusehen, Amy. Ich bin sehr froh, daß Sie beschlossen haben, hierher zu kommen. Ich hatte großes Pech mit meinen Helfern. London teilt mir ständig unverheiratete Frauen zu, und ich habe nach kurzer Zeit die undankbare Aufgabe, sie wieder nach Hause zu schicken. Die Frauen sind nicht das Problem, aber Sie wissen ja, wie die Fellachen sind. Eine unverheiratete Frau in einem ägyptischen Dorf, das kann einfach nicht gutgehen.«

»Und wie ist es mit Männern?« fragte sie und überlegte, ob er tatsächlich so zornig war, wie seine Worte klangen. Er umklammerte das Steuer, als sei es ein Tier, das er bändigen wollte, und starrte mit zusammengekniffenen Augen durch die Windschutzscheibe in die gleißende Helligkeit.

»Ich hatte zwei Assistenten«, sagte er. »Der erste war ein ägyptischer Medizinstudent, der sein staatlich verordnetes Praktikum machte. Er verachtete die Fellachen und setzte sich nach einem Monat wegen angeblicher gesundheitlicher Beschwerden wieder ab. Der zweite war ein enthusiastischer amerikanischer Freiwilliger, der hoffte, die Fellachen zum Christentum zu bekehren. Den mußte ich nach einer Woche wieder nach Hause schicken.«

Er schüttelte den Kopf. »Ich kann es ihnen nicht verübeln. Es ist nicht leicht, mit den Fellachen umzugehen. Sie sind wie Kinder, man darf sie nicht aus den Augen lassen. Manchmal glauben sie, es sei besser, die Medikamente auf einmal zu nehmen, anstatt in der verordneten Menge. In ihrer Naivität sagen sie sich, wenn eine Impfung gut ist, dann sind fünf Impfungen fünfmal so wirksam.« Er lachte gequält.

»Stellen Sie sich vor, im letzten Jahr kam ein Fellache mit heiligem Wasser aus Mekka zurück. Er hat es in den Dorfbrunnen gegossen, weil er hoffte, es werde für alle ein Segen sein. Das Wasser enthielt Cholerabakterien. Uns drohte eine regionale Epidemie. Also mußten wir schnellstens durch die ganze Gegend fahren und jeden impfen. Aber die Leute haben entsetzliche Angst vor Injektionen und tun alles, nur um keine Spritze zu bekommen. Da gab es so einen unglückseligen Mann, der sich ausnahmsweise nicht davor fürchtete. Der Mann hatte eine Idee. Er stellte sich gegen ein bißchen Geld für andere in die Warteschlange vor dem Arztwagen. Er hatte zwanzig Cholera-Impfungen bekommen, bevor wir dahinterkamen, und da war er bereits tot.«

Amira kurbelte das Fenster herunter und hielt ihr Gesicht in die kühle, trockene Wüstenluft. Sie atmete tief, um einen klaren Kopf zu bekommen.

Plötzlich war ihr alles zuviel – die Rückkehr nach Ägypten und das Wiedersehen mit Connor. »Ich bin froh, daß ich Sie unterstützen kann«, sagte sie ausweichend.

»Sie kommen nicht nur als meine Assistentin, Amy. Sie sind meine Nachfolgerin.«

»Ihre Nachfolgerin?«

»Hat man Ihnen das nicht gesagt? Sie werden meine Stelle übernehmen, wenn ich weg bin.«

»Nein, davon war keine Rede. Wann gehen Sie?«

»Tut mir leid. Ich dachte, Sie wüßten es. Ich höre in elf Wochen hier auf. Knight in Schottland hat mir die Stelle des Direktors der Abteilung für Tropenmedizin angeboten.«

»Schottland! Heißt das Forschung und Entwicklung? Ein Lehramt?«

»Verwaltung. Ein Schreibtisch-Job, von neun bis fünf. Keine Patienten mehr, kein Busch-Krankenhaus, wo auf ein Bett zwei Leute kommen. Offen gesagt, Amy, ich habe Sonne und Palmen satt!« Er sagte das so heftig, daß Amira innerlich zusammenzuckte. Sie schwieg. Connor schien wie ein Vulkan vor dem Ausbruch, und deshalb ließ sie ihn reden. »Und ich habe es satt, zu versuchen, Menschen zu helfen, die es ablehnen, sich selbst zu helfen. Die meisten Männer träumen davon, ihr Alter in den Tropen zu verleben, aber ich gehe dorthin, wo es viel Regen und Nebel gibt.«

»Was ist mit Ihrer Frau? Was wird sie tun?«

Er umklammerte das Steuer fester, während der Geländewagen mit hoher Geschwindigkeit über die Wüstenstraße fuhr. »Sybil ist tot. Sie ist vor drei Jahren in Tansania gestorben.«
»Das tut mir leid.« Amira hielt den Kopf wieder aus dem Fenster. Die Luft roch jetzt nach Lehm, Gras und Wasser. Sie hatte sich nicht geirrt: Declan *war* zornig. Sie sah es an seinen weißen Knöcheln und hörte es an seiner Stimme. Aber weshalb war er so enttäuscht? Hatte ihn der Tod seiner Frau aus dem Gleichgewicht gebracht?
Die Wüste endete, und bald fuhren sie an Feldern mit Winterweizen und Luzerne vorbei, die von zerlumpten Vogelscheuchen bewacht wurden. Fellachen mit hochgebundenen Galabijas stützten sich auf ihre Hacken und winkten dem vorüberfahrenden Wagen fröhlich zu.
Amira fragte: »Und was macht Ihr Sohn David?«
»Er ist inzwischen neunzehn und studiert in England. Ein intelligenter Junge. Ich staune, daß er sich so gut entwickelt hat, wenn man bedenkt, welches unbeständige Leben er als Kind führen mußte. Sobald ich mich in Schottland eingelebt habe, werde ich ihn zu mir nehmen. Und dann werden wir zusammen in aller Ruhe Forellen angeln.«
»Das klingt, als wollten Sie die Arbeit für die Stiftung völlig aufgeben.«
»So ist es. Ich hänge die Medizin endgültig an den Nagel, Amy.«
Auf einem Lehmweg zwischen Feldern kamen sie an einem Mann vorbei, der seitlich auf seinem Esel saß, den er mit dem Stock antrieb. Der Mann hob grüßend die Hand und fragte auf arabisch: »Ist das die neue Braut, Doktor? Wann ist die Hochzeitsnacht?«
Connor erwiderte: »*Bukra fil mischmisch, Abu Aziz!*« Der Alte lachte.
»*Bukra fil mischmisch*«, murmelte Amira und mußte an Zacharias denken, der sie als erster Mischmisch genannt hatte.
Declan grinste und sagte mehr zu sich selbst: »Morgen, wenn die Aprikosen blühen. Eigentlich eine nette Art, um jemandem zu sagen: ›Nun halt mal die Luft an‹«.
Amira sah die Spannung an seinen Halsmuskeln und am Unterkiefer. Sie überlegte, wie Sybil wohl gestorben war und weshalb er es ihr nicht sagte. »Ihr Arabisch scheint inzwischen besser zu sein, Dr. Connor.«
»Ich habe mir Mühe gegeben. Ich erinnere mich noch gut daran, wie Sie beim Übersetzen über meine Aussprache gelacht haben.«

»Ich hoffe, ich habe Sie damit nicht beleidigt.«
»Überhaupt nicht. Ihre Art zu lachen gefällt mir. Und meine Aussprache *ist* schrecklich. Trotzdem konnte ich Arabisch immer besser sprechen als lesen oder schreiben. Es hat mir geholfen, daß ich in Kenia geboren und als Kind Swahili gesprochen habe, das stark vom Arabischen beeinflußt ist. Es ist eine wunderschöne Sprache. Haben Sie nicht einmal gesagt, Arabisch klingt wie Wasser, das über Steine fließt?«
»Ja, das stimmt. Allerdings habe ich damit nur jemanden zitiert. Bevorzugen Sie beim Tischgebet übrigens immer noch den kleinen Nasenmuskel?«
Er lachte, und Amira kam es vor, als sei er endlich etwas lockerer. Als er ihr einen schnellen Blick zuwarf, sah sie flüchtig den alten Connor vor sich. »Das haben Sie wohl nicht vergessen?« fragte er.
Sie wollte sagen: Ich erinnere mich an vieles, was in den Monaten geschah, in denen wir zusammen an der Übersetzung gearbeitet haben. Ich erinnere mich ganz besonders an unseren letzten gemeinsamen Abend, als wir uns beinahe küßten ...
Sie erreichten den Rand des Dorfes. Niedrige Gebäude aus luftgetrockneten Ziegeln, die wie Lagerhallen aussahen, standen hinter Bahngleisen. Viele Häuser hatten blaue Türen oder Handabdrücke in blauer Farbe, das Glückszeichen von Fatima, der Tochter des Propheten. Manche Fassaden waren mit Schiffen, Flugzeugen oder Autos bemalt; das verriet, daß der glückliche Bewohner die Pilgerreise nach Mekka gemacht hatte. Beinahe alle Häuser waren mit dem kunstvoll geschriebenen Namen »Allah« geschmückt, der Dschinns und den bösen Blick abwehren sollte. Während sie an den Frauen in Hauseingängen und alten Männern auf Bänken vorbeifuhren, die darauf warteten, daß die Zeit verging, und Amira die vertrauten Gerüche wahrnahm – kochende Bohnen in Öl, Brot im Backofen, Kuhfladen, die auf den Dächern trockneten –, spürte sie, daß die langen Jahre ihrer Abwesenheit ganz allmählich wie die Blütenblätter einer Blume von ihr abfielen. Ägypten stahl sich Stück für Stück zurück in ihre Knochen, in ihr Blut und ihre Muskeln. Was wird geschehen, fragte sich Amira, wenn es mein Herz erreicht?
Connor winkte Nasr zu, der auf dem Marktplatz in eine andere Straße abbog, und fuhr zum südlichen Rand des Dorfes. Sie erreichten einen breiteren Lehmweg, auf dem Eselskarren fuhren und mit Zuckerrohr

beladene Kamele trotteten. »Ich zeige Ihnen zuerst das Wohnhaus«, sagte er.
Am Wegrand stand eine Plakatwand mit der Aufschrift: ALLE ZWANZIG SEKUNDEN WIRD EIN KIND GEBOREN. Die Tafel war vom Ministerium für Familienplanung aufgestellt worden.
»Das«, sagte Connor, »das ist unser größtes Problem. Die Überbevölkerung. Solange die Menschen so viele Kinder in die Welt setzen, werden wir Armut und Krankheit nie überwinden. Zu viele Kinder . . . das ist ein weltweites Problem, nicht nur ein Phänomen der Dritten Welt. Die Menschen vermehren sich auf unverantwortliche Weise. Ein ausgeglichenes Bevölkerungswachstum bedeutet eine kleine Familie, ein Mann und eine Frau, die dafür sorgen, daß Ersatz für sie da ist, wenn sie tot sind. Dafür genügen zwei Kinder. Welchen Sinn hat es, mehr in die Welt zu setzen? Wo bleibt die Verantwortung für die Zukunft? Wer denkt an die Erde, an die Ressourcen unseres Planeten, wenn eine Familie mehr als zwei Kinder hat?«
Er wies rückwärts zu der Plakatwand, an der sie gerade vorbeigefahren waren. »Das nützt natürlich überhaupt nichts. Im Fernsehen und im Radio gibt es inzwischen jede Stunde Spots zur Geburtenkontrolle, aber die staatliche Propaganda hat keine große Wirkung, besonders nicht hier auf dem flachen Land, wo die Kinder schneller zur Welt kommen, als wir sie impfen können. Im vergangenen Jahr haben die Familienplanungs-Stellen in ganz Ägypten vier Millionen Kondome verteilt, aber die Leute haben sie als Luftballone für Kinder verkauft. Ein Kondom kostet nur fünf Piaster und ein Ballon dreißig.«
Connor manövrierte den Wagen durch eine Gasse, die gerade breit genug für einen Esel mit zwei Körben war. Endlich erreichten sie das freie Land, und Amira sah den Nil im flammenden Orange des Sonnenuntergangs aufglühen. Connor hielt vor einem kleinen Steinhaus inmitten von Maulbeerbäumen an und sagte: »Die Krankenstation, wo Sie wohnen werden, ist dort hinten. Wenn ich weg bin, ziehen Sie hierher um. Das Haus gehört der Stiftung. Es hat drei Zimmer, es gibt Elektrizität und ein Dienstmädchen.«
Er musterte sie einen Augenblick und sagte dann leiser: »Es ist schön, Sie wiederzusehen, Amy. Es tut mir nur leid, daß uns vor meiner Abreise nicht mehr Zeit zusammen bleibt. Jedenfalls . . .«, er griff nach dem Koffer auf dem Rücksitz, »jedenfalls bringe ich Sie jetzt erst einmal

hinüber zur Krankenstation. Wir müssen den Wagen hier stehenlassen.«

Während sie am Fluß entlanggingen, schien die Abendsonne den Himmel als Leinwand für ein heiteres Spiel mit strahlenden Farben zu benutzen. Amira freute sich über das helle Türkis, das leuchtende Zitronengelb und das sanfte Pfirsichrot. Als sie die Krankenstation erreichten, war die Sonne bereits hinter den roten Hügeln am Westufer des Nils verschwunden. Vor den drei niedrigen Gebäuden hatte sich eine Menschenmenge versammelt. Amira sah Männer, Kinder und ältere Frauen. Sie wußte, die Mädchen und die jungen Frauen mußten zu Hause bleiben. Man hatte Bänke und Tische aus Walids Kaffeehaus aufgestellt und Lichterketten gezogen, an denen Spruchbänder mit der Aufschrift WILLKOMMEN NEUER DOKTOR und in Arabisch AHLAN WA SAHLAN hingen. In großen Töpfen dampften Bohnen, es gab Schüsseln mit frischem Gemüse und Obst. Daneben türmten sich Pyramiden aus Fladenbrot. Riesige Messingkrüge, die Süßholzwurzel- und Tamarindensaft enthielten, standen ebenfalls bereit. Bei Amiras Erscheinen verstummten alle.

»Das Dorf veranstaltet Ihnen zu Ehren ein Fest«, sagte Connor, als sie zwischen den Menschen hindurchgingen, die die neue Ärztin mit höflicher Zurückhaltung musterten. Der Anblick dieser Frauen in schwarzen Melajas, um die sich die kleinen Kinder drängten, und der Männer in Galabijas und Käppchen versetzte Amira in die Vergangenheit zurück. Jetzt empfand sie plötzlich die Erregung, die sie auf dem Flughafen erwartet hatte.

Vor ihrem inneren Auge schien ein Film abzulaufen. Sie war wieder in Kairo. Sie schlenderte mit Tahia, Zakki und Jasmina durch die alten Straßen, sie lachte, aß Schwarma-Brote und hatte die Vorstellung, die Zukunft sei etwas, das nur anderen Menschen widerfuhr. Sie war einen Augenblick lang wie benommen und legte die Hand auf die Stirn.

Die Dorfbewohner wichen scheu zurück, und obwohl sie lächelten, sah Amira ihren Gesichtern an, daß sie verwirrt waren. Ein bulliger Fellache in einer sauberen blauen Galabija trat vor und sagte: »Willkommen in Ägypten, Sajjida. Willkommen in unserem bescheidenen Dorf, dem Sie mit Ihrem Kommen Glanz verleihen. Gottes Friede und Segen seien mit Ihnen.« Aber Amira sah die Unsicherheit auch in seinen Augen. Und sie hörte, wie die Dorfbewohner murmelten: »Wie ist das möglich?

Der Sajjid wird von einer Frau abgelöst? Sieh nur, wie jung sie ist! Wo ist ihr Mann?«
Amira erwiderte: »Vielen Dank. Es ist mir eine Ehre, hier zu sein.« Die Menschen beobachteten sie abwartend. Es entstand eine Stille, die nur vom Flattern der Spruchbänder über den Köpfen der Menge gestört wurde. Amira blickte ruhig in die Gesichter, die sie umgaben. Sie wußte, welche Fragen die Dorfbewohner ihr gern gestellt hätten. Aber die Höflichkeit verbot es ihnen. Sie suchte nach einem Weg, das Eis zu brechen, und wandte sich einer Frau zu, die mit einem kleinen Kind auf dem Arm neben der Tür der Krankenstation stand. Es konnte nicht die Mutter sein, denn sie war dazu zu alt. Unter ihrem schwarzen Schleier sah Amira graue Haare.
Als die Frau bemerkte, daß Amira das Kind ansah, drückte sie es fester an sich und legte schützend ihre Melaja um das Kind.
Amira lächelte und fragte auf arabisch: »Ist das Ihr Enkelkind, Umma? Sie tun gut daran, das arme, häßliche Ding zu verbergen.«
Die Frau holte hörbar Luft, und die Umstehenden starrten Amira verblüfft an. Aber als die ältere Frau antwortete, lag in ihren Augen ein Anflug von Respekt. »Ich bin mit häßlichen Enkelkindern geschlagen, Sajjida. Es ist Gottes Wille.«
»Ich bin voller Mitgefühl für Sie, Umma.« Dann drehte Amira sich nach dem Dorfsprecher um und sagte: »Mit allem Respekt, ich habe gehört, wie Sie gesagt haben, ich sei jung. Wie alt bin ich Ihrer Meinung nach?«
»Bei den drei Göttern, Sajjida! Sie sind jung, sehr jung. Jünger als meine jüngste Enkeltochter.«
»Ich werde zweiundvierzig, wenn der Chamsîn wieder weht.«
Ein Murmeln ging durch die Menge, und Declan sagte: »Ich bringe Dr. van Kerk ins Haus, Khalid. Sie hat eine lange Reise hinter sich.«
»Das ist ein Pluspunkt für Sie«, sagte er, als sie das Haus betraten. »Ich hatte Sie ebenfalls für jünger gehalten.«

Amira folgte ihm in einen kleinen, spärlich möblierten Vorraum mit frisch gekalkten weißen Wänden. Sie sah einen großen Kühlschrank aus den Nasser-Jahren – damals galt noch die Devise: »Kauft ägyptische Waren!« –, eine neuere Karte des Nahen Ostens, auf der Israel als »besetztes palästinensisches Gebiet« bezeichnet wurde, und medizini-

sche Fachbücher, darunter auch *Wenn man Arzt sein muß* von Grace Treverton.
Der Nubier verstaute gerade die letzten Medikamente im Kühlschrank. Als er die Tür schloß und sich aufrichtete, schien er den kleinen Raum auszufüllen. »Willkommen, Doktorin«, begrüßte er sie mit einer sehr angenehm klingenden Stimme. »*Ahlan wah sahlan*.«
»Das ist Nasr«, sagte Connor. »Er ist unser Fahrer und Mechaniker. Khalid, der Dorfsprecher, gehört auch zu unserer Mannschaft. Khalid hat sechs Jahre die Grundschule besucht. Er ist unser Vermittler, wenn wir die Runde durch die Dörfer machen. Als Botschafter und Dolmetscher ebnet er uns sozusagen den Weg.«
Nasr verließ den Raum mit einer leichten Verbeugung.
»Ihr Zimmer ist dahinten«, sagte Declan. »Ich fürchte, es ist nicht gerade das, was ich Ihnen gerne anbieten würde . . .«.
»Das ist ein Palast im Vergleich zu . . .« Amira wurde es plötzlich schwindlig. Die Beine gaben unter ihr nach, und sie mußte sich am Kühlschrank festhalten.
»Was ist mit Ihnen? Sind Sie krank?« fragte er und faßte sie am Arm.
»Schon in Ordnung«, murmelte sie. »Ich habe mir in Gaza Malaria geholt und bin in einem Londoner Krankenhaus behandelt worden.«
»Man hat Sie zu früh entlassen.«
»Ich wollte doch hierher, Dr. Connor, und Ihnen helfen . . .«
Er lächelte. »Glauben Sie nicht, es ist Zeit, daß Sie mich Declan nennen?«
Amira spürte seine Hand auf ihrem Arm. Er stand so dicht vor ihr, daß sie über einer Augenbraue eine kleine Narbe entdeckte. »Es ist schon alles in Ordnung«, erwiderte sie und fügte hinzu, »Declan«. Es gefiel ihr, seinen Namen auszusprechen.
Er blickte ihr einen Herzschlag lang in die Augen. Dann ging er zur Tür und sagte: »Die Dorfbewohner warten auf Sie. Erst dann kann das Fest beginnen.«
»Bitte sagen Sie ihnen, ich bin in ein paar Minuten draußen.«
Nachdem er die Tür hinter sich geschlossen hatte, stand Amira im Halbdunkel und dachte: Er hat sich verändert. Warum?
In seinem letzten Brief, den sie vor vier Jahren erhalten hatte, war er noch der alte Connor gewesen – witzig, ehrgeizig, ein Abenteurer. Aber seitdem war etwas geschehen. Sie spürte seine Bitterkeit. Hinter seinen

Worten lagen Pessimismus und Resignation. Das hätte sie Declan Connor nie zugetraut.
Hat es mit dem Tod seiner Frau zu tun, fragte sie sich. *Wie war Sybil gestorben?*
Amira blickte sich in dem kleinen Sprechzimmer um. Hier würde sie einiges ändern. Sie lächelte – Stühle, ein Wandschirm und vielleicht ein paar Grünpflanzen. Sie dachte an ihren Vater, an seine Praxis, und das überraschte sie. Seit sie für die Treverton-Stiftung arbeitete, hatte sie das unter primitivsten Bedingungen getan. Ständig gab es von allem Notwendigen zuwenig – vor allem zuwenig Personal und zuwenig Medikamente. Aber hier in Al Tafla mußte sie zum ersten Mal an ihren Vater denken.
Hatte er noch immer seine Praxis gegenüber dem Roxy-Kino? Sie wünschte sich, er wäre hier bei ihr, in diesem winzigen Raum, und sie könnte ihn um Rat fragen. Er würde ihr bestimmt helfen, aus dem, was sie hier vorgefunden hatte, das Beste zu machen.
Sie lächelte.
Vielleicht müssen wir in die Dörfer gehen und sehen, wie es dort ist. Wenn alle in die Stadt kommen, dann kann keiner mehr in Frieden leben ...
Ja, das hatte sie damals gedacht, als ihr Vater die Wunde des Jungen der armen Fellachin versorgte und ihn gegen Wundstarrkrampf impfte. Nun ja, jetzt hatte sie die Möglichkeit, etwas von diesen Vorsätzen zu verwirklichen. Warum denke ich eigentlich an meinen Vater, überlegte sie. Und plötzlich wußte sie es. Ich bin wieder in Ägypten. Ich bin wieder zu Hause.
Amira ging in das Schlafzimmer und öffnete den Koffer. Obenauf lagen zwei Briefe, die sie beantworten wollte, sobald sie Zeit und Ruhe dazu fand. Der erste kam von Greg, der nach dem Tod seines Vaters bei seiner Mutter im Westen von Australien lebte. Er hatte ihr geschrieben, er denke immer noch an sie. Der zweite Brief stammte von Rachel Misrachi. In dem Couvert lag ein Photo von Rachels beiden kleinen Töchtern.
Durch das offene Fenster hörte Amira eine tiefe, laute Stimme. »Wir respektieren die neue Doktorin, Sajjid. Aber eine Frau über vierzig, ohne Ehemann, ohne Kinder, was kann die schon taugen?«
Das war Khalid, der Dolmetscher. Amira hörte aufmerksam zu, als er

sagte: »Diese Frau trägt Jeans, bei den drei Göttern, Sajjid. Unsere jungen Männer werden ihretwegen nicht mehr auf den Feldern arbeiten wollen. Sie wird jede Ehefrau eifersüchtig machen. Das ist sehr schlimm, Sajjid.«
Amira lachte leise und schloß das Fenster.

Declan versuchte, die Dorfbewohner zu beruhigen, und versicherte ihnen, daß Dr. van Kerk eine qualifizierte Ärztin war und sie gut versorgen werde. Aber die Leute waren enttäuscht. Als Amira kurz darauf aus dem Haus trat, verstummten alle und starrten sie an.
Sie hatte die Jeans mit einem Kaftan vertauscht. Ihr blondes Haar verschwand unter einem schwarzen Kopftuch. Sie hielt einen Koran in der Hand und eine Photographie in der anderen. Langsam trat sie vor, verneigte sich und begrüßte die versammelten Dorfbewohner auf arabisch.
»Ich fühle mich geehrt, daß ich auserwählt bin, hierherzukommen und unter euch zu leben. Ich bete wie ihr zu dem einen Gott.« Sie hob feierlich den Koran hoch, und die Dorfbewohner verneigten sich. »Möge Gott diesem Dorf Gesundheit und Wohlstand schenken. Ich heiße Amira Raschid, und mein Vater war ein Pascha. Aber man nennt mich Um Mohammed.« Sie hielt das Photo hoch. »Das ist mein Sohn.«
Man hörte Ausrufe wie »*Bismillah!*« und »Bei den drei Göttern!«. Die Dorfbewohner sahen die neue Doktorin voll Bewunderung an.
»Sie hat einen Sohn«, sagten die Frauen untereinander. »Und sie ist die Tochter eines Pascha!«
Eine ältere Frau im weißen Gewand der Mekka-Pilgerin erhob sich und fragte: »Mit Verlaub, Um Mohammed, ist dein Mann in Kairo?«
»Ich hatte zwei Ehemänner. Der zweite hat sich nach einer Fehlgeburt von mir getrennt. Ich bin die Mutter dieses Sohnes und zweier Kinder, die nicht überlebt haben.«
»Allah!« riefen die Frauen, murmelten Beileidsworte und schnalzten mit der Zunge. Die neue Ärztin hatte die Tragödie und das Leid jeder Frau erlebt. Sie drängten sich um Amira, nahmen sie bei den Armen und führten sie zum Ehrenplatz, wo ein besticktes Kissen lag. Man brachte sofort etwas zu essen und holte Musikinstrumente herbei. Die Männer saßen beisammen, zündeten die Wasserpfeifen an und erzähl-

ten sich Witze, während die Frauen sich um die neue Doktorin scharten. Sie forderten Amira auf, dieses zu versuchen und das zu trinken. Man erzählte ihr Geschichten aus dem Dorf und bedauerte immer wieder ihr Unglück. Alle waren sich einig darüber, daß die Männer unberechenbar seien. Wie konnte ein Mann diese wunderbare Frau verlassen? Declan betrachtete die Photographie, die von Hand zu Hand ging. Er sah das Gesicht eines gutaussehenden jungen Arabers. Aber der Junge hatte eindeutig Schwierigkeiten. Um seinen Mund lag ein trotziger Zug, die Augen verrieten, daß er unglücklich war, und er runzelte die Stirn, als ärgere ihn das Klicken des Auslösers. Connor sah die Ähnlichkeit mit Amira und lächelte. Bei Gott, sie hatte nicht nur die Dorfbewohner in Staunen versetzt.

Khalid setzte sich neben Connor und sagte: »Bei den drei Göttern, Sajjid, die neue Doktorin ist eine große Überraschung.«

»Das ist sie in der Tat«, erwiderte Declan. Er beobachtete Amira, die bei den Fellachen-Frauen saß und sich angeregt unterhielt. Sie hatte dieses Grübchenlächeln, das er seit fünfzehn Jahren nicht vergessen konnte. Sie hatte nie von einem Sohn gesprochen. Die Überaschung ist ihr wirklich gelungen, dachte er und mußte lachen. Dann fragte er sich: Welche anderen Überraschungen werden noch folgen?

24. Kapitel

Mohammed Raschids Blut war vergiftet – das Gift hatte blonde Haare, blaue Augen und eine Figur, die ihn um den Verstand brachte. Sie hieß Mimi und tanzte im Club Cage d'Or. Mimi wußte nicht einmal, daß es Mohammed gab, und erst recht nicht, daß er sie anbetete.
Aber der junge Raschid wußte, daß es *sie* gab. Er träumte Tag und Nacht von ihr. Schon beim Gedanken an sie wurde ihm heiß und kalt. Er war verzweifelt, denn er wurde mit dieser neuen Leidenschaft nicht fertig.
Mohammed blickte sich trübsinnig in dem kleinen Büro um, das er mit einem Schreibtisch, Aktenschränken, Formularen und Anträgen, die sich vom Boden bis zur Decke türmten, und einem Ventilator mit Wakkelkontakt teilte. Er fragte sich, wie die unerreichbare Mimi einen so bedeutungslosen Menschen wie ihn auch nur bemerken sollte.
Auf der Universität hatte er nie daran gedacht, daß er einmal in der anonymen Masse junger Männer in subalternen Stellungen wie ein Sandkorn in der Wüste untergehen könnte.
Ihn traf an dieser deprimierenden Tatsache keine Schuld. Nassers ursprünglich so umjubeltes Versprechen, allen Absolventen von Hochschulen und Universitäten einen Arbeitsplatz zu garantieren, erwies sich für Mohammed und seine Freunde als reiner Hohn.
Zur Zeit von Mohammeds Vater war das noch anders gewesen – Omar hatte sofort nach dem Examen eine einflußreiche, gut bezahlte Position bekommen. Aber das lag mehr als zwanzig Jahre zurück. Inzwischen entließen die Universitäten ihre Absolventen schneller, als die Regierung sie unterbringen konnte. Das führte dazu, daß man die jungen Leute in eine bereits aufgeblasene und kopflastige Verwaltung steckte. Sie erhielten Stellungen mit imposant klingenden Bezeichnungen, aber

in Wirklichkeit hatten sie alle kaum etwas Sinnvolles zu tun und nichts zu sagen. Mohammeds Pflichten beschränkten sich darauf, seinem Vorgesetzten Tee zu bringen, Berge nutzloser Formulare zu stempeln und Antragsteller mit ihren Beschwerden durch die labyrinthische Bürokratie zu schleusen. Ein Satz war in seiner Position immer richtig: »*Bukra*, kommen Sie morgen wieder.«
Dazu brauchte man aber weiß Gott kein Universitätsstudium, und es war keine Karriere für einen jungen Mann, der in zwei Monaten fünfundzwanzig wurde.
Wenn sich Mohammed mit der Zukunft beschäftigte, dann sah er sich mit dreißig, vielleicht sogar mit vierzig noch immer in diesem schäbigen kleinen Büro sitzen. Er würde bei der schlechten Bezahlung in alle Ewigkeit unverheiratet sein. Und am schlimmsten von allem: Mimi war und blieb unerreichbar für ihn.
Aber er war von ihr besessen – besessen von der Idee, sie zu erobern, sie zu lieben und sie zu besitzen. Er wollte sie auf Händen tragen, sie verwöhnen, ihr jeden Wunsch von den Lippen ablesen, und sie würde für ihn tanzen, für ihn und seine unstillbare Leidenschaft Nacht für Nacht dasein. Sie würde sich nach ihm und seinen heißen Küssen verzehren. Dieses Gift! Es brachte ihn noch um.
Wenn er doch wenigstens heiraten könnte. Vielleicht hätte eine Frau das Gift aus seinem Körper vertrieben.
Aber an eine Heirat war ebensowenig zu denken wie an die Eroberung von Mimi. Wie jeder andere junge Mann in Kairo mußte Mohammed zuerst Geld verdienen, es zusammenhalten und damit unter Beweis stellen, daß er eine Familie ernähren konnte. Dann folgte das endlose Warten auf eine freie Wohnung in dieser Stadt, die von Tag zu Tag mehr aus den Nähten platzte.
Wie sollte er mit seinem kümmerlichen Gehalt so etwas je schaffen? Seinen Vater konnte er nicht um Hilfe bitten. Omar mußte eine ganze Kinderschar versorgen. Und Großvater Ibrahims Lasten waren mit den vielen Bewohnern des Hauses in der Paradies-Straße groß genug. Man erwartete von ihm, daß er sein Leben selbst in die Hand nahm.
Mohammed murmelte: »Ich bin zu jedem Opfer bereit, nur um Mimi einmal in die Arme nehmen zu können.«
Das Klingeln des Telefons riß ihn aus seinen Tagträumen. Er schob die

Papiere beiseite. Es wurden von Tag zu Tag mehr. (Warum sollte er sich beeilen? Das Stempeln und Registrieren der Anträge war in seinen Augen reiner Schwachsinn und völlig überflüssig!) Nach dem fünften Klingelzeichen meldete er sich gelangweilt mit: »Sajjid Jussufs Büro.« Er würde den Anrufer mit dem üblichen »Sajjid Jussuf ist ein vielbeschäftigter Mann« abwimmeln. Das war schließlich seine Anweisung. Wenn der Betreffende nicht locker ließ, würde er andeuten, daß eine gewisse Summe die Angelegenheit eventuell beschleunigen könne. Bakschisch war für einen unterbezahlten Regierungsangestellten die einzige Möglichkeit, das Ungleichgewicht etwas zu seinen Gunsten zu verschieben.

Zu Mohammeds Überraschung war sein Großvater am Apparat. Er klang erschöpft und bedrückt. »Mohammed, ich habe versucht, deine Tante Dahiba zu erreichen, aber das Telefon in ihrem Studio funktioniert wieder einmal nicht. Bitte geh auf dem Nachhauseweg vorbei und sag ihr, daß sie möglichst sofort in meine Praxis kommen soll. Es ist sehr wichtig.«

»Ja, Großvater«, versprach Mohammed und legte auf. Was mochte denn so wichtig sein? Er hatte keine große Lust, bei seiner Tante vorbeizugehen. Deshalb griff er nach dem Hörer und wählte ihre Nummer. Wie es in Kairo üblich war, lauschte er dabei nach jeder Ziffer auf das Klicken, ehe er weiterwählte. Nach der letzten Ziffer wurde er jedoch mit der vertrauten Stille einer toten Leitung belohnt.

Er warf einen Blick auf seine Uhr. Es war erst halb eins. Mohammed arbeitete von neun bis zwei mit einer einstündigen Mittagspause. Aber er wußte, man würde ihn nicht vermissen. Deshalb beschloß er, das Büro abzuschließen, seiner Tante die Nachricht zu überbringen und danach zu dem einzigen Platz in der Stadt zu gehen, wo er sich seinen Tagträumen über Mimi ungestört überlassen konnte.

Ibrahim legte den Hörer auf und blickte aus dem Fenster seines Sprechzimmers. Ihm bot sich das übliche Bild. Die Straßen waren verstopft von stinkenden Lastwagen, Taxis, Limousinen, Schubkarren, Eselskarren und gefährlich schaukelnden Bussen. Auf den Gehwegen herrschte ein buntes Gewimmel von Männern in Anzügen oder Galabijas und Frauen in Kleidern nach der neuesten Pariser Mode oder in schwarzen Melajas.

Ibrahim hatte gehört, daß in Kairo inzwischen fünfzehn Millionen Menschen lebten. Man rechnete damit, daß sich ihre Zahl innerhalb von zehn Jahren verdoppeln werde – dreißig Millionen in einer Stadt, die für ein Zehntel dieser Zahl ausgelegt war.

Wehmütig erinnerte er sich an die schönen Tage unter Farouk, als der Verkehr nicht so dicht, als auf den Gehwegen mehr Platz gewesen war und Eleganz und Lässigkeit die Atmosphäre der Stadt bestimmten. Woher waren all diese Menschen gekommen? Er wandte sich kopfschüttelnd von diesem deprimierenden Bild ab.

Ibrahim seufzte. Er wußte, nicht die Stadt, die er immer noch liebte, war der Grund für seine düstere Stimmung. Er hatte gerade die Laborergebnisse bekommen.

Die Tests waren positiv.

Nun stand er vor der schweren Aufgabe, seine Schwester zu informieren.

Er betrachtete die beiden Photographien auf seinem Schreibtisch: die junge, strahlende und verliebte Alice und Amira, die erst gestern auf die Welt gekommen zu sein schien. Ibrahim spürte, wie ihm warm ums Herz wurde. Von all seinen Kindern, einschließlich Jasmina und der fünf Mädchen, die er von Huda hatte, liebte er Amira immer noch am meisten. Die Verbannung aus der Familie war tatsächlich so etwas wie ihr Tod gewesen. Ibrahim hatte um sie nicht weniger getrauert, als wenn er sie begraben hätte. Einige Zeit war es ihm noch ein Trost gewesen, daß Alice die Verbindung mit ihrer Tochter hielt. Aber durch den Selbstmord von Alice war das letzte dünne Band gerissen. Seit dieser Zeit blickte Ibrahim gelegentlich zum Himmel auf und fragte sich, an welchem Ort auf der Welt sie sich in diesem Augenblick wohl befand ...

Trotz allem, Ibrahim hatte ein gutes Leben. Er rief sich energisch zur Ordnung und sagte sich, es nütze einem Mann nichts, über vergangenes Unglück nachzugrübeln. »Man muß die Lasten der Vergangenheit hinter sich lassen und an die guten Seiten des Lebens denken«, ermahnte er sich selbst.

Und so kam Ibrahim Raschid mit einigen Einschränkungen zu dem Schluß, daß sein Leben mehr gute Seiten hatte als das Leben der meisten Menschen. Er war ein angesehener, vermögender Mann und ein geachtetes Mitglied der Gesellschaft. In einem Land, dessen Gesund-

heitssystem durch Armut und eine erschreckende Bevölkerungsexplosion aus allen Nähten platzte, war es schwierig, qualifizierte Ärzte zu finden, denen das Wohl ihrer Patienten am Herzen lag. Deshalb war Ibrahim sehr gefragt. Er dankte Gott jeden Tag für seine Gesundheit und seine Energie, denn obwohl er bereits über siebzig war, leistete er noch immer soviel wie ein sehr viel jüngerer Mann. Außerdem hatte er einen guten Beweis für seine Männlichkeit – seine neue Frau war schwanger.
Der kurze Augenblick des Trostes verflog schnell. Ibrahim dachte an die Laborergebnisse und wählte noch einmal Dahibas Nummer. Aber auch diesmal blieb am anderen Ende der Leitung alles still.

»Die Hüften schwingen, dabei bis acht zählen und dann abrupt anhalten«, erklärte Dahiba. Sie trug einen Rock über dem Trikot und demonstrierte ihrer Schülerin, was sie von ihr erwartete. Sie hob die Arme und ließ die Hüften kreisen, während Schultern und Brustkorb unbeweglich blieben. »Jetzt wartest du auf das *Taqsim*. Laß die Musik in dich einströmen wie Sonnenlicht. Du mußt spüren, wie das Strahlen in dein Blut, in dein ganzes Wesen dringt, bis du zum Sonnenlicht wirst. Das ist ein sehr schwieriger Teil der Musik, denn du mußt sie fühlen, um danach tanzen zu können.«
Dahiba und ihre Schülerin blickten auf das Tonbandgerät, während sie der Musik lauschten und sich dem Zauber der Flöte überließen.
Sie waren allein im Studio. Dahiba unterrichtete keine Klassen mehr, sondern nahm nur noch einzelne Schülerinnen an, die sie selbst auswählte. Natürlich wollten alle bei Dahiba tanzen lernen, aber nicht jede erhielt diese Möglichkeit. Mimi fand, sie hatte besonders großes Glück.
»So«, sagte Dahiba, hielt das Band an und spulte es zurück. »Hast du es gespürt? Kannst du dazu tanzen?«
»Ja!«
Mimi war achtundzwanzig Jahre alt und hatte acht Jahre Bauchtanz und davor zehn Jahre Ballett studiert. Sie war gut und sie war ehrgeizig. Zwar trat sie immer noch in Clubs und nicht in den Fünf-Sterne-Hotels auf, aber trotz der starken Konkurrenz führte ihr Weg sehr schnell und steil nach oben. Der Ehrgeiz leuchtete ihr aus den Augen, als sie die Schärpe um die Hüfte enger band und sich darauf vorbereitete, ihrer

Lehrerin das Gelernte vorzuführen. Mimi hieß eigentlich Afaf Fawwaz, aber sie hatte nach der neuesten Mode im Showgeschäft einen französischen Namen angenommen.
Dahiba schaltete das Tonband ein und drehte sich nach Mimi um, als sie ihren Neffen Mohammed entdeckte. Er stand an der Tür und starrte auf Mimi, daß man glauben konnte, die Augen würden ihm aus dem Kopf fallen.
»He, was soll das? Fort mit dir, Mohammed!« rief sie und ging ärgerlich zur Tür. »Hast du denn kein Schamgefühl?«
Mohammed wich wie betäubt zurück.
Mimi...
Mimi im roten Trikot mit einem schwarzen Ballettröckchen!
»Was gibt es?« fragte Dahiba, trat in den Gang hinaus und schloß die Tür.
»Ähm... Großvater hat angerufen... Du sollst sofort zu ihm in die Praxis kommen. Er hat gesagt, es ist wichtig.« Mohammed machte kehrt und floh. Mimis amüsierter Gesichtsausdruck verfolgte ihn wie ein Dschinn.

Das Kaffeehaus von Feijrouz befand sich an dem kleinen Platz am Ende der Fahmy Pascha-Straße, in der Nähe der Verwaltungsgebäude, wo Mohammed arbeitete. Es war ein kleines, altes Kaffeehaus, dessen gekachelte Fassade elegante sufische Schriftzeichen schmückten. In dem halbdunklen Raum standen Bänke entlang der Wände, auf denen sich die Männer die Zeit damit vertrieben, daß sie süßen Kaffee oder Minztee tranken. Sie würfelten oder spielten Karten, während sie sich über die Regierung, ihre Vorgesetzten und sogar über sich selbst lustig machten.
Feijrouz war der Treffpunkt für junge Büroangestellte. In anderen Kaffeehäusern der Stadt trafen sich Schauspieler, Intellektuelle, arme Fellachen, reiche Geschäftsleute oder Homosexuelle. Es gab für jeden das passende Kaffeehaus, und beinahe alle diese Lokale waren die exklusive Domäne der Männer.
Als Mohammed vom großen Boulevard in die enge Gasse einbog, sah er weder die mit Graffiti bedeckten Mauern noch den vorbeifahrenden roten Motorroller, auf dem vier Männer wie Akrobaten saßen. Vor seinen Augen stand Mimis Gesicht mit den Grübchen. Sie hatte gelä-

chelt, weil Dahiba, seine Tante, ihn wie einen dummen Schuljungen zurechtwies, und er über und über rot geworden war.
Er hatte Mimi bisher nur zweimal gesehen. Einmal war sie vor dem Cage d'Or aus einem Taxi gestiegen. Den Anblick würde er nie vergessen – zuerst streckte sie ihre langen Beine aus dem Wagen, dann folgte ihr geschmeidiger Körper. Das zweite Mal entdeckte er sie mit einem Kostüm über dem Arm im Menschengewimmel des Khan Khalili. Davor kannte er sie nur vom Fernsehen, wo sie in einer beliebten Serie eine kleine Rolle spielte. Aber das hatte genügt. Seine Liebe loderte wie ein Feuer, das ihn immer mehr zum Wahnsinn trieb.
Und nun hatte er sie endlich aus der Nähe gesehen. Im Trikot. Praktisch nackt ...
Er erreichte den Platz. Aus einem Textilgeschäft trat eine westlich gekleidete Ägypterin. Sie trug hohe Absätze und hatte Mühe, auf dem holprigen Pflaster nicht umzuknicken. Mimi war vergessen. Mohammeds Aufmerksamkeit richtete sich sofort auf den schaukelnden engen Rock direkt vor ihm. Als er das Kaffeehaus erreichte, wo seine Freunde bereits an einem Tisch saßen, streckte Mohammed blitzschnell die Hand aus und kniff in den drallen Hintern.
»Heee!« kreischte die Frau, fuhr herum und schlug mit der Handtasche auf ihn ein. Mohammed hielt schützend die Hände über den Kopf. Passanten scharten sich um die Frau, drohten Mohammed mit den Fäusten und beschimpften ihn, aber seine Freunde lachten und johlten.
»*Ja Allah*, Mohammed!« rief einer von ihnen, als die Frau wütend weiterging und der Menschenauflauf sich zerstreute, und sang:

> Im Paradies warten Jungfrauen auf den Frommen.
> Er darf sie ungestraft küssen und lieben.
> Wenn's richtig ist, mit ihnen dort die Freuden und
> Wonnen zu kosten, kann's hier im Leben so falsch und sündhaft
> nicht sein.«

Mohammed trat mit hochrotem Kopf in das Kaffeehaus und mußte den Spott der Gäste und des Besitzers über sich ergehen lassen.
Feijrouz, ein einarmiger Veteran des Sechs-Tage-Kriegs, der die meiste Zeit mit alten Freunden vom Militär Backgammon spielte, brachte dem jungen Mann ein Glas Tee. Seine dicke Frau, die den ganzen Tag in

einem schwarzen Kleid und einer schwarzen Melaja an der Kasse saß und nichts lieber tat, als mit den jungen Männern über zweideutige Witze zu lachen, rief: »Bei Gott, Mohammed Pascha! Sie sollten den Reißverschluß nicht an der Hose, sondern an der Hand haben!«
Alle lachten, auch Mohammed. Er setzte sich mit dem Tee zu seinen Freunden und versuchte, dem neuesten Klatsch und den Witzen zuzuhören, die sie erzählten. Aber seine Gedanken wanderten schnell wieder zu Mimi.
Bismillah! Sie nimmt Unterricht bei Tante Dahiba! Dann ist es mir vielleicht möglich, sie kennenzulernen. O ich glücklichster aller Sterblichen! Das Schicksal meint es gut mir mir...
Diese Aussicht entfachte das Feuer in seinen Adern aufs neue.
Salah, ein dicker junger Mann, der im Ministerium für Altertümer Karteikarten numerierte, konnte wunderbar Witze erzählen. Er hatte jeden Tag einen neuen auf Lager, was seiner Beliebtheit im Kaffee zugute kam.
»Hört zu«, sagte er mit einem breiten Lächeln. »Ein Mann aus Alexandria, einer aus Kairo und ein Fellache hatten sich in der Wüste verirrt und waren am Verdursten. Da erschien ein Dschinn und sagte: ›Jeder von euch darf sich etwas wünschen.‹ Der Mann aus Alexandria sagte: ›Bring mich an die französische Riviera und verschaff mir schöne Frauen.‹ Und schon war er weg. Der Mann aus Kairo sagte: ›Bring mich auf ein Hausboot auf dem Nil, wo es viel zu essen und viele Frauen gibt.‹ Und schon war er weg. Schließlich kam der Fellache an die Reihe. Er sagte: ›Ach, lieber Dschinn, ich bin so allein. Bitte bring meine Freunde zurück!‹«
Die jungen Männer lachten und tranken ihren süßen Tee.
»He, Mohammed Pascha!« sagte Habib mit dem Schnurrbart, der wie Feijrouz' Frau den altmodischen Titel als Zeichen der Vertrautheit benutzte. »Ich habe etwas Besonderes für dich.« Er zog eine Filmzeitschrift aus der Tasche und schob sie über den Tisch.
Die jungen Männer beugten sich gespannt vor, während Mohammed schnell die Zeitschrift durchblätterte. Als er ein ganzseitiges Farbbild aufschlug, war von allen ein lautes »Oh!« zu hören.
Mohammed wurde es heiß und kalt, seine Hände begannen zu zittern. Es war ein Bild von Mimi in einem atemberaubend hautengen Kleid.
»Was für eine Bombe!« sagte Salah.

»Na, wie fändest du es, mit ihr verheiratet zu sein?« fragte ein anderer und stieß Mohammed den Ellbogen in die Seite.
»Ich würde jede nehmen, wenn ich nur schon heiraten könnte!« rief Salah, der wie Mohammed und die anderen hoffte, irgendwann soviel gespart zu haben, daß er heiraten konnte. »Du hast es gut, Mohammed Pascha. Dein Großvater ist ein reicher Arzt mit einem großen Haus in Garden City. Du kannst mit deiner Braut dort wohnen.«
Mohammed lachte mit den anderen, aber er spürte, daß ihm die Bitterkeit wie ein Kloß im Hals saß, denn in Wirklichkeit sah er sich verdurstend in einer Wüste. Würde ein Dschinn kommen und *ihn* retten?
Salah hätte ebensogut von Märchen und Träumen reden können. Im Haus in der Paradies-Straße schwang Urgroßmutter Khadija das Zepter, und er hatte keine Lust, unter ihrer Fuchtel zu leben. Im Haus seines Vaters war es auch nicht besser. Omar war zwar oft unterwegs, aber Großmutter Nefissa kommandierte Nala und seine Halbbrüder und Halbschwestern herum. Und seine Großmutter konnte im Gegensatz zu Umma manchmal richtig böse sein. Eine Frau wie Mimi würde es bei ihr keinen einzigen Tag aushalten.
Ein Mann muß doch weiß Gott mit seiner Braut allein sein können.
»*Bukra*. Morgen«, sagte er niedergeschlagen. »*Inschallah*.«
Salah schlug seinem Freund auf den Rücken und sagte: »Es heißt, Ägypten wird heutzutage von IBM beherrscht!« Er zählte an den Fingern ab. »*Inschallah. Bukra. Malesch!*«
Alle lachten, aber Mohammeds Lachen klang gezwungen. Warum konnte er Mimi nicht besitzen? Das Bild in der Zeitschrift stammte aus einem Film, in dem sie eine leichtlebige Frau spielte, die einen ehrbaren und frommen Mann verführt. Mohammed konnte den Blick nicht von den blonden, lockigen Haaren wenden, die so lang, so seidig und hell waren, daß sie jeden richtigen Mann einfach verrückt machen mußten. Bei Gott, dachte er, die alten Gesetze waren vernünftig, denn sie verlangten, daß eine Frau sich verschleiert. Wie soll ein Mann sonst ein sittliches und frommes Leben führen?
Mimis Platinlocken brachten ihn dazu, an seine Mutter zu denken, die für die Familie aus irgendeinem Grund gestorben war. Er hörte nie etwas von ihr, außer zu seinem Geburtstag, wenn Jahr für Jahr eine Geburtstagskarte eintraf. Er hatte die Karten alle aufgehoben und besaß

inzwischen zwanzig. Mohammed verbot sich, über Fragen nachzudenken, die ihn beunruhigten: Weshalb war sie weggegangen? Weshalb kam sie nicht zurück? Und weshalb sprach niemand in der Familie von ihr?
»Mein Gott!« rief Salah. »Gehen wir doch ins Kino und sehen uns den neuen Film mit Mimi an!«
»Er läuft im Roxy«, sagte Habib. Er trank seinen Tee aus und warf fünf Piaster auf den Tisch.
Die jungen Männer erhoben sich eilig von ihren Plätzen und stürmten hinaus. Die älteren Gäste sahen ihnen kopfschüttelnd nach und machten mit gerunzelter Stirn Bemerkungen über die Ungeduld der Jugend und die Sinnlosigkeit der Eile, wo das Leben doch so kurz war ...
Mohammed fiel auf, daß vor dem Kaffeehaus ein Mann stand und ihn beobachtete. Der Mann kam ihm bekannt vor. Wo hatte er ihn schon einmal gesehen? Dann fiel es ihm ein. Er kannte ihn aus der Zeit seiner kurzen Zugehörigkeit zu den Muslimbrüdern. Ibrahim hatte von ihm verlangt, sich von den Muslimbrüdern loszusagen. Wie hieß dieser Mann noch?
»*Ja Allah!* Du träumst schon wieder«, sagte Salah und zog ihn am Ärmel. »Gehen wir, sonst verpassen wir den Anfang.«
Die übermütigen jungen Männer gingen über den Platz, und Mohammed spürte, wie der Mann ihn mit seinen Blicken verfolgte. Als sie sich unter die Menge auf dem Boulevard mischten, fiel ihm plötzlich der Name ein. Der Mann hieß Hussein, und Mohammed erinnerte sich, daß er sich vor ihm gefürchtet hatte.

Dahiba gab dem kleinen Jungen, der auf ihren Wagen aufgepaßt hatte, während sie in Ibrahims Praxis gewesen war, einen Bakschisch. Dabei sah sie auf der gegenüberliegenden Straßenseite eine Gruppe junger Männer, die gerade in das Roxy gingen. Als sie ihren Neffen Mohammed unter ihnen entdeckte, wollte sie ihn rufen. Aber sie überlegte es sich anders, setzte sich ans Steuer ihres Mercedes, drückte auf die Hupe und reihte sich in den dichten Verkehr auf der einspurigen Fahrbahn ein. Nach wenigen Minuten steckte sie im Stau und mußte neben einer großen Rolex-Reklametafel anhalten. Dahiba legte den Kopf auf das Steuer und begann zu weinen.

Die Frauen hatten sich im Pavillon versammelt. Die Tanten, Cousinen und Nichten der Raschids saßen im Schatten und aßen Köstlichkeiten aus Ummas Küche, während Khadija das Schneiden des gerade aufgeblühten Rosmarins beaufsichtigte. Die zartblauen Blüten und die graugrünen Blätter kamen in verschiedene Körbchen, die zwei ihrer Urenkelinnen trugen – Nalas dreizehnjährige Tochter, die keine Begabung zur Heilerin oder zum Umgang mit Kräutern besaß, und Basimas zehnjährige Tochter, die sich besonders gut dazu eignete.

So wie Ali Raschids Mutter Khadija das uralte Wissen weitergegeben hatte, das sie von ihrer Mutter besaß, so hatte Khadija darauf geachtet, die Frauen der Familie im Laufe der Jahre in die Geheimnisse der Kräuter einzuweihen. Einige ihrer Rezepturen waren so alt, daß man sagte, sie stammten von Eva, der Mutter der Menschheit.

»Wofür verwenden wir Rosmarin, Umma?« fragte die Zehnjährige.

Khadija sah die Kleine mit einem freundlichen Lächeln an und mußte plötzlich an Amira denken. Traurig dachte sie: Auch Amira hatte einen solchen Wissensdurst. Sie hat immer gefragt, welche Kräuter gegen welches Leiden gut sind.

Amira, ich weine jedesmal wieder um dich, wenn ich an unsere Toten denke ...

»Die Blüten verwenden wir für ein Einreibemittel, und aus den Blättern machen wir Tee gegen Verdauungsbeschwerden.«

Sie blickte zum grauen Februarhimmel auf und sah Wolken. Vielleicht würde es regnen. Früher hatte es doch nie so viel Regen gegeben. Im Fernsehen hatte jemand gesagt, die Auswirkungen des 1971 fertiggestellten Assuanstaudamms würden erst jetzt in vollem Umfang erkennbar. Dazu gehörten auch die vermehrten Niederschläge im Niltal als Folge der Verdunstung des riesigen Nasser-Stausees. Inzwischen fiel Regen, wo niemals Regen gefallen war, Feuchtigkeit und Pilze zerfraßen alte Grabmalereien, und in den Tümpeln entlang des Nils, die in der Vergangenheit jedes Jahr durch die Überflutungen gesäubert worden waren, bildeten sich Krankheitserreger.

Nicht nur die Zeiten ändern sich, dachte Khadija, sondern auch die Welt, die uns umgibt.

Die Tage schienen wie im Flug zu vergehen. War Zeinab nicht erst gestern geboren worden und Tahia und Omar vor einer Woche?

Khadijas Hände waren inzwischen arthritisch, und hin und wieder hatte sie Anfälle von Beklemmung in der Brust. Das neunte Jahrzehnt ihres Lebens hatte begonnen. Dank der täglichen Disziplin, des ehrlichen Ringens um inneren Frieden, aber auch der sorgfältigen Pflege ihres Körpers hatte sie noch immer ein glattes Gesicht und hellwache Augen. Sie hielt sich so aufrecht wie eine junge Frau und verlangte sich genau soviel ab wie früher. Aber ihre Seele wurde alt, das spürte sie. Wie viele Seiten in Gottes großem Buch waren ihr noch bestimmt? In letzter Zeit waren mehr Erinnerungen durch die Träume zurückgekommen. Khadija hatte den Eindruck, ihr Leben verlaufe in einer Kreisbahn. Sie schien sich paradoxerweise Tag um Tag mehr dem Anfang ihres Lebens zu nähern. Aber zwischen ihr und den Dingen vor dem großen, unheilvollen Einschnitt schien eine unüberwindliche Wand zu stehen. Beim Näherkommen schien die Wand größer zu werden, immer drohender und unbezwingbarer. Khadijas Angst nahm zu. Seit Jahren hatte sie gesagt: »In diesem Jahr werde ich nach Mekka pilgern.« Aber die Zeit war ihr wie Sand durch die Finger geglitten. Khadija hatte sich oft nach dem Erwachen aus den quälenden Träumen geschworen: »Morgen werde ich aufbrechen«, aber die Wand war wie eine Gefängnismauer und hinderte sie daran, der Wahrheit ihres Lebens auf den Grund zu gehen. Das Haus in der Paradies-Straße bot ihr Tag für Tag einen begründeten Vorwand, die Pilgerreise wieder zu verschieben.

»Rosmarin ist gut gegen Krämpfe«, sagte Jasmina und nahm eine der zartblauen Blüten aus dem Körbchen. Sie saß mit ihrem Sohn im Pavillon. Der sechsjährige Nagib war ein hübscher Junge mit den bernsteinfarbenen Augen seiner Mutter und neigte wie sein Vater zur Rundlichkeit. An seinem Handgelenk war das koptische Kreuz eintätowiert. Aber Jasmina und Jakob erzogen ihn sowohl im christlichen als auch im muslimischen Glauben.

Jasmina hatte nach Nagib keine Kinder mehr bekommen, denn sie wollte ihre Karriere als Tänzerin nicht aufgeben. Jakob war mit einem Sohn und mit Zeinab, seiner Adoptivtochter, zufrieden.

Ihre Ängste vor einer konfliktreichen Zukunft hatten sich als unbegründet erwiesen, auch wenn es immer noch zu Gewaltausbrüchen zwischen Muslimen und Christen kam.

Jasmina und ihr Mann hatten seit der Heirat erstaunliche Erfolge. Die Auflage der Zeitung stieg, und Jakobs Artikel fanden immer mehr Anerkennung. Man hörte auf ihn, vertraute seinem Urteil und achtete seine Meinung. Jasmina war unumstritten zur größten Tänzerin Ägyptens geworden.

Ihre Anhänger hatten sich nach der Hochzeit mit dem Christen Mansour nicht empört von ihr abgewendet, und Jakobs Leser hatten es ihm nicht verübelt, daß er eine Tänzerin heiratete. »*Malesch*«, sagten alle, »macht nichts. Es ist Gottes Wille, daß ihr euch gefunden habt.«
Jasmina warf einen Blick auf die Köstlichkeiten, die aus der Küche gebracht worden waren, aber sie nahm nichts davon. Die Fastenzeit hatte gerade begonnen, und den koptischen Christen war es bis Ostern untersagt, etwas zu essen, das eine Seele besaß. Sie mußten sich auf Bohnen, Gemüse und Salat beschränken – Käse stammte von der Kuh und das Ei vom Huhn.
Jasmina fiel das Fasten nicht schwer, denn sie empfand es als eine wohltuende innere Reinigung. Auf der Bühne »sprach« sie mit ihrem Körper. Sie schonte sich nicht und verlangte sich alles ab. Ihr Leben war durch die Ehe mit Jakob so viel reicher geworden. Er hatte sie in die mystische und schöne Welt eines Volkes eingeführt, das schon vor Mohammed in Ägypten lebte. Die Kopten folgten der altchristlichen Lehre, und ihre Geschichte war reich an Legenden und Wundern: Jakob trug den Namen des ersten Mannes, den das Jesuskind auf der Flucht der Heiligen Familie nach Ägypten geheilt hatte.
Jasmina blickte zu Zeinab hinüber, die mit dem Baby einer Cousine im Arm unter den herabhängenden Ranken der Glyzinie saß. Zeinab war mit zwanzig eine reizende junge Frau. Nur die Beinschiene lenkte von ihrem hübschen Gesicht und dem bezaubernden Lächeln ab.
Sie liebt Kinder, und die Kinder lieben sie, dachte Jasmina.
Ihr kleiner Bruder Nagib hörte sofort auf zu schreien, wenn Zeinab ihn auf die Arme nahm. Seit seiner Geburt war Zeinab so besorgt um ihn gewesen wie eine Mutter. Es muß doch einen Mann geben, der Zeinab heiraten will, der die Behinderung übersieht und ihr liebendes Herz zu schätzen weiß ...
Wenn Zeinab lachte oder die hellbraunen Locken zurückwarf, entdeckte Jasmina eine flüchtige Ähnlichkeit mit Hassan al-Sabir und mußte an die wirkliche Mutter denken. Dann überfiel sie die alte Furcht, Amira könnte eines Tages plötzlich auftauchen und Zeinab die Wahrheit sagen – ihr sagen, daß sie das ungewollte Kind aus einer ehebrecherischen Verbindung war. Zeinab würde dann auf grausame Weise erfahren, daß

ihr Vater ermordet und ihre Mutter nach ihrer Geburt von der Familie verstoßen worden war.
Über die Jahre hinweg hatte es wenig Grund für die Angst gegeben, das Geheimnis könnte in der Familie bekannt werden. Für die jüngeren Raschids war Jasmina tatsächlich Zeinabs Mutter, und die älteren behielten die Wahrheit für sich. Doch Amiras Auftauchen würde die sorgfältig konstruierte Illusion zerstören. Jasmina fürchtete, die Wahrheit könnte für Zeinab vernichtend sein.
Nefissa sah sich wie so oft veranlaßt, vehement eine andere Meinung zu vertreten. Sie sagte: »Rosmarin! Jeder weiß, daß Kamillentee das beste Mittel gegen Krämpfe ist.«
Sie blickte wohlgefällig auf das kleine Kind zu ihren Füßen – ihre jüngste Urenkelin, Asmahans Tochter. Nefissa war zweiundsechzig. Die herabgezogenen Mundwinkel hatten sich so fest in ihr Gesicht eingegraben, daß sie die Lippen selbst beim Lachen nach unten und nicht nach oben zog.
Nefissa dachte nicht gern daran, daß Tahia Großmutter war, denn das gab ihr das Gefühl, uralt zu sein. Tahia hielt hartnäckig an ihrer Überzeugung fest, Zacharias werde eines Tages zurückkommen. Wie konnte sie sich an einen solchen verrückten Traum klammern, obwohl fünfzehn Jahre ohne ein Wort von ihm vergangen waren? Vielleicht ist er im Nil ertrunken, dachte Nefissa und nahm die kleine Fahima hoch, weil sie zu weinen anfing.
Als Nefissa Zeinabs Lachen hörte, musterte sie die junge Frau, auf deren Haar das Sonnenlicht schimmerte. Ihre Augen ähnelten Amiras Augen. Sie hatte auch etwas von Alice an sich – die langen, glatten Arme und die schmalen gelenkigen Finger. Nefissas Blick wanderte zu den Grübchen in Zeinabs Wangen, und sie sah Hassan al-Sabir vor sich.
Es schien lange her zu sein, daß sie in ihn vernarrt gewesen war, daß Hassan sie gedemütigt hatte, als er lachend sagte: »Warum sollte ich *dich* heiraten?«
Man hatte seinen Mörder nie gefunden. Ein Mann wie er, so hatte die Polizei gesagt, mußte viele Feinde gehabt haben. Die Liste der Leute, die ihm den Tod gewünscht haben mochten, war zu lang, um Anhaltspunkte zu liefern. Die Zahl der Verdächtigen, so erklärte die Polizei, sei Legion. Und so war der Schuldige ungestraft davongekommen. Aber

manchmal fragte sich Nefissa, ob nicht eines Tages ganz zufällig ein Hinweis auftauchen würde, der seinen Mörder schließlich doch verriet.
Die kleine Fahima begann, noch lauter zu schreien. Nefissa trug sie hinüber zu Asmahan, die sich mit Fadilla unterhielt. Als sie danach die Stufen des Pavillons hinunterstieg, sah sie durch das offene Gartentor den Mercedes ihrer Schwester am Bordstein parken. Nefissas Neugier erwachte. Warum blieben Dahiba und ihr Mann im Wagen sitzen und stiegen nicht aus?

»Wir gehen nach Amerika«, sagte Hakim leise. Tränen standen ihm in den Augen. »Wir gehen nach Frankreich, in die Schweiz. Wir finden einen Spezialisten, eine Behandlungsmethode. Ich schwöre beim Propheten, wenn du stirbst, möchte ich auch nicht mehr leben. Du bist mein Leben, Dahiba.«
Er sank schluchzend in sich zusammen, und sie nahm ihn in die Arme.
»Du bist der wunderbarste Mann, der je gelebt hat. Ich konnte keine Kinder bekommen, und es hat dir nichts ausgemacht. Ich wollte tanzen, und du hast mich tanzen lassen. Ich schrieb gefährliche Zeitungsartikel, und du hast mich unterstützt. Hat Gott je einen besseren Mann geschaffen?«
»Ich bin nicht vollkommen, Dahiba. Ich war nicht der beste Ehemann für dich!«
Sie nahm sein Gesicht in die Hände. »Alifa Rifaats Mann hatte ihr verboten zu schreiben. Deshalb schrieb sie ihre Geschichten heimlich, versteckte sie im Badezimmer und konnte sie erst nach seinem Tod veröffentlichen. Du bist ein guter Mann, Hakim Raouf. Du hast mich vor der Mohammed Ali-Straße gerettet.«
»Soll ich mit dir hineingehen?«
»Ich möchte allein mit meiner Mutter sprechen. Ich komme später nach Hause.«

Dahiba ging in den Garten und gab ihrer Mutter vom Weg aus ein Zeichen. Dann eilte sie ins Haus, ohne den anderen auch nur einen Blick zu gönnen. Khadija war überrascht. Es sah ihrer Tochter nicht ähnlich, so unhöflich zu sein.
Im Haus teilte Dahiba ihr ruhig und ernst die Neuigkeit mit. »Ich bin

wegen Beschwerden zu Ibrahim gegangen, Umma. Er hat ein paar Tests gemacht. Die Tests sind positiv. Ich habe Krebs.«
»Im Namen Gottes des Barmherzigen!«
»Ibrahim glaubt, es könnte zu spät sein, ihn zu stoppen. Ich werde mich operieren lassen müssen, aber er kann mir keine großen Hoffnungen machen.«
Khadija legte die Arme um sie und murmelte: »Fatima, Tochter meines Herzens«, und während Dahiba von Operationen, Chemotherapie und Bestrahlungen sprach, dachte Khadija über eine andere Form der Behandlung nach.
Gott kann alles heilen.

Mohammed betrat eilig das Haus und hoffte, niemand werde ihn sehen. Als er die Aufregung im großen Salon hörte, wo alle Frauen gleichzeitig redeten – irgend etwas war geschehen, aber das interessierte ihn nicht –, ging er schnell in sein Zimmer im Männertrakt. Nach zwei Stunden Kino zwischen johlenden jungen Männern im dunklen Kino brannte er lichterloh. Mimi war auf der Leinwand so schön und so verrucht gewesen. Sie hatte geradezu danach verlangt, verführt zu werden!
In seinem Zimmer setzte er sich auf das Bett und befestigte Mimis Bild mit Klebeband neben dem Bild seiner Mutter. Als er die beiden Photos nebeneinander sah, traf es ihn wie ein Schock. Das Photo seiner Mutter stammte aus der Zeit vor ihrem Weggang, deshalb wirkten die beiden Frauen etwa gleichaltrig. Zwischen ihnen bestand eine beunruhigende Ähnlichkeit, die ihm vorher nie aufgefallen war. Er blickte lange auf die beiden Gesichter und dachte: Wie kann Schönheit so zerstörerisch wirken? Wie kann die Faszination einer Frau soviel Leid hervorrufen? Hatte seine Mutter ihn nicht beinahe das ganze Leben lang unglücklich gemacht? Und fühlte er sich wegen Mimi, der anderen blonden Schönheit, nicht ebenso elend?
Mohammed war verzweifelt.
Ich muß mich von dem Gift befreien.
Er mußte Mimi erobern, oder sein Leben war zerstört. Tränen traten ihm in die Augen. Alles um ihn herum verschwamm. Die beiden Photographien verschmolzen miteinander. Mohammed konnte die eine Frau nicht mehr von der anderen unterscheiden.
»Ich werde mich rächen«, stieß er zwischen den Zähnen hervor.

25. Kapitel

»Beim Barte des Propheten, ein Mann braucht eine Frau«, erklärte Hadji Tajeb, während Declan Connor ihn untersuchte. Tajeb war ein alter Fellache mit einem weißen, glasperlenbesetzten Käppchen auf dem Kopf und einem weißen Kaftan über dem knochigen Körper. Er hatte sich den Titel *Hadji* – Pilger – durch seine Wallfahrt nach Mekka erworben. »Es ist nicht gut, wenn man die Essenz in sich behält«, fuhr er in seiner alten, krächzenden Stimme fort. »Ein Mann muß sie jede Nacht loswerden.«
»Jede Nacht!« rief Khalid, der zum medizinischen Team gehörte und deshalb Anspruch auf den begehrten Platz neben dem Arzt erheben durfte. Die übrigen Männer saßen auf Bänken und Stühlen vor dem Kaffeehaus. »Bei den drei Göttern«, sagte Khalid aus Al Tafla. »Welcher Mann kann denn *jede* Nacht?«
Hadji Tajeb erwiderte bescheiden: »Ich zum Beispiel.«
»Deshalb hast du vier Frauen auf dem Gewissen!« rief Abu Hosni, und die Männer lachten.
»Wirklich, Sajjid«, sagte Hadji Tajeb noch einmal, »Sie sollten die Doktorin heiraten.«
Die anderen Männer stimmten zu und gaben ihm Ratschläge für die Hochzeitsnacht. Declan Connor warf schnell einen Blick hinüber zu Amira, die auf der anderen Seite des Dorfplatzes die Frauen behandelte. Die jungen Fellachenfrauen reichten Amira ihre Babys wie Opfergaben. Declan mußte sich gestehen, daß ihm genau das in letzter Zeit in den Sinn gekommen war: Er wollte mit Amira schlafen.
Es war ein blaugoldener Mittag voller Fliegen, Staub und Hitze. Die Fellachen bereiteten den Platz für das Fest vor. Am Abend würde man den Geburtstag des Propheten mit Geschichten, Bauchtanz, Stocktanz,

Puppentheater und mehr Essen feiern, als die Dorfbewohner seit einem Monat gehabt hatten. Das Fest sollte nach dem Gebet bei Sonnenuntergang beginnen. Die jungen Frauen würden sich auf die Dächer zurückziehen, um alles zu beobachten, während die Männer, Kinder und Frauen, die über das gebärfähige Alter hinaus waren, auf den Platz strömen und sich mit den Ehrengästen, dem medizinischen Team der Treverton-Stiftung, zu dem großen Mahl niederlassen würden.
Der Platz war das Herz des kleinen, namenlosen Dorfes am Nil. Gewundene Gassen und Wege gingen von ihm aus wie Speichen von einer Radnabe. Hier, im Mittelpunkt des Lebens dieser Bauern, befanden sich die Kernstücke jedes ägyptischen Dorfes: der Brunnen – er gehörte den Frauen –, das Kaffeehaus – das Reich der Männer –, die kleine, weißgetünchte Moschee, der Fleischer, der den Schafen immer noch, wie es der Koran vorschrieb, die Kehlen durchschnitt, und die Bäckerei. Dorthin brachten die Dorfbewohner jeden Morgen ihre Brote, in die Erkennungszeichen eingeritzt waren. Sie wurden in den Backöfen gebacken und am Abend wieder abgeholt. Bauern hockten mit ihren Erzeugnissen an den Mauern und bewachten Orangen und Tomaten, Gurken und Salat, während durchziehende Händler Plastiksandalen, Comics, Käppchen und ordentlich aufgetürmte Gewürze feilhielten – Safran, Koriander, Basilikum und Pfeffer –, die beim Kauf sorgsam abgewogen und in kleine Papiertüten gefüllt wurden. Der Platz war voller Leben und Lärm, voller Ziegen, Esel und Hunde, deren Gerüche die Luft erfüllten. Kinder spielten und rannten herum, und die Dorfbewohner drängten sich neugierig um die beiden ausländischen Ärzte, während Amira und Declan Connor getrennt ihre Sprechstunden im Freien hielten.
»Sie haben Trachome, Hadji Tajeb«, sagte Declan zu dem alten Pilger, der vor einer Pepsi-Reklame und dem in vielen kunstvollen Varianten auf die Lehmziegelmauer geschriebenen Namen »Allah« auf einem wackligen Stuhl saß. »Man kann das behandeln, aber Sie müssen das Medikament genauso anwenden, wie ich es Ihnen sage.«
Abu Hosni, der Besitzer des kleinen Kaffeehauses zwischen dem Bäcker und dem Schuhmacher, rief munter: »Beim Propheten, Sajjid, Hadji Tajeb hat recht. Weshalb heiraten Sie die Doktorin nicht?«
»Ich habe keine Zeit für eine Frau«, erwiderte Declan und griff in die Arzttasche. »Ich bin hier, um meine Arbeit zu tun, und Dr. van Kerk ebenfalls.«

Hadji Tajeb sagte: »Mit Verlaub, Sajjid, wie viele Söhne haben Sie?«
Declan träufelte Tetracyclin-Tropfen in die Augen des alten Mannes und gab ihm das Fläschchen mit der Anweisung, die Tropfen drei Wochen lang täglich anzuwenden, bevor er antwortete: »Ich habe einen Sohn. Er ist auf dem College.«
»Nur einen? Bei den drei Göttern, Sajjid! Ein Mann braucht viele Söhne!«
Declan winkte den nächsten Patienten heran, einen jungen Fellachen. Er hob die Galabija hoch und deutete auf eine entzündete Wunde. Connor begann mit der Untersuchung, und Abu Hosni rief aus dem Kaffeehaus: »Sagen Sie, Sajjid, was soll eigentlich das ganze Gerede von Geburtenkontrolle? Ich verstehe das nicht.«
»Die Welt ist überbevölkert, Abu Hosni«, antwortete Declan dem Kaffeehausbesitzer, der mit einer schmutzigen Schürze über der Galabija vor seiner Tür erschien. »Die Menschen müssen anfangen, ihre Familien zu verkleinern.« Als er den verständnislosen Blick des Mannes sah, fuhr er fort: »Sie und Ihre Frau, Sie haben doch fünf Kinder, nicht wahr?«
»So ist es, Gott sei gepriesen.«
»Und fünf Enkelkinder.«
»Ja, damit sind wir gesegnet.«
»Das sind zwölf Menschen, wo einmal nur zwei waren. Nehmen wir an, auf jedes Paar kommen zehn neue Menschen. Können Sie sich vorstellen, wie überfüllt die Welt bald sein wird?«
Der Kaffeehausbesitzer wies mit dem Arm in Richtung Wüste. »Dort gibt es Platz genug, Sajjid«.
»Aber das Land kann nicht einmal die Menschen ernähren, die jetzt hier leben. Was wird mit Ihren Enkelkindern geschehen? Wie werden sie in einer Welt leben, in der es mehr und mehr Menschen gibt?«
»*Malesch*, Sajjid. Keine Sorge. Gott wird das schon machen.«
Aber Hadji Tajeb, der an seiner Wasserpfeife sog, sagte finster: »Die Bezirks-Krankenschwester gibt unseren Mädchen Unterricht. Es ist gefährlich, wenn ein Mädchen zu klug ist.«
Declan erwiderte: »Gib einem Mann Unterricht, und du bekommst einen klugen Menschen. Gib einer Frau Unterricht, und eine ganze Familie wird klug.« Er wandte sich wieder der Wunde des Fellachen zu und versuchte, seine Gereiztheit zu unterdrücken, denn er wußte, seine

Worte waren in den Wind gesprochen. Er biß sich auf die Lippen und tröstete sich mit dem Gedanken, daß er in fünf Wochen nicht mehr hier sein würde. Gleichzeitig bemühte er sich, das Lachen zu überhören, das plötzlich von den Frauem am Brunnen herüberdrang.
Er konnte nicht aufhören, an Amira zu denken.
In den vergangenen sechs Wochen waren sie von Dorf zu Dorf gefahren und hatten Kinder geimpft. Das war keine leichte Aufgabe. Das Team, bestehend aus Connor und Amira, Nasr und Khalid, kam in ein Dorf, richtete sich auf dem Dorfplatz ein, und sie impften mit Unterstützung einer Bezirks-Krankenschwester oder eines Arztes Babys zwischen drei und acht Monaten gegen Tuberkulose und Kinderlähmung; danach folgten Nachimpfungen gegen Kinderlähmung und kombinierte Gelbfieber- und Masernimpfungen von Kleinkindern. Schwangere Frauen erhielten wegen des hohen Infektionsrisikos nach dem Durchtrennen der Nabelschnur vorsorglich Tetanusinjektionen.
Es war eine lange und mühsame Arbeit, denn man mußte die Ehemänner soweit bringen, daß sie ihre Frauen aus dem Haus ließen. Außerdem war es schwer, die Unterlagen auf dem laufenden zu halten und die Mütter davon zu überzeugen, daß ihre kleinen Töchter es ebenfall verdienten, geimpft zu werden. Hinterher räumten der Nubier Nasr und die Krankenpflegerin die fahrbare Krankenstation zusammen und verstauten alles in dem Geländewagen, während die beiden Ärzte getrennt Sprechstunden auf dem Platz hielten – Amira am Brunnen für die Frauen und Connor im Kaffeehaus oder davor für die Männer.
»Das ist eine gefährliche Wunde«, sagte Declan zu seinem Patienten. »Sie müssen sich im Kreiskrankenhaus behandeln lassen, sonst können Sie daran sterben.«
»Der Tod kommt zu uns allen«, erklärte Hadji Tajeb. »Es steht geschrieben: ›Wo immer ihr seid, der Tod wird euch erreichen, auch wenn ihr in hochgebauten Burgen wäret. Nichts, was ihr tut, wird euer Leben auch nur um eine Minute verlängern.‹«
Declan sagte: »Das ist wahr, Hadji Tajeb. Aber trotzdem wollte ein Mann eines Tages vom Propheten, den er nach dem Schicksal befragte, wissen, ob er sein Kamel anbinden solle, wenn er in die Moschee ging, um zu beten, oder ob er darauf vertrauen solle, daß Gott es für ihn bewachen werde. Und der Prophet erwiderte: ›Binde dein Kamel fest und vertraue auf Gott.‹«

Die anderen lachten, und Hadji Tajeb wandte sich brummend wieder seiner Wasserpfeife zu.
»Ich meine es ernst, Mohssein«, sagte Declan streng. »Sie müssen ins Krankenhaus gehen.«
Aber der Fellache versicherte Connor, er habe dem Dorfscheich zehn Piaster für einen Zauberspruch auf einem Stück Papier bezahlt, das er sich auf die Brust geklebt hatte.
»Man hat Sie hinters Licht geführt, Mohssein«, sagte Declan. »Dieses Stück Papier wird Ihre Wunde nicht heilen. Das ist rückständiges Denken, verstehen Sie? Wir leben im zwanzigsten Jahrhundert. Sie müssen ins Krankenhaus, damit die Wunde gründlich gesäubert wird, sonst verbreitet sich das Gift im ganzen Körper.«
Connor behandelte die Wunde mit einem Antibiotikum und verband sie. Unterdessen begann Khalid, eine Geschichte von drei Männern und einer Prostituierten zu erzählen. Declan hatte den Witz in den vergangenen sechs Wochen unzählige Male gehört. Deshalb konzentrierte er sich darauf, den nächsten Patienten zu untersuchen, und unwillkürlich richteten sich dabei seine Augen auf Amira am Brunnen. Die Frauen zeigten ihr gerade, wie man das Kopftuch nach der neuesten Mode zum Turban band.
Obwohl die jungen Frauen und ihre älteren Schwiegermütter lachten und scherzten und der Doktorin Komplimente machten, wußte Connor, daß es dabei nicht nur um Mode ging.
Declans Erlebnisse im Niltal hatten ihn gelehrt, daß Frauen die eigentlichen Kämpfer dieses Volkes waren. Die Männer verbrachten ihre Zeit im Kaffeehaus. Sie genossen die großzügigsten Geschenke, die Gott Ägypten zugedacht hatte – endlose freie Zeit und endlosen Sonnenschein. Die Männer sagten, um das Paradies auf Erden zu haben, brauche ein Mann eine Frau mit breiten Hüften und viele Söhne, die auf den Feldern arbeiteten. Die Frauen hielten die Gemeinschaft zusammen und ebneten der Familie, der Sippe und dem Dorf den Weg in die Zukunft.
Declan wußte, genau das taten sie jetzt am Dorfbrunnen mit Amira in ihrer Mitte. Die Frauen in den gerüschten Großmutterkleidern – die Mode der Fellachinnen – vollzogen ein zeitloses Ritual. Amira trug einen pastellfarbenen Kaftan und war größer als die Fellachenfrauen. Sie wirkte beinahe wie eine Priesterin, der sich alle mit Ehrerbietung und Neugier näherten. Die Frauen aus dem Dorf waren höflich und

freundlich. Sie murmelten verschwörerisch miteinander und tauschten Geheimnisse aus, die kein Mann jemals erfahren würde.
Welche geheimen Bitten flüsterten sie Amira ins Ohr, fragte sich Declan. Vielleicht suchten sie Auskunft über Fruchtbarkeit, über Empfängnisverhütung, Abtreibungsmittel, über Mittel, die den Tod oder das Leben brachten. Worum es an diesem bescheidenen Dorfbrunnen auch ging, hier wurde die Zukunft des Volkes bestimmt, während die Männer die Stühle im Kaffeehaus wärmten, Witze erzählten und sagten: »Warum soll man sich Sorgen machen? Du hast eine Mißernte? *Malesch*, macht nichts. Es gibt immer *Bukra*, ein Morgen, wenn Gott will, *inschallah.*«
Declan beobachtete, wie Amira mit Unterstützung der kichernden Frauen noch einmal versuchte, sich den Turban selbst um die blonden Haare zu binden. Zuerst legte sie ein Dreieck aus aprikosenfarbener Seide auf den Kopf, rollte die Enden zusammen, wand sie um den Kopf und schob sie im Nacken unter den Stoff. Wenn sie die Arme hob, konnte er unter dem Kaftan die Umrisse ihres Körpers sehen, die schmalen Hüften und die festen Brüste. Verlangen schoß wie ein brennender Pfeil durch seinen Körper.
Das erinnerte ihn an die vielen Abende, die sie während der Arbeit an der Übersetzung des Handbuches gemeinsam in seinem Büro verbracht hatten. Damals waren sie fünfzehn Jahre jünger gewesen. Amira kam ihm, trotz ihres Studiums und obwohl sie um die halbe Welt gereist war, noch so unschuldig wie ein Mädchen vor. Er selbst war noch idealistisch und davon überzeugt gewesen, es sei möglich, die Welt zu retten.
Er dachte an ihre erste Begegnung. Amira war an einem regnerischen Märztag in sein Büro gekommen. Ihr Aussehen hatte ihn beeindruckt, er fand sie exotisch, noch bevor sie ihm sagte, daß sie Ägypterin sei. Sie besaß eine gewisse Schüchternheit, aber auch Selbstbewußtsein. Hinter der Fassade der Scheu, die die meisten arabischen Frauen schon früh im Leben kultivierten, ahnte Connor eine außergewöhnliche Entschlossenheit. Und als sie in den folgenden Tagen das medizinische Handbuch ins Arabische übersetzten, als sie in seinem kleinen Büro arbeiteten, sich gegenseitig zum Lachen brachten und auch ernste Augenblicke erlebten, spürte Connor einen Bruch in Amira, als kämpften zwei Seelen darum, in einem Körper Platz zu finden.
Amira sprach über Ägypten, manchmal sogar über ihre Vergangenheit,

aber wenn er versuchte, etwas über ihre Familie zu erfahren, versank sie in Schweigen. Connor sah die Liebe zu Ägypten und seiner Kultur in ihren Augen leuchten, ganz besonders als sie das Zusatzkapitel über die Achtung vor den Sitten und Bräuchen der Einheimischen schrieb. Trotzdem schien sie ihre eigenen Bindungen an dieses Land und seine Menschen leugnen zu wollen. Es war beinahe, als wisse sie nicht, wohin sie gehörte, und Declan mußte an ein Buch denken, das damals unter den Studenten auf dem Campus sehr beliebt war: FREMDE IN EINEM FREMDEN LAND. Das war sie damals, eine Fremde, dachte er, aber jetzt ist sie wieder zu Hause.

Nachdem die Arbeit beendet und das Manuskript nach London geschickt worden war, erkannte Declan, daß er kaum etwas über die junge Frau wußte, in die er sich zu seiner Überraschung verliebt hatte. In den folgenden Jahren erfuhr er durch ihre sporadische Korrespondenz kaum mehr. Amiras Briefe enthielten Neuigkeiten vom Studium, später von ihrem Praktikum in einer Kinderklinik und schließlich von der Arbeit in einer Praxis, aber persönliche Dinge blieben ausgeklammert. Deshalb war ihm Amira bei ihrer Ankunft in Al Tafla immer noch ein großes Rätsel gewesen.

In den vergangenen sechs Wochen war jedoch etwas Seltsames geschehen.

Das Team war in die umliegenden Dörfer gefahren, und da sich die Fellachenfrauen in ihrem Verhalten alle glichen, hatten sie Amira, so wie sie es bei jeder neuen Frau im Dorf taten, sofort gefragt: »Sind Sie verheiratet? Haben Sie Kinder? Haben Sie Söhne?« Diese Dinge bestimmten Hierarchie und Protokoll. Anfangs war Amira eher zurückhaltend mit Auskünften; nur zögernd zeigte sie Photos ihres Sohnes und sprach über ihre beiden Ehemänner, von denen einer sie geschlagen und der andere sie nach einer Fehlgeburt verlassen hatte. Sie erzählte ein wenig von einem großen Haus in Kairo, in dem sie aufgewachsen war, von den Schulen, die sie besucht, und von den Berühmtheiten, die ihr Vater gekannt hatte.

Aber das war am Anfang gewesen. Nach den ersten zwei Wochen stellte Connor fest, daß sie sich auf eine seltsame und subtile Weise öffnete. Es war, als gehe jemand durch ein Haus und öffne ein Fenster nach dem anderen, damit Luft und Sonnenlicht hineindrangen. Jetzt erwähnte sie Namen und erzählte Geschichten. Sie sprach von ihrer Urgroßmutter

Khadija, von Tante Dahiba, von ihrer Cousine Doreja. Auch ihr Lachen wurde von Tag zu Tag freier und spontaner. Declan fiel auf, daß sie sogar zu flirten begann – mit dem alten Khalid und mit Nasr. Sie heiterte verdrießliche Frauen auf und spielte mit Kindern.
Sie wird wieder eine Ägypterin, dachte er, während er zum Entsetzen seines Patienten eine Injektion vorbereitete. Sie ist wie eine Frau, die zu sich selbst zurückkehrt.
Und doch, dachte er, während er sie über den Platz hinweg beobachtete, ist sie nicht nach Hause gegangen. Soweit er wußte, hatte Amira ihrer Familie in Kairo weder geschrieben, noch hatte sie telefoniert. Sie machte keine Pläne für einen Besuch. Wenn er an die Entschlossenheit dachte, die er vor fünfzehn Jahren an ihr bemerkt hatte, an ihre panische Angst, ausgewiesen und nach Ägypten zurückgeschickt zu werden, und wenn er sah, wie sie hier in den Dörfern wieder zum Leben erwachte, dann fragte er sich, was sie eigentlich bewog, all das zu tun. Was brachte sie dazu, diesen Menschen mit solcher Hingabe zu helfen und ihren eigenen Angehörigen den Rücken zu kehren?

Amira schob die Enden des aprikosenfarbenen Seidenschals unter den Turban und warf einen Blick zu Connor vor dem Kaffeehaus hinüber. Er besaß immer noch Ähnlichkeit mit dem Mann, der auf dem Lastwagen das Mikrophon ergriffen und zu mehr Verantwortung und Engagement für eine bessere Zukunft aufgerufen hatte. Er lächelte noch immer so herausfordernd, daß ihr heute wie damals vor fünfzehn Jahren das Herz bis zum Hals klopfte. Aber sie wußte, im Innern war er ein anderer geworden – jemand, den sie kaum kannte.
Amira wollte ihn fragen: Was hat Sie so verändert? Warum behaupten Sie plötzlich, daß Ihnen alles gleichgültig ist? Warum sagen Sie, Ihre Anstrengungen hier seien vergeblich?
Wenn sie sah, wie er abends schweigend in einer Ecke saß, in die Dunkelheit starrte und eine Zigarette nach der anderen rauchte und mit zusammengekniffenen Augen in den Rauch blickte, als suche er darin irgendwelche Antworten, dann wollte sie zu ihm sagen: »Bitte gehen Sie nicht. Bleiben Sie hier.«
Aber in fünf Wochen würde sie ihn verlieren.
Sie wollte ihm nicht nur helfen, weil sie ihn liebte – sie wußte, diese Liebe war vor fünfzehn Jahren erwacht, als sie an einem regnerischen

Nachmittag auf dem Weg zum Büro des Dekans die schicksalshafte Abkürzung durch den Verwaltungstrakt der Uniklinik genommen hatte.

Amira war wegen Declan Connor nach Ägypten zurückgekommen, und dafür würde sie ihm ihr ganzes Leben dankbar sein. Denn es war ein Wunder geschehen.

»Sagen Sie mir, Sajjida Doktorin«, fragte Um Tewfik, die ihr Baby stillte, »wirkt Ihre moderne Medizin wirklich?«

Amira hörte gerade mit dem Stethoskop eine ältere Frau ab, die über Fieber und Schwächezustände klagte, und sie erwiderte: »Die moderne Medizin kann wirken, Um Tewfik, aber das hängt vom Patienten ab. Eines Tages kam ein Mann namens Achmed mit einem schweren Husten zu mir. Ich gab ihm eine Flasche Medizin und sagte ihm, er solle jeden Tag einen großen Löffel davon nehmen. Er sagte: ›Jawohl, Sajjida‹ und ging nach Hause. Als er eine Woche später wiederkam, war der Husten schlimmer geworden. ›Haben Sie die Medizin genommen, Achmed?‹ fragte ich. ›Nein, Sajjida‹, sagte er. ›Warum nicht?‹ fragte ich. ›Ich bin mit dem Löffel nicht in die Flasche hineingekommen.‹«

Die Frauen lachten und waren alle der Meinung, daß die Männer ohne Frauen so hilflos wie kleine Kinder seien. Amira lachte mit ihnen. Sie konnte sich nicht daran erinnern, wann sie sich zum letzten Mal so glücklich oder so lebendig gefühlt hatte. Und das war das Wunder.

Amira untersuchte einen nässenden Ausschlag am Arm der älteren Frau und dachte dabei an ihre erste Zeit in England. Es lag über zwanzig Jahre zurück, daß sie dorthin gefahren war, um ihr Erbe anzutreten. Sie hatte Lady Penelope, die Schwester des alten Earl und ihre einzige Verwandte aus der Familie Westfall, getroffen. Sie war im kleinen Haus der alten Dame freundlich aufgenommen worden, und beim Tee hatte Penelope Westfall gesagt: »Deine Mutter hat ihre Liebe zum Vorderen Orient von ihrer Mutter, deiner Großmutter, Lady Frances, geerbt. Frances und ich waren eng befreundet. Ich glaube, sie muß mich hundertmal ins Kino geschleppt zu haben, um ›Der Scheich‹ zu sehen. Und ausgerechnet *sie* mußte mit meinem langweiligen, phantasielosen und völlig unromantischen Bruder verheiratet sein, die Arme! Du weißt ja, Frances hat sich das Leben genommen.«

Amira hatte es nicht gewußt, und die Nachricht traf sie wie ein Keulenschlag. Ihre Mutter hatte nie darüber gesprochen, wie Großmutter

Westfall gestorben war, daß sie, wie Tante Penelope sagte, »eines Tages den Kopf in den Gasofen gehalten und den Gashahn aufgedreht hatte«.
Das neue Wissen brachte Amira dazu, sich mit Dingen zu beschäftigen, über die sie noch nie nachgedacht hatte: Onkel Edward hatte sich angeblich versehentlich beim Reinigen seiner Pistole erschossen, und Alice, ihre Mutter, war bei »einem Autounfall« ums Leben gekommen. Waren diese Geschichten wahr oder hatte man die Wahrheit vertuscht? Lag ein Neigung zu Depression und Selbstmord tatsächlich in der Familie?
Amira hatte zwar nie daran gedacht, Selbstmord zu begehen, aber in den ersten Monaten nach dem Abschied von der Heimat durchlebte sie eine Phase tiefster Depressivität, die sie erschreckte. Als sie beschlossen hatte, nach Ägypten zurückzukehren und mit Dr. Connor zusammenzuarbeiten, war sie auf den Zorn, das Leid und die Gefühle gefaßt, die sich in ihr stauten, seit Ibrahim sie für tot erklärt hatte, aber zu ihrer Überraschung blieb das alles aus. Statt dessen erlebte sie eine wunderbare Wiedergeburt. Und damit kehrte auch das Glück in ihr Leben zurück, die Freude, die sie vor langer Zeit gekannt hatte. Alles Lebendige schien mit den schlechten Erinnerungen begraben und unterdrückt gewesen zu sein. Wieder Arabisch sprechen, das ihr so selbstverständlich über die Zunge ging, die Gerichte der Kindheit essen, das unverkennbare, spöttische Lachen der Ägypter hören, die weder sich noch das Leben allzu ernst nahmen, am Nil sitzen und das Spiel der Farben zwischen Sonnenaufgang und Mondaufgang beobachten, die fruchtbare Erde unter den Händen und die heiße Sonne auf den Schultern spüren und wieder in den uralten Rhythmus des Niltals eingebunden sein – all das hatte Amira körperlich und geistig aus der innerlichen Erstarrung und der schleichenden Verzweiflung befreit. Welch größeres Glück konnte es geben?
Amira hatte in den vergangenen Wochen mit großer Betroffenheit erkannt, daß im Gegensatz zu ihr in Declan Connor etwas gestorben zu sein schien.
»Haben Sie Blut im Urin, Umma?« fragte Amira respektvoll die ältere, ganz in Schwarz gekleidete und verschleierte Frau. »Haben Sie Schmerzen im Unterleib?«
Als die Fellachenfrau auf beide Fragen nickte, sagte Amira: »Sie haben die Blutkrankheit. Sie kommt von stehendem Wasser.«

Sie hätte der Frau sofort ein Mittel injiziert, aber sie hatten in den letzten Tagen so beunruhigend viele Fälle von Bilharziose behandeln müssen, daß ihre Vorräte aufgebraucht waren. »Sie werden den Bezirksarzt aufsuchen müssen, Umma«, fuhr sie fort und schrieb ein Rezept aus. »Die Medizin wird die Krankheit aus Ihrem Blut vertreiben. Aber Sie dürfen nicht mehr durch stehendes Wasser gehen, sonst werden Sie sich wieder anstecken.«
Die Frau betrachtete das Rezept einen Augenblick und ging schweigend davon. Amira vermutete, daß der Arztbesuch unterbleiben und das Papier in Tee gekocht und als Zaubertrank getrunken werden würde.
»Beim Herzen der gesegneten Ajescha, Sajjida!« sagte Um Tewfik, nahm das Baby von der Brust und knöpfte das Kleid zu. »Können Sie mir etwas geben, um Kinder zu machen? Meine Schwester ist seit drei Monaten verheiratet, und bis jetzt gibt es noch kein Anzeichen dafür, daß sie ein Baby bekommt. Sie hat Angst. Wenn sie nicht schwanger wird, ist ihr Mann enttäuscht und wird sich eine andere Frau suchen.«
Die Umstehenden nickten teilnahmsvoll. Wenn eine Frau Glück hatte, wurde sie im ersten Monat schwanger. Wenn nicht, war das ein schlechtes Zeichen für die ganze Familie.
»Ihre Schwester wird sich von einem Arzt untersuchen lassen müssen«, sagte Amira, »damit er den Grund für ihre Schwierigkeiten findet.«
Um Tewfik schüttelte den Kopf. »Meine Schwester kennt den Grund. Sie hat mir gesagt, daß sie drei Tage nach der Hochzeit über ein Feld gegangen ist, und dabei sind zwei Raben vor ihr hergeflogen. Die Raben haben sich auf einen abgestorbenen Baum gesetzt und sie angestarrt. Meine Schwester sagt, sie hat genau gespürt, wie in diesem Augenblick ein Dschinn in sie gefahren ist. Ganz bestimmt ist das der Grund für ihre Unfruchtbarkeit, Sajjida.«
Nach einem Blick auf das bekümmerte Gesicht der Frau sagte Amira zu Um Tewfik: »Ihre Schwester hat vielleicht recht. Sie soll an dieser Stelle«, sie deutete auf den eigenen Unterleib, »unter ihr Kleid zwei schwarze Federn legen. Sie muß die Federn sieben Tage lang tragen und jeden Tag siebenmal die erste Sure des Koran sprechen. Dann muß sie die Federn sieben Tage beiseite legen und sie danach wieder tragen. Wenn sie das mehrere Wochen lang tut, wird es den Dschinn austreiben.«
Es war nicht das erste Mal, daß Amira Magie als Heilmittel verordnete.

Denn vor ihrer wissenschaftlichen Ausbildung war sie lange Jahre von Umma Khadija in das geheime Wissen einer Heilerin eingeweiht worden. Sie spürte, wie Ägypten mit jedem goldenen Sonnenaufgang und jedem scharlachroten Sonnenuntergang mehr Besitz von ihr ergriff – das alte mystische Ägypten, die Urkräfte seiner Kultur. Sie war dankbar, daß sie jetzt den Frauen in den Dörfern mit diesem alten Erbe helfen durfte.

Amira hörte in den sternenklaren Nächten das Heulen von Dschinns, wenn sie dem Wind lauschte, und bei jeder Entbindung sprach sie Zaubersprüche, um den bösen Blick abzuwenden. Amira verstand die Macht der jahrhundertealten Geheimnisse. Sie hatte erlebt, wie Magie Krankheiten heilte, die Antibiotika nicht heilen konnten, sie hatte gesehen, wie die Macht des Aberglaubens siegte, wo die Medizin versagte.

»Sehen Sie nur, wie der Sajjid Sie beobachtet, Doktorin«, sagte Um Jamal, und die Frauen warfen schnelle scheue Blicke über den Platz auf Declan. »Mein Mann soll sich von mir trennen, wenn der Doktor Sie nicht liebt!«

Das Lachen der Frauen drang über den Platz wie das Schlagen von Vogelschwingen. Die jungen Frauen genossen die seltene Möglichkeit, sich zu treffen und sich zu unterhalten. Meist mußten sie in der strengen Abgeschlossenheit ihrer Lehmhäuser bleiben und arbeiten.

»Heute abend, beim Fest des Propheten, werde ich für Sie einen Liebeszauber über den Sajjid werfen, Doktorin.«

»Das wird nichts nützen«, erwiderte Amira. »Dr. Connor wird bald weggehen.«

»Dann müssen Sie ihn dazu bringen, daß er bleibt, Sajjida. Es ist Ihre Pflicht. Die Männer glauben, sie können kommen und gehen, wie es ihnen gefällt. Wir Frauen sehen jedoch, was richtig und was falsch ist. Wir müssen sie lenken, auch wenn ihnen das nicht bewußt ist, denn sonst entsteht aus ihrer Unwissenheit großes Unheil.«

Die jungen Ehefrauen lernten erst die Macht kennen, die sie über die Männer hatten. In der Dorfgemeinschaft standen ihnen die alten Frauen mit Rat und Tat zur Seite. Sie nickten verständnisvoll und begannen mit einem Blick auf Connor zu kichern.

»Die Sajjida soll den Doktor heiraten und Kinder bekommen«, erklärte Um Tewfik. Die älteren Frauen stimmten ihr zu. »Wir werden auf unsere Weise dafür sorgen, daß Sie bei uns glücklich sind«, versprach die alte Frau.

»Ich bin zu alt, um Kinder zu bekommen, Umma«, sagte Amira, während sie das Stethoskop abnahm und in die Arzttasche legte. »Ich werde bald zweiundvierzig.«

Aber Um Jamal, die beneidenswerterweise zweiundzwanzig Enkelkinder hatte, warf Amira einen verschmitzten Blick zu und sagte: »Sie können immer noch Kinder bekommen, Sajjida. Ich war bei meinem letzten beinahe fünfzig. Mein Mann soll sich von mir trennen«, fügte sie mit einem zufriedenen Seufzer hinzu, »wenn ich ihm nicht neunzehn Kinder geboren habe, die alle am Leben sind! Er hat niemals eine andere Frau angesehen!«

Amira lachte. Aber sie dachte daran, daß sie manchmal den Schmerz um den Verlust ihrer zwei Kinder empfand, wenn man ihr ein Baby auf den Arm legte oder wenn sie Mütter und Töchter zusammen sah. Sie fand sich zwar mit dem Verlust ab, aber manchmal fragte sie sich trotzdem, wie es wäre, selbst eine kleine Tochter zu haben. Sie dachte an das arme kleine Engelchen, das am Vorabend des Sechs-Tage-Kriegs zur Welt gekommen war. Wenn das Kind überlebt hätte, wäre es inzwischen einundzwanzig Jahre alt gewesen. Es hätte Amira nicht gestört, daß sein Vater Hassan al-Sabir hieß; sie hätte das Kind mit der gleichen Hingabe geliebt wie diese Fellachenmütter ihre Töchter. Und sie dachte jeden Tag an ihren Sohn: Erinnert sich Mohammed noch an mich? Sprach er jemals von ihr? Stellte er Fragen? Glaubte er, sie sei noch am Leben, oder war sie für ihn jemand, dessen Photos aus dem Familienalbum entfernt worden waren, eine Frau, die so gut wie tot war, so wie Tante Fatima? Was hätte Amira nicht darum gegeben, Mohammed ein einziges Mal wenigstens von weitem zu sehen. Sie wollte keinen Kontakt zu ihm aufnehmen, sein Leben nicht durcheinanderbringen oder ihm Kummer oder Scham verursachen. Mohammed war inzwischen ein erwachsener Mann. Den kleinen Jungen hatte Amira die vielen Jahre im Herzen getragen, aber von dem Mann, der er jetzt sein mußte, konnte sie sich kein Bild machen. War er wie Omar? War er verwöhnt und egoistisch? Mohammed war auch ein Teil von ihr, ein Teil von Alice.

Um Jamal sagte plötzlich ernst: »Mit Verlaub, Sajjida, Sie sind die ganze Zeit mit dem Doktor zusammen. Eine unverheiratete Frau und ein Mann, das ist auf die Dauer nicht gut.«

»Da müssen Sie sich keine Sorgen machen«, antwortete Amira, denn in Wirklichkeit waren sie und Declan nur selten allein oder überhaupt zusammen. Wann immer sie in ein Dorf kamen und die Gastfreundschaft der Fellachen in Anspruch nahmen, wurden Amira und Declan getrennt. Sie saß bei den Frauen, er bei den Männern. Selbstverständlich wurde Amira für die Nacht in einem anderen Haus als Declan untergebracht. Die einzigen Gelegenheiten, an denen sie wirklich beisammen waren, so nahe beisammen, daß sie sich berührten, waren die Fahrten im Geländewagen, wenn sie über schlechte Straßen oder zwischen Baumwoll- und Zuckerrohrfeldern auf den Lehmwegen zum nächsten Dorf holperten.

Amira wünschte den Frauen »*Mulid mubarak aleikum*«, einen fröhlichen Geburtstag des Propheten, und die jungen Frauen verließen den Platz so schnell, wie sie sich vorher eingefunden hatten. Sie verschwanden mit ihren Babys auf dem Arm oder auf dem Rücken und liefen mit den kleinen Kindern an der Hand in die engen Gassen. Die älteren Frauen mit ihren schwarzen Schleiern und Schals suchten sich einen Platz im Schatten, aßen Nüsse, schwiegen nachdenklich oder tauschten ihre Gedanken und Ansichten aus. Für sie verging die Zeit bis zum abendlichen Fest im Rhythmus ihres Lebens – langsam, aber unaufhaltsam. Amira blieb allein zurück. Sie verstaute alles in ihrer Arzttasche und schob auch die Erinnerungen beiseite.

Sie blickte über den Platz und sah Declans Augen auf sich gerichtet.

Als ihm bewußt wurde, daß er Amira beobachtet hatte, drehte er sich schnell um, klappte die Arzttasche zu und sagte zu den Männern vor dem Kaffeehaus: »Also dann bis zum Fest heute abend, *inschallah*.«

Er wollte gerade gehen, als ihm aus der Gruppe der Umstehenden ein Fellache in einer zerlumpten Galabija in den Weg trat. Der Mann hatte einen großen altägyptischen Skarabäus in der Hand. »Den verkaufe ich Ihnen, Sajjid«, sagte er fröhlich. »Er ist sehr alt. Viertausend Jahre. Ich kenne das Grab, wo man ihn gefunden hat. Für Sie kostet er nur fünfzig Pfund.«

»Tut mir leid, mein Freund. Alte Dinge interessieren mich nicht.«

»Er ist brandneu!« rief der Fellache und hielt ihm den Skarabäus noch einmal hin. »Ich kenne den Mann, der ihn gemacht hat. Es ist der beste Handwerker in ganz Ägypten. Dreißig Pfund, Sajjid.«

Declan lachte und ging kopfschüttelnd über den Platz. Auf halbem Weg traf er Amira. »Ich habe Hadji Tajeb versprochen, ihn zum Friedhof zu fahren«, sagte er. »Er will vor dem Fest Opfergaben am Grab seines Vaters niederlegen. Außerdem lebt dort in einer Höhle ganz in der Nähe ein Einsiedler. Hadji Tajeb bringt ihm wie üblich aus dem Dorf etwas zu essen. Soll ich Sie am Konvent absetzen?«
Amira übernachtete als Gast im Konvent der katholischen Nonnen, während Declan auf der anderen Seite des Dorfes im Haus des Imam untergebracht war.
Das Fest würde bald beginnen. Amiras Platz war bei der Gruppe der Frauen, Declans Platz bei den Männern. Wie üblich würden sie voneinander getrennt sein. Amira freute sich über die Gelegenheit, noch ein wenig mit Connor zusammenzusein und sagte fröhlich: »Wenn Sie nichts dagegen haben, komme ich mit. Man hat mir gesagt, daß es in der Nähe des Friedhofs einen alten Tempel gibt. Für die Dorfbewohner ist es ein ganz besonderer Platz.«

Der Geländewagen schaukelte über ausgefahrene Wege, bis die Felder und Lehmhäuser zurückblieben und die weite Wüste vor ihnen lag. Hadji Tajeb saß zwischen Amira und Declan. Er hielt sich am Armaturenbrett fest und wies ihnen den Weg. Die Abendsonne schien ihnen in die Augen, ein Feuerball am blassen wolkenlosen Himmel, der die Wüste in satte Töne von Gelb und Orange tauchte, die von den langen schwarzen Schatten der Felsen und Steine durchschnitten wurden.
Im Westen vor ihnen lag etwas, das wie ein kleines Dorf aussah. Aber beim Näherkommen hörten sie kein Zeichen von Leben. Nur die Stille der Wüste und das einsame Pfeifen des Windes drangen an ihre Ohren.
Die drei stiegen aus, und der alte Fellache führte Amira und Connor durch die Stadt der Toten – enge Gassen, wie es sie in jedem Dorf gab, vorbei an Türen und Fenstern und unter bröckelnden Steinbögen hindurch. Die »Häuser« hatten alle Kuppeln, und auf Amira wirkten sie wie eine Reihe großer Bienenkörbe aus Lehmziegeln, auf denen eine dicke Staub- und Sandschicht lag.
Als sie das Grab der Familie Tajeb erreichten, wies der alte Hadji mit der knochigen Hand weiter nach Westen. »Der alte Tempel ist dort drüben, Sajjid, an der alten Karawanenstraße. Ich komme mit dem Korb für den Einsiedler nach.«

Die beiden ließen ihn zurück, damit er seine Gebete verrichten konnte, und gingen über die felsige Ebene. Amira sagte: »Die Frauen im Dorf haben mir erzählt, daß die Säulen des Tempels Heilkräfte besitzen. Die Dorfbewohner gehen manchmal dorthin und schlagen Steinsplitter ab, um Medizin daraus zu machen.«
Es war wenig von dem Tempel zu sehen, in dem Wüstenreisende vor Tausenden von Jahren eine Göttin verehrt hatten. Es standen nur noch zwei Säulen, die übrigen lagen geborsten und verwittert auf der Erde. Wo der Wind den Sand weggeweht hatte, sah man ein paar alte Pflastersteine. Mehr war nicht von der alten Kultstätte übriggeblieben. Den Hintergrund bildete eine halbrunde Felswand mit Öffnungen. Zum Teil befanden sie sich in halber Höhe und waren vom Boden aus unerreichbar. Die zerklüfteten Felsen lagen wie das Skelett eines Ungeheuers aus der Vorzeit in der flachen Ebene. Vor vielen Jahrtausenden waren sie aus dem Wüstenboden emporgeschoben worden. Jetzt trennten sie wie eine schützende Mauer das Niltal vom Sand der Wüste.
»Hier verlief einmal eine große Karawanenstraße«, sagte Declan, während sie sich einen Weg durch das Gestein suchten. Es herrschte tiefe Stille. Die alten Säulen glühten in der sinkenden Sonne rostrot auf.
»Ich vermute, die Reisenden haben hier Rast gemacht und um eine sichere Reise gebetet. In den Höhlen dort drüben haben sie wohl Schutz gefunden.«
»Wie dieser Einsiedler offenbar noch heute«, sagte Amira und stieß mit der Schuhspitze gegen die rußgeschwärzten Steine einer Feuerstelle.
»Die frommen Männer der Wüste fühlen sich von den alten Kultstätten angezogen. Die meisten sind Mystiker, Sufis oder christliche Einsiedler.«
Amira entdeckte einen aus Stein gehauenen Widder. Der Kopf war vom Rumpf abgetrennt. Sie setzte sich auf die glatte Bruchstelle und sagte: »Warum werden hier keine Ausgrabungen durchgeführt? Warum haben die Archäologen den Platz nicht eingezäunt?«
Connor blickte über die kahle Ebene, die sich bis zum Horizont erstreckte. In der Ferne entdeckte er ein paar schwarze Beduinenzelte.
»Wahrscheinlich fehlt es an finanziellen Mitteln«, erwiderte er. »Es scheint ein kleines, unbedeutendes Heiligtum zu sein. Wahrscheinlich lohnt sich die Mühe nicht. Vielleicht waren im vergangenen Jahrhundert einmal Ägyptologen hier, als die europäischen Archäologen Ägyp-

ten ausplünderten. Hadji Tajeb hat gesagt, er und Abu Hosni hätten die Reiseführer auf den Nilschiffen überredet, mit Touristen hierher zu kommen. Aber die Leute waren nach dem langen Weg enttäuscht. Jetzt bringen sie keine Touristen mehr, und die Schiffe fahren vorbei.«
Amira sah Connor an. Er stand wie eine dunkle Silhouette vor dem lavendelfarbenen Himmel. Der Wind fuhr durch seine Haare. Sie waren immer noch altmodisch geschnitten, aber nicht mehr so kurz wie früher. An den Schläfen zeigte sich das erste Grau.
»Declan«, sagte sie, »weshalb wollen Sie nach England?«
Er drehte sich um und ging ein paar Schritte weiter. Seine Schuhe knirschten auf dem Geröll über dem Pflaster, das vor langer Zeit gelegt worden war. »Ich muß gehen. Es ist lebenswichtig für mich.«
»Aber Sie werden hier dringend gebraucht. Bitte, hören Sie auf mich. Bei meiner Ankunft in den Flüchtlingslagern in Gaza war ich so entsetzt über die Zustände und die Art, wie man die Palästinenser behandelt, daß ich glaubte, es keinen Tag aushalten zu können. Dann kam ich in das Krankenhaus der Treverton-Stiftung. Als ich sah, was dort an Gutem getan wurde, und wieviel Hilfe ...«
»Amira«, sagte Declan. Er lehnte sich an eine der beiden Säulen und lächelte bitter. »Ich weiß alles über die Lager. Ich weiß alles über die Bedingungen, unter denen Menschen fast überall auf der Welt leben. Aber Sie und ich, wir werden nichts daran ändern, überhaupt nichts. Sehen Sie ...« Er drehte sich um. Auf der Säule waren verwitterte, eingehauene Schriftzeichen und Figuren, die man kaum noch erkennen konnte. Doch die untergehende Sonne ließ die Konturen des Säulenschmucks besonders plastisch hervortreten. In wenigen Minuten würde es dunkel sein. Sie blickten beide wie gebannt auf die geheimnisvollen Zeichen aus einer anderen Zeit.
»Sehen Sie das?« fragte er und wies auf Szenen mit Männern bei der Feldarbeit, Büffeln am Wasserrad und Frauen beim Mahlen von Korn. »Diese Bilder sind wahrscheinlich vor dreitausend Jahren in den Stein gemeißelt worden, aber es hätte auch erst gestern sein können, denn die Fellachen leben heute noch genau wie ihre Vorfahren. Es hat sich nichts verändert. Das ist die Lektion, die ich nach fünfundzwanzigjähriger Arbeit in der Dritten Welt gelernt habe. Glauben Sie mir, ganz gleich, was wir tun, die Menschen bleiben, wie sie sind. Nichts ändert sich.«
»Nichts außer Ihnen«, sagte Amira. »Sie haben sich verändert.«

»Sagen wir einfach, ich bin aufgewacht.«
»Und was sehen Sie?«
»Ich sehe, daß unsere Arbeit hier in Ägypten und in den Flüchtlingslagern vergeblich ist.«
»So haben Sie früher nicht gedacht. Sie dachten einmal, Sie könnten die Kinder der Welt retten.«
»Das war in der Zeit meiner grenzenlosen Selbstüberschätzung. Ja, Sie haben recht. Damals glaubte ich wirklich, etwas verändern zu können.«
»Sie können immer noch etwas verändern«, erwiderte sie, und in ihrem Blick lag eine Herausforderung.
Sie hörten Schritte, die in der Stille der Wüste ungewöhnlich laut klangen. Hadji Tajeb kam schnaufend auf sie zu. »Bei den drei Göttern«, stöhnte er, »Gott sollte mich besser bald zu sich rufen, sonst nützt mir das Paradies nichts mehr! Ach, der Tempel und die Höhlen. Mein Dorf könnte viel Geld damit machen, wenn wir die Touristen herlocken würden. Aber nachdem sie Karnak und Kom Ombo gesehen haben, sagen sie hier: ›Ach, nur zwei Säulen?‹ Abu Hosni und ich hatten den Plan, neue Säulen aufzustellen, die alt aussehen sollten. Aber mein Gott, ich bin müde.« Er setzte den Korb mit dem Essen ab.
Connor sagte: »Ich bringe den Wagen hierher. Wir können zu dem frommen Mann fahren.«
Während sie warteten, bot Amira dem alten Mekkapilger ihren Platz auf der Widderstatue an. Er setzte sich dankbar und hüllte sich in seine weiße Galabija. Mit zusammengekniffenen Augen spähte er in den Himmel. Die ersten Sterne waren zu sehen.
»Ich bin nachts nicht so gern hier«, sagte er und legte die Hand auf die Brust.
»Fehlt Ihnen etwas?« fragte Amira.
»Ich bin ein alter Mann. Gott beschütze mich.«
Als Declan zurückkam, und Tajeb über Mattigkeit klagte, holte er die Arzttasche aus dem Wagen und wollte sie gerade öffnen, als Tajeb den Kopf hob und sagte: »Nein, zuerst muß ich den frommen Mann aufsuchen und ihm etwas zu essen bringen. Es ist nicht weit. Wir können die paar Schritte gehen.« Er stand auf und ging zu den Höhlen. Amira und Connor folgten ihm mit dem Korb.
Das Sanktuarium der Göttin war in den Fels gehauen. Es war ein qua-

dratischer Raum von ungefähr drei Metern Seitenlänge und etwa mannshoch. Sie mußten über Fels und Schutt klettern, um ihn zu erreichen. Amira rutschte auf dem losen Geröll, und Declan nahm sie bei der Hand. Die Öffnung befand sich in der Ostwand, und man konnte im dunklen Innern nichts erkennen.
»*Al hamdu lillah*«, sagte Hadji Tajeb. Er zündete eine kleine Öllampe an, die er mitgebracht hatte, bückte sich und verschwand in der Öffnung. Connor wollte ihm gerade folgen, als Tajeb aufgeregt rief: »Sajjid, Sajjid, kommen Sie schnell!« Declan bückte sich und trat vorsichtig ein. Im trüben Licht sah er auf dem Boden vor einem rechteckigen Steinquader, vermutlich dem Altar, einen Mann im Gewand und dem Turban eines Sufi-Mystikers liegen. Sein Körper wurde von heftigen Zuckungen geschüttelt. Vor seinem Mund stand Schaum, und er verdrehte die Augen. »Er ist ein heiliger Mann«, flüsterte Tajeb.
»Epilepsie«, sagte Connor, aber mehr zu sich, »das Leiden der Auserwählten Gottes. Wir müssen warten, bis der Anfall vorüber ist.«
Es dauerte einige Zeit, bis der Krampf sich löste und die Zuckungen nachließen. Schließlich atmete der Mann ruhiger und öffnete die Augen. Declan sagte respektvoll: »*Abu*, Vater, ich bin Arzt. Ich werde dir helfen.«
Der Mann war offenbar zu schwach, um etwas zu erwidern.
»Amy«, rief Connor, »holen Sie bitte die Tasche aus dem Wagen. Ich muß den Mann untersuchen.«
Amira machte sich sofort auf den Weg und erschien nach kurzer Zeit mit der Arzttasche im Eingang der Höhle.
Der Einsiedler hob den Kopf. »Die Frau! Wie kommt diese Frau hierher?« rief er mit brüchiger Stimme.
»Wir sind beide Ärzte, Abu«, sagte Connor beruhigend. »Ich muß dich untersuchen, und sie wird mir helfen.«
Amira trat neben den Mann. Er hatte ein altes, faltiges Gesicht und einen strähnigen grauen Bart. Aber als er sie mit seinen klaren grünen Augen ansah, runzelte sie die Stirn. Der Einsiedler verzog die aufgesprungenen Lippen, und sie sah starke, gesunde Zähne. »Das ist kein alter Mann«, murmelte sie.
»Nein, aber sein Zustand ist schlecht«, erwiderte Connor und ging behutsam daran, den Blutdruck zu messen. Dann sagte er: »Er hat einen viel zu niedrigen Blutdruck. Hör zu, Abu, wir haben einen Wagen

hier. Wir werden dich mitnehmen und in ein Krankenhaus bringen.« Der Einsiedler schüttelte matt den Kopf. »Nein. Ihr müßt mich hier lassen ... Ihr dürft mich nicht wegbringen.«
Amira hatte eine Feldflasche mitgebracht. Sie schraubte den Deckel ab, legte dem Mann den Arm unter die Schulter und setzte die Flasche an seinen Mund. Er trank etwas Wasser.
»Es sieht nicht gut aus«, murmelte Connor, »aber vielleicht kommt er wieder auf die Beine. Wir müssen ihn unbedingt ins Krankenhaus bringen ...«
Der Mann schien ihn nicht gehört zu haben. Er richtete den Blick auf Amira und sah sie lange an. Es hatte den Anschein, als versuche er, sich an etwas zu erinnern. Er hob sehr langsam die Hand, berührte ihren Turban und schob ihn vorsichtig zurück. Als ihr blondes Haar sichtbar wurde, verklärte sich sein Gesicht, und er flüsterte staunend: »Mischmisch ...?«
»Wie?« fragte sie. »Was hast du gesagt, Abu?«
»Bist du es, Mischmisch?«
»Zacharias!«
»Ich dachte, ich träume. Du bist es wirklich, Mischmisch.«
»Zacharias! O mein Gott, Zakki!« Amy sah Declan an. »Er ist mein Bruder. Der Mann ist mein Bruder!«
»Wie bitte?«
»Weißt du, ich habe nach ihr gesucht«, murmelte Zacharias. »Ich habe Sarah gesucht und sie auch gefunden.«
»Wovon spricht er?« fragte Declan.
»Ich bin durch die Dörfer gezogen und habe nach ihr gefragt, Mischmisch«, fuhr Zacharias mit schwacher Stimme fort. »Ich habe überall nach ihr gefragt, und nicht weit von hier habe ich sie schließlich gefunden ... Sie war in das Dorf zurückgekehrt, aus dem sie stammte.« Er rang mühsam nach Luft und wollte trinken. Amira setzte ihm die Feldflasche an den Mund.
»Sprich nicht weiter, Zakki, es strengt dich zu sehr an. Du mußt wieder gesund werden ...«
Zacharias lächelte und schüttelte den Kopf. »Mischmisch«, seufzte er. »Nach all diesen Jahren bist du da. SEIN Name sei gepriesen. Der Allmächtige hat mein Gebet erhört. Ich darf dich noch einmal sehen, ehe ich zu IHM gehe.«

»Ja«, sagte sie, »SEIN Name sei gepriesen. Aber warum bist du hier, Zakki? Warum bist du nicht zu Hause?«
Seine Augen blickten ins Leere. »Erinnerst du dich, Mischmisch ... der Springbrunnen im Garten?«
»Ja, ich erinnere mich. Zakki, du darfst dich nicht verausgaben.«
»Dort, wo ich hingehe, brauche ich keine Kraft. Mischmisch, hast du die Familie wiedergesehen, nachdem ... Vater ... dich verstoßen hat? Ich war damals völlig verzweifelt, Mischmisch.«
Amiras Tränen fielen auf seine Hände. »Du darfst nicht sprechen, Zakki. Wir werden uns um dich kümmern. Wir werden dich wieder gesund machen. Ich verspreche es dir ...«
»Gott ist mit dir, Amira. Ich sehe SEINE Hand auf deiner Schulter. Sie berührt dich sehr leicht, aber sie berührt dich.«
»Zakki«, schluchzte sie. »Ich kann nicht glauben, daß ich dich gefunden habe. Das Alleinsein muß schrecklich für dich gewesen sein.«
»Gott war bei mir ...«
Declan sagte: »Wir müssen ihn schnell hier wegbringen, sonst ist es zu spät.«
»Mischmisch, ich werde sterben. Ich weiß es schon lange.« Er richtete den Blick auf Declan und sagte: »Du leidest, mein Freund. Ich kann es sehen.«
»Sprich nicht, Abu, schone deine Kräfte.«
Zacharias nahm Declans Hand und sagte: »Ja, du leidest.« Er blickte forschend in Declans Gesicht und schien etwas darin zu lesen. Langsam schüttelte er den Kopf. »Du mußt dir keine Vorwürfe machen. Es war nicht deine Schuld.«
»Wie?«
»Sie sagt, sie hat Frieden gefunden, und sie möchte, daß du ebenfalls Frieden findest.«
Connor zog seine Hand zurück und starrte ihn an.
Zacharias sagte zu Amira: »Laß mich nun zu Gott gehen. Meine Stunde ist gekommen.« Er hob die Hand und berührte ihr blondes Haar. »Gott hat dich nach Hause zurückgebracht, Mischmisch. Die Zeit deines ziellosen Wanderns durch fremde Länder ist zu Ende.« Er lächelte. »Sag Tahia, daß ich sie liebe ... und im Paradies auf sie warte ...«
Er schloß die Augen und hörte auf zu atmen.
Amira hielt ihn in den Armen, wiegte den leblosen Körper und mur-

melte: »Im Namen Gottes, des Erbarmers, des Barmherzigen. Es gibt keinen Gott außer Gott, und Mohammed ist SEIN Prophet.«
Sie saß lange in der Stille der Wüste. Die Schatten der Nacht fielen über das Heiligtum. In der Ferne heulte ein einsamer Schakal, und Hadji Tajeb betete stumm. Schließlich sprach Declan. »Wir müssen ihn begraben, Amy.«
Hadji Tajeb sagte: »Das Dorf wird ihm ein Grab errichten, denn er war ein Heiliger.«
Amira meinte: »Meine Mutter hat mir vor langer Zeit geschrieben, Zacharias habe im Sechs-Tage-Krieg auf dem Sinai ein mystisches Erlebnis gehabt. Er ist auf dem Schlachtfeld gestorben. Er war klinisch tot, kehrte jedoch wieder ins Leben zurück. Danach war er ein anderer Mensch. Er behauptete, er sei im Paradies gewesen. Er wurde sehr fromm, und Umma sagte, er sei ein Auserwählter Gottes. Später machte er sich auf die Suche nach Sarah, unserer Köchin. Warum, weiß ich nicht, aber offenbar hat er sie hier gefunden.«
»Amy«, sagte Declan, »es ist schon beinahe dunkel. Wir müssen die Öffnung mit Steinen verschließen, um die Tiere fernzuhalten. Gehen Sie zum Wagen, ich werde das schon allein schaffen.«
Aber Amira und Hadji Tajeb halfen ihm, Steine und Felsbrocken zusammenzutragen. Als der Höhleneingang verschlossen war, stand der Mond am Himmel. Hadji Tajeb fuhr sich erschöpft mit dem Ärmel über das Gesicht und sagte: »Gepriesen sei Gott, Sajjida. Ihr Bruder wird in zwei Himmeln wohnen, denn dieser Ort ist ebenfalls den alten Göttern geweiht.«
Amira begann zu weinen, und Declan nahm sie in die Arme. Er hielt sie lange Zeit fest an sich gedrückt.

26. Kapitel

Als Khadija aus dem Wagen stieg, verstummte die ganze Sippe.
Die Raschids waren gerade mit einem Wagenkonvoi angekommen und mischten sich fröhlich und lärmend unter die Menge am Pier. Sie atmeten die frische Seeluft und genossen die Sonne an diesem Ferientag in vollen Zügen. Kairo lag im Griff des Chamsîn unter einer Wolke aus heißem Sand und Staub. Aber hier in Suez, wo die Familie Khadija verabschiedete, die zur Pilgerfahrt nach Mekka aufbrach, leuchtete die Sonne hell am klaren blauen Himmel. Das Wasser des Golfs war von einem so tiefen Türkis, daß die Augen schmerzten, wenn man zu lange darauf blickte.
Doch im Augenblick richtete sich die Aufmerksamkeit aller auf Khadija, die in ihrem Pilgergewand aus dem Cadillac in den strahlenden Sonnenschein stieg. Sie war eine Vision in blendendem Weiß, und die Familie verstummte ehrfurchtsvoll.
Niemand konnte sich erinnern, sie je anders als in Schwarz gesehen zu haben. Das fließende weiße Gewand und der zarte Schleier – beides hatte viele, viele Jahre hoffnungsvoll in der Schublade gelegen – bewirkten eine seltsame Verwandlung. Khadija wirkte jung und jungfräulich, als hätte das Weiß die Jahre weggewischt und Alter und Gebrechen verschwinden lassen. Ihre Schritte schienen leicht zu sein, ihr Rücken frei von Schmerzen und Steifheit, als trage sie ein Zaubergewand, das ihr die Jugend zurückgab.
Aber nicht das traditionelle Pilgergewand hatte Khadija verwandelt. Es war die Gewißheit, daß sie endlich in das heilige Mekka reiste. Sie hatte die letzten Wochen im Gebet und Fasten verbracht, um *Ihram*, den Zustand der Reinheit, zu erreichen. Sie hatte keinen Schmuck mehr getragen, sich nicht mehr geschminkt, alle Symbole ihres irdischen

Lebens abgelegt, jeden weltlichen Gedanken verbannt und sich nur auf Gott konzentriert. Jetzt war sie bereit für die heilige Stadt Mekka, den Geburtsort des Propheten, den wie in den vergangenen vierzehnhundert Jahren nur Gläubige betreten durften.

Ibrahim begleitete seine Mutter auf dem Weg zur Anlegestelle der Fähren, mit denen die Pilger über das Rote Meer an die Westküste Arabiens fahren würden. Die anderen Raschids folgten ihnen im Gewimmel der Passagiere und ihrer Familien.

Alle waren gekommen bis auf Nefissa, die sich den Knöchel verstaucht hatte und in Kairo zurückbleiben mußte. Ihr Enkel Mohammed war bei ihr geblieben, um ihr Gesellschaft zu leisten. Aber Nefissas Tochter Tahia war da; sie hielt zwei kleine Nichten an den klebrigen Händchen.

Tahia war gerade dreiundvierzig geworden und blickte voll Stolz auf ihre Tochter Asmahan, die am nächsten Tag Geburtstag hatte. Sie wurde einundzwanzig und erwartete bereits ihr zweites Kind. Tahia sah Zeinab mit ihrem Bruder Nagib an der Hand langsam zum Wasser gehen. Sie würde ebenfalls bald ihren einundzwanzigsten Geburtstag feiern. Aber Jasminas behinderte Tochter hatte keine Aussicht auf eine Hochzeit oder auf Kinder.

Trotzdem wirkte Gott erstaunliche Wunder. Hatte man der Familie nicht einmal gesagt, Jasmina könne wegen der Infektion, die sie in ihrer Jugend gehabt hatte, niemals ein Kind bekommen? Und hier war ihr Sohn Nagib, ein hübscher, dunkelhaariger Sechsjähriger mit bernsteinfarbenen Augen. Wer konnte also sagen, welches Schicksal für Zeinab im Buch Gottes geschrieben stand?

Der Glaube an Gottes Mitleid und Barmherzigkeit machte für alle, die Kummer und Sorgen hatten, das Leben erträglich. Wie hätte man sonst weitermachen können? Wie oft war Tahia nahe daran gewesen, ihre Familie zu verlassen und sich auf die Suche nach Zacharias zu machen? Nur dank ihres Glaubens an Gott hatte sie durchgehalten. Wenn Zakki seine Aufgabe beendet hatte, würde er zurückkommen. Dann würden sie endlich heiraten und sich lieben dürfen.

Ibrahims Frau Huda ging mit ihren fünf Kindern hinter Tahia. Es waren hübsche Mädchen mit den typischen blattförmigen Augen der Raschids. Die jüngste war sieben und die älteste vierzehn. Die Kinder standen im Mittelpunkt von Hudas Leben. Sie hatte keine Einwände erhoben, als Ibrahim die kleine Atija als zweite Frau nach Hause

brachte, denn das befreite sie von den lästigen ehelichen Pflichten. Hätte jemand Huda gefragt, hätte sie gesagt, sie liebe Ibrahim. In Wirklichkeit hatte sie kein Vergnügen an Sex und hatte alles nur über sich ergehen lassen, um Kinder zu bekommen. Hin und wieder hatte sie versucht, Ibrahim taktvoll darauf hinzuweisen, daß sexuelle Enthaltsamkeit in seinem Alter gesund sei, aber er hatte sich dadurch nicht in seiner Entschlossenheit beirren lassen, einen Sohn zu zeugen. Als sein siebzigster Geburtstag näherrückte, und er immer noch keinen Sohn hatte, der seine Männlichkeit unter Beweis gestellt hätte, wurde die zwanghafte Vorstellung noch schlimmer. Nun ja, diese Bürde lag jetzt auf Atijas Schultern, und Huda beneidete sie keineswegs darum.
Ibrahim war voller Hoffnungen, während er seine Mutter durch den Lärm und das Gedränge führte. Er warf einen Blick auf Atija, der ein leichter Wind den Sommermantel an den Körper drückte, so daß man deutlich den gewölbten Leib sah. Sie *mußte* ihm diesmal einen Sohn schenken. Sieben Töchter – neun, wenn man die kleine Ina hinzurechnete, die im Sommer 1952 gestorben war, und Alices Fehlgeburt von 1963.
Ibrahim tröstete sich in der Gewißheit: Gott ist barmherzig. Wenn er diesmal keinen Sohn bekam, war das eine härtere Strafe, als ein Mensch sie verdiente. Sein Vater Ali wartete im Paradies noch immer auf einen Enkelsohn. Was bedeuteten die Jahre der Menschen auf Erden für eine Seele im Himmel? Vielleicht war das für eine Seele nur wie ein Augenblick. Ibrahim glaubte deutlich, Alis Ungeduld und Mißbilligung zu spüren. Sein Vater war mit ihm nicht zufrieden. Aber nun wölbte sich Atijas Mantel vielversprechend ...
Dahiba stützte sich beim Gehen auf Hakims Arm. Ibrahim hatte zwar gesagt, der Tumor sei bei der Operation völlig entfernt worden, doch sie mußte sich trotzdem einer Chemotherapie und Bestrahlungen unterziehen. Das alles hatte sie geschwächt.
Dahiba mochte körperlich nicht in bester Verfassung sein, aber ihr Geist blieb stark. Die vergangenen vier Wochen hatten ihrem Leben und dem Leben ihres Mannes einen neuen Sinn und eine neue Entschlossenheit gegeben. Für Dahiba und Hakim ging das Leben weiter, auch wenn die Zukunft hinter einem Schleier verborgen lag. Sie hatten sich mit dem Willen Gottes abgefunden und würden sich SEINEM Urteil unterwerfen.

Sie hatten einen Vorgeschmack auf ihre Sterblichkeit bekommen, und in dem Wissen, daß die Tage jedes Menschen gezählt sind, hatten sie beschlossen, alle Kräfte auf ein Erbe zu konzentrieren, das sie der Welt hinterlassen würden.

Hakim drehte den letzten großen Spielfilm seiner Karriere. Obwohl die Dreharbeiten noch nicht beendet waren, wurde der Film in Kairo bereits mit großer Spannung erwartet, denn er schilderte offen und realistisch die wahre Geschichte einer Frau, die ihren Mann ermordet, weil die Brutalität und Grausamkeit der Familie und der Gesellschaft ihr keinen anderen Ausweg lassen.

Hakim rechnete zwar damit, daß man den Film in Ägypten verbieten werde, aber er hatte Frauen auf der ganzen Welt vor Augen, die der Heldin zujubeln würden, wenn sie in ihrer Not zur Waffe griff, dem von Männern erfundenen Werkzeug des Todes.

Der Film würde in einer mythologischen Bildersprache die Sackgasse zeigen, in die Gewalt führt. Wer Leben vernichtet, verfällt dem Tod. Die Ägypterin vollzog mit dem Mord das Todesurteil als eine Art Warnung – ein Urteil, das alle Menschen treffen konnte, wenn die Erde sich am Ende gegen alles wehrt, was gegen das Gesetz des Lebens verstößt.

Dahiba hatte noch einmal das Manuskript eines Romans überarbeitet, den sie vor zehn Jahren geschrieben hatte. Damals war er abgelehnt worden. Die Verlage hatten BAHITHAT AL-BADIJJA, *Die Frau in der Wüste* als autobiographisches Werk abgetan. Mit diesem Argument wurden die literarischen Leistungen von Frauen im allgemeinen als subjektiv und zu persönlich abgewertet. Diesmal war das Manuskript angenommen worden und sollte im liberaleren Klima unter Präsident Mubarak in Ägypten erscheinen. Das bedeutete, es würde in der gesamten arabischen Welt gelesen werden. Diese Nachricht hatte Dahiba trotz aller Schmerzen und Schwäche in Hochstimmung versetzt, und sie war voller Hoffnung nach Suez gefahren, um Umma zu verabschieden.

Aber die Familie ließ Dahiba nicht aus den Augen. Jasmina gab zwar vor, die frische Seeluft zu genießen, den wundervollen Anblick des weiten Wassers, die Tanker und Schiffe, die vor der felsigen Küste des Sinai vorbeizogen, doch sie machte sich Sorgen um ihre Tante. Jasmina wußte, welche körperliche Belastung die Chemotherapie bedeutete und daß der Seidenschal um Dahibas Kopf verbarg, wie viele Haare sie durch die Bestrahlung bereits verloren hatte. Aber alle unterstützten Dahiba und machten ihr Mut. Jasmina hatte sich eine besondere Überraschung ausgedacht. Bis auf Dahiba und Hakim war die ganze Familie in das Geheimnis eingeweiht, und alle hatten geschworen zu schweigen. Wenn sie sich auf etwas verlassen konnte, dann darauf, daß ihre Familie ein Geheimnis hüten konnte.

Es wurde Zeit, sich zu verabschieden. Die Pilger trennten sich von ihren Familien und Freunden und gingen an Bord der Fähre. Zeinab trat neben Khadija. Auch sie war ganz in Weiß gekleidet, denn sie begleitete Khadija auf der Pilgerfahrt.

Khadija umarmte zuerst Dahiba, dann Hakim und sagte: »Ich gehe nach Mekka, um für die Heilung meiner Tochter zu beten. Ich habe fast mein ganzes Leben lang den Auftrag in mir gespürt, nach Mekka zu pilgern. Aber erst deine Krankheit, meine Tochter, hat mir geholfen, meine innere Schwäche zu überwinden. Dahiba, in deinem Buch liegt die Kraft, die wir brauchen, um die Trümmer der Vergangenheit wegzuräumen. Gott ist barmherzig. Aber ER kann uns nur helfen, wenn wir das tun, was ER von uns verlangt.«

Und als sie Jasmina an sich drückte, flüsterte Khadija: »Keine Sorge, wir werden rechtzeitig zurücksein, *inschallah*.« Dabei zwinkerte sie ihr verschwörerisch zu.

Ibrahim hielt seine Mutter lange in den Armen. Er hatte zu ihrem Schutz einen der Jungen, vielleicht Mohammed, mitschicken wollen. Omar hatte sogar angeboten, selbst mitzukommen, weil ihm bei dem Gedanken nicht wohl war, daß seine Großmutter allein durch Arabien reiste. Aber Khadija hatte sich nicht umstimmen lassen. Sie entschied sich für Zeinab als ihre Begleitung, und dabei war es geblieben.

Khadija sagte zu Ibrahim: »Ich werde versuchen, den Weg zu finden, den meine Mutter und ich genommen haben, als ich ein kleines Mädchen war.« Ibrahim runzelte die Stirn. Er verstand nicht, was an einer so lange zurückliegenden Reise wichtig sein sollte. Er machte sich Sorgen und fürchtete, er werde seine Mutter vielleicht nicht wiedersehen.

»Sei glücklich für mich, mein lieber Sohn«, sagte Khadija, um den Abschied für sie beide zu erleichtern. »Ich trete diese Pilgerfahrt mit großer Freude an. Vielleicht ist sie das Wichtigste in meinem Leben.«

Khadija ging mit Zeinab auf die Fähre und blickte über das tiefblaue Wasser. War es das azurblaue Meer ihrer Träume?

Mimi trug ein orientalisches Tanzkostüm nach der neuesten Mode – ein enganliegendes Abendkleid im Stil der fünfziger Jahre aus scharlachrotem Satin mit blutroten Pailletten; dazu hochhackige Schuhe mit Fesselriemchen und nur einen langen Abendhandschuh. Die raffinierte Beleuchtung brachte ihre blonden Locken vorteilhaft zur Geltung. Sie wirkte wild und gefährlich, aber auch so begehrenswert, daß der Andrang zu ihren Vorstellungen Abend für Abend groß war.
Mohammed stand vor dem Plakat neben dem Eingang des Cage d'Or. Er hatte die Hände in die Taschen gesteckt und war blind für seine Umgebung. Er nahm weder die Leute wahr, die in den Nightclub gingen, noch die Busladungen lärmender Touristen oder die lauten arabischen Geschäftsleute, die sich einen schönen Abend machen wollten. Er sehnte sich nach Mimi.
Aber er wagte nicht, in den Club zu gehen.
Wenn nur Tante Dahiba nicht krank geworden wäre. An dem Tag, an dem er Mimi im Studio seiner Tante gesehen hatte, war er abends mit Mimis Photo in der Hand eingeschlafen. Damals war sein einziger Trost der Gedanke an ein Wiedersehen mit Mimi gewesen. Er wollte Tante Dahiba überreden, ihm dabei zu helfen.
Aber dann mußte Tante Dahiba ins Krankenhaus. Sie hatte das Studio geschlossen, und Mohammeds Traum von der nächsten Begegnung war wie eine Seifenblase zerplatzt.
In den vergangenen vier Wochen war er beinahe jeden Abend hierher gekommen, um auf das Plakat vor dem Club zu starren, in dem sie auftrat. Er brachte jedoch nie den Mut auf, zu ihrer Show zu gehen. Was hinderte ihn daran? Er hatte Geld, und alt genug war er auch – vor zwei Tagen hatte er seinen fünfundzwanzigsten Geburtstag gefeiert. Die Familie hatte eine große Party für ihn gegeben, und er hatte viele Geschenke bekommen. Aber ihm fehlte das Geld, um von Mimi ernst genommen zu werden. Ein kleiner Regierungsangestellter ohne Geld würde Mimi nicht interessieren.
Er war so in Gedanken versunken, daß er nicht bemerkte, wie sich jemand neben ihn stellte. Als er eine leise Stimme hörte, zuckte er erschrocken zusammen.
»Westliche imperialistische Dekadenz ...«
Mohammed drehte sich um und sah Hussein neben sich stehen. Es war die zweite Begegnung in vier Wochen – eine Woche früher wären sie

beinahe auf dem Gehweg zusammengestoßen, als Mohammed aus seinem Büro kam. War das wirklich nur ein Zufall?
»Wie bitte?« fragte er.
»Du hast einmal zu uns gehört, Bruder«, sagte der Mann mit den gefährlichen Augen. »Ich erinnere mich an dich. Du warst bei unseren Versammlungen. Dann warst du plötzlich verschwunden.«
»Mein Vater ...«, begann Mohammed und fühlte sich irgendwie bedroht.
Hussein lächelte geringschätzig. »Bist du ein gläubiger Muslim?«
»Ja ... aber?«
Hussein deutete auf Mimis Bild. »Diese Verderbtheit untergräbt Ägyptens Werte und zerstört die Wurzeln des Islam.«
Mohammed blickte auf das Plakat und dann auf Hussein. Aus dem Club hörte man die Band. Seine heißgeliebte Mimi würde bald die Bühne betreten. Sie würde vor fremden Männern tanzen, sie alle wie Mohammed um den Verstand bringen. Neid und Eifersucht erfaßten ihn. Mohammed begann zu schwitzen.
Hussein trat näher und sagte leise: »Wie kann ein Mann seine Gedanken auf Gott richten, wie kann er seiner Frau und der Familie treu bleiben, wenn ihm der Teufel Versuchungen wie *sie* in den Weg stellt?«
Da Mohammed ihm nur stumm zuhörte, fuhr er noch eindringlicher fort: »Dieser Nightclub wird mit Dollars finanziert. Das Geld aus dem Westen ist Teil einer imperialistischen Verschwörung. Die Ungläubigen wollen Ägypten zerstören, indem sie den Stolz, die Ehre und die Moral der Männer untergraben. Was bleibt dir, wenn du ein williges Werkzeug des Satans geworden bist?«
Mohammed starrte auf Mimis Bild, auf ihre Brüste und Hüften. Plötzlich glaubte er zu sehen, daß sie ihn spöttisch anlächelte.
Der heiße Chamsîn schien seine Haut mit tausend Nadeln zu stechen. Der Schweiß lief ihm über das Gesicht, unter den Kragen und zwischen den Schulterblättern den Rücken hinab.
»Wir müssen Ägypten von diesem Abschaum befreien«, murmelte Hussein. »Wir müssen auf den Weg Gottes zurückkehren. Wir müssen die Lehren des Koran beherzigen. Wir müssen kämpfen! Wir müssen mit allen Waffen das Böse vernichten, sonst sind wir verloren!«
Mohammed sah ihn erschrocken an, drehte sich um und floh.

Nefissa war trotz der Schmerzen froh darüber, daß sie sich den Knöchel verstaucht hatte und deshalb Khadija nicht nach Suez begleiten konnte. Das Mißgeschick hatte auch eine gute Seite. Mohammed war bei ihr geblieben.
Nefissa war außer sich gewesen, als sie hörte, daß Ibrahim und Omar wollten, daß Mohammed seine Großmutter nach Mekka begleitete. Sie hatte Pläne mit ihm, die niemand, weder Omar noch Ibrahim, ja selbst Khadija nicht, durchkreuzen würde ...
Sie warf ungeduldig einen Blick auf die Uhr. Warum kam er nicht? Jeden Tag erschien er nach der Arbeit später. Wo trieb er sich herum? Als sie hörte, wie die Wohnungstür geöffnet und geschlossen wurde, atmete sie erleichtert auf und lehnte sich zurück. Er war da.
Mohammed kam kurz darauf in das Wohnzimmer, wo sie, mit einem Kissen unter dem verletzten Knöchel, auf einem Sofa lag. Er küßte sie flüchtig und wandte sich sofort ab. Nefissa entging nicht, daß er blaß und verstört war.
»Wie geht es dir heute abend, mein Kleiner?« fragte sie plötzlich besorgt.
Er stand mit dem Rücken zu ihr. Als er die Post auf dem Tisch liegen sah, ging er neugierig hinüber. »Gut, Großmutter ...« Er brach ab, und Nefissa sah mit Genugtuung, wie betroffen er war.
»Was ist?« fragte sie scheinbar besorgt.
»Meine Geburtstagskarte«, erwiderte er tonlos. »Sie hat wieder geschrieben.«
Nefissa beobachtete ihren Enkel, der auf dem Diwan Platz nahm und lange auf den Umschlag starrte, bevor er ihn öffnete.
Früher war es ihr gelungen, Amiras Briefe an Jasmina abzufangen, aber sie hatte nie gewagt, ihrem Enkelsohn die Geburtstagskarten vorzuenthalten. Mohammed wartete jedes Jahr darauf. Sie wußte, in welcher Schublade er sie aufbewahrte. Sie wußte, wenn sie es ihm verboten hätte, wäre seine Mutter für ihn zur Märtyrerin geworden, und er hätte sie zu einer Heiligen verklärt.
Als sie sah, daß er plötzlich die Stirn runzelte, fragte sie: »Was ist los, mein Liebling?«
Mohammed kam mit dem Umschlag zu ihr. »Das verstehe ich nicht, Großmutter. Sieh mal, auf dem Umschlag sind ägyptische Briefmarken.«

Sie seufzte und sagte dann: »Ja, das ist mir auch schon aufgefallen ...«
Mohammed riß den Umschlag auf und las das vertraute ».... immer in meinem Herzen, Deine Mutter.« Dann sah er Datum und die Ortsangabe. »*Bismillah!* Sie ist wirklich in Ägypten!«
»Wie?« Nefissa nahm ihm die Karte aus der Hand und hielt sie unter das Licht. »Al Tafla, A. R. E.« Ein eiskalter Schauer lief ihr plötzlich über den Rücken. »Im Namen Gottes«, murmelte sie. »Wo liegt Al Tafla?« Mohammed ging zum Bücherschrank, zog zwischen einem Wörterbuch und den gesammelten Gedichten von Ibn Hamdis einen Weltatlas hervor und blätterte mit fliegender Hast darin. Seine Hände zitterten. Wo lag Al Tafla?
In seiner Aufregung ließ er den Atlas fallen, hob ihn wieder auf und fand schließlich die Seite, auf der das grüne Niltal zwei gelbe Wüsten trennte. Fieberhaft fuhr er mit dem Finger am Flußlauf entlang, nach oben und nach unten, und rief plötzlich: »*Ja Allah!* Hier ist es! Es ist nicht weit von ...« Er warf den Atlas wütend durch das Zimmer, der verfehlte um Haaresbreite den Fernsehapparat, schlug gegen die Wand und fiel mit einem Knall zu Boden.
Nefissa setzte sich mühsam, griff nach der Lehne eines Stuhls, zog sich daran hoch und stand mit schmerzverzerrtem Gesicht auf. »Mohammed, mein Schatz«, sagte sie. »Bitte ...«
»Wie kann sie in Ägypten sein?« rief er, ohne auf Nefissa zu achten. »Warum kommt sie nicht nach Kairo? Warum besucht sie mich nicht? Was ist das für eine Mutter? O Gott, Großmutter! Ich bin so durcheinander!«
Als Nefissa sah, daß er zu schluchzen begann und völlig außer sich war, bekam sie es mit der Angst zu tun.
Amira war in Ägypten! Nun gut. Wenn sie zurückkam und Anspruch auf ihren Sohn erhob, dann würde sie feststellen müssen, daß sie keine gesetzliche Handhabe hatte ...
Aber Mohammed war inzwischen ein erwachsener Mann. Ein liebevolles Wort seiner Mutter konnte ihn Nefissa für immer wegnehmen.
»Hör zu, mein Liebling«, sagte sie und griff nach seinem Arm. »Hilf mir. Ich möchte mich an den Tisch setzen. Ich verstehe dich. Du bist ein guter Junge. Ich werde dir etwas sagen, denn ich glaube, es ist Zeit, daß du die Wahrheit über deine Mutter erfährst.«
Als Nefissa am Tisch saß, sah sie ihn ernst an. »Es fällt mir nicht leicht,

mein lieber Enkelsohn. Die Familie spricht nicht über deine Mutter, seit sie vor vielen Jahren weggegangen ist ... Bitte setz dich doch.«
Aber Mohammed wollte stehen bleiben. Die Wohnung erschien ihm zu heiß und zu eng. Er glaubte zu ersticken. Schließlich setzte er sich widerwillig auf den Teppich, den seine Großmutter vor vielen Jahren auf einer Auktion ersteigert hatte, weil er, wie sie behauptete, einmal ihrer Freundin, Prinzessin Faiza, gehört hatte.
»Sag mir alles, Großmutter«, bat er und starrte vor sich hin, »sag mir, was mit meiner Mutter geschehen ist.«
Nefissa richtete sich auf und erwiderte: »Mein armer Junge. Du darfst es dir nicht so zu Herzen nehmen, versprich mir das.« Als Mohammed stumm nickte, sagte sie: »Man hat deine Mutter beim Ehebruch mit dem besten Freund deines Großvaters ertappt.«
»Das ... glaube ich nicht«, murmelte Mohammed, und die Tränen traten ihm in die Augen.
»Frag deinen Großvater, wenn er aus Suez zurück ist. Er wird dir die Wahrheit sagen. Obwohl sie seine Tochter war, wird er dir sagen, daß Amira keine Ehre besaß.«
»Nein!« rief er. »So etwas darfst du nicht sagen!«
»Es ist die Wahrheit. Deine Mutter hat Schande über unsere Familie gebracht. Deshalb spricht niemand von ihr. Dein Großvater hat deine Mutter am Vorabend des Sechs-Tage-Kriegs aus der Familie verstoßen und für tot erklärt. Es war ein schwarzer Tag für Ägypten, für uns alle.«
Nefissa preßte die Lippen zusammen. Den Rest würde sie ihm nicht sagen. Sie würde ihm nicht verraten, daß Amira um Gnade gefleht hatte. Er sollte nicht wissen, daß sie ihren Sohn hatte behalten wollen und daß Omar sein Recht geltend gemacht und ihr gesagt hatte, sie dürfe Mohammed niemals wiedersehen.
Mohammed begann plötzlich, am ganzen Körper zu zittern. Er sprang auf und rannte aus dem Zimmer. Nefissa hörte, wie er sich im Bad übergab.
Als er bleich und verstört wieder im Zimmer erschien, streckte sie die Arme nach ihm aus. »Hör zu, mein Liebling. Ich habe eine Idee ...«
Aber Mohammed drehte sich wortlos um und rannte aus der Wohnung. Er lief durch die Straßen und hatte nur ein Ziel – das Kaffeehaus von Feijrouz. Er hoffte, dort seine Freunde Salah und Habib zu treffen, die

ihn immer zum Lachen brachten. Aber seine Freunde waren nicht da. Dafür traf er vor dem Kaffeehaus Hussein, der sich unaufgefordert zu ihm an den Tisch setzte. Mohammed stützte den Kopf in die Hände und hörte zu, während Hussein sprach und ihm seinen Plan darlegte.
Mohammed sah eine schwarze Wolke. Die Wolke trieb auf ihn zu wie ein giftiger Nebel, wie der Rachen eines Dschinns, der ihn verschlingen würde. Mohammed sagte »Ja« zu allem, was Hussein vorhatte. Sein Zorn wuchs von Minute zu Minute. Ich werde mich rächen, dachte er. Ich werde nach Al Tafla gehen und sie bestrafen. Sie soll dafür büßen, was sie mir, uns allen, angetan hat.

Amira suchte am nächtlichen Himmel Mirach, den Stern, unter dem sie geboren war. Er stand im Sternbild Andromeda, und sie hoffte, er werde ihr Kraft für das schenken, was sie vorhatte.
Die Sterne funkelten und glitzerten wie ein Feuerwerk, und es war unmöglich, einen unter so vielen zu erkennen. Aber sie sah den Mond über dem Nil. Er war groß, rund und leuchtete wie ein freundliches Licht. Amira hob beschwörend die Arme.
Nach einem stummen Gebet machte sie sich auf den Weg vom Fluß zurück in das schlafende Al Tafla. Sie ging durch die dunklen Gassen und erreichte schließlich das Haus der Scheika, der weisen Frau, die auch eine Wahrsagerin und Hellseherin war. Amira mußte schnell handeln. In drei Tagen würde Declan Connor nicht mehr da sein.

Declan ging auf den knarrenden Brettern seiner Veranda hin und her. Er konnte nicht schlafen. Immer wieder blieb er stehen und suchte den mitternächtlichen Himmel nach Wolken ab. Den ganzen Tag über war fernes Donnergrollen zu hören gewesen. Die Luft schien elektrisch geladen zu sein, und man hatte ungewöhnlich große Scharen von Vögeln gesehen. Kam ein Sturm auf? Aber wie war das ohne Wolken und Wind möglich?
Declan zog eine Schachtel Zigaretten aus der Tasche, zündete sich eine an und dachte über den Sturm nach, der in seinem Innern tobte.
In drei Tagen würde er Ägypten verlassen, und Amira ging ihm nicht aus dem Kopf. Er mußte immer daran denken, wie er sie vor vier Wochen, nach dem Tod ihres Bruders, in den Armen gehalten und getröstet hatte. Die Erinnerung an ihren Körper, der sich an seinen

Körper lehnte, an ihre Wärme, an ihre Brüste, die sich gegen seine Brust drückten, an die Tränen auf seinem Hemd und daran, wie sie ihn in diesem Augenblick gebraucht hatte – diese Erinnerung verfolgte ihn. Er hatte sich noch mit keiner Frau so intensiv beschäftigt. Warum war sie ihm so wichtig? Wollte er nur mit ihr schlafen? Vermutlich war es das. Er verwünschte sich deshalb. Er hatte kein Recht dazu, nachdem Sybil im Grab lag.

Er ging zum Rand der Veranda und blickte auf den dunklen Fluß, über dessen tintenschwarzes Wasser der Mond ein silbernes Band warf.

Als dumpfes Trommeln einsetzte, dachte Declan im ersten Augenblick, es sei der Donner, den sie den ganzen Tag gehört hatten. Er warf die Zigarette weg und trat sie aus. Das waren eindeutig Trommeln. Um diese Zeit?

Langsam ging er von seinem kleinen Haus am Nil in Richtung Dorf. Beim Näherkommen wurde das Trommeln lauter. Er konnte den Rhythmus ausmachen. Wer feiert mitten in der Nacht ein Fest?

In Al Tafla war alles still. Kein Licht fiel durch ein Fenster, nicht einmal in Walids Kaffeehaus. Wegen der Dschinns und der bösen Geister, die die Dunkelheit bevölkerten, vermieden die Dorfbewohner es, nachts unterwegs zu sein. Trotz der Hitze waren die Türen verriegelt und die Fensterläden geschlossen, um den Dämonen oder dem Fluch eines neidischen Nachbarn keinen Einlaß zu gewähren.

Die Krankenstation war dunkel und abgeschlossen. Auch in Amiras Zimmer an der Seite brannte kein Licht.

Zu seiner Überraschung sah Declan jedoch den Widerschein von Fakkeln zwischen den Hofmauern hinter dem Haus, wo sich der Backofen, die Wäschezuber und der Hühnerstall befanden. Er ging durch die Gasse, die so eng war, daß er mit den Schultern die Lehmmauern streifte, und entdeckte im Hof Männer mit Musikinstrumenten – hölzerne Flöten, eine Art Fiedel mit zwei Saiten und breite flache Trommeln, die rhythmisch über heißen Kohlen geschlagen wurden. Auch Frauen waren anwesend. Declan sah Khalids Frau, Walids Schwester und die alte, in hohem Ansehen stehende Bint Omar. Die Frauen umkreisten Kohlebecken mit brennendem Räucherwerk und murmelten Beschwörungen oder Anrufungen. Er konnte die Worte nicht verstehen, es war kein Arabisch.

Plötzlich begriff er, was sie vorhatten – einen *zaar*, einen rituellen

Trance-Tanz, mit dem man Dämonen austrieb. Dabei versetzten sich die Tanzenden in eine solche Raserei, daß sie die Kontrolle über sich verloren. Üblicherweise erlaubte man Fremden nicht, an einem *zaar* teilzunehmen oder auch nur zuzusehen. Aber Declan hatte in Tunesien einmal heimlich einen Trance-Tanz beobachtet – einen *stambali* –, bei dem einer der Tänzer einen Herzschlag erlitten hatte und tot umgefallen war.
Connor dachte alarmiert: Wo ist Amira?
Er wollte in den Hof gehen, aber plötzlich stand eine Frau vor ihm und versperrte ihm den Weg. »Haram«, sagte sie. »Verboten!«
Eine andere Frau, die Scheika des Dorfes, kam langsam auf ihn zu. Die Scheika war eine mächtige Frau in Al Tafla. Die Tätowierung an ihrem Kinn verriet, daß sie von stolzen Beduinen abstammte. Er hatte mit ihr wegen der Beschneidung kleiner Mädchen einmal eine Auseinandersetzung gehabt, weil ein paar der Kinder eine Infektion bekamen.
Zu seiner Überraschung verneigte sie sich und sagte: »Kommen Sie, Sajjid.«
Ein paar der Frauen, die auf Bänken entlang der Hofmauern saßen, begrüßten ihn mit einem Lächeln oder einem Nicken.
Die Frauen gingen langsam im Kreis, hoben und senkten die Arme, stampften mit den Füßen und bewegten den Kopf oder die Schultern. Die Männer trommelten ohne Unterlaß, und der Mann mit der Fiedel spielte eine klagende, schrille Melodie. Die Scheika zündete Kerzen und Räucherwerk an. Bald verbreiteten sich exotische Düfte in der schwülen Nachtluft.
Declan war beunruhigt, denn er sah Amira noch immer nicht. Wie konnte sie bei dem Lärm und den vielen Menschen schlafen? Die Trommeln hallten laut durch die Nacht. Es war seltsam, daß auf dem Gelände der Stiftung ein Trance-Tanz stattfand. Aus welchem Grund?
Er suchte sich einen Platz dicht an der Mauer und setzte sich auf den Boden. Das rhythmische Dröhnen der Trommeln steigerte seine Unruhe, und er stand wieder auf.
Als alle Kerzen brannten, gab die Scheika den Musikanten ein Zeichen. Die Trommeln verstummten bis auf eine. Der Trommler in einer langen weißen Galabija und einem weißen Turban schritt langsam durch den Hof und schlug einen monotonen Rhythmus. Die Frauen im Kreis blieben stehen, schlossen die Augen und wiegten sich langsam von einer

Seite zur anderen. Nach drei Runden veränderte der Trommler den Rhythmus, nach weiteren drei Runden wechselte er ihn noch einmal. Eine zweite Trommel fiel kontrapunktisch ein, eine dritte, eine vierte und die fünfte folgten.

Declan wußte, was die Männer taten. In der Vorstellung der Fellachen sprachen bestimmte Rhythmen die Geister an. Jeder Geist hatte seine eigene Kadenz, auf die er reagierte, sobald er sie hörte. Die Trommeln warfen sozusagen Netze aus, um die Geister darin zu fangen. Eine der Frauen begann plötzlich zu tanzen. Sie stampfte und zuckte wie ein Fisch, der sich in einem Netz gefangen hat. Declan sah voll Staunen, mit welcher Anmut und wie gelenkig sich die korpulente Frau bewegte. Aber noch war sie nicht in Trance.

Die Trommeln fanden wieder zu einem einheitlichen Rhythmus, während immer mehr Frauen anfingen zu tanzen – jede in einem anderen Takt und mit eigenen Bewegungen, die ihrem persönlichen, inneren Rhythmus entsprachen.

Declan sah, wie die Scheika durch die Hintertür im Haus verschwand. Seine Spannung stieg.

Und dann erschien Amira.

Sie war nicht allein. Sie wurde auf beiden Seiten von je zwei Frauen gestützt, ihre Augen waren geschlossen, und der Kopf hing zur Seite. Ihre schlafwandlerischen Bewegungen machten den Eindruck, als hätte sie Drogen genommen. Sie trug einen leuchtend blauen Kaftan. Blau, so hatte man Declan einmal erklärt, sei eine Farbe, die alle Geister beruhigte und besänftigte, denn es war die Farbe des Himmels.

Die Trommler gingen im Kreis um Amira herum. Die Frauen stützten sie immer noch. Dann stieß die Scheika laute und schrille Schreie aus. Es klang, als rufe sie jemanden. Sie hob die Arme. Ihr Schatten wurde überlebensgroß auf die gegenüberliegende Wand geworfen. Sie bewegte sich nicht, aber im zuckenden Schein der Kerzen schien ihre Silhouette zu tanzen.

Plötzlich sank Amira zu Boden. Declan machte unwillkürlich einen Schritt auf sie zu. Aber starke Hände hielten ihn zurück.

Die Frauen ließen Amira los, und sie kniete mit geschlossenen Augen in der Mitte des Kreises. Als sie begann, sich langsam von einer Seite auf die andere zu wiegen, griffen die anderen Musikanten wieder nach ihren Instrumenten.

Die Musik war gespenstisch, schrill und hypnotisch. Declan stand wie angewurzelt da und beobachtete, wie Amira sich mit zurückgeworfenem Kopf und vorgestreckten Armen auf den Knien wiegte. Ihr Turban verrutschte. Die Scheika war sofort zur Stelle, nahm ihn ab, und Amiras Haare fielen ihr auf die Schultern. Die Frauen öffneten und schlossen den Kreis. Sie boten Schutz, und sie ermutigten Amira. Ihre Bewegungen wurden ausgreifender, schneller und heftiger. Sie beugte sich im Rhythmus der Trommeln vor und zurück. Die lange Haare peitschten die Erde. Der Vollmond kam hinter den Dächern hervor und verbreitete ein übernatürliches Licht. Als Amira plötzlich aufsprang, leuchtete der blaue Kaftan so hell zwischen den schwarzen Frauen wie der Kamm einer windgepeitschten Welle.

Die Musik wurde lauter und schneller. Jemand begann zu singen. Amira überließ sich den Trommeln. Sie bewegte sich ruckhaft und stampfte mit den Füßen. Die Schreie der Scheika wurden noch lauter und schriller.

Amira ließ den Kopf kreisen und hielt dabei die Arme in Schulterhöhe ausgestreckt, als seien sie von unsichtbaren Schnüren an den Handgelenken gehalten. Ihr langes blondes Haar glänzte im Fackelschein, beschrieb erst langsame und dann schnellere, immer schnellere Kreise in der Luft. Die Melodie der Fiedel und der Flöten schraubte sich in unerträgliche Höhen. Die Beschwörung der Scheika mündete in einen langgezogenen Schrei.

Declan glaubte, der Kopf müsse ihm zerspringen. Aber er konnte den Blick nicht von den Haaren wenden, die ihn fesselten, hypnotisierten und peitschten.

Amiras Augen standen offen, aber man sah nur das Weiße. Ihr Blick hatte sich nach innen gerichtet. Sie war in Trance und nicht mehr bei Bewußtsein.

»Das reicht!« rief Connor und trat in den Kreis. »Halt!« Die Scheika trat ihm in den Weg. »*Haram*, Sajjid!« Aber er schob sie beiseite, nahm Amira schnell auf die Arme und trug sie aus dem Hof.

Sie lag schlaff in seinen Armen, während er durch die dunklen Gassen eilte. Sie kam erst wieder zu Bewußtsein, als er den Nil erreichte und sie behutsam auf das grasbewachsene Ufer legte.

»Declan...« flüsterte sie.

»Was zum Teufel sollte das Ganze?« sagte er, kniete sich neben sie und

schob ihr die nassen Haare aus dem Gesicht. »Ein Trance-Tanz ist gefährlich. Ich hatte Angst um dich, verdammt noch mal!«
»Ich habe es für dich getan, Declan.«
»Für mich? Bist du verrückt? Weißt du, daß man dabei sterben kann?«
»Aber ich wollte ...«
Er nahm sie in die Arme und preßte seinen Mund auf ihre Lippen. »Amira«, murmelte er und küßte ihr Gesicht, ihr Haar, ihre Hände. »Ich hatte solche Angst. Ich dachte, du würdest es nicht überleben.«
Amira erwiderte seine Küsse. Sie legte die Arme um seinen Hals und drückte ihn an sich.
»Ich hätte es nicht zulassen sollen«, sagte er atemlos zwischen den Küssen. »Ich hätte es verbieten müssen, noch bevor es angefangen hatte.«
»Geliebter ...«
»Mein Gott, ich darf dich nicht verlieren, Amira.« Er preßte sein Gesicht in ihr Haar. Sie sah das hohe Schilf, das bis in den Himmel zu reichen schien. Sie atmete den Geruch des Nils, und Declan flüsterte ihr ins Ohr: »Ich liebe dich, Amira.«

Der Mond neigte sich dem Horizont zu, und sie gingen Hand in Hand am Flußufer entlang. Amira fand, der Nil sei noch nie so schön gewesen. Sie genoß das Gefühl von Declans Hand um ihre Finger. Es war, als halte er ihren ganzen Körper in seiner Hand, als sei sie vollkommen umschlossen von ihm. So war es auch gewesen, als sie sich geliebt hatten – weniger ein Zusammenkommen als ein Umschließen. Obwohl er in sie eingedrungen war, hatte sie das Gefühl, er nehme sie in seinen Körper auf. Declan war der vierte Mann, mit dem sie geschlafen hatte. Aber zum ersten Mal hatte sie das Gefühl gehabt, daß es vollkommen und richtig war.
»Declan«, sagte sie, »du durftest heute nacht den *zaar* sehen, weil ich für dich getanzt habe. Ich war nicht in Gefahr. Die Frauen wissen, was zu tun ist, wenn man in der Trance zu weit geht.«
Er blickte zum Himmel und fragte sich, ob die Sterne immer so strahlend schienen und ob es immer so unermeßlich viele waren. »Ich habe mir große Sorgen um dich gemacht«, sagte er leise, als fürchte er, den Frieden am Fluß zu stören. »Warum um alles in der Welt wolltest du so etwas für mich tun?«

»Ich wollte dir vor deiner Abreise etwas geben. Nach allem, was du für mich getan hast, wollte ich dir ein Geschenk machen.«
»Und was habe ich für dich getan?«
»Ohne dich wäre ich vermutlich niemals nach Ägypten zurückgekommen.«
»Ich habe dich nicht nach Ägypten geholt, Amira. Damit hatte ich nichts zu tun.«
Sie blieb stehen und sah ihn an. Auf seinem Gesicht lagen die Schatten der Nacht. Sie hatte noch nie das Gefühl gehabt, jemanden so zu lieben.
»Ich habe die ganze Zeit darüber nachgedacht, was ich für dich tun könnte. Ich mußte immer wieder daran denken, wie Zacharias gesagt hat, daß du leidest. Deshalb dachte ich, wenn ich dir dein Leid nehmen könnte, wäre das mein Geschenk an dich.«
»Und du hast versucht, mich von bösen Geistern zu befreien?«
Sie lächelte. »In gewisser Weise, ja. Die Dorfbewohner, die heute nacht beim *zaar* waren, respektieren und verehren dich. Ich habe mich mit den Frauen beraten, und sie haben mir das Geheimnis eines *zaar* erklärt. Sie kommen zusammen, um eine gute Atmosphäre zu schaffen. Die Gemeinschaft, die Musik, die Gesänge und Beschwörungen helfen den guten Kräften, sich gegen die schlechten zu behaupten. Sie sammeln die Strahlen des Vollmonds und die der Sterne und schenken sie deinem Körper und deiner Seele. Verstehst du, es ist ein Geheimnis, das nur Völker mit einer sehr alten Kultur kennen und bei denen die Tradition, das Wissen unzähliger Generationen bis auf den heutigen Tag bewahrt wird.«
Declan seufzte: »Leider hat es bei mir nicht funktioniert. Im Augenblick bin ich völlig durcheinander.« Er ließ ihre Hand los und ging zum Wasser. Die Sterne schienen auf den Wellen zu tanzen, und er hörte in der Ferne das Donnergrollen. Der Wüstensturm kam näher.
»Du hast mich einmal gefragt, was mich so verändert hat. Es hängt mit dem Tod meiner Frau zusammen. Sybil ist ... ermordet worden, Amira.«
Sie trat neben ihn. »Und du gibst dir daran die Schuld?«
»Nein.« Declan zog ein Päckchen Zigaretten aus der Tasche. »Das nicht.«
»Was ist es dann?«

Er starrte auf die Zigarette und das Streichholz in seinen Händen und warf beides weg.
»Ich habe jemanden umgebracht«, sagte er. »Genauer gesagt, ich habe ihn hingerichtet.«
Amira roch den Duft von Orangenblüten und das fruchtbare Wasser des Nils. Sie wartete darauf, daß Declan sprechen würde.
»Sybil und ich arbeiteten in der Nähe von Arusha in Tansania«, begann er nach einer Weile. »Ich wußte, wer sie umgebracht hatte. Es war der Sohn des Häuptlings. Sybil besaß eine kleine Kamera, die er haben wollte. Er hatte sie uns einen Monat zuvor gestohlen. Ich ließ verbreiten, ich hätte den Medizinmann dazu gebracht, den Dieb mit einem Fluch zu strafen. Wenn der Dieb die Kamera jedoch zurückgebe, werde es keine Strafen und keine Fragen geben. Am nächsten Tag lag sie in unserem Landrover. Aber einen Monat später fand man Sybils Leiche auf dem Weg zu unserer Station. Man hatte ihr die Kehle mit einem *panga*, dem Buschmesser der Schwarzen, durchschnitten. Der Mörder hatte ihr die kleine Kamera abgenommen, sonst nichts.«
Declans Blick fiel auf eine feuchte Haarsträhne an Amiras Hals. Vorsichtig schob er sie zur Seite. »Der Dieb war der Sohn des Häuptlings, und deshalb glaubte ich nicht, daß er vor ein Gericht kommen würde. Ich rief die Stammesältesten zusammen, und sie hielten eine kurze Beratung ab. Sie entschieden, die schnelle Justiz ihres Stammes sei angebracht, ganz besonders, nachdem ich ihnen sagte, was ich vorhatte. Sie empfanden mein Vorgehen als gerecht.
Vier starke Männer hielten den Dieb fest, während ich ihm eine Injektion gab. Ich sagte ihm, es sei ein besonderes Serum. Die Wirkung werde beweisen, ob jemand schuldig oder unschuldig sei. Wenn er meine Frau nicht getötet habe, werde ihm nach der Injektion nichts geschehen. Im Falle seiner Schuld werde ihn das Serum jedoch vor Sonnenuntergang töten.« Declan schwieg und seufzte. Dann sagte er leise: »Bei Sonnenuntergang ist er gestorben.«
»Was hattest du injiziert?«
»Steriles Wasser. Vollkommen harmlos. Ich glaubte nicht, daß er sterben würde. Ich dachte, ich könnte ihm solche Angst einflößen, daß er die Tat gestand.« Declan blickte auf den dunklen Fluß. »Er war sechzehn Jahre alt.«
Amira legte ihm die Hand auf den Arm und sagte: »Die Stunde von

Sybils Tod war schon lange vorherbestimmt, so wie die Stunde meines und deines Todes vorherbestimmt ist. Der Prophet sagt: ›Bis meine Stunde gekommen ist, kann nichts mir schaden. Wenn meine Stunde kommt, kann nichts mich retten.‹ Ich möchte dir helfen, Declan. Du trägst eine schwere Last. Ich auch. Du hast mich gefragt, weshalb ich nicht zu meiner Familie nach Kairo zurückgehe. Ich werde es dir sagen.« Sie blickte in das dunkle Wasser, und dann erzählte sie stockend: »Meine Familie hat mich verbannt. Man hat mir meinen Sohn weggenommen und mich ausgestoßen. Es geschah, weil mich ein Mann vergewaltigt hat. Ich wurde schwanger.«
Sie blickte Declan fragend an und versuchte, seine Reaktion an seinen Augen abzulesen. Aber sie sah nur das Mondlicht, das sich darin widerspiegelte. Sie fuhr fort: »Verstehst du, ich habe diesen Mann nicht geliebt, ich war sein Opfer. Hassan al-Sabir drohte, meine Familie zu vernichten. Ich bat und flehte, aber er ließ sich nicht erweichen. Er wollte mich, und er war stärker. Trotz bester Absichten habe ich nur Schande über meine Familie gebracht. Ich weiß, ich hätte zu meinem Vater gehen sollen. Vielleicht hat mein Vater nicht verwinden können, daß ich ihm das Gefühl gab, er hätte sich nicht gegen Hassan wehren können. Es stimmt, ich hielt meinen Vater für machtlos, und er war für mich ein gebrochener Mann. In der Nacht, als ich verstoßen wurde, hat mein Vater mir gesagt, ich hätte bei meiner Geburt einen Fluch über die Familie gebracht. Deshalb kann ich niemals zurück.«
»Amira«, sagte Connor und trat näher zu ihr. »Ich erinnere mich an den ersten Tag, als du in mein Büro gekommen bist und gefragt hast, ob ich dir helfen könnte. Du hattest große Angst vor dem Schreiben der Einwanderungsbehörde. Ich werde nie die Angst in deinen Augen vergessen. Drei meiner Studenten waren bereits ausgewiesen worden. Auch sie waren zu mir gekommen, aber sie hatten keine Angst. Ihnen war es unangenehm, nach Hause geschickt zu werden. Sie waren wütend und verärgert. Aber du hattest Angst. Ich habe es nie vergessen, denn ich glaube, du hast immer noch Angst. Aus welchem Grund? Ist es dieser Mann?«
»Nein, Hassan al-Sabir kann mir nichts mehr anhaben. Ich weiß nicht einmal, wo er ist, ob er immer noch in Kairo lebt oder ob er überhaupt noch am Leben ist. Ich will einfach nichts mehr mit *ihnen* zu tun haben. Meine Familie hat mich verstoßen. Ich bin keine Raschid mehr.«

Sie wandte sich ab, aber er faßte sie an den Schultern und drehte sie wieder zu sich. »Amira, du hast gesagt, du möchtest mir helfen. Hör mir gut zu. Du mußt mich vergessen. Du mußt dir selbst helfen. Vertreibe deine Dämonen, die dich noch immer jagen.«
Sie sah ihn traurig an. Dann sagte sie: »Du verstehst das nicht.«
»Ich verstehe nur das eine. Du hast gesagt, daß du mir dankbar bist, weil ich dich nach Ägypten zurückgebracht habe. Nicht *ich* habe dich zurückgebracht, du selbst warst es. Ich war nur der Vorwand, den du dazu gebraucht hast.«
»Das ist nicht wahr ...«
»... In Wirklichkeit bist du noch nicht zurückgekommen. Glaube mir, langsam fange ich an, dich zu verstehen. Du arbeitest im Libanon, im Gazastreifen und am Nil. Es kommt mir vor, als ob du einen Bogen um ein Ungeheuer machst, weil du dich davor fürchtest, es zu wecken.«
»Ja, Declan, du hast recht. Ich fürchte mich. Ich möchte meine Familie wiedersehen. Sie fehlen mir so ... meine Schwester Jasmina, meine Großmutter Khadija und mein Vater. Aber ich weiß nicht, *wie* ich es anfangen soll.«
Er lächelte. »Der Weg ist vielleicht lang, aber jeder Schritt bringt dich deinem Ziel näher. Du darfst nur nicht aufgeben.«
»*Du* hast aufgegeben«, sagte sie leise.
»Ja, ich habe aufgegeben. Ich habe gelernt, daß die Wissenschaft an Orten wie diesen nutzlos, ja sogar gefährlich ist. Ich habe gelernt, daß es sinnlos ist, die Kinder dieser Leute zu impfen. Sie halten eine blaue Perle an einer Schnur um den Hals immer noch für wirksamer. Ich habe versucht, sie über die Parasiten im Fluß aufzuklären, die Krankheiten und Tod verursachen. Ich habe ihnen die einfachen Vorbeugemaßnahmen gezeigt, aber sie werfen lieber ein magisches Amulett in das infizierte Wasser und waten barfuß hindurch. Tagsüber kommen sie mit ihren Krankheiten und ihrer Unterernährung zu mir, und nachts schleichen sie sich zum Haus des Zauberers und lassen sich Schlangenpulver und einen Talisman geben. Die Säulen im Heiligtum der Göttin haben stärkere Heilkräfte als meine Injektionen. Selbst du, Amira, hast geglaubt, daß der *zaar* mir helfen kann. Siehst du nicht, wie vergeblich meine Anstrengungen waren? Jawohl, ich habe aufgegeben. Deshalb muß ich hier weg, bevor mich die ganze Sinnlosigkeit umbringt, so wie sie Sybil umgebracht hat.«

»Nicht Aberglauben und Magie haben deine Frau getötet.«
»Nein, aber ich habe den Jungen getötet, der sie wegen einer billigen Kamera ermordet hat. Sybil und ich hielten uns in dem Dorf auf, weil wir die Dorfältesten davon überzeugen wollten, daß die Kinder im Dorf geimpft werden mußten. Sybils unermüdlichen Bemühungen war es zu verdanken, daß wir kurz vor dem Ziel standen. Und dann kam die Probe aufs Exempel. *Ich* habe zu der Magie gegriffen, die wir als wirkungslos verurteilt hatten! Nach allem, was Sybil an Aufklärung erreicht hatte, bin ich daran schuld, daß die Leute in diesem Dorf um hundert Jahre zurückgeworfen wurden. Ich habe meine Frau enttäuscht, Amira. Ich habe sie noch im Tod verhöhnt.«
»Nein, das hast du nicht getan«, erwiderte Amira und legte ihm die Hand auf die Wange. »Declan, ich möchte dir so gern deine Qualen nehmen. Sag mir, was ich tun muß. Soll ich mit dir gehen?«
»Nein«, erwiderte er und zog sie wieder an sich. »Du mußt hierbleiben, Amira. Du gehörst hierher.«
»Ich weiß nicht, wohin ich gehöre«, sagte sie, legte den Kopf an seine Schulter und lehnte sich an ihn. »Ich weiß nur, daß ich dich liebe, Declan. Das ist alles, was ich weiß.«
»Im Augenblick«, sagte er, »müssen wir nicht mehr wissen.«

27. Kapitel

»Keine Sorge, mein Freund«, sagte Hussein, als er den Zeitzünder der Bombe einstellte. »Es wird niemand verletzt werden. Es ist Montag, und der Club ist heute nicht geöffnet.« Er warf einen Blick auf Mohammed, der leichenblaß und zitternd auf dem Rücksitz des Wagens saß. »Die Bombe soll nur eine Warnung sein«, fuhr Hussein fort, »und allen zeigen, daß wir entschlossen sind, Ägypten von dieser gottlosen Dekadenz zu säubern. Ich habe den Zeitzünder auf neun Uhr abends gestellt.«
Mohammed blickte auf den dichten Verkehr, der unaufhörlich über die Brücke strömte. Der Nil hatte in der Nachmittagssonne eine ominöse grüne Farbe. Husseins Wagen parkte in einiger Entfernung vom Cage d'Or, und Mohammed konnte gerade eben das Plakat davor erkennen, das Mimi in einem grellroten Kleid zeigte. Dann fiel sein Blick wieder auf die Bombe, die Hussein gebaut hatte, und er mußte schlucken. Warum war er bei diesen Fanatikern und beteiligte sich an ihren gefährlichen Aktionen? Was hatte er, ein unbedeutender Regierungsangestellter, mit ihnen zu tun? Er war verwirrt. Die vergangenen Wochen waren wie in einem Nebel vergangen. Es hatte damit angefangen, daß er feststellte, daß seine Mutter in Ägypten war. Jeden Morgen hatte er die Hoffnung, sie werde an diesem Tag kommen, um ihn zu besuchen. Jeder Abend machte seine Hoffnungen zunichte. Mohammeds Qual und innere Zerrissenheit wurden immer unerträglicher. In seiner Verzweiflung ging er eines Abends in Husseins Wohnung. Er hörte zu, wie junge Männer leidenschaftlich von Gott und von der Revolution sprachen. Mohammed mochte Hussein und seine Freunde nicht, aber sie waren in ihrer Radikalität ein Gegengewicht zu seiner Ohnmacht und seinen aufgestauten Gefühlen.

Sie sagten, man müsse sittenlose und unmoralische Frauen aus Ägypten vertreiben, und Mohammed stimmte ihnen zu. Als sie riefen: »Wir werden den Club in die Luft sprengen«, dachte er: »Gut, dann ist alles vorbei! Das ist meine Rache«, obwohl er in seiner Verwirrung nicht wußte, welche der beiden Frauen er bestrafen wollte.

Nun saß er in einiger Entfernung vom Club in einem Wagen und sah zu, wie Hussein die Batterien der Bombe verdrahtete. Er hatte entsetzliche Angst und wäre am liebsten davongelaufen.

»Du hast unser Vertrauen, mein Bruder!« sagte Hussein und drückte Mohammed das Kästchen in die Hand. »Du kannst jetzt deine Loyalität gegenüber der Sache und Gott beweisen. Hier ist der Schlüssel zum Hintereingang des Clubs. Falls dir jemand begegnet, ein Pförtner oder ein Wachmann, gibst du ihm einen Bakschisch. Du sagst, du bringst ein Geschenk für Mimi und hast Anweisung, es persönlich in ihrer Garderobe abzuliefern. Die Bombe legst du an die Stelle neben der Bühne, die ich dir auf dem Plan gezeigt habe. Gott sei mit dir!«

Auf der anderen Seite trat gerade Jasmina durch den Haupteingang auf die Straße und gab dem Besitzer des Clubs zum Abschied die Hand. Die Vorbereitungen für Dahibas Überraschungsparty am Abend liefen wie geplant. Die ganze Familie würde kommen, außerdem Dahibas Freunde, die Musiker ihres alten Orchesters und natürlich die Prominenz der Filmstudios und des Fernsehens. Ein Vertreter des Ministeriums für Kunst und Kultur würde Dahiba eine Auszeichnung überreichen. Man wollte Dahiba überreden zu tanzen – ihr erster öffentlicher Auftritt seit vierzehn Jahren, und anschließend fand ihr zu Ehren ein Bankett statt.

Als Jasmina sich noch einmal bei dem Besitzer bedankte und zu ihrer wartenden Limousine ging, ahnte sie nicht, daß sich ihr Neffe gerade mit einer Bombe unter dem Arm durch den Hintereingang in den Club geschlichen hatte.

Dahiba beobachtete, wie sich die Dächer, die Kuppeln und Minarette von Kairo in der späten Nachmittagssonne golden färbten. Sie fand die Welt wundervoll, denn sie hatte das Gefühl, zum zweiten Mal geboren worden zu sein. Die Ergebnisse der neuesten Laboruntersuchungen waren negativ. Die Behandlung war erfolgreich gewesen. Der Krebs befand sich auf dem Rückzug.

Hakim kam mit einem großen Paket unter dem Arm in die Wohnung, und er wirkte verdächtig selbstzufrieden. »Was ist das?« fragte Dahiba, als er ihr mit einem breiten Lächeln das Paket gab.
»Ein Geschenk für dich, Liebling. Mach es auf und sieh selbst.«
Dahiba löste vorsichtig das Band, hob den Deckel der Schachtel, und als sie das Seidenpapier zurückschob, entfuhr ihr ein lautes: »Oh!«
»Was sagst du dazu?« fragte Hakim und strahlte.
»Ich weiß nicht, was ich sagen soll!« Behutsam nahm Dahiba das Kleid aus dem Karton und hielt es hoch. Silberne und goldene Fäden waren in den zarten schwarzen Stoff eingewebt und schimmerten im Sonnenlicht. »Es ist wunderschön, Hakim.«
»Und es ist echt. Ich habe auch einiges dafür ausgegeben.«
Es war ein *Assiut*-Kleid, eine Volkstracht aus einem wunderschönen seltenen Stoff, den man kaum noch irgendwo fand.
»Es ist über hundert Jahre alt«, sagte Hakim. Er griff nach dem Saum und strich mit den Fingern über den schweren Stoff. »Du hast ein ähnliches Kleid 1944 bei deinem ersten Auftrit im Cage d'Or getragen, erinnerst du dich?«
»Aber das war eine Kopie, Hakim. Dieses hier ist echt!«
»Laß uns ausgehen und feiern. Zieh dein Kleid an, und ganz Kairo wird dich bewundern.«
Sie umarmte ihn und gab ihm einen Kuß. »Was wollen wir denn feiern?«
»Daß Gott dich vom Krebs geheilt hat. Ist das kein Grund zum Feiern?«
»Wohin wollen wir gehen?«
Seine kleinen Augen blitzten. »Das soll eine Überraschung sein.«

Khadija blickte über das azurblaue Meer neben der Küstenstraße, auf der sie fuhren, und dachte an ihre Familie in Kairo. Alle würden sich auf Dahibas Überraschungsparty vorbereiten. Sie bedauerte, daß sie und Zeinab nicht dabei sein konnten. Sie hatte Jasmina versprochen, rechtzeitig zu Hause zu sein, aber die Rückreise hatte sich verzögert, weil sie kurz vor Medina starke Schmerzen in der Brust bekam. Der Arzt hatte ihr geraten, sofort nach Kairo zurückzufliegen, aber Khadija war entschlossen, die Karawanenroute ihrer Kindheit zu finden. Sie würde nicht noch einmal Gelegenheit dazu haben.

Khadija war in Hochstimmung, als sie auf das glitzernde kobaltblaue Wasser des Golfs von Akaba blickte. Nach dem Besuch in Mekka, dem heiligsten aller Orte, fühlte sie sich gereinigt und Gott näher. Sie und Zeinab hatten an der Ka'aba gebetet, an dem großen schwarzen Steinwürfel, wo der Prophet Abraham bereit gewesen war, sich Gottes Willen zu fügen und seinen Sohn Isaak zu opfern.
Sie hatten Hagars Brunnen aufgesucht und von seinem heiligen Wasser getrunken; sie hatten Steine auf die Steinsäulen geworfen, die den Teufel symbolisieren, um die Teufel in sich zu vertreiben. Dann waren sie mit dem Fährschiff entlang der Küste nach Akaba gefahren und hatten dort für die Durchquerung der Halbinsel Sinai einen Wagen mit Chauffeur gemietet.
Nun folgten sie der alten Route, von der man sagte, die Hebräer hätten sie beim Auszug aus Ägypten genommen. Man hatte den Weg nie genau bestimmen können und hielt auch einen anderen Verlauf für möglich. Khadija wurde unruhig. Ihre Mutter hatte vor langer Zeit gesagt: »Wir folgen dem Weg, den der Prophet Moses durch die Wüste genommen hat.« Aber Khadija wußte nicht, ob sie sich für den richtigen Weg entschieden hatte. Vielleicht hätten sie auf der nördlichen Route fahren sollen, wie man ihr geraten hatte.
Der Fahrer, ein Jordanier mit einem rotweiß-karierten *khaffijeh* auf dem Kopf, schien Gedanken lesen zu können, denn er drehte sich um und sagte: »Das ist der Weg, den die neunte Brigade genommen hat, Sajjida.«
Der große staubige Buick fuhr mit hoher Geschwindigkeit über die ausgebaute Straße, auf deren rechter Seite steile nackte Granitfelsen aufragten. Auf der linken Seite standen Palmen, und hinter goldenen Stränden erstreckte sich der tiefblaue Golf mit der schemenhaft aufragenden lavendelblauen Küste der Arabischen Halbinsel.
»Ist das auch wirklich der Weg, den der Prophet Moses genommen hat, als er die Juden aus Ägypten führte?«
»Es ist eine beliebte Strecke, Sajjida«, erwiderte der Fahrer. »Die Mönche im Katharinenkloster können Ihnen alles darüber sagen. Wir werden dort übernachten, wenn Gott will.«
Schließlich bog der Wagen von der Küstenstraße ab und fuhr auf einer unbefestigten Straße durch ein steiniges Gelände. Hier wuchsen niedrige Büsche, und braune Wüstenlerchen und Drosseln flogen durch die

Luft. Hin und wieder sahen sie sogar Wüstenhasen. Die Straße hatte tiefe Schlaglöcher. Der Jordanier fuhr langsam und vorsichtig, um seine Fahrgäste nicht zu sehr durchzurütteln. Sie kamen an Beduinen vorüber, die vor ihren großen schwarzen Zelten standen und die Hände zum Gruß hoben. Auf dem Weg durch die karge Landschaft, in der sich nur hin und wieder zwischen der spärlichen Vegetation eine Gruppe Palmen im steinigen Boden behauptete, sah sich Khadija gespannt um. Sollte ihr das alles bekannt vorkommen?

Es dauerte lange, bis das Kloster vor ihnen auftauchte. »Gebel Musa«, sagte der Fahrer und wies auf einen hohen, zerklüfteten Gipfel. »Der Mosesberg.« Beim Anblick der schroffen braunen, grauen und roten Granitberge schlug Khadija das Herz bis zum Hals. Sollte ich mich an diese kahlen Berge erinnern? Wurde unsere Karawane irgendwo in dieser Gegend überfallen? Hat man mich hier aus den Armen meiner Mutter gerissen? Liegt sie vielleicht hier begraben, und ich werde endlich ihr Grab finden? Bis jetzt hatte Khadija bereits das azurblaue Meer ihrer Träume gesehen und die Glöckchen der Kamelkarawanen gehört. Ein überwältigendes Gefühl der Vertrautheit mit diesem fremden Land hatte sie erfaßt. Welche neuen Erinnerungen würde dieser Ort ihr bringen?

Auf dem letzten Teil der Strecke zum Katharinenkloster am Fuß des Berges Sinai kamen ihnen Touristenbusse, ganze Konvois von Minibussen und junge Leute auf Fahrrädern entgegen. »*Bismillah!*« sagte der Fahrer. »Das ist kein gutes Zeichen. Ich glaube, wir kommen zu spät. Die Mönche haben das Tor für die Nacht geschlossen.«

Die Straße wurde immer schlechter und war schließlich nur noch ein Weg. Sie fuhren an einer kleinen weißen Kapelle vorbei, und der Fahrer sagte: »Hier hat der Prophet Moses zum ersten Mal mit Gott gesprochen.«

Endlich erreichten sie eine Anlage zwischen Zypressen, die wie eine Festung wirkte.

»Bleiben Sie im Wagen. Ich werde mich erkundigen, ob wir hier übernachten können«, sagte der Fahrer. Er parkte den Wagen und lief eilig eine Steintreppe nach oben. Aber kurze Zeit später kam er zurück und sagte: »Tut mir leid, Sajjida. Die Mönche haben das Kloster für heute geschlossen. Es waren schon zu viele Touristen hier. Sie sollen morgen wiederkommen.«

Khadija schüttelte den Kopf. Die Schmerzen in Medina waren eine Warnung gewesen. Vielleicht gab es für sie kein Morgen. »Zeinab«, sagte sie, »hilf mir die Stufen hinauf. Ich werde selbst mit den frommen Vätern sprechen.« Sie sah den Fahrer mit einem durchdringenden Blick an. »Wir sind keine Touristen, sondern Pilger auf der Suche nach Gott.«
Als sie die Pforte in der alten Mauer erreichten, atmete Khadija schwer und mußte stehenbleiben.
Bitte, Gott, laß mich nicht sterben, bevor ich die Antworten gefunden habe, die ich hier suche.
Zeinab läutete, und ein bärtiger Mönch im dunkelbraunen Habit der griechisch-orthodoxen Kirche erschien an der Pforte. »Bitte, Vater«, sagte Zeinab auf arabisch, »lassen Sie meine Großmutter ein, damit sie sich ausruhen kann. Wir haben einen weiten Weg hinter uns.« Er verstand sie offenbar nicht. Deshalb wiederholte sie ihre Bitte in Englisch, und sein Gesicht hellte sich auf. Mit einem Nicken antwortete er, das weiße Gewand der frommen Pilger sei ihm bekannt, und öffnete die Pforte.
Sie betraten den Hof des Klosters mit seinen weißgekalkten Wänden.
Als Khadija dem Mönch über das uralte Pflaster folgte, dachte sie: Ich war schon einmal hier.

Die Schatten des Nachmittags krochen durch Al Tafla, und Amira machte die letzten Hausbesuche, bevor sie zur abendlichen Sprechstunde in die Krankenstation zurückging.
»Fährt der Doktor heute weg, Sajjida?« fragte Um Jamal, während Amira im kleinen Hof des Fellachenhauses der alten Frau den Blutdruck maß.
»Ja. Dr. Connor muß nach England.«
»England? Wo ist das? Mein Mann soll sich von mir trennen, Doktora, wenn das kein Fehler ist. Sie müssen ihn festhalten.«
»Oder mit ihm gehen«, sagte Um Rajat. »Eine junge Frau wie Sie, *bismillah*! Es ist noch zu früh für Sie, alt und allein zu sein wie ich.«
Amira verstaute das Blutdruck-Meßgerät sorgfältig in der Arzttasche. Sie konnte sich nicht auf ihre Arbeit konzentrieren.
Als sie und Declan sich vor zwei Nächten nach dem *zaar* geliebt hatten, war das wundervoll gewesen. Hinterher hatten sie lange miteinander

gesprochen. Im Morgengrauen hatten sie sich noch einmal geliebt. Und jetzt? Amira spürte, daß ihre Loyalität gespalten war. Um Jamal hatte recht: Wie konnte sie ihn gehen lassen? Doch Declan wollte nicht bleiben.

»Ich liebe dich, Amira«, hatte er gesagt. »Aber wenn ich hierbleibe, ist das mein Untergang. Ich habe diesen Menschen gegeben und gegeben, bis ich nichts mehr geben konnte. Es ist, als hätten sie meine Seele aufgefressen, und ich kann mich nur noch dadurch retten, daß ich gehe.«

Amira verabschiedete sich von Um Jamal und ging langsam durch die späte Nachmittagssonne zurück. Sie versuchte, sich selbst davon zu überzeugen, es sei ihr Schicksal, allein zu leben – Gott hatte für Declan andere Pläne. Der Abschied am Morgen war wohl richtig, und ich werde ihn nie wiedersehen.

Sie wollte zur Krankenstation gehen, aber sie stellte fest, daß sie plötzlich vor dem Haus am Fluß stand, wo Declan gerade sein Gepäck für die Fahrt nach Kairo im Geländewagen verstaute.

Als sie im Licht der untergehenden Sonne sah, wie er mit heftigen zornigen Bewegungen die schweren Nylontaschen auf die Rücksitze hob, schwanden ihre Zweifel.

»Warte!« rief sie.

Er drehte sich um, und sie rannte in seine Arme. »Ich liebe dich, Declan. Ich liebe dich so sehr, und ich will dich nicht verlieren.«

Er küßte sie leidenschaftlich und fuhr ihr mit den Fingern durch die Haare.

Sie hielt ihn fest an sich gedrückt. »Ich habe alle Menschen verloren, die ich einmal geliebt habe«, sagte sie, »sogar meinen Sohn. Aber dich werde ich nicht verlieren. Ich gehe mit dir, Declan. Ich werde deine Frau.«

Mohammed litt Todesängste. Alles war erschreckend leicht gewesen, ganz wie Hussein vorausgesagt hatte. Niemand hatte ihm Fragen gestellt, als er mit dem Geschenkkarton in den Club gekommen war. Niemand sah, wie er ihn am Bühnenrand in der Nähe der Garderobe abstellte. Bevor er ging, überprüfte er ein letztes Mal den Zeitzünder. Die Bombe würde punkt neun Uhr explodieren – also in genau fünfundvierzig Minuten, wie er zitternd feststellte, als er sich dem Haus in

der Paradies-Straße näherte. Er hatte beschlossen, dorthin zu gehen, weil er auf keinen Fall seinem Vater oder seiner Großmutter begegnen wollte. Im Kreis der vielen Verwandten fühlte er sich sicher, und niemand würde auf ihn achten. Umma war Gott sei Dank noch nicht zurückgekehrt. Er hätte nie gewagt, ihr an diesem Abend unter die Augen zu treten.
Wie sollte er es in Zukunft tun? Was hatte er nur getan?
Der Nachmittag war ein Alptraum gewesen. Er hatte die Zeit mit seinen Freunden aus den anderen Ämtern bei Feijrouz verbracht und über seine Tat schweigen müssen. Salah erzählte wie üblich Witze, und Habib machte sich über Mohammeds Verliebtheit lustig. Er betete, daß sie nicht sahen, daß er schweißgebadet war, daß er zu oft auf die Uhr blickte oder daß er den süßen Tee nicht trinken konnte. Und jetzt, kurz bevor es geschehen sollte, spürte er, daß er sich übergeben mußte.
Mein Gott, ich wollte es nicht tun, dachte er verzweifelt beim Betreten des Gartens. Was ist, wenn jemand verletzt oder getötet wird? Vielleicht ein Unschuldiger! Wenn ich das Ganze doch nur rückgängig machen könnte!
Die Stille im Haus riß ihn aus seinen Gedanken. Er blieb verwundert in der Eingangshalle stehen, denn es fehlten die gewohnten Geräusche, die Musik, die Stimmen und das Gelächter. Zum ersten Mal, solange er denken konnte, war es im Haus seines Großvaters ruhig und still. Was war denn los? Wo waren alle?
»Mohammed!« rief seine Cousine Asmahan, die in einem glitzernden Abendkleid und einer Wolke von Parfüm die Treppe herunterkam. »Weshalb hast du dich noch nicht umgezogen?«
»Umgezogen, weshalb?«
»*Bismillah!* Die Überraschungsparty für Tante Dahiba! Das weißt du doch seit Wochen. Die anderen sind bereits gegangen. Wenn du dich beeilst, kannst du mit mir fahren.«
»Eine Party?« dachte er. Dann fiel es ihm wieder ein – die Überraschung für Tante Dahiba.
»Ich hatte es völlig vergessen, Asmahan. Ich beeile mich und fahre mit dir. Wohin gehen wir?
»In das Cage d'Or.«

Khadija erwachte mit Beklemmungen in der Brust, und einen entsetzlichen Augenblick lang wußte sie nicht, wo sie war. Dann erinnerte sie sich. Sie übernachteten im Katharinenkloster. Zeinab schlief tief und fest. Ohne sie zu wecken, stand Khadija auf, zog ihr weißes Gewand an und ging hinaus in die kalte Wüstennacht.
Sie hoffte, daß ihre Beschwerden auf das Abendessen zurückzuführen waren, das sie gemeinsam mit den freundlichen Mönchen eingenommen hatten. Warum nur klopfte ihr Herz so heftig?
Sie mußte unbedingt noch eine Weile leben. Es waren keine Erinnerungen wachgeworden. Sie hatte nicht einmal geträumt. Man hatte Zeinab und sie durch das Kloster geführt, das beinahe ein kleines Dorf war. Sie hatten die schöne Kirche gesehen, den Garten und das Ossarium, wo die Gebeine der toten Mönche aufbewahrt wurden. Aber nichts in ihr hatte sich geregt. Wenn sie als Kind wirklich an diesem Ort gewesen war, dann konnte sie sich nicht daran erinnern.
Sie ging hinaus in den stillen Hof, der im hellen Mondlicht lag, und blickte auf die schlichten Gebäude, die ihn umstanden. Sie staunte immer noch darüber, daß sich in den Mauern eines christlichen Klosters eine alte Moschee befand. Sie war vor langer Zeit gebaut worden, um arabische Eroberer von der Einnahme des Klosters abzuhalten. Nun wurde sie von den Beduinen der Umgebung während des Ramadan und zu anderen religiösen Anlässen benutzt. Khadija zitterte vor Kälte und beschloß, in den Schlafsaal zurückzugehen. Aber plötzlich blieb sie stehen.
Sie blickte zum sternenübersäten dunklen Himmel hinauf und hatte das Gefühl, von einem fremden Willen getrieben zu werden. Langsam stieg sie die steinernen Stufen der Umfassungsmauer nach oben.

Die Limousine stand im Stau. Dahiba blickte auf die hellen Lichter, die Menschen, die zu ihren abendlichen Vergnügungen unterwegs waren, und sie brannte vor erwartungsvoller Neugier. »Verrate mir doch, wohin wir gehen, Hakim!« sagte sie lachend.
Er drückte nur ihre Hand und sagte: »Du wirst schon sehen, Liebling. Es ist eine Überraschung.«

Mohammed blickte auf die Uhr. Die Bombe würde in fünfzehn Minuten hochgehen. Auf seiner Stirn stand kalter Schweiß. Er drückte auf die Hupe und versuchte, im dichten Abendverkehr schneller vorwärts zu kommen.

Nachdem Asmahan ihm gesagt hatte, daß die Party im Cage d'Or stattfinden sollte, versuchte Mohammed, im Club anzurufen, aber die Leitung war besetzt. Er überlegte, ob er die Polizei informieren solle. Aber dazu blieb keine Zeit. Er kam zu dem Schluß, er müsse selbst in den Club gehen und entweder versuchen, die Bombe zu entschärfen oder sie in den Nil werfen. Mohammed stürmte aus dem Haus und nahm Asmahans Wagen. Jetzt beugte er sich aus dem Fenster und blickte auf die hoffnungslos verstopfte Straße.
Mein Gott, mein Gott. Hilf mir!
Schließlich ließ er in seiner panischen Angst den Wagen mit laufendem Motor stehen und rannte in Richtung Nil.

Die Haustür war nicht verschlossen, und er ging hinein. Die Tür ihres Schlafzimmers stand offen, aber auch dort war sie nicht, und so ging er durch das Haus in den Hof, wo vor zwei Nächten der *zaar* stattgefunden hatte. Dort fand er Amira; sie kniete in einem weißen Kaftan und mit einem weißen Turban auf dem Kopf im Mondlicht auf einem Gebetsteppich.
Declan wich in den Schatten zurück und beobachtete sie. Er hatte sie nie beten sehen, und er blickte wie gebannt auf das Bild, das sich ihm bot. Während sie das Gebet sprach, nahm sie mit fließenden Bewegungen die vorgeschriebenen Körperhaltungen ein. Im Mondlicht wirkte es, als tanze sie. Er hörte die Worte, und als er ihren verinnerlichten Gesichtsausdruck sah – aber auch etwas anderes, vielleicht Trauer oder die Bitte um Verzeihung –, warf er die Zigarette weg, trat sie mit dem Absatz aus und ging schnell davon.

Hakim kam mit der völlig überraschten Dahiba am Arm durch den Haupteingang in den Club. Alle jubelten ihr zu, und auf der Bühne begann Dahibas alte Band das Lied zu spielen, mit dem ihre Auftritte früher begonnen hatten.
Mohammed stürmte keuchend durch den Hintereingang, schob Köche und Kellner beiseite, und als er den Saal erreichte, sah er dort seine ganze Familie versammelt – Onkel Ibrahim, Großmutter Nefissa, seine Stiefmutter Nala, all die Tanten und Onkel, Vettern und Cousinen –,

angefangen bei den Ältesten bis hin zu den Jüngsten. Sogar Ibrahims schwangere Frau Atija war gekommen. Jasmina führte unter donnerndem Applaus und zuckenden Blitzlichtern Dahiba durch den Zuschauerraum.
»Mein Gott«, flüsterte Mohammed. Und dann schrie er: »Alles raus hier! Geht alle raus!«

Khadija ging auf der Umfassungsmauer des Klosters entlang und spürte das Sternenlicht, das ihre Schultern umfloß. Erstaunlicherweise fror sie nicht, obwohl der kalte Wüstenwind durch ihr Gewand drang.
Sie blieb stehen und atmete langsam und tief. Sie blickte über die öde Landschaft und versuchte, sich das Zeltlager ihrer Träume vorzustellen. Die Klosteranlage bildete in etwa ein Rechteck. Sie betrachtete die dunklen Umrisse der schroffen Berge vor den Sternen, die Mauern und Dächer des Klosters. Schließlich blieb ihr Blick an einer seltsamen Silhouette hängen. Nach einem Augenblick wurde ihr klar, daß es sich um das Minarett der kleinen Moschee handelte, die im Kloster stand.
Es war ein viereckiges Minarett – das Minarett aus ihren Träumen.
Hier sind wir gewesen.
Plötzlich roch sie Gardenien, diesen süßen, himmlischen Duft ihrer Träume, und sie hörte klar und deutlich die Stimme ihrer Mutter.
»Sieh dorthin, Tochter meines Herzens. Siehst du den schönen Stern im Orion? Es ist Rigel, der Stern, unter dem du geboren bist.«
Es war wie eine Explosion! Die Wand um ihre Seele zerbrach. Sie sah mit ihrem inneren Auge den Berg im hellen Sonnenlicht, sie sah die bunten Zelte und Banner, das Singen und Tanzen um die Lagerfeuer, die Beduinenscheichs in ihren schönen schwarzen Gewändern. Sie saßen auf ihren prächtig aufgezäumten Pferden, und das kleine Mädchen hörte ihr tiefes, fröhliches Lachen. Sie waren alle gekommen, um ihr zu huldigen.
Khadija mußte sich an der Mauer festhalten, als die Erinnerungen wie eine Flutwelle über sie hereinbrachen.
Wir sind auf den heiligen Berg gekommen, um zu beten. Die Führer der Stämme versammeln sich hier und ziehen mit uns nach Medina. Umma sagt: »Dein Vater wird sich sehr freuen, uns wiederzusehen. Auch der Prinz wartet auf dich. Denn bei unserer Ankunft soll die Hochzeit sein ...«

Mein Vater, ein Fürst des größten arabischen Stammes, lebt in einem Palast. Ich wurde bei meiner Geburt mit Prinz Abdullah verlobt, der eines Tages einmal Führer unseres Stammes sein wird.
»Allah!« rief sie zu den Sternen hinauf und sank überwältigt auf die Knie.

Als Mohammed zur Bühne rannte, packte ihn sein Vater am Arm und blickte ihm in die Augen. Mohammed riß sich los und verschwand in den Kulissen.
Plötzlich gab es einen ohrenbetäubenden Knall, und ein Feuerball hüllte alles ein.

Khadija blickte voll Staunen auf das eckige Minarett im Mondlicht. Die Vergangenheit lag so klar und deutlich vor ihr wie die Gegenwart – sie sah den Innenhof und den Springbrunnen in Medina, sie wußte die Namen ihrer Brüder und Schwestern. Ihr Verlobter stand vor ihr und verneigte sich. Sie stand auf und reichte ihm die Hand.
Plötzlich durchzuckte sie ein stechender Schmerz. Ein blendendes Licht hüllte sie ein . . .

Amira erwachte. Sie lauschte auf die Stille, die sie umgab. Sie spürte, daß etwas geschehen war – etwas Schreckliches! Deshalb stand sie auf, zog den Bademantel an und ging hinaus in die Nacht.
Als sie Declans Haus erreichte, stellte sie fest, daß die Tür offenstand. Er war nicht da. Seine Sachen waren weg, und die Stelle, wo der Geländewagen geparkt hatte, war leer. Dahinter floß der dunkle stille Nil.

Epilog

Al Tafla

Über den Hügeln im Osten graute der Morgen und erhellte eine uralte, zeitlose Szene: Frauen gingen mit Wasserkrügen auf dem Kopf zum Fluß, Kinder trieben Kühe und Büffel auf die üppigen Weiden, und Männer in Galabijas waren mit Hacken über den Schultern unterwegs zu den Feldern.
Der frühmorgendliche Dunst verlieh allem eine unwirkliche Zartheit. In der Luft hing der scharfe Geruch von Rauch und der Duft von Essen. Das Niltal erwachte allmählich zum Leben. Ein Schwarm strahlendweißer Reiher landete auf der Suche nach Nahrung im Schilf.
Khadija war der Schleier auf die Schultern gerutscht und hatte dünne weiße Haare auf dem schön geformten Kopf enthüllt, der so zart und vollkommen wirkte, als sei er aus Porzellan.
»O Umma«, sagte Amira und ging zu ihr.
Sie kniete vor ihrer Großmutter nieder, und Khadija nahm sie in die Arme.
»Es tut mir so leid, Umma. Es könnte so vieles anders sein, wenn...« Amiras Herz war schwer. »Ich habe mich so einsam gefühlt. Ich wollte zu euch zurück, aber ich wußte nicht, wie ich es anfangen sollte.«
Khadija sagte: »Vor Jahren träumte ich immer wieder von einem Kind, das man seiner Mutter weggenommen hatte. Diese Träume beunruhigten mich lange Zeit, denn ich dachte, sie kündigten etwas an, das in der Zukunft lag. Schließlich wurde mir klar, daß ich im Traum ein Ereignis erlebte, das bereits lange zuvor stattgefunden hatte. Ich bin als junges Mädchen aus den Armen meiner Mutter gerissen worden. Aber an dem Abend, als dein Vater dich verbannte, dachte ich: Das ist es, was die Träume vorhergesagt haben, denn damals wurdest du mir genommen.«
Khadija blickte auf Amiras tränenüberströmtes Gesicht und fragte: »Warum bist du wieder nach Amerika gegangen, nachdem du in Ägypten warst?«
Amira stand auf und ging zu ihrem Sessel zurück. »Nachdem Declan abgefahren war, wurde ich krank. Ich hatte einen schweren Malaria-Anfall. Man schickte mich nach London, und dort erholte ich mich

langsam. Aber da ich immer wieder Rückfälle bekam, stellte mich die Stiftung frei, bis ich wieder völlig hergestellt sein würde. Deshalb bin ich für einige Zeit zu Rachel nach Kalifornien gefahren.«
»Und danach bist du wieder nach Ägypten gekommen?«
»Ja, aber erst vor ein paar Monaten.«
»Bist du wieder ganz gesund, Amira?«
»Ja, Umma. Ich hatte mich mit einem neuen, resistenten Malaria-Erreger infiziert. Inzwischen gibt es wirksamere Medikamente, und es geht mir wieder besser.«
Khadija sah sie prüfend an. »Und Dr. Connor? Wo ist er?«
»Ich weiß es nicht. Ich habe ihm von London an die Adresse des Pharmazie-Unternehmens geschrieben. Aber man antwortete mir, er habe die Stellung dort nicht angetreten. Auch die Treverton-Stiftung wußte nichts über ihn. Und er hat bis heute keine Verbindung mit mir aufgenommen.«
»Liebst du ihn immer noch?«
»Ja.«
»Dann mußt du ihn suchen.«
Das wußte Amira bereits. Als sie Declan nicht finden konnte, hatte sie sich gesagt: Er will alleingelassen werden.
Aber im Laufe dieser Nacht, während sie und ihre Großmutter Geschichten erzählten und Geheimnisse austauschten, während sie von Liebe und Treue sprachen und von Dingen, die wichtig waren, hatte Amira gespürt, wie die Liebe zu Declan beinahe übermächtig wurde. Es war, als hätte ihre Liebe geschlafen und nur darauf gewartet, wieder geweckt zu werden. Sie würde Connor so lange suchen, bis sie ihn gefunden hatte.
Amira griff nach dem Titelblatt der alten Zeitung mit der Schlagzeile: NIGHTCLUB NACH BOMBENANSCHLAG VON TERRORISTEN ZERSTÖRT.
»Ich war damals krank und habe weder Zeitung gelesen noch Radio gehört. Deshalb wußte ich auch nichts davon«, sagte sie erschüttert.
»Dein Vater ist seit diesem Unglück ein gebrochener Mann«, sagte Khadija. Sie erhob sich mühsam aus dem Sessel, in dem sie die ganze Nacht gesessen hatte, und streckte den steifen Rücken.
Der Inhalt ihrer alten Schatulle lag inzwischen auf dem Tisch ausgebreitet: Photos, Zeitungsausschnitte, Erinnerungsstücke, Schmuck – und Amiras letzte Geburtstagskarte an Mohammed. Der Poststempel

von Al Tafla auf dem Couvert hatte Khadija geholfen, Amira ausfindig zu machen.

»Dein Vater hat die Lust am Leben verloren, Amira. Die Ärzte sagen, es fehlt ihm nichts, aber seine Kräfte nehmen immer mehr ab. Er wird bald sterben, weil er nicht mehr leben will.«

Khadija trat an das Geländer der Veranda und blickte auf den Nil. Im strahlenden Licht des frühen Morgens wirkte sie so zart und rein wie ein Engel. Amira staunte über ihre Großmutter. Sie hatte eine innere Größe und Ruhe gefunden, die sie bewunderte. Khadija hatte sich von dem Leben um sie herum, von ihrer Familie nicht entfernt. Auch jetzt noch, im hohen Alter, wirkte sie mit ihrer ganzen Kraft für die Raschids. Sie trotzte allen Schicksalsschlägen und suchte mit unverminderter Entschlossenheit nach Wegen, das Schicksal zum Guten zu wenden.

Aus ihren Worten sprachen keine Bitterkeit, keine Härte, keine verletzenden Vorwürfe, sondern nur die Suche nach Verstehen und Verständnis, nach Ausgleich, und der Wunsch zu helfen und die Wunden zu heilen.

Langsam drehte sie sich um und lächelte ihre Enkeltochter an. »Außer Zeinab weiß niemand, daß ich hier bin, Amira. Sie hat dir das Telegramm geschickt, um meinen Besuch anzukündigen. Sie wollte mich begleiten, aber es gibt Wege, die eine Frau allein gehen muß.«

»Zeinab...« Amira wiederholte langsam den Namen. »Mein Kind war überhaupt nicht tot. Ich habe eine Tochter und wußte nichts davon.«

»Wir dachten alle, du hättest sie im Stich gelassen, Amira. Deine Mutter sagte, du wolltest das Kind nicht.«

»Ich glaube, meine Mutter hatte nur einen Wunsch: Ich sollte Ägypten verlassen. Und vielleicht wußte sie, daß ich nicht in das Flugzeug gestiegen wäre, wenn ich gewußt hätte, daß das Kind lebt.«

Amira blickte auf Zeinabs Photo. »Ich habe meinen Sohn verloren«, sagte sie leise. »Aber Gott hat mir eine Tochter geschenkt.«

»Amira, du kannst und darfst Zeinab nicht die Wahrheit sagen. Sonst mußt du ihr auch sagen, unter welchen Umständen sie gezeugt worden ist.«

»Vielleicht hast du recht...« Sie lächelte schwach. »Weißt du, Umma, ich bin so froh, daß Jasmina mein Geheimnis nicht verraten hat. Meine Schwester hat mein Vertrauen nicht enttäuscht. Und sie hat sich meines

Kindes angenommen, weil sie glaubte, ich hätte es verstoßen. Ach, es ist alles so schrecklich!«

»Nein, deine Schwester hat dich nicht verraten. Ich habe Nefissa später gefragt, woher sie das von dir und Hassan wußte, und sie hat mir gestanden, daß sie dir bis zu Hassans Haus gefolgt war. Jasmina hat dein Geheimnis gewahrt.«

Beim Gedanken an Zeinabs Vater legte Amira das Photo aus der Hand.

»Wer hat Hassan ermordet?«

»Ich weiß es nicht.«

Amiras Blick fiel wieder auf die Schlagzeile, und als Khadija es sah, sagte sie: »Mohammed ist den Märtyrertod gestorben, Amira. Alle, die in der Nähe waren, sagen, er hat versucht, die anderen zu retten. Er muß die Bombe entdeckt oder gesehen haben, wie sie neben die Bühne gelegt worden ist, denn er ist direkt dorthin gerannt und hat alle aufgefordert, sofort den Saal zu verlassen.«

Sie ging zu ihrer Enkeltochter und legte ihr tröstend die Hand auf den Kopf. »Amira, dein Sohn ist bei dem Versuch gestorben, andere zu retten, obwohl er sich selbst hätte retten können. Er wurde als wahrer Held zu Grabe getragen.«

»Ich hoffe, er ist dafür ins Paradies gekommen«, sagte Amira.

»Durch Gottes Barmherzigkeit sind Zeinab und ich verschont geblieben. Wir sollten bei Dahibas Überraschungsparty dabei sein. Aber wir wurden unterwegs aufgehalten, weil ich vor Medina Herzbeschwerden bekam. Sonst wären wir vielleicht unter denen gewesen, die ...« Sie wies auf das Zeitungsbild. Der Club war nicht wiederzuerkennen. Es hatte viele Opfer gegeben.

Khadija sah ihre Enkeltochter nachdenklich an, bevor sie wieder zu ihrem Platz zurückging. Sie setzte sich und schwieg. Dann sagte sie leise: »Und jetzt, Amira, werde ich dir das letzte Geheimnis verraten. Ich habe dir schon gesagt, daß ich meine Familie nicht kannte, daß ich als kleines Mädchen auf dem Sinai entführt worden bin. Aber was du nicht weißt, was niemand weiß, selbst dein Vater nicht – was ich selbst nicht wußte, bevor es mir im Katharinenkloster wie Schuppen von den Augen fiel –, ist, was danach geschah. Und es fällt mir sehr schwer, darüber zu sprechen.«

Amira sah ihre Großmutter abwartend an.

»Nach dem Überfall auf die Karawane meiner Mutter in der Nähe des

Katharinenklosters«, begann Khadija schließlich, »brachte man mich in das Haus eines reichen Kaufmanns in Kairo, der kleine Mädchen liebte. Die Frauen in seinem Harem gaben mir zu essen, badeten mich, parfümierten mein Haar und führten mich nackt in ein prächtiges Zimmer. Dort saß ein großer Mann auf einem Stuhl wie auf einem Thron. Ich geriet in panische Angst, als er mich streichelte, mich berührte und mir sagte, es werde mir nichts geschehen. Dann hoben mich die Frauen hoch und setzten mich auf seinen Schoß. Ich hatte entsetzliche Schmerzen. Ich schrie.« Khadija blickte auf ihre Hände. »Ich war damals sechs Jahre alt.«
Eine Fellachin mit einem Wasserkrug auf dem Kopf wünschte den beiden Frauen auf der Veranda im Vorbeigehen einen guten Morgen. Sie war völlig schwarz gekleidet, und ihr langer, schmaler Schatten bewegte sich vor ihr auf den Fluß zu.
Khadija fuhr fort: »Danach ließ mich der reiche Kaufmann jeden Abend in sein Zimmer bringen. Manchmal lieh er mich an seine Freunde oder an wichtige Gäste aus und sah zu, wenn ich sie ›unterhielt‹. Ich war dreizehn, als eines Tages Ali Rashid, ein Freund des reichen Kaufmanns, in den Harem kam. Ich gefiel ihm, und er einigte sich mit dem Kaufmann auf einen Preis für mich. Meine Brüste und meine Hüften hatten sich entwickelt, und ich war für den Kaufmann nicht mehr interessant. Ali Raschid wußte, daß ich keine Jungfrau mehr war, aber er sagte zu mir, darauf lege er keinen Wert. Er wollte mich, und so kam ich in das Haus in der Paradies-Straße.«
Sie räusperte sich. »Damals war die Sklaverei bereits abgeschafft, und man hätte sowohl Ali als auch den Kaufmann bestrafen können. Ali erklärte mir das und sagte, er schenke mir die Freiheit. Dann hat er mich geheiratet. Ein Jahr später wurde Ibrahim geboren.«
»O Umma«, sagte Amira. »Wie schrecklich muß das alles für dich gewesen sein.«
»Ja, so schrecklich, daß ich es aus meinem Bewußtsein verbannte. Ich habe mich als kleines Mädchen so sehr gegen die Wirklichkeit gewehrt, gegen das Leben einer Sklavin, daß ich die Wahrheit mit meiner ganzen Willenskraft verleugnete. Ich wollte alles vergessen, und ich hatte es vergessen.«
Sie ließ den Kopf sinken und murmelte mehr zu sich selbst: »Dazu ist das Bewußtsein fähig, Amira.«

Als Khadija sich wieder aufrichtete, klang ihre Stimme gefaßt. »Mit den unerträglichen Erinnerungen an diesen Harem begrub ich auch alles, was davor lag. Erst sehr viel später sollte ich begreifen, daß ich mir mit dem Vergessen ein Gefängnis geschaffen hatte. Ich stand vor der Vergangenheit wie vor einer undurchdringlichen Wand, die mich von meiner Seele trennte.«
Sie lächelte und fuhr fort: »Dann begann mein Leben an Alis Seite. Für seine Mutter und für ihn wurde ich zu einem gefügigen Werkzeug. Ich ließ alles willenlos geschehen, denn ich suchte nur Sicherheit und Schutz. Verstehst du, die Angst hat mich aufgerieben und schwach gemacht. Sie wuchs mit jedem Tag, denn ich hatte das Wissen um meine Vergangenheit, meine Identität verloren.«
Sie schwieg und schüttelte langsam den Kopf. Amira wagte kaum zu atmen. Khadija blickte auf den Fluß, aber ihre Worte kamen wie aus einer anderen Welt.
»Erst nach Alis Tod stellten sich die Träume ein ... seltsame Ahnungen. Sie wurden für mich so etwas wie ein zweites Leben. Amira, erinnerst du dich an den Tag, als wir im Taxi in die Perlenbaum-Straße gefahren sind? Dein Vater hatte dich Hassan versprochen. Als wir vor der Mädchenschule in der Perlenbaum-Straße im Wagen saßen, beschloß ich, das zu verhindern.«
»Weshalb?«
»Weil der reiche Kaufmann al-Sabir hieß. Hassan war sein Sohn.«
Amira schlug die Hände vor das Gesicht. Khadija sprach ruhig weiter: »Gnädigerweise hatte ich keine Erinnerung daran, was in diesem Harem geschehen war, aber ich hatte das Gefühl, daß es in Hassans Familie keine Ehre gab. Deshalb konnte ich auch nicht zulassen, daß er dich heiratete. Wie du weißt, habe ich Ibrahim gezwungen, den Ehevertrag rückgängig zu machen, und deshalb habe ich dich mit Omar verheiratet.«
Die beiden Frauen sahen sich an und dachten an einen gemeinsam verbrachten Nachmittag, der lange zurücklag.
Khadija fuhr fort. »Heute verstehe ich, daß das, was mir als Kind widerfahren ist – die Entführung, der Harem in der Perlenbaum-Straße, die Ehe mit Ali –, mich zu dem gemacht hat, was ich bin. Die Raschids sind zu meiner Familie geworden, denn meine eigene Familie wurde damals ermordet, und das Schicksal der Stämme nahm einen anderen

Verlauf. Deshalb war ich hilflos meiner namenlosen Angst ausgeliefert. Ich fürchtete mich, das Haus in der Paradies-Straße zu verlassen, und ich fürchtete mich, den Schleier abzulegen. Ich fürchtete sogar um meine Kinder und Enkel, wenn sie auf die Straße gingen.«
»Und jetzt kannst du dich wieder an alles erinnern?«
»Ja, wie durch ein Wunder. Ich weiß, wie meine Mutter ausgesehen hat. Ich kann dir meinen Verlobten beschreiben. Es war Prinz Abdullah. Ich höre sogar die Stimme meiner Mutter, die zu mir sagt: ›Vergiß nie, Tochter meines Herzens, du kommst aus einer Familie von Scherifen, den Nachkommen des Propheten.‹«
Amira blickte auf den Nil, wo sich die hohen dreieckigen Segel der Feluken schimmernd im ruhigen Wasser spiegelten. Schließlich lächelte sie und sagte: »Umma, ich fahre mit dir nach Kairo.«

Kairo – nach über zwanzig Jahren! Amira staunte über die Veränderungen. Viele der vornehmen alten Häuser waren an internationale Konzerne verkauft worden, die ihre Namenszüge in grellen Leuchtbuchstaben auf die eleganten alten Fassaden geschrieben hatten. Hochhäuser wuchsen in den Himmel, überall wurde gebaut, und das Dröhnen von Preßlufthämmern erfüllte die Luft. Ganze Straßenzüge sahen aus, als seien sie von Bomben zerstört worden. Sie waren mit Maschendraht eingezäunt, und in den tiefen Baugruben dahinter wurden Fundamentpfähle in die Erde gerammt.
Aber es war immer noch ihr geliebtes Kairo, das viele Jahrhunderte der Invasionen, fremder Besatzungsmächte, Kriege, Seuchen und tyrannischer Herrscher überstanden hatte.
Der Tahrir-Platz, ein großes Oval wie eine Zirkusmanege, war für den Bau der U-Bahn aufgerissen. Die Einwohner von Kairo waren daran gewöhnt, sich immer neuen Situationen anzupassen. Sie saßen in den Kaffeehäusern oder standen auf den Märkten zusammen und fragten sich, warum diese unselige Hektik von ihrer Stadt Besitz ergriffen hatte, obwohl sie sich im Grunde nur nach gepflegter Langeweile sehnten.
Das Nil-Hilton wirkte nicht mehr so supermodern wie früher, und Amira mußte an ihre Hochzeit denken. Neben dem Büro von American Express entdeckte sie den Eiscreme-Verkäufer in seinem winzigen Laden, zu dem sie, Jasmina und Tahia und Zacharias, immer gegangen waren. Dann sah sie die Jasminverkäufer in den Straßen, die unter

ihren Girlanden beinahe verschwanden, und die Fellachenfrauen, die auf den Gehwegen hockten und wie jedes Jahr im Sommer Maiskolben rösteten.

Als sie vor dem Haus in der Paradies-Straße vorfuhren, blieb Amira noch einen Augenblick sitzen. Sie mußte ihrer Erregung Herr werden. Wenn ihr Vater krank war, hatte sich die ganze Familie eingefunden. Sie würde die vertrauten Gesichter der Vergangenheit sehen und auch viele neue.

Khadija schien ihre Gedanken zu lesen. »Für dich ist niemand in diesem Haus ein Fremder, Amira. Sie sind alle Raschids wie du. Wir sind eine Familie und gehören zusammen.«

Sie trat durch das Tor und glaubte, durch eine Tür in die Vergangenheit zu treten. Nichts hatte sich verändert, der Garten, der Pavillon, die schweren, geschnitzten Türen, alles sah immer noch so aus wie früher.

Im Haus begegnete ihr als erste Jasmina, die kritisch ein Tablett mit Essen begutachtete, das ein Dienstmädchen offenbar nach oben in den Teil der Männer bringen wollte. Jasmina blickte auf, lächelte Amira an, richtete ihre Aufmerksamkeit jedoch sofort wieder auf den Teller. Plötzlich fuhr ihr Kopf noch einmal hoch, und sie rief: »*Al hamdu lillah!* Ich glaube, ich sehe Gespenster.« Sie wurde leichenblaß. Amira breitete die Arme aus und drückte sie an sich. Beiden stiegen die Tränen in die Augen, aber diesmal waren es Tränen der Freude.

Oben am Treppenabsatz erschienen neugierige Gesichter und blickten staunend auf Khadija und Amira und Jasmina. Man konnte ihre Verwirrung erkennen, aber Amira sah, wie zuerst einige, dann immer mehr zu lächeln begannen. Im nächsten Augenblick war Amira von bekannten und ihr fremden Frauen umringt. Es gab Lächeln und Tränen. Hände streckten sich ihr entgegen. Alle wollten sie umarmen und berühren, als müßten sie sich davon überzeugen, daß Amira tatsächlich vor ihnen stand.

Amira entdeckte schließlich Tahia. Sie umarmten sich stumm. »Gepriesen sei Gott!« murmelte Tahia. »ER hat dich zu uns zurückgeführt.«

»Eigentlich war es Umma«, widersprach Amira und löste sich von ihr. Während alle lachten und sich freuten, dachte Amira daran, was sie später Tahia von Zacharias erzählen mußte. Sie hatte seine letzten Worte nicht vergessen. Sie fragte Tahia: »Wie geht es meinem Vater?«

»Er ißt nichts, und er trinkt nichts. Er spricht nicht einmal mit uns.

Heute ist der Jahrestag des Bombenanschlags ... hast du davon gehört?«
Amira nickte. Der Bombenanschlag, der ihrem Sohn, einem Kellner und zwei Musikern das Leben gekostet hatte. Auch Omar war dabei umgekommen. Das sechste Opfer war Ibrahims Frau gewesen. Mit ihr war das ungeborene Kind gestorben.
»Es ist schlimm. Er steckt seit über zwei Wochen in einer tiefen Depression. Ich glaube, er will sterben.«
Amira ging die breite Treppe hinauf und trat in den Salon ihres Vaters. Er kam ihr verblüffend vertraut vor. Wie überall – im Garten, am Pavillon, in der Eingangshalle – hatte sich in diesem Raum seit damals nichts verändert, als die kleine Amira ihren Vater in seinen Zimmern besuchen durfte. Allerdings wirkte es jetzt kleiner und weniger einschüchternd.
Die Männer, die auf den Sesseln und Diwanen saßen, standen bei Amiras Anblick verblüfft auf. Wieder wurde sie umarmt, diesmal von Onkeln und Vettern. Dann schoben sie Amira in das Schlafzimmer und schlossen hinter ihr die Tür. Amira blieb allein mit dem Kranken im Bett zurück.
Erschrocken stellte sie fest, wie sehr Ibrahim gealtert war. Sie konnte kaum noch eine Spur des gutaussehenden, vitalen Mannes entdecken, an den sie sich erinnerte. Im Grunde sah er älter aus als Khadija, seine Mutter.
Amira setzte sich auf die Bettkante und ergriff seine Hand. Als sie ihn berührte, spürte sie, wie alle Ängste, alle Zweifel und aller Zorn von ihr abfielen. Was in der Vergangenheit zwischen ihr und diesem alten Mann vorgefallen war, war vorbei und vergessen. Es hatte sich alles so ereignet, wie es im Buch des Schicksals geschrieben stand. Jetzt wurde die Zukunft in dieses Buch geschrieben, und dieser Zukunft mußten sie sich gemeinsam stellen.
»Papa«, sagte Amira leise.
Die papierdünnen Augenlider zuckten. Er starrte einen Moment zur Decke und dann auf Amira. Seine Augen wurden groß vor Staunen.
»*Bismillah!* Träume ich? Oder bin ich tot? Bist du es, Alice?«
»Nein, Papa. Ich bin nicht Alice. Ich bin Amira.«
»Amira? Oh ...« Er mußte husten. »Amira? Meine geliebte Tochter? Bist du es wirklich? Bist du zu mir zurückgekommen?«

»Ja, Papa. Ich bin zurück. Und Tahia sagt mir, daß du nichts essen willst.«

»Ich bin verdammt, Amira. Gott hat mich verlassen.«

»Mit Verlaub, Papa, das ist Unsinn. Sieh dich doch um. Sieh dir die Menschen vor deiner Tür an. Glaubst du, alle wären bei dir, wenn Gott dich verlassen hätte? Gott ist bei dir durch deine Familie.«

»Ich habe Alice in den Selbstmord getrieben, und das kann ich mir nie verzeihen.«

»Meine Mutter litt an einer Krankheit, die man klinische Depression nennt. Ich weiß nicht, ob einer von uns ihr hätte helfen können.«

»Ich habe keinen Sohn«, sagte er.

»Und was ist mit Jasmina und mir? Bedeuten wir dir nichts?«

»Gott hat mir dich und noch viele Töchter geschenkt, geliebte Amira. Aber Ali, mein Vater, wollte von mir immer einen Sohn.«

»Es hilft dir bestimmt nicht, hier zu liegen und dich selbst zu bemitleiden, Papa. Es steht geschrieben, daß Gott denen hilft, die sich selbst helfen. Weshalb sollte sich Gott um einen Mann kümmern, der im Bett liegt und nichts ißt?«

»Das ist eine Blasphemie, und du bist respektlos«, sagte er. Aber er lächelte, und in seinen Augen glänzten Tränen. »Du bist wieder da, Amira«, sagte er und streichelte mit zitternder Hand ihr Gesicht. »Bist du Ärztin geworden?«

»Ja, Papa, sogar eine sehr gute.«

Er richtete sich in den Kissen auf. Sie half ihm dabei.

»Das ist gut, Amira«, sagte er und suchte tastend ihre Hand. »Weißt du, seit ich hier liege, habe ich auf mein Leben zurückgeblickt. Sarah hat mich in der Nacht von Jasminas Geburt neben meinem Wagen in einem Zuckerrohrfeld gefunden. Ich hatte soviel Champagner getrunken, daß ich mich übergeben mußte. Mein Gott«, er schüttelte mißbilligend den Kopf, »ein Raschid, dem so etwas passiert... Sie hat mir Wasser gegeben, und ich habe ihr einen weißen Schal geschenkt. Ein Jahr später hat sie mir in der Nacht, als du geboren wurdest, ihren Sohn überlassen.« Er sah Amira an. »Das war Zacharias.«

»Ja, Umma hat es mir gesagt.«

»Amira, erinnerst du dich an König Farouk?«

»Ich kann mich an einen dicken Mann erinnern, der uns Süßigkeiten geschenkt hat.«

»Damals waren wir alle so unschuldig, Amira ... vielleicht aber auch nicht. Weißt du, ich war kein sehr guter Arzt. Das bin ich erst später geworden.« Er lächelte. »Eigentlich wurde ich erst ein Arzt, als du mir in der Praxis geholfen hast. Ich wollte, daß du es besser machst als ich. Du solltest einmal meine Praxis bekommen.«
»Du warst ein guter Lehrer, Papa.«
»Ich habe mein Leben lang versucht, es meinem Vater recht zu machen, selbst dann noch, als er schon tot war. Und jetzt werde ich ihn bald wiedersehen.« Er seufzte. »Ich möchte wissen, wie er mich aufnehmen wird.«
»Wie jeder Vater seinen Sohn«, sagte Amira. »Papa, du mußt deinen Frieden mit Gott machen.«
»Ich habe Angst, Amira. Bist du enttäuscht, daß ich das zugebe? Ich habe Angst, daß Gott mir nicht vergeben wird.«
Sie lächelte und strich ihm über das weiße Haar. »Alles, was wir tun, war schon lange vorherbestimmt. Was immer auch geschieht, stand schon vor unserer Geburt fest. Tröste dich mit diesem Gedanken und mit dem Wissen, daß Gott barmherzig und gnädig ist. Bitte ihn voll Demut, und ER wird dir Frieden schenken.«
»Wird ER mir vergeben, Amira?« Er sah sie gequält an. »Vergibst *du* mir?«
»Es ist an Gott, zu vergeben«, erwiderte sie und fügte sanft hinzu: »Ja, Papa, ich vergebe dir.«
Sie beugte sich vor, umarmte ihn und drückte ihn. Sie weinten beide. Nach einer Weile richtete sich Amira wieder auf, trocknete ihm die Wangen und sagte: »Ich werde jetzt dafür sorgen, daß du etwas ißt.« Ibrahim lächelte unter Tränen, wurde aber plötzlich unruhig. »Ich habe mein Leben vergeudet! Ich habe mit lächerlichem Selbstmitleid meine Zeit verschwendet. Sieh mich an! Ich bin ein dummer alter Mann! Wo ist Nefissa mit meiner Suppe? Wo bleibt sie denn!«
Amira stand auf, und in diesem Augenblick wurde die Tür geöffnet. Vier Frauen betraten das Zimmer. Jasmina führte Dahiba strahlend zu ihrer Schwester. Amira kannte den großen Star von Plakaten und Filmen aus ihrer Jugend. Dahiba kam lächelnd auf Amira zu und sagte: »Ich bin deine Tante Fatima. Umma hat uns gesagt, daß du hier bist. Natürlich mußten wir sofort kommen, um dich willkommen zu heißen. Gott sei gepriesen.«

Hinter ihr stand Nefissa, der man ihre gemischten Gefühle am Gesicht ablesen konnte. Amira staunte, wie sehr sich ihre Tante verändert hatte. Nefissa war stark geschminkt, aber neben ihrer noch immer attraktiven, lebensfrohen Schwester wirkte sie kalt und grau. Nur die Augen schienen noch lebendig zu sein. Sie richteten sich fragend und unsicher auf Amira. »Willkommen«, sagte sie leise, »es ist gut, daß du wieder da bist . . . «

Dann trat sie zur Seite, und die jüngste der vier Frauen trat zu Amira. Sie hinkte leicht, denn sie trug eine Beinschiene.

Amira mußte sich am Bettpfosten festhalten. Es war Zeinab, ihre Tochter.

»Guten Tag, Zeinab«, sagte sie. Jasmina ließ ihre Schwester nicht aus den Augen. Ihre Blicke trafen sich, Amira nickte kaum merklich und sagte lächelnd zu Zeinab: »Ich bin deine Tante Amira.«

»Gott sei gepriesen«, sagte Jasmina, der die Tränen über die Wangen liefen. »Wir sind wieder eine Familie! Das müssen wir feiern.«

Am nächsten Morgen ließ sich Amira ein Taxi rufen, denn sie mußte dringend etwas erledigen. Der Fahrer brachte sie zu der angegebenen Adresse, und Amira ging in einem alten Gebäude durch einen langen Flur und las die Namen an den Türen. Schließlich entdeckte sie das unauffällige Schild mit der Aufschrift TREVERTON-STIFTUNG. Sie klopfte an und trat ein.

In dem kleinen Empfangsraum standen außer einem Schreibtisch nur ein paar Stühle. An den Wänden hingen Plakate der Weltgesundheitsorganisation, von UNICEF und der Stiftung »Rettet die Kinder«. Eine gutgekleidete junge Ägypterin blickte von ihrer Arbeit auf und lächelte.

»Womit kann ich Ihnen helfen?« fragte sie.

»Ich möchte mich nach einem ehemaligen Mitarbeiter der Stiftung erkundigen«, erwiderte Amira. »Wir haben zusammen im Niltal gearbeitet, und ich dachte, Sie könnten mir vielleicht helfen.«

»Sagen Sie mir bitte den Namen des Mannes?«

»Dr. Declan Connor.«

»Ach, Dr. Connor«, sagte die junge Frau. »Er hat sich gestern zurückgemeldet und ist sofort weitergefahren.«

»Dr. Connor ist hier? Wohin wollte er?«

»Nach Al Tafla.«

Amira konnte ihre Aufregung nur mühsam unterdrücken. »Fliegt heute zufällig der Hubschrauber mit Medikamenten nach Al Tafla?«
»Tut mir leid. Mit dem Hubschrauber ist Dr. Connor gestern geflogen. Er wird eine Weile dauern, bis wir wieder nach Al Tafla fliegen.«
Amira versuchte nachzudenken. Sie mußte Declan so schnell wie möglich sehen. Sie konnte mit der Bahn nach Al Tafla fahren, aber das konnte eine umständliche und lange Reise werden. Sie konnte einen Wagen mieten, aber möglicherweise würde sie dann bis morgen warten müssen. Leihwagen mußte man reservieren. Sie konnte aber auch ihren Vater um den Wagen und den Chauffeur bitten.

Amira stieg am Dorfrand aus und schickte den Chauffeur nach Kairo zurück. Sie ging durch die vertrauten engen Gassen, über den Dorfplatz mit dem Brunnen und vorbei an Walids Kaffeehaus.
Vor der Krankenstation saßen die Patienten geduldig wartend auf den Bänken: die Frauen auf der einen Seite, die Männer auf der anderen.
Amira blieb in der offenen Tür stehen und blickte hinein.
Connor hörte mit dem Stethoskop einen kleinen Jungen ab, der unter den wachsamen Augen seiner Mutter auf dem Untersuchungstisch saß. Amira fiel auf, wie behutsam Declan mit dem Kind umging. Er brachte es zum Lachen und sagte dann ernst: »Jetzt mußt du aber wieder richtig essen.« Der Mutter erklärte er, daß ihr Sohn jeden Morgen vor dem Essen einen Löffel von der Medzin, die er ihr gab, schlucken solle. Dann würden die Bauchschmerzen schnell vergehen.
Amira staunte, wie wenig sich Connor in der Zwischenzeit verändert hatte. Sein Arabisch klang so komisch wie immer, und sie konnte nur mühsam ihr Lachen unterdrücken.
»So, nun gehst du schön mit deiner Mutter nach Hause.« Er hob den Jungen hoch, und als sein Blick auf die offene Tür fiel, erstarrte er.
»Amira!«
»Declan! Ich war ...«

Sie saßen auf der Veranda des kleinen Hauses am Nil. Er hatte sie in Gegenwart der Patienten in die Arme geschlossen und geküßt. Dann hatte er alle nach Hause geschickt. Es war ohnedies Mittag. Sie gingen Hand in Hand am Ufer entlang, während der Muezzin zum Gebet rief. Sie waren so glücklich wie damals in der Vollmondnacht.

»Mein Gott, Amira. Ich hatte dich nirgends gefunden. Khalid sagte mir, daß du mit einer vornehmen Dame nach Kairo gefahren seist. Aber er wußte nicht, wann du zurückkommen würdest. Und da heute morgen deine Patienten warteten, bin ich eben eingesprungen.«
»Ich habe dir an die Adresse von Knight Pharmaceutical geschrieben. . . .«
»Ich bin nicht nach Schottland gegangen«, sagte er und umarmte sie noch einmal, als wolle er sich vergewissern, daß sie wirklich bei ihm war. »Ich habe eine Stelle auf einem Lazarettschiff in Malaysia angenommen. Aber ich hielt es dort nicht lange aus. Ich habe dir nach Al Tafla geschrieben. Aber du warst zu dieser Zeit in England, und anstatt dir den Brief nachzusenden, hat das Büro in Kairo ihn mit der Bemerkung, du seist nicht mehr in Al Tafla, an mich zurückgeschickt. Von der Londoner Zentrale erfuhr ich dann, daß du einen Malaria-Rückfall gehabt hattest und in England behandelt worden warst. Zu dieser Zeit hatte man dich jedoch bereits aus dem Krankenhaus entlassen. Du warst ohne Angabe einer Adresse abgereist, niemand wußte, wohin. Ich dachte, du könntest eigentlich nur in Kalifornien sein. Aber mir fiel der Name deiner Freundin nicht mehr ein. Bald darauf bin ich zu einem Kongreß nach Kalifornien geflogen. Dort habe ich über den Ärzteverband versucht, dich ausfindig zu machen. Zunächst ohne Erfolg. Nach einem Vortrag, den ich über meine Erfahrungen in Ägypten hielt, kam deine Freundin Rachel zu mir. Von ihr erfuhr ich, daß du wieder nach England geflogen warst. In London hat man mir dann gesagt, du seist wieder in Al Tafla. Ich bin gestern in Kairo angekommen und mit dem Hubschrauber sofort hierher geflogen.«
»Ich weiß, das habe ich heute morgen im Büro erfahren. Declan, glaube mir, ich habe auch versucht, dich zu finden . . .«
»Das ist jetzt alles nicht mehr wichtig«, sagte er und küßte sie. Vor der Veranda erschienen Um Tewfik, Khalid und der alte Walid und brachten ihnen in einem Korb das Mittagessen. Sie sahen sehr zufrieden aus.

Die Hochzeit wurde in der Paradies-Straße gefeiert. Alle Raschids waren zu dem traditionellen Fest gekommen, bei dem es einen prächtigen *zeffa*-Umzug gab, auf den ein üppiges Mahl folgte. Die Tische quollen über von gebratenem Lamm, geröstetem Kebab, von Käse und Salat, dampfendem Reis mit Bohnen, süßen Nachspeisen und Kaffee. Eine

Truppe von Komikern, Akrobaten und Tänzerinnen unterhielt das Brautpaar, das in zwei Thronsesseln saß. Connor trug einen Smoking, Amira ein aprikosenfarbenes Brautkleid aus Spitze. Declans Sohn war ebenfalls gekommen. Er war das fünfundzwanzigjährige Ebenbild seines Vaters. Da er gerade sein Examen in Oxford abgelegt hatte, unterhielt er sich lebhaft mit Ibrahim, der sich an sein Studium vor fünfzig Jahren erinnerte.
Rachel war in Begleitung ihres Vaters, Itzak Misrachi, aus Kalifornien gekommen. Nachdem er ihr das Nachbarhaus gezeigt hatte, in dem er geboren worden war und in dem sich nun die Botschaft eines afrikanischen Staates befand, saß er stundenlang mit Ibrahim zusammen, und sie erzählten Geschichten aus ihrer Jugend. Rachel war fasziniert, als sie ihren Vater zum ersten Mal arabisch sprechen hörte.
Jasmina und Dahiba tanzten eine Nummer, die vor Jahren Teil ihres gemeinsamen Programms gewesen war. Jakob saß stolz mit seinem elfjährigen Sohn, dem hübschen rundlichen Nagib, ganz vorne und sah zu. Seiner Stieftochter Zeinab fiel es jedoch schwer, sich auf den Tanz zu konzentrieren, denn auf der anderen Seite des Salons saß ihr Vetter Samir, der ihr seit einiger Zeit schlaflose Nächte bereitete, und lächelte ihr zu.
Auch Quettah war gekommen, um dem Paar die Zukunft vorauszusagen. Es war nicht die Quettah aus der Zeit Farouks, auch nicht die Quettah, die Khadija im Zeinab-Viertel aufgesucht hatte. Sie war die Enkeltochter, vielleicht sogar die Urenkelin der alten Astrologin, und sie hatte eine junge Frau bei sich, die ebenfalls Quettah hieß.
Zwei Männer in Goldrahmen wachten über die Feier: Ali Raschid Pascha – er trug ein Staatsgewand und einen Fez und blickte, umgeben von seinen Frauen und Kindern, streng über seinen gewaltigen Schnurrbart hinweg – und Farouk als gutaussehender junger König.
Ibrahim saß vor den Porträts und klatschte wie die anderen, als seine Tochter und seine Schwester das Brautpaar mit einem Bauchtanz unterhielten. Er dachte gerade, daß es keinen glücklicheren Mann als ihn geben könne, als sein Blick auf Zeinab fiel. Sie lächelte, und beim Anblick ihrer Grübchen mußte Ibrahim an ihren Vater Hassan al-Sabir denken, an den Mann, der einmal sein Freund und Bruder gewesen war.
Endlich brachte es Ibrahim über sich, an den Abend zu denken, als er

Amira verstoßen hatte. Für ihn war damals eine Welt zusammengebrochen, und er fuhr in seinem Schmerz zu Hassans Haus.
Der Mord war nicht aus einem Affekt heraus geschehen. Ibrahim war mit dem Vorsatz dorthin gefahren, den Mann zu töten, der seine Freundschaft verraten und gedroht hatte, die Familie Raschid zu vernichten. Hassan hatte Ibrahim ausgelacht, selbst zuletzt noch, als er bereits im Sterben lag. In diesem Augenblick griff Ibrahim zum Skalpell und entfernte mit dem Geschick des geübten Arztes den Körperteil, der Amira in Schande gestürzt hatte.
Auch Khadija klatschte den Takt zum Bauchtanz, und es war lange her, daß sie sich so jung und glücklich gefühlt hatte. Die Familie war wieder vereint, und wenn sie Itzak Misrachi sah, bei dessen Geburt sie dabeigewesen war, dann kam es ihr beinahe vor, als sei Marijam wieder hier.
Sie dachte an einen Traum, den sie vor kurzem gehabt hatte. Darin kündigte ihr ein Engel an, sie werde bald sterben. Khadija fragte sich, was ›bald‹ für einen Engel bedeuten mochte. Es gab nämlich noch soviel zu tun. Viele ihrer Enkel und Urenkel mußten verheiratet werden, und Khadija nahm sich vor, gleich am nächsten Tag mit Samirs Mutter zu sprechen. Ihr war nicht entgangen, daß Samir schon den ganzen Abend Zeinab zulächelte. Und er war in letzter Zeit ständig unter durchsichtigen Vorwänden in der Paradies-Straße aufgetaucht und rot geworden, sobald er Zeinab sah. Khadija nahm sich vor, auch mit Jasmina und Amira zu sprechen. Sie würden dem Jungen eine Wohnung finanzieren müssen, denn er stand erst am Anfang seiner Karriere als Arzt und würde sich eine Praxis aufbauen müssen. Nun ja, es war nicht die erste schwierige Ehe, die sie in der Familie stiftete ...
Wenn sie das Brautpaar sah und an die Zukunft dachte, dann wurde ihr leicht ums Herz. Sie mußte sich nicht mehr so große Sorgen machen, nachdem der Fluch von den Raschids genommen war. Das wußte Khadija, denn sie hatte noch ein Geheimnis, aber das teilte sie nur mit Gott.
Sie blickte auf das imposante Bild von Ali Raschid und dachte: Ich habe dir vergeben. Auch du bist nur das Werkzeug eines Mächtigeren gewesen, und das Schicksal hatte uns alle geprüft. Du wirst auf die Erde zurückkommen müssen, wenn Gott es so will.
Ich weiß jetzt, daß du mit deinem Freund al-Sabir das mörderische Massaker an meiner Familie geplant und durchgeführt hast. Ihr habt es

für einen Fürsten getan, der euch dafür reich entlohnte. Dieser Fürst und nicht Prinz Abdullah wurde durch die mörderische Intrige zum Führer der Stämme.

Ali, du hast mich zu deiner Frau gemacht, denn du wolltest eine Nachfahrin der Scherifen zur Mutter deiner Söhne haben. Du wolltest auf deine Weise das Geschehene wiedergutmachen. Aber das Schicksal konntest du nicht betrügen, denn dein Sohn hat nur Töchter bekommen, die Aristokratie hat ihre Macht verloren. Die Welt hat sich schon bald nach deinem Tod verändert.

Ich habe durch meine Töchter und Enkeltöchter gelernt, welche Kraft wir Frauen besitzen. Ich sehe deutlich unsere Aufgabe. Das Gleichgewicht zwischen Mann und Frau zu finden, das wird die Aufgabe der kommenden Generationen sein.

Mit einem Blick auf Dahiba und Jasmina, die zum Klang der wehmütigen Flöte die Zuschauer in ihren Bann zogen, dachte Khadija: Ich muß meine Schwäche, die Sklavin eines Mannes zu sein, endgültig überwinden. Das ist der Fluch der Frauen, und ich habe ihn bezwungen.

Dahibas und Jasminas Tanz endete mit dem Furioso der Trommeln. Alle brachen in Jubel aus. Auch Khadija klatschte Beifall.

Ja, die Raschids waren ihre Familie geworden. Aber noch war das Ziel nicht erreicht. Noch drohten der neuen Generation große Gefahren, denn in ihrem Bewußtsein wurde sie noch von der unseligen Vergangenheit geprägt. Khadija mußte an ihrer Seite stehen, bis der Schritt in die neue Zeit getan war.

Sie gelobte Gott, sobald ihr Werk vollbracht sei, würde sie zu ihrer Mutter ins Paradies gehen. Aber sie mußte diese Reise aufschieben, denn die Familie brauchte sie noch. Im nächsten Jahr, vielleicht auch im übernächsten, würde es soweit sein.

Barbara Wood

Bitteres Geheimnis
Roman
Band 10623

Der Fluch der Schriftrollen
Roman
Band 15031

Haus der Erinnerungen
Roman
Band 10974

Das Haus der Harmonie
Roman
Band 14783

Herzflimmern
Roman
Band 28368

Himmelsfeuer
Roman
Band 15616

Lockruf der Vergangenheit
Roman
Band 10196

Das Paradies
Roman
Band 15033

Die Prophetin
Roman
Band 15034

Rote Sonne, schwarzes Land
Roman
Band 15035

Seelenfeuer
Roman
Band 15036

Die sieben Dämonen
Roman
Band 12147

Spiel des Schicksals
Roman
Band 12032

Sturmjahre
Roman
Band 28369

Traumzeit
Roman
Band 15037

Barbara Wood/
Gareth Wootton
Nachtzug
Roman
Band 15032

Fischer Taschenbuch Verlag